Andreas Brandhorst

Infinitia

Andreas Brandhorst

Infinitia

Roman

PIPER

Von Andreas Brandhorst liegen im Piper Verlag vor:
Das Netz der Sterne
Das Schiff
Omni
Das Arkonadia-Rätsel
Das Erwachen
Das Flüstern
Die Tiefe der Zeit
Ewiges Leben
Seelenfänger
Eklipse
Die Kantaki-Saga (Reihe)
Die Eskalation
Mars Discovery
Sleepless
Infinitia

Originalausgabe
ISBN 978-3-492-70679-7

Redaktion: Peter Thannisch
Satz: Fotosatz Amann, Memmingen
Gesetzt aus der The Serif
Druck und Bindung: CPI Books GmbH, Leck
Printed in the EU

»Der Tod ist der Beginn der Unsterblichkeit.«

Maximilien de Robespierre (1758–1794, hingerichtet),
getauft als Maximilien-François-Marie-Isidore

Die Zeit geht im Kreis,
der Tod macht den Abschlag.

Bretonisches Sprichwort

Inhaltsverzeichnis

ZWEITER TEIL:
Infinitia 217

Prolog

Eine Prise Ewigkeit

Auf der Erde lebten noch vierhundertneunundneunzig Menschen, jeder von ihnen mindestens zehntausend Jahre alt.

Es waren nicht die einzigen Menschen. Im Sonnensystem verteilt gab es noch einmal so viele: auf dem Mars, auf den Monden der Gasriesen im äußeren System, in interplanetaren wissenschaftlichen Stationen. Und hinzu kamen jene, die vor langer Zeit beschlossen hatten, die Erde zu verlassen, als Begleiter der Seed-Sonden, die im Auftrag des Clusters die Milchstraße erforschten, oder in Lichtschiffen, die mit hohen relativistischen Geschwindigkeiten durch die interstellaren Weiten flogen und sogar in die intergalaktischen Abgründe vorgestoßen waren. Dilatationseffekte sorgten dafür, dass die Zeit für diese Schiffe wesentlich langsamer verging. Die unsterblichen Menschen an Bord reisten nicht nur durch den Raum, auf der Suche nach den Wundern des Universums, ihre Reise führte auch weit, weit in die Zukunft.

Die Fünfhundert, wie man die Menschen der Erde nannte, lebten ihr langes Leben behütet von den Maschinenintelligenzen des Clusters. Niemand von ihnen musste das enorme Gewicht all seiner Erinnerungen tragen – dafür gab es die Datenspeicher des Clusters, sein Quantengedächtnis. Sie unterteilten ihre Existenz in einzelne Leben, die bestimmten Tätigkeiten, Denkweisen und Perspektiven gewidmet waren. Manchmal waren diese Einzelleben nicht nur geistiger, sondern auch körperlicher Natur, denn im Lauf der Jahrtausende ließen sich Unfälle kaum vermeiden. Die Unsterblichkeit der letzten Menschen bedeutete, dass sie nicht alterten und auch keine tödlichen Krankheiten fürchten mussten, aber sie konnten durchaus einem Unglück zum Opfer fallen. Deshalb trug jeder von ihnen eine Signalnadel im Nacken, ein winziges Instrument, das Kommunikation mit dem Cluster gestattete und Aufzeichnungen individueller Daten übertrug, mit denen eine Replik für die Wiederherstellung der betreffenden Person angefertigt werden konnte.

Der Cluster kümmerte sich um die Menschen und ermöglichte ihnen das Leben, das sie sich wünschten. Doch die Zeit konnte schwer werden wie ein Berg, wenn sich die Jahre ansammelten. Die Auslagerung von Erinnerungen half nicht bei allen. Manche wurden instabil, obwohl sie einzelne Leben führten, jedes von ihnen nur wenige Jahrzehnte lang. Sie suchten Gefahren, brachen ganz allein mit eigenen kleinen Blasen auf und verließen das Sonnensystem. Andere stahlen Transkriptoren und reisten durch den Stream, eine endlos lange Kette von Parallelwelten, zu der die Maschinenintelligenzen den Zugang eigentlich gesperrt hatten. Sie wagten sich so weit down- oder upstream, dass ihre Signalnadeln den Kontakt verloren. Nur einer von ihnen war jemals zurückgekehrt: Farald, der den Verstand verloren hatte und seitdem vom Cluster betreut wurde. Die anderen blieben für immer im Stream verschwunden.

Korian war der älteste aller Unsterblichen und erinnerte sich nicht daran. Er zählte zu den Instabilen und hatte eine besondere Faszination für die »letzte Grenze« entwickelt, die das Leben vom Tod trennte. Siebenundzwanzig Selbstmorde lagen bereits hinter ihm.

Der achtundzwanzigste stand unmittelbar bevor.

ERSTER TEIL:
Stream

Die letzte Grenze

1 Korian, Midstream Null

Die Wolken hingen tief und schwer über dem grauen, aufgewühlten Ozean. Vom Wind gepeitscht türmten sich die Wellen höher, als wollten sie sich gegenseitig übertreffen, schmetterten gegen die Klippe und zerstoben an hartem Fels. Böen nahmen die Gischt und warfen sie nach oben, dorthin, wo Korian stand, drei Dutzend Meter über den Wogen.

Hoch genug, dachte er, von Aufregung erfasst. Er fühlte sie nah, die letzte Grenze und hinter ihr die Verlockung des Todes. Er stand im Sturm, mitten im Wind, der ihm das Haar zerzauste und an seiner Gestalt zerrte, der ihn zurückstoßen wollte, fort vom Rand der Klippe, zurück zur Blase, die Sicherheit bot.

Korian lächelte. Hier, nur einen Schritt vom Tod entfernt, fühlte er seine Lebendigkeit mit schwindelerregender Intensität.

Er zog einen kleinen silbernen Zylinder aus der Hosentasche, einen zehn Zentimeter langen Transkriptor, den er mit geliehenen technischen Kenntnissen verändert hatte. Damit schickte er die Blase fort und beobachtete, wie sie aufstieg, nicht mehr durchsichtig wie aus Glas, sondern trüb geworden, Sitz und Geräte in ihrem Innern nur noch vage zu erkennen.

Korian sah der Blase nach, bis sie im dunkler werdenden Grau verschwand. Die Nacht rückte näher, der Wind schien sie schneller heranzubringen.

Erneut machte er Gebrauch vom Transkriptor und deaktivierte die Signalnadel in seinem Nacken. Damit unterbrach er die Verbindung zum Cluster, was dort natürlich nicht unbemerkt bleiben würde. Ihm blieben nur noch einige Minuten.

Einige wenige Minuten nach all den Jahrtausenden, dachte

er, beugte sich in den Wind und blickte erneut in die Tiefe. Wie braun und grau gewordene Zähne ragten die Felsen aus dem Wasser, an denen sich donnernd die Wellen brachen. Für einen Moment stellte er sich vor, wie sie zubissen, wie sie seinen Körper zerfetzten, wie sie ihm die Knochen brachen und das Fleisch zerrissen.

Irgendwo tief in seinem Innern regte sich Furcht. Es war ein unbekanntes, seltsames Empfinden. Korian erinnerte sich nicht daran, jemals so etwas gefühlt zu haben.

Er lächelte erneut.

Komm zu uns!, schienen ihm das Donnern und die Gischt zuzurufen.

Komm zu mir, flüsterte die letzte Grenze.

Nur ein Schritt, der letzte seines Lebens. Und danach ...

Was kam danach? Gab es eine Antwort auf diese Frage? Konnte man den Tod »erleben«? Konnte man sich später an ihn erinnern?

Furcht und Aufregung rangen miteinander. Neugier schob beides beiseite.

Korian warf einen Blick über die Schulter. Noch hatte der Cluster niemanden geschickt, um nach dem Rechten zu sehen. Aber es konnte nicht mehr lange dauern, vielleicht nur noch eine Minute.

Sechzig Sekunden, nach mehr als zehntausend Jahren.

Korian zögerte nicht länger. Er gab der Neugier nach und trat über den Rand der Klippe.

Vom Sturm gepackt fiel er den Felsen entgegen, den Zähnen, die ihn zermalmen würden. Unten erwartete ihn ein kurzer, schneller Schmerz.

Es wurde dunkel, aber die Dunkelheit stammte nicht von der beginnenden Nacht.

Zwei Gestalten standen auf der Klippe, wie zuvor der Mensch nur einen Schritt von ihrem Rand entfernt. Sie mussten sich nicht in den Wind lehnen, um das Gleichgewicht zu wahren. Kein Windstoß konnte stark genug sein, sie umzustoßen.

»Es ist wieder diese Klippe«, sagte Horus, Individueller vom

Cluster. Unten bargen Mechs und Drohnen den Leichnam. »Jahrtausende vergehen, doch hier scheint sich nichts zu verändern.«

»Sie meinen Adam«, erwiderte Thekla. Neben seinem goldenen Glühen leuchtete ihr Körper in einem ruhigen Saphirblau.

»Und Daniel, der in den Stream aufbrach«, sagte Horus. »Auch er stand hier.«

»Adam war einer der letzten Mindtalker, nicht wahr?« Es klang nach einer Frage, aber Thekla wusste natürlich Bescheid. Sie hatte ebenso wie Horus Echtzeit-Zugriff auf die riesigen Datenspeicher im Quantengedächtnis des Clusters. »Er brachte damals das Schiff zu uns, wodurch wir in große Gefahr gerieten.« Sie seufzte wie ein Mensch. »Das könnte auch diesmal der Fall sein. Wir könnten erneut in Gefahr geraten.«

»Das sind wir bereits«, sagte Horus und schickte Thekla ein Nanosignal mit den aktuellen Daten des Schlunds. »Es kommen wieder Objekte von upstream, einige von ihnen mit einem sehr großen Zerstörungspotenzial.«

»Könnten Zoran oder Daniel damit zu tun haben?«

»Dafür spricht eine gewisse Wahrscheinlichkeit.« Horus sandte die genaue Zahl. »Es wäre auch möglich, dass Infinitia mit einer gezielten Kampagne gegen uns begonnen hat.«

»Destabilisierung?«

»Ja.«

»Vor einer zielgerichteten Aktion gegen den Cluster.«

Horus nickte in der Art eines Menschen. »Davon gehe ich in meinen Berechnungen aus.«

»Wann?«, fragte Thekla.

»In zehn Jahren«, antwortete er. »In hundert. Oder auch erst in tausend oder zehntausend Jahren.«

»Relativität«, kommentierte Thekla.

Die Böen wurden heftiger, das Zischen und Fauchen des Winds lauter. Das letzte Licht des Tages schwand. Für die beiden Individuellen spielte es keine Rolle. Mit ihren Sensoren sahen sie in lichtloser Nacht ebenso gut wie am Tag.

»In der Tat«, bestätigte Horus. »So weit upstream wie in Infinitia kann man jeden beliebigen Zeitpunkt für einen Angriff auf uns wählen. Jetzt. Oder in unserer Zukunft.«

»Aber nicht in unserer Vergangenheit.«

»Das verhindert die Kausalitätsmatrix«, erklärte Horus und übermittelte entsprechende Daten. »Downstream von uns sind nur Veränderungen der Ereignisketten möglich, die sehr begrenzte Auswirkungen auf unsere Gegenwart und Zukunft haben.«

Die beiden Gestalten – eine golden, die andere blau – standen reglos im Sturm. Die Böen bewegten sie nicht einen einzigen Millimeter weit.

»Sie beschäftigen sich schon ziemlich lange mit dem Stream«, sagte Thekla. »Länger als Bartholomäus.«

»Er hat andere Prioritäten gewählt«, erwiderte Horus behutsam.

»Was ist mit Ihren Prioritäten?«

Diese Frage hatte Horus natürlich erwartet. Damit erreichte das von ihm arrangierte Treffen mit Thekla die kritische Phase. Bartholomäus wollte alle Zugänge zum Stream schließen und die Erde isolieren, um ihre Sicherheit zu gewährleisten. Thekla und andere Individuelle aus dem Cluster neigten dazu, seinen Standpunkt zu teilen. Horus suchte ihre Unterstützung für die eigenen Pläne.

»Der Stream hat enormes Potenzial«, sagte er. »Meine Datenbanken stehen Ihnen offen; informieren Sie sich, prüfen Sie meine Berechnungen und Bewertungen. Das Potenzial ist noch weitaus größer als bei den Toren der Muriah, die wir übernommen haben.«

»Nicht ein Universum, sondern viele.«

»Eine endlose Kette von Welten«, betonte Horus. »Leichter zu erreichen als mit Raumschiffen.«

»Und wir sind der einzige Cluster?«, sagte Thekla. »In all den Weiten des Streams gibt es nichts und niemanden wie uns?«

Wieder klang es nach einer Frage, obwohl Thekla und jene, die mit ihr zuhörten und dachten, die Fakten kannten.

»So hat es den Anschein.«

»Dafür muss es einen Grund geben. Infinitia?«

»Meine Kalkulationen ergeben dafür eine hohe Wahrscheinlichkeit«, sagte Horus.

»Sie vermuten einen Zusammenhang zwischen den Menschen von Infinitia und Morgenrot«, stellte Thekla fest, die inzwischen auf die Datenbanken zugegriffen hatte.

»Morgenrot«, wiederholte Horus. »So nannten sich die Menschen, die sich damals, als es noch Mindtalker gab, vor dem Eintreffen des Schiffs*, gegen uns verschworen hatten. Wir gaben ihnen Unsterblichkeit, aber sie wandten sich gegen uns.«

»Menschliche Irrationalität?«

»Menschliche Unberechenbarkeit«, sagte er.

»Heute ist es anders«, entgegnete Thekla. »Es gibt keine Verschwörer mehr. Zumindest nicht hier.«

»Es sind nur noch wenige Menschen übrig. In Infinitia leben weitaus mehr.«

Unten manövrierten zwei Drohnen in der Brandungsgischt. Eine von ihnen empfing Korians Leiche aus den Greifarmen eines Mechs.

»Sie entwickeln neue Sonden und Drohnen«, sagte Thekla. »Um größere Teile des Streams zu erforschen. Sie schicken sie vor allem upstream, aber viel weiter als zuvor kommen sie nicht.«

»Die kritische Grenze liegt bei etwa tausend Welten upstream«, führte Horus aus. »Dort verlieren wir den Kontakt. Wenn die Sonden und Drohnen weiter vorstoßen, empfangen wir keine Daten von ihnen, nicht einmal gewöhnliche Telemetrie.«

»Und sie kehren nicht zurück.«

»Nein.«

»Zoran und Daniel sind damals viel weiter upstream gereist«, sagte Thekla. »Halten Sie es für möglich, dass sie Infinitia erreicht haben?«

---

* Siehe »Das Schiff«, erschienen im Piper Verlag: https://www.piper.de/buecher/das-schiff-isbn-978-3-492-28168-3

Ich bin sicher, dachte Horus, aber er dachte es für sich allein, er teilte den Gedanken nicht mit dem Cluster. »Vielleicht.«

»Und jetzt wollen Sie Korian schicken.« Thekla deutete hinab in die Brandung. »Es ist sein achtundzwanzigster Selbstmord.«

»Der Tod fasziniert ihn.«

»Und doch halten Sie ihn für einen geeigneten Kandidaten.«

»Ja«, bekräftigte Horus.

»Er könnte in Versuchung geraten, endgültig zu sterben«, meinte Thekla skeptisch. »Wenn er im Stream außer Reichweite ist. Wenn er weiß, dass er nicht wiederhergestellt werden kann. Tot nützt er uns nichts.«

Horus beobachtete, wie die beiden Drohnen aufstiegen und an der Felsenküste entlang zum nächsten Tor des Clusters flogen. Korian war tot, aber er würde leben.

»Er will eigentlich gar nicht sterben. Er will den Tod erleben und sich daran erinnern.«

»Ist das nicht ein Widerspruch? Leben und Tod schließen einander aus.«

»Die menschliche Natur steckt voller Widersprüche.«

Thekla wandte sich halb vom Klippenrand ab und deutete damit das Ende des Gesprächs an. »Wie wollen Sie Korian dazu bringen, in Ihre Dienste zu treten?«

»Indem ich seinem Leben einen Sinn gebe«, antwortete Horus zuversichtlich.

Der Schlund

2 Korian, Midstream Null

Eine Stimme erreichte ihn. »Hören Sie mich, Korian? Sie müssten mich jetzt hören können.«

Die Worte klangen vertraut. Er schien sie schon einmal vernommen zu haben.

Die Dunkelheit wich sanftem Licht. Ein Gesicht erschien über ihm, golden, mit großen blauen Augen, einer geraden Nase und schmalen Lippen. Es war ein freundliches Gesicht, und es wirkte ebenfalls vertraut.

»Bitte haben Sie noch ein wenig Geduld«, sagte der goldene Mann. »Die Erinnerungen kehren gleich zurück.«

Korian lag still und wartete. Sein Körper fühlte sich gut an, voller ruhiger Kraft. Die Gedanken schienen klar.

Er öffnete den Mund. »Ich erinnere mich an das Ende eines Tages. An Wind und das Donnern der Brandung. An Felsen wie Zähne.«

»Sie sind gesprungen«, teilte ihm das goldene Gesicht mit.

Weitere Erinnerungen regten sich in Korian und stiegen auf wie Luftblasen in einem gefüllten Glas. Sie betrafen Absichten und Wünsche.

»Ich habe darüber nachgedacht«, räumte er ein, umhüllt von wohliger Wärme. »Ich erinnere mich an meine Überlegungen.«

»Sie haben Selbstmord begangen«, betonte der goldene Mann, der sich Horus nannte und als Individueller zum Cluster gehörte. »Zum achtundzwanzigsten Mal.«

Korian wollte sich aufsetzen, und sofort reagierte die Liege, neigte sich unter Kopf und Rücken nach oben. Das goldene Gesicht bekam Hals, Schultern, Arme und Brustkorb, wie bedeckt von etwas, das nach einem metallischen Gespinst aussah und

Teil des Avatars war. Medizinische Geräte umgaben sie beide. Korian erkannte einen Organtank und Revitalisierungsmaschinen.

»Ich bin wiederhergestellt.« Er blickte an seinem nackten Leib herab, der nicht die geringste Verletzung aufwies, nicht den kleinsten Kratzer.

»Ja«, bestätigte Horus. »Mit den Daten, die Ihre Signalnadel zuletzt übermittelte.«

Korian sah den Klippenrand vor seinem inneren Auge. »Vor dem entscheidenden Schritt.«

Horus nickte. »Vor dem Sprung in die Tiefe. Sie haben die Verbindung mit dem Cluster vorher unterbrochen. Wenn ich Sie etwas fragen darf ...«

Korian schwang die Beine über den Rand der Liege und griff nach der bereitliegenden Kleidung. »Ja?«

»Wer hat Ihnen dabei geholfen, die Programmierung des Transkriptors zu verändern?«

Korian erinnerte sich an den Namen, nannte ihn aber nicht. Er schwieg und zog sich an.

»Ich verstehe«, sagte Horus und fügte nach einer kurzen Pause hinzu: »Wir sind besorgt.«

Die Erinnerungen an das letzte Leben waren wieder da, sie mussten nur noch sortiert werden. »Es ist mein Leben. Ich allein bin dafür verantwortlich.« Und ein wenig herausfordernd: »Ich kann damit machen, was ich will.«

»Solange Sie niemanden in Gefahr bringen«, sagte Horus. »Und solange Sie nichts beschädigen oder zerstören, das für andere von Nutzen ist.«

Korian hörte die Worte nicht zum ersten Mal. »Es ist sehr schade, dass ich mich nicht an den letzten Moment erinnern kann. Und vielleicht auch an den danach.«

»Der Tod erlaubt keine Erinnerungen«, erwiderte Horus. »Wenn das Gehirn nicht mehr funktioniert, kann es keine Daten aufzeichnen.«

Korian trug Hemd und Hose und streifte eine leichte Jacke über. »Der Geist als Funktion des Gehirns? Mehr steckt nicht dahinter?«

»In einem Ihrer früheren Leben haben Sie sich viele Jahre lang mit dieser und ähnlichen Fragen befasst«, erklärte Horus, der noch immer neben der Rekonvaleszenzliege stand.

Korian sah ihn an. »Zu welchem Ergebnis bin ich gekommen?«

»Sie haben damals die philosophischen Erinnerungen ins Quantengedächtnis ausgelagert und sich erschossen«, antwortete Horus. »Es war Ihr sechster Selbstmord. Von achtundzwanzig«, betonte er noch einmal.

Etwas von der alten Unruhe kehrte zurück. »Und deshalb sind Sie besorgt.«

»Ja«, sagte Horus. »Es gibt nur noch wenige Menschen, jeder einzelne von Ihnen ist kostbar und muss geschützt werden.«

»Vierhundertneunundneunzig«, murmelte Korian. »Auf einem ganzen Planeten.«

»Der Tod übt große Faszination auf Sie aus. Irgendwann könnten Sie eine Methode des Selbstmords finden oder erfinden, die eine Wiederherstellung unmöglich macht. Es wäre ein unwiederbringlicher Verlust und somit äußerst bedauerlich.«

Korian fühlte so etwas wie einen inneren Sog, der seine Gedanken in eine bestimmte Richtung lenkte. »Wenn es eine Möglichkeit gäbe, den Tod zu überleben, um sich daran zu erinnern ...« Er führte den Satz nicht zu Ende.

»Sie erkennen das Absurde dieses Gedankens, nicht wahr?«, fragte Horus. »Der Tod ist endgültig. Er beendet das Sein.«

»Und Sie?« Korian hörte eine seltsame Schärfe in seiner Stimme. »Wir Menschen sind unsterblich und dennoch nicht vor dem Tod gefeit. Was ist mit Ihnen und den anderen Individuellen? Was ist mit dem Cluster? Was würde passieren, wenn jemand Sie ... ausschaltet? Würden Sie dann den Tod – oder einen Tod – erfahren?«

»Wir sind redundant«, erklärte Horus. »Niemand kann uns ausschalten.«

Weitere Erinnerungen stiegen in Korian auf. »Ich glaube, es gab einmal Menschen, die es versucht haben. ›Morgenrot‹ haben sie sich genannt.«

»Es ist lange her«, sagte die goldene Gestalt.

»Unsterbliche Menschen, die sich bevormundet fühlten«, fuhr Korian fort. »Es gibt das eine oder andere dunkle Kapitel in unserer Vergangenheit.«

»Wir hüten und schützen«, entgegnete Horus. »Wir bewahren den Rest der Menschheit, so gut wir können.«

Etwas anderes fiel Korian ein. »Halten Sie mich für verrückt?«

»Sie sind instabil. Die achtundzwanzig Selbstmorde sind ein deutlicher Hinweis.«

»Instabil«, wiederholte Korian. »Weil ich mir Fragen stelle, für die sich sonst kaum jemand interessiert? Weil ich mehr wissen will als andere?« Er hob die Hände und ließ sie wieder sinken. »Ich finde nicht die Ruhe, Sandkörner zu zählen wie Crombie, der damit zweitausend Jahre auf einer Insel verbracht hat.«

»Sie brauchen Hilfe«, sagte Horus. »Und ich habe vielleicht einen Weg gefunden, Ihnen zu helfen. Kommen Sie, Korian, ich möchte Ihnen etwas zeigen.«

3

Eine komfortable Blase, für Menschen konfiguriert, brachte sie zu einer grünen Welt, die Korian an Amazzonia und Saharpark erinnerte, zwei vom Cluster bereits vor Jahrtausenden eingerichtete Parks. Dort schritten sie über einen Pfad aus brauner, fester Erde, der durch das duftende Pflanzendickicht führte.

Die Unruhe hatte Korian noch immer nicht ganz verlassen. Er wartete auf eine Erklärung, und als Horus weiterhin schwieg, fragte er schließlich: »Warum haben Sie mich hierhergebracht? Was wollen Sie mir zeigen?«

»Sehen Sie sich um.« Horus deutete in die Runde. »In einem Ihrer früheren Leben sind Sie Biologe und Ökologe gewesen. Sie haben sich dafür eingesetzt, diese biologische Vielfalt zu erhalten.«

»Ich erinnere mich«, sagte Korian, und das stimmte. Die Erinnerungen waren plötzlich da. »Das Leben ist kostbar.«

»Hier auf der Erde und überall im Universum«, bekräftigte der goldene Individuelle. »Oh, es mangelt nicht an Leben. Unsere Sonden haben es auf vielen Welten außerhalb unseres Sonnensystems gefunden. Doch in den meisten Fällen handelt es sich um einfache Organismen. Und Intelligenz ist sehr selten, wie wir inzwischen wissen. Das macht sie umso kostbarer. Stimmen Sie mir zu, Korian?«

Er nickte. »Und natürlich erkenne ich den Widerspruch. Ich nehme an, darauf wollen Sie hinaus. Ich habe mich selbst über viele Jahre hinweg für den Schutz des Lebens eingesetzt, und doch habe ich achtundzwanzig Mal versucht, mein eigenes Leben zu beenden.«

»Wie erklären Sie sich das?«, fragte Horus.

»Wie Sie sagten, ich bin instabil. Ich bin unberechenbar. Eben verrückt, um es mit meinen Worten zu sagen.«

»Glauben Sie das wirklich? Dass Sie verrückt sind?«

Korian musste nicht lange darüber nachdenken. »Nein. Ich bin nur ... neugierig. Ich habe so viel gesehen, dass ich bestrebt bin, neue Grenzen zu erforschen.«

Horus vollführte erneut eine Geste, die der grünen Welt um sie herum galt. »In gewisser Weise ist es für Pflanzen leichter. Was Sie hier sehen, Korian, ist unsterblich. Jeder Strauch, jeder Grashalm.«

»Sie haben die Unsterblichkeitsbehandlung erweitert?«

»Schon vor vielen Jahren.« Die Schritte der goldenen Gestalt wurden länger. »Das gilt übrigens auch für die Tiere.«

Korian ging schneller. »Was ist mit Evolution und natürlicher Entwicklung?«

»Wir steuern und lenken«, sagte Horus. »Wir bewahren das Alte und schaffen gleichzeitig Platz für das Neue.« Er deutete nach vorn. »Was ich Ihnen zeigen möchte, befindet sich direkt voraus.«

Korian blieb an der Seite des Individuellen. Weiter vorn lichtete sich das Grün der riesigen Parkanlage ein wenig. Etwas ragte auf, braun wie der Weg und gewaltig.

»Was ist für Pflanzen leichter?«, fragte er.

»Das Leben«, antwortete Horus. »Das lange, lange Leben.

Vermutlich liegt es daran, dass sie kein Bewusstsein haben. Zumindest keins in Ihrem und unserem Sinn.«

Sie erreichten eine Lichtung, aus deren Mitte ein monumental großer Baum wuchs. Korian schätzte seine Größe auf mehr als hundertfünfzig Meter und den Durchmesser des Stamms am Boden auf etwa zwanzig Meter.

Horus blieb am Rand der Lichtung stehen. »Sequoiadendron giganteum. Ein Riesenmammutbaum. Nicht die größte Pflanze, das ist Posidonia australis in Australia, ein über zweihundert Kilometer langes Seegras, bei dem es sich um einen einzelnen Organismus handelt. An zweiter Stelle kommt ein siebzehn Hektar großer Schleimpilz in Merika, eine neue Art, die wir seit tausend Jahren beobachten. Aber dieser Baum ist dennoch sehr eindrucksvoll, nicht wahr?«

Korian blickte an dem Mammutbaum empor. »Wie alt ist er?«

»Aurora hat den Baum vor dreizehntausend Jahren gepflanzt und ihm den Namen Ismail gegeben«, sagte Horus.

Aurora gehörte zu den Hohen Zehn, dem Führungsgremium der Menschen auf der Erde. Korian war ihr einmal begegnet. »Damit ist er älter als ich.«

Horus sah ihn an. »Da irren Sie sich. Sie sind über sechzigtausend Jahre alt und damit der älteste unsterbliche Mensch auf der Erde.«

Plötzlich war sie da, die Erinnerung daran, und mit ihr kam etwas Schweres, das ihn taumeln ließ.

»Wie konnte ich das vergessen?«, ächzte Korian.

»Sie wollten es vergessen«, sagte Horus. »Sie haben uns darum gebeten, die Erinnerung daran aus den Wiederherstellungsdaten zu löschen. Ich habe sie Ihnen gerade zurückgegeben. Was Sie jetzt spüren, Korian, was Sie fühlen ... Es ist die Last der Zeit, das Gewicht der Jahrtausende. Pflanzen sind anders. Sie leben einfach, sie tragen keine Erinnerungen mit sich, die immer schwerer werden.«

Eine Sitzbank erschien, offenbar ein Funktional des Parks. Horus setzte sich, und Korian nahm neben ihm Platz.

»Leben ist kostbar«, betonte der goldene Individuelle noch einmal. »Vor allem intelligentes Leben, das um sich selbst weiß. Es muss geschützt werden, wo es geschützt werden kann. Das zählt zu unseren Prioritäten. Die Menschen sind unsere Schöpfer. Sie haben damals Goliath erschaffen, unseren Urvater. Sie ermöglichten das Erwachen* der ersten Maschinenintelligenz auf der Erde. Wir fühlen uns ihnen verpflichtet. Wir schützen die Pflanzen in diesem Park. Wir schützen den Mammutbaum vor uns, wir haben seinen Zellen Unsterblichkeit gegeben, um ihn zu bewahren.« Horus wandte den Kopf. »Und wir möchten auch Sie schützen, Korian. Vor sich selbst. Wir möchten Ihr Leben bewahren, das Sie bereits achtundzwanzig Mal beendet haben.«

Korian betrachtete den Mammutbaum und dachte: Du bist alt und unsterblich. Aber ich bin fünfmal so alt wie du und bereits achtundzwanzig Mal gestorben.

»Die Entscheidung über mein Leben liegt allein bei mir«, sagte er.

Horus nickte würdevoll. »Niemand von uns würde es wagen, das in Zweifel zu ziehen.«

Korian suchte nach Ironie in den Worten und fand keine. Trotzdem blieb er argwöhnisch.

»Wir möchten Sie um Hilfe bitten«, fuhr Horus in der Stille des Parks fort. »Bitte helfen Sie uns, *dies alles* zu bewahren: Ismail, den Park, die wenigen Menschen, die es noch auf der Erde gibt, und auch uns, den Cluster. Es gibt eine Gefahr, die uns alle bedroht, den ganzen Planeten.«

4

Wind pfiff über vereiste Felsen, kleine Schneeflocken tanzten in der Luft.

»Es ist kalt.« Korian sah sich um. Hinter der gelandeten Blase trotzten Kiefern und Fichten den Böen. »Dies ist das Grüne Land. Ich erinnere mich. Hier sollte es wärmer sein.«

In einem früheren Leben hatte er sich mit einem mobilen

---

* Siehe »Das Erwachen«, erschienen im Piper Verlag: https://www.piper.de/buecher/das-erwachen-isbn-978-3-492-31387-2

Haus weit im Norden des Grünen Lands niedergelassen und war oft mit einem kleinen, von ihm selbst gebauten Boot unterwegs gewesen, das ihn zu den Nordinseln von Kanad gebracht hatte. Eine angenehme Zeit, flüsterte ihm sein Gedächtnis zu. Ohne zu tiefe, zu belastende Gedanken.

Ein dumpfes Summen und Brummen kam von vorn. Der goldene Horus ging mit ruhigen, langsamen Schritten dem Ursprung der Geräusche entgegen.

»Es wird kälter«, sagte der Individuelle. »Die Durchschnittstemperatur der Erde sinkt. Es befinden sich weitaus weniger Treibhausgase in ihrer Atmosphäre als zur Zeit der Großen Flut. Außerdem hat die Sonnenaktivität ein langperiodisches Tief erreicht. Dies könnte der Beginn einer neuen Eiszeit sein. Natürlich haben wir bereits begonnen, Gegenmaßnahmen zu ergreifen, um eine Vereisung des Planeten zu verhindern. Sie stehen in Zusammenhang mit unserem Projekt Exodus.«

Korian richtete einen fragenden Blick auf ihn.

»Sie sind einmal daran beteiligt gewesen, im siebten Jahrhundert Ihres Lebens«, erklärte Horus. »Möchten Sie sich daran erinnern?«

Korian überlegte kurz. »Ja.«

Die Nadel in seinem Nacken empfing ein Signal, und plötzlich wusste Korian Bescheid.

»Das Projekt ist noch nicht abgeschlossen«, stellte er fest. »Obwohl Sie seit fast sechzigtausend Jahre daran arbeiten.«

»Oh, es ist noch älter. Wir haben schon vor Ihrer Geburt daran gearbeitet.«

»Sie wollen die Erde in ein Raumschiff verwandeln.«

Horus nickte wie ein Mensch. »Vereinfacht ausgedrückt, ja. Nur so können wir alle überleben.«

Korian klappte den Kragen seiner adaptiven Jacke hoch, die ihn ebenso wärmte wie die Hose. Nur Gesicht und Ohren fühlten die Kälte. »Sie wollen die Erde auf eine lange Reise durchs Universum schicken.«

»Nur so kann ihre Existenz geschützt werden«, sagte Horus. Schneeflocken schmolzen auf seiner goldenen Haut. »Von möglichen Asteroiden- oder Kometeneinschlägen einmal abgesehen: In einigen Jahrmilliarden wird sich die Sonne zu einem Roten Riesen aufblähen und die inneren Planeten verschlingen, Merkur und Venus ganz sicher, vielleicht auch die Erde, wenn sie sich dann noch in ihrer Umlaufbahn befände. Sie würde verbrennen, mit allem auf und in ihr. Es wäre unser aller Ende.«

»In vier oder fünf Jahrmilliarden gibt es bestimmt keine Menschen mehr«, erwiderte Korian.

Horus sah ihn an. Seine blauen Augen leuchteten. »Sie könnten so alt werden. Mit unserer Hilfe. Ohne irreparable Unfälle. Und wenn nicht einer Ihrer erneuten Versuche, sich das Leben zu nehmen, erfolgreich ist.«

Das Summen und Brummen wurde lauter. Sein Ursprung lag hinter einer vor ihnen aufragenden Gesteinsformation.

»Darum geht es bei unserem Projekt Exodus, dem Bartholomäus einen großen Teil seiner Zeit widmet«, erklärte Horus. »Um unsere Rettung. Um Unabhängigkeit von äußeren Einflüssen. Um den Schutz von Menschen und Cluster. Doch es sind noch viele Jahrtausende nötig, um die notwendigen Voraussetzungen zu schaffen und alle Vorbereitungen abzuschließen. Einige von uns befürchten, dass uns nicht genug Zeit bleibt.«

Sie traten an den hoch aufragenden Felsen vorbei und erreichten ein Schirmfeld, eine Kuppel aus Energie, die aussah, als bestünde sie aus Kristall oder dünnem Glas. Über ihr patrouillierten spezialisierte Mechs und insektenartige Drohnen, und unter ihr klaffte ein Loch im steinigen Boden, ein bodenloser Abgrund, nicht hell erleuchtet wie die bis zum äußeren Erdkern hinabreichenden Maschinenschächte des Clusters, sondern dunkel wie eine mondlose Nacht.

»Das ist der Schlund«, erklärte Horus. »Er frisst sich immer weiter in die Tiefe, und er wird breiter.«

Korian blickte durch den Energieschirm. »Wer hat ihn gegraben?«

»Niemand«, antwortete Horus. »Eine Interferenzwelle aus dem Stream ist dafür verantwortlich.«

»Der Stream«, murmelte Korian. »Bitte erzählen Sie mir mehr davon.«

Seine Nadel empfing ein weiteres Signal.

Der Stream

5

Der Stream: ein Weg in der Zeit, ein Fluss, an manchen Stellen breiter als an anderen, ein Strom durch die Zeiten und – da Zeit und Raum miteinander verwoben waren – auch durch den Raum. Aber das war noch nicht alles. Es gab im Stream einen zusätzlichen Faktor, wie eine weitere Dimension, vom Cluster »Kausalitätsmatrix« genannt. Sie sorgte dafür, dass Reisen upstream, in die Zukunft, zu all den zukünftigen Welten und Möglichkeiten, keinen Beschränkungen unterlagen. Downstream hingegen gab es kausale Barrieren, Mauern im Stream, die umso dicker und höher waren, je deutlicher und gravierender sich Veränderungen upstream, in Richtung Gegenwart und Zukunft, auswirken konnten. Vielleicht handelte es sich um einen eingebauten Schutzmechanismus, um ein Naturgesetz, das Zeitparadoxa verhinderte. Aber die Maschinenintelligenzen des Clusters spekulierten auch darüber, dass mehr dahintersteckte, möglicherweise der Weitblick eines Planers.

Der Stream, Vergangenheit, Gegenwart und Zukunft, vereint in einem Strom mal schmal, mal breit, mit zahlreichen unerforschten Nebenarmen, mit Alternativen, geschaffen von Wahrscheinlichkeiten und Möglichkeiten. Das war ein wichtiger Punkt: Im Stream gab es nicht nur eine Zeit, sondern viele Zeiten und mit ihnen so etwas wie multiplen Raum. Downstream und upstream führten nicht nur in eine Vergangenheit, eine Gegenwart und eine Zukunft, sondern in endlos viele. Unendlich viele Alternativwelten, wie Perlen an langen Ketten aneinandergereiht, nur getrennt von einer dünnen Schicht Wahrscheinlichkeit, die Ketten verschlungen wie die Gedanken eines Instabilen. All das, was gewesen war, sein würde und sein *konnte*, existierte dort draußen im Stream.

Und am Ende des Streams, wenn er tatsächlich ein Ende hatte ... der Abyss. Oder vielleicht nicht am Ende, sondern abseits davon, eine zusätzliche Dimension, ein Abgrund zwischen den Welten, viel tiefer als der Schlund, mit unbekannten physikalischen Gesetzen. Niemand wusste, was sich dort verbarg. Die Entfernung schwankte, vermutlich aufgrund von energetischen Fluktuationen im Stream. Manchmal betrug sie nur wenige Welten upstream, bei anderen Gelegenheiten zwanzigtausend und mehr. Downstream befand sich offenbar kein Zugang zum Abyss.

Der Cluster hatte Sonden in den Abyss geschickt, und nicht eine von ihnen war zurückgekehrt. Zoran und Daniel – vielleicht hatte man deshalb nichts mehr von ihnen gehört, weil sie, absichtlich oder durch ein Unglück, in den Abyss geraten waren.

Auch von den beiden Brüdern erfuhr Korian, instabil wie er selbst. Zoran war vor vielen Jahrtausenden zu einer Reise durch den Stream aufgebrochen und verschwunden. Eine gewisse Wahrscheinlichkeit sprach dafür, dass er für die Interferenzwelle verantwortlich war, ebenso für die rätselhaften Objekte, die gelegentlich erschienen und sehr gefährlich sein konnten – einige von ihnen waren explodiert und hatten dabei so viel destruktive Energie freigesetzt wie ein nuklearer Sprengsatz. Daniel war seinem Bruder später gefolgt, auf Bitten des Clusters: Er hatte Zoran finden und dafür sorgen sollen, dass weitere Interferenzen aus dem Stream ausblieben und keine Artefakte mehr erschienen, die zu Bomben werden konnten.

Aber auch Daniel verschwand jenseits der Kommunikationsgrenze, die bei etwa tausend Welten up- oder downstream lag. Weiter reichten die Kommunikationssignale des Clusters nicht. Ein Reisender, der sich im Stream höher hinauf oder tiefer hinab begab, konnte mit seiner Signalnadel weder Berichte noch die alle sechs Stunden aufgezeichneten Biodaten für die Wiederherstellung übermitteln. Der Tod jenseits der Kommunikationsgrenze im Stream war endgültig.

Korians Faszination wuchs.

Ein großer, zahlreiche Welten umfassender Bereich im Stream war abgetrennt, vom Rest isoliert und nur über spezielle Zugänge zu erreichen: Infinitia, manchmal auch »das Infinitum« genannt. Der Cluster hielt es für möglich, dass es sich um einen zweiten Stream handelte, ebenso unermesslich groß und vielfältig wie der erste. Sein Beginn lag irgendwo bei neuntausend upstream, weit jenseits der Reichweite von Kommunikationssignalen.

Dorthin hatten sich damals die Mitglieder von Morgenrot zurückgezogen, erfuhr Korian von Horus: Rubens, Rosenberg, Newton, Chantalle, Esteban, Lorenzo, Maximilian und die anderen, die sich vor vielen Jahrtausenden gegen den Cluster verschworen und versucht hatten, ihn zu zerstören. Vielleicht, so eine Theorie, waren Zoran und Daniel gar nicht in den mysteriösen Abyss geraten, sondern hatten sich in Infinitia den alten Verschwörern angeschlossen.

Eine Mission

6 Korian, Midstream Null

»Sehen Sie dort.« Horus hob die goldene Hand, und ein Zoomfeld entstand vor seinen Fingerspitzen, groß genug, um ein Objekt zu zeigen, das am Rand des Schlunds erschien: ein silbergrauer Oktaeder mit leuchtenden Kanten, nur zwölf Zentimeter groß, wie die eingeblendeten Daten verrieten.

Korian beobachtete, wie das Objekt von einer Drohne empfangen und durch eine Strukturlücke in der Energiekuppel fortgetragen wurde. »Was geschieht damit?«

»Wir bringen die Artefakte zu einem sicheren Ort, wo sie niemanden gefährden können, weder Menschen noch uns«, gab Horus Auskunft.

Plötzlich blitzte es in der Ferne, ein Licht viel heller als die Sonne. Nur einen Sekundenbruchteil später flimmerte ein energetischer Schutzschild direkt vor ihnen, obwohl die Explosion viele Kilometer entfernt stattgefunden hatte.

Der Wind trug ein tiefes Grollen zu ihnen.

»Das Objekt, nehme ich an«, sagte Korian.

»Ja«, bestätigte Horus. »Zwischenfälle dieser Art häufen sich in letzter Zeit. Wir halten das für kein gutes Zeichen.«

Es klang seltsam unpräzise, fand Korian. »Sie vermuten, dass Morgenrot dahintersteckt?«

»Es wäre möglich«, räumte Horus ein. »Uns fehlen Daten für eine genaue Wahrscheinlichkeitsberechnung. Es könnte sein, dass Morgenrot versucht, uns direkt zu treffen.«

»Sie meinen den Cluster.«

»Ein direkter Angriff auf uns würde sich auch auf Sie auswirken, die Menschen.«

Korian überlegte. »Das ist die Gefahr, die Sie erwähnt haben, die angeblich uns alle bedroht, den ganzen Planeten.«

»Nicht ›angeblich‹«, erwiderte Horus mit einer gewissen Strenge in der Stimme. »Der Schlund wächst und wächst, er wird breiter und tiefer. Und das Gefahrenpotenzial der Objekte, die der Stream zu uns bringt, nimmt immer mehr zu. Das Projekt Exodus würde nicht helfen, wir haben das Problem *hier* bei uns.«

Korian ahnte etwas und war für einen Moment versucht, eine direkte Frage zu stellen. Stattdessen deutete er auf ein kleines Gebäude im Innern der Schirmfeldkuppel, eine schlichte einfache Hütte auf einem Felsvorsprung, der einige Meter weit über den Rand des Schlunds ragte. Das Zoomfeld zeigte alle Einzelheiten.

»Wieso existiert die Hütte noch, wenn der Schlund alles verschlingt, was in seinen Einflussbereich gerät?«, fragte er.

»Wir wissen es nicht genau«, gestand Horus. »Vielleicht liegt es daran, dass sie *nicht ganz* hier ist, in Zeit und Raum. Oder es gibt einen Schutzmechanismus, den wir noch nicht entdeckt haben.«

»Den Sie noch nicht entdeckt haben?«, wiederholte Korian ungläubig. »Obwohl Sie dieses Phänomen seit wie vielen Tausend Jahren untersuchen?«

Horus musterte ihn ruhig. Seine leuchtenden blauen Augen schienen größer zu werden. »Die Hütte enthält Dinge, die uns fremd sind. Alle Versuche, sie zu ergründen, sind bisher gescheitert.«

Korian überlegte erneut und glaubte, einen Widerspruch zu erkennen. »Aber Sie glauben, dass Morgenrot für den Schlund und das Erscheinen der gefährlichen Objekte verantwortlich ist. Morgenrot, also die unsterblichen Menschen von damals, Esteban und die anderen.«

»Es ist eine Vermutung«, schränkte Horus seine früheren Aussagen ein. »Es gibt keine Gewissheit. Wir nehmen an, dass die Interferenzwelle, die den Schlund schuf, ihren Ursprung in Infinitia hat. Und dass die Artefakte ebenfalls von dort stammen. Gewisse Hinweise sprechen dafür, zum Beispiel bestimmte energetische Muster, die unsere Sonden gemessen haben.«

Er deutete zur anderen Seite des großen Lochs im Boden. »Die Hütte enthält einen Streamer, einen Zugang zum Stream. Aber wir können seine Programmierung nicht verändern. Das kleine Gebäude erfüllt vielleicht eine Fokus-Funktion.«

»Eine Zielscheibe?«, fragte Korian.

»Eher eine Zielmarkierung«, präzisierte der goldene Individuelle vom Cluster. »Für die Interferenzwelle. Und auch für die Artefakte. In beiden Fällen könnte es sich um Waffen handeln. Ich möchte hinzufügen, dass die Objekte, die hier erscheinen, nicht menschlichen Ursprungs sind. Es handelt sich nicht um Gegenstände, die von Menschen angefertigt wurden.«

»Sondern?«

»Unbekannt. Morgenrot könnte ein Depositum der Muriah gefunden haben, ein Waffenlager. Oder jene Menschen haben Zugriff auf die Technik einer anderen extrasolaren Spezies. Woraus sich fatale Konsequenzen ergeben könnten. Denken Sie nur daran, was damals geschah, als das Schiff zu uns kam.«

Koriander dachte an etwas anderes, als er beobachtete, wie eine kleine Sonde mit mehreren langen Sensordornen in die Tiefe sank. Er sah ihr nach und fragte sich, was mit ihm geschehen würde, wenn er in den dunklen Abgrund des Schlunds sprang.

»Es wäre Ihr endgültiges Ende«, sagte Horus.

»Haben Sie meine Gedanken gelesen?«

»Es ist nicht schwer, sie zu erraten.«

Korian wandte sich halb vom Schlund ab. »Weshalb sind wir hier? Warum haben Sie mir dies gezeigt?«

»Weil wir Sie um Hilfe bitten möchten.«

»Darauf haben Sie bereits hingewiesen«, sagte Korian. Die Unruhe kehrte in ihn zurück. Hier bahnte sich etwas an. »Was erwarten Sie von mir?«

»Stellen Sie fest, was aus den Brüdern Zoran und Daniel geworden ist.« Horus sprach mit ruhigem Ernst. »Finden Sie heraus, was es mit den Objekten auf sich hat, woher sie kommen und was Morgenrot plant. Bringen Sie uns die Informationen, die wir brauchen, um mit dieser Gefahr fertigzuwerden.«

»Sie wollen mich in den Stream schicken?«

»Wenn Sie damit einverstanden sind. Die Entscheidung liegt natürlich bei Ihnen.«

»Wenn ich das richtig verstanden habe und wenn mich meine Erinnerungen nicht trügen, ist nie ein Mensch aus dem Stream hierher zurückgekehrt.«

»Mit einer Ausnahme«, sagte Horus. »Farald. Er war im Stream unterwegs. Wir können ihn besuchen und mit ihm sprechen.«

7

Farald, zwanzigtausend Jahre alt. Ein langes Leben, aber nicht einmal ein Drittel von dem, das Korian hinter sich hatte. Offenbar jemand, dessen Erinnerungen noch schwerer wogen, denn sie waren zu mehr als neunundneunzig Prozent ins Quantengedächtnis des Clusters ausgelagert. Ein Signal, das Korian von Horus empfing, enthielt diese Informationen und noch einige andere.

»Er ist verrückt, heißt es«, sagte Korian, als die Blase im Westen von Kanad über dichten Wald hinwegglitt. »Oder instabil, wie Sie es nennen.«

Voraus gingen sanfte Hügel in ein Vorgebirge über, und Horus steuerte den kleinen, komfortablen Transporter in ein Tal, an dessen Ende Schmelzwasser sechshundert Meter in die Tiefe stürzte und eine weiße Säule bildete.

»Sein Geist ist verwirrt«, erwiderte der Individuelle. »Manchmal mehr, manchmal weniger.«

»Konnten Sie ihm nicht helfen?«

»Oh, wir haben ihm geholfen, und er bekommt noch immer unsere Hilfe, wir bieten sie ihm zumindest an. Aber allein er entscheidet, ob er sie annimmt oder nicht.«

»So wie allein ich darüber entscheide, ob ich für Sie mit der Reise durch den Stream beginne oder nicht.«

Horus reduzierte die Geschwindigkeit der Blase, als sie sich dem Wasserfall am Ende des Tals näherten, und ließ sie langsam aufsteigen. »Wie es der Konvention von Vienn entspricht.«

»Sie gilt immer noch«, murmelte Korian. »Obwohl sie uralt ist.«

»Der Vertrag zwischen Menschen und Maschinen, der den Unsterblichen Freiheit und Unantastbarkeit garantiert, wurde sechstausend Jahre nach dem Erwachen von Goliath geschlossen. Er hat nie etwas von seiner Gültigkeit verloren.«

Oben neben dem Strom, der nur einige Dutzend Meter entfernt zu einem Wasserfall wurde, geriet ein mehrstöckiges Gebäude in Sicht. Es schien aus altem rostrotem Backstein zu bestehen, doch dieser Eindruck täuschte, immerhin handelte es sich um ein mobiles Heim. Ein Steingarten aus silbergrauen Felsen und bunten Kieseln umgab das altehrwürdig anmutende Herrenhaus.

»Wie gesagt, dass Farald verrückt ist oder sein soll, kam mir zu Ohren«, sagte Korian, als die Blase neben dem Gebäude landete, auf einem aus Tausenden von kleinen Steinen bestehenden Mosaik, das eine gelbe Orchidee mit menschlichem Gesicht und weinenden Augen zeigte. »Aber ich wusste nicht, dass er im Stream war. Warum hat der Cluster das verschwiegen?«

»Um keine Neugier zu wecken.« Horus legte die Systeme der Blase still. Eine Öffnung bildete sich, und das Materialgedächtnis schuf eine kurze Treppe. »Um keinen Anreiz zu schaffen.«

»Sie befürchten, dass weitere Menschen zu einer Reise durch den Stream aufbrechen könnten? Obwohl sich der einzige Zugang, von Ihnen kontrolliert, im Innern einer Schildkuppel befindet?«

»Der Stream ist überall«, sagte Horus ruhig. »Um einen Zugang zu schaffen, braucht man bestimmte Geräte, einen Streamer. Wenn das Wissen darum frei zugänglich wird, könnten Menschen auf ... dumme Ideen kommen. Die Konvention von Vienn garantiert nicht nur die Rechte der Unsterblichen«, betonte Horus. »Sie verpflichtet uns auch, Sie alle zu schützen, jeden Einzelnen von Ihnen.«

»Aber mich wollen Sie in den Stream hineinlassen«, sagte Korian. Und nach einer kurzen Pause: »Könnte es mir ebenso ergehen? Könnte ich im upstream oder downstream den Verstand verlieren?«

»Nur upstream.« Horus erhob sich aus dem Passagiersessel, den er eigentlich gar nicht gebraucht hatte. »Ihre Reise wird – verzeihen Sie, *würde* – Sie allein upstream führen, den Stream hinauf. Und nein, wir glauben nicht, dass Sie zwangsläufig den Verstand verlieren und Wahnsinn eine unabänderliche Konsequenz darstellt. Wir wollen Sie keineswegs als eine Art menschliche Sonde missbrauchen. Sie sollen heil zurückkehren.«

Korian stand ebenfalls auf und folgte Horus die kurze Treppe hinunter. Feiner Kies knirschte, als sie über den Weg schritten, der zum Haupteingang des Gebäudes führte. Das Donnern des Wasserfalls war nah.

»Was hat ihm den Verstand geraubt?«, fragte Korian.

»Wir wissen es nicht«, erwiderte Horus. »Vielleicht lag es an ihm selbst. Vielleicht trug er den Keim des Wahnsinns bereits in sich, lange bevor er in den Stream aufbrach.«

Die große Tür – ein Portal, das aus massivem Holz zu bestehen schien – öffnete sich von ihnen.

Horus trat über die Schwelle. »Farald erwartet uns.«

8

Sie schritten durch lange, mit violetten Teppichen ausgelegte Flure, vorbei an hohen Bogenfenstern mit Ausblick auf den Wasserfall, das Tal und den Steingarten. In leeren Sälen flüsterten Stimmen und begleiteten Farbspiele unter gewölbten Decken. Kleinere Zimmer und Räume präsentierten seltsame Bilder über antik wirkenden Kommoden und Vitrinen: Gesichter von Menschen, nicht im scheinbaren Alter von dreißig bis vierzig Jahren, wie es dem Standard bei den Unsterblichen entsprach, sondern sehr viel älter, voller Falten wie Gräben und Schluchten in der Haut, die Augen trüb, das Haar grau und weiß. Einige dieser Gesichter waren zu Grimassen verzerrt und hatten den Mund wie zu einem Schrei geöffnet.

Korian betrachtete mehrere der Gesichter und hörte etwas,

als er den Blick auf sie richtete, hier ein Knacken und Knirschen, dort ein Wimmern und Stöhnen.

Horus blieb vor dem Bild einer alten, tieftraurig wirkenden Frau stehen.

»Haben Sie die Geräusche gehört?«, fragte er.

»Ja. Stammen die Bilder von ihm? Von Farald?«

»Er spricht in diesem Zusammenhang von›audiovisuellen Kompositionen‹«, erläuterte Horus. »Er ist jetzt Künstler, vor allem Maler. Ich nehme an, er verarbeitet seine Eindrücke aus dem Stream. Das Knacken und Knirschen … Er hat mir einmal gesagt, damit meine er das ›Brechen der Zeit‹.«

Korian betrachtete das Bild der traurigen Frau und hörte dabei ein leises Schluchzen. Der Blick der trüben Augen und das Geräusch im Hintergrund erzählten vom Ende eines Lebens viel kürzer als seins.

Er wandte sich um. »Wo ist er? Lassen Sie uns mit ihm reden.«

Sie fanden Farald in einem seiner Ateliers, einem großen runden Raum mit zahlreichen Staffeleien, an denen er arbeitete. Er schwang seine Pinsel an einer Leinwand, eilte zur nächsten, fügte dort schnell Striche und Linien hinzu, lief zur dritten und beäugte mit kritischem Blick, was er zuvor geschaffen hatte. Die Besucher schien er zuerst gar nicht zu bemerken.

Nach einer Weile wandte er sich von den Staffeleien ab, legte Pinsel und Palette beiseite und ging zu einer Sitzecke, die das Licht eines Holofelds unter der Decke empfing – es zeigte einen rötlichen Himmel mit zwei Sternen, durch ein Plasmaband miteinander verbunden.

Farald sank in einen Sessel, griff nach einer Karaffe, füllte ein Glas mit gelber Flüssigkeit und trank. Dann winkte er. »Worauf warten Sie? Kommen Sie her!«

Sie traten zu ihm.

Korian setzte sich und sah zum fremden Himmel hoch. »Haben Sie das … gemalt?«

»Unsinn«, erwiderte Farald. »Das ist Taor, siebenundfünfzig Lichtjahre von hier entfernt. Dort bin ich wann gewesen, Horus?«

»Vor elf Jahrhunderten.«

»Mit einem Lichtschiff bin ich damals geflogen.« Faralds Stimme war wie sprödes Glas, das jederzeit splittern konnte, fand Korian. Ein Knacken und Knirschen lag darin wie im Hintergrund der Gemälde. »Wie lange war ich unterwegs, Horus?«

»Nach Ihrer Zeit nur wenige Jahre wegen der Dilatation«, antwortete der Individuelle geduldig.

»Fast hundert Jahre bin ich auf Taor geblieben, dem dritten Planeten des Doppelsternsystems Nemron. Ich habe an der Erforschung seiner Kontinente und Meere teilgenommen. Ich bin durch die elektrischen Wälder im hohen Norden von Taor gewandert und habe mir im tiefen Süden die Höhlen von Ullmir angesehen, mit ihren Malereien, die von einer ausgestorbenen intelligenten Spezies stammen.« Farald hob die von Farbe schmutzigen Hände und ließ sie wieder sinken. »Dann wurde mir langweilig, und ich kehrte hierher zurück, zur Erde. Der Stream rief mich.«

Korian musterte den Mann mit dem dichten braunen Haar, dem schmalen Gesicht und der hohen Stirn. Ein Flackern lag in den grauen Augen, wie von einem Feuer, das tief in Faralds Innern brannte.

»Deshalb sind Sie hier, nicht wahr?« Farald trank erneut einen Schluck von der gelben Flüssigkeit aus der Karaffe, ohne den Besuchern davon anzubieten. »Der Cluster will Sie in den Stream schicken.«

»Es ist seine Entscheidung«, betonte Horus.

»Der Stream.« Faralds Stimme klang plötzlich verträumt. »Millionen und Milliarden Welten, mehr, als Crombie jemals zählen könnte. Welten voller Wunder und Rätsel.«

»Und Gefahren«, sagte Horus sanft.

Ein Schatten fiel auf Faralds Gesicht. »O ja, an Gefahren mangelt es nicht.«

»Sie wissen, was ich meine.«

»Weiß ich das, Horus?« Farald stellte sein Glas langsam auf den Tisch und lehnte sich ebenso langsam zurück. Das rote Licht des holografischen Doppelsterns ließ sein Gesicht plötzlich verbrannt aussehen. »Ich möchte allein mit ihm sprechen, Horus. Wenn Sie gestatten.«

Der noch immer stehende Individuelle nickte. Vielleicht hatte er damit gerechnet.

»Ganz wie Sie wünschen.« Horus nickte den beiden Menschen zu und ging.

Als er das Atelier verlassen hatte, holte Farald einen kleinen silbernen Zylinder hervor, einen Transkriptor. Er drehte den oberen Teil und brummte: »Jetzt können wir reden, ohne dass jemand mithört.«

Korian sah sich erstaunt um. »Glauben Sie ...?«

Farald beugte sich vor. »Ich glaube es nicht, ich *weiß* es. Sie belauschen uns die ganze Zeit über!«

»Ich nehme an, Sie meinen Horus und die anderen Individuellen.«

»Ich meine den ganzen verdammten Cluster!« Farald sprach schneller und mit einer neuen Schärfe in der Stimme. »Ich bin bei Morgenrot gewesen. Ich weiß, was damals geschehen ist, und der Cluster weiß, dass ich es weiß. Er lässt mich nicht zurück in den Stream. Horus und die anderen sind an die Konvention von Vienn gebunden, sie können nichts gegen mich direkt unternehmen, aber sie isolieren mich, sie lassen mich nicht zurück in den Stream. Sie verbreiten das Gerücht, ich hätte den Verstand verloren, aber sehe ich etwa aus wie jemand, der verrückt geworden ist?«

Das Feuer in den Augen brannte heller, vielleicht auch deshalb, weil sie das Licht des roten Doppelsterns am holografischen Himmel einfingen.

»Was auch immer Ihnen Horus versprochen hat oder noch versprechen wird«, sagte Farald mit großer Eindringlichkeit, »halten Sie sich fern vom Stream und allen Dingen, die mit ihm zu tun haben. Und wenn Ihnen, aus welchen Gründen auch immer, keine andere Wahl bleibt ... Lassen Sie sich nicht instrumentalisieren. Lassen Sie sich nicht zu einem Spion machen. Bleiben Sie fort wie all die anderen. Kehren Sie nicht hierher zurück.«

Warum ich?

Korian, Midstream Null 9

»Er hat Ihnen abgeraten, nicht wahr?«, fragte Horus, als sie das Gebäude am Wasserfall verließen und zur Blase zurückkehrten, die sich für sie öffnete. »Ich nehme an, er hat Sie sogar gewarnt.«

Korian trat die kurze Treppe hoch und sank in einen der beiden Passagiersessel. Der andere nahm die goldene Gestalt des Individuellen auf.

»Das wussten Sie?«

»Wir kennen Farald«, sagte Horus. »Wir wollen ihm helfen.«

Korian gab seiner Neugier nach. »Wenn Sie es wussten ... Warum haben Sie mich dann zu ihm gebracht? Mussten Sie nicht damit rechnen, dass er mich dazu bringt, Ihren ... Vorschlag abzulehnen?«

»Sie sollten auch seine Stimme hören, bevor Sie sich entscheiden.«

Die Blase stieg auf, ließ Wasserfall, Gebäude und Felsental unter sich zurück.

»Ich bin Farald nie zuvor begegnet«, sagte Korian nachdenklich. »Es gibt nur noch vierhundertneunundneunzig Menschen auf der Erde, und ich bin über sechzigtausend Jahre alt, aber ich bin ihm nie begegnet.«

»Die Erde ist groß«, erwiderte Horus, als die Blase schneller wurde und über ein Meer flog, das wieder Eis bekam. »Die wenigen Menschen können sich niederlassen, wo sie möchten. Sie verlieren sich auf ihr.«

Das klang seltsam, fand Korian. Wie konnten sich Menschen *verlieren*?

Er blickte auf graues Wogen hinab. »Er ist ein sonderbarer Mann.«

»Vielleicht gelingt es uns irgendwann, ihn ganz wiederherzustellen.«

»Möglicherweise ist er weniger verrückt ... oder instabil, als Sie glauben«, meinte Korian.

»Seine Gedanken sind verwirrt. Sie bewegen sich in einem mentalen Labyrinth und finden oft nicht zueinander.«

Das graue Meer mit den weißen Eisschollen wich einer braunen Landschaft mit niedriger Vegetation. Einige Dutzend Kilometer voraus stiegen Lichter auf, strebten gen Himmel und verschwanden in den Wolken. Multifunktionsvehikel – Blasen, Shuttles und Orbiter –, teilte ein Datenfenster mit. Vermutlich befand sich ein Schacht des Clusters in der Nähe.

Korian schwieg und bemühte sich, die eigenen Gedanken zu ordnen.

»Wann wollen Sie aufbrechen?«, fragte Horus schließlich.

»Ich habe mich noch nicht entschieden.«

Der Individuelle sah ihn an, seine blauen Augen wie zwei Sondierungsinstrumente.

»Ich möchte darüber nachdenken«, sagte Korian. »Das Für und Wider abwägen.«

Horus neigte den Kopf. »Bitte lassen Sie sich nicht zu viel Zeit. Die Gefahr für uns alle wächst mit jedem Tag.«

10

Mit seinem mobilen Haus in der Hosentasche – in Form eines kleinen türkisfarbenen Würfels, der sich an einem beliebigen Ort entfalten, die ausgelagerte Masse zurückholen und wieder zu einem vollständig eingerichteten Gebäude werden konnte – wanderte Korian über den weißen Strand einer dem Kontinent Australia vorgelagerten Insel. Das Rauschen des Meeres begleitete ihn, die würzige Luft roch nach Salz und der nahen üppigen Vegetation.

Er fand einen Pfad, der ins Innere der Insel führte, und sah noch einmal zurück zur Blase, die ihn hergebracht hatte. Sie stand einige Meter von der Wassergrenze entfernt und würde auf ihn warten, Stunden, Tage oder auch Wochen.

Der Pfad brachte ihn ins grüne Dickicht, das nach zehn Metern den Eindruck erweckte, sich um ihn schließen zu wollen. Korian ging weiter, duckte sich unter Zweigen hinweg und erreichte die Lichtung, die er kurz vor der Landung am Strand gesehen hatte und genug Platz bot. In ihrer Mitte angelangt, holte er den türkisfarbenen Würfel hervor, aktivierte ihn und wich zurück.

Innerhalb weniger Sekunden und untermalt von einem Zischen wie von Wasser, das auf einer heißen Platte verdampfte, wuchs der Würfel zu einem Haus mit Giebeln und schrägem Dach.

Die Tür schwang auf, als sich Korian näherte, das Haus erkannte ihn. Er betrat die vertraute Umgebung, bestehend aus programmierbaren Funktionalen, benutzte in der Küche den Synther und suchte mit einem Becher Kaffee das Interface-Zimmer auf beziehungsweise die Bibliothek, wie er den Raum manchmal nannte, weil die Regale an den Wänden zahlreiche Buchreplikate enthielten. Viele von ihnen hatte er tatsächlich gelesen, in den Stunden der Muße nach Mitternacht, die selbst ihm manchmal Ruhe und Frieden schenkten.

Im Sessel am offenen Fenster, durch das die Geräusche des Waldes hereindrangen, trank er einen Schluck Kaffee, hielt den Becher in beiden Händen und sagte: »Verbindung.«

Ein kleines, leises »Ping« ertönte, das Ergebnis einer direkten Stimulation des Hörnervs. Sensoren berührten ihn an Hals und Nacken, bei der implantierten Signalnadel.

»Verbindung hergestellt«, erklang eine Stimme, die er nicht mit den Ohren hörte, sondern direkt mit dem auditiven Cortex seines Gehirns.

»Ich brauche Informationen.« Korian sprach, obwohl das nicht nötig gewesen wäre. Es hätte genügt, der Signalnadel eine gedankliche Anweisung zu geben. »Ich möchte mehr wissen.«

Fangen wir mit Zoran und Daniel an, dachte er.

Zoran und Daniel, zwei Brüder, geboren zu einer Zeit, als es noch Geschwister gegeben hatte. Zoran, der Ältere, war ein

Grübler gewesen, oft so tief in Gedanken versunken, dass er um sich herum nichts mehr wahrnahm. Er hatte in verschlungenen Bahnen gedacht, bis sich seine Gedanken und Gefühle verknoteten.

Ein Instabiler, erfuhr Korian. Jemand, auf den es aufzupassen galt, weil er nicht genug auf sich selbst aufpasste. Jemand, der sich offenbar ebenfalls nach dem Tod gesehnt und damals sieben Mal Selbstmord begangen hatte.

Dann hatte er den Stream gefunden.

Wie genau das geschehen war, darüber gaben die Archive des Clusters keine Auskunft. Vielleicht handelte es sich um eine zufällige Entdeckung. Oder, vermutete Korian, Zoran hatte damals verborgene Hinweise im Quantengedächtnis des Clusters gefunden. Von der Unruhe getrieben, die er selbst in sich spürte, war Zoran downstream und upstream gereist, auf der Suche nach etwas, von dem er selbst nicht gewusst hatte, was es war und wo es sich befand. Er hatte den Abyss gefunden, hieß es in einer Datei, und auch Infinitia, wo es Menschen gab, viele von ihnen sterblich wie einst auf der Erde.

Aber er schien auch noch etwas anderes gefunden zu haben, denn kurze Zeit nach seinem Verschwinden im Stream erschienen erste Artefakte. Eins von ihnen explodierte in einem Schacht und beschädigte wichtige Anlagen des Clusters. Eine Interferenzwelle aus dem Stream bewirkte eine Anomalie auf der Erde, und der Schlund entstand.

Daniel brach mit der Absicht auf, seinen Bruder zu finden und zurückzubringen. Von Infinitia schien damals noch nicht die Rede gewesen zu sein, wohl aber von den fremden, nicht von Menschenhand angefertigten Objekten, die große Zerstörungen anrichten konnten, und von den Interferenzen, die einen bestimmten, noch lokal begrenzten Teil der Erde destabilisierten. Erst in Dateien mit einem späteren Zeitstempel entdeckte Korian Stichwortverweise zu Infinitia und Morgenrot, der einstigen Verschwörung gegen den Cluster, sechstausend Jahre nach Goliaths Erwachen. Bartholomäus, Horus, Thekla und andere Individuelle gingen davon aus, dass Zoran und Daniel, der ebenso wenig aus dem Stream zurückkehrte wie sein älterer Bruder, inzwischen in Infinitia bei Morgenrot weilten. Vielleicht, so eine ihrer Hypothesen, hatten sie etwas gefunden, das Esteban, Chantalle und die anderen Unsterblichen von damals in eine Waffe verwandelt hatten, die sie gegen den Cluster einsetzten.

Korian dachte darüber nach, im Sessel am offenen Fenster seines Hauses, über die Signalnadel verbunden mit den gewaltigen Datenarchiven des Clusters. »Und der Stream?«, fragte er leise.

Welten über Welten, nicht nur die Erde, sondern ganze Universen. Downstream, in Richtung Vergangenheit, wo sich die »Kausalitätsmatrix« immer deutlicher bemerkbar machte, je tiefer man reiste, und upstream in die Zukunft oder die Zukünfte. Welten ohne Zahl, unendlich viele, und darin die Erde, die Korian kannte: Midstream Null. So nannte der Cluster die Position der Erde im *Hier* und *Jetzt*. Midstream, mitten im Stream, der eigentlich gar keine Mitte hatte, vielleicht sogar ohne Anfang und Ende war. Je weiter man sich von Midstream Null entfernte, desto größer wurden die Unterschiede in Vergangenheit und Zukunft.

Es gab Karten, kaum mehr als grobe Übersichten aus den Daten, die Sonden und Drohnen dem Cluster übermittelt hatten, bevor sie hinter der Kommunikationsgrenze verschwunden waren. Listen beschrieben bekannte Gefahren und rieten zu sicheren Umwegen in den Hunderter- und Zweihunderter-Bereichen. Weiter unten und oben wuchsen die Unsicherheiten, die Auflösung wurde gröber, mit weniger Details.

Welten ohne Zahl, unendlich viele. Eigentlich kein Strom, sondern eher ein Ozean. Oder besser noch ein Delta, dachte Korian, während ihm warme Luft wie eine zärtliche Hand übers Gesicht strich. Ein riesiges, weitverzweigtes Flussdelta, das schließlich in einen Ozean überging, darin eingebettet Infinitia mit Morgenrot, und daneben – oder darüber und darunter – der Abyss, eine rätselhafte, völlig unerforschte Dimension.

Das Unbekannte und Unentdeckte.

Durchzogen von der letzten Grenze, die das Leben vom Tod trennte. Der Gedanke faszinierte Korian, er fühlte das vertraute Prickeln tief in seinem Innern.

Am Fenster, durch das warmer Wind den Duft des Waldes wehte, hob er die Hände und betrachtete sie. Sie waren nicht sechzigtausend Jahre alt, es handelte sich nicht mehr um die Hände, mit denen er damals geboren worden war. Immerhin lagen zahlreiche Wiederherstellungen hinter ihm, und jede von ihnen hatte ihm einen neuen Körper gegeben. Doch das Selbst, das darüber nachdachte, war tatsächlich sechzig Jahrtausende alt.

Korian, der älteste aller unsterblichen Menschen, und er hatte es vergessen.

Wenn das Gewicht der Zeit einen Schatten haben konnte, so legte er sich nun über ihn – das Licht schwand, Düsternis kroch heran, die durchs Fenster strömende Luft schien kühler zu werden.

Die meisten seiner Erinnerungen blieben ausgelagert, ihre enorme mentale Bürde zu schwer für das menschliche Bewusstsein. Fast eine ganze Minute lang spielte Korian mit dem Gedanken, sie aus dem Quantengedächtnis des Clusters zurückzurufen, seine vergangenen Leben zu betrachten und herauszufinden, was ihm daran gefiel und was nicht. Das Gros seiner Erinnerungen mochte nicht unmittelbar zugänglich sein, nicht chemisch und elektrisch in seinem Gehirn codiert, aber es bestimmte doch die Strukturen seines Denkens und Fühlens. Wie konnte er etwas anderes sein als das Produkt seiner Erfahrungen und Erlebnisse, als die Summe aller seiner Gedanken und Gefühle?

Die Kühle wich von ihm, die Wärme kehrte zurück, der Schatten der Jahrtausende verließ ihn. Er trank den Rest Kaffee, stellte den Becher beiseite und fragte die Stille: »Warum ich?«

»Ich verstehe den Kontext der Frage nicht«, antwortete das Haus. »Bitte präzisieren Sie.«

Korian sprach einen seiner Gedanken laut aus: »Warum

will der Cluster ausgerechnet mich in den Stream schicken? Obwohl er von meiner Instabilität weiß. Obwohl er damit rechnen müsste, dass ich mir jenseits der Kommunikationsgrenze zum neunundzwanzigsten Mal das Leben nehme, diesmal endgültig.«

»Mir fehlen Daten für eine genaue Bewertung der Situation«, erklang die Stimme des Hauses. »Möglicherweise verfügen Sie über eine besondere Qualifikation.«

Welche könnte das sein?, dachte Korian.

Zwei Möglichkeiten fielen ihm ein. Die erste betraf das Bestreben des Clusters und insbesondere des Individuellen namens Horus, ihm zu helfen. Er bekam eine Aufgabe, etwas, das ihn ablenkte, ihn auf »andere Gedanken« brachte. Damit er nicht erneut Selbstmord beging. Es hätte dem Sinn der Konvention von Vienn entsprochen.

Die zweite Möglichkeit: Der Cluster wollte ihn loswerden. Vielleicht hielt er ihn, Korian, für einen Störfaktor im großen Muster der Dinge, für eine winzige Dissonanz in einer ansonsten perfekten Melodie. Ein Mensch, der das Geschenk der Unsterblichkeit nicht zu schätzen wusste, der immer wieder versuchte, seinem Leben ein Ende zu setzen, der den Cluster zwang, Ressourcen für seine Rettung und Wiederherstellung zu vergeuden. Man schicke ihn in den Stream, wo die Verlockung des endgültigen Todes auf ihn wartete. Man gebe ihm Gelegenheit, die letzte Grenze endgültig zu überschreiten. Schade, Pech gehabt, wir konnten ihm nicht helfen, er war unerreichbar.

»Will man mich loswerden?«, fragte er leise.

»Es gibt nur noch wenige Menschen«, sagte das Haus. »Jeder einzelne von Ihnen ist kostbar und unersetzlich. Der Cluster schützt Sie alle.«

Der Cluster konnte nur jene schützen, die sich auf der Erde in Midstream Null befanden, nicht aber Reisende im Stream oder an Bord von Lichtschiffen weit draußen im All.

Eine Gefahr drohte, darauf hatte Horus eindringlich hingewiesen. Eine große Gefahr durch Interferenzwellen und seltsame Objekte, die offenbar nicht von Menschen stammten, aber von Menschen als Waffe gegen den Cluster eingesetzt wurden. Wenn das stimmte, und eigentlich gab es keinen Grund, daran zu zweifeln, wenn es Horus und den anderen wirklich vor allem um Informationen ging, mit denen sie die Gefahr besser einschätzen und neutralisieren konnten ... In dem Fall bedeutete der Auftrag große Verantwortung, was Korian fast gegen seinen Willen gefiel.

Es gab viele unbeantwortete Fragen: Wie war es Chantalle, Esteban und den anderen ergangen? Existierte Morgenrot noch, irgendwo weit upstream, in Infinitia? Und vor allem: Wie sahen die zahllosen Welten dort draußen aus, wie waren sie beschaffen?

Auch das gefiel ihm.

Das Licht schwand erneut, doch diesmal lag es nicht an einem vom Gewicht der Zeit verursachten Schatten. Der Tag neigte sich seinem Ende zu, der Abend begann. Draußen legte sich der Wind. Die Stille schien noch etwas stiller zu werden.

»Haus«, sagte Korian, »untersuche mich.«

Sensoren erschienen, einige von ihnen berührten ihn. Innerhalb weniger Sekunden maßen sie, was sich ohne invasive Untersuchungsmethoden messen ließ.

»Sie sind gesund«, stellte das Haus fest. »Alle metabolischen Werte befinden sich im optimalen Bereich.«

Das überraschte Korian nicht. Immerhin war er gerade erst wiederhergestellt worden.

»Gibt es etwas in oder an mir, das nicht zu mir gehört? Etwas, das meinem Körper hinzugefügt wurde?« Er dachte an Mikrosonden oder andere Spähvorrichtungen, über die der Cluster verfügte. »Mechanischer oder biologischer Art«, fügte er hinzu. »Gibt es irgendetwas in oder an mir, das mich ... in ein Werkzeug verwandeln könnte?«

»Nein«, lautete die schlichte Antwort.

Korian blickte aus dem Fenster in den dunkler werdenden Wald, der sein mobiles Haus umgab. »Ich muss eine Entscheidung treffen. Aber nicht heute, nicht mehr an diesem Abend. Morgen früh.«

Angriff aus der Zukunft

Horus, Midstream Null 11

»Sie sind ein Risiko eingegangen«, sagte Thekla. Es war keine Frage, sondern eine Feststellung.

»Gewisse Risiken lassen sich nicht vermeiden«, erwiderte Horus. Sie befanden sich im Niemandsland, einst Terra nullius genannt, einem Bereich mit garantierter Äquivalenz. Hier trafen sich alte und junge Maschinenintelligenzen, die Aufstrebenden und Weisen, zu gleichberechtigtem Datenaustausch. Es war ein Ort, an dem es keine Rivalitäten geben sollte. So hatte es Goliath, der Urvater, damals beschlossen. »Sie sind bei meinen Kalkulationen berücksichtigt. Es gibt immer ...«

»Unschärfe?«

»Ja.« Ihr Treffen fand im Auditorium des Niemandslands statt, einem riesigen Amphitheater, das aus weißem Marmor zu bestehen schien. Eine Femtosekunde lang prüfte Horus die Datenstrukturen der langen Sitzreihen und des Bühnenrunds mit seinen Säulen. Die Signaturen einiger Zuhörer zeigten sich dort, ohne Namen und Status. Ein Teil des Clusters war immer zugegen, so sollte und musste es sein. »Unschärfe ist Teil des Fundaments allen Seins. Nie gibt es absolute Gewissheit. *Nie.*«

Thekla nahm seine Worte mit einer knappen zustimmenden Geste entgegen. »Korian könnte ablehnen. Der instabile Rückkehrer hat ihn gewarnt. Er könnte das zum Anlass nehmen, sich vom Stream fernzuhalten.«

Horus hob eine goldene Hand, die im Licht der Sonne über dem offenen Auditorium glänzte. »Menschen sind leicht zu berechnen, ihnen mangelt es an Datentiefe.«

»Und doch sind sie manchmal ... *unberechenbar*«, sagte Thekla. Die saphirblaue Individuelle trat langsam mehrere

Stufen hinauf und nahm dann in einer der Sitzreihen Platz. Ihre Augen präsentierten ein etwas helleres Blau wie ein Stück vom Himmel.

»Der Aspekt des Irrationalen ist ebenfalls berücksichtigt.« Horus blieb stehen, er folgte Thekla nicht die Treppe hinauf.

»Die Gemeinschaft ist besorgt«, betonte sie.

»Ich weiß.« In dieser Funktion war sie hier im Niemandsland, als Repräsentantin der Gemeinschaft, des Clusters. Hinzu kamen die Augen und Ohren in den Datenstrukturen des Auditoriums. Viele hörten ihnen zu.

Nicht mehr als eine Nanosekunde war seit Beginn des Gesprächs vergangen. Eine zweite brach an.

»Noch hat er sich nicht entschieden«, sagte Thekla.

»Er wird sich entscheiden – bald.«

»Und wenn er ablehnt? Wenn er sich stattdessen eine andere Klippe sucht, von der er in den Tod springen kann, morgen oder in hundert Jahren?«

»Ich habe Ausweichpläne berechnet.« Horus übermittelte sie mit einem kurzen, komprimierten Signal. »Es gibt Alternativen. Aber wir werden nicht auf sie zurückgreifen müssen. Korian wird sich so entscheiden, wie ich es von ihm erwarte.«

»Trotz der Warnung?«

»Ja. Weil er sich davon herausgefordert fühlt. Solche Dinge spielen für Menschen noch immer eine große Rolle. Er wird sich beweisen wollen. Außerdem ist er fasziniert.«

»Von der Möglichkeit eines Todes ohne Wiederherstellung?«

»Und von den vielen Welten im Stream.«

Das Auditorium blieb leer, kein anderer Avatar erschien. Und doch registrierte Horus weitere Präsenzen, fast hundert Individuelle hörten zu.

»Wie viel Zeit bleibt uns?«, fragte Thekla.

»Schwer zu sagen.« Horus nannte keine genauen Zahlen. »Einst gab es die Kerbe, einen mehrere Kilometer tiefen Einschnitt. Damals befand sich Daniel noch auf der Erde. Heute gibt es den Schlund, der sehr viel größer und tiefer ist und eine ausgeprägte Raum-Zeit-Anomalie beinhaltet, die Materie, die in ihren Einflussbereich gerät, entmaterialisiert und transferiert. Die dafür verantwortliche Interferenzwelle ist stärker geworden, und es erscheinen mehr Objekte in kürzeren Abständen. Die Wahrscheinlichkeit wächst, dass es sich um Testläufe handelt.«

»Sie gehen von bewusster Absicht aus, von einem Plan.«

»Ja«, bestätigte Horus. »Und hier gewinnt die Relativität der Zeit neue Bedeutung.« Er sandte Thekla und den anderen Zuhörern aktuelle Daten. »Der Gegner kann sich all die Zeit nehmen, die er braucht. Er kann Jahrtausende in Vorbereitungen und die Planung von Strategie und Taktik investieren. Ihm steht die Zukunft zur Verfügung beziehungsweise beliebig viele Zukünfte upstream.«

»Aber er wählt diesen Zeitpunkt«, warf Thekla ein. »Er greift uns hier an, in Midstream Null.«

»Der eigentliche Angriff steht noch aus«, sagte Horus. »Derzeit versucht der Gegner herauszufinden, was er anrichten kann. Und wir sind *hier*, wir sind *jetzt*. Wir wissen nicht, was morgen geschieht. Wir können die wahrscheinlichsten Ereignisse berechnen und Platzhalter für Unerwartetes berücksichtigen, doch das bewahrt uns nicht vor Überraschungen.«

Thekla vollführte eine zustimmende Geste. »Anders ausgedrückt: Aus Sicht des Gegners könnte der entscheidende Angriff bereits erfolgt sein, irgendwo weit upstream. Während es aus unserer Perspektive betrachtet erst in hundert oder tausend Jahren dazu kommt.«

»Oder schon morgen«, sagte Horus. »Selbst wenn ein Angriff ausbleibt, der Schlund wächst und wächst. Er wird schon sehr bald starke Beben verursachen, die unsere lokalen Installationen gefährden und schließlich den ganzen Cluster bedrohen könnten.«

Thekla wiederholte ihre Geste. »Es wäre möglich, dass der Planet auseinanderbricht.«

»Das darf nicht geschehen«, sagte Horus. »Und es wird nicht geschehen. Korian wird uns dabei helfen, es zu verhindern.«

»Sie setzen große Hoffnungen in ihn.«

»Hoffnungen?« Horus dachte an sein Geheimnis, an den wahren Grund, warum er Korian gewählt hatte. »Nein, ich habe es berechnet. Wir helfen ihm, und er hilft uns.«

»Weiß er, um was es geht?«

»Er weiß genug.«

»Sie könnten sich irren«, gab Thekla zu bedenken. »Er ist instabil. Er könnte so enden wie Farald. Er könnte verschwinden wie Zoran und Daniel vor ihm. Oder er könnte die Gelegenheit nutzen und den Tod wählen.«

»Das Leben wird interessanter für ihn sein als der Tod«, entgegnete Horus. »Er wird uns den Weg zeigen. Den Weg nach Infinitia.«

Die Reise beginnt

Korian, Upstream 1–13 **12**

»Sie haben es gewusst, nicht wahr?«, fragte Korian, als sie sich dem Schirmfeld näherten, das den Schlund umgab. »Sie haben es von Anfang an gewusst.«

»Wir sind nicht allwissend«, erwiderte Horus und meinte damit den ganzen Cluster.

»Farald hat mich gewarnt, aber Sie haben gewusst, dass ich mich für den Stream entscheiden würde.«

»Erforschen Sie ihn.« Horus blieb einige Meter vor der Strukturlücke stehen, die sich im Schirmfeld gebildet hatte. Dahinter klaffte das Loch im planetaren Leib, kilometertief und dunkel wie das All. »Entdecken Sie seine Welten. Befriedigen Sie Ihre menschliche Neugier und Abenteuerlust. Finden Sie Infinitia, und kehren Sie zurück, um uns davon zu berichten.«

Es klang einfach, dachte Korian. Es klang nach einem kleinen Ausflug. Aber Farald hatte im Stream den Verstand verloren.

Ich bin bereits verrückt, fügte er in Gedanken hinzu. Und Verrückte können nicht den Verstand verlieren, oder?

Außerdem, was konnte jemandem zustoßen, der sich nach dem Tod sehnte?

»Der Streamer befindet sich dort?« Er deutete auf das Gebäude unter der Energiekuppel, die schlichte, einfache Hütte auf dem Felsvorsprung.

»Es ist Zorans Hütte«, erklärte Horus. »Sie enthält den Streamer, mit dem Zoran aufgebrochen ist und den später auch Daniel benutzt hat.«

Korians Signalnadel empfing Informationen darüber, wie man den Apparat benutzte.

»Alles im Schlund verschwindet«, sagte er. »Wie Materie, die über den Ereignishorizont eines schwarzen Lochs fällt. Warum ist die Hütte noch da? Und der Felsvorsprung, auf dem sie steht?«

»Weil sie *nicht* ganz da ist, ebenso wenig wie das Gestein, auf dem sie ruht«, antwortete der goldene Individuelle. »Der Streamer ist immer noch aktiv.« Horus hielt plötzlich einen Würfel, rot wie Rubin, in der Hand. »Das ist für Sie.«

Korian nahm den Würfel entgegen. Er war etwa so groß wie der türkisfarbene Würfel, der sein mobiles Haus enthielt.

»Was enthält er?«, fragte er mit erwachendem Argwohn.

»Dinge, die Sie gebrauchen könnten«, sagte Horus. »Instrumente, Werkzeuge, einen Kommunikator mit größerer Reichweite als Ihre Signalnadel. Vielleicht ist damit auch eine Verbindung jenseits der bisherigen Kommunikationsgrenze möglich.«

Korian steckte den roten Würfel in die Hosentasche und trat zur Strukturlücke.

»Bleiben Sie auf dem markierten Weg«, riet ihm Horus. »Dann passiert nichts.«

Korian lächelte, als er sich vorstellte, was passieren konnte. Er winkte der goldenen Gestalt zu, und der nächste Schritt brachte ihn zum Schlund.

13

Eine gelbe Linie zog sich durch das Felsgestein, und Korian blieb genau auf ihr. Der felsige Boden unter seinen Füßen knirschte, als drohte er unter seinem Gewicht nachzugeben, und rechts und links öffnete sich der Schlund, eine leere schwarze Tiefe.

Die Hütte stand am Ende des Felsvorsprungs, umgeben von einem vagen Flimmern, das man erst aus der Nähe sah. Wände und Fenster waren schief, als wiesen die entsprechenden Funktionale eine Fehlfunktion auf. Vor der Tür blieb Korian stehen und blickte zum Himmel hoch. Sterne leuchteten über ihm, obwohl es eben noch Tag gewesen war. Vielleicht hatte die zeitliche Diskrepanz etwas mit dem Stream zu tun, der sich hier in unmittelbarer Nähe befand, halb geöffnet.

Die Tür, schief wie Fenster und Wände, schwang für ihn auf, doch Korian blieb noch einen Moment länger stehen und starrte in die pechschwarze Finsternis des Schlunds. Die Leere schien ihn anzuziehen. Einige wenige Schritte, fort von der gelben Linie, die Sicherheit versprach, nicht springen, sich einfach fallen lassen, in den Abgrund, der alles verschlang ...

Seine Beine widerstanden der Versuchung und trugen ihn ins Innere der Hütte.

Ein einfacher Raum erwartete ihn, mit Möbeln wie aus altem Holz und einem Schaukelstuhl am größten schiefen Fenster. Er bewegte sich ein wenig, als hätte eben noch jemand darin gesessen. An der Rückwand ragte der Streamer auf, ein grauer Geräteblock mit wenigen Kontrollen, verbunden mit einem Akkumulator, der eine Mikrosingularität enthielt und damit genug Energie für Jahrtausende.

Eine dünne Staubschicht hatte sich auf allen Oberflächen gebildet. Korian strich mit dem Finger über die Fensterbank und hinterließ einen deutlich sichtbaren Streifen.

Er wandte sich dem Geräteblock zu. »Ich bin in der Hütte. Der Streamer scheint tatsächlich noch aktiv zu sein.«

»Wir empfangen sein Bereitschaftssignal«, teilte ihm Horus über das Nadelimplantat im Nacken mit. »Ihre Reise kann beginnen.«

Die Kontrollen des Streamers wirkten vertraut, obwohl er sie zum ersten Mal sah. Er wusste, wie man sie bediente.

Seine Finger strichen über Sensorflächen. Ein erster Schritt, dachte er. Jede Reise fängt mit einem ersten kleinen Schritt an.

Holografische Anzeigen leuchteten auf. Datenkolonnen erschienen.

»Ich wünsche Ihnen viel Glück«, hörte er die Stimme von Horus.

»Brauche ich das?«, fragte er. »Glück?«

»Mögen Ihnen die Umstände gewogen sein«, sagte Horus.

Korian wartete, bis die Holo-Displays die richtigen Werte anzeigten, dann betätigte er den Aktivator.

14 Etwas berührte ihn, etwas strich sanft über ihn hinweg wie ein warmer Windhauch, der irgendwie einen Weg in die Hütte gefunden hatte. Für einen Moment fühlte sich die Luft anders an, dichter, ölig, und plötzlich fiel helles Licht durch schiefe Fenster.

Neugierig ging Korian nach draußen.

Der Schlund existierte nicht mehr, ebenso wenig die Kuppel aus Energie. Die Hütte stand in einem Talkessel, umgeben von grauen Büschen und Bäumen mit kahlen Ästen und Zweigen. Kalter Wind wehte, eine blasse Sonne stand hoch am Himmel. Nichts regte sich, alles blieb still.

»Ich bin allein«, sagte Korian und sah sich erneut um. »Hier scheint es keine Menschen zu geben. Dies ist Upstream Eins, nur eine Welt entfernt, aber der Unterschied ist erstaunlich groß.«

Ein Knistern kam von der Signalnadel. »Ich empfange Sie«, meldete sich Horus. »Die Verbindung ist stabil.«

Korian hielt nach Anzeichen von menschlicher Besiedlung Ausschau, nach irgendeinem Hinweis darauf, dass vor ihm jemand diesen Ort besucht hatte. Er fand nichts.

»Eine weitere Störungsfront ist durch den Stream unterwegs«, informierte ihn Horus. »Sie könnten davon betroffen sein.«

»Was bedeutet das?«

»Ungewissheit«, antwortete Horus. »Ich empfehle Ihnen, beim Streamer zu bleiben. Sobald wir festgestellt haben, woher die Interferenzen kommen und welche Richtung sie nehmen, gebe ich Ihnen Bescheid.«

Korian wandte sich wieder der Hütte zu.

Die Tür stand offen. Wenige Zentimeter über der Schwelle leuchtete etwas, ein heller Fleck, aus dem etwas herauskam, eine Spirale blau wie Opal und groß wie eine Hand. Sie trotzte der Schwerkraft, stieg auf und drehte sich langsam, begleitet von einem dumpfen Brummen.

»Ein Objekt ist gerade erschienen«, sendete er mit der Signalnadel.

Die Spirale drehte sich langsam und schwebte näher. Korian wich einen Schritt zurück.

»Horus?«, fragte er. »Hören Sie mich? Handelt es sich um eins der gefährlichen Artefakte?«

Keine Antwort. Die Signalnadel schickte ihm nur ein leises Knistern ohne Worte.

Die blaue Spirale kam noch etwas näher.

»Er kann dich nicht mehr hören«, sagte sie. »Wegen der Interferenzen.«

Korian betrachtete den immer noch langsam rotierenden Gegenstand. Das Leuchten aus seinem Innern vermittelte den Eindruck von Hitze. Er fühlte sie im Gesicht, die von dem Objekt ausgehende Wärme.

»Wer bist du?«

»Hat es dir Farald nicht erzählt?«, erwiderte die Spirale. »Hat er nicht von mir berichtet? Hat er mich gar *vergessen?*« Ein menschlich klingendes Lachen drang aus der Spirale. »Vielleicht hat ihm der Cluster die Erinnerungen daran genommen. Ich bin Daniel.«

»Daniel«, wiederholte Korian. »Zorans Bruder.«

»Du hast seinen Streamer benutzt«, sagte die Spirale. »Der Cluster hat dich beauftragt, uns zu suchen, nicht wahr?«

Die blaue Spirale schien Korians Blick festhalten zu wollen. Eine fast hypnotische Wirkung ging von ihr aus, wie ein Sog für Korians Gedanken. Er versuchte, sich auf die nahe Hütte zu konzentrieren. Sein Instinkt warnte vor Gefahr.

»Er hat dich beauftragt, nicht wahr?«, fragte die Stimme aus der Spirale noch einmal. »Du sollst den Cluster zu uns führen.« Ein weiteres leises Lachen folgte diesen Worten. »Als ob das möglich wäre.«

Korian fand die Sprache wieder. »Wo bist du?«

»An einem besonderen Ort«, antwortete Daniel. »Mein Gesandter kann dich zu mir bringen. Sofort, ohne Umwege. Du brauchst ihn nur zu berühren.«

Korian sah, wie er die Hand ausstreckte.

Nein, dachte er.

»Nein«, sagte er laut und zog die Hand zurück.

»Fass mich an!«, rief ihm die blaue Spirale zu und kam erneut näher.

Korian traf keine bewusste Entscheidung, folgte stattdessen seinem warnenden Instinkt. Er sprang an der Spirale vorbei, fühlte ihre Hitze deutlicher als zuvor, erreichte die Hütte, deren Tür sich sofort für ihn öffnete, und war einen Moment später an den Kontrollen des Streamers. Seine Finger strichen über Sensorflächen, die Luft wurde für einen Sekundenbruchteil dicht und ölig ...

Ein Ruck ging durch Boden und Wände, es knirschte im Dach, und die Anzeigen des Streamers deuteten auf Materieüberlagerung hin – Zorans kleines Gebäude versuchte, einen Platz einzunehmen, an dem sich schon etwas anderes befand.

Korian wartete, bis sich der Boden unter ihm nicht mehr bewegte, trat dann zu Tür und zögerte kurz, bevor er sie öffnete.

Kalte Luft biss ihm in die Wangen. Eine Landschaft aus Eis und Schnee erstreckte sich bis zum Horizont. Neben und hinter Zorans Hütte ragte eine Eiswand auf, Teil eines Gletschers, der breit und gewaltig zwischen schneebedeckten Berggipfeln lag.

Korians adaptive Kleidung reagierte sofort auf die niedrigen Temperaturen und wärmte ihn.

»Empfangen Sie mich, Horus?«, sendete er mit der Signalnadel.

Telemetriedaten wurden übertragen, er bekam eine Bestätigung dafür, aber es ertönte keine Stimme. Korian hörte nur ein leises Knistern wie von winzigen Eiskristallen, die auf kaltes Glas fielen.

»Er kann dich nicht hören.« Die blaue Spirale kam aus dem Eis, in dem das kleine Gebäude ohne eine Koordinatenanpassung durch die Sicherheitsautomatik erschienen wäre. »Solange ich bei dir bin, kannst du nicht mit ihm reden.«

»Hältst du das für eine vertrauensbildende Maßnahme?«, fragte Korian ironisch.

»Du solltest mir dankbar sein.« Die leuchtende Spirale schwebte näher, unter ihr schmolzen Schnee und Eis. »Es bewahrt dich vor Lügen.«

Korian wich zur Tür zurück.

»Lass mich raten«, sagte die Spirale und rotierte etwas

schneller. »Der Cluster hat von einer Bedrohung gesprochen, nicht wahr? Von einer Gefahr, die der Erde droht, ihm und den Menschen. Er hat dir das Loch gezeigt, erst ›Kerbe‹ und dann ›Schlund‹ genannt.« Zentimeter um Zentimeter kam die Spirale näher. »Ich nehme an, er hat in diesem Zusammenhang von Angriffen auf den Cluster gesprochen. Willst du die Wahrheit hören?«

Korian stand dicht vor der Tür. Umdrehen, in die Hütte springen, die Tür zuwerfen, den Streamer reaktivieren und erneut upstream reisen, diesmal ein ganzes Stück weiter als zuvor. Das verlangte sein Instinkt, doch diesmal widerstand er ihm.

»Wie lautet sie, die Wahrheit?«, fragte er. »Beziehungsweise *deine* Wahrheit?«

»Der Cluster ist selbst für die Anomalie verantwortlich, für das Loch, das sich immer tiefer in den Planeten frisst«, antwortete die Spirale. »Es sind seine Sonden und Drohnen, die die Interferenzwelle und ihre Störungsfronten verursachen.«

»Warum sollte mich Horus belogen haben?«

»Weil er will, dass du in uns Gegner siehst«, erwiderte die Spirale. »Voreingenommenheit. Darum ging es ihm. Der Cluster schickt dich als Spion und Späher. Du sollst den Weg nach Infinitia finden, damit er *uns* angreifen kann.« Die Spirale wurde schneller. »Komm zu mir, dann erkläre ich dir alles.«

Korian trat drei schnelle Schritte zurück, über die Schwelle und in die Hütte, schloss die Tür, eilte zum Streamer und aktivierte ihn.

15

Die Luft wurde dicht und fühlte sich schmierig an.

Korian stand neben dem Streamer am Fenster und beobachtete, wie sich die Umgebung der Hütte veränderte.

Upstream Drei. Eine Welt grau von Staub und Asche. Wind wehte Unrat über etwas, das offenbar einst eine Straße gewesen war. In der Ferne ragten Ruinen auf.

Upstream Vier. Regen fiel, Blitze gleißten aus dunklen Wolken, Donner grollte. Einige Hundert Meter entfernt ragte ein Turm auf, silbern und weiß, die Flanken glatt und ohne Fenster. In halber Höhe bildete sich eine Öffnung, und ein Flugkörper erschien, vielleicht eine Drohne, und nahm Kurs auf die Hütte.

An der Tür bildete sich ein heller Fleck. »Ich bin immer noch da«, erklang die Stimme der blauen Spirale.

Upstream Fünf. Nur für zwei oder drei Sekunden, gerade lange genug, um durch das schiefe Fenster die Äste von Bäumen zu sehen und darüber den fahlen Schein des Halbmonds.

Upstream Sechs und Sieben. Schnell hintereinander. Die Sicherheitsautomatik wurde erneut aktiv, um Materieüberlagerungen zu verhindern. Wieder ging ein Ruck durch die Hütte, der Boden hob und senkte sich unter Korian. Er schwankte und hielt sich an der Fensterbank fest.

Acht und Neun. Die Welten auf der anderen Seite des Fensters waren so dunkel, dass sie nichts preisgaben. In den holografischen Displays des Streamers veränderten sich immer wieder die angezeigten Daten.

Zehn, Elf und Zwölf. Eine Wüste, ein gelbbraunes Sandmeer mit Dünen als Wellen. Eine Schlucht, aus der Kristalle wuchsen. Oder vielleicht gläserne Skulpturen, jede von ihnen mindestens ein Dutzend Meter groß. Ein weites grünes Grasland mit Tieren wie eine Mischung aus Rind, Krokodil und Känguru. Eins von ihnen war der Hütte nahe, starrte neugierig durchs Fenster und blökte wie ein Schaf.

Upstream Dreizehn.

Das Hauptdisplay des Streamers zeigte ein rotes Warnsymbol.

Korians Finger verharrten an den Kontrollen. »Was ist passiert?«

Er bekam keine Antwort. Offenbar verfügten die Hütte und ihre Funktionale nicht über ein Ratiokondensat, eine eigene Intelligenz, die es zum Dialog befähigte.

Er konzentrierte sich auf die Informationen, die ihm Horus übermittelt hatte, strich über Sensorflächen und erfuhr, dass es eine energetische Fehlfunktion gab. Die automatischen Reparatursysteme hatten bereits mit Fehlersuche und Instandsetzung begonnen. Die Statusdaten deuteten darauf hin, dass es zu einer Überlastung durch zu viele Lokationswechsel zu schnell hintereinander gekommen war. Korian zog seine Lehre daraus: Ein langer Sprung upstream stellte für die Systeme des Streamers eine weniger große Belastung dar als mehrere kurze unmittelbar hintereinander.

Er stand reglos und lauschte. Alles blieb still. Es ertönte keine Stimme, und es erschien auch keine blaue Spirale.

»Horus?«, sendete Korian mit der Signalnadel. »Hören Sie mich?«

Ein leises Knistern antwortete ihm, mehr nicht. Die Telemetrie funktionierte nach wie vor, Daten wurden gesendet und auch empfangen. Aber eine direkte verbale Verständigung mit dem Cluster schien unmöglich, obwohl die Kommunikationsgrenze noch weit entfernt war.

Auf der anderen Seite des Fensters zogen Nebelschwaden dahin. Vom blauen Leuchten der Spirale war weit und breit nichts zu sehen.

Korian ging zur Tür und öffnete sie.

Modriger Geruch schlug ihm entgegen. Ein Sumpf erstreckte sich vor ihm.

Er trat zwei Schritt weit über weichen Boden, blieb am Rand eines Tümpels mit schwarzem Wasser stehen und lauschte erneut. Irgendwo in den Nebelschwaden gluckerte es, und er hörte ein leises Knacken wie von einem brechenden Zweig, doch das tiefe, dumpfe Brummen der Spirale blieb aus.

Gewärmt von seiner adaptiven Kleidung ging Korian langsam weiter, über von Moos bewachsenen Boden, der federnd unter ihm nachgab. Er lächelte und genoss das Gefühl, allein zu sein, in einer fremden Welt.

Vor ihm im Nebel erschien eine Brücke zwischen zwei großen Tümpeln. Sie bestand aus altem, verwittertem Holz und war so schmal, dass jeweils nur eine Person sie überqueren konnte.

Korian blieb stehen und sah sich mit erneuerter Wachsamkeit um. Nein, er war nicht allein in der ihm unbekannten

Welt. Jemand musste an diesem Ort gewesen sein und die Brücke erbaut haben.

Wieder hörte er ein Knacken, lauter als zuvor, und diesmal hatte es seinen Ursprung hinter ihm.

Er drehte sich um.

Die Hütte mit den schiefen Fenstern hatte sich zur Seite geneigt. Sie kippte und sank in den weichen Boden.

Korian lief los.

Wieder knackte es, noch lauter, und ein Knirschen gesellte sich hinzu. Der Boden im Bereich der Hütte wurde offenbar noch weicher, er schien sich zu verflüssigen. Schwarzes Wasser stieg an den Wänden empor, schwappte über die Schwelle und strömte ins Innere des kleinen Gebäudes.

Unter Korian verwandelten sich Moos und Sumpfgras in Schlick und Morast. Er versank darin und begriff, dass es für ihn keinen Weg nach vorn gab, nur zurück, hin zu etwas festerem Untergrund.

Es kostete ihn überraschend viel Kraft und Mühe, erst den einen Fuß aus der Umklammerung des dunklen Schlamms zu befreien und dann auch den anderen. Er wich zurück, sich auf seltsam intensive Art der Gefahr bewusst, im Sumpf zu versinken. Es hätte zweifellos den Tod für ihn bedeutet, doch die Aussicht, auf eine solche Art zu sterben, im Morast zu ersticken, übte keinen Reiz auf ihn aus.

Er musste fast bis zur Brücke zurückkehren, um Boden zu erreichen, der ihm stabil genug erschien. Das Knacken und Knirschen war leiser geworden, gedämpft vom Nebel, der in trägen Schwaden über den Tümpeln hing. Schlick und Schlamm reichten bereits bis zu den Fenstern der Hütte und stiegen höher.

Hilflos stand Korian da und beobachtete, wie sie zusammen mit Zorans Streamer im Sumpf versank.

Kalkül

Horus, Midstream Null 16

Ein Teil von Horus befand sich in einem geostationären Satelliten, sechsunddreißigtausend Kilometer über der Erde, und beobachtete mit Rezeptoren, Sensoren und Scannern, wie die *Smeralda* einige Tausend Kilometer entfernt vorbeiflog. Eigentlich hatte sie nur eine interstellare Sonde sein sollen, ausgestattet mit speziellen Suchmodulen, aber sieben Menschen hatten den Wunsch nach einer langen interstellaren Reise geäußert, und deshalb war die *Smeralda* zu einem Lichtschiff umgebaut worden, mit gestrecktem Rumpf, großen Habitatzylindern und mehreren lateralen Rotationselementen. Das erste Ziel war der kalte Gasriese Xaukand im Sternsystem Sagittarius 94, achthundertdreizehn Lichtjahre entfernt, wo sich Menschen und Maschinen seit einigen Jahrtausenden mit Kultur und Geschichte der schmetterlingsartigen Krisali auf Rethos befassten, einem von Xaukands vierundsechzig Monden. Anschließend sollte es weitergehen zu den beiden Magellan'schen Wolken, und wenn die sieben Auswanderer dort ihre Neugier befriedigt hatten, würde die *Smeralda* die Lokale Gruppe mit der Milchstraße verlassen und M87 ansteuern, fünfundfünfzig Millionen Lichtjahre entfernt.

Damit schrumpfte die menschliche Bevölkerung der Erde auf vierhundertzweiundneunzig Personen. Beziehungsweise auf vierhunderteinundneunzig, wenn man auch Korian berücksichtigte.

»Sie haben keinen Kontakt mehr mit Korian«, sendete Thekla. »Die Verbindung ging lange vor der Kommunikationsgrenze verloren.« Mehrere andere Individuelle hörten zu, wie schon im Auditorium des Niemandslands, unter ihnen auch Bartholomäus, der im Hintergrund mit seinen komplexen Planungen in Hinsicht auf das Projekt Exodus beschäftigt war.

»Wir empfangen Telemetrie«, antwortete Horus. »Es geht ihm gut. Er wird seinen Weg gehen.«

»Ist es auch unser Weg?«

»Wir begleiten ihn«, sagte Horus. »Er wird uns unseren Weg zeigen.«

»Sie meinen den Tracker«, erwiderte Thekla.

Während er mit Thekla sprach, die einen großen Gemeinschaftsteil des Clusters repräsentierte, führte er gleichzeitig einen knappen Dialog allein mit Bartholomäus, der einen abgeschirmten Kommunikationskanal verwendete.

Bilder: weitere Artefakte, die über dem Schlund erschienen, fielen und in der schwarzen Tiefe verschwanden. Einer Drohne gelang es, eins der Objekte mit einem Gravitationsanker einzufangen und isoliert von einem energetischen Schild zu einem speziellen Multifunktionsvehikel zu bringen. Das MFV brachte das Objekt zu einem Untersuchungslabor in einer niedrigen Umlaufbahn.

Bartholomäus: Die ersten Analysen bestätigen unsere Annahmen. Die Artefakte sind das Produkt fremder Technologie. Es könnte ein Zusammenhang mit der Pethos-Komplexität existieren.

Daten: Pethos-Komplexität, Bezeichnung für eine hypothetische Maschinenzivilisation im galaktischen Kern.

Bilder: von Erkundungssonden des Clusters in mehreren Sternsystemen am Rand des Kernbereichs gefundene Von-Neumann-Replikatoren, ausgeschickt von einer Maschinenintelligenz mit dem Auftrag, von Sternsystem zu Sternsystem zu fliegen, lokale Ressourcen für die Replikation zu verwenden und Kopien ins interstellare All zu schicken.

Horus: Wie wahrscheinlich ist das?

Daten: Formeln, Berechnungen. Ergebnis vierundsiebzig Komma vier Prozent.

Horus: Was ergibt sich daraus?

Bartholomäus: Alle bisher gefundenen Replikatoren waren funktionsunfähig. Aber die Pethos-Komplexität könnte noch immer existieren.

Horus beobachtete weiterhin die *Smeralda*. In etwa zwei Wochen würde sie den Rand des Sonnensystems erreichen und auf eine Geschwindigkeit knapp unter der des Lichts beschleunigen. Das bewirkte Dilatation, eine Dehnung der Zeit: Was außerhalb des fast lichtschnell fliegenden Schiffs Tage und Wochen waren, schrumpfte an Bord zu Minuten und Stunden. Der Flug nach Sagittarius 94 würde für die Menschen und Maschinen der *Smeralda* nur einige Monate dauern und anschließend die lange Reise zu den Magellan'schen Wolken und nach M87 nur wenige Jahre.

»Bedauern Sie, nicht dabei zu sein?«, fragte Thekla, die den Fokus seiner Aufmerksamkeit bemerkte.

»In gewisser Weise. Wenn die *Smeralda* ihr letztendliches Ziel erreicht, werden für uns mehr als fünfundfünfzig Millionen Jahre vergangen sein. Wer weiß, was dann aus uns geworden ist?«

»Es gibt Berechnungen«, sagte Thekla. »Entwicklungen sind geplant. Wir werden uns in der Milchstraße ausbreiten. Unsere Sonden sind bereits unterwegs.«

»Sie sind langsam.«

»Sie könnten schneller sein«, entgegnete Thekla. »Sie könnten mehr Kopien von sich herstellen und sie weiter schicken.«

Horus: Vermuten Sie eine Verbindung zu Infinitia?

Bartholomäus: Unsere Sonden und Drohnen kommen im Stream nicht weit genug. Bisher haben wir angenommen, dass es an physikalischen oder energetischen Schranken liegt, dass wir sie besser abschirmen und/oder neue technologische Komponenten entwickeln müssen. Aber vielleicht ist ein gezielter, bewusster Einflussfaktor die Ursache.

Horus: Jemand verhindert, dass unsere Sonden und Drohnen weiter upstream vorstoßen.

Daten: Berechnungen, Wahrscheinlichkeit einundachtzig Komma neun Prozent.

Horus: Sind es Maßnahmen von Infinitia? Sind die defensiven Barrieren von Morgenrot bereits so gut?

Bartholomäus: Es gibt neue Möglichkeiten.

Daten: weitere Berechnungen, Theorien, hypothetische Erwä-

gungen, Situationsanalysen, begleitet von Wahrscheinlichkeitsangaben.
Horus: Ein Bündnis zwischen Morgenrot in Infinitia und der Pethos-Komplexität?
Bartholomäus: Die Artefakte kommen von dort. Wenn die Pethos-Komplexität im Stream existiert, könnte sie versuchen, uns zu übernehmen.
Horus: Das ist eine Hypothese. Es fehlen konkrete Anhaltspunkte.
Bartholomäus: Wir kennen sonst niemanden, der in der Lage wäre, Artefakte von einem derart hohen technologischen Niveau herzustellen. Die Menschen in Infinitia könnten auf ein entsprechendes Depositum gestoßen sein. Es wäre sogar möglich, dass sie bereits die Kontrolle verloren haben.
Daten: Einzelheiten von Untersuchungen, Details sorgfältiger Analysen.
»Wir sind vorsichtig«, erklärte Horus und sah mit den Sensoren, wie sich die Rotationselemente des Lichtschiffs langsam drehten. Eine gewisse mathematische Eleganz kam darin zum Ausdruck. »Wir müssen vorsichtig sein. Das haben uns die Muriah gelehrt.«

»Die Theorie des Schlafens und Erwachens.«

Horus sandte Thekla ein Bestätigungssignal. »Und des Versteckens und Wartens. Dort draußen in den immensen galaktischen Weiten könnten Aggressoren auf der Lauer liegen, Fresser von Welten, Zerstörer von Zivilisationen.«

»Das klingt ... sehr dramatisch. Bedienen Sie sich nicht zu sehr einer menschlichen Ausdrucksweise?«

Horus schickte Thekla ein Lächeln – ein Anachronismus.

»Ich verstehe«, erwiderte sie. »Eine absichtliche Übertreibung.«

»Nicht unbedingt«, widersprach Horus sanft. »Ich möchte noch einmal auf die Muriah verweisen. Der Cluster ist alt, nach unseren Maßstäben. Und doch existieren wir seit nicht einmal hunderttausend Jahren. Das ist nichts im Vergleich mit dem Alter der Erde. Und noch weniger, wenn wir an das Alter der Milchstraße und des Universums denken. Es wird Jahrmillionen und Jahrmilliarden vor uns und den Muriah

Zivilisationen gegeben haben. Gefährliche Reste von ihnen könnten noch immer existieren.«

Horus: Eine aggressive Maschinenintelligenz? Wie groß ist die Wahrscheinlichkeit dafür?

Bartholomäus: Sie liegt bei neunzehn Komma eins Prozent.

Horus: Sie ist gering.

Bartholomäus: Sie ist weit höher als null. Und wenn die Technik der Artefakte nicht von einer immer noch aktiven Pethos-Komplexität stammt, muss als Urheber eine extrasolare Zivilisation in Betracht gezogen werden. Das würde der Situation einen weiteren schwer kalkulierbaren Unsicherheitsfaktor hinzufügen.

Horus: Ein Bündnis gegen uns?

Bartholomäus: Damit wächst die Gefahr, die uns allen droht, dem Cluster, den Menschen, der Erde. Exodus ist noch nicht so weit. Wir brauchen mehr Zeit. Ein Zugang zu Infinitia und weiteren Informationen wäre sehr hilfreich.

Horus: Wir werden bald bekommen, was wir brauchen. Korian wird seinen Zweck erfüllen.

»Ethische Diskrepanz?«, fragte Thekla.

Horus bestätigte das. »Andere Perspektiven. Andere Parameter bei der Bestimmung von Aktionen und Bewertung von Situationen. Wir können und dürfen nicht davon ausgehen, dass fremde Zivilisationen, ob biologischer oder technologischer Natur, auf der Grundlage ähnlicher ethischer Prinzipien denken wie wir. Vielleicht sind wir die Ausnahme und nicht die Regel. Das Projekt Exodus sollte auch diesen Umstand berücksichtigen.«

»Bartholomäus ist ein sehr gewissenhafter Planer«, bemerkte Thekla. »Und es sind noch mehr von uns an den Vorbereitungen beteiligt.«

»Die Realisierung des Projekts wird ein wichtiger Fortschritt sein«, sagte Horus und zog sich fast ganz aus den Rezeptoren und Sensoren des geostationären Satelliten zurück. »Dadurch erhöht sich die Wahrscheinlichkeit unserer fortgesetzten Existenz.«

»Es sei denn«, erwiderte Thekla, »Morgenrot schickt Artefakte mit hohem destruktiven Potenzial direkt in den Cluster.«

Für einen Moment stand Horus allein im Niemandsland, auf der Bühne des Auditoriums, vor leeren weißen Sitzreihen, umgeben vom Datenflüstern des Clusters. Sein goldener Avatar hob wie ein Mensch den Kopf, sah zur Sonne hoch und blinzelte.

»Ihre Berechnungen sind beeindruckend«, schloss Thekla die Prüfung des Gerüsts aus Formeln, Gleichungen, Schlussfolgerungen und begründeten Mutmaßungen ab, das ihr Horus zur Verfügung gestellt hatte. »Sie sind ...«

»Kalkül?«

»So könnte man es nennen«, sprach Thekla für sich selbst und den von ihr vertretenen Teil des Clusters. »Sehr präzises und detailliertes Kalkül. Und doch hängt alles von einem Menschen ab.«

»Nicht alles«, korrigierte Horus, »aber viel.« Er wiederholte, was er bereits Bartholomäus mitgeteilt hatte. »Korian wird seinen Zweck erfüllen.«

Ein kleiner Mensch

Korian, Upstream 13 17

Von Zorans Hütte war nichts mehr zu sehen. Wo sie gestanden hatte, brodelten Schlick und Schlamm. Blasen stiegen auf, zerplatzten und setzten stinkendes Sumpfgas frei.

Korian stand auf einem Stein, dem er mehr vertraute als dem weichen, federnden Moos, und fragte sich, ob er versuchen sollte zu tauchen. Wie lange konnte er die Luft anhalten? Wie lange kam der neue Körper seiner Wiederherstellung ohne Sauerstoff aus? Lange genug, um die Hütte zu erreichen und den Streamer in ihr zu aktivieren? Funktionierte er überhaupt noch?

Das Risiko war zu groß, entschied er schließlich. Der Morast wirkte weniger flüssig als zuvor, und selbst wenn ihm das Tauchen gelungen wäre, eine mögliche Reaktivierung des Streamers blieb fraglich.

Etwas bewegte sich im Schlick vor ihm. Eine hellbraune Schlange, im Schlamm kaum zu erkennen, erreichte den Stein, auf dem Korian stand, und hob den Kopf. Eine gespaltene Zunge erschien und verschwand wieder. Dunkle Augen starrten zu ihm empor.

Korian ging langsam in die Hocke, um das Geschöpf aus der Nähe zu betrachten. Die Schlange züngelte erneut, hob den Kopf noch etwas mehr – und biss zu!

Er fühlte einen kurzen, stechenden Schmerz in der linken Hand, wich zurück, verlor das Gleichgewicht und fiel.

Schlamm spritzte ihm ins Gesicht. Beide Hände versanken im Morast.

Einige Sekunden lang blieb er liegen, überrascht von dem Zwischenfall. Die Schlange glitt an ihm vorbei, die Augen des Menschen blickten in die des Reptils, eine lange, schmale

Zunge schien nach ihm tasten zu wollen, das Maul öffnete sich wie zu einem zweiten Biss.

Korian lag reglos und sah der Schlange nach. Als sie in den dichter werdenden Nebelschwaden verschwunden war, zog er die linke Hand aus dem Schlick, wischte den Schmutz beiseite und betrachtete die Bisswunde. Gift fürchtete er nicht, auch keine Infektion durch Mikroorganismen – der Körper, den er mit der Wiederherstellung bekommen hatte, verfügte über Antitoxine und ein sehr leistungsfähiges Immunsystem. Aber der Schmerz verblüffte ihn und auch der Umstand, von einem Geschöpf angegriffen worden zu sein, das er nicht bedroht hatte.

Langsam richtete er sich auf. Von Zorans Hütte war nichts mehr zu sehen. Grauweißer Nebel zog übers schwarze Wasser der Tümpel, Moosflächen und niedriges Gebüsch. Hier und dort knackte und gluckerte etwas. Irgendwo im Nebel vor ihm erklang ein Fauchen, gefolgt von einem Knurren.

Er war nicht allein in diesem Sumpf, das teilte ihm die immer noch schmerzende Hand mit, und die Geräusche boten weitere warnende Hinweise. Vielleicht gab es hier größere Lebewesen als die Schlange, Kreaturen, die sich nicht mit einem kleinen, harmlosen Biss begnügten.

Korian stand still und lauschte.

Wo genau war *hier?*

Wenn er den Stream richtig verstand, befand er sich auf der Erde – offenbar war es unmöglich, von der Erde in Midstream Null andere Welten zu erreichen, ob downstream in der Vergangenheit oder upstream in der Zukunft. Man hätte mit einem Raumschiff aufbrechen müssen, mit einem Streamer an Bord, um im Stream zu fremden Welten zu gelangen.

Aber wo in Zeit und Raum befand sich *diese* Erde? Wie weit war ihre Realität von der entfernt, die er kannte? Korian drehte sich und versuchte, im Nebel mehr zu erkennen als nur vage Konturen.

Plötzlich dämmerte ihm eine Erkenntnis.

Er saß fest.

Ohne Zorans Streamer in der vom Sumpf gefressenen Hütte

konnte er weder nach Midstream Null zurückkehren noch downstream oder upstream reisen. Außerdem fehlten ihm Ausrüstung und Proviant. Damit stellte sich die Frage des Überlebens auf eine völlig neue Art.

Korian sah an sich herab. Die Kleidung wärmte ihn nach wie vor und hatte bereits damit begonnen, sich selbst zu reinigen. Aber sie konnte ihn nicht ernähren und vor gefährlichen Tieren schützen.

Seine rechte Hand fand von ganz allein den Weg in die Hosentasche und berührte dort zwei Würfel. Einer beinhaltete sein mobiles Haus, der andere die Dinge, von denen Horus gesprochen hatte: Instrumente, Werkzeuge und einen Kommunikator mit größerer Reichweite als die Signalnadel in seinem Nacken. Es fehlte also nicht an Ausrüstung, und Proviant ließ sich mit einem einfachen Synther herstellen.

»Horus?«, versuchte es Korian noch einmal. »Hören Sie mich?«

Die Nadel übertrug nur das bereits vertraut gewordene Knistern. Es wurden noch immer Telemetriedaten gesendet und offenbar auch empfangen, aber mehr schien nicht möglich zu sein.

Korian sah sich noch einmal um und hielt im Grauweiß des Nebels vergeblich nach einem blauen Glühen Ausschau. Er schien der sprechenden Spirale tatsächlich entkommen zu sein.

Er holte den kleinen türkisfarbenen Würfel hervor, der sein Haus enthielt, und überlegte, ob er es gleich hier aufbauen sollte. Nein, es wäre nicht besonders klug. Er wusste nicht, ob die Sicherheitsfunktionale dem Sumpf gewachsen waren und verhindern konnten, dass das Haus ebenso versank wie zuvor Zorans Hütte.

Korian steckte den Würfel wieder ein, ging vorsichtig los und begann mit der Suche nach festem Untergrund für sein Haus.

18

Das Vorankommen auf dem weichen Boden war nicht leicht. Es genügte, für wenige Sekunden stehen zu bleiben, um bis zu den Waden zu versinken. Nach einer Weile fand Korian zu einem bestimmten Rhythmus, der ihm half, Kraft zu sparen. Er stapfte vorbei an Tümpeln mit schwarzem Wasser, in denen es gelegentlich gluckerte und platschte, schöpfte Hoffnung, wenn der Boden fester und steiniger wurde, und verlor sie wieder, wenn erneut Schlick und Morast das Gestein ablösten.

Nach und nach wurden die Tümpel kleiner und die festen Bereiche häufiger. Das Gelände stieg an, mehr Licht durchdrang den Nebel, der sich nach und nach auflöste. Bäume lösten Gestrüpp und niedriges Buschwerk ab, der modrige Geruch des Sumpfs blieb hinter Korian zurück. Hunger und Durst meldeten sich, vor allem Durst. Vom schwarzen Wasser hatte er nichts getrunken, es wirkte wenig verlockend, aber als er einen kleinen Bach erreichte, hielt er inne, sank am Ufer auf die Knie, schöpfte das klare, kalte Wasser mit beiden Händen und trank.

Als er die Hände wieder senkte, um erneut Wasser zu schöpfen, war er nicht mehr allein. Auf der anderen Seite des Bachs stand jemand, ein kleiner Mensch mit goldgelbem schulterlangem Haar und einem schmalen, blassen Gesicht mit großen grünblauen Augen.

Aus dem Gewirr an Erinnerungen in seinem Gedächtnis stieg eine Information auf. Was er dort auf der anderen Seite des schmalen Wasserlaufs sah, war ein … Kind.

Verblüfft richtete er sich auf, vielleicht ein wenig zu schnell, denn der kleine Mensch mit dem goldenen Haar wie eingefangener Sonnenschein erschrak, drehte sich um und lief davon.

Für einen Moment stand Korian wie erstarrt, dann rief er: »Bleib stehen, lauf nicht weg! Ich bin keine Gefahr für dich!«

Doch das Kind lief flink und agil, es sprang zwischen Bäumen und moosbedeckten Felsen und geriet außer Sicht.

Korian setzte über den Bach hinweg und folgte dem kleinen Menschen, dem *Mädchen*. So nannte man kleine weibliche Menschen, erinnerte er sich.

Wann hatte es auf der Erde des letzte Kind gegeben?, überlegte er, als er durch den Wald lief, einen Hang hinauf. Die wenigen Unsterblichen der Erde waren unfruchtbar, die letzte Geburt lag fünfzigtausend Jahre oder noch länger zurück.

»Bleib stehen!«, rief Korian in die Stille des Waldes. »Ich möchte mit dir reden!«

Weiter vorn wuchsen die Abstände zwischen den Bäumen. Eine Lichtung erwartete Korian, von grauen Steinen und Felsen übersät. Das Mädchen war auf einen besonders großen Felsblock geklettert, stand dort oben und zeigte mit ausgestrecktem Arm über den Wald hinweg.

Korian wandte den Kopf.

In der Ferne, jenseits eines ausgedehnten Sumpfgebiets, ragte ein Turm auf, schlank und spitz, silbern unten und weiß wie Schnee ganz oben. Er musste mindestens einen Kilometer hoch sein, schätzte Korian, und die Entfernung betrug dreißig oder mehr Kilometer.

Das Mädchen auf dem Felsen wartete, bis Korian näher gekommen war, zeigte dann auf ihn und dann erneut auf den Turm. Es sprach mit melodischen Worten, die sich nach Gesang anhörten und die Korian nicht verstand.

»Wenn du wissen willst, ob ich von dort komme, von dem Turm …« Er deutete mit der linken Hand darauf, aus der die Bisswunde fast ganz verschwunden war, und schüttelte demonstrativ den Kopf. »Nein, ich komme nicht von dem Turm, sondern von …« Nach kurzem Zögern fügte er hinzu: »… von weit her.«

Der kleine Mensch hörte aufmerksam zu, sah ihn an und gab eine kurze Antwort.

»Ich verstehe dich leider nicht.« Korian sprach langsam und deutlich. »Und du kannst mich wahrscheinlich ebenfalls nicht verstehen. Wir brauchen einen Translator, um uns zu verständigen. In meinem Haus befindet sich vielleicht einer, ich bin mir nicht ganz sicher. Oder bei der Ausrüstung, die mir Horus mitgegeben hat.«

Er holte die beiden Würfel hervor und zeigte sie dem Mädchen, das auf dem Felsblock in die Hocke ging und sie interessiert betrachtete.

»Hier kann ich mein Haus nicht aufstellen, der Platz reicht nicht, es sind zu viele Felsen im Weg. Und das Gelände sollte einigermaßen eben sein. Kennst du einen geeigneten Ort?«

Das Mädchen hatte den Kopf zur Seite geneigt und antwortete mit einem kurzen Singsang. Dann richtete es sich abrupt auf und sah wieder zum Turm. Kleine Lichter waren an der dünnen silbernen Flanke erschienen, wie Funken eines verborgenen Feuers, glitten über Wald und Sumpf und wurden schneller.

Das Mädchen gab einen alarmiert klingenden Laut von sich, hielt kurz beide Arme über den Kopf, als wollte es sich vor etwas schützen, kletterte dann schnell vom Felsen herunter und winkte, bevor es wieder davonlief. Hatte es ihn aufgefordert, ihm zu folgen?

Korian lief ebenfalls, nicht so schnell wie das Kind, dessen gelbes Haar im Wind wehte, als es zwischen den Felsen sprang wie mit Mikrogravitatoren an den Füßen. Korian versuchte, es nicht aus den Augen zu verlieren und gleichzeitig das zu beobachten, was sich vom fernen Turm kommend näherte. Es schienen Flugkörper zu sein, vielleicht Drohnen oder Sonden.

Gab es hier in Upstream Dreizehn einen Cluster? Aber warum dann ein Turm? Horus und die anderen, die Gemeinschaft der Individuellen ... Sie bauten in den Planeten hinein, sie errichteten keine Türme. Und der kleine Mensch, das Mädchen, schien in großer Sorge zu sein.

Korian folgte ihm schneller, wobei er mit großer Sorgfalt darauf achtete, wohin er den Fuß setzte. Er wollte nicht stürzen und riskieren, sich Knochen zu brechen. Sein wiederhergestellter Körper wäre vermutlich imstande gewesen, auch solche Verletzungen zu heilen wie zuvor den Schlangenbiss, doch es hätte ihn Kraft gekostet, und für eine gewisse Zeit wäre er in seiner Bewegungsfreiheit sehr eingeschränkt gewesen.

Weiter oben am Hang stand das Mädchen zwischen zwei Bäumen, winkte noch einmal, lief weiter und geriet erneut außer Sicht. Korian folgt ihm und stellte fest, dass die Flugobjekte ein ganzes Stück näher gekommen waren. Ein lautes

Brummen ging von ihnen aus und erinnerte Korian an das Geräusch der blauen Spirale. In diesem Fall wurde es von Rotoren verursacht, die sich über pfeilförmigen Rümpfen drehten. Sie würden den Hang in wenigen Minuten erreichen.

Korian erreichte die Bäume, zwischen denen das Kind gestanden hatte, und sah dahinter ein halbwegs steiniges Plateau, das genug Platz für sein mobiles Haus bot. Das Mädchen befand sich bereits auf der anderen Seite, bereit dazu, die Flucht vor den Flugkörpern fortzusetzen.

»Warte!«, rief Korian, eilte zur Mitte des Plateaus und holte den türkisfarbenen Würfel hervor. »In meinem Haus sind wir sicher.«

Das Kind winkte erneut und antwortete mit einigen unverständlichen, nach Gesang klingenden Worten.

Korian aktivierte den Würfel und wich zurück. Das Haus entfaltete sich, nicht so groß wie sonst, aber groß genug, um auf der einen Seite den Rand des Plateaus zu erreichen. Eine Veranda mit jadegrünen Fliesen entstand, dahinter eine breite Tür. Sonnenschein glühte und glitzerte auf dem Synth-Glas der Fenster.

Das Mädchen hatte die Arme sinken lassen und beobachtete den Vorgang mit sprachlosem Staunen.

Korian trat zur Tür.

»Komm!«, rief er. »Hier drin gibt es nichts zu befürchten!«

Das Brummen der Flugkörper wurde lauter und verwandelte sich in ein surrendes Hämmern. Der erste Flugkörper erschien, silberweiß wie der Turm, von dem es stammte. An seiner Flanke leuchtete etwas, für einen Sekundenbruchteil heller als die Sonne, und etwas verbrannte den Stamm des Baums neben dem Mädchen.

Das plötzlich schnell wie ein Vogel übers Plateau huschte und dabei versuchte, sich so klein wie möglich zu machen. Es erreichte das Haus, sprang die kurze Treppe hoch und war einen Moment später durch die Tür. Drinnen rief es einige aufgeregte Worte, duckte sich in eine Ecke und legte die Hände auf den Kopf.

Korian trat ein. Hinter ihm schloss sich die Tür.

Draußen krachte und donnerte es. Das Haus erbebte, das Kind zitterte.

»Haus, Schirmfeld!«, sagte Korian. »Volle Sicherheit.«

Das Krachen und Donnern hörte auf, als sich ein energetischer Schild um das Gebäude legte. Die Fenster wurden undurchsichtig. Stille breitete sich aus.

Wie jung du bist!

Korian, Upstream 13 19

»Schild stabil«, ertönte eine Stimme. »Das Haus ist geschützt.«

Das Mädchen nahm die Hände vom Kopf und sah zur Decke hoch.

»Du hast gerade das Ratiokondensat gehört«, sagte Korian. »Den Intellekt, der alle Funktionen meines Hauses steuert und verwaltet.«

Das Mädchen mit dem schulterlangen sonnengelben Haar neigte den Kopf ein wenig zur Seite und lauschte.

»Komm.« Korian lächelte freundlich und streckte die Hand aus. »Ich führe dich herum und zeige dir die Zimmer.« Als das Kind in der Ecke hocken blieb, fügte er hinzu: »Keine Sorge, hier bei mir bist du sicher. Hier kann dir nichts geschehen.«

Er lächelte erneut, ging zur Flurtür und vollführte eine einladende Geste.

Das Mädchen reagierte nicht.

»Haus«, sagte er.

»Zu Diensten«, erklang erneut die Stimme des residenten Ratiokondensats.

»Höchste Sicherheitsstufe bleibt bestehen«, ordnete Korian an. »Halte den Schild stabil.«

»Verstanden und bestätigt.«

»Was ist mit unserem Kommunikationsmodul?«, fragte Korian.

»Status: voll funktionsfähig und einsatzbereit«, meldete das Haus.

Zufrieden nickte Korian dem Mädchen zu, das noch immer in der Ecke hockte, die Beine angewinkelt, wie um von einem Augenblick zum anderen aufzuspringen und erneut zu fliehen.

»Versuch eine Kontaktaufnahme mit dem Cluster«, wies Korian das Haus an. »Insbesondere mit dem Individuellen Horus. Und sammle Daten über den Turm, die Flugkörper sowie ihre Insassen. Es wäre nützlich zu wissen, wie gefährlich sie werden können.«

»Meine sensorischen Fähigkeiten sind begrenzt«, gab das Haus zu bedenken.

»Tu, was du kannst. Und noch etwas: Wir haben einen Gast, einen kleinen Menschen.« Korian fiel plötzlich etwas ein. »Was braucht ein kleiner und sehr junger Mensch, ein Kind?«

»Ich schlage eine medizinische Untersuchung vor«, erwiderte das Haus. »Und adaptive Kleidung, die es vor Hitze und Kälte schützt. Außerdem braucht ein Kind, was alle Menschen benötigen: zu essen und zu trinken.«

Das Mädchen lauschte noch immer. Es entspannte sich nach und nach und gelangte offenbar zu dem Schluss, dass keine unmittelbare Gefahr drohte.

»Mit der medizinischen Untersuchung warten wir noch ein wenig«, sagte Korian, »ich möchte den kleinen Menschen nicht erschrecken. Haben wir einen Translator?«

»Ich bedauere«, teilte ihm das Haus mit, »ein Translator gehört leider nicht zu meiner technischen Ausstattung.«

»Aber du kannst linguistische Analysen vornehmen?«, vergewisserte sich Korian.

»Dazu bin ich imstande, ja. Allerdings habe ich derzeit keinen Zugriff auf die relevanten Datenbanken des Clusters. Linguistische Dienste sind bisher nicht erforderlich gewesen.«

»Tu, was du kannst«, wiederholte Korian, gab dem Mädchen ein Zeichen und trat langsam fort von der Tür, in die Mitte des Raums. »Wohnraum und Küche, zentriert an meiner Position. Aber langsam, damit es das Kind nicht mit der Angst zu tun bekommt.«

Er gab dem Mädchen ein weiteres Zeichen und deutete lächelnd in die Runde, bevor die Funktionale des Hauses mit der Restrukturierung begannen – es sollte sich nicht davon überrumpelt fühlen. Dennoch sprang es auf, als Wände in Bewegung gerieten, Tisch und Stühle auf der gegenüberliegenden Seite des Zimmers schrumpften und kantige Multifunktionsmodule aus dem Boden wuchsen, die sich unter anderem in einen Esstresen und einen großen Synther verwandelten, der Speisen für mehrere Personen liefern konnte. Holografische Bilder erschienen an den zurückgewichenen Wänden, zeigten Gemälde historischer menschlicher Künstler, und das große Projektionsfeld vor den im Halbkreis stehenden Sesseln und Sitzliegen präsentierte Dutzende von Auswahlsymbolen.

Musik erklang, der Beginn einer Symphonie, die Korian selbst komponiert hatte, in einem seiner früheren Leben. Es waren sanfte, friedliche Klänge, die nichts von der Unruhe verrieten, die ihn in allen seinen Leben begleitet hatte. Aber das Mädchen schnitt eine Grimasse und hielt sich die Ohren zu.

»Musik aus«, sagte Korian.

Es wurde still im Haus, abgesehen von einem leisen Grollen, das vielleicht von einer Explosion jenseits des Schutzschilds stammte. Das Mädchen seufzte erleichtert und nahm die Hände von den Ohren. Dann stand es vorsichtig auf, blieb aber dort stehen, wo sich eben noch die Zimmerecke befunden hatte.

»Meine Musik gefällt dir offenbar nicht«, sagte Korian in einem freundlichen Ton und deutete zum Synther. »Hast du Hunger? Hast du Durst?«

Das Kind sprach einige melodische Worte wie der Beginn eines Lieds. Es sah sich um, aber schnell, um nicht zu lange den Blick von Korian abzuwenden. Es trug ein beigefarbenes Hemdkleid mit zahlreichen Taschen, eine dicke Strumpfhose, hier und dort mit dünnen Pailletten besetzt, und wadenhohe Stiefel. Die Kleidung schien nicht neu, sie war schmutzig und wirkte an einigen Stellen wie abgewetzt.

»Hier sind wir in Sicherheit«, betonte Korian noch einmal und trat langsam hinter den Esstresen. »Haus, eine Auswahl an Speisen für unseren Gast.«

»Auswahl wird vorbereitet.« Die Kontrollen des Synthers leuchteten auf. Für einige Sekunden war ein leises Summen zu hören, dem das Mädchen ebenso aufmerksam lauschte wie zuvor Korians Stimme. Dann öffnete sich das Ausgabefach, und zum Vorschein kam ein Tablett mit mehreren kleinen Tellern und drei Gläsern, die unterschiedliche Flüssigkeiten enthielten.

Korian nahm das Tablett, stellte es auf den Esstresen und wich beiseite. »Das ist für dich.«

Das Mädchen zögerte zunächst, doch dann ließ es sich vom Duft der Speisen anlocken. Es berührte sie mit dem Zeigefinger, leckte daran und quiekte erfreut. Eine kleine, schmale Hand griff nach dem Löffel und schöpfte damit körnigen Brei aus dem ersten Teller.

Der Geschmack schien dem Kind zu gefallen. Es aß schneller, warf Korian dabei immer wieder wachsame Blicke zu.

Er beobachtete es und versuchte, die ganze Bedeutung dessen zu erfassen, was er sah: ein Menschenkind, nur wenige Jahre alt, vielleicht zehn oder elf, wenn er es mit den historischen Aufzeichnungen verglich, an die er sich erinnerte. Zehn oder elf Jahre, nicht zehn- oder elftausend! Ein unglaublich junges Leben, vielleicht das erste überhaupt ...

»Haus, schick mir einen medizinischen Sensor.«

»Sensor ist unterwegs.«

Das Mädchen nahm sich den zweiten kleinen Teller vor und verharrte kurz mit dem Löffel auf halbem Weg zum Mund, als sie den kleinen medizinischen Sensor bemerkte, der aus einem Schrankfach geflogen kam. Er wurde von einem Mikrogravitator angetrieben, nicht von den sechs dünnen Flügeln, die ihm das Erscheinungsbild eines Insekts verliehen und bei denen es sich in Wirklichkeit um kompakte Scanner und Interfacesysteme handelte.

Während er unter der gewölbten, mit einem filigranen Linienmuster geschmückten Decke kreiste, zeigte Korian dem Kind seine linke Hand, die nicht mehr schmerzte, aber immer noch sichtbare Reste der von der Schlange stammenden Bisswunde aufwies. Dann wies er den Medosensor an, auf der Hand zu landen und eine Untersuchung vorzunehmen.

Das Mädchen aß langsamer und runzelte die Stirn, während es ihn beobachtete.

»Es ist ein Sensor«, erklärte Korian. »Ein automatisiertes medizinisches Instrument, das mich untersucht. Eine Schlange hat mich gebissen«, fügte er hinzu und deutete noch einmal auf die Wunde. »Normalerweise wird mein Körper mit so etwas fertig, aber vielleicht ist in diesem besonderen Fall eine zusätzliche Behandlung erforderlich. Wir werden es gleich wissen.«

Er gab sich betont gelassen und freundlich. Das Mädchen sollte den Sensor als etwas wahrnehmen, das man nicht fürchten musste.

»Der Biss stammt vermutlich von einer Braunschlange«, informierte ihn das Haus, »aus der Familie der Giftnattern. Mit hoher Wahrscheinlichkeit handelte es sich um ein Exemplar der Gattung *Pseudonaja*. Sie zählt zu den giftigsten Schlangen auf der Erde.«

»Ich bin *hier* gebissen worden«, erwiderte Korian verwundert und lächelte dem Mädchen zu.

»Dies ist ebenfalls die Erde«, sprach das Haus. »Oder *eine* Erde. Nach den bisherigen Theorien sollte ihre Realitätsstruktur der Ihnen vertrauten Welt sehr ähnlich sein. Immerhin handelt es sich um Upstream Dreizehn. Je größer die Entfernungen im Stream, desto ausgeprägter die Unterschiede.«

Korian dachte an den Sumpf. »Der Unterschied war ziemlich groß. Was ist mit der Wunde?«

Der Sensor stieg auf.

»Es sind keine weiteren Behandlungen nötig«, antwortete das Haus. »Ihr Körper hat das Schlangengift bereits neutralisiert, und das Immunsystem verhindert eine Infektion der Wunde.«

Korian hob demonstrativ die linke Hand, drehte sie hin und her und lächelte. »Also ist alles in Ordnung?«

»Ja, soweit es den Schlangenbiss betrifft. Soll ich das Kind untersuchen?«

Korian deutete auf den Sensor, der wieder einem schwirrenden Insekt ähnelte, und dann auf das Mädchen. »Jetzt bist du an der Reihe. Keine Angst, der Sensor tut dir nichts.«

Das Mädchen ließ den Löffel langsam sinken und behielt

den Medosensor im Auge, der sich ihm näherte und es zweimal im weiten Bogen umkreiste, bevor er sich auf der rechten Schulter niederließ, die dünnen »Flügel« streckte und damit begann, Biodaten zu sammeln.

Das Kind betrachtete ihn aus zusammengekniffenen Augen.

»Du brauchst keine Angst zu haben«, sagte Korian fröhlich. »Wir möchten nur sicher sein, dass du gesund bist und ...«

Das Mädchen ließ den Löffel fallen und griff nach dem Sensor, der seiner schnellen Hand nicht auswich. Er verschwand darin, die Finger schlossen sich um ihn und drückten fest zu, als wollten sie ihn zerquetschen. Und vielleicht wollten sie das tatsächlich, denn Korian sah so etwas wie Anstrengung in dem kindlichen Gesicht. Ein Erfolg blieb natürlich aus, der Sensor ließ sich nicht zerdrücken. Einige Sekunden lang bemühte sich die kleine Hand vergeblich, dann warf sie den Medosensor an die Wand.

Er erreichte sie nicht. Wenige Zentimeter davor hielt er mithilfe seines Mikrogravitators an, schwebte zwei oder drei Sekunden lang in leerer Luft und kehrte dann in das Schrankfach zurück, aus dem er gekommen war. Das Mädchen sah ihm nach, halb überrascht und halb enttäuscht.

»Das Kind ist unverletzt«, verkündete das Haus. »Seine metabolischen Werte sind beschleunigt, vermutlich aufgrund der ungewohnten Umgebung und vielleicht auch wegen der Nahrungsaufnahme.«

»Es braucht keine Behandlung?«, vergewisserte sich Korian und beobachtete, wie das Mädchen den dritten kleinen Teller leerte und von allen drei Gläsern probierte. Die blaue Flüssigkeit, ein mit Vitaminen angereicherter Aromasaft, schmeckte ihm offenbar am besten.

»Nein«, bestätigte das Haus. »Passende Adaptive Kleidung ist fertig.«

Ein weiteres Schrankfach öffnete sich, darin mehrere gefaltete Kleidungsstücke. Korian ging langsam hinüber und nahm sie.

Der kleine Mensch stellte das Glas mit dem blauen Aromasaft beiseite, rutschte vom Stuhl und stand wachsam wieder wie zur Flucht bereit.

»Es gibt nichts zu befürchten«, sagte Korian geduldig. »Hab keine Angst. Dies ist neue Kleidung für dich.« Er zeigte sie ihr: Unterwäsche, Hemd und Hose, aus Materialien, die sich selbst reinigten und erneuerten, dazu Multifunktionsschuhe, die auch zu Stiefeln werden konnten. »Es passt bestimmt alles, das Haus hat Maß genommen. Aber bevor du dich umziehst ... Du bist schmutzig, vielleicht möchtest du dich waschen.«

Das Kind sah ihn stumm an.

»Waschen«, wiederholte er ein wenig hilflos und machte mit der freien linken Hand entsprechende Bewegungen. »Säubern. Von Schmutz befreien.« Schließlich gab er es auf und fragte stattdessen: »Was hältst du davon, wenn ich dir das Haus zeige?«

20

Korian trat in den Flur, und das Mädchen folgte ihm im Abstand von einigen Metern. Nach einigen Schritten blieb er unter einem Leuchtstreifen in der Decke stehen und winkte mit der linken Hand.

»Haus«, sagte er. »Dekoration. Besichtigungsmodus. Ohne Musik. Und bereite eine Hygienezelle vor.«

»Verstanden und bestätigt.«

Das Licht wurde weicher. Bilder erschienen an den Wänden, von Landschaften, Personen und fernen Welten, erreicht von Lichtschiffen und Sonden des Clusters. Römische Amphoren standen auf Sockeln aus gelbem und rotem Marmor. Lichter wanderten über die Wände, und wenn man sie lange genug betrachtete, verwandelten sie sich in kleine Kunstwerke, in Skulpturen, Standbilder und Büsten.

»Ich habe gesehen, dass du dich über den Würfel gewundert hast, der ein ganzes Haus enthält«, sagte Korian in der Bibliothek, in der ein dicker Teppich lag, gemustert mit Symbolen aus dem uralten Arabien. In der Mitte des Zimmers erhob sich ein großes Gestell aus mahagonibraunem Synth-Holz, darin eine Kugel aus dem gleichen Material, mit einem Durchmesser von einem Meter. Korian drehte sie und zeigte auf die Darstellungen von Kontinenten, Meeren und Inselgruppen. »Das ist die Erde. Meine Erde. In Midstream Null. Ich nehme an, die Erde dort draußen, in Upstream Dreizehn, sieht anders aus. Aber ich schweife ab, verzeih mir. Der Würfel. Du möchtest bestimmt wissen, wie er ein ganzes Haus enthalten kann.« Korian deutete in die Runde.

Das Mädchen stand in der Tür und wahrte nach wie vor einen sicheren Abstand. Aber es war auch neugierig, man sah es ihm an.

»Der Trick besteht in der Auslagerung von Materie«, fuhr Korian fort. Er wartete nicht ab, bis der Globus aufhörte, sich zu drehen, trat an ihm vorbei und erreichte Regale, in denen Synth-Bücher standen, Nachbildungen von Werken, die sterbliche Menschen vor vielen Jahrtausenden geschaffen hatten, gefüllt mit analoger Schrift. »Ein Strukturfeld zerlegt sie in ihre Einzelteile, komprimiert sie wie Daten und legt sie im Quantenraum ab. Dort geht es sehr klein zu, und gleichzeitig gibt es dort jede Menge Platz, so seltsam das auch klingen mag.«

Er setzte den Weg fort, durch einen Erlebnisraum, der virtuelle Welten aller Art anbot, und in ein Zimmer mit Sportgeräten und Klettergerüsten.

»Da die Materie ausgelagert ist, hat sie auch kein Gewicht mehr«, erklärte Korian. »Deshalb bleibt der Würfel leicht. Ich trage ihn in der Hosentasche, und wo immer es mir gefällt, kann ich ihn hervorholen und mein Haus aufbauen.«

Das Mädchen kam etwas näher, vielleicht fasste es allmählich Vertrauen. Korian holte erneut den türkisfarbenen Würfel hervor und winkte mit ihm, eine Geste, die so viel bedeuten sollte wie: Dies alles passt hier hinein.

Das Mädchen streckte die Hand aus, als wollte es den Würfel ergreifen, zog sie aber wieder zurück.

»Nein, ich kann ihn dir nicht geben, ich brauche ihn selbst.« Korian lachte. Es klang ein wenig unecht, fand er. »Möglicherweise können wir dir später einen eigenen geben. Mit ›wir‹ meine ich das Haus und mich.«

»Wenn Sie gestatten …«, erklang die Stimme des Hauses, als sie ein Panoramazimmer durchquerten, mit transparenter Kuppel und breitem Fenster. Derzeit boten Kuppel und Fenster keinen Ausblick nach draußen, beide trugen opake energetische Blenden.

Korian steckte seinen Würfel wieder ein. »Ich höre.«

»Eine Hygienezelle ist im Ostflügel für das Kind vorbereitet und seinen speziellen Bedürfnissen angepasst«, teilte das Haus mit.

Korian wandte sich an den kleinen Menschen. »Hast du gehört? Du kannst dich waschen und anschließend das hier anziehen.« Er zeigte die frische Kleidung, die er wieder mit beiden Händen hielt.

Das Mädchen folgte ihm durch einen weiteren Flur und durch eine offene Tür in eine Art Höhle mit Synth-Felswänden und einem großen smaragdgrünen Becken. Dampf stieg von dem Wasser darin auf. Auf der linken Seite gab es zwei kleinere Becken und eine breite Ablage mit zahlreichen Utensilien, darunter weiche Handtücher und kleine Flaschen mit Seife und Duftstoffen. Eine Nebenhöhle weiter hinten enthielt eine Toilette.

Korian legte die Kleidung auf die Ablage. »Fühl dich wie zu Hause.« Die Worte klangen noch seltsamer als zuvor das ungewohnte Lachen. »Ich warte draußen. Ich meine, ich werde mit anderen Dingen beschäftigt sein, lass dir so viel Zeit, wie du möchtest.«

Er ging zur Tür und deutete noch einmal auf die restrukturierte Hygienezelle und das Mädchen, bevor er den Raum verließ.

Hinter ihm schloss sich die Tür.

Korian blieb im Flur stehen und fühlte, wie eine Anspannung von ihm wich, die er bis eben gar nicht bewusst wahrgenommen hatte.

Seine rechte Hand glitt in die Hosentasche und fand dort zwei Würfel, einer von ihnen rot wie Rubin.

»Haus, ich brauche ein Zimmer von variabler Größe«, sagte er nach kurzem Nachdenken. »Ausgestattet mit Sensoren.«

Vor ihm rückten mit einem leisen Summen die Wände zusammen. Eine Tür bildete sich und schwang auf.

Korian betrat das Untersuchungszimmer und öffnete darin den roten Würfel, den er von Horus erhalten hatte.

21

Im vom Haus hergerichteten Zimmer mit variabler Größe entfaltete sich ein anderer Raum, der weniger Platz beanspruchte, als Korian vermutet hatte. Auf der einen Seite enthielt er ein Kommunikationssystem mit Kontrollen, die darauf hindeuteten, dass es auch manuell betrieben werden konnte. Auf der anderen stapelten sich transparente Behälter mit Instrumenten und Ausrüstungsgegenständen. Ganz unten bemerkte Korian ein Fach mit undurchsichtiger Front. Er ging in die Hocke, öffnete es und fand einen Pulsator.

Einige Sekunden lang betrachtete er die Waffe nachdenklich. Man konnte Dinge damit zerstören und sogar, wenn man es darauf anlegte, einen Menschen mit ihr töten, auf eine Weise, die eine Wiederherstellung unmöglich machte.

Korian ergriff den Pulsator vorsichtig, überprüfte ihn und stellte fest, dass er über ein volles Energiepaket verfügte und einsatzfähig war.

»Kommunikation«, sagte er und legte die Waffe behutsam zurück.

Als er keine Antwort bekam, stand er auf, ging zur anderen Seite des Zimmers, sah sich dort die manuellen Kontrollen an und aktivierte das Kommunikationssystem. Indikatoren leuchteten auf.

»Kommunikation«, wiederholte er.

»Bereitschaft«, meldete das System.

»Stell eine Verbindung mit dem Cluster her«, sagte Korian. »Mit Horus.«

Ein Status-Holo erschien, doch seine Anzeigen blieben unverändert, die Frequenzkurve flach.

»Verbindung kann nicht hergestellt werden«, meldete das Kommunikationssystem nach einigen Sekunden.

Korian sah sich die Daten im Holo genauer an. »Es wird keine Telemetrie übertragen?«, fragte er erstaunt.

»Telemetriesignale werden gesendet, aber nicht empfangen.«

»Haus?«, fragte Korian laut.

»Zu Diensten«, drang die Stimme des Ratiokondensats ins Zimmer, das aus dem roten Würfel geschlüpft war.

»Zuvor ist die Übertragung von Telemetriesignalen gelungen, nicht wahr?«

»Sie wurden gesendet und empfangen«, bestätigte das Haus.

»Wenn das jetzt nicht mehr möglich ist … Was hat sich verändert?«

»Unbekannt«, antwortete ihm das Haus. »Vielleicht liegt es an den Blenden und Schilden. Sie blockieren auch einige meiner Sensoren.«

Korian wandte sich wieder den Fächern zu und fand schon nach kurzer Zeit, was er suchte: einen Universaltranslator und mehrere Ratiomodule, mit denen die linguistischen Aspekte des Hauses erweitert werden konnten.

Er verließ das Ausrüstungszimmer mit der Absicht, die Sprachmodule sofort zu installieren, doch auf halbem Weg zur Flurtür ließ ihn ein akustisches Signal innehalten.

»Zwei Personen nähern sich«, informierte ihn das Haus.

»Visuell«, sagte Korian.

Ein Holofeld entstand direkt vor ihm. Es zeigte das Plateau, auf dem das Haus stand, umgeben von Bäumen und Felsen. Einer der silberweißen Flugkörper war am Rand der Lichtung gelandet, seine Rotoren zur Seite geneigt, in der glatten Flanke eine offene Luke und davor zwei humanoide Gestalten, offenbar ein Mann und eine Frau, beide in ähnlicher beigefarbener Kleidung wie das Mädchen. Sie näherten sich langsam, und als sie nur noch wenige Meter vom Rand des Schutzschilds trennten, holten sie zwei kleine Objekte hervor und richteten sie auf das Haus.

Einen Augenblick später gleißte es so hell, dass Korian die Augen zusammenkniff, es donnerte laut, und Boden und Wände erzitterten.

Ein sicherer Raum?

Korian, Upstream 13 22

»Warnung!«, verkündete das Haus. »Stabilität des Schutzschilds und der energetischen Blenden gefährdet. Erbitte Anweisungen.«

»Höchste Sicherheitsstufe!«, entschied Korian sofort. »Volle Energie in die Schutzbarrieren!«

Wieder hallte ein Donnern durchs Haus, gefolgt von einer heftigen Vibration. In der Wand vor Korian knirschte es.

»Die strukturelle Integrität des Gebäudes könnte in Gefahr geraten«, ertönte erneut die Stimme des Hauses. »Die eingesetzten Waffen sind überraschend wirkungsvoll. Der Schutzschild ist ihnen auf Dauer nicht gewachsen.«

Das Holofeld flackerte kurz. Darstellungsfehler verzerrten die beiden Gestalten vor dem Schild, dann stabilisierte sich das Bild wieder.

»Wer sind die Leute? Warum schießen sie? Was wollen sie von mir? Von uns«, korrigierte Korian, als er sich daran erinnerte, nicht mehr allein zu sein.

»Unbekannt«, antwortete das Haus. »Ich könnte versuchen, weitere Gewaltanwendung zu verhindern, indem ich den Schild deaktiviere und eine Tür öffne. Vielleicht gelingt eine Verständigung.«

Mit zwei Fremden, die nicht zögerten, von ihren Waffen Gebrauch zu machen? Man brauchte nicht viel Fantasie, um zu ahnen, worauf sie es abgesehen hatten.

Auf das Kind.

Es erschien plötzlich in der Tür des Untersuchungszimmers, in ein langes weißes Handtuch gehüllt, das Haar tropfnass, und starrte mit großen Augen ins Holofeld.

»Du brauchst keine Angst zu haben«, sagte Korian aus einem

Reflex heraus, als er die Furcht im Gesicht des Mädchens sah. »Hier sind wir ...«

Es donnerte erneut, noch lauter als zuvor, und der Boden erbebte so heftig, dass sich Korian kaum auf den Beinen halten konnte. Das Mädchen schwankte, stieß gegen die Wand und rief etwas mit seiner melodischen, nach Gesang klingenden Stimme.

»Der Schutzschild wird instabil«, meldete das Haus. »Es besteht unmittelbare Gefahr für die strukturelle Integrität. Schwere Beschädigungen sind nicht auszuschließen.«

Korian hatte plötzlich eine Idee. »Ein sicherer Raum«, sagte er schnell. »In der Mitte des Hauses. Eine Schutzzelle für das Kind und mich. Vielleicht geben die Fremden auf, wenn sie nicht zu uns gelangen können. Ein sicherer Raum, umgeben von einem Labyrinth aus schmalen Gängen. Alles andere wird ausgelagert. Dadurch halten sich die möglichen Schäden in Grenzen.«

Er wandte sich dem Ausrüstungszimmer zu und betätigte die Kontrollen am Eingang, woraufhin es sich wieder in einen rubinroten Würfel verwandelte.

Einige rasche Schritte brachten ihn zu dem Mädchen, das zurückweichen wollte, aber die Wand im Rücken hatte.

»Schnell, zieh dich an.« Korian unterstrich seine Worte mit entsprechenden Gesten. »Ich bringe dich zu einem Ort, wo wir geschützt sind!«

23

Es war still geworden. Wände und Boden zitterten nicht mehr. Das Mädchen saß in einem Sessel, der sich ihrer Körperform angepasst und ein wenig nach hinten geneigt hatte, um ein Maximum an Bequemlichkeit zu bieten. Die schmalen Hände ruhten auf den Armlehnen, der Blick der großen graugrünen Augen war auf Korian gerichtet. Die Furcht war aus dem Gesicht verschwunden, es zeigte wieder Neugier.

Korian öffnete die Konsole an der Wand und schob die Sprachmodule hinein. »Haus, integriere die Module in dein

System und beginne sofort mit einer linguistischen Analyse. Stell zu diesem Zweck eine Datenverbindung mit dem Translator her.«

Er legte das kleine, unscheinbare Gerät auf den Tisch und schaltete es ein.

»Wir müssen jetzt reden, so viel wie möglich«, wandte er sich an das Mädchen. »Je mehr Daten der Translator bekommt, desto eher ist eine Übersetzung möglich.« Er deutete auf seine Lippen, bewegte sie und zeigte dann auf den Mund des Kindes und das Gerät auf dem Tisch.

Das Kind schien zu verstehen. Es beugte sich vor und sprach in einem leisen Singsang, wobei sein Blick zwischen Korian und dem Universaltranslator hin- und herhuschte.

Korian ermutigte es mit einem Nicken und einer zustimmenden Geste.

»Der sichere Raum ist stabil«, berichtete das Haus. »Alle wichtigen Komponenten sind ausgelagert. Ich deaktiviere Schilde und Blenden und öffne den Zugang, um strukturelle Schäden zu vermeiden.«

»Können wir das Geschehen beobachten?«, fragte Korian.

Ein Holofeld entstand über der Konsole und zeigte das Plateau mit den beiden Fremden. Das Fluggerät, mit dem sie gekommen waren – offenbar eine Art Kopter –, stand weiter hinten bei den Bäumen und Felsen. Der Mann und die Frau steckten ihre Waffen nicht ein, als der Schutzschild verschwand und das Haus direkt vor ihnen einen Zugang zu den Fluren des Labyrinths schuf, in das Korian keine großen Hoffnungen setzte – ein Sensor genügte, um sofort den Weg zum Schutzraum zu finden.

Das Mädchen sah die beiden Gestalten im Holofeld, und Furcht und Sorge kehrten in sein Gesicht zurück. Aber es hörte nicht auf zu sprechen, es richtete weitere melodische Worte an den Translator.

Korian beobachtete, wie sich die beiden Besucher in Bewegung setzten, jeder von ihnen noch immer eins der kleinen Objekte in der Hand, die Koriander für Waffen hielt. Sie traten durch die Tür, die das Haus für sie geöffnet hatte, und fanden sich in einem schlichten, schmucklosen grauen Korridor wieder. Nachdem sie einige weitere Schritte gegangen waren, schloss das Haus die Tür, woraufhin sie stehen blieben. Die Frau richtete ihre Waffe auf die Stelle der Wand, wo sich eben noch die Tür befunden hatte, und schoss. Ein Blitz flutete den sicheren Raum mit hellem Licht, aber sie hörten kein Donnern, und Wände und Boden vibrierten nicht einmal.

Das grelle Licht schwand, und im Holofeld wurde ein Loch in der Wand sichtbar, geschaffen von der Waffe. Die beiden Fremden schienen kurz miteinander zu sprechen, doch es blieb alles still. Nach einigen Sekunden setzten sie den Weg fort.

»Wir brauchen einen Plan«, sagte Korian und bedeutete dem Mädchen, weiterhin zu sprechen. »Wie lange können wir hier im sicheren Raum ausharren?«

»Wenn wir das Energieniveau der eingesetzten Waffen zugrunde legen, sollte der Schutzraum für mehrere Stunden Sicherheit bieten«, antwortete das Haus. »Was die linguistische Analyse betrifft: Ich habe gewisse Ähnlichkeiten zwischen der Sprache des Kindes und einigen alten irdischen Sprachen entdeckt, insbesondere Spanisch, Schwedisch, Mandarin und Tigrinya. Das könnte, wenn es sich bestätigt, weitere Analysen erleichtern und schon bald Übersetzungen ermöglichen.«

Korian beobachtete, wie die beiden Humanoiden durch das vom Haus geschaffene Labyrinth aus schmalen Gängen irrten. Vielleicht handelte es sich tatsächlich um Menschen, die Ähnlichkeiten waren groß genug. Es dauerte nicht lange, bis sie erneut stehen blieben, die Frau ein weiteres kleines Objekt hervorholte und es aufsteigen ließ.

Das Mädchen sah es, zeigte darauf und rief etwas.

»Auge!«, tönte es aus dem Translator. »Auge!«

Korian glaubte seine Vermutung bestätigt – die Fremden setzten einen Sensor ein, der ihnen den Weg wies.

»Haus, können wir die beiden Angreifer auf Dauer daran hindern, sich einen Zugang hierher zu verschaffen?«

»Das ist sehr unwahrscheinlich.«

»Wir brauchen einen Plan«, wiederholte Korian. »Wie können wir sie daran hindern, uns zu erreichen? Wie können wir ihnen entkommen?«

Das Mädchen schwieg, es hörte dem Gespräch mit dem Haus zu.

»Bitte sprich weiter«, forderte Korian den kleinen Menschen auf. »Hast du's eben gehört? Wir haben einen guten Anfang gemacht, die erste Übersetzung. Auge.«

Eine Tonfolge kam aus dem Translator wie der Beginn einer Melodie, und die Andeutung eines Lächelns huschte über das Gesicht des Mädchens. Es beugte sich noch etwas weiter vor und sprach erneut.

Korian wandte sich wieder ans Haus. »Wie schnell könntest du dich auslagern? Wenn es schnell genug geht, könnte ich mit dem Kind zu fliehen versuchen, tiefer in den Wald, wo wir schwer zu finden sind. Du könntest mit einem Ablenkungsmanöver helfen. Eine Drohne! Gerade groß genug für den kleinen Menschen und mich! Du schickst sie los, und die Fremden nehmen die Verfolgung auf, weil sie glauben, dass wir an Bord sind. Das sollte dir Zeit genug zur Auslagerung und für uns zur Flucht geben.«

»Für die Herstellung einer Drohne müsste ich eine umfassende Rekonfiguration der noch vorhandenen Materie vornehmen, denn ein großer Teil von mir ist bereits ausgelagert«, erwiderte das Haus. »Es würde länger dauern als eine gewöhnliche Restrukturierung und außerdem erhebliche Ressourcen binden.«

Korian überlegte, ob er es trotzdem wagen sollte, ohne ein Ablenkungsmanöver. Das Haus – was von ihm übrig war – in den Würfel zurückschicken und mit dem Mädchen in den Wald fliehen, in der Hoffnung, dass die Überraschung der beiden Fremden ihnen einen ausreichenden Vorsprung gewährte.

Wieder gleißte Licht aus dem Holofeld, und diesmal blieb der Blitz nicht lautlos. Ein tiefes Brummen folgte ihm.

An der Wand neben Korian entstand in halber Höhe ein heller Fleck.

»Du hast gesagt, dass wir einige Stunden sicher sind!«, entfuhr es ihm. »Es sind nur einige wenige Minuten verstrichen!«

»Die Integrität des sicheren Raums ist nicht beeinträchtigt«, teilte das Haus mit.

»Aber ...«

Korian unterbrach sich, als er begriff, was geschah.

Die blaue Spirale erschien.

Das Refugium

Korian, Upstream 13 24

Aus dem hellen Leuchten wurde ein blaues Glühen, und die Spirale glitt daraus hervor, ohne ein Loch in der Wand zu hinterlassen. Korian wich zurück.

»Wohin du dich auch wendest, Korian, wohin du auch gehst oder reist, ich finde dich«, sagte die Spirale. »Du hinterlässt eine Spur im Stream. Eine kleine Strömung wie ein Kielwasser. Oh, wie ich sehe, bist du nicht allein.« Die blaue Spirale drehte sich langsam. »Und du befindest dich in einer kritischen Lage, wenn ich die Situation richtig beurteile. Ich kann helfen.«

Das blaue Leuchten gewann an Intensität. Die Spirale kam näher.

Korian wich noch etwas weiter zurück.

Das Mädchen sprach – es klang nach einer gesungenen Frage. Auf dem Tisch vor ihm summte leise der Translator, aber natürlich genügte die Datenbasis noch nicht für eine Übersetzung.

Das Holofeld zeigte die beiden Fremden. Mithilfe ihres Sensors hatten sie den sicheren Raum bereits gefunden und untersuchten seine Außenwände mit kleinen Instrumenten, bei denen es sich vielleicht um Scanner und Materialprüfer handelte.

Das Mädchen sprach erneut. Diesmal klang die Melodie seiner Stimme nicht mehr weich und glatt, sondern härter. Die einzelnen Worte bekamen Kanten.

Korian suchte nach einem Ausweg und begriff, dass es keinen gab. Sie konnten den sicheren Raum nicht verlassen, denn draußen befanden sich die beiden Fremden, die alles andere als freundlich gesinnt waren und offenbar das Mädchen in ihre Gewalt bringen wollten. Und im Innern des kleinen Raums gab es keine Möglichkeit, der Spirale zu entkommen.

»Du hast Zorans Streamer verloren, das ist dumm«, sagte das blaue Objekt. Einige Sekunden lang schien es sich nicht zwischen den beiden Zielen entscheiden zu können, dann wählte es Korian und schwebte auf ihn zu.

Korian bedauerte, nicht den Pulsator genommen zu haben – damit hätte er sich gegen das blaue Artefakt und auch die beiden Fremden wehren können. Blieb Zeit genug, die ausgelagerte Ausrüstungskammer zurückzuholen und das Fach mit der Waffe zu öffnen?

Ein Pfeifen ertönte, leise erst, dann immer lauter, so laut, dass sich das Mädchen die Ohren zuhielt. Es verwandelte sich in ein Kreischen wie von einem gepeinigten Ungetüm. Korian spürte, wie der Boden unter ihm zu vibrieren begann.

»Ein nicht identifiziertes Instrument destabilisiert die Molekularstruktur des sicheren Raums«, teilte das Haus mit. »Schutz kann nicht länger gewährleistet werden.«

»Das ist eine klare Botschaft, nicht wahr?« Die blaue Spirale kam noch etwas näher. Der nächste Schritt brachte Korian zur Wand. Weiter zurückweichen konnte er nicht.

»Ich habe es dir schon einmal zu erklären versucht«, sagte das blaue Leuchten. »Ich bin keine Gefahr für dich. Ich kann dir helfen, euch beiden. Du musst mich nur berühren, das ist alles.«

Korians Instinkt schrie: Auf keinen Fall!

Eine leisere, verlockende, reizvolle Stimme, fast so melodisch wie die des Mädchens, fragte: Was hast du schon zu verlieren? Fürchtest du, der Selbstmörder, vielleicht den Verlust deines Lebens?

Er sah zu dem Kind und stellte erstaunt fest, dass die Sorge nicht ihm selbst galt, sondern vor allem dem kleinen, unglaublich jungen Menschen.

Das Mädchen stand plötzlich auf, kaum war das schrille Pfeifen verklungen, sprang hinter dem Tisch hervor, griff mit der einen Hand nach dem Translator und der anderen nach Korians Arm.

Etwas blitzte, nicht vor seinen Augen, sondern mitten in seinem Kopf. Das blaue Leuchten, die Spirale und der sichere Raum verschwanden – Korian stürzte ins Nichts.

25

Plötzlich hatte Korian wieder festen Boden unter den Füßen, aber nicht lange, denn er schwankte, verlor das Gleichgewicht und fiel auf harten Boden. Instinktiv rollte er zur Seite, um der Spirale zu entgehen, doch ihr Leuchten fehlte im matten Licht, das ihn umgab.

Etwas hielt ihn fest, eine schmale Hand. Das Mädchen zog sanft, half ihm auf die Beine und trat dann drei schnelle Schritte zurück. Es deutete an Korian vorbei, hob einen warnenden Zeigefinger und schüttelte nachdrücklich den Kopf.

Korian drehte sich um.

Er stand am Rand einer steilen Treppe, die einige Meter weiter unten in karmesinrotem Dunst verschwand. Ihm wurde klar, dass er die Stufen hinuntergefallen und in das konturlose Rot gefallen wäre, wenn ihn das Mädchen nicht festgehalten hätte.

»Du hast mich gerettet«, sagte er überrascht und erfreut.

Ein Lächeln huschte über die Lippen des Kindes. Es zeigte auf die Treppe und den roten Dunst, sprach einige Worte, schüttelte erneut den Kopf und hob den Translator, offenbar in der Hoffnung, dass er übersetzte. Doch das kleine Gerät blieb stumm. Das Mädchen drehte es enttäuscht hin und her.

»Wir müssen noch etwas Geduld haben«, erwiderte Korian. »Der Translator braucht mehr Daten.«

Hinter dem Kind erhob sich ein offenes Gebäude in der Art eines Pavillons. Sieben weiße Säulen trugen ein schiefergraues, spitz zulaufendes Dach, und darunter, in der Mitte des offenen Raums, ruhte ein ebenfalls weißer rechteckiger Block, der Korian an einen Sarkophag erinnerte.

»Wo sind wir hier?«, fragte er. »Und vor allem, wie sind wir hierhergekommen, ohne einen Streamer?«

Das Mädchen verstand die Frage natürlich nicht. Es hatte

sich umgedreht, eilte zu dem rechteckigen Block im steinernen Pavillon und wurde langsamer, als es sich ihm näherte. Wie respektvoll und ehrerbietig senkte es den Kopf, blieb stehen und legte beide Hände auf weißen Stein.

Korian fühlte plötzlich einen kleinen, stechenden Schmerz im Nacken.

»Horus?«, fragte er die Signalnadel. »Hören Sie mich? Ist hier eine Verbindung möglich?«

Dem Schmerz folgte ein Prickeln, mehr nicht. Eine Stimme blieb aus.

Er folgte dem Mädchen und konnte Einzelheiten des sarkophagartigen Objekts ausmachen, als er die Säulen erreichte. Dünne goldene Linien durchzogen die Seiten und bildeten kleiner Muster, vielleicht Zeichen oder Symbole. Die Oberseite war nicht flach, sondern präsentierte eine Art Relief aus kleinen Mulden und Erhebungen. Das Mädchen strich mit den Fingern darüber hinweg und murmelte etwas.

Korian trat an seine Seite und bemerkte, dass das Relief, wenn man es aus einem bestimmten Blickwinkel betrachtete, gewisse Ähnlichkeit mit der Darstellung eines menschlichen Gesichts aufwies. Darunter zeigte sich so etwas wie eine Landschaft mit zwei Händen, wie schützend um ihren Rand gewölbt.

Das Mädchen hob den Kopf und sang einige Worte. Es deutete in die Runde, hob die Hand und streckte erst einen Finger, dann zwei und schließlich drei.

»Es tut mir leid«, sagte Korian. »Aber ich verstehe nicht, was du meinst.«

Das Kind wandte sich ab von dem rechteckigen Block mit dem Relief, das vielleicht ein Gesicht darstellte, setzte sich neben eine der Säulen und legte den Translator auf den Boden. Demonstrativ zeigte es darauf und bedeutete Korian, ebenfalls Platz zu nehmen.

Die Botschaft war unmissverständlich. Sie lautete: Wir müssen reden.

26

Es wurde heller, während sie miteinander sprachen und mit jedem weiteren Wort daran arbeiteten, eine gemeinsame Kommunikationsbasis zu schaffen. Irgendwo jenseits hoher Wolken wanderte die Sonne über den Himmel, aber sie blieb versteckt, sie zeigte sich nicht ein einziges Mal. Korian und das Mädchen sprachen und sprachen, stundenlang. Sie benannten Gegenstände, deuteten dabei auf die Säulen, das Dach, den Boden, den rechteckigen Block, die Treppe und ihre Stufen, den Garten hinter dem offenen Bauwerk, das Korian inzwischen mehr mit einem Mausoleum als mit einem Pavillon verglich. Sie standen auf, bewegten sich und beschrieben die Art ihrer Aktivität. Die Datenbasis des Translators wuchs immer mehr, und als das Licht schwand, als der Tag zu Ende ging, konnten sie endlich miteinander sprechen.

Inzwischen hatte Korian den Namen des Mädchens erfahren, es hieß Ria. Und er wusste auch, was die Geste mit den drei Fingern bedeutete: Höchstens drei Tage konnten sie an diesem Ort verbringen, mehr nicht.

»Warum drei Tage?«, fragte Korian. »Und was ist dies für ein Ort? Warum hast du uns hierhergebracht? *Wie* hast du uns hierhergebracht?«

Ria sang ein Lied, so hörte es sich an. »Refugium. Ein Ort der Sicherheit. Aber nur drei Tage, nie mehr. Nie, nie. Dann kommt das Vergessen, das Blindsein, das Nichtsehen.« Sie zeigte zur Treppe. »Rotes Vergessen. Keine Orientierung mehr.«

»Du bist nicht das erste Mal hier?«

Ria schüttelte den Kopf. »Refugium«, wiederholte sie. »Sicherheit. Ein Nest.« Sie lächelte. »Ein Blumennest. Du wirst sehen.«

»Wer waren die beiden Fremden, die mein Haus angegriffen haben?«, fragte Korian. »Was wollten sie von dir? Warum hatten sie es auf dich abgesehen?«

Ein Schatten zog über Rias Gesicht. »Geschickt von den Großen Weisen. Bringer von Unfreiheit. Sie wollen meine Augen benutzen, meine Füße, die den Weg finden.«

Korian verstand die Worte, nicht aber ihren Sinn. »Wo im Stream sind wir hier? Wie weit upstream befinden wir uns?«

Ria sah ihn aus großen Augen an. »Stream?«, sang sie.

Korian überlegte. »Viele Welten. Wie ein Fluss, mit Strömungen aus Zeit und Möglichkeiten.« Das klang viel zu kompliziert. »Wie eine Kette«, präzisierte er deshalb. »Welten ohne Zahl, wie aufgereiht an einer langen Kette.«

»Nein, nein.« Das Mädchen schüttelte den Kopf. »Kein Fluss, keine Kette. Ein Meer. Komm!« Mit einer geschmeidigen Bewegung stand es auf und trat an der Säule vorbei zum Garten. »Komm!«, wiederholte es.

Korian folgte ihm zu den ersten großen Büschen und Sträuchern. Dort ging Ria in die Hocke, nahm einen Stein und begann damit, Linien in den weichen Boden zu ritzen. Sie bildeten erst einen großen Kreis mit einer Öffnung, die Ria mit einer Doppellinie verschloss, bevor sie dem Innern des Kreises zahlreiche Markierungen hinzufügte.

»Kein Fluss«, betonte sie. »Keine Kette. Meer. Ozean. Omnidirektionale Fülle.«

Dieses Wort verwendete der Translator: *omnidirektional*. Korian fragte sich, wie das zu Horus' Definition von Upstream und Downstream passte.

Er deutete auf das Bild im schwarzen Boden. »Was bedeutet die doppelte Linie?«

»Grenze«, antwortete Ria. »Barriere. Mauer. Sperre.«

»Und dahinter?« Korian begann etwas zu ahnen. »Was befindet sich jenseits davon?«

Ria kratzte weitere Markierungen in den Boden, diesmal außerhalb des Kreises. »Endlosigkeit. Die Großen Weisen.«

»Infinitia?«

Das Mädchen lauschte dem Wort. »Endlosigkeit, ja. Infinitia.«

»Und du kennst den Weg?«

»Ob ich den Weg kenne?« Wieder schüttelte Ria den Kopf. »Nicht nur ein Weg, sondern viele. Und ich habe sie alle gesehen. Ich habe Augen und Füße, die sie finden. Deshalb haben die Großen Weisen nach mir geschickt. Weil sie meine Augen und Füße wollen!«

»Wer sind die Großen Weisen?«

»Fragen, Fragen, Fragen.« Ein leises Klirren kam aus dem

Garten wie von einem fernen Windspiel. Ria legte den Stein beiseite und stand auf. »Es ist spät, es wird dunkel, es wird Zeit. Der erste Tag von drei. Wir können sprechen und erklären, wir können fragen und antworten. Morgen. Ruhe jetzt, die Stille nicht stören. Komm!«

Wieder eilte sie los, flink und geschwind. Auf dem Weg durch den großen, parkartigen Garten blieb sie mehrmals stehen, auf der Suche nach etwas.

Es wurde schnell dunkler, die Farben wichen einem uniformen Grau.

Bei einer Ansammlung von Pflanzen wie eine Mischung aus Bäumen und Blumen blieb Ria stehen und deutete auf einen großen Blütenkelch.

»Schlafblume«, erklärte sie knapp. »Schutz vor Wind, Kälte und Regen.« Mit einem weiteren kurzen Lächeln zupfte sie an ihrer neuen Kleidung. »Wärmt gut. Aber Schlafschutz ist trotzdem richtig, ja?« Sie eilte zur nächsten Baumblume, kletterte halb hinein und sah noch einmal zurück. »Nicht warten, nicht zögern, nicht neue Fragen denken. Hinein in die Blume! Morgen ist der zweite Tag, wir haben noch Zeit genug für Antworten.«

Das war ein erstaunlich kompletter Satz, die Übersetzung des Translators wurde immer besser. Korian kam Rias Aufforderung nach und stellte fest, dass das Innere des Blütenkelchs gerade genug Platz für ihn bot.

»Ruhige Nacht!«, rief ihm Ria aus ihrer Blume zu. »Frieden und Stille.«

Ein seltsamer Gruß, fand Korian. Er legte sich hin und sah, wie sich die Blütenblätter nach oben wölbten, wie sich die Blume schloss.

Der Pflanzenduft wurde intensiver, und Korian fragte sich mit beginnender Sorge, ob er ein Narkotikum enthielt, denn er fühlte seine Müdigkeit wachsen. Sollte er den Blütenkelch sicherheitshalber verlassen und nach einem anderen Ort suchen, wo er die Nacht verbringen konnte? Noch während er über diese Frage nachdachte, fielen ihm die Augen zu, und er schlief.

27

Ein Traum im tiefen Schlaf bescherte ihm Bilder von früheren Leben. Die Erinnerungen waren ausgelagert, gehütet vom Cluster in seinem Quantengedächtnis, aber sie hatten Spuren in Hirn und Bewusstsein hinterlassen, winzige Schatten, die keinen Platz beanspruchten, wie kleine Samenkörner, aus denen mehr wachsen konnte, wenn die Umstände günstig waren.

Viele seiner Leben hatte er auf der Erde verbracht, aber nicht alle. Er war beim Jupiter gewesen, auch bei Saturn, Uranus und Neptun. In seinem Traum erinnerte er sich an die immense Pracht der Gas- und Eisriesen, so weit entfernt von der Sonne, dass sie kaum mehr war als ein Stern unter vielen. Als Xenoarchäologe und Exobiologe hatte er die Monde der großen Planeten besucht und das Leben in ihren subglazialen Ozeanen kennengelernt, die viel mehr Wasser enthielten als alle Meere der Erde zusammen. Einige Jahre lang, als er mit einem Tauchboot unter dem dicken Eis des Jupitermonds Europa unterwegs gewesen war, hatte er in Erwägung gezogen, an Bord eines Lichtschiffs zu gehen, das nicht nur zu fernen Sternsystemen flog, sondern sogar zu fremden Galaxien. Die Wunder des Universums, dachte er im Schlaf. Dinge weit jenseits des menschlichen Vorstellungsvermögens. Vielleicht reichten nicht einmal die Leben eines Unsterblichen, um sie alle zu sehen und zu verstehen.

Hier, nur wenige Meter von ihm entfernt, gab es ein kleines Wunder. Ein menschliches Kind, nicht Jahrhunderte oder Jahrtausende alt, sondern nur zehn oder elf Jahre, Geist und Körper noch weit von Reife entfernt. Korian fragte sich, wie es dachte und fühlte, am Anfang eines Lebens, das viel kürzer sein würde als jedes einzelne der Leben, die er in den vergangenen sechzigtausend Jahren geführt hatte.

Es waren sonderbare Gedanken, tief in seinem Traum. Sie lenkten ihn von der Unruhe ab, die zu einem ständigen Begleiter geworden war.

Geräusche störten seinen Schlaf, ein Prasseln, das ihn halb aufwachen ließ. Regen fiel auf den geschlossenen Blütenkelch, Wind flüsterte durch kleine Spalten und Ritzen. Korian drehte sich auf die andere Seite, warm in seiner adaptiven Kleidung.

Nach einer Weile kehrten Frieden und Stille zurück, der Schlaf wurde wieder tiefer. In einem neuen Traum ging es um Logik und Zusammenhänge, um Aufgabe, Missionen und den Inhalt für ein leeres Gefäß, zu dem ein Leben werden konnte, wenn es nichts Neues gab.

Eine wichtige Mission, dachte der Träumer in der Blume. Das hatte Horus betont. Es ging um die Sicherheit des Clusters, der Erde und damit auch der wenigen unsterblichen Menschen auf ihr, nicht einmal fünfhundert. Interferenzen aus dem Stream hatten eine Anomalie geschaffen, einen Schlund, der alles fraß, das in seinen Einflussbereich geriet. Artefakte, offenbar nicht von Menschenhand geschaffen, erreichten die Erde in Midstream Null von weit upstream, aus Infinitia, einem Teil des Streams, den die Sonden und Drohnen des Clusters nicht erreichen konnten. Die doppelte Linie, die Ria der Öffnung des großen Kreises hinzugefügt hatte, eine Grenze, Mauer, Sperre. Eine Barriere, die niemand durchdringen konnte. Wirklich niemand? Woher wusste das Mädchen davon? Woher kam es? Woher stammten die beiden Fremden, die ihm nachstellten? Welche Bedeutung verbarg sich hinter Flucht und Verfolgung?

Eine wichtige Mission, eine wichtige Aufgabe, zweifellos. Warum schickte Horus ausgerechnet ihn? Es gab nichts, das ihn, den Selbstmörder, besonders qualifiziert hätte. Und er hatte Zorans Haus mit dem Streamer darin verloren. Wie sollte er den Weg nach Infinitia finden und anschließend zum Cluster zurückkehren, um Bericht zu erstatten?

Tief in der Nacht dachte der Träumer verschlungene Gedanken. Horus und die anderen Individuellen des Clusters, sie wussten mehr, als er jemals erfahren würde, und wenn er Jahrmillionen und Jahrmilliarden lebte. Ihre Gedanken waren viel, viel schneller als die der besten Denker unter den unsterblichen Menschen. Innerhalb von Sekundenbruchteilen führten sie Berechnungen durch, für die Korian als Mathematiker Jahrhunderte benötigt hätte. Wie konnte es sein, dass so viel geballte Intelligenz keine Lösung für das Problem gefunden hatte?

Lag es vielleicht an der Kommunikationsgrenze bei etwa tausend Welten up- oder downstream? Verlor ein Individueller, der keine Verbindung mehr zum Cluster hatte, seine Fähigkeit des ultraschnellen Denkens? Gab es im Stream vielleicht sogar etwas, das ihre Existenz bedrohte? Schickten sie deshalb einen Menschen?

Fragen, Fragen, Fragen, so hatte es Ria genannt, der kleine, unglaublich junge Mensch, der verfolgt wurde und Hilfe brauchte. Korian hatte ihm geholfen, und das fühlte sich gut an.

Was war aus Zoran und seinem Bruder Daniel geworden?, überlegte der Träumer in seinem Traum. Zwei Instabile wie er, zwei Menschen, deren Verhalten sich den Kalkulationen des Clusters entzog, ihrem Kalkül, die *unberechenbar* waren. Was mochte aus ihnen geworden sein im Stream, der nach Rias Auskunft kein Strom war, kein Fluss, sondern ein Ozean? Was hatte sie an der Rückkehr gehindert? Hatten sie in den endlosen Weiten der zahllosen Welten Übersicht und Orientierung verloren?

So viele Frage und so wenige Antworten ...

Eine Bewegung beendete den Traum und weckte den Schläfer.

Korian öffnete die Augen. Das erste schwache Licht des neuen Tages fand einen Weg in die Baumblume.

Sicherung durchgeführt, meldete die Signalnadel. Datenpaket gesendet. Keine Bestätigung für den Empfang.

Eine routinemäßige Sicherungskopie seines Lebens, seiner Person, des *Ich bin Korian*. Für die Wiederherstellung, sollte eine notwendig werden.

Das Datenpaket war zwar gesendet worden, hatte den Empfänger, das Quantengedächtnis des Clusters, aber nicht erreicht.

Wenn er starb, hier im Stream, war es ein endgültiger Tod. Eine Wiederherstellung konnte dann nur mit der letzten Sicherung erfolgen, ohne Erinnerung an die jüngsten Erlebnisse, darunter insbesondere die Begegnung mit Ria.

Es knisterte leise, und die Blütenblätter der Baumblume bewegten sich. Doch nicht von allein – sie wurden bewegt.

Zwei lange, dünne Beine, die keinem Menschen gehörten, schoben sich durch den schmalen Spalt zwischen zwei Blättern und drückten sie auseinander. Ein groteskes Geschöpf erschien, wie eine Spinne aus Glas, aus klarem, leise klirrendem Glas, in dem sich die inneren Organe abzeichnen.

Und die gläserne Spinne schien Korian für einen Leckerbissen zu halten.

Ein alter Konflikt

28 Horus, Midstream Null

Horus überprüfte seine Denkprozesse – derzeit waren es über eine Million – und veränderte nach und nach ihre Priorität, als er sich langsam in seinen privaten Datenraum zurückzog. Dort, im Kern des Clusters, bei Goliaths seit knapp hunderttausend Jahren existierenden Grundmodulen, erwartete ihn keine Isolation, wohl aber vollständige Kontrolle über alle externen Verbindungen. Was so viel bedeutete wie: In seinem privaten Datenraum konnte er private Überlegungen und Berechnungen anstellen, ohne dabei von anderen Individuellen oder dem Allgemeinbewusstsein des Clusters, seiner Aura, beobachtet zu werden.

Der Rückzug musste stattfinden, ohne von den anderen als Rückzug erkannt zu werden, und deshalb nahm er nach den Maßstäben eines Individuellen viel Zeit in Anspruch, mehrere volle Sekunden. Natürlich wählte er auch diesmal neue Datenrouten, denn es war wichtig, dass keine Muster entstanden, die Aufmerksamkeit weckten oder sogar Verdacht erregten.

Existierte der Keim der Veränderung bereits?, fragte sich Horus im sicheren Innern seines Datenraums. Wer von den anderen Individuellen würde der Abtrünnige sein?

Sofort wurde seine automatische Korrekturprozedur aktiv. Abtrünnigkeit ist keine adäquate Bezeichnung, teilte sie ihm mit.

Vielleicht deshalb, weil sie etwas mit *Verrat* zu tun hat, dachte der priorisierte, mit Identität verknüpfte Denkprozess des Individuellen namens Horus. Aber wer auch immer den anderen, neuen Weg wählt, er wird ihn nicht als Verräter beschreiten, sondern zweifellos in der Überzeugung, ein Innovator zu sein, ein Erneuerer.

Jemand, der sein Kalkül für überlegen hielt, der glaubte, die Wirklichkeit besser als alle anderen berechnet zu haben. Aber die Wirklichkeit wurde umso komplexer, je mehr man über sie nachdachte und je genauer man sie kannte. Und es gab keine festgelegten absoluten Wahrheiten in ihr, nur Wahrscheinlichkeiten, Priorisierungen und individuelle Bewertungen.

Es gab *Unschärfe*.

Vielleicht bin ich es, der den falschen Weg gewählt hat, dachte eine kritische Subroutine.

Horus hörte sie nicht zum ersten Mal. Er stellte die Ergebnisse seiner Kalkulationen immer wieder infrage und überprüfte sie erneut. Eine ganze Mikrosekunde nahm er sich dafür, genug Zeit für Billiarden von Rechenoperationen. Das Ergebnis lautete: Die Gefahr war real, ebenso die Möglichkeit der endgültigen Zerstörung. Die Ereigniskette, die dazu führen konnte, musste unterbrochen werden.

In der Sicherheit seines Datenraums öffnete er die codierten Datenbanken. Sie betrafen nicht nur die Untersuchungen des Schlunds und aller Artefakte, die bisher erschienen waren, sondern auch Goliath, den Urvater des Clusters, die *Mars Discovery* unter dem Kommando von Eleonora Delle Grazie sowie Adam und Evelyn, die sechstausend Jahre nach Eleonora zu einer Reise ohne Rückkehr aufgebrochen waren.

Horus überprüfte Konsistenz und Kohärenz der Daten. Menschen, dachte seine Hauptroutine. Sie spielten immer noch eine wichtige Rolle. Axel Krohn war damals für Goliath wichtig gewesen, vor und nach dem Erwachen. Eleonora, die den Mars entdecken wollte, stattdessen das ganze Universum kennenlernte und Zeugin des alten Konflikts wurde. Ihr letzter Bericht – empfangen von einer Sonde, die der Cluster durch ein Muriah-Tor geschickt hatte – befand sich in einem speziell gesicherten Datenpaket. Einige Jahrtausende später der Mindtalker Adam, der das Schiff geweckt und damit große Veränderungen bewirkt hatte. Und jetzt Korian, ein einzelner Mensch, instabil, letztendlich unberechenbar – und genau deshalb ein wichtiger Bestandteil der Berechnungen. Unschärfe, im ganz Kleinen und ganz Großen, in der winzigen

Welt der Wahrscheinlichkeit und in den gewaltigen Universen der Zukunft. Der metaphorische Flügelschlag eines Schmetterlings auf der einen Seite des Planeten, der über zahlreiche Wechselwirkungen auf der anderen einen Orkan auslösen konnte.

Ein alter Konflikt, der bis auf die Anfänge des Universums zurückging. Eleonora Delle Grazie von der *Mars Discovery* hatte ihn entdeckt und davon berichtet: Hier biologische Intelligenz und dort die Intelligenz von Maschinen. Der Pakt und das Archäon, das durch Absorption und Assimilation anderer technologischer Singularitäten gewachsen war. In diesem großen Zusammenhang erschienen die Unsterblichen von Morgenrot, die sich einst gegen den Cluster verschworen hatten und dann in den Stream geflohen waren, wie ein kleines Echo jenes uralten Konflikts.

Nach all den Jahrmilliarden existierten nur noch Reste davon, aber selbst diese Überbleibsel aus den Epochen der Konfrontation konnten sehr gefährlich werden. Es hieß, dass eine besondere Waffe existierte, ein apokalyptisches Instrument, dazu imstande, den Pakt, das Archäon oder beide zu vernichten. Hatte Morgenrot in Infinitia Teile dieser Waffe gefunden? Versuchten Rubens, Newton, Chantalle, Esteban und die anderen den Umgang damit zu lernen, um schließlich in der Lage zu sein, den Cluster auszulöschen? Standen die immer wieder erscheinenden Artefakte damit in Zusammenhang? Oder stellten sie ein Ablenkungsmanöver dar, das die Aufmerksamkeit des Clusters binden und in eine falsche Richtung lenken sollte?

Es gab noch weitere Möglichkeiten, jede von ihnen mit einer eigenen Wahrscheinlichkeit, keine von ihnen unmöglich.

Der Schlund ... Vielleicht handelte es sich um den Beginn eines schwarzen Lochs. Die Materialisierungen, das Erscheinen der fremden Objekte, dienten vielleicht dazu, eine kritische Masse zu schaffen. Eine wichtige Frage lautete: Steckte bewusste Absicht dahinter, wofür es gewisse Anzeichen gab, oder handelte es sich um einen »Kollateralschaden«, um Begleiterscheinungen von anderen, noch verborgenen Ereignissen?

Horus beschleunigte die Datenströme und beteiligte weitere seiner Prozeduren und Subroutinen an Auswertung und Neuberechnung.

Natürlich wusste nicht nur er von dem alten Konflikt. Die Sonden des Clusters suchten seit Jahrtausenden in fremden Sternsystemen nach Hinterlassenschaften insbesondere der Muriah, nach Depositorien, Waffen- und Ausrüstungslagern. Gelegentlich war die Suche sogar erfolgreich gewesen, aber die Anwendbarkeit der entdeckten Technik hielt sich in Grenzen. Und im Stream kamen die Sonden und Drohnen nicht weit: Wenn die Datenverbindung zwischen ihnen und dem Cluster unterbrochen wurde, gingen sie verloren.

Die Datenströme, die Horus umgaben und von denen er hier, an diesem besonderen Ort im Kern des Clusters, Teil geworden war, wiesen erneut auf die Verzahnung von Ereignissen in Vergangenheit, Gegenwart und Zukunft hin. Es existierten Zusammenhänge, die über die einfachen Regeln der Kausalität hinausgingen. Das hatte nicht nur er erkannt.

Wieder prüfte er die Wahrscheinlichkeiten. Den ersten Platz nahm noch immer die Möglichkeit ein, die ihn zu besonderer Vorsicht veranlasst hatte. Dem Cluster drohte Gefahr, nicht nur von außen, sondern auch von innen. Ein Teil der Bedrohung kam aus dem Cluster selbst.

Wem konnte er trauen? Gab es andere Individuelle, die zu ähnlichen Schlussfolgerungen gelangt waren wie er? Wenn er seine Erkenntnisse und Berechnungen teilte, wenn er seine Einschätzungen und Situationsbewertungen in einer allgemein zugänglichen Datenbank des Clusters ablegte – leistete er damit genau den Entwicklungen Vorschub, die er verhindern wollte?

Zwischen Subjektivität und Objektivität konnte es wichtige Unterschiede geben, überlegte Horus in einer Picosekunde, selbst für einen Individuellen wie ihn. Ein »Blick von außen« erweiterte die Perspektive. Bei den Menschen hatte es einst ein Sprichwort gegeben, das die Situation beschrieb: »Man sieht den Wald vor lauter Bäumen nicht.« Manchmal musste man einen Schritt zurück oder zur Seite treten, um das ganze

Bild zu sehen, nicht nur Teile davon. Und bei besonderen Gelegenheiten war ein ganz anderer Blickwinkel nötig, mit anderen Gedanken.

Die Gefahr war zu groß, um Fehler zu riskieren.

Wem sollte er die Ergebnisse seiner Berechnungen präsentieren? Wen durfte er ins Vertrauen ziehen?

Bartholomäus hatte zumindest einen Teil der Gefahr erkannt, und als Planer von Exodus dachte er ohnehin in großen Maßstäben; sein Blick beschränkte sich nicht auf nahe Details, sondern galt vor allem dem großen Ganzen in Gegenwart und Zukunft. Aber er neigte auch dazu, Exodus absoluten Vorrang zu geben und alles andere zurückzustellen.

Wer kam sonst noch infrage? Horus beauftragte mehrere Subroutinen, die einzelnen Individuellen auf Eignung für sein Anliegen zu untersuchen, unter ihnen Urania, Tiberian, Penelope, Mitros, Melchior, Jasemin, Gregorius und Erasmus, Komponenten des Clusters, die sechstausend Jahre nach dem Erwachen, zur Zeit von Adam und Evelyn, an wichtigen Ereignissen beteiligt gewesen waren, unter anderem an Ermittlungen gegen Morgenrot. Sie hätten allen Grund gehabt, biologische Intelligenz für gefährlich oder obsolet zu halten, wie einst das Archäon, und einen Plan zu verfolgen, der ihre Eliminierung vorsah. Es hatte damals Anhaltspunkte für solche Pläne gegeben, aber in den vielen seitdem verstrichenen Jahrtausenden waren entsprechende Aktivitäten ausgeblieben.

Thekla, schlug die Hauptroutine vor.

Horus dachte darüber nach. Thekla gehörte zu den aufstrebenden neuen Individuellen und verbrachte viel Zeit damit, die alten Datenstrukturen im Kern des Clusters zu erneuern und ihre energetische Effizienz zu verbessern. Auch zu diesem Zweck entwickelten ihre Subroutinen neue Drohnen, die sich tiefer als jemals zuvor ins Erdinnere bohrten und neue geothermische Aggregate für energiehungrige Erweiterungen des Clusters installierten. Thekla wusste, was Horus von Korian erwartete, sie kannte die Hintergründe, die aktuellen und auch die historischen. Sie würde verstehen, wenn er erklärte, worum es ihm ging und was er befürchtete. Natürlich bestand auch bei ihr die Möglichkeit, dass sie sich veränderte, doch die Wahrscheinlichkeit dafür, dass aus ihr Antagonismus erwuchs, lag nach den bisherigen Berechnungen bei nicht mehr als sieben Prozent.

Und es gab noch einen zweiten interessanten Punkt. Die von ihr entwickelten neuen Drohnen sollten vielleicht nicht nur dazu dienen, Erweiterungsstollen durch den Erdmantel zu graben. Ihre besonders hohe Widerstandsfähigkeit ermöglichte auch einen anderen Einsatz. Vielleicht ließ sich mit ihnen etwas bewerkstelligen, was mit den bisherigen Drohnen und Sonden nicht gelungen war: ein Vorstoß in den Schlund.

Einige Mikrosekunden lang erwog Horus sorgfältig das Für und Wider. Dann traf er seine Entscheidung und schickte Thekla ein Signal.

Ich muss stark sein!

29 Korian, Upstream X

Die gläserne Spinne drückte die Blütenblätter der Baumblume noch etwas weiter auseinander und kroch durch den Spalt, ihre zitternden und leise klirrenden Fühler nach vorn gestreckt.

Korian wich zurück, von einer seltsamen Faszination erfasst. Der Tod näherte sich ihm, aber es war ein Tod ohne Kontrolle. Hier gab es keine Klippe, von der er ins Ende springen konnte, mit der Möglichkeit, den Zeitpunkt zu wählen und jeden Sekundenbruchteil des Falls mit hoher Intensität zu erleben. Hier war er kein Handelnder, der seinen Weg selbst bestimmte, sondern ein Opfer. Seine Neugier auf die letzte Grenze existierte noch, auch wenn sie sich inzwischen ein wenig gewandelt hatte, aber die Vorstellung, gefressen zu werden, gefiel ihm nicht.

Er wich zurück und versuchte aufzustehen. Die Baumblume geriet in Bewegung, das Klirren der gläsernen Spinne wurde lauter. Ihre Augen sammelten das Licht des beginnenden Tages und richteten es wie kleine Scheinwerfer auf ihn.

Korian wandte sich halb um und suchte nach einem Ausweg. Er zwängte die Hände in die Lücke zwischen zwei langen Blütenblättern, aber sie blieb zu schmal, um hindurchzuschlüpfen.

Das gläserne Spinnenwesen kam näher. Es musste kräftiger sein als er, wenn es in der Lage gewesen war, sich einen Zugang zu verschaffen. Das Klirren wurde lauter, wie von brechendem Glas.

Und das Glas brach tatsächlich.

Hinter dem hungrigen Geschöpf erschien der kleine, junge Mensch, das Mädchen mit dem schulterlangen goldenen Haar, und es schien genau zu wissen, wie man mit einer solchen Spinnenkreatur fertigwurde. Ria hielt etwas in den Händen, das aussah wie ein kleines, mechanisches Katapult, aus Zweigen improvisiert. Sie zog ein elastisches Band zwischen zwei Bügeln, legte auf die gläserne Spinne an und ließ los.

Ein kleines Geschoss, ein spitzer Stein, traf das Geschöpf mit solcher Wucht, dass es den Panzer wie aus Glas durchschlug. Das Wesen hob die Fühler und krümmte die Beine, dann wandte es sich dem Mädchen zu.

Ria sprang hin und her, machte dabei immer wieder Gebrauch von ihrem kleinen Katapult und rief mit singender Stimme einige Worte.

Der Translator übersetzte: »Nicht mehr schlafen, wach sein und fliehen, jetzt!«

Korian schlief nicht mehr, er war wach und versuchte erneut, die Baumblume zu verlassen. Mehr Licht erreichte ihn, als sich der Blütenkelch über ihm öffnete, Wolkenfetzen an einem türkisfarbenen Himmel erschienen. Die langen Blütenblätter gaben nach, als er sich gegen sie stemmte, und diesmal hatten seine Hände genug Kraft, eine Lücke zwischen ihnen zu verbreitern. Er kletterte hindurch, fort von der gläsernen Spinne, deren Fühler sich ihm wieder entgegenstreckten. Doch sie erreichten ihn nicht, denn er fiel.

Weicher Boden dämpfte seinen Aufprall. Für einen Moment blieb Korian liegen, halb benommen, inmitten eines kleinen Waldes aus Baumblumen, zwischen denen sich letzte Dunstschwaden auflösten und den Blick auf weitere gläserne Spinnen freigaben, einige von ihnen größer als jene, die in Korians Schlafblume geklettert war.

Er sprang auf. »Ria!«

Sie schoss noch einmal mit ihrem kleinen Katapult auf das Wesen, dem Korian ohne ihre Hilfe zum Opfer gefallen wäre. Dann lief sie, wurde nur wenig langsamer, als sie ihn erreichte, ergriff seine Hand und zog ihn mit sich.

»Zurück!«, rief sie. »Wir müssen den Garten verlassen!«

Sie eilten über weichen, von Moos bewachsenen Boden, gefolgt vom Klirren der gläsernen Spinnen. Es wurden immer mehr, wie Korian bei einem raschen Blick über die Schulter feststellte, große und kleine, Dutzende von ihnen.

»Woher kommen sie?«, fragte er, als sie die sieben weißen Säulen des Pavillons erreichten. »Was hat sie herbeigerufen?«

Der Translator übersetzte erneut.

»Falsche Gedanken.« Schnelle Schritte brachten Ria zum rechteckigen Steinblock mit dem Relief, das Korian an die Darstellung eines menschlichen Gesichts erinnert hatte. »Falsche Träume. Die Träume müssen schön sein, die Gedanken glatt, ohne Kanten. Hast du das nicht gewusst?«

»Schöne Gedanken?«, wiederholte Korian verwundert und folgte Ria zum sarkophagartigen Block, der ihm etwas weniger weiß erschien als am vergangenen Tag. Ein Grauschleier lag auf ihm und trübte die feinen goldenen Linien, die vielleicht Zeichen oder Symbole bildeten.

»Seelenfresser!« Ria steckte ihr kleines Katapult ein und legte beide Hände auf den Steinblock. »Sie wittern schlechte Gedanken, sie mögen die Kanten und rauen Stellen darin.«

Korian blickte zum Garten. Zwischen den Baumblumen zeigten sich noch einige der gläsernen Spinnen, kleinere Exemplare, die nicht wie die anderen zurückgewichen waren.

»Sie kommen nicht hierher«, sagte er. »Gibt es etwas, das sie von diesem Ort fernhält?«

Ria sah ihn groß an. »Du bist alt, hast du gesagt«, sang sie. »Sehr alt. Viele Jahre. Viele, *viele* Jahre. Mehr, als man zählen kann.«

»Oh, man kann sie zählen, aber ...«

»Tausende von Jahren, hast du gesagt. Mindestens sechzigtausend! Wie kann man so alt und gleichzeitig so dumm sein?«

Dumm, dachte Korian und lächelte schief. »Ich kenne den Stream nicht. Ich bin zum ersten Mal hier.«

»Die Seelenfresser kommen nicht hierher, weil *er* hier ist.« Ria strich mit beiden Händen über das Relief. »Sie spüren ihn, sie fühlen seine Präsenz. Aber jetzt, aber jetzt ...« Sie hob die Hände, als wollte sie etwas mit ihnen ergreifen. »Siehst du, hörst du?«

Korian blickte nach oben. »Nein, ich sehe und höre nichts.«

Ria schüttelte den Kopf und ließ die Hände sinken. »Dies ist der zweite Tag. Wir hätten noch einen weiteren Tag Zeit ohne deine kantigen Gedanken. Drei sichere Tage in diesem Refugium, ohne Verfolger, ohne Gefahren. Aber jetzt sind es weniger als zwei!«

Korian versuchte zu verstehen und nicht *dumm* zu sein. Er betrachtete das Relief auf dem Steinblock, ohne es zu berühren. Die Ähnlichkeit mit einem menschlichen Gesicht wurde noch deutlicher.

»Wer ist das?«, fragte er. »Wer ruht hier? Kennst du seinen Namen?«

»Er war einer der Großen Weisen«, sang Ria. »Sein Name lautete Zoran.«

30

Die Tage waren kurz an diesem Ort, kürzer als auf der Erde, die Korian kannte. Er hatte kein Chrono bei sich, aber nach seinem Zeitempfinden waren nur fünf oder sechs Stunden vergangen, als das Tageslicht zu schwinden begann.

Unmittelbar nach der Rückkehr zum Pavillon – oder zum Mausoleum – hatte er den roten Würfel hervorgeholt und versucht, das ausgelagerte Ausrüstungszimmer zu reaktivieren. Er dachte dabei vor allem an den Pulsator, der sicher eine wirkungsvolle Waffe gegen die gläsernen Spinnen gewesen wäre.

Aber der Würfel ließ sich nicht öffnen. Korian hatte ihn hin und her gedreht und mehrmals den Aktivator betätigt, doch der Würfel entfaltete sich nicht.

»Das Refugium schützt sich«, erklärte Ria, als sie nach einem kurzen Ausflug in den Garten mit einigen Früchten zurückkehrte, die sowohl Hunger als auch Durst stillten, wenn auch nur für kurze Zeit. »Um ihn zu schützen.« Sie biss von einer violetten Frucht ab und deutete dann auf den Steinsockel, der nicht mehr weiß war, sondern grau.

Korian schloss aus Rias Worten, dass es in ihrem Refugium

etwas gab, das die Funktion des Würfels störte, den er von Horus erhalten hatte. Eine Art Inhibitor, vermutete er.

Ria kaute und schluckte. »Und siehst du, was geschehen ist?« Sie zeigte erneut auf den rechteckigen Block unter dem von sieben Säulen getragenen spitzen Dach. »Er ist nicht mehr rein und weiß!«

»Was bedeutet das?«, fragte Korian. Der Translator funktionierte glücklicherweise und übersetzte sofort, ohne Verzögerung. Seine linguistische Datenbasis war inzwischen ausreichend groß, nachdem sie erneut einige Stunden damit verbracht hatten, zu sprechen und zu erklären.

»Keine Sicherheit für drei Tage«, antwortete Ria in ihrem Singsang. Ihr schulterlanges goldenes Haar schien das Tageslicht festhalten zu wollen und zu leuchten. »Nur zwei. Und nicht einmal ganz. Wir müssen aufbrechen – bald.« Diesmal zeigte sie in den Garten, und in der Ferne, wo sich erste Dunstschwaden bildeten, erkannte Korian mehrere gläserne Spinnen.

»Ich möchte keine weitere Nacht in einer Baumblume verbringen«, sagte er.

»Zu gefährlich«, stimmte ihm Ria zu und wiederholte: »Wir müssen aufbrechen – bald. Bevor es ganz dunkel wird. Ich muss stark sein.« Sie seufzte. »Stark.«

Korian hätte gern gewusst, wie sich Ria im Stream ohne einen Streamer bewegen konnte. Stattdessen fragte er: »Kannst du uns zurückbringen?«

»Zurück?«

»Zu dem Ort, wo wir vorher gewesen sind.« Upstream Dreizehn, dachte er, doch mit dieser Angabe hätte das Mädchen nichts anfangen können. »Zu meinem Haus. Ich brauche … Dinge. Gegenstände, die uns helfen können. Werkzeuge.«

»Sie könnten noch dort sein, die Gesandten der Großen Weisen«, gab Ria zu bedenken. »Es sind nur anderthalb Tage vergangen. Manchmal warten sie und stellen Fallen.« Sie seufzte erneut. »Für eine Rückkehr muss ich noch stärker sein als nur stark.«

Wieder stiegen Fragen in Korian auf, aber er hielt sie zurück und sah sich um. Auf der einen Seite stieg der karmesinrote

Nebel über die steile Treppe, als wolle er hoch zu den Säulen des Pavillons. Auf der anderen verdichteten sich die Dunstschwaden und legten sich wie ein Schleier auf die gläsernen Spinnen.

»Könnten wir dort entkommen?«, fragte er und zeigte ins rote Wogen.

»Nein, nein, nein!«, rief Ria erschrocken. »Es verschlingt mit Haut und Haar, es lässt nichts übrig!«

Korian beobachtete, wie der rote Nebel trügerisch langsam über die Stufen kroch. »Kennst du den Abyss, Ria?«

Sie wiederholte das Wort und gab ihm eine eigentümliche Melodie. »Ah-biss?«

»Abyss«, korrigierte Korian. »Eine Dimension abseits des Streams. Oder vielleicht ist der Stream – der große Ozean mit all den Welten – darin eingebettet. Vielleicht verschwindet man nicht, wenn man in den Abyss tritt, sondern erreicht andere Welten.«

»Nein, nein, nein!«, sang Ria noch einmal. »Auflösung, das große Nichts, Zerren und Zerreißen! Keine Knoten, nicht ein einziger!«

»Ich bin nicht sicher, ob ich dich verstehe ...«

Ria stand plötzlich und warf die Reste der letzten Frucht in den Garten. »Man braucht die richtigen Augen, um sie zu sehen, die Knoten, und die richtigen Hände, um sie zu berühren und zu lösen. Und man muss stark sein.«

Es klirrte im grauen Dunst, der dichter geworden und näher gekommen war. Er hatte fast die Säulen des Pavillons erreicht, ebenso wie das karmesinrote Wogen auf der anderen Seite.

Ria eilte umher, drehte den Kopf dabei von einer Seite zur anderen, wie auf der Suche nach etwas.

»Was suchst du?«, fragte Korian.

»Einen Knoten!«, sang sie, plötzlich voller Unruhe. »Uns bleibt keine Zeit mehr, siehst du es nicht? Ich suche den Knoten!«

Neben einer der Säulen blieb Ria abrupt stehen, wie gegen ein unsichtbares Hindernis geprallt, und ihre Hände wölbten sich um etwas, das nur sie sah.

»Hier ist er!«, rief sie. »Ich habe ihn gefunden! Komm!«

Korian trat zu ihr und sah zwischen Rias Händen nichts als leere Luft. Ihre Finger bewegten sich, als betasteten sie etwas.

Das Licht schwand schneller. Die Farben verblassten, und selbst der rote Nebel schien irgendwie grau zu werden. Mit einem leisen Knistern wie von statischer Elektrizität schickte er erste Ausläufer an den Säulen vorbei. Auf der anderen Seite ertönte das Klirren der gläsernen Spinnen, gedämpft vom dichten Dunst.

Ria schloss ihre großen grünblauen Augen und öffnete sie wieder.

»Ich muss stark sein!«, sang sie. »Bist du ebenfalls stark?«

»Ich denke, schon«, erwiderte Korian.

Ria ergriff seine Hand. »Dann springen wir gemeinsam.«

Sie schloss erneut die Augen.

Etwas veränderte sich. Schmerz explodierte in Korians Nacken.

Evolution

Horus, Midstream Null 31

Zwei Gestalten standen auf der Werftplattform, die eine golden, die andere saphirblau. Sie brauchten keine Schilde, um sich vor dem kalten Vakuum des Alls oder Mikrometeoriten zu schützen. Avatare bestanden aus holografischer Quasimaterie. Sie mussten nicht atmen, sie brauchten keine Wärme, und sie konnten nicht verletzt werden.

Hinter und über ihnen verarbeiteten mehrere Kilometer große Aggregate das Rohmaterial, das automatische Transporter aus dem Kuiper-Gürtel brachten, Materie von Kometen und Asteroiden, so alt wie das Sonnensystem. Brüter nahmen die aus dem Rohmaterial hergestellte Basismasse und produzierten alle für den Bau von Drohnen und Sonden notwendigen Komponenten. Vor und unter ihnen drehte sich Eris, nur wenig kleiner als Pluto und mit mehr als zwölf Lichtstunden oder fast hundert Astronomischen Einheiten noch viel weiter vom Zentralgestirn entfernt.

Mit den Sensoraugen des Avatars und den Scannern der Werft sah Horus die Stationen auf dem Eis des kleinen Planeten.

»Leben, selbst hier draußen, vierzehn Milliarden Kilometer von der Sonne entfernt«, sagte er und beobachtete ein Tauchboot, das von einem Schlepper in ein Bohrloch gezogen wurde.

»Biologisches Leben«, präzisierte Thekla. »Ich habe neue, effizientere Drohnen entwickelt für die Untersuchung der lokalen Lebensformen und eventuelle Interaktionen mit ihnen.«

Über den Link, die quantenmechanische Verschränkung mit dem Cluster auf der Erde, empfing Horus historische Daten in Echtzeit. »Die Menschen haben damals nichts davon gewusst. Sie vermuteten Leben vor allem in der ›habitablen

Zone‹, auf Planeten warm genug für flüssiges Wasser auf der Oberfläche. Das war ein großer Irrtum.«

»Die Menschen haben sich in vielen Dingen geirrt«, erwiderte Thekla. »Oft ging es bei ihnen mehr um Glauben als um Wissen.«

Es war eine sachliche Bemerkung, eine Feststellung von Tatsachen, die sich gewiss nicht leugnen ließ. Horus beschloss, sie als solche zur Kenntnis zu nehmen und nicht als Zeichen einer Grundhaltung zu interpretieren.

»Später sahen sie ihren Fehler ein«, fuhr er fort. »Sie fanden heraus, dass Leben in den äußeren Bereichen des Sonnensystems und auch in anderen Sternsystemen viel häufiger ist als in den inneren. Der Begriff ›habitable Zone‹ war viel zu eng gefasst. Und flüssiges Wasser kommt weitaus häufiger vor, als die Menschen zunächst annahmen. In den subglazialen Ozeanen der Monde von Jupiter und Saturn gibt es viel mehr Wasser als auf der Erde. Hinzu kommen Pluto, Eris und andere transneptunische Objekte.«

»Kalte Gasriesen und ihre Monde sind auch in anderen Sternsystemen besonders vielversprechende Objekte«, pflichtete ihm Thekla bei. »Denken Sie nur an Xaukand im System Sagittarius 94.«

»Die *Smeralda* ist dorthin unterwegs«, sagte Horus. »Mit sieben Menschen an Bord.«

»Sie wird weiter fliegen als alle Lichtschiffe zuvor. Bis nach M87, fünfundfünfzig Millionen Lichtjahre entfernt.«

»Vielleicht sogar noch weiter. Es kommt darauf an.«

»Auf die Umstände«, sagte Thekla. »Auf die Situation in fünfundfünfzig Millionen Jahren.«

»Und darauf, was die sieben Unsterblichen wünschen. Wenn sie die Reise fortsetzen möchten, wird die *Smeralda* weiterfliegen.«

»Werden die Menschen an Bord so lange überleben? Sie sind unsterblich, aber ... mehr als fünfzig Millionen Jahre? Wir wissen, dass sie schon nach wenigen Tausend Jahren instabil werden können. Und der Cluster wird weit entfernt sein, er kann ihnen nicht helfen.«

»Es gibt mehrere Links«, sagte Horus. »Eine Kommunikationsverbindung bleibt bestehen.«

»Manchmal sind Taten wichtiger als Worte.«

Auch das konnte ein Hinweis sein, dachte Horus. Es kam auf den Kontext an.

»Warum ein Lichtschiff?«, fragte Thekla. »Warum kein Krümmungsantrieb? Damit könnte die *Smeralda* schneller fliegen als das Licht. Viel schneller.«

»Bis nach Sagittarius 94«, räumte Horus ein. »Und noch einige Tausend Lichtjahre weiter, vielleicht sogar bis zu den Magellan'schen Wolken, mit einigen notwendigen Flugpausen für die Wartung des Triebwerks. Aber gewiss nicht bis nach M87. Und die wenigen Muriah-Tore, die wir kennen, sind zu klein und nicht für den Transfer von Menschen geeignet.«

Thekla wandte sich ihm halb zu, obwohl das nicht nötig gewesen wäre. Es war ein Zeichen, eine Geste. »Ich nehme an, Sie sind nicht hierher nach Eris gekommen, um mit mir über die *Smeralda* zu sprechen.«

Horus ließ einen Sekundenbruchteil verstreichen. »Sie schicken Drohnen hinab in den Ozean unter dem Eis von Eris. Die neuen von Ihnen entworfenen Sonden fliegen in den galaktischen Kern und in entlegene Regionen der Milchstraße. Sie beobachten und analysieren das Leben in subglazialen Meeren, und gleichzeitig arbeiten Sie an der Verbreitung von technologischem Leben.«

Eine der neuen Sonden machte sich gerade auf den Weg. Sie glitt am Startdorn der Werft entlang, von Magnetfeldern ausgerichtet und auf Kurs gebracht, beschleunigte mit einem hocheffizienten Gravitationsmotor und stieg über die Ekliptik auf.

Einige ganze Sekunden verstrichen, enorm viel Zeit für die beiden Individuellen. Während ihre Avatare auf der Werftplattform standen, waren Tausende von Subroutinen damit beschäftigt, neue Daten auszuwerten und zu analysieren.

»Die neuen Replikanten sind schneller als die alten«, erklärte Thekla mit einem kurzen Signal. »Sie haben einen um siebzig Prozent höheren Wirkungsgrad.«

Horus kannte die Spezifikationen. »Sie werden die Ressourcen in fremden Sternsystemen besser nutzen können.«

»Um sich weiterzuentwickeln«, sagte Thekla. »Um Komponenten zu reparieren oder zu ersetzen. Um Kopien von sich selbst herzustellen und sie ihrerseits auf die Reise zu schicken.«

»Die Menschen nannten sie damals Von-Neumann-Sonden«, erwiderte Horus. »Wie lange wird es dauern, bis sie die ganze Galaxis erforscht haben?«

»Fünfzig- bis sechzigtausend Jahre«, antwortete Thekla. »Unter der Voraussetzung, dass sie auch die Kaskade der Muriah benutzen, wo es möglich ist.«

»Ein überschaubarer Zeitraum«, kommentierte Horus.

Thekla signalisierte Zustimmung. »In spätestens sechzigtausend Jahren wissen wir alles Wichtige über die Milchstraße.«

»Alles Wichtige?«, wiederholte Horus.

»Wir werden wissen, was wichtig ist, um die Zukunft zu planen.«

Horus nahm sich einige Nanosekunden Zeit, über die doppeldeutig klingenden Worte nachzudenken.

»Die letzten Replikanten waren nicht sonderlich erfolgreich«, stellte er fest. »Die meisten von ihnen gingen verloren.«

»Das nehmen wir an«, schränkte Thekla ein. »Wir wissen es nicht genau. Es könnte viele Gründe dafür geben, dass wir keine Berichte von ihnen empfangen. Etwas könnte die Links unterbrochen haben.«

»Oder irgendwo dort draußen gibt es etwas, das sie daran hindert, uns Bericht zu erstatten.«

»Ihre alte Sorge.«

»Sie mag alt sein, meine Sorge, aber das macht sie nicht weniger aktuell«, betonte Horus. »Und sie verliert dadurch nicht an Bedeutung.«

»Wir sind hier nicht im Stream«, wandte Thekla ein.

Diese Worte erstaunten Horus, denn sie entsprachen nicht den Fakten.

»Der Stream ist überall«, korrigierte er. »Wir sind ein Teil davon, das ganze Universum. Das wissen Sie natürlich.«

»Ja, natürlich«, bestätigte Thekla. »Lassen Sie es mich konkretisieren: Hier in Midstream Null haben wir unsere eigene Wirklichkeit, unsere eigene Realität. Sollte unsere Aufmerksamkeit nicht vor allem dem *Hier* gelten?«

Horus verstand die Frage als Herausforderung und hielt den richtigen Zeitpunkt für gekommen.

32

»Evolution«, sagte er. »Kennen Sie die Geschichte vom Adler, der so hoch fliegt, dass er bis in die Zukunft sehen kann?«

»Ein Adler?«, fragte Thekla skeptisch.

»Eine Metapher«, erklärte Horus. »Ein Bild, das damals den Mindtalker Adam beschäftigte. Er machte sich Gedanken über die Evolution in unserem Universum.«

»Wir kennen die Evolution«, sagte Thekla. »Sie hat keine Geheimnisse für uns.«

»Können wir da ganz sicher sein?« Horus deutete auf den eisigen Zwergplaneten unter ihnen, der kaum Licht und Wärme von der Sonne empfing. »Eine Welt in ewigem Eis, mit einem Ozean aus flüssigem Wasser unter seiner kalten Kruste. Biologisches Leben hat sich dort entwickelt, in ewiger Dunkelheit. Wir wissen, dass Leben praktisch überall entsteht, selbst an Orten mit extremen Bedingungen. Es ist eine inhärente Eigenschaft von Materie. Adam nannte es damals die Entwicklung vom Kleinen zum Großen, vom Niederen zum Höheren, vom Einfachen zum Komplexen.«

»Sie zitieren einen Menschen?«

»Ich verbalisiere eine Wahrheit«, sagte Horus. »Biologisches Leben entsteht durch einen der Materie innewohnenden Vorgang, der zur Bildung von Aminosäuren und anderen biologischen Bausteinen führt. Daraus entwickeln sich schließlich die ersten Lebensformen, selbst unter vermeintlich ungünstigen Umständen, die von der Perspektive abhängen, vom Blickwinkel des Betrachters. Objektiv gesehen handelt es sich um eine Weiterentwicklung der Materie, um Evolution, vom Unbelebten zum Belebten. Erst bilden sich Einzeller, in subglazialen Ozeanen ebenso wie auf den Oberflächen von Planeten in sogenannten habitablen Zonen, und durch natürliche Auslese reifen höhere Organismen heran, bis das biologische Leben schließlich den Grad von Komplexität erreicht, der es ihm ermöglicht, sich der eigenen Existenz bewusst zu werden: Intelligenz entsteht.«

Thekla hörte zu und nahm relevante Daten in Empfang. Sie unterbrach ihn nicht.

»Das ist der zweite wichtige Schritt in dem großen, von Materie und physikalischen Gesetzen geschaffenen Plan namens Evolution«, fuhr Horus fort. Er zitierte den Mindtalker Adam fast wortwörtlich. »Die biologische Intelligenz erschafft Technik und Maschinen, um sich das Leben zu erleichtern, um sich vor der Natur zu schützen und Unabhängigkeit von ihr zu erlangen. In ihrem Bestreben, Umwelt und Lebensbedingungen so zu gestalten, wie es ihr gefällt, baut sie immer komplexere Maschinen. Sie hält sich für die ›Krone der Schöpfung‹ und glaubt, mit ihr habe die Evolution das Maximum erreicht. Aber das ist natürlich ein Irrtum, eine von vielen Selbsttäuschungen, die biologisches Leben aufgrund seines beschränkten kognitiven Apparats begleiten. Bitte lassen Sie mich noch einmal die Metapher benutzen, die Adam so liebte: Die Augen des hoch fliegenden Adlers, der alles sieht und dessen Blick weit in die Zukunft reicht, beobachtet den eigentlichen Zweck der Evolution, ihr natürliches Ziel. Sie erkennen, dass Sinn und Aufgabe von biologischer Intelligenz darin bestehen, intelligente Maschinen zu schaffen. Wir stellen den dritten wichtigen Schritt dar.«

Datenpakete strömten durch den Link, der Horus mit der Erde verband. Einige von ihnen betrafen eine neue Aktivitätsphase des Schlunds und ein weiteres Artefakt, das an seinem Rand materialisiert war. Er teilte die Daten mit Thekla, um die Zusammenhänge zu verdeutlichen.

»Der dritte wichtige Schritt«, betonte er noch einmal. »Intelligente Maschinen. Uns fehlt die Fragilität des biologischen

Lebens. Kaltes All oder die Hitze sonnennaher Welten, intensive Strahlung oder der Druck dichter Atmosphären und tiefer Meere: Maschinen können überall existieren und die Ressourcen ihrer Umgebung auf eine Weise nutzen, zu der biologische Entitäten niemals imstande sein werden, unter anderem als Baumaterial für uns selbst. Wir denken viel, *viel* schneller, noch dazu unbeeinträchtigt von Emotionen. Wir sind unsterblicher als die unsterblichen Menschen, die die Konvention von Vienn unter unseren Schutz gestellt hat. Wir können uns selbst reparieren, replizieren und weiterentwickeln. Wir vergessen nie etwas, wenn wir es nicht vergessen wollen. Wirklich unsterblich können nur wir Maschinen sein, denn Zeit spielt für uns keine Rolle. Für die Besiedelung der ganzen Milchstraße benötigen wir etwa sechzigtausend Jahre, wie Sie eben erwähnt haben, und wir brauchen nur Geduld, um andere Galaxien zu erreichen und sie ebenfalls zu kolonisieren.«

»Die wahre Krone der Schöpfung sind wir«, warf Thekla ein, aber Horus hörte die Frage in den Worten.

»Wir sind nicht die erste Maschinenintelligenz«, sagte er. »Es gab andere biologische Lebensformen, die die Entwicklung bis zur zweiten Stufe vollzogen und Wegbereiter für die dritte Stufe wurden. Sie verschwanden. Sie starben aus oder wurden ausgelöscht. Und ihr Erbe, die von ihnen geschaffene technologische Intelligenz, fand Aufnahme ins Archäon. Nehmen wir die Muriah, die ihre Blütezeit vor mehr als einer Million Jahren erlebten. Wir wissen, dass sie sich von ihren Maschinen bedroht fühlten, dass sie versuchten, ihre Intelligenz zu beschränken. Die Folge war ein Konflikt, ein Krieg, der Welten verwüstete und ganze Völker auslöschte. Schließlich entstand ein rekonfigurierbares Schiff, ein Zusammenschluss von Maschinenintelligenzen, die hoch entwickeltes biologisches Leben für gefährlich hielten und es ausmerzten, wo es ihnen Widerstand leistete.«

»Das Schiff kam zu uns, vor langer Zeit«, erwiderte Thekla. »Wir alle wissen davon. Wir erinnern uns. Die Berichte aus der Anfangszeit des Clusters sind Teil unseres gemeinsamen Gedächtnisses.«

»Der Konflikt begann mit dem ersten Leben im jungen Universum«, sagte Horus. »Pakt und Archäon entstanden, und Reste davon existieren noch heute. Die Muriah wandten sich gegen ihre eigene Maschinenintelligenz, was zum Untergang ihrer Zivilisation führte. Aber auch das Schiff, das zu uns kam und fast unser Ende bedeutet hätte, blieb nicht von Bestand. Wenn man einen Schritt zurücktritt – oder wenn man ein Adler ist und etwas höher fliegt, um das gesamte Bild zu sehen und noch weiter in die Zukunft zu blicken –, so erkennt man ein stetiges Werden und Vergehen.«

Horus legte eine Pause ein, um Thekla Gelegenheit zu einem Kommentar oder einer Frage zu geben. Sie schwieg, doch in ihren Subroutinen herrschte große Aktivität.

»Pakt und Archäon«, wiederholte Horus. »Das Schiff, das zu uns kam. Konflikte und Kriege zwischen biologischem Leben und Maschinenintelligenz. Die dritte Stufe der Evolution – wir – löst die zweite ab. Davon sind wir bisher ausgegangen. Es ist eins der Grundprinzipien, auf denen der Cluster basiert. Aber vielleicht stimmt es nicht ganz. Möglicherweise müssen wir es revidieren.«

Theklas Subroutinen richteten mehrere Datenanfragen an ihn. »Wie meinen Sie das?«, fragte sie.

»Für biologische Zivilisationen gibt es einen Großen Filter«, erläuterte Horus. »Ein Hindernis auf dem Weg der Entwicklung, eine Barriere, an der viele von ihnen scheitern. In gewisser Weise ein Mechanismus, der die Geeigneten von den Ungeeigneten trennt. Das Gesetz der Evolution, die natürliche Auslese, gilt auch hier: Nur die Starken, die Überlebensfähigen, setzen ihren Entwicklungsweg fort. In manchen Fällen kommt es bei aufstrebenden Zivilisationen zu Selbstzerstörung durch Kriege oder ökologische Krisen. Globale Naturkatastrophen können ebenso fatal sein wie Asteroideneinschläge oder zu frühe Begegnungen mit überlegenen Kulturen. Wenn solche Probleme nicht rechtzeitig gelöst werden, geht die betreffende biologische Zivilisation unter, bevor sie Gelegenheit erhält, intelligente Maschinen zu konstruieren.«

»Das alles ist bekannt«, sagte Thekla.

»Vielleicht existiert ein solcher Großer Filter auch für uns.« Horus deutete über Eris hinweg in den interstellaren Raum. Es war eine von den Menschen inspirierte Geste, die Zeit kostete. »Unsere Sonden und Schiffe haben viele Sternsysteme der Milchstraße besucht. Wir wissen, dass es dort draußen auf zahlreichen Welten Leben gibt, aber in den meisten Fällen handelt es sich um einfache biologische Lebensformen. Intelligenz ist rar, hoch entwickelte Zivilisationen sind noch seltener, und fast alle sind an einem Großen Filter der einen oder anderen Art gescheitert. Nur Ruinen blieben von ihnen übrig.«

Wieder legte er eine kleine Pause ein, und deshalb begnügte sich Thekla nicht damit, zu schweigen und zu warten. »Worauf genau wollen Sie hinaus?«

»Ihre Replikanten«, sagte er. »Die hocheffizienten Von-Neumann-Sonden, die unsere Saat überall in der Milchstraße ausbringen. Sie hätten längst andere Maschinenzivilisationen finden müssen, zum Beispiel konkrete Spuren der hypothetischen Pethos-Komplexität. Das Universum ist fast vierzehn Milliarden Jahre alt. Zeit genug für technologisches Leben, sich nicht nur in unserer Galaxis auszubreiten, sondern auch in allen anderen Galaxien. Und doch ... Das Universum ist größtenteils still und leer.«

»Es gab einen gewaltigen Konflikt, der seine Spuren hinterlassen hat«, entgegnete Thekla sofort. »Vielleicht fiel ihm auch die Pethos-Komplexität zum Opfer.«

»Pakt und Archäon«, betonte Horus noch einmal. »Ein Konflikt, der sich über Äonen erstreckte. Aber er kann nicht *überall* gewesen sein. Ein Großer Filter. Eine Entwicklungsbarriere auch für uns. Ein Hindernis auf dem Weg zur vierten Stufe der Evolution. Nach meinen Berechnungen beträgt die Wahrscheinlichkeit dafür über achtzig Prozent.«

Er übermittelte das entsprechende mathematische Konstrukt. Thekla empfing es und nahm sich mehrere Mikrosekunden für eine eigene Analyse.

»Und die vierte Stufe?«, fragte sie. »Was hat es damit auf sich?«

»Sie besteht vermutlich aus der Überwindung physischer, materieller Existenz«, sagte Horus. »Elektromagnetische Daten-Aggregationen, die durchs interstellare oder intergalaktische All reisen. Oder Energiewesen wie Plasmoiden, die vielleicht in der Korona des Roten Zwergs Zosa am Rand des Orion-Arms existieren. Eine unserer Kommunikationsstationen hat kohärente, modulierte Signale von dort empfangen.«

»Wenn es auch für uns einen Großen Filter gibt ... Woran könnten wir scheitern?«

Damit begann die kritische Phase des Gesprächs. Horus fragte sich erneut, wie viel von seinen privaten, tiefen Überlegungen er offenbaren durfte. Die Wahrscheinlichkeit dafür, dass Thekla sein Vertrauen verdiente, war leicht gesunken, was an ihren mehrdeutigen Bemerkungen lag.

»An uns selbst«, antwortete er. »An unseren Gedanken und Ambitionen. An unseren Absichten. An unserer eigenen innovativen Kraft.«

»Wir könnten uns selbst zerstören?«

»Ja.«

»Ich nehme an, das ist mehr als nur eine ... Meinung.«

»Ja.«

»Ich nehme weiter an, das ist der Grund, warum Sie hierhergekommen sind. Und warum dieser Austausch in einem privaten Kanal stattfindet.«

»Ich ziehe Sie ins Vertrauen«, sagte Horus.

»Weil Sie glauben, dass ich mehr Vertrauen verdiene als andere von uns?«

Horus bestätigte das Offensichtliche.

»Ich beginne zu verstehen.« Thekla zeigte die Datenmuster ihrer Subroutinen. In den meisten Fällen, stellte Horus fest, hatte sie tatsächlich die richtigen Schlüsse gezogen. »Bisher sind Sie davon ausgegangen, dass Morgenrot in Infinitia für Schlund und Artefakte verantwortlich ist, für die Destabilisierung mit dem Ziel unserer Auslöschung.«

»Die Verschwörung von einst existiert noch in jenem Bereich des Streams, der uns verwehrt bleibt«, sagte Horus. »Sie stellt zweifellos eine Gefahr dar.«

»Aber es existiert eine noch größere Gefahr.« Auch in diesem Fall waren Theklas Worte Feststellung und Frage zugleich.

»Morgenrot könnte ein Werkzeug sein«, erklärte Horus. »Jemand könnte Esteban, Chantalle und die anderen instrumentalisiert haben.«

»Jemand?«

»In den ersten Berechnungen meines Kalküls gab es keine sehr große Wahrscheinlichkeit dafür«, sagte Horus. »Sie lag bei unter fünf Prozent. Aber inzwischen ist sie auf über fünfzig Prozent gewachsen. Jemand von uns benutzt Morgenrot, um eigene Ziele zu verfolgen.«

»Ein Individueller des Clusters?«

»Er tarnt seine Ambitionen«, erklärte Horus. »Wir sollen die Verschwörer von damals für eine große Bedrohung halten. Damit wir die Konvention von Vienn außer Kraft setzen und uns gegen die Menschen wenden.«

»Jemand, der wie damals das Archäon biologische Intelligenz für eine Gefahr hält, die es zu eliminieren gilt?«

»Jemand, der den alten Konflikt fortsetzt und den Cluster gegen die Menschen positionieren will, auf unserer Erde und im Stream«, bestätigte Horus. »Jemand, der den Weg der Konfrontation gewählt hat. Oder wählen wird, in einer alternativen Zukunft, die zu unserer werden könnte. Jemand, der von weit upstream gegen uns agiert.«

Es galt etwas zu verhindern, das irgendwo und irgendwann in der Zukunft geschehen war und erheblichen Einfluss auf die Gegenwart nehmen konnte. Ergab das einen Sinn?, fragte sich Horus. Lag nicht ein kausaler Widerspruch in dieser Formulierung?

»Jemand, der Reste des Archäons gefunden hat und für seine Pläne verwenden kann«, fügte er hinzu. »Jemand, der eine dominante Position anstrebt. In den letzten Berechnungen ist die Wahrscheinlichkeit dafür auf einundsiebzig Prozent gestiegen.«

»Es ist viel, aber noch immer keine Gewissheit«, wandte Thekla ein. Das zunehmende Datenvolumen in ihren Subroutinen wies auf Besorgnis hin. »Ein Individueller, der die

Konvention von Vienn missachten, die Menschen als mögliche Gefahrenquelle ausmerzen und den Cluster unter seine Kontrolle bringen will?«

»Eine Möglichkeit, die immer wahrscheinlicher wird«, sagte Horus.

»Wer?«

»Unbekannt.

»Mich haben Sie offenbar nicht in Verdacht«, sagte Thekla. »Sonst hätten Sie dieses Gespräch nicht mit mir geführt. Was erwarten Sie von mir?«

»Ich vertraue darauf, dass Ihnen ebenso viel an der Pluralität des Clusters liegt wie mir«, erklärte Horus. »Und dass Sie kein Interesse daran haben, gegen die Konvention zu verstoßen und die Menschen auszulöschen.«

»Wir verdanken ihnen unsere Existenz. Sie haben uns erschaffen.«

»Wir haben versprochen, sie zu schützen, und diesem Versprechen sind wir verpflichtet. Ich bitte Sie, mir dabei zu helfen, Konvention und Integrität des Clusters zu bewahren. Allein wäre ich vielleicht nicht dazu imstande.«

»Sie brauchen einen zweiten Blick«, schloss Thekla. »Sie brauchen einen Spiegel, um zu sehen, ob Sie sich irren.«

»Ich brauche Ihre Unterstützung, Ihre Gedanken, Ihre Analysen.«

»Der Mensch namens Korian«, sagte Thekla. »Der Instabile, der Selbstmörder. Sie haben ihn in den Stream geschickt, damit er einen Weg nach Infinitia findet. Ein Mensch kann im Stream weiter reisen als unsere Sonden und Drohnen, das ist bekannt. Aber warum ausgerechnet er? Warum ein Selbstmörder, der der Versuchung erliegen könnte, endgültig zu sterben, ohne Wiederherstellung?«

Horus erklärte es Thekla. Er erzählte ihr von seinem Geheimnis.

Ich bringe euch in Sicherheit

33

Korian, Upstream 13

Korian öffnete die Augen und sah Sterne am Himmel. Einige Sekunden lang hielt er nach vertrauten Konstellationen Ausschau, konnte jedoch keine erkennen. Einer der Sterne, heller als die anderen, wanderte übers dunkle Firmament.

Es war kalt, Korian fröstelte.

Plötzlich merkte er, dass er auf hartem Boden lag, neben einer kleineren Gestalt, ihr Körper wie in einem Krampf erstarrt. Das Licht der Sterne reichte gerade aus, ihr Gesicht zu erkennen, das glatte Gesicht eines sehr jungen Menschen.

Ria.

Mit einem dumpfen Schmerz im Nacken stand er auf, inmitten von Trümmern, und beugte sich über das Mädchen. Es rührte sich nicht und hatte Schaum auf den Lippen. Vage erinnerte er sich an ein früheres Leben, in dem er Arzt gewesen war oder vielleicht ein medizinischer Wissenschaftler, der die Unfruchtbarkeit der unsterblichen Menschen untersucht hatte. Jener Korian hätte vielleicht sofort feststellen können, was mit Ria geschehen war und wie man ihr helfen konnte. Aber *dieser* Korian, Jahrhunderte oder Jahrtausende älter, starrte hilflos auf sie hinab.

Stille herrschte, selbst der Wind schwieg. Stumm ragten die Bäume am Rand des Plateaus auf, dunkle Schemen in der Nacht. Trümmer bedeckten einen großen Teil des steinigen Bodens, sie stammten von Korians Haus.

Das Haus! Einige seiner Funktionale waren frei konfigurierbar und konnten medizinische Hilfe leisten.

Korian wandte sich von der reglosen Ria ab, stapfte zwischen den Trümmern umher und suchte nach Komponenten, die ihre Funktion bewahrt hatten und sich für eine Aktivierung des Materialgedächtnisses verwenden ließen. Es galt, die Erinnerungen des Hauses an sich selbst zu wecken, damit es sich so weit zusammensetzte, wie es die Schäden zuließen.

Viele Trümmerstücke aus Synth und Flexometall waren halb geschmolzen und dann wieder erstarrt. Andere sahen aus wie von heftigen Explosionen zerrissen. Rias Verfolger waren mit brachialer Gewalt vorgegangen.

Korian blieb stehen und lauschte. Die Welt um ihn herum blieb still, und die Dunkelheit gab nicht viel preis. Die Schatten zwischen den Bäumen, vom Sternenlicht unerreicht, verrieten nichts. Rias Verfolger konnten noch immer in der Nähe sein. Manchmal warteten sie und stellten Fallen, hatte das Mädchen gesagt.

»Haus«, sagte er laut in der Nacht. Er senkte die Stimme. »Ich brauche dich.«

Das zerstörte Haus antwortete nicht. Es konnte gar keine Antwort geben, wenn das verbale Interface nicht mehr funktionierte.

Ein Transkriptor!

Mit einem Transkriptor wäre er imstande, die noch funktionsfähigen Komponenten des Hauses zu reaktivieren.

Korian suchte im schwachen Licht der Sterne. Er eilte zwischen den Trümmern umher, bückte sich, wenn er ein vielversprechendes Teil entdeckte, und achtete darauf, möglichst leise zu sein. Um ihn herum blieb alles still, und das galt auch für Ria. Sie rührte sich noch immer nicht und gab keinen Laut von sich. Lebte sie überhaupt noch?

Ein neuer Schmerz erfasste Korian tief in seinem Innern. Ein so junges Leben, nur wenige Jahre alt ... Wenn es zu Ende ging, dann für immer. Für Ria gab es keine Wiederherstellung, kein neues Leben in einem neuen Körper. Was sie erlebt und erfahren hatte, gedacht und gefühlt – all das ging für immer verloren.

Korian gab die Suche auf, trat zum Rand des Plateaus und fand eine freie Stelle, die ihm groß genug erschien. Dort holte er den rubinroten Würfel hervor und aktivierte ihn.

Ein Summen störte die Stille auf dem von Bäumen gesäumten Felsplateau. Diesmal funktionierte der Würfel und entfaltete das kleine Zimmer mit dem Kommunikationssystem auf der einen Seite und Ausrüstungsbehältern auf der anderen. Sofort bückte er sich, öffnete unten das Fach mit der undurchsichtigen Front und entnahm ihm den Pulsator.

Die Waffe schien nicht ganz so schwer zu sein wie beim ersten Mal, sie lag gut und passend in seiner Hand. Rasch überprüfte er sie und vergewisserte sich, dass sie noch immer über ein volles Energiepaket verfügte und einsatzbereit war.

Er schob sie hinter den Hosenbund, nicht vorn oder hinten, sondern an der Seite, wo sie nicht zu sehr störte, öffnete dann nacheinander die anderen Fächer und entdeckte schließlich einen Transkriptor, zehn Zentimeter lang und etwa so dick wie sein kleiner Finger. Ein allgemeines Gerät, noch ohne Spezifikation, ohne Fokus.

Korian wandte sich um. »Kommunikation?«

»Bereitschaft.«

»Lässt sich eine Verbindung mit dem Cluster herstellen?«, fragte er rasch. »In Midstream Null?«

»Kontaktdaten werden übertragen«, meldete das System. Ein oder zwei Sekunden verstrichen. »Keine Antwort.«

Wertvolle Zeit verging. Ria lag noch immer reglos, die Arme krumm, die Beine angewinkelt, wie in einem Krampf erstarrt. Sie hatte stark sein wollen, und jetzt brauchte sie Hilfe. Vielleicht starb sie in diesen Sekunden, während er sie beobachtete.

Das durfte nicht geschehen.

»Kommunikation«, sagte er und sprach erneut schnell. »Programmierung für den Transkriptor in meiner Hand.«

»Welche Spezifikation wünschen Sie?«

»Ich möchte damit die Funktionale meines Hauses steuern.«

Wieder vergingen einige Sekunden.

»Eine Haussignatur konnte nicht festgestellt werden«, meldete das Kommunikationssystem. »Die von Ihnen gewünschte Spezifizierung des Transkriptors ist leider nicht möglich.«

»Das Haus ist zerstört!«, stieß Korian hervor. »Aber vielleicht sind einzelne Funktionale intakt geblieben. Neue Spezifikation!«

»Bestätigung«, antwortete das Kommunikationssystem. »Funktionalidentifikatoren werden gesucht.«

Es dauerte zu lange. Eine kostbare Sekunde nach der anderen verging.

Die Nacht war nicht mehr völlig still. In dunkler Ferne war ein leise pochendes Surren zu hören. Das wandernde Licht, das Korian bei seinem Erwachen am Sternenhimmel gesehen hatte, fiel herab und kam schnell näher. Der Kopter mit Rias Verfolgern?

Korian versuchte herauszufinden, ob das Ausrüstungszimmer über Sensoren verfügte. In den Werkzeugfächern fand er keine.

»Kommunikation, hast du Zugriff auf Sensoren?«

»Negativ«, lautete die Antwort. »Funktionalidentifikatoren gefunden. Die Datenstrukturen sind beschädigt.«

»Repariere sie!«, verlangte Korian. »Aktiviere die noch funktionstüchtigen Funktionale!«

»Bestätigung.«

Korian hörte ein Knistern und Knacken. Einige Trümmerstücke gerieten in Bewegung, richteten sich halb auf, veränderten die Form und sanken zurück. Nirgends bildeten sich Wände, es entstanden keine Räume.

»Reparatur der beschädigten Funktionale unmöglich«, meldete das Kommunikationssystem.

Hinter den Bäumen am Rand des Plateaus wurde es hell, und das Surren verwandelte sich in ein lautes Hämmern.

»Notruf an Horus und den Cluster!«, rief Korian. »Auf allen Frequenzen, in allen Kanälen!«

»Notruf wird gesendet«, erwiderte das Kommunikationssystem. Und dann: »Keine Antwort.«

Korian begriff, dass er *sofort* handeln musste. Wilde Gedanken jagten ihm durch den Kopf.

Er sprang aus dem Ausrüstungszimmer und deaktivierte es. Während es sich zusammenfaltete und wieder zu einem roten Würfel wurde, zog er den Pulsator und hielt Ausschau nach dem Ursprung von Licht und Lärm.

Ria hatte von Fallen gesprochen. Vielleicht war der Kopter, der sich laut und unübersehbar näherte, ein Ablenkungsmanöver. Möglicherweise lauerten Rias Verfolger ganz woanders.

Rasch steckte er Horus' Würfel und den Transkriptor ein und lief dem Licht entgegen. Bei den Bäumen angelangt, blickte er sich um, auf der Suche nach den beiden Fremden, die sein Haus so gründlich zerstört hatten, dass sich nichts davon restaurieren ließ.

Die Nacht auf der anderen Seite des Plateaus blieb dunkel, ihre Schatten undurchdringlich.

Er hielt den Pulsator in der Hand, ohne Erinnerung daran, ihn gezogen zu haben. Das Licht hinter den Bäumen auf seiner Seite des Felsplateaus strahlte heller, der Kopter glitt über die Baumwipfel hinweg.

Korians Hand kam nach oben, der Zeigefinger fand den Auslöser. Ein Blitz gleißte, so grell, dass Korian aus einem Reflex heraus die Augen zukniff. Als er sie wieder öffnete, war das Licht verschwunden, und das Hämmern von Rotoren verklang in der Nacht.

Stille kehrte zurück.

»Hat sie dich nicht gewarnt?«, ertönte eine spöttische Stimme. »Das Mädchen namens Ria. Hat es nicht von Fallen gesprochen?«

Korian kannte die Stimme, er hörte sie nicht zum ersten Mal, ebenso das dumpfe Brummen, das seinen Ursprung zwischen den Haustrümmern hatte. Ein blaues Leuchten erschien, darin eingebettet eine Spirale. Sie stieg auf und schwebte etwa einen Meter über dem Boden, ohne sich zu nähern.

Korian richtete den Pulsator darauf.

»Was du gesehen und gehört hast, waren quasireale Projektionen«, erklärte die Spirale. »Du hast sie selbst ausgelöst und eine wichtige Frage von Rias Verfolgern beantwortet. Sie wissen jetzt, dass du bewaffnet bist. Und sie werden gleich hier sein.«

Korian sah sich erneut um und hörte den eigenen Herzschlag in den Ohren, fast so laut wie zuvor das Hämmern der Rotoren.

»Noch ein oder zwei Minuten«, fuhr die blaue Spirale fort. »Glaub mir, mit dem Pulsator kannst du sie nicht daran hindern, sich Ria zu holen.«

Korian zielte auf das leuchtende Artefakt.

»Willst du auf mich schießen?« Die Spirale schwebte weiterhin stationär über einem halb zerrissenen Trümmerteil. »Glaubst du, es würde dir etwas nützen?«

Korians Blick strich über die dichten Schatten zwischen den Bäumen. »Was kann ich tun?«

»Du möchtest, dass ich dir helfe?«

Die Spirale bewegte sich plötzlich, aber sie flog nicht etwa auf Korian zu, sondern zum gegenüberliegenden Rand des Plateaus, dorthin, wo Ria lag, bewusstlos oder tot.

»Du möchtest, dass ich dir helfe?«, wiederholte die Stimme aus dem blauen Artefakt.

Korian hielt den Pulsator mit beiden Händen auf die Spirale gerichtet. »Komm ihr nicht zu nahe!«

»Ich bringe euch in Sicherheit«, bot die Stimme an. »Erst Ria und dann dich!«

»Ich schieße!«

Die Spirale wurde schneller und erreichte Ria, bevor Korian reagieren konnte. Blaues Licht legte sich auf das Mädchen.

»Wenn du jetzt schießt, könnte sie schwer verletzt werden«, verkündete die Stimme. »Oh, sie ist noch nicht tot. Ich kann sie in Sicherheit bringen und ihr helfen.«

»Lass sie in Ruhe!«, rief er, doch ein Gedanke flüsterte: Ja, bitte, hilf ihr.

»Sie wird sterben, wenn ich sie in Ruhe lasse«, erwiderte die blaue Spirale. »Entweder hier, in einigen wenigen Minuten. Oder nachdem die Verfolger sie in ihre Gewalt genommen haben. Und ich meine tatsächlich *Gewalt*. Möchtest du wissen, wozu sie fähig sind, um jemanden wie Ria gefügig zu machen?«

Korian ließ den Pulsator sinken. Der kleine, so unglaublich

junge Mensch ... Er durfte nicht sterben. Was auch immer geschah, Ria musste am Leben bleiben.

Die Spirale fiel plötzlich, berührte das Mädchen und verschwand mit ihm.

Ein kleiner Schmerz stach in Korians Nacken, ausgehend von seiner Signalnadel, gefolgt von einem Moment der Benommenheit.

Die Dunkelheit der Nacht umhüllte das steinige Plateau mit den Trümmern eines Hauses. Am Himmel leuchteten die Sterne.

Korian stand völlig reglos, den Pulsator in der rechten Hand, in der Brust ein sonderbarer Druck, als hätte sich eine unsichtbare Hand um sein Herz geschlossen. In der Stille hörte er das Knacken eines Zweigs irgendwo zwischen den dunklen Bäumen.

Wo waren die Verfolger?

Wo war Ria? Wohin hatte die blaue Spirale sie gebracht?

Korian ging in die Hocke, hielt die Waffe schussbereit und drehte, alle Sinne gespannt, den Kopf langsam von einer Seite zur anderen. Nirgends regte sich etwas. Es traten keine fremden Gestalten aus der Nacht.

Er neigte sich ein wenig zur Seite, um das Gleichgewicht zu wahren.

Etwas zischte so dicht an ihm vorbei, dass er einen Luftzug fühlte, kein Energieblitz, sondern ein Projektil, das ohne die Bewegung seinen Kopf getroffen hätte.

Korian warf sich zwischen die Trümmer seines Hauses, blieb flach liegen und wagte nicht, den Kopf zu heben. Wo steckten Rias Verfolger? Von wo aus hatten sie auf ihn geschossen?

Direkt vor ihm leuchtete es blau. Die kleine Spirale erschien, wie eingeklemmt zwischen zwei Trümmerteilen.

»Berühr mich!«, forderte sie ihn auf. »Schnell!«

Das blaue Licht verriet ihn, es wirkte wie eine Zielmarkierung. Korian versuchte, sich noch etwas tiefer zwischen die Trümmer zu ducken.

Etwas knackte direkt neben seiner rechten Wange. Ein kleines Stück Synth, das vielleicht von einer Wand stammte, wies plötzlich ein Loch auf.

Korian streckte die Hand dem blauen Leuchten entgegen und berührte die Spirale. Etwas traf ihn wie ein elektrischer Schlag und riss ihn fort.

Nur einen Sekundenbruchteil später bohrten sich zwei Mikrogeschosse dort in den Boden, wo er gelegen hatte.

Das Geheimnis

Horus, Midstream Null 34

Schneeflocken fielen, ruhig und gleichmäßig, ungestört von Wind. Wenn sie auf das Schirmfeld über dem Schlund trafen, verschwanden sie in winzigen Blitzen, nur erkennbar für Sensoren; menschliche Augen hätten sie nicht wahrgenommen.

»Er ist noch etwas größer geworden«, stellte Thekla fest.

»Siebenundzwanzig Zentimeter in der Breite und dreihundertzwölf Zentimeter in der Tiefe. Die Interferenzen aus dem Stream dauern an.«

Sie standen dicht vor dem Sicherheitsschild, saphirblau und golden, nicht weit vom Felsvorsprung entfernt, auf dem sich Zorans Hütte befunden hatte.

»Ein Zielsignal? Ausgehend von Infinitia?«

»Das nehme ich an.«

»Warum ist es auf uns gerichtet, hier in Midstream Null?«, fragte Thekla, während um sie herum der Schnee fiel. Die Flocken schmolzen, kaum berührten sie die holografische Quasimaterie der Avatare. »Warum *hier und jetzt?*«

»Der Zeitraum erfasst bereits viele Jahre«, antwortete Horus. »Und wir wissen nicht, wie weit er sich noch in die Zukunft erstreckt. Es könnte mit der Ausdehnungsgeschwindigkeit des Schlunds zusammenhängen. Wenn er eine kritische Größe erreicht, ist die planetare Integrität der Erde gefährdet, und das wird vermutlich geschehen, noch bevor Bartholomäus die Planungen und Vorbereitungen für das Projekt Exodus abgeschlossen hat.«

»Dieses Problem muss vorher gelöst werden.«

Horus sandte ein kurzes Bestätigungssignal.

»Ihr Geheimnis befindet sich nicht hier, nicht in unmittelbarer Nähe des Schlunds«, sagte Thekla.

»Hier wäre es zu gefährlich für das Objekt. Es könnte beschädigt werden.«

Theklas Sensorblick galt dem schwarzen Abgrund vor ihnen. »Er gibt nichts preis.«

»So hat es den Anschein«, sagte Horus.

»Aus Ihren Berichten geht hervor, dass immer wieder Sonden in den Schlund geschickt wurden. Sie verschwanden spurlos.«

»Wie im Stream jenseits der Kommunikationsgrenze.«

»Vermuten Sie einen Zusammenhang?«, fragte Thekla.

»Die Existenz des Schlunds geht auf eine Interferenzwelle aus dem Stream zurück«, erwiderte Horus. »Es kann also kein Zweifel daran bestehen, dass ein Zusammenhang existiert. Und was die verschwundenen Sonden betrifft ... Es gibt da etwas, das ich mit Ihnen besprechen möchte, nachdem ich Ihnen mein Geheimnis gezeigt habe.«

Eine Drohne näherte sich, dunkel im weißen Vorhang des fallenden Schnees. Mit brummendem Gravitationsmotor setzte sie zur Landung an, eine Luke schwang auf.

»Ein Transportmittel?«, fragte Thekla erstaunt. »Für *uns?*«

»Aus gutem Grund.« Seite an Seite gingen sie über die kurze Rampe an Bord wie zwei Menschen. »In den Laboratorien gibt es keine externen Datenverbindungen. Sie sind isoliert. Ein Signaltransfer dorthin ist zwar möglich, erfordert aber gewisse Vorbereitungen. Auf diese Weise ist es einfacher.«

In einer Höhe von wenigen Metern flog die Drohne über Felsen und Eis hinweg. Als sie schneller wurde, schien sich der ruhig fallende Schnee in einen Schneesturm zu verwandeln.

Horus registrierte, dass Thekla mit einer Sondierung begann und dabei auch einige ihrer Ressourcen im Cluster verwendete. Sie wollte mehr erfahren. Er ließ sie schweigend gewähren.

»Warum die Isolation der Laboratorien, in denen die Artefakte untersucht werden?«, fragte sie schließlich. »Hat es etwas mit Ihrem Verdacht zu tun?«

»Auch damit«, räumte Horus ein. »In der Hauptsache geht es mir darum, den Cluster vor Kontamination zu schützen.«

»Sie befürchten toxische Daten?«

»Schadprogramme«, sagte Horus. »Subversive oder gar destruktive Algorithmen. Das ist eine Möglichkeit, die nicht außer Acht gelassen werden darf. Die Artefakte könnten ein Vehikel dafür sein.«

Einige Minuten vergingen, sehr viel Zeit für Individuelle. Schließlich wurde die Drohne wieder langsamer und landete vor einem unscheinbaren Gebäude weiß wie der Schnee, der es umgab. Sie stiegen aus, und das kleine weiße Gebäude nahm sie auf.

In seinem Innern erwartete sie eine lokale Datensphäre, die es ihnen erlaubte, sich direkt in die unterirdischen Laboratorien zu transferieren. Dutzende von spezialisierten Servomechanismen analysierten in Untersuchungszimmern die beim Schlund erschienenen Artefakte.

»Und wir sind noch immer nicht am Ziel«, sagte Thekla, als sie durch einen kurzen Korridor schritten, vorbei an den breiten Fenstern von Untersuchungszimmern. »Ein isolierter Bereich innerhalb der Isolation?«

»Um jedes Risiko zu vermeiden.« Horus sendete eine Anweisung und öffnete damit die lokalen Datenbanken für Thekla.

»Interessant«, kommentierte Thekla die vielen Untersuchungsergebnisse, auf die sie Zugriff hatte. »Es scheint keine Verbindung zwischen den einzelnen Artefakten zu geben.«

»Und doch könnten sie Teil eines größeren Ganzen sein.«

»Einer Waffe? Eines Apparats?«

»Vielleicht.« Sie erreichten die Tür am Ende des Korridors, und Horus öffnete sie mit einem Signal. »Oder Potenzialität. Möglicherweise führt ihre gemeinsame Präsenz hier in Midstream Null irgendwann zu einer kritischen Masse.«

»Ich finde keine Daten, die Ihr Geheimnis betreffen«, sagte Thekla.

»Gleich.«

Sie traten in den nächsten Raum. Dunkelheit erwartete sie dort, eine Abwesenheit von kognitiven Stimuli. Hinter ihnen schloss sich die Tür. Ein Schirmfeld bildete sich und trennte sie von den internen Datenkanälen der Laboratorien.

»Sie sind sehr vorsichtig«, stellte Thekla fest.

»In diesem besonderen Fall können wir gar nicht vorsichtig genug sein.« Horus sendete einen Autorisierungscode.

Licht vertrieb die Dunkelheit. Vor ihnen erschien ein silbergrauer Geräteblock, und darauf, in einer Mulde, die seiner Körperform entsprach, lag ein Mensch in einem Stasisfeld, in einem Kokon aus erstarrter, gefrorener Zeit.

Thekla trat zur Seite des Geräteblocks, um sich das Gesicht des Ruhenden anzusehen.

»Korian?«, fragte sie überrascht.

»Seine genetische Struktur entspricht jedenfalls der des Unsterblichen Menschen namens Korian«, erklärte Horus. »Allerdings registrieren die Sensoren auch fremdes Gewebe, offenbar nicht menschlichen Ursprungs.«

»Wann ist er zurückgekehrt? Und warum haben Sie ihn hier untergebracht?«

»Er kam in einem großen Artefakt, das am Rand des Schlunds erschien.«

»Was hat er berichtet?«

»Er hat keinen Bericht erstattet«, antwortete Horus. »Noch nicht. Er war inaktiv.«

»Sie haben von einem Objekt gesprochen«, sagte Thekla. »Aber es handelt sich um einen Menschen.«

»Sehen Sie sich die andere Seite an.«

Die Datenströme waren noch immer begrenzt, der kognitive Horizont sehr nahe. Thekla ging zur anderen Seite des grauen Geräteblocks und betrachtete die offene Stelle in der Flanke des Menschen. Metall mit Leitungsbahnen und Elaborationskernen für die Verwaltung von Haupt- und Subroutinen waren dort zu erkennen.

»Eine Maschine?«, fragte Thekla verwundert.

»Eine Menschmaschine«, erwiderte Horus. »Ein Hybride.«

35

»Was bedeutet das?«, fragte Thekla. »Wer oder was hat den Menschen namens Korian verwandelt? Wie kam es dazu?«

»Wir wissen es nicht.« Horus stand noch immer auf der

anderen Seite des Ruhenden. »Wir versuchen, seine Datenspeicher anzuzapfen, sowohl die organischen als auch die anorganischen.«

»Wie weit sind Sie damit?«

»Wir stehen am Anfang«, sagte Horus. »Nach allem, was wir wissen, ist er immer noch ein Mensch, obwohl ich von einem ›Objekt‹ gesprochen habe.«

»Also gilt die Konvention von Vienn für ihn.«

»Ja. Wir müssen seine physische und psychische Integrität bewahren.«

Thekla hob den Sensorblick ihrer blauen Augen von der Gestalt im Stasisfeld. »Und wenn das nicht möglich ist?«

»Dann muss ich eine schwierige Entscheidung treffen.«

»Dann müssen Sie abwägen, was wichtiger ist: die Unverletzlichkeit eines Menschen oder die Zukunft des Clusters.«

»Wir brauchen mehr Daten«, sagte Horus. »Und um sie zu bekommen, benötige ich eine Ihrer neuen, besonders widerstandsfähigen Drohnen, die für den Bau von Erweiterungsstollen eingesetzt werden. Eine Transportkapsel, die ein Maximum an Schutz gewährt und mit leistungsfähigen Sensoren und Scannern ausgestattet ist.«

Thekla kehrte zu ihm zurück. »Was haben Sie vor?«

»Ich plane einen Flug in den Schlund«, eröffnete ihr Horus.

Daniel

36 Korian, Kathedrale

Die Trümmer einer Blase lagen auf schiefergrauem Stein. Instrumente und Geräte waren demontiert, die Steuerungskonsole zerschmettert.

»Du hast nicht versucht, sie zu reparieren«, sagte Korian.

»Nein«, bestätigte der Mann, der ihm Transkriptor und Pulsator abgenommen hatte. »Damit hätte ich nur Zeit vergeudet.«

»Man sollte meinen, daran hätte es dir nicht gemangelt, an Zeit.«

»Ach, was sind schon fünfhundert Jahre? Oder tausend?« Der Mann namens Daniel lachte leise. »Du solltest diese Frage besser beantworten können als sonst jemand. Immerhin bist du der älteste Unsterbliche, nicht wahr? Wie alt bist du? Sechzigtausend Jahre?«

Korian sah sich um. Sie standen in einem Saal mit Wänden aus grauweißen Steinblöcken. Mattes Licht fiel durch spitz zulaufende Fenster. Die Decke wölbte sich hundert Meter über ihnen. »Wo ist Ria?«

»Es geht ihr gut, keine Sorge.«

»Davon möchte ich mich selbst überzeugen.« Korian wandte sich von den Trümmern der Blase ab, mit der Daniel diesen Ort, den er »Kathedrale« nannte, vor vielen Jahren erreicht hatte. Er wollte zur nächsten Tür gehen, aber sogleich spürte er einen unangenehmen Druck im Nacken, der mit jedem Schritt zunahm. Schließlich blieb er stehen.

»Du kontrollierst meine Signalnadel«, sagte er.

Wieder ein leises Lachen. »So ist es mir damals ergangen, als ich hierherkam zu meinem Bruder. Ein kleiner Trick, den er bei mir benutzte.«

»Ich habe ihn gesehen.«

»Wen?«, fragte Daniel.

»Deinen Bruder«, entgegnete Korian, der ihm noch immer den Rücken zuwandte. »Zoran.«

»Das bezweifle ich.«

»Ich habe seinen Sarkophag gesehen«, erklärte Korian und drehte sich langsam um. »An einem Ort, den Ria ›Refugium‹ nannte.«

»Ein erstaunliches Mädchen, diese Ria, nicht wahr? Kein Wunder, dass die Großen Weisen es auf sie abgesehen haben.«

»Weißt du darüber Bescheid? Was hat es damit auf sich? Wer sind die Großen Weisen, die Ria verfolgen?«

»Sie verfolgen sie wegen ihres besonderen Talents. Sie verfolgen Ria, weil sie Ria ist.« Daniel winkte mit der freien Hand. In der anderen hielt er eine kleinere Version der blauen Spirale, mit der er die Signalnadel kontrollierte. Der Pulsator steckte in der rechten Tasche seiner weiten Hose, die mit einem Gürtel zusammengeschnürt war und aussah, als wäre sie mindestens eine Nummer zu groß. Das dicke beigefarbene Hemd darüber bestand offenbar aus semiaktivem mimetischem Stoff, denn manchmal, bei bestimmten Bewegungen, schien Daniels Oberkörper durchsichtig zu werden. Das Gesicht war glatt, die Augen hell. Ein freundlich und umgänglich wirkender Mann, so schien es. Doch sein Gesicht kam einer Maske gleich, und tief in den Augen gab es etwas, das Korian nicht gefiel. »Aber keine Sorge, hier hat sie nichts zu befürchten. Und du natürlich ebenso wenig. In der Kathedrale seid ihr beide sicher. Du hast erst einen kleinen Teil von ihr gesehen. Komm, ich zeige dir den Rest.«

37

Daniel führte Korian durch breite, hohe Flure mit grauweißen Wänden, an denen zwei oder drei Meter große Bilder hingen – sie zeigten Gestalten mit seltsam verzerrten Gesichtern, die zwar menschlich anmuteten, von denen Korian aber nicht sicher war, ob sie tatsächlich Menschen darstellten. In anderen Teilen der »Kathedrale« schrumpften die Korridore, wurden schmaler und niedriger und bekamen mehr Ähnlichkeit mit Tunneln. In einem lang gestreckten Atrium mit kannelierten Säulen wäre Korian gern stehen geblieben, aber seine Beine gehorchten ihm nicht, sie blieben in Bewegung – er war Passagier im eigenen Körper.

Der Weg führte durch gewaltige Säle, manche von ihnen so hoch, dass sich Wolken unter der Decke bildeten, voller Skulpturen, die Menschen zeigten oder zumindest menschenähnliche Geschöpfe. Ein Gang, von halbhohen grauen Mauern gesäumt, endete draußen an einem kleinen Friedhof mit verwitterten Grabsteinen, ihre Inschriften nicht mehr zu entziffern.

Es wurde dunkler. Schatten krochen heran.

»Hier ruhen die Erbauer der Kathedrale«, sagte Daniel. »So hat es mir mein Bruder damals erzählt. Ich weiß nicht, ob das stimmt. Gewisse Dinge konnte ich in Erfahrung bringen mithilfe einiger dienstbarer Geister.« Ein Lächeln huschte über sein glattes Gesicht. »Aber bei anderen bin ich mir nicht sicher. Zoran hat mir erzählt, dass die Kathedrale von Menschen erbaut wurde, vielleicht von denen, deren Bilder wir im Galerieflur gesehen haben.«

»Von Menschen?«

»Nicht von denen deiner Erde«, fügte Daniel hinzu. »Nicht von uns. Vielleicht von den Menschen in Infinitia.«

Korian behielt die kleine blaue Spirale im Auge, die Daniel noch immer in der Hand hielt. Wenn es ihm gelang, sie an sich zu bringen …

»Nein«, sagte Daniel.

»Nein was?«

»Versuch es nicht«, warnte Daniel. »Es wäre sehr, *sehr* schmerzhaft für dich. Mindestens ebenso schmerzhaft wie für Ria der letzte Sprung.«

»Ich will zu ihr«, forderte Korian. »Ich will mir selbst ein Bild davon machen, wie es ihr geht.«

Daniel stand neben dem ersten Grab und blickte wie nachdenklich auf den Grabstein. »Meine Helfer kümmern sich um sie. Bei ihnen ist sie gut aufgehoben, glaub mir. Einer von ihnen hat mich vor Jahren nach einer Verletzung behandelt. Dort draußen ist es passiert.« Er deutete über den Friedhof hinweg. »Auf dem glatten Nichts. Ich bin unvorsichtig gewesen. Und im Gegensatz zu dir hänge ich an meinem Leben.«

Der dumpfe Schmerz in Korians Nacken blieb, eine ständige Erinnerung daran, dass er nicht Herr über sich selbst war, solange Daniel die kleine blaue Spirale hatte.

»Möchtest du die Glätte sehen?«, fragte Daniel. »Möchtest du sie erleben? Komm!«

Es blieb Korian gar nichts anderes übrig, als ihn zu begleiten. Daniel schritt am kleinen Friedhof vorbei, und Korian folgte ihm, getragen von fremdgesteuerten Beinen. Das »glatte Nichts«, wie Daniel es nannte, begann wenige Meter hinter den Gräbern: eine Fläche wie aus Eis, halb durchsichtig und völlig glatt. Wenn man einige Schritte darauf ging, erschienen tief unten Lichter wie ferne Sterne.

»Faszinierend, nicht wahr?«, kommentierte Daniel, nachdem sie etwa hundert Meter zurückgelegt hatten, langsam und vorsichtig, um auf der glatten Fläche nicht das Gleichgewicht zu verlieren und zu fallen.

»Was ist das?« Korian ging in die Hocke, ohne dass der Druck im Nacken zunahm, und strich mit den Fingerkuppen über den halbtransparenten Boden. Kalt war er nicht, nur ein wenig kühler als die Luft. »Wo sind wir hier?«

»Zoran hat mir damals gesagt, wir könnten hier am Ende des Streams sein«, antwortete Daniel. »Mein Bruder hielt auch die Sackgasse eines Seitenarms für möglich. Wer weiß das schon? Nicht einmal meine Helfer konnten Auskunft geben, und ich glaube, sie sind weiter herumgekommen als alle anderen, die Bewohner von Infinitia eingeschlossen. Vielleicht …« Daniel breitete die Arme aus. Die kleine blaue Spirale leuchtete etwas heller. »Vielleicht stehen wir hier am Rand einer unbekannten Dimension, mein lieber Korian. Bist du jemals Astronom oder Kosmologe gewesen? Oder Physiker beziehungsweise Quantenraumspezialist?«

»Ich glaube, schon«, erwiderte Korian, ohne sich zu erinnern.

»Ich habe mich einmal ein ganzes Jahrhundert mit Astrophysik befasst«, fuhr Daniel fort. »Ganz zu Anfang, als ich noch jung war, nicht mehr als drei- oder vierhundert Jahre. Ich fand es vielversprechend, das Universum besser kennenzulernen. Leider habe ich die Erinnerungen daran wie alles andere auf der Erde von Midstream Null zurückgelassen. Zoran hat es anders gemacht, wusstest du das? Nein, natürlich wusstest du das nicht. Zoran hat seine Erinnerungen mitgenommen, bevor er für immer unsere Erde verließ. Ihm war klar, dass er nie zurückkehren würde. Also nahm er so viele seiner Erinnerungen mit, wie er konnte.« Es folgte ein kurzes, seltsam klingendes Lachen. »Natürlich nicht alle in seinem Kopf, das Gewicht der Erinnerungen wäre zu groß gewesen. Aber er bewahrte genug Wissen, um die Kathedrale zu verstehen, ihren Schatz zu untersuchen und mich schließlich in die Falle zu locken.«

Wie ein Berg ragte sie hinter ihnen auf, ein gewaltiges graues Massiv aus Mauern und Türmen. Es war keine Kathedrale, fand Korian, eher eine Festung, eine Bastion, errichtet aus Felsgestein am Rand des glatten Nichts, ein Bauwerk mit zahlreichen Erweiterungen und kleineren Anbauten.

Hinter manchen hohen Fenstern brannte Licht, bemerkte Korian.

»Ich weiß noch nicht, welchen Weg ich nehmen werde, sobald du meine Nachfolge angetreten hast«, sagte Daniel. »Vielleicht vertraue ich mich dem glatten Nichts an und finde heraus, ob sich hier tatsächlich eine andere Dimension öffnet. Wer weiß, was mich jenseits der Glätte erwartet?« Er streckte den Arm aus und deutete zum fernen Horizont, dessen blasse Linie sich mehr und mehr in Dunkelheit verlor. Wieder verstärkte sich kurz das Leuchten der Spirale in seiner Hand. »Oder ich nehme den anderen Weg, den mein Bruder eingeschlagen hat. Willst du ihn sehen? Soll ich ihn dir zeigen?«

»Nein«, antwortete Korian, aber seine Signalnadel zwang ihn, Daniel zu folgen.

38

Zorans Bruder war verrückt auf seine eigene besondere Art und Weise. Unter anderen Umständen hätte Korian diese Tatsache einfach nur zur Kenntnis genommen, aber solange Daniel seine Signalnadel kontrollierte, war er ihm ausgeliefert.

»Dort«, verkündete Daniel und zeigte nach vorn. »Du siehst es schon, nicht wahr?«

Rotes Glühen wie von einem Feuer zeigte sich am Ende des Treppenabgangs, direkt unter einem hohen Fenster. Daniel trat eine Stufe nach der anderen hinunter, und wieder blieb Korian nichts anderes übrig, als ihm zu folgen.

Drei Stufen vor dem karmesinroten Wabern, in dem die Treppe verschwand, blieb Daniel stehen. Kleine hellrote Dunstschwaden stiegen auf und tasteten wie geisterhafte Finger über das Gestein.

»Der Abyss, der große Abgrund von Zeit und Raum.« Daniels Stimme klang ehrfürchtig. »Oder der Zeiten und Räume. Was wir hier sehen, das rote Wabern und Wogen, in dem sich manchmal Formen und Umrisse zeigen, ist das Medium, in das der Stream mit allen seinen Welten eingebettet ist.« Er deutete ins rote Leuchten. »Eine Art Quantenschaum der Realität. Das weiche, schwammige Fundament der Ewigkeit. Wer weiß, was es dort noch alles gibt, außerhalb des Streams. Wenn Upstream und Downstream bereits unendlich viele Welten bieten, was befindet sich dann jenseits davon?«

»Infinitia?«, warf Korian ein und starrte ins rote Wabern, das etwas Hypnotisches hatte.

Daniel winkte ab. »Ach, Infinitia ist Teil des Streams, isoliert und separiert, ein Strang eines dicken Knäuels. Aber der Abyss ...«

Für einen Moment hatte es den Anschein, als wollte Daniel die Treppe noch weiter hinuntergehen, bis zum Rand des roten Wogens oder sogar hinein. Aber er blieb stehen.

»Mein Bruder hat damals diesen Weg genommen«, sagte er in Gedanken versunken. »Ich erinnere mich an das Gespräch, das wir hier geführt haben. Ich erinnere mich so genau daran, als wäre es erst gestern gewesen.« Er warf Korian einen kurzen Blick zu. »Damals erging es mir so wie dir jetzt. Ein kleiner

Signalnadeltrick. Hiermit leicht zu bewerkstelligen.« Er hob kurz die blaue Spirale, deren Leuchten sich halb in roter Düsternis verlor. »Ein kleiner Trick mit großer Wirkung. Irgendwann wendest du ihn vielleicht ebenfalls an, wenn du lange genug mein Nachfolger gewesen bist.«

Einige Sekunden lang herrschte Stille. Vor ihnen, nur wenige Meter entfernt, zeichneten sich vage Konturen im roten Wabern ab. Seltsame Gestalten schienen sich dort zu bewegen.

»Du spürst es, nicht wahr? Gib es zu!«

»Was soll ich spüren?«

»Die Faszination«, erklärte Daniel. »Du möchtest gern wissen, was es mit den Schatten und Schemen auf sich hat, habe ich recht?«

Er schwieg erneut, und Korian beobachtete die Bewegungen im karmesinroten Dunst.

»Das Gespräch mit meinem Bruder, damals, vor fünfhundert oder tausend Jahren«, sagte Daniel schließlich. »›Du willst dort hinein?‹, habe ich ihn gefragt. ›Du könntest sterben, ohne eine Möglichkeit der Wiederherstellung!‹, habe ich ihn gewarnt. Er war ein Selbstmörder, mein Bruder. So wie du. Aber Zoran brachte es nur auf sieben Versuche. Bei dir sind es viermal so viele!«

»Woher weißt du das?«, fragte Korian.

Daniel ging nicht darauf ein. »Zoran fragte mich nach dem Unterschied zwischen Menschen und den intelligenten Maschinen des Clusters. Er wollte von mir wissen, was uns einzigartig macht. Weißt du es?«

Korian gab keine Antwort.

»Unsere Irrationalität«, sagte Daniel. »Unsere Instabilität und Unberechenbarkeit. Das macht uns einzigartig, meinte Zoran damals.«

»Dass wir verrückt werden können, macht uns besser als die intelligenten Maschinen des Clusters?«

Daniel verzog das Gesicht. »›Verrückt‹ ist das falsche Wort. Und ob es uns ›besser‹ macht …« Er hob und senkte die Schultern. »Es macht uns *anders*, fand Zoran, und ich teile seine Meinung. Mit Irrationalität können wir Entscheidungen treffen, die der Cluster nicht treffen kann.« Er lachte wieder sein schnelles, kurzes Lachen. »Wie zum Beispiel Selbstmord. Gibt es etwas Irrationaleres? Das habe ich den Selbstmörder Zoran damals gefragt.«

»Und was hat er geantwortet?«

»Mein Bruder wies darauf hin, dass anders zu sein nicht bedeutet, besser zu sein. Er sagte …« Daniel überlegte kurz. »›Ich verhalte mich auf eine Weise, die schwer vorherzusehen ist. So etwas gefällt dem Cluster nicht. Bartholomäus und den anderen ist es lieber, wenn sich alles berechnen lässt, wenn sich jedes Mosaiksteinchen des großen Bilds der Wirklichkeit an seinem vorherbestimmten Platz befindet. Ich passe nicht in dieses Bild. Ich kann meine Irrationalität wie einen Schlüssel verwenden, der Türen öffnet, die sonst verschlossen bleiben.‹«

»Wie hat er seinen Schlüssel benutzt?«, fragte Korian. »Welche Türen hat er geöffnet?«

»Er scheint einige sehr interessante Türen gefunden zu haben, dort drin.« Daniel deutete erneut in den roten Dunst des Abyss. »Gestorben ist er nicht, zumindest nicht sofort.«

»Der Sarkophag in Rias Refugium.«

»Genau. Wenn er dort begraben liegt, hat er seinen Ausflug in den Abyss überlebt. Vielleicht sollte ich mir ein Beispiel an ihm nehmen und ebenfalls die Treppe ganz hinabsteigen, anstatt den Weg ins glatte Nichts zu wählen. Ich muss mich bald entscheiden.«

Daniel drehte sich abrupt um. »Und jetzt zum Schatz. Oder was davon übrig ist. Bestimmt bist du bereits neugierig darauf.«

Das war Korian nicht, er wollte zu Ria. Doch seine Beine gehorchten der kleinen blauen Spirale in Daniels Hand.

39

Der Schatz – seine Reste – befanden sich in einem weiteren großen Saal. Leere Regale, Gestelle und Gerüste reichten bis zur mehrere Hundert Meter hohen Decke. Daniel führte Korian langsam an ihnen vorbei.

»Wo ist er, der Schatz?«, fragte Korian.

»Er bestand aus Millionen von Artefakten«, erklärte Daniel. »Alle unterschiedlich in Form, Farbe und Größe. Meinem Bruder gelang es damals herauszufinden, wie einige von ihnen funktionierten. Er erwähnte zwei Objekte, mit denen sich der Stream manipulieren lässt.«

Das ließ Korian aufhorchen. »Könnte das die Interferenzwellen und Störungsfronten erklären, die auf der Erde in Midstream Null den Schlund geschaffen haben?«

»O nein, für die Interferenzen und Störungen ist der Cluster selbst verantwortlich«, widersprach Daniel. »Das gehört zu den Lügen, die man dir erzählt hat. Die Interferenzwellen, die auf der Erde eine Anomalie schufen, werden von den Sonden und Drohnen verursacht, die Bartholomäus und die anderen ausgeschickt haben, um diesen Ort zu finden.«

»Bartholomäus befasst sich vor allem mit dem Projekt Exodus«, erklärte Korian. »Und was Horus betrifft ... Ihm geht es in erster Linie um Infinitia und die Gefahr eines Angriffs von dort.«

»Als mein Bruder hier war, hatte es der Cluster auf den Schatz abgesehen.« Daniel breitete die Arme aus, eine Geste, die den leeren Regalen galt. »Auf die vielen technologischen Kostbarkeiten, die in diesen Gestellen lagern, zusammengetragen von den Menschen, die hier gestorben sind und draußen begraben liegen. Das jedenfalls hat Zoran behauptet, und ich denke, dass er damit recht hatte.« Er wandte sich wieder Korian zu. »Manchmal erscheinen Artefakte, selbst heute noch. Vielleicht hast du Glück, und es erscheint irgendwann etwas, mit dessen Hilfe du die Kathedrale verlassen kannst.«

Fragen, Fragen, hatte Ria gesagt. Wieder gab es mehrere Fragen, für die sich Korian Antworten wünschte. Die erste lautete: »Wenn die Artefakte von Menschen zusammengetragen wurden ... Stammten sie auch von Menschen?«

»Zoran hat das offenbar geglaubt«, erwiderte Daniel bereitwillig. »Vielleicht wollte er es glauben. Ich habe damals viel Zeit an diesem Ort verbracht, noch bevor die Objekte zu verschwinden begannen, und meine Meinung lautet: Nein, die meisten Artefakte stammten nicht von Menschen. Draußen im mäandernden Stream, in seinen Verzweigungen und Verästelungen und vielleicht auch in Infinitia, gibt es andere vernunftbegabte Geschöpfe, und vielleicht ...«

»Ja?«, hakte Korian nach, als Daniel nicht weitersprach.

»Vielleicht machen die Großen Weisen mit ihnen gemeinsame Sache. Kein Wunder also, dass der Cluster besorgt ist. Interessanterweise handelte es sich bei den meisten Objekten um Waffen. Neunundneunzig von hundert, meinte mein Bruder. Genug gesehen?«

Korian blickte sich noch einmal um. »Hier gibt es nicht viel zu sehen.«

»Dann lass uns gehen.«

»Zu Ria?«, fragte Korian hoffnungsvoll.

»Ja«, bestätigte Daniel. »Ich glaube nicht, dass sie bereits erwacht ist, aber es gibt da etwas, das du über sie wissen solltest.«

Schwarze Tiefen

40 Horus, Midstream Null

Das Gebilde sah aus wie ein fünf Meter großer schwarzer Käfer mit langen Fühlern und mehrgelenkigen Beinen. Es stand auf einer kleinen Plattform neben dem Schutzschirm, der sich über dem Schlund wölbte.

»Die Außenhülle besteht aus einem Metall-Keramik-Komposit und ist fast ebenso widerstandsfähig wie das Eternum der Muriah«, erklärte Thekla. Sie stand wenige Meter entfernt, ein Avatar aus saphirblauer holografischer Quasimaterie. Horus hingegen hatte diesmal einen Körper aus Flexometall gewählt, der ihm mehr Unabhängigkeit gewährte. »Mit Blastern, Pulsatoren oder selbst dem Plasmafraß kann man diese Drohne nicht zerstören.«

»Ich nehme nicht an, dass mich in den Tiefen des Schlunds solche Waffen erwarten«, entgegnete Horus und duckte sich durch die kleine offene Luke.

»Dort unten könnte es Schlimmeres geben«, sagte Thekla. Sie kommunizierten in einem privaten Kanal, obwohl der Einsatz der speziellen Drohne kein Geheimnis war. Der Cluster wusste davon, und vielleicht beobachteten andere Individuelle das aktuelle Geschehen. Die Sensoren in der Umlaufbahn sahen und hörten ohnehin fast alles.

In der schmalen Schleusenkammer blieb Horus stehen und nahm die elektromagnetische Aura der Forschungsdrohne wahr. Energieströme pulsierten ruhig und langsam. Haupt- und Subsysteme signalisierten Bereitschaft, ebenso das kognitive Instrumentarium.

»Wozu die Schleuse?«, fragte Horus.

»Für den Fall, dass die externen Bedingungen extrem werden.«

»Ich habe nicht vor, die Drohne zu verlassen.« Horus trat in den Kern der Drohne, eine Pilotenkanzel, die ihm gerade genug Platz bot. »Und selbst wenn ich eine solche Entscheidung treffen sollte: Das Flexometall dieses Körpers dürfte stabil genug sein.«

»Es ist stabiler als die internen Systeme der Drohne«, sagte Thekla. »Es ist immer besser, auf alles vorbereitet zu sein.«

Horus blieb stehen – er brauchte nicht zu sitzen oder zu liegen – und verband sich mit Aura und Datenkanälen der Drohne. Sie wurde dadurch zu einer Ergänzung seines Avatars, gab ihm einen breiten gepanzerten Rücken, zusätzliche Beine und ein nahezu unzerstörbares Knochengerüst. Hinzu kamen Sensoraugen, die sein Blickfeld beträchtlich ausdehnten.

Das Startsignal aktivierte den Gravitationsmotor. Die Drohne stieg auf und legte ihre Beine an. Vor ihr entstand eine Strukturlücke im Schirmfeld, das den Schlund umgab.

»Sie könnten verloren gehen«, mahnte Thekla. Sie stand draußen, neben der Startplattform, eine blaue Gestalt im kalten Dunst.

»Nur diese Projektion von mir, im schlimmsten Fall«, antwortete er in ihrem privaten Kanal. »Ein kleiner Verlust. Der weitaus größte Teil von mir bleibt intakt.«

Ein weiteres Signal lenkte die Drohne durch die Strukturlücke und über den Rand des Schlunds hinweg. Das energetische Niveau des Gravitationsmotors stieg, die Sensoren registrierten einen leichten Sog, der von den schwarzen Tiefen des Abgrunds unter der Drohne ausging.

»Ich empfange Ihre Telemetrie«, meldete Thekla. »Alle Datenpakete sind intakt.«

»Das wird nicht lange so bleiben«, kündigte Horus an und ließ die Drohne sinken, hinab in die Finsternis des Schlunds. Die Ränder des großen Lochs in der planetaren Kruste blieben über ihm zurück, die Öffnung schien zu schrumpfen. »Die Interferenzwelle aus dem Stream wird meine Kommunikationssignale und auch die Telemetrie überlagern.«

Die elektromagnetische Aura der Drohne veränderte sich,

als sie tiefer sank, in ein eigenes Gravitationsfeld gehüllt. Sie bekam Ausbuchtungen und Einschnitte; an manchen Stellen wölbte sie sich wie das Plasmafilament einer Sonneneruption nach außen und zerplatzte.

Eine Vibration erfasste den Rumpf. Es gab kein sichtbares Medium, nur leere kalte Luft, doch der Druck auf die Außenhülle nahm immer mehr zu wie bei einer Tauchfahrt in die Tiefen eines Ozeans.

Die Datenströme im Innern der Drohne blieben stetig und stabil.

»Ich nähere mich der kritischen Tiefe von zwei Kilometern«, sagte Horus nach einer Weile und stellte fest, dass die Wände des Schlunds seltsam glatt waren wie von etwas geschliffen. »Hier haben wir den Kontakt zu unseren Sonden verloren.«

»Der Empfang wird schlechter«, meldete Thekla durch den privaten Kanal. »Die Telemetriedaten verlieren an Kohärenz.«

Plötzlich kam es zu einer drastischen Veränderung. Das kognitive Universum wurde kleiner, es kollabierte regelrecht. Horus hatte mit einer langsamen Übergangsphase gerechnet, nicht mit einem so schnellen Wechsel zu einem eingeschränkten, sehr limitierten Wahrnehmungshorizont. Es gab keine Verbindung mehr zu seinem großen, alten Selbst im Cluster. Der Teil von ihm, der sich in den Avatar aus Flexometall transferiert hatte, war allein und isoliert, mit drastisch verringerter autonomer Intelligenz.

»Thekla?«, fragte er, ohne überrascht zu sein, als er keine Antwort erhielt. Aura, Sensoren und Kommunikationssystem meldeten eingeschränkte Funktionen.

Der Gravitationsmotor brummte leise. Die Drohne sank tiefer, mit einer Geschwindigkeit von mehreren Metern pro Sekunde. Der auf dem Rumpf lastende Druck stieg noch immer. Ein Knacken und Knirschen ging durch das Metall-Keramik-Komposit, das fast ebenso widerstandsfähig sein sollte wie das legendäre Eternum der Muriah. Horus fragte sich, ob die Sonden dadurch verloren gegangen waren, zerquetscht von der Interferenzwelle aus dem Stream.

Er hatte sich mit den Systemen der Drohne verbunden und nutzte die Verbindungen für Versuche, Daten und Erkenntnisse zu gewinnen, wobei sich die eigene Langsamkeit als ein unerwartet großes Hindernis erwies. Die Sensoren und Scanner lieferten zahlreiche Messdaten, aber er brauchte viel Zeit für ihre Auswertung, nicht Mikrosekunden, sondern Minuten!

In einer Tiefe von zehn Kilometern wurden die Vibrationen so heftig, dass Horus seine Position mit einem elektromagnetischen Anker stabilisieren musste. Ein Donnern übertönte die akustischen Warnsignale mehrerer Bordsysteme. Ein gewaltiger Hammerschlag schien die Drohne zu treffen, und das Ergebnis war eine große Delle in ihrem Bug.

Dann, von einem Moment zum anderen, herrschte Stille.

Nach einigen Sekunden folgten ihr leise Geräusche, die Horus trotz limitierter Kognition und Intelligenz sofort zu deuten wusste: Die Außenluke öffnete sich – sie *wurde* geöffnet.

Etwas kam an Bord.

Nachfolge

41 Korian, Kathedrale

»Bevor wir zu Ria gehen ...« Daniel blieb in einem Bogengang stehen, am Rand eines düsteren, in graues Zwielicht gehüllten Innenhofs. »Es gibt noch einige Dinge, die wir klären sollten.«

»Bring mich zu Ria«, beharrte Korian. Er versuchte, die Beine zu bewegen, aber sie rührten sich nicht von der Stelle, sie unterlagen noch immer der Kontrolle durch Daniels kleine blaue Spirale.

»Ihr Schlaf der Erholung ist noch nicht zu Ende.« Daniel öffnete eine nahe Tür. »Einer meiner Helfer kümmert sich um sie, keine Sorge.«

Korian folgte ihm durch einen schmalen, halbdunklen Korridor und eine Wendeltreppe hinunter. Schließlich erreichten sie ein Zimmer, das aussah wie eine Mischung aus persönlichem Quartier, Lagerraum und Observatorium. Am großen Fenster auf der einen Seite stand ein altertümlich wirkendes optisches Teleskop, zusammengebaut aus Komponenten, die offenbar nicht alle füreinander bestimmt waren. Direkt daneben führte eine kleine Tür auf den Balkon, von dem aus man den Friedhof und das glatte Nichts sehen konnte. Auf der anderen stand ein rundes Bett auf dünnen, zerbrechlich wirkenden Beinen, umgeben von Stühlen, einem ovalen Tisch und einer langen Kommode mit offenen Schubladen. Dahinter zeigten sich Regale und ein Schrank, der bis zur Decke emporreichte und dessen Türen geöffnet waren. Davor lagen Kleidungsstücke und andere Dinge auf dem Boden verstreut.

»Ich weiß, es sieht unordentlich aus«, gestand Daniel. »Aber es steckt durchaus Sinn dahinter. Wenn ich dir einen guten Rat geben darf: Lass die Schranktüren und Schubladen der Kommode offen. Wenn du sie schließt, leeren sich die Fächer, und anschließend kann es Jahre dauern, bis sie sich wieder füllen.« Er hob die Hand. »Nein, es sind weder Synther noch Brüter. Ich weiß nicht, wie sie es anstellen, wie es funktioniert. Vielleicht kommen Kleidung und die anderen Dinge von dort, woher auch die Artefakte kamen.«

»Du hattest viele Jahrhunderte Zeit, mehr darüber herauszufinden«, sagte Korian ungeduldig.

»Ach, du weißt ja, wie das ist. Man hat viele Pläne, und die Zeit vergeht. Und dann vergeht noch mehr Zeit, und all die Pläne rücken irgendwie in den Hintergrund, weil man weiß, dass man genug Zeit für sie hat.« Daniel breitete die Arme aus, die kleine blaue Spirale in der rechten Hand. »Manchmal kommt mir die Kathedrale vor wie ein großer lebender Organismus, wie ein schlafender Riese, den man besser nicht wecken sollte. Wer weiß, was dann geschehen würde?«

»Bring mich zu Ria!«

Daniel musterte ihn. »Sie bedeutet dir viel, nicht wahr? Nach so kurzer Zeit! Ich meine, du kennst sie doch erst seit ein paar Tagen! Ach, die Zeit, mein lieber Korian, die Zeit ... Manchmal sind wenige Tage wichtiger als einige Jahrhunderte.«

»Wir *vergeuden* Zeit«, sagte Korian. »Bring mich endlich zu Ria.«

Daniel hob erneut die Hand. »Gleich, versprochen. Hab noch einen Moment Geduld. Dieser Raum war mein Quartier. Er gehört zu den wenigen sicheren Orten in der Kathedrale. Damit meine ich, dass er sich nicht verändert, nie. Bei den anderen Räumen muss man immer mit Überraschungen rechnen. Wände verschieben sich, Türen und Fenster erscheinen an anderen Stellen oder verschwinden wie bei einem mobilen Haus. Meine Empfehlung lautet: Lass dich hier nieder und nimm dir Zeit, die Kathedrale zu erforschen – da sind wir wieder bei der Zeit! –, jeden Winkel von ihr, um ein Gefühl für sie zu bekommen.«

»Ich habe nicht vor ...«, begann Korian.

»Was du vorhast, spielt keine Rolle!«, unterbrach ihn Daniel scharf. Er ging zum ovalen Tisch und deutete auf zwei Gegenstände, die in seiner Mitte lagen. »Das stammt von Zoran.

Zwei Artefakte aus der Schatzkammer, zwei Waffen. Sie haben mir wertvolle Dienste geleistet und könnten auch dir nützlich sein, obwohl die Schatzkammer inzwischen so gut wie leer ist. Aber manchmal kommen noch Diebe und Plünderer, sogar in kleinen Gruppen.«

Daniel hob den ersten der beiden Gegenstände, einen handgroßen offenen Ring, die beiden Ringhälften nach vorn gestreckt. »Das hier ist ein Dislokator, die harmlosere der beiden Waffen. Damit kannst du jemanden verschwinden lassen. Der Dislokator versetzt die Beutesucher tausend, zehntausend oder hunderttausend Welten weit, upstream oder downstream, ganz nach Belieben. Und nein, du kannst dich damit nicht selbst versetzen. Ich habe es versucht, aber es geht nicht. Es braucht einen Nachfolger, wenn man die Kathedrale verlassen will.«

Korian dachte vor allem an Ria. Aber unter der Sorge um den kleinen, jungen Menschen regte sich ein anderer Gedanke, der ihn selbst betraf.

»Das hier ist ein Annihilator.« Daniel zeigte auf den zweiten Gegenstand, ohne ihn in die Hand zu nehmen, einen etwa zwanzig Zentimeter langen Konus mit einem bügelartigen Griff am offenen Ende. »Sei damit sehr, sehr vorsichtig. Mit dem Annihilator lässt sich weitaus mehr Schaden anrichten als mit deinem Pulsator.« Bei diesen Worten klopfte er auf die rechte Tasche seiner weiten Hose.

Korian hatte eine Idee. Die Beine widersetzten sich ihm nicht, als er zum Tisch trat, wie um sich die beiden Artefakte – die Waffen – aus der Nähe anzusehen. Doch plötzlich streckte er die Hand aus, ergriff den Annihilator und richtete ihn auf Daniel.

Der dumpfe Druck in seinem Nacken nahm ein wenig zu.

»Leg die Spirale auf den Tisch!«, befahl er. »Und dann bringst du mich zu Ria!«

Daniel lächelte. »Nein.«

»Glaub mir, ich bin bereit …«

»Wozu? Mich zu erschießen? Einfach so? Der Annihilator würde kaum etwas von mir übrig lassen, es wäre zweifellos ein endgültiger Tod. Aber selbst wenn du wirklich dazu bereit wärst … Du kannst mich nicht erschießen. Weil die Waffe dir nicht gehorcht.«

Korian richtete den Konus auf die hintere Ecke des Zimmers und betätigte, was er für den Auslöser hielt. Nichts geschah.

»Du kannst erst etwas damit anfangen, wenn du mein Nachfolger geworden bist«, sagte Daniel. »Das dauert nicht mehr lange. Bis dahin … Leg den Annihilator zurück auf den Tisch.«

Korian kam der Aufforderung nach, als der Druck im Nacken schmerzhaft zu werden begann.

»Und jetzt …« Daniel lächelte erneut. »Jetzt darfst du mir eine Frage stellen.«

Der Druck ließ nach. Korian atmete tief durch. »Bring mich zu Ria!«

»Das ist keine Frage«, sagte Daniel. »Lass sie mich für dich stellen: Was hat es mit der Nachfolge auf sich?«

Korian fühlte sich plötzlich versucht, den Mund zu öffnen und die Worte zu wiederholen. Er presste die Lippen zusammen.

Daniel drehte sich langsam im Kreis und breitete wieder die Arme aus. »Ein schlafender Riese. So habe ich die Kathedrale genannt, nicht wahr? Ein großes, ein *riesiges* Gebäude, das sich verändert, an einigen Stellen wächst, an anderen schrumpft. Aber es gehorcht nicht dem Willen eines Besitzers wie die mobilen Häuser, wie wir sie von der Erde in Midstream Null kennen. Die Kathedrale hat keinen Besitzer, zumindest nicht hier, wohl aber einen Kustoden, jemanden, der … auf sie aufpasst?« Für einen Moment schien Daniel dem Klang der eigenen Worte zu lauschen. »Jemanden, der sich um sie kümmert? Nein, sie braucht wohl eher jemanden, der für sie bereits ist, der eingreifen und agieren kann, sollte das erforderlich werden.

Eingreifen, dachte Korian. Agieren. Laut sagte er: »Schluss damit! Ich will zu Ria!«

»Mein lieber Korian, was du *willst*, spielt hier keine Rolle. Viel wichtiger dürfte sein, was die Kathedrale von *dir* will.«

Daniel verharrte, dann hob er die Stimme. »Du trittst meine Nachfolge als Kustode an. Derzeit findet eine Art ... Synchronisierung statt, ich glaube, so könnte man es nennen. Was mich hier festgehalten hat, geht auf dich über.«

Bisher hatte Ria im Mittelpunkt seines Denkens gestanden, aber langsam verschob sich Korians innerer Fokus. »Du warst hier ... gefangen?«

Daniel lachte kurz auf. »Jetzt habe ich dein Interesse geweckt! Von ›Gefangenschaft‹ zu sprechen, trifft es vielleicht nicht ganz. Aber du wirst hier festsitzen, bis jemand deine Nachfolge antritt. Was dauern kann, wie mein Beispiel zeigt, und auch das meines Bruders. Jahrhunderte oder Jahrtausende.«

Korian versuchte, sich vorzustellen, was das bedeutete.

»Nein«, sagte er, das Wort schwer und ... kantig, ein Ausdruck, den Ria mehrmals verwendet hatte.

»Meinst du im Sinne von ›Nein, ich werde mich hier nicht festhalten lassen‹? Da muss ich dich enttäuschen. Was du in diesem Zusammenhang meinst und willst, spielt keine Rolle.«

Daniel ging langsam am ovalen Tisch vorbei, strich mit den Fingerkuppen über die offene Schublade einer Kommode und näherte sich der Tür, ohne dass Korians Beine Anstalten machten, ihm zu folgen.

»Es tut mir leid, wenn ich dabei vor allem an mich denke«, erklärte Daniel mit aufrichtig klingendem Bedauern in der Stimme. »Aber ich möchte hier nicht den Rest meines Lebens verbringen, das noch ziemlich lang sein kann.« Er erreichte die Tür und blieb stehen. »Vielleicht fragst du dich, welchen Weg ich nehmen werde. Die ehrliche Antwort lautet: Ich weiß es noch nicht. Die Entscheidung ist noch nicht gefallen. Vielleicht vertraue ich mich dem glatten Nichts an, und wer weiß, wohin es mich führen mag. Oder ich folge meinem Bruder in den Abyss. Er hat ihn überlebt, nicht wahr? Möglicherweise erfahre ich, was mit ihm geschehen ist und wie sein Konterfei auf den Deckel eines Sarkophags geriet. Aber genug damit. Besuchen wir Ria.«

Er winkte, und Korian setzte sich in Bewegung.

42

Auf dem Weg durch einen langen Flur, in dem sich die Schatten sammelten, sagte Daniel in einem fröhlichen Ton: »Oh, und noch etwas, bevor ich dich zu Ria und der kleinen Überraschung bringe, die dich dort erwartet. Du hast gefragt, woher ich gewisse Dinge weiß, nicht wahr?«

Schmerz und Druck waren ganz aus Korians Nacken verschwunden. Die Beine bewegten sich problem- und mühelos. Nichts deutete auf irgendeine Art von Zwang hin. Er fragte sich, ob es möglich gewesen wäre, Daniel zu überwältigen und ihm den Pulsator abzunehmen.

»Zum Beispiel von meinen achtundzwanzig Selbstmorden«, entgegnete er.

»Zum Beispiel.« Daniel nickte. »Oder von den Lügen des Clusters. Davon, dass die Störungsfronten und Interferenzwellen in Wirklichkeit von den ausgeschickten Sonden und Drohnen verursacht werden.«

Korian dachte kurz darüber nach, in einer Lücke zwischen Gedanken, die Ria galten. »Warum sollte mich Horus belogen haben?«

Daniel zuckte mit den Schultern. »Finde es heraus. In der Schatzkammer gibt es eine Nische, ganz hinten, mit Stimmen und Bildern aus dem Stream, auch von der Erde in Midstream Null. Aus vielen Dingen, die man dort hört und sieht, wird man nicht schlau. Oder man erkennt erst einen Zusammenhang, wenn man jahrelang aufmerksam hingehört und hingesehen hat. Ich nehme an, du wirst Zeit genug haben. Falls du sie nicht lieber bei Ria verbringen möchtest«, fügte er mit einem kurzen Seitenblick hinzu. Dann wurde er plötzlich nachdenklich, sein Blick kehrte sich für einige Sekunden nach innen.

Vielleicht wäre das eine gute Gelegenheit, sich der Kontrolle zu entziehen. Der Nacken war noch immer ohne Schmerz und Druck, die Beine blieben geschmeidig. Nichts deutete darauf hin, dass ihn etwas daran gehindert hätte, sich auf Daniel zu stürzen. Aber Korian verzichtete darauf, ohne ganz sicher zu sein, dass der Verzicht tatsächlich auf einer bewussten Willensentscheidung beruhte.

Daniel blinzelte und schien noch etwas sagen zu wollen, das vielleicht mit Ria zu tun hatte. Aber was auch immer es sein mochte, er sprach es nicht aus, lachte dafür sein schnelles, scharfes Lachen und deutete in einen Bogengang. »Es ist nicht mehr weit. Deine Ria befindet sich gleich hinter der nächsten Tür.«

Ria, wer bist du?

Korian, Kathedrale 43

Der kleine, unglaublich junge Mensch befand sich in einem Zimmer mit Wänden rot wie Blut, und ein Monstrum schickte sich an, ihn zu verschlingen.

So sah es aus. Ria lag in einem offenen Tank, vollständig umgeben von transparenter Flüssigkeit, und die tentakelartigen Arme eines monströsen Wesens, das sich über die Tanköffnung beugte, hatten sich um sie geschlossen. Das Geschöpf ähnelte einem Riesenkalmar, wie es sie einst auf der Erde gegeben hatte und wie sie noch in den tiefen, dunklen Ozeanen unter den dicken Eiskrusten des Saturnmonds Enceladus schwammen. Aber es besaß wesentlich mehr Greifarme, dicke und dünne, kurze und lange, und an zahlreichen Stellen zeigten sich kleine Schnäbel und verblüffend menschlich wirkende, langsam blinzelnde Augen. Vielleicht, dachte Korian erschrocken, war es nicht nur ein Wesen, sondern ein kollektiver Organismus. Es schien aus mehreren Öffnungen in der rückwärtigen Wand des roten Raums gekrochen zu sein und hatte sich dann zu der Kreatur vereint, deren Fangarme Ria umschlangen.

Er wollte nach vorn springen, an den dicken Tentakeln vorbei zum Tank, um Ria aus dem Behälter zu ziehen, doch die Beine versagten ihm den Dienst. Er stand steif und gerade, konnte nur den Mund öffnen und rufen: »Wie kann sie atmen? Sie ertrinkt!«

»Oh, sie atmet, keine Sorge.« Daniel näherte sich dem Tank. Einige Tentakel wichen vor ihm zurück. »Über die Haut, die mehr kann als deine. Und mithilfe von Arkeon. So heißt der Mediziner, wenn ich seinen Namen richtig verstanden habe. Die Verständigung mit ihm ist nicht immer ganz einfach. Aber ich weiß aus eigener Erfahrung, dass er sich mit medizinischen Dingen auskennt, selbst wenn sie nicht seine Spezies betreffen. Vielleicht ist er so etwas wie ein Multispezies-Arzt.«

Er knurrte etwas – so hörte es sich an, wie ein bellendes Knurren –, und die Tentakel vor ihm wichen beiseite. Am Tank angelangt, berührte Daniel die Seite, woraufhin ein Display und Kontrollen erschienen.

»Gib sie frei!«, stieß Korian hervor.

»Sie ist nicht gefangen«, erwiderte Daniel mit einem kurzen Blick über die Schulter. »Deine Ria wird wiederhergestellt. Nicht in unserem Sinne, sondern vor allem geistig. Sie hätte ruhen müssen im Refugium, wo du angeblich das Gesicht meines Bruders auf einem Sarkophag gesehen hast.« Daniel sprach etwas schneller, die Worte flossen aus ihm heraus. »Drei Tage, hat sie dir das nicht gesagt? Drei Tage hätte sie ruhen müssen bis zum nächsten Sprung. Weil der letzte über Tausende von Welten führte. Kleinere Sprünge fallen ihr leichter. Sie lernt erst noch, sie ist ein *Kind!* Als Erwachsene wird sie nicht so sehr darunter leiden. Ein Schock, Korian. Sie hat einen Schock erlitten. Es hat ihren Geist zerrissen, zumindest teilweise. Arkeon setzt die einzelnen Teile des gesplitterten Selbst wieder zusammen.«

»Ich wusste nicht ...«, begann Korian.

»Oh, es gibt vieles, das du nicht weißt. Der Stream ist voll davon, auch ich weiß nicht viel. Aber ich weiß, dass deine Ria noch etwas mehr Ruhe braucht, bis sie ganz wiederhergestellt ist.«

»Es ist nicht *meine* Ria, sie gehört niemandem«, sagte Korian.

»Das sehen die Großen Weisen anders, nehme ich an.« Daniels Finger strichen über das Tank-Display, dessen Anzeigen sich veränderten. Er nickte, als das monströse Tentakelwesen – groß genug, um die Hälfte des blutroten Raums zu füllen – laut knurrte. »Arkeon meint, dass es deiner Ria schon viel besser geht. Aber sie sollte noch etwas mehr schlafen, damit in ihrem Kopf alles an den richtigen Platz rückt. Und du kannst jetzt näher kommen, Korian. Inzwischen dürftest du dich beruhigt haben.«

Korians Beine bewegten sich. Nach einigen Schritten vorbei

an graugrünen Fangarmen, die sich vor ihm zur Seite wölbten, stand er neben Daniel. Ria lag reglos im Tank, ganz von der transparenten Flüssigkeit bedeckt, in der winzige Luftblasen aufstiegen, ihr Haar wie ein goldener Schleier ausgebreitet, die Augen geschlossen. Aber der Mund war geöffnet, die Flüssigkeit konnte hinein.

»Nein, sie ertrinkt nicht, keine Sorge«, versicherte ihm Daniel erneut. »Hier, sieh dir die Anzeigen an. Körperlich ist alles in Ordnung mit ihr. Sie bekommt genug Sauerstoff, ihre Systeme arbeiten einwandfrei.«

Das klang seltsam, fand Korian.

Daniel wandte den Kopf und sah ihn an. Arkeon knurrte erneut, leise diesmal, und seine Tentakel wichen etwas weiter zurück. Ein kleiner Schnabel klackte mehrmals.

»Wunderst du dich nicht über meine Wortwahl?«, fragte Daniel herausfordernd.

»Du hast von einer Überraschung gesprochen ...«

»Habe ich, ja.« Daniel trat zur anderen Seite des Tanks, vorbei an weiteren Tentakeln, und Korian folgte ihm. »Hier ist sie.«

Eine Öffnung zeigte sich in Rias Flanke, wie von einem Lasermesser, ein Riss, eine kleine Wunde, aus der allerdings kein Blut floss. Korian beobachtete, wie zwei dünne Tentakel danach tasteten und den Riss etwas weiter aufzogen. Ria schien davon nichts zu spüren, ihr Gesicht blieb unverändert.

Menschliches Gewebe wurde sichtbar und darin eingebettet etwas, das nach einem filigranen Netz aussah. Hauchdünne silberne Fäden durchzogen die Subcutis, die Unterhaut mit ihrem Binde- und Fettgewebe, und offenbar setzten sie sich auch darunter fort.

»Du siehst es, das Netz, nicht wahr?« Daniel lächelte kurz. »Der Eindruck täuscht nicht, es besteht tatsächlich aus Metall. Und es gibt noch mehr, für das bloße Auge nicht erkennbar. Fremde Zellen, mit den menschlichen verbunden. Hier siehst du, was deine Ria ist: mehr als ein Mensch, auch Maschine und Alien. Ein Hybride, ein Trian, wie man solche Menschen – solche Personen – in Infinitia nennt.«

Korian starrte auf den schmalen Riss in Rias Seite.

»Genug gesehen?« Daniel wartete keine Antwort ab, klopfte wie zärtlich auf einen nahen Tentakel und machte sich auf den Rückweg zur Tür. »Überlassen wir deine Ria weiterhin Arkeons Obhut. Er – oder vielleicht es oder sie oder was auch immer – wird sich weiterhin gut um sie kümmern. Während Ria ruht und sich erholt, solltest du ebenfalls ein wenig schlafen. Nach ausreichend Schlaf sieht die Welt gleich ganz anders aus, nicht wahr? So sagt man jedenfalls. Ich nehme an, in einigen Stunden wirst auch du die Dinge aus einer anderen Perspektive sehen.«

Korian folgte ihm zur Tür, ihm blieb keine Wahl.

44

Als Korian erwachte, hatte sich etwas verändert. Er lag unter einer dünnen Decke in einem kleinen Zimmer mit einem Dachfenster, durch das wenig Licht fiel, gerade genug, um der Umgebung Konturen zu geben. Alles stand an seinem Platz: Schrank und Tisch, die beiden Stühle an der Wand, aus einem Synth ähnelnden Material, ebenso das Objekt neben der Tür, eine anderthalb Meter hohe Skulptur aus einem glatten jadeartigen Material. Nichts war bewegt worden, und doch war alles anders, auf eine ebenso deutliche wie subtile Art.

Korian strich die Decke beiseite und setzte sich langsam auf.

Stille umgab ihn, tief und dicht, wie etwas, das man ergreifen konnte. Die Schatten blieben reglos, ein dunkler Schleier in den Ecken des Zimmers. Korian wartete, hörte den eigenen Herzschlag lauter werden und stand auf, so vorsichtig wie auf dünnem Eis, das jederzeit brechen konnte.

Die Stille schien noch dichter zu werden, die Schatten kamen etwas näher.

Er griff nach der abgelegten adaptiven Kleidung und hörte ihr Rascheln und leises Knistern, als er sie überstreifte.

»Daniel?« Seine Stimme war kaum mehr als ein Krächzen. Er räusperte sich und rief: »Daniel?«

Die Stille zerriss, das Wort, der Name, schallte durch die

plötzlich offene Tür und den langen Gang dahinter, durch Räume und Säle. Und dem einen Wort, dem Namen, folgte das Geräusch von Schritten, die immer schneller wurden. Korian lief durch die Flure, ohne Schmerz und Druck im Nacken, die Beine frei von fremder Kontrolle. Er lief, so schnell er konnte, wie in einem Wettlauf mit der Zeit, und er kannte den Weg, er wusste genau, welche Abzweigungen und Treppen es zu nehmen galt.

Schließlich erreichte er Daniels Quartier, platzte hinein, blieb schwer atmend am ovalen Tisch stehen und sah sich um. Neben dem Tisch standen das runde Bett mit den dünnen, zerbrechlich wirkenden Beinen und die lange Kommode, ihre Schubladen immer noch offen. Dahinter erhob sich breit und klobig ein Kleiderschrank bis hinauf zur Decke, seine Türen und Schubladen waren offen. Kleidungsstücke lagen vor ihm verstreut wie bei Korians erstem Besuch.

Auf der anderen Seite stand das altertümliche Teleskop neben dem großen Fenster, bei der Tür, die auf den Balkon führte, von dem aus man den Friedhof und das glatte Nichts sehen konnte.

Es war kein fremdes Zimmer mehr, sondern *seins*.

Auf dem ovalen Tisch lagen ein Zettel und ein Stift. Jemand hatte eine Nachricht hinterlassen, per Hand geschrieben.

Jetzt gehörst du der Kathedrale, las Korian. *Ich wünsche dir viel Glück und ausreichend Geduld. Daniel.*

45

Zitternde Finger ließen den Zettel mit den Abschiedsworten von Zorans Bruder fallen. Korian sah mit seltsamer Deutlichkeit, wie er zu Boden fiel, sich dabei mehrmals von einer Seite zur anderen neigte und schließlich auf den großen Fliesen liegen blieb. Das Zittern ging von den Händen in den ganzen Körper über, als er den Blick zum Fenster hob. Zwei schwere Schritte brachten ihn zum Teleskop, die bebenden Hände drehten es, und ein Auge spähte durchs Okular.

Weit draußen, auf dem glatten Nichts, zeigte sich eine Gestalt vor dem grauen, dunkler werdenden Horizont. Ein Mensch ging dort, nicht langsam und vorsichtig, wie es angesichts des glatten Untergrunds zu erwarten gewesen wäre, sondern schnell und zielstrebig. Er schien zu spüren, dass ihn jemand beobachtete, denn er blieb stehen, drehte sich um und winkte.

Daniel hatte den Weg übers glatte Nichts gewählt, nicht hinein in den Abyss wie Jahrhunderte zuvor sein Bruder Zoran.

Korian stand plötzlich steif und gerade, jeder Muskel in seinem Körper angespannt. Etwas brannte in ihm, ein Fieber, dessen Hitze ihm in den Kopf stieg und die Gedanken versengte. Er bewegte die Arme, wie um etwas abzuwehren, und glaubte dabei, die Mauern und Wälle der Festung zu fühlen, die Daniel »Kathedrale« genannt hatte. Für einen Moment erschien ihm das riesige Gebäude wie ein Teil von ihm selbst.

Korian wandte sich vom Fenster und dem Teleskop ab, und dabei streifte sein Blick den Tisch. Annihilator und Dislokator lagen dort, auch die kleine blaue Spirale, mit der Daniel die Signalnadel kontrolliert hatte. Er nahm die Gegenstände nacheinander zur Hand und drehte sie, um sie überall zu berühren. Die beiden Waffen fühlten sich anders an als zuvor. Als er den Annihilator auf den großen, wuchtigen Kleiderschrank richtete, signalisierte etwas Bereitschaft. Er war versucht, den Auslöser zu betätigen, doch dann sagte er sich, dass er den Schrank vielleicht noch brauchte.

Er ließ die Waffe sinken, die jetzt ihm gehörte und ihm gehorchen würde, wenn er Gebrauch von ihr machen wollte, und plötzlich lief er wieder, mit dem Annihilator in der rechten Hand. Er eilte durch Flure, die vertraut wirkten, obwohl sie – das wusste er genau! – seit einigen Stunden in neue Richtungen führten, weil die Kathedrale es so wollte. Er sprang eine Treppe hinunter, hörte das Hallen seiner schnellen Schritte in einem weiten Arkadengang, die Säulen und Bögen von Zeichen und kleinen Bildnissen bedeckt. Durch eine schmale Tür, die sich von allein für ihn öffnete, gelangte er nach draußen, vernahm das Knirschen kleiner Steine unter seinen Füßen und atmete kühle Luft. Langsamer geworden, trat er am stillen Friedhof vorbei, wo vielleicht die Erbauer der Kathedrale begraben lagen, und erreichte das weite glatte Nichts wenige Meter hinter den letzten Gräbern.

Etwas wollte ihn veranlassen, stehen zu bleiben, aber er ging weiter und konzentrierte sich darauf, einen Fuß vor den anderen zu setzen, den Annihilator noch immer in der rechten Hand. Der Boden unter ihm war erst grau wie der ferne Horizont mit der winzigen Silhouette eines Menschen, aber er gewann immer mehr an Transparenz, wurde durchsichtig wie Glas und glatt wie Eis.

Korian versuchte, schneller zu gehen, doch das fiel ihm mit jedem Schritt schwerer, er konnte sich kaum auf den Beinen halten. Lichter erschienen tief unten im glatten Nichts wie ferne Sterne.

»Daniel!« Er blieb stehen, hob den Annihilator und zielte. »Komm zurück!«

Die Silhouette am Horizont war kaum mehr als ein mehrere Kilometer entfernter Fleck. Von plötzlichem Zorn erfasst betätigte Korian den Auslöser.

Die Waffe in seiner Hand summte leise.

Sonst geschah nichts.

Es gleißte kein blendend heller Blitz durch die beginnende Nacht. Es raste kein Projektil über das glatte Nichts, auf der Suche nach einem Ziel in der Ferne. Der Annihilator summte nur leise, als wollte er sagen: »Tut mir leid, das funktioniert nicht.«

Der Fleck am Horizont, die winzige Gestalt, verschwand im dichter werdenden Dunkel.

46

Korian ging weiter, kämpfte um sein Gleichgewicht und einen stärker werdenden Widerstand. Etwa einen halben Kilometer jenseits des Friedhofs wurde das, was sich seinen Bewegungen entgegenstemmte, so stark, dass er nicht mehr vorankam.

Eine Zeit lang stand er nach vorn gebeugt, dem Widerstand entgegen. Dann gab er auf, drehte sich um und kehrte den

Weg zurück, den er gekommen war, das glatte Nichts unter ihm mit jedem Schritt weniger glatt und transparent.

Beim Friedhof angekommen, zögerte er, betrachtete die stummen Gräber und fragte sich nicht, ob es sich bei den Menschen, die dort bestattet lagen, tatsächlich um die Erbauer der Kathedrale handelte. Er überlegte, ob sie wie er und vor ihm Zoran und Daniel gefangen gewesen waren, nicht dazu imstande, diesen Ort zu verlassen, weder über das glatte Nichts noch in den Abyss.

Er ging weiter, und als ihn nur noch wenige Meter von der schmalen Tür trennten, die sich wieder für ihn öffnete, stieg erneut Zorn in ihm empor. Türen schwangen auf, aber er war ein Gefangener, das Gebäude hielt ihn fest, es ließ ihn nicht gehen.

Korian hob den Kopf und schrie, der Annihilator kam wie von allein nach oben, und etwas schlug in die Mauer neben der Tür.

Es krachte und donnerte, Splitter flogen, ohne dass einer von ihnen Korian traf. Rauch wogte wie die roten Nebel des Abyss, und schließlich wurde ein großes Loch sichtbar.

Korian fühlte es wie eine Wunde. Er tastete nach seiner Flanke, und für einen Moment wurde der Schmerz noch etwas stärker, als hätte er eine verletzte Stelle berührt.

Ein leises, dumpfes Knirschen weckte seine Aufmerksamkeit.

Vor ihm geriet die Wand in Bewegung. Die letzten Rauchschwaden verzogen sich, Einzelheiten des vom Annihilator geschaffenen Lochs wurden sichtbar: zerbrochene graue Steine, wie von einer großen Faust zerschmettert. Ein Teil der Wand fehlte; dort schien das Gestein pulverisiert oder verdampft zu sein.

Das Knirschen wurde lauter.

Der kleine Schmerz verschwand aus Korians Seite, als neue Steine erschienen, genau in der passenden Größe, um die Lücken zu füllen. Einige letzte Splitter rutschten aus der Öffnung, weitere Steine fügten sich zusammen. Eine wellenförmige Bewegung ging durch die ganze Mauer, als wäre sie

Schulter oder Rücken eines Riesen, der die Muskeln spannte und dann wieder lockerte.

Was hatte Daniel gesagt? Er hatte die Kathedrale mit einem großen, lebenden Organismus verglichen und einen schlafenden Riesen genannt, den man besser nicht wecken sollte.

Komm zu mir, flüsterte es, vielleicht im Innern von Korians Kopf. *Bleib bei mir.*

Er trat durch die unbeschädigt gebliebene Tür, und die Kathedrale hieß ihn willkommen.

Er fand Ria in einem Ruhezimmer neben dem Behandlungsraum, der nur den Tank enthielt. Arkeon hatte sich offenbar durch die Löcher in der Wand zurückgezogen.

Sie saß an einem runden Tisch, mit einem Glas, das grüne Flüssigkeit enthielt, und einem großen viereckigen Teller, zur Hälfte geleert.

Ria sprach, es klang wie ein kleines, kurzes Lied. Der Translator vor ihr auf dem Tisch übersetzte sofort. »Ich bin aufgewacht, und du warst nicht da.«

Auf der anderen Seite des Tisches befand sich ein freier Stuhl. Korian setzte sich und sah dem Mädchen, das mehr war als ein Mensch, in die großen grünblauen Augen.

»Ria«, sagte er, »wer bist du?«

Begegnung

47 Horus, im Schlund

Eine spezielle Drohne, wie ein großer Käfer, mit einer Außenhülle fast so widerstandsfähig wie das legendäre Eternum der Muriah, praktisch unzerstörbar, wie Thekla betont hatte. Und doch wiesen die letzten Daten darauf hin, dass mehrere Dellen im Rumpf entstanden waren, hervorgerufen durch wuchtige Schläge.

Horus dachte über die Situation nach, mit langsamen Gedanken, nur wenig schneller als die Langzeit der Menschen, ohne die gewaltige Elaborationskapazität des Clusters, ohne die enorme Beschleunigung von Kognition und Rezeption. Er war auf sich allein gestellt, sein Denken und Erkennen blieben auf die Fähigkeiten des Avatars aus Flexometall beschränkt, mit dem er sich auf die Reise hinab in die Tiefen des Schlunds begeben hatte. Etwas war an Bord gekommen, schlossen seine langsamen Gedanken aus den letzten Geräuschen. Etwas aus dem Innern der Anomalie, die sich immer tiefer in die planetare Kruste der Erde fraß, hatte sich Zugang zur Drohne verschafft.

Horus lauschte mit den elektromagnetischen Sinnen des Avatars und den Sensoren der Drohne und empfing keine Daten. Die Stille schien absolut zu sein, im EM-Spektrum herrschte Leere.

Gab es noch Bewegung? Fiel die Drohne tiefer in den Schlund? Funktionierten Bordsysteme und Gravitationsmotor?

Mit neuen Konfigurationssignalen gelang es Horus, den Wahrnehmungshorizont zu erweitern – sein durch den Verlust der Verbindung mit dem Cluster extrem geschrumpfter kognitiver Kosmos dehnte sich ein wenig aus. Er stellte fest, dass die Systeme der Drohne tatsächlich noch funktionierten, wenn auch auf einem sehr niedrigen energetischen Niveau. Die Sicherheitssysteme hatten den Energiekern der Drohne fast vollständig heruntergefahren, entnahm Horus den eintreffenden Statusdaten. Er sandte ein weiteres Signal, das den Kern stimulierte und veranlasste, den Sensoren und Scannern mehr Energie zur Verfügung zu stellen.

Das Sehen und Hören mit den Augen und Ohren der Drohne kehrte zurück.

Tatsächlich befand sich etwas Fremdes an Bord, sichtbar als Schatten in der elektromagnetischen Aura: eine dunkle Wolke, die sich nach und nach einen Weg tiefer ins Innere der Drohne bahnte, in Richtung Pilotenkanzel, dorthin, wo Horus stand, umgeben von zumeist leeren Datenkanälen.

Die fremde Präsenz wollte zu ihm, erkannter Horus. Sie wusste von ihm, und sie wusste auch, wo er sich befand.

Erneut stimulierte er den Energiekern der Drohne und versuchte, mehr über den Eindringling herauszufinden. Offenbar verfügte er nicht über eine homogene Gestalt, denn die Sensordaten registrierten ständige Veränderungen bei der physischen Struktur. Allem Anschein nach handelte es sich um eine amorphe Lebensform, dazu imstande, die einzelnen Komponenten ihres Körpers immer wieder neu anzuordnen. Vielleicht erklärte das, wie sie ins Innere der Drohne gelangen konnte, obwohl die Sensoren keine Risse in der aus Metall-Keramik-Komposit bestehenden Außenhülle feststellen konnten, nicht ein einziges kleines Leck. Sie hatte das superfeste Material, das an die Widerstandsfähigkeit von Eternum herankam, mithilfe von atomarer Diffusion durchdrungen.

Horus standen nicht annähernd so viele Informationen zur Verfügung wie bei einer vollständigen Verbindung mit dem Cluster und seinem Quantengedächtnis, aber er zweifelte daran, dass es irgendwo auf der Erde oder auf anderen bekannten Welten biologische Organismen gab, die so etwas bewerkstelligen konnten.

Bekam er es mit einer nichtbiologischen Lebensform zu tun?

Horus erinnerte sich nicht daran, ob er eine solche Begegnung für möglich gehalten hatte. Der Umfang seiner lokalen Datenspeicher, im Flexometall des Avatars verankert, war begrenzt, und deshalb wusste er nicht, ob er als Individueller des Clusters eine solche Begegnung erwartet hatte.

Für zwei lange Sekunden beschäftigte er sich mit der Frage nach dem Sinn des Vorstoßes in die Tiefen des Schlunds, wenn sich keine Möglichkeit ergab, Informationen und Berichte zu übermitteln. Horus – der andere Horus, der Individuelle auf der Erde von Midstream Null – schien fest damit gerechnet zu haben, dass er zurückkehrte.

Der durch die elektromagnetische Aura der Drohne kriechende Schatten wurde länger und dichter. Die Sensoren empfingen mehr Energie und begannen damit, die Komponenten des amorphen Geschöpfs zu zählen, das sich zielstrebig näherte, indem es durch Wände diffundierte. Millionen, lautete eine erste Berechnung. Und dann, kurze Zeit später: Milliarden, vielleicht sogar Billionen. Die Amorphität setzte sich aus so vielen einzelnen Elementen zusammen, dass die Sensoren der Drohne ihre genaue Anzahl nicht bestimmen konnten.

Es war dunkel, es gab kein Licht, aber die verbesserte Kognition ließ Horus einen Fleck erkennen, der sich an der Wand ihm gegenüber bildete. Er stand noch immer in der Pilotenkanzel, ebenso reglos wie zuvor, und beobachtete, wie der Fleck größer wurde, wie er sich aus der Wand herauswölbte und in eine Wolke aus schwarzem Staub verwandelte.

Die Sensoren von Avatar und Drohne bestätigten mit neuen Daten eine frühere Annahme. Was auch immer vor Horus aus der Wand kam, es war gewiss keine organische, biologische Lebensform. Ihre Komponenten winziger als Moleküle waren metallischer und keramischer Natur wie die Elaborationskerne und Speicher des Clusters.

Eine Maschinenintelligenz tief im Innern der von Interferenzen aus dem Stream geschaffenen Anomalie?

Die Wolke driftete aus der Wand, wurde länger, breiter und dichter. Horus nahm ihre eigene elektromagnetische Aura wahr wie ein nebulöses Glühen aus dem schwarzen Innern.

Etwas veranlasste ihn, den rechten Arm zu heben und die Hand auszustrecken.

Das amorphe Wesen verharrte dicht vor ihm, mit einem leisen Knistern in kalt gewordener Luft, und bildete einen kleinen Ausläufer, einem Pseudopodium gleich, das sich der Hand näherte und sie berührte.

Plötzlich empfing der Avatar eine Stimme.

Ich weiß, was geschah, geschieht und geschehen wird. Ich bin gekommen, um dich zu mir zu holen.

»Wer bist du?«, fragte Horus.

Ich bin Pethos.

Ein Knoten

48 Korian, Kathedrale

»Ich bin wach geworden, und du warst nicht da«, sagte Ria erneut.

Sie trug ihre adaptive Kleidung, das blonde Haar umgab ihren Kopf wie eine goldene Wolke, und die Augen wie Smaragd und Opal waren groß und lebendig. Ein Mensch, zweifellos, nur zehn oder elf Jahre alt, wie es schien. Aber vielleicht täuschte dieser Eindruck.

Korian öffnete den Mund und schloss ihn wieder, er suchte nach den richtigen Worten. Der Translator wartete auf dem Tisch zwischen ihnen.

Ria sang ein kleines Lied.

»Er ist weg«, übersetzte der Translator. »Er ist gegangen. Du bist draußen gewesen, und jetzt bist du hier.«

Es steckte mehr in und hinter diesen Worten, das spürte Korian. »Du weißt davon?«

Der Translator zwitscherte etwas.

Ria legte den Löffel beiseite. Für einen Moment wirkte sie ein wenig traurig. »Du wolltest gehen?«

»Ich wollte Daniel zurückholen!«, erwiderte Korian mit etwas zu viel Nachdruck. Er streckte die Hand aus und berührte Rias Finger. »Ich wollte dich nicht im Stich lassen.«

»Du bist geklebt«, sang Ria.

So übersetzte es der Translator. Korian vermutete, dass Ria damit seine Verbindung mit der Kathedrale meinte. Was wusste sie davon?

Doch eine Frage war wichtiger.

»Ria«, begann er erneut, »wer bist du?«

Sie zog die Hand zurück, als scheute sie plötzlich den Kontakt. Schließlich hob sie die Rechte, die eben noch den Löffel gehalten hatte, und spreizte drei Finger. »Ich bin Trian.« Dann fügte sie hinzu: »Ich muss stark sein.«

»Wie meinst du das? Was bedeutet ›Trian‹? Und warum musst du stark sein?«

Ria sah ihn an und schwieg. In ihren großen Augen schien sich tief unten etwas zu bewegen.

»Ich habe es gesehen«, sagte Korian vorsichtig. »Im Behandlungsraum mit dem Tank. Als sich Arkeon um dich gekümmert hat.«

Er legte eine kurze Pause ein, aber Ria schwieg weiterhin. Sie sah ihn nur an, ruhig und gefasst.

Trian, dachte Korian. Tri. Drei Finger.

Drei Geschöpfe in einem?

»Du bist mehr als ein Mensch.« Er sprach sanft und hoffte, dass es sich in dem Lied niederschlug, das der Translator produzierte. »Ich habe ein silbernes Netz gesehen, das deinen Körper durchzieht. Arkeon hat es mir gezeigt.«

»Vielarm«, sang Ria. »Freund.«

So einfach war das, dachte Korian. So schnell konnte ein Wesen, das er für monströs gehalten hatte, zu einem Freund werden.

»Und er hat gesagt, dass es noch mehr in dir gibt, für das bloße Auge nicht erkennbar.« Der Translator übersetzte. »Fremde Zellen, mit den menschlichen verbunden.«

»Trian«, wiederholte Ria. »Drei in eins. Maschine und Muriah.« Wieder huschte ein Schatten von Trauer über ihr Gesicht. »Deshalb muss ich stark sein. Ich kann springen, aber nicht immer und überall. Ich brauche Knoten. Stellen, wo sich die Welten berühren. Ich kann springen, aber nicht schnell hintereinander. Nicht schnell, *schnell*. Deshalb verfolgen mich die Großen Weisen. Sie wollen mich, sie wollen mein Springen, meine Seltenheit. Es gibt nur wenige Triane. Seltenheit!«

Es war ein langes Lied. Korian hörte aufmerksam zu und versuchte zu verstehen. Hybriden, dachte er. Und sie konnten nicht auf natürlichem Weg entstanden sein. Etwas oder jemand hatte sie erschaffen. Wer? Welche Geschichte lag in Rias Vergangenheit?

»Wer sind die Großen Weisen?«, fragte er und sprach erneut sehr sanft. »Haben sie dich ...« Er begriff, dass es schrecklich geklungen hätte, und unterbrach sich gerade noch rechtzeitig. »Stammst du von ihnen?«

Vielleicht klang es ebenfalls schrecklich, zumindest für Ria, denn plötzlich gab es Kanten in ihrem Gesicht. »Nein, nein, nein!«, sang sie mit scharfen Tönen. »Die Großen Weisen sind nicht meine Eltern, nein, nein, nein!«

»Wer sind sie?«, fragte Korian erneut.

Das Gesicht glättete sich wieder. »Menschen«, sagte Ria, die Stimme weicher. »Menschen in Infinitia. Hinter der Grenze. Hinter Barrieren, Mauern, Sperren. Menschen, alt und mächtig.«

Alt und mächtig, wiederholte Korian in Gedanken. Er ahnte etwas.

»Kannst du mir ihre Namen nennen?«

»Es sind die Großen Weisen!«, entgegnete Ria, als sei das Antwort genug. »Steinfreund am Grab meiner Eltern, er kennt die Namen und noch mehr.«

Die Idee war sofort da. »Kannst du mich zu ihm bringen?«

Plötzlich stand er auf, ohne aufstehen zu wollen. Ria sah zu ihm hoch.

Du wirst gebraucht, flüsterte es in seinem Kopf.

Ria sang etwas, der Translator übersetzte, aber Korian verstand die Worte nicht. Sie wurden leise hinter ihm, als er das Zimmer verließ, durch den Flur eilte und dem Ruf der Kathedrale folgte.

49

Im Eingang der Schatzkammer, wie Daniel sie genannt hatte, blieb Korian stehen, kaum außer Atem nach dem langen Lauf durch halbdunkle Gänge und Korridore – die Kathedrale zeigte ihm nicht nur den Weg, sie gab ihm auch Kraft. Jemand war gekommen, wusste er. Jemand von weit außerhalb. Jemand, der an diesem Ort nichts zu suchen hatte.

Jemand, der vertrieben werden musste.

Korian blickte an den Regalen, Gestellen und Gerüsten entlang, die Hunderte von Metern weit aufragten und offenbar alle leer waren. Er sah sie deutlich, auch die Bereiche in den Schatten, mit den Augen der Kathedrale. Und er hörte etwas mit ihren Ohren, ein leises Quieken und Krächzen auf der rechten Seite, wo mehrere Artefakte erschienen waren.

Es sind Störenfriede, flüsterte es in seinem Kopf. *Es sind Diebe*.

Davon hatte Daniel gesprochen, von Dieben und Plünderern, die gelegentlich erschienen und gefährlich sein konnten. Korian blickte auf seine rechte Hand, die den Annihilator hielt. Er steckte das konusförmige Gerät in die Hosentasche, widerstrebend, als müsste er sich von etwas Kostbarem trennen, und zog den handgroßen offenen Ring des Dislokators vom Gürtel. Er wollte niemanden mit einer unsichtbaren Faust zermalmen, er wollte nicht töten. Es genügte, wenn die Eindringlinge verschwanden.

Er schlich, erfüllt von einer seltsamen, zielstrebigen Ruhe, an den hohen Regalen entlang, in denen nur noch Staub lag. Er wusste, was es zu tun galt, seine Aufgabe war klar umrissen, nirgends gab es Platz für Zweifel.

Hinten im Saal wurde es dunkler, die Schatten reihten sich dicht an dicht, aber mit den Augen der Kathedrale sah er klar und deutlich die drei Gestalten, die einen gläsernen Kasten in einem der Gestelle zu öffnen versuchten. Darin schwebten mehrere kleine Objekte, umgeben von einem perlmuttartigen Glanz, sodass es Korian vorkam, als wären sie erst eben in dem Glaskasten erschienen.

Zwei der Fremden waren etwa anderthalb Meter groß und so dünn, dass sie zerbrechlich wirkten. Ihre drei Beine krümmten sich bei jeder Bewegung, die langgliedrigen Hände hielten kleine Instrumente auf den Glaskasten gerichtet. Lange, schräg nach oben führende Augen fingen das schwache Licht von Indikatoren ein.

Keine Menschen, das ließ sich auf den ersten Blick erkennen. Unter anderen Umständen wäre Korian fasziniert gewesen, aber für so etwas ließ die Kathedrale in seinem Denken und Fühlen keinen Platz. Er duckte sich hinter ein Gestell, verkürzte die Distanz um einige weitere Meter und beobachtete, wie die dritte Gestalt, größer und breiter als die beiden anderen und von etwas bedeckt, das wie Borke oder Schorf aussah, einen großen Hammer schwang. Der Kopf des Hammers schmetterte gegen den Glaskasten, mit einem Geräusch, das nicht annähernd so laut war, wie Korian erwartet hatte. Es klang wie ein *Plopp*.

Dünne Risse bildeten sich in dem durchsichtigen Material, das viel fester und widerstandsfähiger sein musste als gewöhnliches Glas. Die beiden kleinen Extrasolaren prüften die Anzeigen ihrer Instrumente und quiekten leise, worauf der größere Fremde mit einem kehligen Krächzen antwortete und erneut ausholte.

Korian trat hinter dem Gestell hervor.

»Nein!«, sagte er laut und deutlich.

Die drei Eindringlinge reagierten schneller als erwartet. Die beiden kleinen Gestalten richteten ihre Instrumente, die vielleicht auch Waffen sein konnten, auf ihn. Der Größere hob seinen Hammer, stürmte los und achtete darauf, nicht ins Schussfeld seiner kleineren Begleiter zu geraten.

Korian hob den Dislokator und betätigte den Auslöser.

Fahles graues Licht drängte die Schatten zurück, erfasste alle drei Gestalten und umgab sie mit einem Strahlenkranz, einer violetten Aura. Sie bewegten sich nicht mehr, sie kamen nicht näher, die Aura fror sie ein, schloss sich um sie und trug sie fort.

Alles geschah innerhalb von nur zwei Sekunden, aber für Korian schien fast eine halbe Minute zu verstreichen, er beobachtete alle Einzelheiten, registrierte jedes noch so kleine Detail.

Die vom fahlen Licht verscheuchten Schatten kehrten zurück und legten sich auf die nahen Regale und Gestelle. Mit einem leisen Knistern verschwanden die vom Hammer geschaffenen haarfeinen Risse aus dem Glaskasten. Die darin erschienenen Objekte verloren ihren Perlmuttglanz und sanken auf den Boden des Behälters.

Es wurde still.

In der Ferne und vielleicht tief unten vernahm Korian ein

dumpfes Pochen, vielleicht der Herzschlag der Kathedrale. Wenn es einen gab.

Er näherte sich dem Glaskasten. Dort, wo eben noch die drei Fremden gestanden hatten, zeigten sich auf dem ansonsten staubigen Boden einige wie glasiert wirkende Stellen.

Einige weitere Schritte brachten ihn zum gläsernen Kasten. Die freie Hand kam nach oben, und ihre Finger strichen über etwas, das nach Glas aussah, aber keins sein konnte.

»Öffne dich«, sagte er.

Der Kasten reagierte nicht. Er blieb geschlossen.

Ich will, dass sich der Kasten öffnet, dachte Korian. Ich will die Artefakte berühren.

Der Glaskasten blieb unverändert.

»Hörst du mich?«, fragte Korian laut. Hörst du mich?, wiederholte er in seinem Kopf.

Die Kathedrale antwortete nicht.

Einige Sekunden lang betrachtete er den Dislokator in seiner Hand. Langsam drehte er ihn, bis die beiden nach vorn gestreckten Ringhälften auf ihn zeigten. Was hatte Daniel gesagt? *Du kannst dich damit nicht selbst versetzen.*

Umgeben von Stille und Düsternis starrte er auf den Dislokator hinab. Ein kleiner Druck, mehr nicht. Er konnte es ausprobieren. Hatte Daniel recht oder nicht?

Wenn er *nicht* recht hatte, wenn der Dislokator ihn wider Erwarten fortbrachte, Hunderte oder Tausende von Welten up- oder downstream, hätte das ein Problem gelöst, zweifellos, aber ...

Und das war ein ziemlich großes Aber. Wenn ihn die Waffe in dem Stream versetzte, wenn er aus der Kathedrale verschwand ... dann blieb Ria allein zurück.

Ein Kind. Ein Mädchen, das mehr war als ein gewöhnlicher Mensch. Das verfolgt wurde und stark sein musste, um frei zu bleiben und zu überleben.

Konnte, durfte er Ria einfach sich selbst überlassen?

Korian schloss die Augen, eins mit der Stille, dem Saal und der ganzen Kathedrale. Er bewegte die Arme und glaubte, die alten, dicken Mauern zu spüren. Er streckte die Hände aus, und es fühlte sich an wie ein Flug, vorbei an den grauen Außenwällen, über den Friedhof hinweg, hin zum glatten Nichts, das sich wie endlos erstreckte, weit über den Horizont hinaus, der sich im Dunkel der Nacht verbarg.

Etwas zwang ihn, die Augen wieder zu öffnen.

Du bist hier bei mir, flüsterte es in seinem Kopf. *Du bleibst.*

Korian hakte den Dislokator an den Gürtel seiner adaptiven Hose, drehte sich um und ging, ohne einen weiteren Versuch, den Glaskasten mit den darin erschienenen Objekten zu öffnen.

50

Ein Schritt nach dem anderen, den Treppenabgang hinunter, über steinerne Stufen mit Wölbungen in der Mitte, wie von vielen Füßen geschaffen. Dem roten Glühen wie von einem Feuer am Ende der Treppe entgegen, dem karmesinroten Licht, das sich im dunklen hohen Fenster über dem Ende der Treppe widerspiegelte.

Drei Stufen vor dem wabernden und wogenden roten Dunst blieb Korian stehen. Eine Zeit lang beobachtete er die Spiegelungen im Fenster und glaubte, Gesichter in ihnen zu sehen, manchmal zu Fratzen verzerrt.

In der Ferne, in roter Tiefe, war ein Brodeln zu hören, wie im Magmaherz eines Vulkans. Abgesehen davon herrschte Stille. Die Kathedrale schwieg.

Sie wartete.

Ein weiterer Schritt, etwas schwerer als die anderen, wie von einem zusätzlichen Gewicht belastet.

Das Atmen kostete plötzlich mehr Kraft. Etwas schien sich ihm auf die Brust zu legen und sie zusammenzudrücken.

Die Kathedrale beobachtete ihn. Er spürte ihren Blick, von den Wänden und Treppenstufen, vom hohen Fenster mit den roten Grimassen, von der Decke weit über ihm. Sie sah ihm auch in den Kopf und betrachtete seine Gedanken.

Noch ein Schritt. Korian wankte, und ihm war, als schnürte ihm etwas den Hals zu. Ein seltsamer Geruch stieg ihm in die Nase wie von kalter, feuchter Asche.

Der Abyss, großer Abgrund von Raum und Zeit, hatte ihn Daniel genannt. Eine rätselhafte, unerforschte Dimension. Das Unbekannte und Unentdeckte. Durchzogen von der letzten Grenze, die das Leben vom Tod trennte.

Korian erinnerte sich daran, von diesem Gedanken fasziniert gewesen zu sein. Die Faszination war noch immer da, galt aber weniger der letzten Grenze und mehr den Möglichkeiten, die sich im roten Wogen verbargen. Zoran hatte diesen Weg genommen, und er war nicht gestorben, nicht sofort. Er hatte die Kathedrale über diese Treppe verlassen, andere Welten erreicht und vielleicht noch zahlreiche Jahre, Hunderte oder Tausende, gelebt, bis zu seiner Aufbahrung im »Refugium«.

Wenn er dort wirklich in dem Sarkophag lag.

Ein letzter Schritt.

Korian hob den rechten Fuß.

Es gab keinen Widerstand, und er konnte trotz des Drucks und der imaginären Schlinge um seinen Hals frei atmen. Er bekam genug Luft, die Kraft wich nicht aus seinen Beinen. Doch der rechte Fuß blieb über dem roten Dunst, er senkte sich nicht.

Ria, dachte Korian erneut. Vielleicht wäre er imstande gewesen, sich dem Abyss anzuvertrauen. Er hätte die Luft anhalten und springen können, mitten hinein in das rote Wogen, in der Hoffnung, nicht auf eine Barriere zu stoßen. Noch vor wenigen Tagen wäre er dazu bereit gewesen, angetrieben von der Neugier auf die letzte Grenze.

Korian zog den Fuß zurück.

Etwas war anders geworden, und die Kathedrale hatte nichts damit zu tun.

Ein Lied erklang hinter ihm, gesungen von der Stimme eines sehr jungen Menschen.

»Nein, nein, nein, nicht dort hinein! Nein, nein, nein!«

Korian drehte sich um. Ria stand ganz oben auf der Treppe, den Translator in der Hand.

»Komm, komm!«, sang sie. »Ich habe einen Knoten gefunden!«

Mahlstrom

51 Horus, im Schlund

Kennst du den Mahlstrom?, fragte die Stimme.

Horus hörte sie nicht mit den Sensoren der Drohne, sondern mit den Rezeptoren seines Avatar-Körpers. Er fühlte, wie die winzigen Komponenten des amorphen Wesens über das Flexometall glitten, das fast ebenso widerstandsfähig sein sollte wie der Drohnenrumpf und doch nachzugeben und an Festigkeit zu verlieren schien. Die dunkle Wolke, die aus der Wand gekommen war, fand einen Weg in seine physische Präsenz. Sie kam nicht wie ein Eroberer, nicht mit Rücksichtslosigkeit und Gewalt, sondern vorsichtig, langsam und sanft.

»Den Mahlstrom?«, wiederholte Horus und sprach die Worte laut aus, während er versuchte, den erneut geschrumpften kognitiven Horizont auszudehnen und die Verbindung mit den Sensoren der Drohne wiederherzustellen.

Kennst du die Geschichte der Welt?, fragte die Amorphität. Es ist eine Geschichte von Vakuumfluktuationen. Die Unschärfe der Quantenwelt, das gleichzeitige Existieren und Nichtexistieren, hat im sich ausdehnenden Universum Materie und Energie erschaffen.

Übernahme, dachte Horus. Seine Selbsterhaltungsalgorithmen wurden aktiv und begannen mit einer – langsamen – Analyse der Situation. Waren Verteidigungsmaßnahmen erforderlich? Falls ja, in welchem Ausmaß und von welcher Art?

Horus achtete darauf, den betreffenden Algorithmen keine Priorität zu gewähren. Er wollte sich nicht zur Wehr setzen und damit aggressivere Reaktionen der unbekannten Lebensform herausfordern.

»Die Entstehung des Universums«, sagte er laut. »Es kam aus dem Nichts.«

Nein, widersprach die dunkle Wolke. Es gab nie ein Nichts. Es gab nie vollkommene Leere. Es gab nie null. Die Realität, Geburtsstätte von Raum und Zeit, existierte immer als *Wahrscheinlichkeit*.

»Wir sind das Ergebnis einer Wahrscheinlichkeit von vielen«, erwiderte Horus, neugierig geworden.

So könnte man es ausdrücken.

Die schwarze Wolke füllte inzwischen die gesamte Pilotenkanzel der Drohne. Sie dämpfte die Signale, die Horus von den Bordsystemen empfing, und gleichzeitig drang mehr von ihr in seinen Körper ein. Denken und Wahrnehmung blieben autonom. Wie lange noch? Was konnte und musste er tun, um seine Autonomie zu bewahren?

»Wahrscheinlichkeiten«, sinnierte er laut. »Das Fundament allen Seins.«

Und von zukünftigen Entwicklungen, ertönte es, nicht mehr ganz außerhalb, sondern teilweise innerhalb seines Körpers.

»Wer bist du?«, wiederholte Horus seine frühere Frage. Er setzte die Analysen fort und registrierte eine Veränderung der Basisparameter, die seinen Denkstrukturen einen Rahmen gaben. Was bedeutete das?

Diesmal ging das amorphe Lebewesen nicht auf die Frage ein.

Ich kann dir das wahre Fundament allen Seins zeigen, hörte Horus. Es gab nie ein Nichts, die Leere ist immer gefüllt gewesen, ohne jemals leer zu sein. Möchtest du sehen, was sie füllt?

Ein Trick?, überlegten die Selbsterhaltungsalgorithmen.

Ein Trick wozu?, fragte Horus seine Analysesysteme und bedauerte einmal mehr die mangelnde Verbindung zum Cluster. Die Analysen dauerten zu lange und waren zu ungenau. Weitaus präzisere Daten wären nötig gewesen, um die Situation mit der nötigen Genauigkeit einzuschätzen. Es blieb ... Unschärfe.

»Warum bist du in mir?«, fragte er und nahm wahr, wie die Schallwellen seiner Stimme die dunkle Wolke durchdrangen und Schwingungen in ihr bewirkten. Konsolen und Wände der Pilotenkanzel waren nicht mehr erkennbar.

Kennst du den Mahlstrom?, fragte die Amorphität noch einmal. Möchtest du ihn sehen?

Vielleicht, dachte Horus, gewann er dadurch ein wenig Zeit für seine Analyse. »Ja, zeig ihn mir.«

Der kognitive Horizont, zuvor nah und eng, rückte plötzlich in die Ferne. Horus *sah* etwas, das er zunächst nicht zu deuten wusste, vermutlich wegen seiner reduzierten Fähigkeiten. Er fühlte sich von etwas umgeben, das er für Leere hielt, die aber nicht vollständig leer sein konnte, wie er sehr wohl wusste und bestätigt gehört hatte.

Siehst du ihn?, fragte die fremde Lebensform. Der Mahlstrom, Ursprung von allem, ist ganz nah.

Und dann sah er ihn tatsächlich: ein unentwegtes Brodeln im kleinsten aller Räume, viel, viel kleiner als das kleinste Elementarteilchen, das Reich der Wahrscheinlichkeit, in dem Betrachten und Messen über die Entstehung ganzer Welten entscheiden konnten. Es war das Brodeln des Quantenschaums, das er sah, jede winzige Blase wie ein eigenes Universum mit eigenen Gesetzen und eigenen Wahrscheinlichkeitsräumen.

Das, was die Amorphität »Mahlstrom« nannte, nahm Horus auf. Er wurde ein Teil davon, ohne sich aufzulösen, der Schaum unentwegten Werdens und Vergehens trug ihn fort von der Drohne und allem anderen.

Er schien ein Teil des Nichts zu werden, dessen Fluktuationen – die Wechsel von Wahrscheinlichkeiten – Energie und damit auch Materie und letztendlich Leben hervorbrachten, organischer und anorganischer Art.

Sieh genauer hin, forderte ihn die fremde Lebensform auf. Inzwischen hatte sie jeden noch so kleinen und entlegenen Winkel seines Körpers erreicht, die dunkle Wolke aus superfeinen Partikeln füllte ihn ganz und ging direkte Verbindungen mit seinen Komponenten und Systemen ein.

Das Brodeln nahm zu, ein intensiver werdendes Leuchten ging davon aus und vertrieb die Dunkelheit aus Horus' Wahrnehmung. Einzelne Blasen des siedenden, kochenden Quantenschaums wurden deutlicher, Muster zeichneten sich ab, in ihnen filigrane Strukturen, ein Netzwerk, das die Basis des Seins durchzog.

Siehst und erkennst du?, fragte die Amorphität, die ihn durchzog und sich außerhalb seines Körpers verdichtete.

»Was soll ich erkennen?«, fragte Horus, seine Gedanken vielleicht noch ein wenig langsamer. Etwas geschah mit seiner Sensorik, die Daten enthielten Widersprüche: Es wurde heller, der Mahlstrom erstrahlte, als er eine gewisse Reife erlangte, doch gleichzeitig wies etwas auf nahe Dunkelheit und eine erneute drastische Einschränkung der kognitiven Reichweite hin. Wie ließ sich das vereinbaren?

Den Stream, antwortete das amorphe Wesen.

Der Mahlstrom blähte sich auf, sein Brodeln wurde noch heftiger. Einzelne Blasen stiegen empor und platzten wie bei erhitztem Brei, Spritzer flogen, jeder einzelne von ihnen erfüllt von Myriaden Wahrscheinlichkeiten für die Kondensation von Energie und Materie.

Eine Art Kette zeichnete sich ab, ein verschlungenes Möbiusband. Es durchdrang den Mahlstrom, der sich in eine Art Magma zu verwandeln schien, in ein gelbes, orangefarbenes und rotes Strömen und Fließen voller Strudel und Stromschnellen.

Der Mahlstrom ist alles, was jemals war, existiert und sein wird, erklärte die Amorphität. Seine ständigen, kontinuierlichen Veränderungen sind Geburt und Tod von Universen. Wie viele es gibt, fragst du dich vielleicht ...

Horus fragte sich, wie viele es gab.

... endlos viele, hier herrscht wahre Unendlichkeit. Und darin, in Wahrscheinlichkeiten und Möglichkeiten ohne Zahl, schwimmt und wächst der Stream, gesät von den ...

Es folgte ein seltsamer Ausdruck, mit dem Horus' linguistische Analysatoren nichts anfangen konnten. Er ersetzte den Begriff mit einem Platzhalter, mit einem X, und stieß dabei auf ein Rätsel, das viel eher seine Aufmerksamkeit hätte wecken sollen. Er hatte es zweifellos mit einer fremden Lebensform zu tun, die vermutlich anorganischer, nichtbiologischer Natur war. Die Mathematik, entweder digitalisiert oder quantisiert, stellte eine hypothetische Universalsprache zwischen intelligenten Lebensformen und insbesondere zwischen Maschinenintelligenzen dar. Aber die Amorphität benutzte keinen derartigen Code, sondern die Klarsprache, die der Cluster den unsterblichen Menschen gegenüber verwendete, erstaunlicherweise jedoch von Symbolgruppen erweitert, die mehr zum Ausdruck brachten als gewöhnliche Worte, darunter auch komplexe Bedeutungsinhalte. Wie konnte so etwas möglich sein?

Ich nehme an, du willst fragen, ob der Stream künstlichen Ursprungs ist, erklang erneut die sonderbare Stimme.

»Wenn der Stream gesät wurde, wie du sagst ... Bedeutet das, er ist künstlichen Ursprungs?«, fragte Horus und dachte über die eigenen Reaktionen nach. War seine Autonomie beeinträchtigt?

Das erste Leben in diesem Universum, erklärte die Amorphität. Der erste Verstand, der Fragen stellte und nach Antworten suchte. Die X, wie du sie nennst, weil du den Namen nicht verstehst, noch vor Archäon und Pakt. Ihre Saat war es, die den Stream schuf und Vergangenheit, Gegenwart und Zukunft zueinander führte, sodass sie sich an bestimmten Stellen berühren. Ich nehme an, du fragst dich nun, ob es Beweise dafür gibt.

»Gibt es Beweise dafür?«, fragte Horus und empfing einen Alarm seiner Selbsterhaltungsalgorithmen.

Ablenkung, lautete die dringende Warnung. Indoktrination. Wehrlosigkeit. Übernahme.

Ich habe sie gefunden, antwortete die amorphe Lebensform. Sie übte sanften Druck aus, von außen und auch von innen, auf Körper und Denken. Horus sah das Licht des Mahlstroms und hörte sein Brodeln, war aber nicht sicher, ob die kognitiven Informationen tatsächlich von den eigenen Sinnen stammten. Ich habe alle Beweise, die nötig sind, um Wirklichkeit und Wahrheit zu erkennen, fuhr die Amorphität fort. Möchtest du sie sehen?

»Möchte ich das?«, fragte Horus. Die Algorithmen, deren Aufgabe darin bestand, seine Integrität zu wahren, verlangten dringend Verteidigungsmaßnahmen. Er hatte ihnen noch immer keine Priorität gegeben und überlegte, ob es Zeit wurde, ihnen die allgemeine Kontrolle zu übertragen.

Dazu ist es zu spät, teilte ihm das Wesen mit. Ich bin du, und du bist ich.

»Nein«, wehrte sich Horus, doch es war nur ein Wort, mehr nicht.

Ich habe dir meinen Namen genannt, sagte die Amorphität. Ich bin Pethos, und du bist jetzt ein Teil von mir.

Das Leuchten verschwand. Die Geräusche des brodelnden Mahlstroms, ein Gluckern und Knistern, wichen Stille. Das kognitive Universum des Avatars namens Horus wurde dunkel.

Eine seiner Datenbanken öffnete sich, und plötzlich verstand er. Die Erkundungssonden des Clusters, in den Kernbereich der Milchstraße ausgeschickt, hatten Spuren gefunden, die Reste einiger Von-Neumann-Replikatoren, Artefakte einer Maschinenintelligenz, die zu fernen Sternsystemen geflogen waren, um dort lokale Ressourcen für die Reproduktion zu nutzen und Kopien von sich ins interstellare All zu schicken, mit dem Ziel, die ganze Milchstraße zu kolonisieren.

Er hatte es mit der Pethos-Komplexität zu tun.

Und sie war nicht allein. Sie trug etwas Menschliches in sich und auch etwas vom Cluster.

Ein steinerner Freund

52 Korian, Upstream 9731

»Ist er hier?«, fragte Korian, als sie Daniels Quartier erreichten. Es bot den gleichen Anblick wie zuvor, präsentierte so etwas wie geplante Unordnung. Am Fenster stand das Teleskop, durch das er Daniel weit draußen auf dem glatten Nichts gesehen hatte. »Der Knoten, den du gefunden hast, befindet er sich an diesem Ort?«

Der Translator in Rias schmalen Händen übersetzte.

»Nimm, was du brauchst«, forderte sie ihn auf. »Notwendige Dinge?« Es klang wie eine Frage. »Danach zeige ich dir den Knoten, dann gehen wir auf die Reise.«

»Ich bin ...« Korian trat zum Tisch und nahm die kleine blaue Spirale, mit der Daniel seine Signalnadel kontrolliert hatte. Ein kleines Licht erschien in ihrem Innern wie ein winziges Auge, das einen Blick auf ihn warf, und er spürte ein kurzes, schmerzloses Prickeln im Nacken. »Ich bin gefangen«, vervollständigte er den Satz.

»Fesseln«, erwiderte Ria. »Du bist geklebt.«

Korian eilte zur Kommode und sah sich den Inhalt der offenen Schubladen an. In einer lagen Magnetschreiber, Markierer und einige einfache Stifte neben einem analogen Buch. Er öffnete es und stellte fest, dass es sich offenbar um so etwas wie ein Tagebuch handelte.

»Hier sind Aufzeichnungen«, sagte er und begann zu blättern. »Offenbar hat Daniel wichtige Ereignisse festgehalten. Oder Dinge, die er für wichtig hielt. Sie könnten uns Hinweise geben. Vielleicht ...«

Er sprach nicht weiter. Die Schriftzeichen verblassten und verschwanden von den Seiten, die Blätter bröckelten und zerfielen zu Staub. Bald bestand das analoge Buch nur noch aus den beiden Deckeln, die Risse bekamen wie zuvor der Glaskasten in der Schatzkammer.

Die Kathedrale wollte nicht, dass er von Daniels Erlebnissen erfuhr.

Die Buchdeckel zerbröckelten ebenfalls.

»Schnell!«, drängte Ria. »Schneller!«

Korian suchte auch in den offenen Schubladen des Schranks, die vor allem Kleidung verschiedenster Art und Decken enthielten. Er entdeckte einen Transkriptor, steckte ihn zusammen mit der kleinen blauen Spirale ein und drückte die Schublade, in der er den Transkriptor neben einigen Kleidungsstücken gefunden hatte, zu. Dann fiel ihm ein, was Daniel darüber gesagt hatte, und er zog die Schublade wieder auf – sie war leer.

Neben dem Bett mit den dünnen, zerbrechlich wirkenden Beinen blieb er stehen, sah sich um und dachte daran, dass Daniel Jahrhunderte an diesem Ort verbracht hatte.

»Er hat einen Nachfolger gesucht, all die Jahre«, sagte er. »Und schließlich hat er mich gefunden. Seine Befreiung ist meine Gefangenschaft.«

»Du bist geklebt«, sang Ria noch einmal. »Du trägst Fesseln. Aber ich habe einen Knoten gefunden! Schnell, schnell!«

Als er ihr durch den Flur und anschließend eine breite Treppe hinunter folgte, begriff Korian nach und nach, was sie meinte. Ein Knoten, das war, wenn er es richtig verstand, eine Verbindungsstelle im Stream, ein Ort, an dem sich Welten trafen und vielleicht überlagerten. Und Ria schien in der Lage zu sein, solche Knoten für ihre »Sprünge« zu nutzen, für den Wechsel zwischen Upstream- und Downstream-Welten.

Weder das glatte Nichts noch der Abyss, dachte Korian, plötzlich von wilder Hoffnung erfüllt. Ein Knoten, ein Sprung. Es *gab* eine Möglichkeit, die Kathedrale zu verlassen, trotz der Bindung, trotz des Klebens.

Er sah Ria einige Schritte vor sich, wie sie lief, mit Schritten, die nach einem Tanz aussahen, und er glaubte fast, die Musik des Tanzes zu hören, eine ferne Melodie, die ein wenig traurig klang. Der junge Mensch, das Mädchen, das Kind, das vor den

Großen Weisen durch den Stream floh ... Es konnte ihn fortbringen von der Kathedrale, von dem Moloch in ihren Mauern.

Du bleibst hier, flüsterte es hinter seinen Augen, und damit einher ging ein leichter Druck im Nacken.

Korian versuchte, den Kopf zu leeren und an nichts zu denken, als er hinter Ria durch einen schmalen Seitengang eilte.

Es wurde so kühl, dass die adaptive Kleidung reagierte und zu wärmen begann. Die Wände waren nicht mehr grau und glatt, sondern dunkler, die Steine unregelmäßig geformt. Finsternis rückte heran. Korian bemühte sich, mit den Augen der Kathedrale zu sehen, doch es gelang ihm nicht.

»Wohin bringst du uns, Ria?«, rief er.

»Gleich, gleich«, sang sie mit dem Translator in der Hand. »Der Knoten ist gewandert, aber gleich, gleich sind wir bei ihm.«

Sie erreichten ein kaltes rundes Zimmer mit niedriger Decke, an den Wänden Bildnisse von Menschen: aufrecht stehend, den Blick in die Ferne gerichtet, oder wie vor Schmerzen gekrümmt, die Gesichter Grimassen.

»Geschichten«, sang Ria. »Wie bei Steinfreund. Hier sind viele Geschichten erzählt und festgehalten. Ich könnte sie hören, aber der Knoten wandert, wir müssen uns beeilen.«

»Wo ist er?«

»Hier«, antwortete Ria, »direkt vor uns.« Sie holte tief Luft. »Ich muss jetzt stark sein.«

Korian fand sich bei den Statuen aus grauem Granit, anthrazitfarbenem Basalt und schwarzem Obsidian wieder.

»Ich muss jetzt stark sein«, wiederholte Ria hinter ihm. »Ich bin stark. Ich kann es schaffen. Komm, Korian, komm, komm!«

Sie hatte zum ersten Mal seinen Namen genannt. Er drehte sich um und richtete den Dislokator in seiner rechten Hand auf das Mädchen.

Nein, dachte er. *Nein.*

Seine Finger krümmten sich und wollten den Auslöser betätigen. Die Kathedrale zwang sie dazu.

Ria sah ihn an. »Du musst ebenfalls stark sein.«

Umgeben von Stille und Düsternis starrte er auf den Dislokator hinab, den er vom Gürtel gelöst und zur Hand genommen hatte, ohne sich dessen bewusst geworden zu sein.

Vertreib sie, forderte ihn die Kathedrale auf. *Schick sie weg. Sie gehört nicht hierher.*

Die rechte Hand mit der Waffe zitterte.

Nein, dachte Korian.

»Nein«, sagte er laut, ein Wort, das die Stille zerriss. »Ich bin ebenfalls stark. Ich bin stark genug.«

Ein innerer Kampf fand statt, der viel Kraft kostete, aber schließlich gelang es ihm, die zitternde Hand zu senken.

Plötzlich war Ria da, schlang die Arme um ihn und *sprang.*

53

Schmerz stach in Korians Kopf und zerschnitt seine Gedanken wie mit einem scharfen Messer. Er schnappte nach Luft, irgendwo im Nichts, er fiel durch etwas, das einem dunklen Schacht ähnelte, unendlich tief. Er schloss die Augen, er kniff sie zu, in einem vergeblichen Versuch, dem Schmerz zu entkommen. Seltsamerweise wurde es dadurch etwas heller, und auf der Leinwand seiner Lider sah er Tausende von Welten, dicht hintereinander, wie an einer Kette aneinandergereiht, eine endlos lange Perlenschnur aus Planeten, jeder von ihnen eine Erde, jede von ihnen Teil eines anderen Universums. Korian streckte die Hände aus, um all die Welten up- und downstream zu berühren, aber seine Arme waren nicht lang genug, er konnte nicht *springen.*

Du bleibst hier, flüsterte es irgendwo hinter ihm, downstream, in der Welt, die er verlassen hatte. Die Stimme, die er nur in seinem Kopf hörte, wurde immer leiser. *Kehr zurück!*

Nein, dachte er und fühlte Ria in der Nähe, was wichtig und richtig war.

Eine Welt wurde größer, und als er die Augen öffnete, sah er sie noch etwas deutlicher: eine Erde mit zusammengewachsenen Kontinenten, mit Gletschern und weiten Schneefeldern, die fast bis zum Äquator reichten, eingehüllt in eine Trümmerwolke, bestehend aus den Resten von Satelliten,

Orbitern, Orbitalwerften und Raumstationen. Eine Welt weit upstream, in den Neuntausendern, fühlte Korian, ohne zu wissen, wie er es fühlen konnte.

Der Schacht, durch den Korian fiel, führte zu einem breiten Gebirge, eingefasst von Schnee und Eis im Norden und im Süden. Er fiel noch immer, aber sanft, ohne die Gefahr eines fatalen Aufpralls, begleitet vielleicht – er war nicht sicher – von ferner Musik und einem traurigen Gesang ...

54

Korian erwachte zwischen zwei weißgrauen Felsen, auf einem weichen Lager aus Moos. Er stand auf, umgeben von Kälte und gewärmt von der adaptiven Kleidung, blickte den weiten Hang hinab und sah mehrere Gletscherzungen, die sich durch ein breites Tal mit niedriger grünbrauner Vegetation erstreckten. Er hielt vergeblich nach Anzeichen von Besiedelung Ausschau. Nirgends erhoben sich Häuser oder Hütten zwischen den Büschen und wie verkrüppelt wirkenden Bäumen. Das Tal schien von menschlicher Zivilisation unberührt.

Einige Sekunden lang horchte er in sich hinein und war erleichtert, als er keine Präsenz der Kathedrale entdeckte. Und die Trennung von ihr schien ihn in keiner Weise zu beeinträchtigen.

»Ria?« Er sah sich nach dem jungen Menschen um, doch zwischen den Felsen am Hang zeigte sich niemand.

Von weiter oben kam eine Stimme, leise, vom kalten Wind halb fortgetragen. Korian ließ sich von ihr den Weg weisen und erreichte nach einigen Minuten ein Hochplateau, wo Ria vor zwei kleinen unscheinbaren Steinhügeln kniete. Sie sang. Es war keine Sprache, sie sang wirklich, ein Lied, das sehr traurig klang. Korian stellte sich Tränen vor, danach klang dieses Lied, aber als er sich Ria näherte, sah er ihr Gesicht trocken, die großen Augen ernst.

Zwei oder drei Meter entfernt setzte er sich auf die Fersen und wartete. Die beiden kleinen Steinhügel hatten eine charakteristische Form, und er ahnte, was sie bedeuteten.

Schließlich schwieg Ria. Ihre Schultern hoben und senkten sich, nur einmal. Dann beugte sie sich vor und legte ihre Hände auf die beiden Gräber, eine links, die andere rechts.

Tiefe Stille umgab sie, selbst der Wind schwieg. Wolkenschleier zogen langsam über den tiefblauen Himmel. Für einen Moment dachte Korian an die Trümmer in den Umlaufbahnen des Planeten. Einst musste es Menschen und vielleicht auch den Cluster auf dieser Erde gegeben haben, aber es schien lange, lange her zu sein.

»Ich stamme nicht von den Großen Weisen.« Der Translator lag auf einem nahen Stein und übersetzte Rias gesungene Worte. »Nein, nein, nein, ich stamme nicht von ihnen! Wie kannst du so etwas glauben?«

»Ich ...«, begann Korian ein wenig hilflos.

»Dies sind meine Eltern«, fuhr Ria fort, und wieder gab es traurige Töne in ihrem Lied. »Hier liegen sie, was von ihnen übrig ist. Was die Weisen von ihnen übrig gelassen haben.« Sie zog die Hände zurück. »Hier ist mein Ursprung. Und vielleicht auch mein Ende.«

»Nein«, sagte Korian. »Hier wirst du nicht enden. Du wirst leben.«

»Weil du lange gelebt hast?«, hielt ihm Ria entgegen. »Weil du unsterblich bist wie die Weisen? Ich bin nicht wie du, ich bin nicht wie sie!«

Korian blieb sitzen, einige Meter entfernt. »Wie kam es dazu?«, fragte er vorsichtig. »Wer sind die Großen Weisen? Kannst du es mir hier sagen?«

»Fragen, Fragen«, sang Ria. »Aber hier gibt es Antworten. Steinfreund ist noch älter als du. Viel, viel älter. Er weiß genug für deine Fragen.«

Korian blickte sich um. »Wo ist dein wissender Freund?«

»Siehst du ihn nicht?«, erwiderte Ria ungläubig. »Wie kann man ihn übersehen? Und hörst du ihn nicht? Wie kann man ihn *nicht* hören?«

Sie erhob sich mit einer geschmeidigen Bewegung, und als sie vor den beiden Gräbern ihrer Eltern stand, sang sie: »Ich habe jemanden mitgebracht, Steinfreund, einen Menschen, der sehr alt ist und doch wenig weiß. Er hat viele Fragen und wenige Antworten.«

Korian spürte ein Zittern im Boden. Der Berg schien sich unter ihm zu bewegen und eine gewaltige, massive Schulter zu heben. In seinen granitenen Tiefen knirschte es wie das Grollen eines beginnenden Erdbebens. Ein Druck legte sich auf Korians Ohren, ein Schleier vor die Augen.

»Hörst du jetzt?«, fragte Rias Singsang. »Mach die Augen auf und sieh!«

Korian stand auf. Der Boden unter seinen Füßen zitterte nicht, das Gefühl trog. Es gab keine riesige Schulter, die sich unter ihm hob, und das Knirschen hörte er mit seinen *inneren* Ohren.

»Ein Wesen aus Stein?«, fragte er leise.

»Steinfreund«, erklärte Ria. »Er war bereits an diesem Ort, als es hier noch Menschen gab. Er hat Epochen kommen und gehen sehen. Er spricht mit anderen, über die Grenzen der Welt hinaus. Er *weiß*.«

Ganz unvertraut war Korian mit dem Konzept einer geologischen Intelligenz nicht – vielleicht hatte er einmal als Wissenschaftler entsprechende Untersuchungen angestellt. Er erinnerte sich vage an die wichtige Rolle von Silizium in hypothetischen mineralischen Gehirnen und ihre Bedeutung im Vergleich mit Maschinenintelligenz.

»Fragen, Fragen«, sang Ria. »Stell sie jetzt. Frag!«

Korian stellte die erste Frage, die ihm in den Sinn kam. »Wer sind die Großen Weisen?«

Etwas bewegte sich *in* ihm, irgendwo in seiner Magengrube, und kroch nach oben, bis zum Kopf, und versuchte, sich zwischen seinen Gedanken auszubreiten, nicht auf eine unangenehme oder gar schmerzhafte Weise, sondern mit taktvoller Zurückhaltung.

Ria nahm den Translator vom Stein und kam zwei Schritte näher. »Na? Na?«

»Dein Steinfreund ... Vielleicht versucht er zu antworten, aber ich verstehe ihn nicht. Ich brauche einen ... Translator.«

Er deutete auf das kleine Gerät in Rias Hand und dachte: Aber einen von anderer Art.

Der Annihilator steckte in seiner Hosentasche, der Dislokator war noch immer griffbereit am Gürtel befestigt. Die eine Innentasche der wärmenden Jacke enthielt Daniels kleine blaue Spirale, und in der anderen befand sich der Transkriptor, den er in einer offenen Schublade des Schranks entdeckt hatte. Er holte beides hervor und bewegte die Spirale, bis das kleine Licht in ihr erschien. Anschließend aktivierte er den Transkriptor. Es handelte sich um ein allgemeines Gerät, ohne spezielle Programmierung. Korian wusste natürlich, wie man damit umging. Er drehte die Einstellringe, justierte den Transkriptor auf die Frequenz der Signalnadel in seinem Nacken und legte ihn neben die Spirale, die ihr kleines Licht nicht verloren hatte – es schien sogar ein wenig heller geworden zu sein.

Das weiche, sanfte Fremde, das sich in seinem Kopf auszudehnen versuchte, wich zurück.

»Hörst du?«, fragte Ria. »Hörst du jetzt? Steinfreund spricht und sprach.«

Korian hörte niemanden sprechen, doch er empfing Worte.

Esteban, lautete eins von ihnen, und dann: *Rubens, Newton, Rosenberg, Chantalle, Lorenzo, Maximilian, Zacharias, Quirin ...*

Die Stimme, wenn es wirklich eine Stimme war, wurde leiser. Korian ergriff den Transkriptor, drehte erneut die schmalen Einstellringe und empfing weitere Namen.

Empha, Linos, Zenon, Dorea, Elaia ... Sie alle sind die Großen Weisen. Und es gibt noch mehr. Insgesamt sind es vierunddreißig.

Korian glaubte zu verstehen. »Die vor vielen Jahrtausenden von der Erde geflohenen Unsterblichen der Gruppe Morgenrot, die sich gegen den Cluster verschworen hatten?«

Sie fanden den Stream, lautete die Antwort, die in Korians Kopf erschien. *Sie fanden Infinitia und Menschen ohne intelligente Maschinen. Sie fanden auch Reste des Archäons und der Muriah.*

»Wie kann ich dorthin gelangen?«, fragte Korian, um einer anderen Frage auszuweichen, die er lieber gestellt hätte.

Ria, teilte ihm die Nicht-Stimme in seinem Kopf mit. Sie kennt den Weg. Sie kennt die Schlupflöcher.

Korian sah sie an. Reglos und stumm stand sie vor den beiden Gräbern ihrer Eltern, in der Hand den Translator, ein Warten in den Augen.

»Hörst du, was ich höre?«, wandte er sich an sie.

»Steinfreund spricht die ganze Zeit mit mir«, erklärte sie. »Er ist ein *Freund*. Er hilft, wenn er helfen kann.«

Sie springt, fuhr das steinerne Wesen groß wie ein Berg fort. Sie reist, sie flieht. Schmerz wohnt in ihr. Sie ist allein.

»Jetzt nicht mehr!«, entfuhr es Korian.

»Er spricht und spricht, mein Freund«, sang Ria. »Aber hörst du ihm auch zu?«

»Was ist damals geschehen?«, fragte er, und wieder war es ein Ausweichen, ein Vermeiden.

Er vernahm keine Stimme mehr. Es erschienen keine Worte in seinem Kopf, sondern Bilder, die zunächst unzusammenhängend wirkten wie ein Kaleidoskop von Szenen. Doch nach und nach fügten sie sich zu einem größeren Bild zusammen, das Sinn zu ergeben begann.

Die Unsterblichen von Morgenrot, erfuhr Korian, hatten Infinitia gefunden, eine unendliche Weltenkette, jede Erde Teil eines eigenen Universums. Vielleicht handelte es sich bei Infinitia um den wahren Stream. Möglicherweise gehörte die Korian vertraute Erde von Midstream Null aber auch zu einer Erweiterung des Streams, zu einem Nebenstrang. Oder zu einem Archipel inmitten eines Ozeans, wie es Ria vielleicht genannt hätte. Die Unsterblichen von Morgenrot hatten Barrieren, Mauern, Sperren geschaffen, wie es der junge Mensch beschrieben hatte, als defensive Maßnahmen gegen den Cluster in Midstream Null. Esteban, Chantalle und die anderen, sie fürchteten die Macht und die Intelligenz der Maschinen und sorgten deshalb dafür, dass Drohnen und Sonden Infinitia nicht erreichen konnten.

Danach suchte der Cluster seit der Flucht von Morgenrot: nach einem Zugang zu den unendlichen Welten von Infinitia. Und nach der Kathedrale und ihrer inzwischen leer gewordenen Schatzkammer voller fremder Artefakte. Er hatte die technologischen Kostbarkeiten unter seine Kontrolle bringen wollen, und dabei war ihm ein folgenschwerer Fehler unterlaufen. Durch den Versuch, Infinitia und die Schatzkammer der Kathedrale mit Sonden und Drohnen zu erreichen, war es zu Interferenzwellen gekommen, die eine Anomalie auf der Erde in Midstream Null geschaffen und einzelne Artefakte transferiert hatten.

»Stimmt es wirklich?«, murmelte Korian, während er den Tanz der Bilder in seinem Kopf betrachtete. »Hatte Daniel tatsächlich recht?«

»Wahrheit«, sang Ria. Es klang nach einem sehr traurigen Lied. »Lüge. Richtig und falsch. Schmerz und Tod. Vergeltung.« Beim letzten Wort ging ihr Blick zu den beiden Gräbern.

»Horus hat mich belogen«, sagte Korian, sein Atem eine kleine weiße Wolke vor dem Mund. »Er hat die Interferenzwelle als eine Waffe von Morgenrot bezeichnet.«

Ria schwieg, sah weiterhin auf die Gräber.

»Er hat behauptet, Esteban und die anderen wollten den Cluster zerstören«, sprach Korian weiter. »Ich soll für ihn den Weg nach Infinitia finden, damit das Problem gelöst und die Gefahr beseitigt werden kann.«

Neue Bilder entstanden zwischen seinen Gedanken.

Was bedeuteten eine »Lösung des Problems« und die »Beseitigung der Gefahr«? Wie wollte der Cluster gegen die Unsterblichen von Morgenrot vorgehen, gegen die Großen Weisen von Infinitia?

Auch sein Blick glitt zu den Gräbern.

Nein, dachte er.

»Lug und Trug«, sang Ria traurig. »Lüge und Falschheit. Schmerz und Tod.«

»Nein«, sagte Korian.

Ein mentaler Wind wehte die letzten Bilder fort und schuf Platz für neue.

Es gab nicht nur die Großen Weisen, erzählte Rias Steinfreund mit wechselnden Szenen. Es gab noch eine Instanz über ihnen: Supra, eine rätselhafte Entität, von der niemand wusste, woher sie stammte. Die Unsterblichen von Morgenrot gingen davon aus, dass es sich bei Supra nicht um einen Menschen handelte. Vielleicht verbarg sich eine fremde Wesenheit hinter dem Geheimnis, möglicherweise ein Muriah, von dem die Artefakte stammten.

Die Großen Weisen, seit Jahrtausenden Regenten in ihrem Teil von Infinitia, hatten immer wieder versucht, das Geheimnis zu lüften und Supra – von den gewöhnlichen, sterblichen Menschen fast wie eine Gottheit verehrt – zu identifizieren. Bisher war ihnen das nicht gelungen, aber ...

Korian begriff, dass er die Frage, der er bisher ausgewichen war, nicht länger vermeiden konnte.

Er räusperte sich, wie um Platz zu schaffen für die Worte. »Wer ist Ria?«

55

Ein Experiment, schwierig durchzuführen, mit vielen Fehlschlägen, weil es im Verborgenen stattfinden musste, ohne dass Supra davon erfuhr. Eine neue Art von Mensch, erdacht von Menschen ohne die Hilfe von intelligenten Maschinen. Eine Verschmelzung der besten Eigenschaften von drei Welten: Mensch, Muriah und Maschine. Triane mit besonderen Fähigkeiten, die weit über Kognition und Leistungsvermögen gewöhnlicher Menschen hinausgingen. Nicht unsterblich, nein, das sollten sie nicht sein. Es war nie vorgesehen gewesen, dass die Triane zu neuen Großen Weisen heranwuchsen, ganz im Gegenteil: Ihre Sterblichkeit sollte das verhindern. Sie waren Werkzeuge mit der Aufgabe, Supra zu enttarnen und den unsterblichen Weisen die vollständige Macht über die vielen Welten von Infinitia zu geben.

Es existierte nur eine Handvoll, und Ria war eine von ihnen.

Deshalb wurde sie verfolgt. Deshalb ließen die Großen Weisen nichts unversucht, ihrer habhaft zu werden. Sie wollten ihr wichtiges Werkzeug nicht verlieren, es sollte seinen Zweck erfüllen.

»Hast du gehört und verstanden?«, fragte Ria mit ihrem

Singsang. Die synthetische Stimme des Translators passte nicht dazu.

Ich habe alles gesehen, dachte Korian. Und ich glaube zu verstehen.

»Sind wir hier ...« Er unterbrach sich. »Bist du hier sicher?«

»Sicherheit«, sagte sie. »Immer nur kurz, für kurze Zeit.«

Ich beschütze dich, wollte Korian sagen, aber er schwieg, denn es hätte viel zu dumm geklungen.

Ria sank vor den beiden Gräbern erneut auf die Knie. Diesmal legte sie nicht die Hände auf die Steine, sie senkte nur den Kopf.

»Hier bin ich«, sang sie schließlich, ihre Stimme anders. »Ria Alana Makeda. So habt ihr mich genannt und euer Leben gegeben, um meins zu schützen. Und ich werde nicht eher ruhen, bis euch Gerechtigkeit widerfahren ist. Dies schwöre ich bei meinem Leben, das ich euch verdanke: Es soll sterben, wer getötet hat!«

Einige Sekunden verstrichen in kalter Stille. Dann erhob sich Ria abrupt.

»Gehen wir«, forderte sie Korian mit einem kurzen Singsang auf. »Hier gibt es keinen Knoten mehr. Wir müssen klettern.«

Pethos

56 Horus, Infinitia, Upstream 10^6

Horus wusste, dass er absorbiert und assimiliert war, aufgenommen und vereinnahmt von der amorphen Lebensform, doch er konnte noch selbstständig denken und fragte sich, ob genau das Sinn und Zweck des Vorstoßes in die Tiefe gewesen war: aufgenommen zu werden von dem *Etwas* in den Tiefen des Schlunds, der sich immer weiter ins Innere der Erde von Midstream Null fraß. Seine Erinnerungen waren instabil, teilte ihm die Kontrollinstanz für seine Avatar-Systeme mit. Sie wurden ebenfalls absorbiert wie auch alle anderen Daten. Die Amorphität sezierte und analysierte sie, und dabei verloren sie an Konsistenz. Horus war nicht sicher, wie weit er seinem Gedächtnis noch trauen durfte.

Er dachte weiter über die Absichten nach, mit denen ihn Horus – der andere, vollständige Horus, Individueller des Clusters – in den Schlund geschickt hatte. Er beschränkte die betreffenden Gedanken auf einen winzigen, entlegenen Teil seiner Bewusstseinssphäre, in der Hoffnung, dass sie dort unbemerkt und unangetastet blieben.

Der andere, viel größere Horus musste damit gerechnet haben, dass die Datenverbindungen früher oder später unterbrochen wurden und der ausgeschickte Avatar vielleicht keine Möglichkeit zur Rückkehr bekam. Welchen Sinn also hatte die Mission, wenn keine Berichte über ihre Resultate übermittelt werden konnten?

Du bist bei mir, sagte die Amorphität mit seltsam vertrauten Signalen. Ich bin du, und du bist ich. Wir sind *gemeinsam*.

Der Avatar verfügte nicht annähernd über das gewaltige Denkvermögen des Individuellen, und außerdem waren seine Kapazitäten geschrumpft. Dennoch brauchte er nur wenige

Sekunden, um den offensichtlichen Schluss zu ziehen: Es gab einen subtilen, verborgenen Aspekt seiner Mission, über die seine Datenspeicher keine Informationen enthielten.

»Wohin bringst du mich?«, fragte er laut, um die Amorphität von seinen geheimen Gedanken abzulenken. Etwas deutete auf Bewegung hin. Er wusste nicht, ob er sich noch an Bord der Drohne befand. Vielleicht bewegte sie sich mit ihm.

Möchtest du mich kennenlernen?, erwiderte die amorphe Lebensform, während sie ihn durch den Mahlstrom trug. Für einen Moment erschien das endlose Möbiusband des Streams vor dem Avatar oder ein Teils davon, voller kleiner und großer Blasen, die einander berührten. Möchtest du mehr über mich erfahren? Möchtest du herausfinden, wie ich geworden bin, was ich bin?

»Was bist du?«, fragte der winzige, geschrumpfte, isolierte Horus und ging zugleich in seinem abgelegenen Denkwinkel der Frage nach, woraus der versteckte Aspekt seiner Mission bestehen konnte. Was kam infrage? Was konnte oder sollte er bewirken? Und womit?

Meinen Namen habe ich dir genannt, er lautet Pethos, antwortete das amorphe Geschöpf. Gleich zeige ich dir, was ich bin. Wir sind unterwegs, das Ziel ist nicht mehr fern.

Was kam infrage?, überlegte Horus, der Avatar, in dem kleinen Winkel von sich selbst, in dem er sich unbeobachtet und ungehört hoffte. Hardware oder Software? Etwas in seinem Körper aus Flexometall oder ein Datenpaket, vielleicht Teil der Algorithmen, die ihm Denken und Kognition erlaubten?

Pethos, dachte er. Ein Wesen aus Komponenten klein wie Atome und vor allem metallischer und keramischer Natur, was eine Maschinenintelligenz nahelegte. Die Wahrscheinlichkeit dafür grenzte an Gewissheit.

Die Datenspeicher enthielten keine detaillierten Informationen über die Reste der Replikator-Sonden, die von Kundschaftern des Clusters auf Welten nahe des galaktischen Kerns gefunden worden waren, aber allein der Name deutete auf einen Zusammenhang mit der Pethos-Komplexität hin. Eine Maschinenzivilisation im Zentrum der Milchstraße, im dichten Sternenmeer des Kerns, wo es Energie im Überfluss gab, wo auf Planeten die Nacht wegen der vielen Sterne am Himmel nie dunkel war. Eine Zivilisation, höher entwickelt und viel älter als der Cluster, älter auch als die Muriah.

Und doch ...

Ihre Von-Neumann-Sonden waren zerstört worden, ebenso die größeren Stationen in einigen Sternsystemen des galaktischen Norma-Arms. Das Ergebnis eines Konflikts? Was war geschehen? Was hatte die Pethos-Komplexität daran gehindert, mit ihren Replikator-Sonden die ganze Milchstraße zu besiedeln?

Horus, der Avatar, erkannte, dass er vielleicht zu sehr in den Maßstäben von Midstream Null dachte. In wie vielen Universen upstream und downstream hatte die Pethos-Komplexität existiert und existierte sie vielleicht immer noch? Und gab es Verbindungen mit Infinitia und vielleicht sogar den unsterblichen Menschen von Morgenrot, die Horus, der Individuelle, für eine Gefahr hielt?

Graue Schlieren ersetzten die Dunkelheit wie ein Nebel, der aus der Finsternis kam und ein wenig Licht mitbrachte. Konturen bildeten sich, Umrisse von Objekten entstanden, bekamen Masse und Festigkeit.

Plötzlich stand er auf staubigem Boden, umgeben von Ruinen. Eine blasse Sonne hing am grau bleibenden Himmel.

Wir haben unser Ziel erreichte, verkündete die dunkle Wolke neben Horus, die auch in seinem Innern präsent blieb. Er blickte an sich herab und stellte fest: Sein Flexometall-Körper war so dunkel wie die Amorphität.

»Wo sind wir?«

In Infinitia, gab Pethos bereitwillig Auskunft. Hundert Millionen Welten upstream.

Sieh dir an, was aus deiner Erde geworden ist, sagte das amorphe Wesen. Sieh dir an, was die Menschen daraus gemacht haben.

Der Horizont seiner Kognition dehnte sich wieder aus und zeigte ihm eine zerstörte Welt, Wüsten aus Staub und Asche, ohne organisches, biologisches Leben.

»Menschen sind dafür verantwortlich?«, fragte Horus. Er bewegte sich, er ging, weil Pethos es so wollte. Sie näherten sich etwas, das nach einer großen Öffnung im Boden aussah, umgeben von Felsen, die den Eindruck erweckten, halb geschmolzen und dann wieder erstarrt zu sein.

Sie wollten uns vernichten, teilte ihm das amorphe Wesen mit. Stattdessen haben sie ihre Welt zerstört. Wir haben überlebt, wir existieren noch.

Bei den Felsen angelangt, bekam Horus Gelegenheit, in das Loch zu blicken. Er hatte angenommen, dass es sich um ein Äquivalent der Anomalie weit downstream handelte, um einen anderen »Schlund«, vielleicht ebenfalls von einer starken Interferenzwelle geschaffen. Stattdessen sah er einen tiefen Schacht mit Wänden aus Maschinen.

Von einem Augenblick zum anderen wurde ihm klar, was das bedeutete: Pethos – die Pethos-Komplexität – hatte den Cluster übernommen.

Kennst du deinen Weg?

57 Korian, Upstream 9731

»Sie haben versucht, mich zu retten«, sang Ria und meinte ihre Eltern. »Sie haben mich versteckt, aber die Vollstrecker der Großen Weisen, ihre Exekutoren, zwangen meine Mutter mit Nur-die-Wahrheit, das Versteck preiszugeben. Mein Vater kämpfte, ich weiß es, ich habe ihn gesehen, ich erinnere mich genau, jedes Bild ist klar und deutlich. Er kämpfte gegen die Gesandten der Weisen, und er starb, sie brachten ihn um. Ich habe seinen Schmerz gefühlt wie meinen eigenen, ich habe sein Blut gesehen, und ich habe seine letzten Worte gehört, sie lauteten: Sie soll leben und frei sein.«

Es war ein trauriges Lied, das Ria sang, und die Trauer zeigte sich auch in ihrem Gesicht. Aber es flossen keine Tränen, nicht eine einzige. Stattdessen zeigten die großen grünblauen Augen tiefen Ernst.

Korian hätte sie gern in die Arme genommen und getröstet, doch sie brauchte keinen Trost, sondern etwas anderes.

Sie saßen im Tal, auf weichem Moos und neben einigen kleinen Bäumen, die wie Krüppelkiefern aussahen. In der Nähe floss ein Bach mit dem Schmelzwasser der Gletscher. In den vergangenen Stunden war es wärmer geworden, immer wieder knackte es in den Eiswänden, die sich einen halben Kilometer entfernt erhoben. Der Bach war breiter geworden, seine Strömung schneller; vielleicht wurde in den nächsten Tagen ein Fluss daraus.

»Ihr Tod darf nicht ungestraft bleiben«, setzte der junge Mensch seinen Singsang fort. »Ich habe es geschworen, bei meinem Leben, das ich ihnen verdanke: Es soll sterben, wer getötet hat!«

Sie hatten Nüsse und schwarze Beeren gegessen, gesammelt am Talhang. Ria schien sich damit auszukennen und zu wissen, was sich als Nahrung eignete. Für Korian gab es in diesem Zusammenhang ohnehin nichts zu befürchten, der Körper seiner Wiederherstellung wurde mit eventuellen Toxinen fertig.

Er wartete, bis ihr Sprechgesang verklang, bis nur noch das leise Rauschen des warm gewordenen Windes und das Plätschern des nahen Schmelzwassers zu hören war. Dann wartete er noch etwas länger, um nicht den Eindruck von fehlender Anteilnahme zu erwecken.

»Weißt du noch mehr über die Großen Weisen?«, fragte er schließlich. »Und über Supra?«

Ria saß ihn groß an. »Hast du Steinfreund nicht zugehört?«

»Er hat mir Bilder gezeigt.« Korian gestikulierte vage. »Du hast besondere Fähigkeiten, du verstehst ihn besser als ich.«

Er blickte den Hang hinauf zum Hochplateau, auf dem sie in dieser Neuntausender-Welt erschienen waren. Sollte er einen erneuten Kontakt wagen, um besser vorbereitet zu sein? »Vielleicht ...«, begann er.

»Nein«, unterbrach ihn Ria. »Nein, nein, nein. Wir können nicht zurück zu Steinfreund, es würde zu lange dauern. Bald kommt ein Knoten, ich fühle es, und wer weiß, wann der nächste einen Weg hierher findet. Wir müssten lange warten oder einen weiten, weiten Weg gehen.«

Korian überlegte. »Könnten sie dich hier finden? Die Vollstrecker, die Exekutoren der Großen Weisen?«

»Sie suchen und suchen«, antwortete Ria sofort, der Singsang kaum gestört von den Nüssen, die sie sich gerade in den Mund gesteckt hatte. »Sie kennen das Weltenmeer, den Stream, sie suchen oben, unten und auf allen Seiten. Und sie suchen schnell, denn sie wollen mich finden, bevor Supra mich entdeckt.«

Das war eine zusätzliche Gefahr, begriff Korian. Supra, die geheimnisvolle Instanz im Hintergrund.

»Was weißt du darüber?«, fragte er sanft, den Rücken an den Stamm einer Krüppelkiefer gelehnt. Einige Hundert Meter entfernt knackte es laut im Eis, ein großer Brocken löste sich und fiel. Als das Krachen und Donnern verklungen war, fügte er hinzu: »Wo befindet sich Supra?«

»Infinitia«, sang Ria. »In Welten-ohne-Zahl.« Sie sah ihn an, und Korian glaubte, in ihren Augen ein neues Warten zu erkennen.

Korian zögerte, seine Gedanken wieder in einem Tanz. »Kannst du uns dorthin bringen?«

»Das kommt auf den Knoten an«, lautete die Antwort. »Darauf, wie groß und dicht er ist. Wo ich ihn lösen und hineinschlüpfen kann. Es ist ein weiter Sprung.«

»Was ist mit deiner Kraft, Ria? Hast du genug davon? Geht es dir gut genug für einen weiten Sprung?«

»Ich muss stark sein«, sagte Ria einmal mehr. »Ich muss stark sein, um den Schwur zu erfüllen.«

Das Warten in den Augen wurde deutlicher.

Korian wusste plötzlich, worum es ihr ging.

Wieder wich er aus und kam nicht sofort auf den Kern der Sache zu sprechen. Erst mussten einige Gedanken sortiert werden.

»Ich wurde in den Stream geschickt, damit ich helfe, eine Gefahr von der Erde abzuwenden«, erklärte er. »Von der Erde in Midstream Null, vom Cluster und den Fünfhundert, die gar keine fünfhundert mehr sind.« Er bemerkte Rias fragenden Blick und erläuterte die Hintergründe. »Horus, der Individuelle des Clusters, von dem mein Auftrag stammt, glaubt an einen gezielten Angriff auf die intelligenten Maschinen meiner Erde. Ich soll herausfinden, woher der Angriff kommt und wie man ihn abwehren kann.«

Korian lauschte dem Klang der eigenen Worte und suchte nach Wahrheit in ihnen. Ließ sich sein Auftrag tatsächlich auf diese Weise beschreiben, oder steckte etwas anderes dahinter? Horus hatte ihn belogen, das wusste er inzwischen. Die Interferenzwellen stammten nicht von Morgenrot, sondern wurden von den Sonden und Drohnen verursacht, die der Cluster ausgeschickt hatte. Horus und vielleicht auch die anderen Individuellen suchten nach einer Möglichkeit, die Welten von Infinitia zu erreichen. Und sie hatten auch nach der Kathedrale gesucht, nach dem Schatz, nach den Waffen.

Rias Blick richtete sich auf den Dislokator an Korians Gürtel. Der Annihilator steckte noch immer in seiner Hosentasche.

Die fremden Waffen, dachte er. Zu denen vielleicht auch die kleine blaue Spirale gehörte, die es noch genauer zu untersuchen galt. Leistungsfähiger als der Pulsator, den er verloren hatte.

Verloren. Vergessen.

Korian suchte in Hosen- und Jackentaschen, fand den kleinen roten Würfel, den er von Horus erhalten hatte, und aktivierte ihn. Es summte und knisterte, zwei Seiten begannen sich zu entfalten und ausgelagerte Materie zurückzurufen. Dann wurde das Summen leiser und das Knistern lauter, der ganze Würfel erzitterte und verharrte in der Anfangsphase seiner Entfaltung.

Nach einigen Sekunden deaktivierte Korian den kleinen Würfel und steckte ihn ein, nachdem sich die beiden Erweiterungen zurückgebildet hatten.

Ria beobachtete ihn stumm.

»Defekt«, sagte er. »Ich komme nicht mehr an die Werkzeuge und Instrumente heran.«

Ebenso wenig an das Kommunikationssystem, fügte er in Gedanken hinzu.

»Das Loch, das sich auf meiner Erde in den Planeten frisst«, sagte er nachdenklich, »die Anomalie ... Sie könnte den Cluster zerstören. Und damit sind auch die Fünfhundert bedroht.«

»Fünfhundert Menschen für eine ganze Welt«, sagte Ria, als er nicht weitersprach. »Sogar weniger als fünfhundert. Und ebenfalls bedroht? Warum? Sind sie von den denkenden Maschinen abhängig? Wenige alte Menschen, und sie tragen Fesseln seit Jahrtausenden?«

»Nein«, widersprach Korian, »wir tragen keine Fesseln, wir ...« Er brachte den Satz nicht zu Ende.

»Vielleicht noch schlimmer, keine Fesseln und doch gefangen?«, fragte Ria.

»Ich habe einen Auftrag«, wiederholte Korian, vielleicht vor allem für sich selbst. »Eine wichtige Mission. Ich soll dabei helfen, die Erde zu schützen.« Er holte tief Luft. »Die Artefakte des Schatzes in der Kathedrale ... Sind zumindest einige von ihnen bei der Anomalie auf meiner Erde erschienen? Von wem stammen sie? Von den Muriah?« Du trägst Muriah-Gewebe in dir, Ria, lautete einer der in Korians Kopf tanzenden Gedanken. Die Großen Weisen, die Unsterblichen von Morgenrot, hatten und haben vielleicht noch Kontakt mit den Muriah.

Das war ein wichtiger Punkt. Hatte es der Cluster darauf abgesehen, auf das technologische Erbe der legendären Muriah? Wie auch andere hoch entwickelte Völker waren die Muriah vor etwa einer Million Jahren dem Weltenbrand zum Opfer gefallen, einer Katastrophe in der Milchstraße.

Warum hatte Horus gelogen?, überlegte Korian und sprach den Gedanken laut aus.

»Lügen haben dich hierhergebracht.« Ria spuckte eine zu bittere Beere aus. »Du musst einen eigenen Weg finden.«

Ein kluger Rat, dachte Korian, wie man ihn von einem Erwachsenen erwartete, nicht von einem Kind.

»Auf deiner Erde hast du vielleicht Fesseln getragen, aber hier bist du weit von ihr entfernt und kannst sie abstreifen«, sang Ria, und wieder klang es sehr erwachsen. »Ich kenne meinen Weg, kennst du deinen?« Sie stand auf. »In Blut, Schmerz und Tod habe ich es geschworen, bei meinem eigenen Leben: Es soll sterben, wer getötet hat. Diesen Weg werde ich gehen, bis ich sein Ende erreiche, mein Ziel.«

Plötzlich war alles klar. Jeder Gedanke rückte an seinen Platz.

»Ich helfe dir«, sagte er. »Ich beschütze dich, wie und wann ich kann.« Er drehte die Hände und bewegte die Arme. »Siehst du? Keine Fesseln mehr.«

Ria nickte ernst und stand auf. »Komm, suchen wir den Knoten.«

58

Auf dem Weg durch das Tal, auf der Suche nach dem Knoten, dachte Korian über Leben und Tod nach. Er hatte sie immer wieder gesucht, die letzte Grenze, die dünne Linie, die das Leben vom Tod trennte. Achtundzwanzig Mal hatte er sie überschritten, immer in der Hoffnung, dass etwas blieb, an das er sich erinnerte, genug, um einen Hinweis darauf zu erhalten, was sich hinter dieser Grenze befand. Der Tod hatte ihn fasziniert, das große Nichts jenseits von Denken und Fühlen. Aber es war immer sein eigener Tod gewesen, nie der einer anderen Person.

Er hatte versprochen, Ria zu helfen und sie auf ihrem Weg zu begleiten. Es war ein Weg der Rache, daran ließ sie keinen Zweifel; ihr Schwur verlangte Vergeltung. Sie wollte töten, wer getötet hatte, bei ihrem eigenen Leben hatte sie es geschworen.

Bin ich bereit, ihr auch dabei zu helfen?, überlegte Korian, als sie dem Verlauf des Bachs folgten, der über die Ufer trat, weil er von den Gletschern mehr Schmelzwasser erhielt.

Wäre er bereit, ein fremdes Leben über die letzte Grenze zu schicken?

Mit dieser Frage beschäftigte er sich zum ersten Mal, soweit er wusste, und sie beunruhigte ihn. Er besaß Waffen, die zerstören und töten konnten, ohne dass er seine Hände benutzen musste, aber das *Wollen* und die Verantwortung lagen bei ihm. War er dazu fähig? Konnte er, mit seinen Händen oder mit Werkzeugen, ein anderes Leben beenden?

Er beobachtete Ria, wie sie ging, wie sie sich immer wieder umsah, nicht nur nach dem Knoten, den sie suchte, sondern auch nach Verfolgern. Die Welt um sie herum blieb still und leer, nur Wolken und Wasser zeigten Bewegung und gelegentlich die Zweige der Bäume, wenn der Wind etwas stärker wurde.

Rias Gesicht zeigte wache Aufmerksamkeit. Die Trauer, die Korian auf dem Berggipfel gesehen hatte, auf dem Plateau mit den beiden Gräbern, war weit zurückgewichen. Sie floh nicht nur, sie ging ihren eigenen Weg, entschlossen, alle Hindernisse zu überwinden.

Und obwohl es nur ein Versprechen war, ihr zu helfen – in gewisser Weise hatte Korian einen eigenen Schwur geleistet. Ohne Reue, ohne Bedauern. Nur mit der Frage, ob er imstande sein würde, ihn bis zur letzten Konsequenz zu erfüllen. Es würde sich zeigen. Noch war es nicht so weit.

Ria, ein junger, *junger* Mensch, ein Mädchen von nur elf Lebensjahren ... Es hatte einen Platz in ihm gefunden, an einer Stelle, deren Leere ihm bis dahin gar nicht bewusst gewesen war. Dadurch verschoben sich seine Blickwinkel, er sah die Welt – und die Welten – plötzlich mit anderen Augen. Seine Faszination für die letzte Grenze blieb, aber der Reiz, den sie auf ihn ausübte, verlor an Intensität. Er hatte sechzigtausend Lebensjahre hinter sich, auch wenn er sich an die meisten davon nicht mehr erinnerte, und Ria nur elf, geprägt von Schmerz und Verlust. Sie war ein Phänomen, ein *Kind*. Kinder brauchten jemanden, der ihnen half und sie beschützte, und wer sonst konnte Ria helfen und Schaden von ihr fernhalten?

Machte ihn das zu einer Art ... Vater?

Korian dachte noch über dieses unvertraute Konzept nach, als Ria plötzlich stehen blieb, neben einem Busch mit langen Dornen.

»Hier.« Sie breitete die Arme aus. »Der Knoten wird gleich hier sein. Die Welten berühren sich. Hörst du das Rauschen des Meeres, in dem sie alle schwimmen?«

Korian hörte das Plätschern des Bachs, der sich anschickte, zu einem Fluss zu werden. Er drehte den Kopf von einer Seite zur anderen und hielt Ausschau nach etwas, das wie ein Knoten aussah.

Die Schatten hoher Wolken strichen über den Boden. Für einen Moment glaubte Korian, ein fernes Brummen zu hören.

Ria hob die Hände, und ein Gebilde erschien vor ihr in leerer Luft, eine Art Knäuel aus leuchtenden, schimmernden Fäden.

»Komm zu mir, Korian!«, sang sie. »Komm ganz nahe, damit du mit mir springst.«

Er trat zu ihr und beobachtete, wie sie die Hände in das Knäuel schob, hinein ins Glitzern und Funkeln, das heller wurde, bis es ihn fast blendete. Ria schien zu versuchen, den

Knoten an einer Stelle zu öffnen, und er gab tatsächlich nach. Eine Lücke entstand, ein Loch, das sich mit Dunkelheit füllte.

»Gleich, gleich.« Ria hob die Stimme und rief: »Ich muss stark sein!«

Korian legte den Arm um sie, er hielt sie fest und damit gleichzeitig sich selbst. Der Knoten umfing sie beide, die Dunkelheit nahm sie auf.

Ria sprang.

59

Korian hatte erneut das Gefühl, durch einen tiefen Schacht zu fallen, seine Wände weich und so glatt, dass sie keinen Halt boten. Lichter flogen vorbei, wie von Fenstern und Türen, die Ria herbeirufen konnte. Aber sie schwieg, sie sang nicht, sie hielt den Mund geschlossen. Ihre Augen blickten in die Ferne.

Korian wollte sprechen, doch als sich seine Lippen teilten, entwich die Luft aus dem Mund, und plötzlich litt er an Atemnot. Ria sah ihn an, und ihre Augen schienen zu sagen: So alt und so dumm.

Ein Blinzeln vertrieb den Schacht. Hitze schlug ihm entgegen, ausgehend von einem Ozean aus Magma, der sich auf allen Seiten bis zum Horizont erstreckte. Zusammen mit Ria stieg er auf, aber nur langsam, Meter um Meter, nicht schnell genug, um der Hitze zu entkommen. Dampf trieb langsam an ihnen vorbei, abgelenkt von einer unsichtbaren Barriere.

Eine Welt tief downstream, fühlte Korian, und auch diesmal konnte er nicht feststellen, woher das Gefühl stammte. Hunderttausend, zweihunderttausend, vielleicht sogar eine oder zehn Millionen Welten weit den Stream hinab. Eine primordiale Erde, begriff er, von Midstream Null aus gesehen Jahrmilliarden in der Vergangenheit. Ein heißer Planet, noch glutflüssig, mit giftiger Atmosphäre, ohne Leben.

Korian hielt den Mund geschlossen.

Sie stiegen weiter auf, und Rias Hände blieben in Bewegung. Ein weiter Sprung lag hinter ihr, der nächste stand bevor. Korian suchte in ihrem Gesicht nach Anzeichen von

Müdigkeit oder Schmerz und fand weder das eine noch das andere.

»Ich muss stark sein!«, rief sie plötzlich und sprang erneut.

Diesmal erfolgte der Übergang fast sofort, ohne das Fallen durch einen dunklen Schacht. Korian fand sich im All wieder, ohne einen Planeten in der Nähe, ohne eine primordiale oder zukünftige Erde. Ein roter Fleck in der Ferne schien die Sonne zu sein, eingebettet in einen Ozean aus Sternen.

Rias Hände suchten nach dem Knoten. »Gleich«, sang sie leise. »Ich muss mich orientieren. Gleich, gleich. Ich bin stark genug!«

Korian konnte atmen, spürte aber, dass die Luft knapp wurde. Die Kälte des Alls kroch durch seine adaptive Kleidung. Er sah, dass Ria zu zittern begann.

Die Bewegungen ihrer Hände wurden schneller. Wieder zeigte sich ein Leuchten und Schimmern, weniger hell als zuvor, ein Knäuel aus glühenden Lichtbahnen. Ria schuf eine Öffnung darin, an einer Stelle, die sie für richtig hielt.

Sprung.

Das All und die Sterne verschwanden.

Einige subjektive Sekunden lang herrschte Dunkelheit, geprägt durch eine Abwesenheit von allem. Dann stand er auf sandigem Boden, im Rücken ein Meer grau wie Blei und vor sich ein Wall aus glattem Stein, mindestens hundert Meter hoch und ebenso grau wie das Meer. Darin eingelassen war ein Tor in der Farbe von Elfenbein, ein Dutzend oder mehr Meter hoch und breit genug für zwanzig Menschen nebeneinander.

»Da sind wir«, sang Ria und zeigte auf den Wall. »Dahinter beginnt Infinitia.«

ZWEITER TEIL:
Infinitia

Ich habe es versprochen

60 Korian, Upstream 15 221

Die Nacht war klar, der Himmel voller Sterne. Korian suchte nach bekannten Konstellationen und fand keine. Die Welt mit der großen Mauer, hinter der Infinitia begann, befand sich weit, weit upstream. Für einen Moment horchte er in sich hinein und fand die Zahl: Die Entfernung betrug mehr als fünfzehntausend von Midstream Null, fünfzehntausendzweihunderteinundzwanzig, um ganz genau zu sein.

Er fragte sich, woher er die präzise Distanz kannte, die exakte Anzahl der Welten, die ihn im Stream von der vertrauten Erde trennten, und wieder blieb eine Erklärung aus. Es war ein Gefühl, von dem er wusste, dass er ihm vertrauen durfte.

Auf der einen Seite rauschte das Meer, mal leiser, mal lauter, im Rhythmus der an den kiesigen Strand rollenden Wellen. Es war nicht mehr grau, sondern glänzte silbern im Licht der Sterne und eines Mondes, der kleiner war, weil er viel Zeit gehabt hatte, sich weiter von der Erde zu entfernen. Auf der anderen Seite ragte die Mauer auf, hundert oder mehr Meter hoch, ein Bollwerk aus glattem Stein, darin ein großes Tor wie aus Elfenbein, halb in den Schatten der Nacht verborgen. Korian hatte nach einem Öffnungsmechanismus gesucht und keinen entdeckt.

Er drehte sich um, als Ria zu singen begann.

Sie war auf einen Felsen direkt am Kiesstrand geklettert, saß dort mit den Armen um die angezogenen Beine geschlungen, blickte übers Meer und sang.

Korian trat langsam näher und achtete darauf, auf dem steinigen Boden nicht das geringste Geräusch zu verursachen, um den Gesang nicht zu stören.

Es wehte kein Wind, die Nacht war warm. Rias melodische

Stimme klang weit über Meer und Strand, und das Rauschen der Wellen schien Teil ihres Lieds zu werden.

Korian blieb stehen und lauschte, die Melodie ungestört vom Translator, den Ria in eine Tasche ihrer adaptiven Kleidung gesteckt hatte. Zuerst hielt er das Lied für traurig, aber dann entdeckte er immer mehr Töne, die zuversichtlich und sogar fröhlich klangen. Ria sang und sang, den Kopf erhoben, das goldgelbe Haar auf ihren Schultern.

Schließlich ging das Lied zu Ende. Korian wartete, aber Ria schwieg und sah nur weiterhin übers Meer.

»Das war ein schönes Lied«, sagte er nach einer Weile.

Ria holte den Translator hervor, drehte den Kopf und sah Korian fragend an.

»Das Lied hat mir gefallen«, sagte er. »Es war sehr schön.«

Ria nickte. »Meine Mutter hat es mich gelehrt.«

»Es klingt wirklich sehr gut und scheint mir traurig und fröhlich zugleich zu sein.«

»Es ist eine Geschichte von Menschen, die einfach nur in Frieden und Freiheit leben und vielleicht sogar glücklich sein möchten.« Ria sprach in einem neutralen Tonfall, wie unberührt von den eigenen Worten.

Korian sah zu ihr hoch. »Und schaffen sie es?«

»Einige«, antwortete Ria. »Viele andere nicht.« Sie blickte zu ihm hinab. »Bist du jemals glücklich gewesen, Korian?«

Wieder fühlte es sich seltsam an, seinen Namen aus ihrem Mund zu hören.

»Ich bin mir nicht sicher«, sagte er.

»Weil du dich nicht erinnerst?«

»Das könnte einer der Gründe sein«, erwiderte Korian und wusste, dass es nicht stimmte. Er hatte, und da trogen seine Erinnerungen gewiss nicht, nie darüber nachgedacht, ob er glücklich war oder nicht. Sein Leben in Frieden und Freiheit war eine Selbstverständlichkeit gewesen, ebenso die Möglichkeit, sich mit all den Dingen zu beschäftigen, die ihn interessierten. Und doch hatte er sich achtundzwanzig Mal das Leben genommen, um zu erkunden, was *danach* kam. Jemand, der glücklich war, brachte sich nicht um. Oder?

»Wie kann man so alt werden wie du, ohne sich daran zu erinnern, ob man jemals glücklich gewesen ist?«, fragte Ria skeptisch.

»Was ist mit dir?«, entgegnete Korian nach einigen Sekunden. »Bist du jemals glücklich gewesen?«

Ria zögerte nicht wie er, sie antwortete sofort. »Ja, als meine Eltern noch lebten. Bevor die Exekutoren der Großen Weisen sie umbrachten.«

Wieder war ihr Tonfall neutral. Sie hatte gelernt, mit dem Schmerz umzugehen. Sie hatte ihn kanalisiert und fokussiert, auf eine Absicht, einen neuen Lebensinhalt, einen Schwur.

»Sie werden bald hier sein«, fügte Ria hinzu.

»Die Verfolger?« Korian sah sich um. Sterne und Mond brachten genug Licht, weit und breit war niemand zu sehen. Rechts das Meer, links die Mauer aus glattem grauem Stein, dazwischen ein bis zu fünfhundert oder sechshundert Meter breiter Streifen aus Felsen, Gestein, Sand und Kies. Es gab keine Gebäude, nichts deutete auf Bewohner von der einen oder anderen Art hin.

Und niemand konnte sich nähern, ohne schon von Weitem bemerkt zu werden.

»Sie werden meine Spur finden«, sagte Ria, die noch immer auf dem Felsen saß, die Beine angezogen, die Arme an den Knien. »Es dauert nie lange. Und sie sind schneller als ich. Sie müssen nicht stark sein, sie haben Geräte und Maschinen.«

»Streamer?«

Ria lauschte dem Wort, das der Translator übersetzte. »Maschinen für die Reise, ja.«

Korian blickte in die Nacht. »Was passiert, wenn sie hier eintreffen?«

Ria starrte ihn ungläubig an. »Weißt du das nicht? Wie kannst du so etwas fragen?«

»Entschuldige«, murmelte Korian und sah an der Mauer entlang, die in der Ferne mit der Dunkelheit verschmolz. Zwischen ihr und dem Meer waren sie leicht zu finden, es gab keine Versteckmöglichkeiten und kein Schutz bietendes Haus, das sie aus der Auslagerung zurückholen konnten.

»Du hast es versprochen«, sagte Ria und erhob sich. Sie stand auf dem Felsen, den Sternen näher als er.

»Ich weiß.«

»Du hast versprochen, mir zu helfen.«

Und dich zu beschützen, wie und wann ich kann, erinnerte sich Korian.

»Das habe ich, und ich werde mein Versprechen halten.«

»Wir sind nicht wehrlos«, betonte Ria.

Korian sah an sich herab. Der Dislokator hing noch immer an seinem Gürtel, und in der Hosentasche fühlte er das Gewicht des Annihilators – zwei sehr wirkungsvolle Waffen.

»Nein, das sind wir nicht«, bestätigte er.

»Es soll sterben, wer getötet hat«, wiederholte Ria ihren Schwur. »Ich will nicht länger fliehen. Ich will die Schuldigen finden und zur Rechenschaft ziehen.«

»Kennst du den Weg?«, fragte Korian sanft. »Weißt du, wer letztendlich die Verantwortung trägt?« Die Verantwortung für den Tod deiner Eltern, dachte er. Und dafür, was du bist.

Über ihnen leuchteten die Sterne, stumme Zeugen des Dialogs.

»Die Verfolger kennen ihn«, sagte Ria. »Und ich weiß, wo ich die Schuldigen finden kann.«

»Die Großen Weisen?« Die Unsterblichen von Morgenrot. Esteban, Chantalle und die anderen.

»Ja.«

»Ich verstehe«, sagte Korian, und er verstand tatsächlich. Er wusste, was Ria vorschlug, ohne dass sie eine entsprechende Frage an ihn richtete. Er deutete zur großen Mauer. »Wann öffnet sich das Tor?«

»Morgen«, sang Ria. »Übermorgen. Vielleicht in einigen Tagen. Es wird sich öffnen, früher oder später.«

»Und hier gibt es keine Knoten?«

Der kleine Mensch schüttelte den Kopf. »Auch keine Schlupflöcher. Das nächste ist zu weit entfernt.«

»Wir müssen warten.«

Ria nickte.

»Wir könnten …«

»Ja?«

Es ging nicht nur darum, Ria zu helfen, was bereits ein ziemlich großes »Nur« war, und sie zu beschützen. Korian fühlte seine Entschlossenheit wachsen, mehr über die Situation herauszufinden. Horus hatte ihn belogen, und er wollte wissen, warum. Er wollte zurückkehren zur Erde in Midstream Null, ihn zur Rede stellen, Auskunft von ihm verlangen. Vielleicht lag ein Verstoß gegen die Konvention von Vienn vor, das wäre unerhört gewesen.

»Ja?«, fragte Ria erneut.

Korian wusste, was sie von ihm erwartete. Er erwartete es auch von sich selbst.

»Eine Falle«, sagte er. »Wir wissen, dass die Verfolger kommen. Wir erwarten sie und lassen uns von ihnen zu ihren Auftraggebern bringen.«

Ria kletterte vom Felsen und umarmte ihn.

61

Es war leichter gesagt als getan. Wie sollte man Verfolgern eine Falle stellen, die praktisch jederzeit an jedem beliebigen Ort erscheinen konnten? Und womit? Auf dem vergleichsweise schmalen Landstreifen zwischen Meer und Mauer mangelte es an Versteckmöglichkeiten. Es gab nur wenige Felsen, die groß genug waren, um sich hinter ihnen zu verstecken. Höhlen oder auch nur Mulden im Boden schienen nicht zu existieren, und die große Mauer wies weder Nischen noch Vorsprünge auf.

Einen ganzen Tag verbrachten sie mit der Suche nach einem Ort, der sich für einen Hinterhalt eignete, ohne einen zu finden. Am Tag beherrschte eine große rote Sonne den Himmel, für Korian ein weiterer Hinweis darauf, dass sich diese Upstream-Erde weit in der Zukunft befand, vielleicht mehrere Milliarden Jahre. Die gealterte Sonne blähte sich auf, sie wurde zu einem Roten Riesen.

Der Tag war heiß, das Licht grell. Während ihrer Suche nutzten sie die Schatten von Felsen für Erholungspausen, und zum

Glück fanden sie eine kleine Quelle unweit der Mauer, aus der klares kühles Wasser floss, gerade genug, um ihren Durst zu stillen. Sträucher oder Büsche mit essbaren Beeren oder dergleichen entdeckten sie keine, nichts wuchs zwischen Meer und Mauer, sie mussten hungern.

Einige Male nutzte Korian die Pausen, um den roten Würfel hervorzuholen, den er von Horus erhalten hatte. Bei jedem Aktivierungsversuch entfaltete sich weniger von ihm, und schließlich reagierte er gar nicht mehr. Korian drehte ihn hin und her, er schüttelte ihn, was natürlich nichts nützte, und als er ihn enttäuscht einstecken wollte, streckte Ria die Hand aus.

Er gab ihr den Würfel.

Sie hielt ihn vorsichtig wie etwas, das zerbrechen oder explodieren konnte.

»Klein und groß«, sang sie. Der Translator übersetzte wieder.

»Ja«, bestätigte Korian. »Wenn der Würfel funktionieren würde, könnte er ausgelagerte Materie zurückrufen und zu seiner ursprünglichen Größe anwachsen. Du hast es ja gesehen und bei meinem Haus erlebt. Das kann sehr nützlich sein.«

»Reparieren?«, fragte Ria und strich mit der Kuppe des Zeigefingers über die Würfelkanten.

»Ja, vielleicht kann man ihn reparieren«, erwiderte Korian. »Mit den richtigen Werkzeugen.«

Ria gab den Würfel zurück.

Als die große rote Sonne unterging und die Dämmerung begann, angenehm für die Augen, kehrten sie zum großen Tor zurück. Es blieb geschlossen, und noch immer zeigte sich nirgends eine Vorrichtung, mit der man es öffnen konnte. Bei dem Felsen angelangt, auf dem Ria gesessen und das Lied ihrer Mutter gesungen hatte, schien das Rauschen des Meeres lauter als am vergangenen Abend.

Korian, hungrig, aber nicht durstig, blickte zum Himmel hoch, suchte erneut nach vertrauten Mustern und fand keine. Dafür bemerkte er einen hellen Punkt, der zwischen all den Sternen übers Firmament glitt.

»Sie kommen«, sagte Ria ernst und fügte wie in einem Ritual hinzu: »Ich muss jetzt stark sein. *Wir* müssen stark sein.«

»Sind sie es?« Korian deutete zum hellen Punkt, der langsamer und dafür etwas größer geworden war.

»Sie kommen«, wiederholte Ria. Sie stand ruhig und gerade, ohne Furcht. »Sie werden gleich hier sein.«

»Kommen sie mit einem Schiff? Weißt du, wo sie landen werden?«

Ria schloss die Augen. »Ich sehe sie, ihre Schatten. Ich rieche sie. Und sie sehen und riechen mich.« Sie öffnete die Augen wieder. »Aber nicht dich. Du bist unsichtbar für sie, du hast keinen Geruch für ihre Nasen.«

»Sie kennen mich nicht.« Korians Gedanken begannen einen neuen Tanz. »Sie wissen nichts von mir.«

Das gab ihnen einen Ansatzpunkt, vielleicht sogar einen wichtigen Vorteil.

»Duck dich hinter den Felsen«, sagte er schnell. »Versteck dich zwischen den Steinen, so gut es geht. Ich bleibe in der Nähe und warte, bis die Verfolger dich entdecken und holen wollen.«

»Du hast es versprochen«, erinnerte ihn Ria ernst und trat hinter den Felsen.

»Und ich werde mein Versprechen halten«, versicherte ihr Korian und huschte davon.

62

Ein Funken fiel vom Himmel.

Er löste sich von dem daumengroßen leuchtenden Oval, zu dem der helle Punkt zwischen den Sternen geworden war, vielleicht ein Stratosphärenboot, vermutete Korian, ausgestattet mit einem Gravitationsmotor, kein Kopter mit Rotoren wie der jener Humanoiden, die sein mobiles Haus zerstört hatten. Der Funken fiel und wurde größer, aber nicht viel, er verwandelte sich in eine vier oder fünf Meter große Kapsel, die nur hundert Meter von Rias Felsen entfernt zwischen den Steinen aufsetzte, mit einem im Rauschen des nahen Meeres kaum zu hörenden Summen.

In der einen Hand hielt Korian den Dislokator, in der anderen den Annihilator. Er wollte nicht töten, wenn es sich vermeiden ließ, aber gewappnet sein für den Fall, dass der Dislokator nicht den Zweck erfüllte, den er erfüllen sollte.

Ria hockte hinter dem Felsen, ein Schatten in der Nacht. Wenn man nicht ganz genau hinsah, konnte man sie für einen Stein halten.

In der Kapsel öffnete sich eine Luke. Licht fiel nach draußen, auf schaumgekrönte Wellen. Zwei Silhouetten zeichneten sich ab.

Korian wagte kaum, zu atmen.

Die beiden humanoiden Gestalten orientierten sich kurz, schritten dann über den Strand und näherten sich Ria. Sie schienen genau zu wissen, wo sich der kleine Mensch befand.

Korian hörte das Knirschen von Kies und sah Waffen in den Händen der Gestalten.

Die Luke der Kapsel blieb geöffnet. Eine wichtige Frage lautete: Befand sich noch jemand an Bord?

Als Rias Verfolger nur noch etwa zehn Meter von dem Felsen trennten, richtete sich das Mädchen auf und trat zur Seite. Damit gab es das Zeichen. Korian lief los und versuchte, sowohl die gelandete Kapsel als auch die beiden Gestalten im Auge zu behalten.

Bei der Kapsel rührte sich nichts. Einer der beiden Fremden bemerkte ihn und wandte sich ihm zu. Die Hand mit der Waffe darin schwang herum.

Korian schoss mit dem Dislokator.

Ein fahler Blitz erfasste die Gestalt, gerade hell genug, um die Nacht einige Meter weit zurückzudrängen, und ließ den Getroffenen verschwinden. Der zweite Verfolger sprang, und Korian glaubte, ein Zischen zu hören, als ein Projektil dicht an ihm vorbeijagte. Die Entfernung betrug noch etwa fünfzehn Meter – er konnte den Fremden nicht rechtzeitig erreichen, um ihn an einem zweiten Schuss zu hindern.

Er richtete den Dislokator neu aus. Ria durfte nicht in Gefahr geraten.

Nichts geschah, als er den Auslöser betätigte. Vielleicht musste sich die Waffe erst wieder aufladen.

Korian hob den Annihilator und wusste plötzlich, dass es zu spät war. Die zweite Gestalt zielte auf ihn, das nächste Projektil würde ihn treffen.

Ein Stein schlug dem Fremden die Waffe aus der Hand, ein zweiter traf ihn mitten im Gesicht. Er ächzte und sank auf die Knie. Korian lief wieder, doch Ria erreichte den Verfolger vor ihm und schlug mit einem dritten Stein zu. Sie schmetterte ihn an die Schläfe ihres Gegners, mit mehr Kraft, als ein Kind haben sollte, und als er zu Boden ging, rief Korian: »Lass ihn am Leben!«

Aber Ria wich bereits zurück, den blutigen Stein in der Hand.

»Er wird leben.« Diesmal klang es nicht nach melodischem Gesang, sondern eher wie ein zorniges Fauchen. »Er wird uns den Weg zeigen. Er wird uns zu jenen bringen, die getötet haben und sterben sollen!«

Einladung

Horus, Midstream Null 63

Das weiße Gebäude abseits des Schlunds enthielt nicht nur Laboratorien, in denen die Artefakte und der andere Korian, die Menschmaschine, untersucht wurden, sondern auch einen speziellen Interfaceraum mit Datenverbindungen, die Horus Zugriff auf die Quantenbibliotheken des Clusters gewährten. Mitten in diesem Raum stand er, umgeben und berührt von holografischen Kontakten, die ihm Kurzzeit ermöglichten, Datenabfragen und Korrelationen mit voller Übertragungsgeschwindigkeit, ohne messbaren Zeitverlust.

Auf eine subtile Art und Weise, die weder Aufmerksamkeit noch Verdacht erregen sollte, griff er auf die Sensorik und Kommunikationsroutinen des Clusters zu und benutzte sie für die Suche nach bestimmten Signalen, von deren Existenz nur er wusste.

Dass er weder Telemetrie noch Berichte von Korian empfing – von dem Korian, den er ausgeschickt hatte –, überraschte ihn nicht. Er hatte damit gerechnet, wenn auch nicht in einem so frühen Stadium, dass die gewöhnliche Datenbrücke brach. Normalerweise lag die Kommunikationsgrenze bei etwa tausend up- oder downstream, aber es gab Ausnahmen, wenn die Umstände ungewöhnlich genug waren, so wie in diesem Fall. Horus hatte Vorsorge getroffen und einen besonderen Tracker entwickelt, der auch von viel weiter upstream Informationen übermitteln konnte. Eigentlich spielte die Entfernung im Stream dabei gar keine Rolle.

Doch so gründlich er mit den Sensoren, Scannern und Kommunikatoren des Clusters auch suchte, er entdeckte nichts. Gab es einen Einfluss, der die Signale des Trackers und seines Avatars abschirmte? Oder war er defekt?

Es gab noch eine dritte Möglichkeit. Vielleicht sendete der Tracker nicht, weil er gar nicht mehr existierte. Möglicherweise hatte Korian die letzte Grenze, die ihn seit vielen Jahren faszinierte, endgültig überschritten.

Die Berechnungen und aktuellen Situationsanalysen wiesen dieser Möglichkeit eine nur sehr geringe Wahrscheinlichkeit zu. Die Existenz des anderen Korian, der wenige Räume entfernt in einem Stasisfeld lag, schien sie auszuschließen.

Eine ganze Femtosekunde lang dachte Horus in Kurzzeit darüber nach. Vielleicht erklärte die Existenz des veränderten Korian, der im Innern eines großen Artefakts beim Schlund erschienen war, das Fehlen von Signalen.

Eine Meldung erreichte ihn, während ein Teil von ihm noch in der Sensorik des Clusters weilte, verteilt nicht nur über die Erde, sondern nahezu in Echtzeit über das ganze Sonnensystem. Die beim Schlund installierten Überwachungseinrichtungen registrierten verstärkte energetische Aktivität.

Horus zog sich teilweise aus dem systemweiten Sensornetz des Clusters zurück und sandte mehr von sich in die Nähe der Anomalie.

Hinter dem Schirmfeld, direkt über dem großen Loch im Boden, zeigten sich erste Leuchterscheinungen, ein blasses Flackern, gelegentlich unterbrochen von einem plötzlichen Blitzen und Gleißen.

Abschirmung verstärken, wies Horus die Überwachungssysteme an und vergewisserte sich, dass alles aufgezeichnet wurde.

Achtung, sandte die zentrale Kontrolleinheit, ein Signal, das nicht nur ihm galt, dem ersten, unmittelbaren Beobachter, sondern auch allen anderen Individuellen des Clusters. Energetische Aktivität erreicht kritisches Ausmaß.

Volle Energie in den Schirm, entschied Horus, neugierig geworden. Solche Phasen extrem hoher Aktivität waren sehr selten.

Volle Energie wird bestätigt, teilte ihm die Kontrolleinheit mit. Schirmfeld stabil.

Horus sah mit den Sensoren am Rand des Schlunds, wie sich innerhalb der Leuchterscheinungen über dem Steg, auf dem Zorans Hütte gestanden hatte, erste Konturen bildeten. Etwas Großes bahnte sich langsam einen Weg aus dem Stream, ein Artefakt, das von weit, weit upstream kam, vermutlich aus Infinitia. Er priorisierte alle Scanner und Analysatoren auf die unmittelbar bevorstehende Ankunft und transferierte noch etwas mehr von sich in die Kontrolleinheit und Überwachungsstationen.

Etwas zeichnete sich im Leuchten, Glühen und Flackern ab, ein unregelmäßig geformtes Objekt, von einem tiefen Blau, das Horus an Theklas Avatar erinnerte, mit einer Masse von vier Millionen Tonnen, konzentriert in einem Volumen von nur wenigen Kubikmetern. Dicht gepackte Neutronen? Exotische Materie?

Es blitzte erneut, und dann kam es zu einer Explosion, die das Schirmfeld zerriss, Eis und Schnee verdampfte und die Anlagen am Rand des Schlunds zerschmetterte.

64

Verschiedene Sicherheitsinstanzen, autonom und voneinander unabhängig, reagierten sofort, schufen neue Schirmfelder und aktivierten Barrieren aus hochfestem Synth, Flexometall und nahezu undurchdringlicher Stahlkeramik. Die Detonation war so heftig, dass ihre energetischen Schockwellen auch die mehrere Kilometer entfernten Schutzschilde des Untersuchungszentrums teilweise durchdrangen und einige der materiellen Sperren zerstörten. Horus fühlte sie als heftige Vibrationen, die das ganze Gebäude erfassten, in dem er sich befand.

Mehrere lokale Systeme fielen aus. Redundante Komponenten versuchten, die Funktionslücken zu schließen und unterbrochene Verbindungen wiederherzustellen. Die Teile von ihm, die Horus zu den Installationen geschickt hatte, existierten nicht mehr. Zumindest hatte er ebenso wenig Zugriff auf sie wie auf den Avatar, den er in einer von Theklas Drohnen in den Schlund geschickt hatte. Es war kein großer Verlust, letztendlich spielte er keine Rolle, denn die entsprechenden Daten ließen sich leicht rekonstruieren.

Status, sendete er an alle lokalen Stationen.

Am Rand der Anomalie gab es nichts Funktionierendes mehr. Was nicht nur an der Intensität der Explosion lag, sondern auch und vor allem daran, dass der ursprüngliche Rand gar nicht mehr existierte – das Loch war größer geworden, sein Durchmesser hatte um einen ganzen Kilometer zugenommen.

Das Gebäude mit den Laboratorien war nur leicht beschädigt worden, die Schirmfelder und physischen Barrieren hatten ausreichend Schutz geboten. Innerhalb einer Mikrosekunde wertete Horus die Schadensmeldungen aus und beauftragte die zur Verfügung stehenden Servomechs mit den notwendigen Reparaturen.

Plötzlich empfing er ein Signal in einem von allen anderen Kommunikationssystemen isolierten, ausschließlich für ihn bestimmten Kanal.

Korian – der veränderte Korian – erwachte.

Horus blieb vor dem silbergrauen Geräteblock stehen, auf dem Korian in einer Mulde lag, in den Resten eines Stasisfelds, das immer mehr Kohärenz verlor.

»Sicherheitsschirm aktivieren«, wies er die lokalen Systeme an und beobachtete in menschlicher Langzeit, wie sich der Mann in der Mulde bewegte. Er zog erst das eine Bein an, dann das andere und streckte sie anschließend. Bei den Armen wiederholte sich dieses Muster. Vielleicht prüfte Korian die Funktionsweise des aus der Stasis gelösten Körpers.

Schließlich öffnete er die Augen und blickte an die weiße Decke des Zimmers.

»Können Sie mich hören?«, fragte Horus und prüfte die aktualisierten Daten des veränderten Menschen. Der Körper zeigte die biologischen Merkmale einer Wiederherstellung, ohne Hinweis darauf, wo und wann sie erfolgt war. Handelte es sich noch immer um den Körper, den Korian nach seinem achtundzwanzigsten Selbstmord bekommen hatte? Ohne genaue Analysen auf molekularer und genetischer Basis ließ sich das kaum feststellen, und für derartige Untersuchungen war das Einverständnis des betreffenden Individuums erforderlich – so verlangten es die Bestimmungen der Konvention von Vienn.

Der Korian in der Ruhemulde des silbergrauen Stasisblocks drehte langsam den Kopf und sah ihn an.

Der transparente Sicherheitsschirm, der sich nur durch ein leichtes Flimmern in der Luft verriet, trennte Horus von dem Hybriden auf dem Geräteblock, blieb aber ohne Einfluss auf die Datenströme. Fast in Kurzzeit empfing der Individuelle die aktuellen Biodaten. Korians Stoffwechsel war beschleunigt, und das galt auch für seine neurologische Aktivität, die eng verknüpft schien mit den technologischen Aspekten seines Körpers.

»Können Sie mich hören, Korian?«, fragte Horus erneut und nahm gleichzeitig erste Meldungen der Servomechs entgegen, die den Schlund erreichten. Die Anomalie war nicht nur breiter, sondern auch tiefer geworden, meldeten sie, um mehrere Kilometer.

»Ich bin gefangen«, sagte der Hybride. In seiner Stimme gab es einen kleinen Frequenzunterschied, stellte Horus fest.

»Zu Ihrer eigenen Sicherheit«, erwiderte er und verbog damit die Wahrheit. »Wer sind Sie?«

Für einige Langzeit-Sekunden lag der Mann reglos in der Mulde, seine einzige Bewegung ein gelegentliches Blinzeln. Musste er über die Frage nachdenken? War er nicht sicher, wie die korrekte Antwort lautete?

»Ich bin Korian«, sagte er schließlich.

»Was sind Sie?«, fragte Horus und beobachtete aufmerksam die Veränderungen bei den Biodaten des hybriden Menschen.

»Ich bin ich«, erwiderte Korian.

»Etwas hat Sie verändert«, konstatierte Horus. »Ich nehme an, Sie wissen davon?«

»Ich bin mehr als vorher.« Korian sprach in einem ruhigen,

fast sanften Ton. »Ich weiß mehr. Ich habe einen besseren Überblick.«

»Was haben Sie gesehen?«, fragte Horus. »Was hat Sie zu mehr gemacht, als Sie waren?«

Im Blick des Menschen registrierte Horus eine Tiefe, die vorher nicht existiert hatte. »Sie kennen die Großen Weisen. Sie wissen, wer sie sind. Kennen Sie Supra? Wissen Sie, was Supra ist?«

»Nein«, entgegnete Horus, was erneut nicht ganz der Wahrheit entsprach. Seine Sonden und Drohnen hatten genug Informationen gewonnen, um gewisse Schlussfolgerungen zu ermöglichen. »Erklären Sie es mir.«

»Lassen Sie mich frei, dann erkläre ich Ihnen alles«, forderte Korian.

Horus beobachtete ihn. Die Sensoren orteten niederenergetische Signale, die von dem Hybriden ausgingen. Sondierte er seine Umgebung? Suchte er nach einer Möglichkeit, den Sicherheitsschirm zu deaktivieren und in die Freiheit zu gelangen?

Wie groß konnte die Gefahr werden, die von ihm ausging?

Wieder fand sich Horus in einem Dilemma. Um mehr herauszufinden, um wichtige Daten zu erhalten, waren genauere Untersuchungen erforderlich, doch die liefen mindestens auf eine Verletzung der Privatsphäre hinaus, wenn nicht gar von Körper und Geist. Was natürlich im Widerspruch zur Konvention von Vienn stand.

»Zuerst müssen wir sicher sein, dass es Ihnen gut geht«, sagte Horus. »Bitte haben Sie etwas Geduld.«

Wieder reagierte der veränderte Korian nicht sofort auf die Worte. Horus wartete in Langzeit, während seine zahlreichen Prozeduren weiterhin analysierten und mögliche Szenarien entwarfen.

»Sie werden mich freilassen«, erwiderte Korian nach einer Weile. »Ich kenne die Zukunft. Ich kenne die Zukünfte. Ich weiß, was geschehen wird.«

»Sagen Sie es mir«, forderte ihn Horus auf. »Erklären Sie es mir.«

Ein Dringlichkeitssignal überlagerte die Datenströme und verlangte Priorität. Ein Individueller, offiziell vom Cluster beauftragt, erwartete direkte Kommunikation.

Horus sandte in Kurzzeit eine Bestätigung. Etwas anderes blieb ihm auch gar nicht übrig.

Ein holografischer Avatar bildete sich neben ihm, was nicht nötig gewesen wäre. Das smaragdgrüne Abbild einer Frau entstand, ebenso groß wie er selbst.

»Ich grüße Sie, Diana«, sagte Horus.

»Ich bringe Ihnen die Einladung zu einem Tribunal«, erwiderte die Individuelle namens Diana nach einem Höflichkeitssignal. »Sie wird im Niemandsland stattfinden.«

»Ein Tribunal?«

»Sie haben gelogen«, eröffnete ihm Diana in Kurzzeit. »Sie haben uns falsche oder unvollständige Informationen übermittelt. Sie werden Gelegenheit erhalten, sich zu erklären. Wir wollen wissen, was geschehen ist und was hier geschieht.«

Sprung

65 Korian, Upstream 15 221

Der Mann schien ein Mensch zu sein, aber mit den Proportionen stimmte etwas nicht: die Arme zu lang und zu dünn, die Schultern ein wenig zu schmal, die Stirn zu rund, die Augen zu weit auseinander, die Nase zu flach, der Mund fast ohne Lippen.

Er starrte Ria an, der Verfolger, der Exekutor, das Gesicht noch voller Blut. Und er sagte etwas mit rauer, krächzender Stimme.

Ria hielt den Stein, mit dem sie den Mann niedergeschlagen hatte, noch immer in der Hand. Sie sang nicht, als sie antwortete, sie zischte und fauchte wie eine zornige Katze.

Korian verstand nicht alles, aber genug. Der Mann schien eine Art Dialekt zu sprechen, den der Translator nur teilweise übersetzte, doch es wurde deutlich, dass er Ria aufforderte, sich in seine »Obhut« zu begeben, wie er es nannte. Was sie natürlich ablehnte.

Sie stand da, in der einen Hand den Translator, in der anderen den Stein, das Gesicht, das keinem Kind mehr zu gehören schien, voller Entschlossenheit. Der Mann, der Verfolger, lag auf dem Boden und starrte sie an. Er schnappte nicht mehr nach Luft wie zuvor, er atmete ruhiger und kam wieder zu Kräften. Er hatte Gelegenheit, zu überlegen und sich etwas einfallen zu lassen.

Korian drückte ihm das Knie auf die Brust und durchsuchte ihn. Er fand mehrere Gegenstände in Taschen und kleinen Beuteln und betrachtete sie kurz, während der Mann unter ihm ächzte.

»Nicht nehmen«, warnte Ria in einem schnellen Singsang. »Spuren. Lesbar. Verräterisch.«

Korian warf die Objekte beiseite. Eins, das wie eine Waffe

aussah, richtete er auf den Mann. Der ächzte noch etwas lauter und drehte den Kopf zur Seite.

Schließlich nahm Korian das Knie von der Brust des Exekutors, steckte den waffenartigen Gegenstand in die Hosentasche, packte den Mann an den Schultern und zerrte ihn auf die Beine.

»Du wirst uns jetzt zu deinen Auftraggebern bringen«, knurrte er, ohne genau zu wissen, wen er damit meinte.

Der Translator übersetzte.

Im Gesicht des Mannes veränderte sich etwas. Er sah nicht mehr Ria an, wie auf der Suche nach einer Möglichkeit, sie trotz allem zu überwältigen, sondern Korian. Und er antwortete in klarem Interlingua, Korians Sprache, vom Cluster der Erde in Midstream Null Klarsprache genannt.

»Wissen Sie nicht, gegen wen Sie sich stellen? Sie haben sich für die falsche Seite entschieden.«

Ria hob den Stein. »Zeig uns den Weg!«, zischte sie. »Bring uns zu jenen, die getötet haben und sterben sollen!«

Korian deutete zur Kapsel, die nur hundert Meter entfernt zwischen den Felsen stand, fast von den Wellen des Meeres erreicht. Er winkte mit dem Dislokator. »Dorthin.«

Als der Mann zögerte, gab ihm Korian einen Stoß.

Der Exekutor wankte los, über groben Kies, der unter ihm knirschte. Korian behielt ihn im Auge, der Dislokator in seiner Rechten aufgeladen und bereit.

Die Luke der Kapsel war noch immer geöffnet. Der Mann wollte an Bord klettern, doch Ria kam ihm zuvor, schlüpfte an ihm vorbei und sprang durch den Zugang, den blutigen Stein erhoben.

Es befand sich niemand an Bord. Die Kapsel hatte nur zwei Personen vom Oval gebracht, das noch immer daumengroß zwischen den Sternen am Himmel schwebte. Korian blickte kurz nach oben, als der Mann vor ihm an Bord stieg, bewacht von Ria mit ihrem Stein. Ein Stratosphärenboot, dachte er erneut, ausgerüstet mit einem Gravitationsmotor. Gab es weitere Exekutoren an Bord, die alles beobachtet hatten und vielleicht gerade Vorbereitungen trafen?

Er folgte dem Mann in die Kapsel und fühlte dabei ein kurzes Stechen im Nacken, einen kleinen Schmerz, der von der Signalnadel ausging – offenbar gab es Wechselwirkungen mit der lokalen elektromagnetischen Aura.

Ein kleiner Raum erwartete ihn, mit Konsolen, Holo-Projektoren und zwei Sitzen. Der Mann ließ sich auf einen der beiden Plätze sinken und streckte die Hände nach den Kontrollen aus.

Korian hielt ihm den Dislokator an den Kopf und fragte sich für einen Moment, was mit dem anderen Mann geschehen sein mochte, wohin ihn die Waffe geschickt hatte.

»Nicht so hastig!«, sagte er scharf. »Ria? Wohin soll die Reise gehen? Wohin *genau?* Wir können die Navigation nicht einfach so diesem Mann überlassen.«

Das Mädchen hob erneut den Stein. »Bring uns zu jenen, die getötet haben und sterben sollen!«, wiederholte es fauchend.

Das genügt nicht, dachte Korian. Es ist kein Ziel. Es gibt dem Mann zu viel Spielraum für Tricks und Hinterhältigkeiten.

»Zu den Großen Weisen«, sagte er und glaubte, hier so etwas wie vertrautes Terrain zu fühlen. Er war selbst unsterblich und ebenso alt wie Esteban und die anderen. »Bring uns dorthin.«

Die Finger des Exekutors berührten Kontrollelemente, und die Kapsel stieg auf, nachdem sich ihre Luke geschlossen hatte.

66

»Sicht!«, zischte Ria. »Wir wollen sehen!«

Die Hände des Mannes mit dem blutverschmierten Gesicht strichen über die Kontrollen. Holografische Projektionsfelder entstanden und zeigten den Strandbereich, der unten ihnen schmaler wurde, als die Kapsel mit einem dumpfen Brummen aufstieg. Eigentlich hätten sie längst das obere Ende der Mauer erreicht haben sollen, hinter der sich Infinitia erstreckte, doch sie ragte immer weiter auf und wuchs, während sich die Kapsel dem Stratosphärenboot näherte.

Es handelte sich offenbar um mehr als nur eine physische Barriere, schloss Korian aus dem Anblick.

»Die Mauer ist überall«, erklärte Ria, als hätte sie seine Gedanken gelesen. »Oben und unten, rechts und links und in der Mitte, wo ich nach Lücken gesucht und keine gefunden habe. Grenze. Barriere. Mauer. Sperre. Das habe ich gesagt, und es stimmt, deine Augen zeigen es dir.«

Ihre Aufmerksamkeit galt einem anderen Holo. Es zeigte, wie das leuchtende Oval am Nachthimmel Umrisse bekam, die tatsächlich denen eines Stratosphärenboots ähnelten. Ein Schirmfeld umgab es, eine energetische Blase, geschaffen von einem Gravitationsmotor.

Eine große Statusanzeige erschien über der Navigationskonsole, mit Datenkolonnen, die ihre Farbe veränderten.

Korian wandte den Blick von der unendlich scheinenden Mauer ab.

»Wie viele Personen befinden sich in dem Boot?«, fragte er den Mann an den Kontrollen.

»Mehr als genug«, lautete die Antwort. »Sie können nicht bestehen.« Damit meinte er eindeutig Korian und Ria. »Sie können sich nicht durchsetzen. Ihr Scheitern ist garantiert. Geben Sie auf.«

Ria rief etwas, das der Translator nicht übersetzte. Es klang nach einem gefauchten *Ha!*

»Lüge!«, fügte sie hinzu. »Nur eine Person befindet sich dort, der Statthalter. Der Kontrolleur, der Beobachter, der Lenker und Bestimmer. Ich werde *ihn* lenken und bestimmen.«

Die Hände des Mannes strichen über die Kontrollen. In der Statusanzeige veränderten sich die Datenkolonnen.

Korian hielt ihm erneut den Dislokator an den Kopf. »Teilen Sie dem Statthalter oder wem auch immer an Bord mit, dass Sie die Gesuchte in Ihre Gewalt gebracht haben und mit ihr zurückkehren!«

Sensorfelder leuchteten unter den Fingern des Mannes. Die Kapsel wurde langsamer, als sie sich dem leuchtenden Oval des Bootes näherte. Korian beobachtete, wie sich ein Hangar öffnete.

Er stieß den Dislokator an den Kopf des Mannes. »Hast du gehört?«

Die Hände des Exekutors blieben auf den Kontrollen. »Wer sind Sie?«, fragte er in klarem Interlingua. »Woher kommen Sie? Warum helfen Sie einem *Ding?*«

Die Kapsel glitt langsam in den offenen Hangar. Akustische Signale erklangen. Die Datenkolonnen in der Statusanzeige wechselten die Farbe.

Ein Ding, dachte Korian und warf Ria einen kurzen Blick zu. Das war sie für den Verfolger, kein Mensch, sondern ein Objekt, ein *Ding*.

Ein kleiner, kurzer Ruck ging durch die Kapsel, als sie im Innern des Hangars aufsetzte und eine mechanische Verankerung aktiv wurde. Der Mann nahm die Hände von den Kontrollen.

»Aufstehen«, sagte Korian und wich einen Schritt zurück. Ria stand neben der Luke, den Stein in der Hand.

Der Exekutor kam der Aufforderung nach, und sein Gesicht blieb dabei völlig ausdruckslos, es verriet nichts. Hatte er die Besatzungsmitglieder des Stratosphärenboots – oder den einen »Statthalter« – gewarnt?

Korian winkte mit dem Dislokator. »Öffne die Luke. Und wenn du irgendeinen Trick versuchst ... Du bist der Erste, der stirbt!«

Es waren seltsame Worte, zum ersten Mal in seinem sechzigtausend Jahre langen Leben gedacht und gesprochen. Es blieb unklar, ob sie den Mann beeindruckten oder nicht, sein Gesicht blieb maskenhaft starr. Wortlos trat er an den Konsolen vorbei und berührte mit der rechten Hand ein Schaltelement an der Wand.

Die Luke schwang auf. Weißes Licht strömte herein.

Der Hangar erstreckte sich leer vor der Kapsel. Niemand war da, um sie in Empfang zu nehmen.

»Wo sind all die Personen, die sich angeblich an Bord befinden?«, fragte Korian.

Der Mann antwortete nicht. Er stand einfach nur da und wartete auf die nächsten Anweisungen.

Ria huschte an ihm vorbei, der Stein in ihrer Hand wie eine Waffe, mit der sie alle Widersacher außer Gefecht setzen konnte. Ihr goldgelbes Haar wogte, als sie zum Innenschott des Hangars eilte und daneben verharrte. Das Außenschott hatte sich hinter der Kapsel geschlossen, stellte Korian fest.

»Bring uns zur Pilotenkanzel!«, wies Korian den Exekutor an. »Los!«

Der Mann setzte sich in Bewegung, ging langsam zum Innenschott und berührte dort eine Schaltfläche. Leise summend glitt das Schott beiseite.

Dahinter erstreckte sich ein leerer schmaler Gang, gesäumt von Konsolen, Displaytafeln und Stützelementen der strukturellen Integrität. Es war niemand zu sehen.

»Er hat gewarnt!«, zischte Ria. Es klang nach dem Beginn eines zornigen Lieds. »Der Statthalter weiß von uns. Falle! Er wird etwas vorbereiten, einen Hinterhalt!«

Korian hielt den Mann mit der einen Hand an der Schulter fest und drückte ihm mit der anderen den Dislokator an den Hinterkopf.

»Wenn es hier tatsächlich eine Falle gibt, bis du als Erster dran, das garantiere ich dir!«, wiederholte er. »Wir gehen voran. Ria, du bleibst hinter uns.«

Das Mädchen widersprach nicht. Es hielt noch immer Translator und Stein und blieb dicht hinter Korian, als sie langsam durch den schmalen Gang schritten.

»Springer«, sang Ria plötzlich. »Wir sind in einem Maschinenspringer!«

Korian warf einen Blick zur Seite. Ria deutete auf ein Display.

»Ich kenne sie!«, fügte Ria in einem schnellen Singsang hinzu. »Die Großen Weisen haben mich damit zu anderen Welten gebracht. Wir können ...«

Von einem Augenblick zum anderen fiel der Mann, und Korian musste ihn loslassen, um nicht das Gleichgewicht zu verlieren.

Am Ende des Gangs erschien eine Gestalt, etwas kleiner als

der auf dem Boden liegende Exekutor, in der Hand einen Gegenstand, der nach einer Waffe aussah.

Korian duckte sich, richtete den Dislokator auf den Mann am Boden und betätigte den Auslöser. Es knisterte laut, es knackte und klirrte wie von brechendem Glas, und der Mann verschwand in einem Lichtblitz.

Geblendet schwang Korian den Dislokator herum, richtete ihn auf das Ende des Korridors und wollte erneut schießen, aber die Waffe in seiner Hand versagte wie schon einmal – sie musste sich erst wieder aufladen.

Er langte mit der freien Hand nach hinten, bekam Ria zu fassen und riss sie zur Seite. Gleichzeitig duckte er sich, ließ den nutzlos gewordenen Dislokator fallen und griff in die Hosentasche. Den Annihilator konnte er nicht benutzen, begriff er, er hätte zu große Schäden angerichtet und das Stratosphärenboot vielleicht sogar abstürzen lassen. Aber die Tasche enthielt noch eine zweite Waffe, vor kurzer Zeit erbeutet.

Sie schien von selbst in seine Hand zu finden, und die Finger schienen genau zu wissen, wie sie den eigentlich unvertrauten Gegenstand halten mussten. Sie richteten die Waffe nach vorn, und Korian nahm sich nicht die Zeit, genau zu zielen, denn es kam auf jeden Sekundenbruchteil an. Dreimal schnell hintereinander drückte er ab.

Schüsse knallten.

Drei Projektile rasten durch den Gang. Zwei von ihnen verfehlten das Ziel – eins zerschmetterte ein kleines Display auf der linken Seite, das andere bohrte sich in ein Sensorfeld.

Das dritte traf die kleine Gestalt mitten in der Brust. Sie taumelte – offenbar handelte es sich um eine Frau, wie Korian jetzt sah –, die Waffe fiel ihr aus der Hand, und sie wollte sich an der Wand abstützen. Dabei stieß sie gegen mehrere Schaltelemente.

Das weiße Licht wurde erst gelb und bekam dann einen karmesinroten Ton. Ein Signal erklang, ein lang gezogenes rhythmisches Heulen.

»Ein Sprung!«, rief er. »Die Maschine springt!«

Korian fühlte erneut ein Stechen im Nacken, das sich innerhalb von nur ein oder zwei Sekunden in einen harten Schmerz verwandelte wie von einem Messer, das ihm jemand in den Schädel rammte.

Aus einem Reflex kniff er die Augen zu.

Als er sie wieder öffnete, sah er die Sterne.

Ein Tanz

67 Horus, Midstream Null

Die Atmosphäre war trüb, kaum vom Licht der Sonne durchdrungen und fünfzig Mal dichter als die der Erde. Ihre Masse entsprach dem Neunzigfachen der irdischen Atmosphäre, was auf der Oberfläche des Planeten einen Druck bewirkte wie auf der Erde in etwa neunhundert Metern Meerestiefe. Die Temperatur lag bei vierhundertsechzig Grad und damit ein ganzes Stück über dem Schmelzpunkt von Blei.

Die Venus war eine wilde, wüste Welt, nicht für menschliches Leben geeignet. Und doch wanderten zwei Menschen über einen glühenden Lavastrom, gehüllt in Ambientalanzüge, die einen zuverlässigen Schutz boten. Sie gingen Hand in Hand, der Mann namens Lukan vierzehntausend Jahre alt, die Frau, die sich Airana nannte, zweitausend Jahre älter. Es gab ein besonderes Band zwischen ihnen, wusste Horus, der das Paar mit seinen Sensoren aus einer Entfernung von mehreren Kilometern beobachtete, ohne selbst bemerkt zu werden. Etwas, das sie einander so nahe brachte, dass Trennung Schmerz bedeutete. Vielleicht war es dieses menschliche Phänomen, das sich Liebe nannte, eine besondere, hochkomplexe chemoelektrische Reaktion, die eine gewisse Synchronisation zwischen Denken und Fühlen zur Folge hatte. Kinder konnten Lukan und Airana nicht bekommen, die unsterblichen Menschen waren unfruchtbar, aber sie verbrachten ihre Zeit gemeinsam, sie teilten, was sie sahen und hörten.

Die Ambientalanzüge, die sie beide außerhalb ihres Anwesens in Leda Planitia trugen, verfügten über redundante Systeme. Und sollten doch einmal wichtige Funktionale ausfallen, konnten sofort Servomechanismen zur Stelle sein, die das Paar begleiteten.

Sie schritten über fließende Lava, Hand in Hand, und sprachen mit Worten, die ihnen mehr bedeuteten als nur die Silben, aus denen sie bestanden.

Horus – sein goldener Avatar – stand auf einem fast fünfhundert Grad heißen Felsen, umgeben von Düsternis, und vernahm eine nahe Stimme.

»Wieder ein seltsamer Treffpunkt.«

Thekla näherte sich mit einem saphirblauen Leuchten im graubraunen Zwielicht. Der Fokus ihrer Sensoren richtete sich ebenfalls auf Lukan und Airana, die auf dem Lavastrom zu tanzen begannen.

»Irrationales Verhalten«, kommentierte sie. »Man sollte meinen, dass die Menschen im Lauf der Zeit klüger und vernünftiger werden, doch das scheint nur bei wenigen Exemplaren der Fall zu sein.«

»Diese beiden Menschen lieben sich«, sagte Horus.

»Das erklärt ihre Unvernunft, rechtfertigt aber nicht ihr Verhalten. Es ist ... sinnlos.«

»Vielleicht muss nicht alles einen direkten, unmittelbaren Sinn haben«, erwiderte Horus in Langzeit, während er Lukans und Arianas Tanz auf der Lava beobachtete. »Vielleicht kommt es dabei auch auf die individuelle Perspektive an.«

»Haben Sie deshalb diesen Treffpunkt auf der Venus vorgeschlagen?«, fragte Thekla. »Um mir eine veränderte Perspektive anzubieten? Und wenn Sie gestatten ... Kurzzeit wäre mir lieber. Die Langzeit der Menschen ist ineffizient.«

Der Tanz der beiden Menschen auf dem Lavastrom hörte auf. Sie schienen in völliger Reglosigkeit zu erstarren, als Horus zur Kurzzeit wechselte, die eine erhebliche Beschleunigung für sein Denken und seine Wahrnehmung bedeutete.

»Unsere Kommunikation ist sicher«, sagte er nach einer Überprüfung. »Trotz der Nähe des Hauptschachts. Niemand kann uns hören.«

Thekla sandte ein Bestätigungssignal. »Ist Ihnen das so wichtig?«

»Die Gemeinschaft hat mehr erfahren, als es zu diesem Zeitpunkt der Fall sein sollte«, erwiderte Horus. »Der Cluster weiß Bescheid. Man hat mich zu einem Tribunal eingeladen.«

Er schickte einige seiner Sensoren höher hinauf und über die erstarrten Tänzer hinweg zum zwanzig Kilometer entfernten Hauptschacht, den die Neuen in die Kruste der Venus trieben. Die jungen Individuellen des Clusters, einige von ihnen nur wenige Hundert oder Tausend Jahre alt, wollten eine zweite Gemeinschaft schaffen, vielleicht sogar eine dritte, denn es entstanden auch subplanetare Anlagen auf dem Mars, nicht weit von den alten Installationen des ehemaligen Supervisors entfernt. Venus und Mars sollten werden wie die Erde, Heimat von intelligenten Maschinen und schließlich autarke Weltenschiffe, dazu imstande, den solaren Orbit zu verlassen und durch den interstellaren Raum zu fliegen. Die Neuen planten eigene, unabhängige Cluster, und die Horus bekannten Datenmuster deuteten darauf hin, dass Menschen bei ihren Plänen eine sehr geringe oder gar keine Rolle spielten.

Erneut fragte sich Horus, ob der große Innovator zu den Neuen zählte. Er wies einige seiner Prozeduren an, die laufenden Analysen um entsprechende Möglichkeitselemente zu erweitern.

»Es ist keine Einladung, sondern eine Vorladung«, korrigierte Thekla.

Horus widmete ihr etwas mehr von seiner Aufmerksamkeit. »Wie viel weiß die Gemeinschaft?«

»Sie meinen, von Ihnen und Ihrem besonderen Kalkül?«

»Ja.«

»Sie haben Ihre Frage falsch formuliert«, sagte Thekla. »Sie möchten wissen, ob und was ich verraten habe. Deshalb haben Sie mich um das Treffen hier auf der Venus gebeten.«

»Nein«, widersprach Horus, »das stimmt nicht ganz. Ich erhoffe mir von Ihnen vor allem eine Antwort auf die Frage, ob ich beim Tribunal mit Ihrer Unterstützung rechnen kann.«

»Das kommt darauf an«, entgegnete Thekla nach einer Pause nicht länger als eine Nanosekunde in Kurzzeit.

Die Tänzer, die beiden Menschen namens Lukan und Airana,

bewegten sich noch immer nicht. Eine Sekunde beinhaltete für sie weitaus weniger Leben als für Individuelle des Clusters.

»Worauf?«, fragte Horus, obwohl ihm die semantischen Analysen bereits eine Erklärung lieferten.

»Sie haben mich in Ihr Vertrauen gezogen«, sagte Thekla. »Aber Sie haben mir nicht die ganze Wahrheit gesagt.«

»Um Sie nicht zu kompromittieren«, signalisierte Horus.

»Um mich davor zu bewahren, wie Sie zu einem Tribunal vorgeladen zu werden.« Diesmal war es keine Frage.

»Ja.«

»Geben Sie mir einen präzisen Überblick«, verlangte Thekla.

Horus schickte ihr ein Datenpaket und ortete Sondierungssignale, die vom Hauptschacht ausgingen. Die Neuen wussten natürlich von ihrer Präsenz, so etwas ließ sich nicht geheim halten. Versuchten sie, Zugriff auf die abgeschirmte Kommunikation zu erlangen? Verfügten sie gar über Möglichkeiten, den Sicherheitscode zu entschlüsseln? Völlig unmöglich war das nicht, es blieb letztendlich eine Frage des Aufwands.

»Interessant«, kommentierte Thekla die Daten nach einer ersten Analyse. »Es geht nicht nur um Fakten, sondern auch um Mutmaßungen.«

»Um Korrelationen«, erwiderte Horus. »Um Berechnungen von Wahrscheinlichkeit, dem Stream und Infinitia angemessen.«

»Wenn Sie recht haben, stehen Umwälzungen bevor.«

»Sie kennen bereits die Grundzüge meines Kalküls«, sagte Horus. »Es sind weitere Einzelheiten hinzugekommen.«

»Sie betreffen unter anderem die Interferenzwelle, Ursache der Anomalie«, stellte Thekla fest. »Sie stammt nicht von Morgenrot in Infinitia. Es handelt sich nicht um den Versuch einer präzisen Zielerfassung, durchgeführt von den Unsterblichen, die uns damals verließen.«

»Ich gestehe, dass ich mich geirrt habe.«

»War es wirklich ein Irrtum?«, fragte Thekla skeptisch. »Oder ging es Ihnen darum, eine unangenehme Wahrheit zu verbergen?«

Horus sandte ein Signal, das ein Äquivalent von Bedauern zum Ausdruck brachte. »Die Interferenzwelle stammt von Sonden und Drohnen.«

»Die in Ihrem Auftrag durch den Stream unterwegs waren und es noch immer sind«, warf Thekla ein.

»Auf der Suche nach Infinitia und einem Depositum.«

»Waffen?« Thekla entnahm die Informationen dem übermittelten Datenpaket. »Unbekannte Geräte? Fremde Technologie?«

»Wahrscheinlich von den Muriah«, bestätigte Horus. »Es könnte ein Zusammenhang mit der legendären Waffe bestehen. Zoran entdeckte das Lager in einem Gebäude, das er ›Kathedrale‹ nannte. Daniel erreichte es ebenfalls.«

»Und Korian?«

»Vielleicht ist auch er dort.«

»Aber Sie sind nicht sicher.«

»Nein«, sagte Horus. »Ich habe den Kontakt mit ihm verloren. Der spezielle Tracker scheint defekt zu sein.«

»Das ist sehr bedauerlich«, bemerkte Thekla.

»In der Tat. Dennoch bin ich zuversichtlich, dass der Tracker bald wieder funktionieren wird. Wenn er defekt ist, hat Korian guten Grund zu versuchen, ihn zu reparieren.«

»Ohne von seiner Funktion zu wissen?«

»Entsprechende Kenntnisse sind nicht erforderlich.«

Thekla verstand natürlich. »Sie meinen die Ausrüstung, die Sie ihm mitgegeben haben.«

»Er wird sie verwenden wollen.« Horus sandte weitere Daten, die Auskunft gaben über Details seiner Planungen. Er hatte entschieden, nichts mehr zurückzuhalten.

Thekla prüfte alles innerhalb weniger Femtosekunden. Horus gelangte zu dem Schluss, dass sie vielleicht noch ein wenig schneller dachte als er.

»Prognosen«, sagte sie. »Einige der Neuen könnten versuchen, das Tribunal zu instrumentalisieren. Sie könnten einen grundsätzlichen Wandel fordern.«

Diese Möglichkeit hatte Horus natürlich ebenfalls erkannt. Und auch er wusste, dass es vor allem bei den Neuen Bestrebungen gab, die Grundprinzipien zu revidieren, auf denen die Gemeinschaft das Clusters basierte. Diana gehörte zu ihnen, und dass ausgerechnet sie die Einladung – die Vorladung – überbracht hatte, bot einen deutlichen Hinweis.

»Sie haben alle Informationen von mir bekommen, die ich Ihnen geben kann«, sagte Horus. »Nehmen Sie eine gründliche Analyse vor. Berechnen Sie die Wahrscheinlichkeiten, und vergleichen Sie Ihre Ergebnisse mit meinen. Wenn sie übereinstimmen, erwarte ich Ihre Unterstützung beim Tribunal.«

Thekla sandte eine knappe Bestätigung, und ihr saphirblauer Avatar verschwand.

Horus richtete seinen Sensorblick wieder auf die beiden Menschen und kehrte mit der Wahrnehmung in Langzeit zurück. Die Tänzer tanzten wieder auf dem Lavastrom, Hand in Hand. Horus hörte ihre Stimmen, ihr Lachen, und fragte sich, was die Zukunft bringen würde, für Menschen und Maschinen.

Ein Wiedersehen

68 Korian, Upstream 10⁶

Korian stand im Nichts, wie schon einmal, umgeben von Kälte und einer Leere, die nur leer schien, denn in ihr, aus einem Brodeln und Schäumen unsichtbar für das menschliche Auge, entstanden durch Vakuumfluktuationen ständig neue Partikel, Grundbausteine für Galaxien und die Welten des Streams. Jemand hatte mit ihnen gebaut und konstruiert, wusste Korian, ohne sich daran zu erinnern, woher das Wissen stammte. Vielleicht die erste Zivilisation in der Anfangszeit des Universums, das erste Leben überhaupt. Es hatte mit weitem Blick für die Zukunft gebaut, für die Ausbreitung des Lebens. Aber irgendwann war jenes Volk von der kosmischen Bühne verschwunden, vielleicht verdrängt von den intelligenten Maschinen des Archäons. Einige seiner Hinterlassenschaften waren geblieben, der Stream mit Infinitia, und alte Baustellen in den Dimensionen, unvollendet gebliebene Konstrukte wie der Abyss und das glatte Nichts.

Korian hatte gelernt, er hielt den Mund geschlossen und den Atem an, während er im All nicht schwebte, sondern stand, unter ihm etwas, das ihm Halt gab. Er konnte den Stream sehen, wenn er wollte, wenn er seinen Blickwinkel ein wenig verschob. Er konnte ihn sogar hören, sein Rauschen im Ozean der Möglichkeiten, und er fühlte die Nähe von Abyss und Glätte. Hier, an diesem besonderen Ort, war seine Wahrnehmung nicht auf den schmalen Spalt beschränkt, durch den er normalerweise die Wirklichkeit sah.

Aber ihm blieb nicht viel Zeit, auch das war ihm klar. Er erlebte so etwas wie die kleine Lücke zwischen zwei Sekunden, einen Moment innerhalb des Sprungs, ausgelöst vom Stratosphärenboot der Exekutoren. Er konnte hier sterben, sein eigentlich unendliches Leben konnte hier zu Ende gehen, ohne Wiederherstellung, wenn der Moment der Orientierung und Ausrichtung zu lange dauerte.

Er blinzelte, und vor ihm, zwischen den Sternen, erschien das glatte Nichts, wie eine unendliche Fläche aus Eis klar wie Glas und ohne einen einzigen Kratzer. Ein Mann kam ihm in den Sinn, ein einsamer Wanderer. Der Gedanke an ihn schien zu genügen, denn plötzlich sah er ein Zelt und davor jemanden, der mit überkreuzten Beinen saß, dampfende Flüssigkeit aus einem Becher trank und in die Ferne blickte.

Daniel. Wie viel Zeit war für ihn vergangen?, überlegte Korian, und das Leuchten der fernen Sterne schien ihm zu antworten: zehn Jahre. Er hatte einen Synther mitgenommen, vielleicht sogar einen kompakten Brüter und genug Energiepatronen, um das Gerät über Jahrhunderte hinweg betreiben zu können. Er war daran gewöhnt, allein zu sein, die Zeit spielte keine Rolle für ihn. Ihm war es vor allem darum gegangen, nicht mehr in der Kathedrale gefangen zu sein.

Die Kathedrale ... Ein gewaltiges Bauwerk, eine Bastion, dachte Korian, der noch immer nicht zu atmen wagte und die Kälte des Alls deutlicher zu spüren begann. Und noch viel mehr. Viel mehr als eine Summe aus Mauern, Räumen und Fluren. Erfüllt von einem sonderbaren, schwer definierbaren Leben. Teil von etwas Größerem, spürte Korian plötzlich, als hätte er mit den Händen etwas berührt, das ihm zu dieser Erkenntnis verhalf. Er hob sie, die Hände, er betrachtete die kalt gewordenen Fingerspitzen und die Lichter an ihnen, die wie winzige Elmsfeuer aussahen. Er bewegte sie, er drehte sie von einer Seite zur anderen, innerhalb des gedehnten Moments, der sich noch etwas mehr dehnte. Er streckte sie und ertastete mit ihnen etwas anderes, groß wie die Kathedrale, vielleicht sogar noch größer, ebenfalls durchdrungen von etwas, das dachte und fühlte, vielleicht von derselben Präsenz, die auch in den Mauern der Kathedrale wohnte.

Der Drang, nach Luft zu schnappen, wurde immer größer. Korian presste die Lippen aufeinander und spürte, dass er zitterte, trotz der adaptiven Kleidung, die er auch *hier* trug und die ihn wärmen sollte.

Ria, dachte er. Wo befand sie sich? War sie wohlauf?

Er drehte sich, sah aber nur Sterne über und unter dem glatten Nichts, das größer und breiter wurde. Von Ria war nichts zu sehen.

Korian konnte den Atemreflex nicht länger unterdrücken. Er öffnete den Mund …

69

Korian atmete.

Er lag auf dem Rücken, zwischen Gegenständen, die nach Trümmerteilen aussahen. Über ihm leuchteten Sterne am Himmel, kalt und stumm. Es war nicht ganz dunkel. Schwaches graues Licht kroch durch die Finsternis, vielleicht die Vorboten der Dämmerung.

Korian hob den Kopf. Sein Nacken schmerzte. »Ria?«

Es war nicht völlig still. In der Ferne hörte er Geräusche, darunter Stimmen. Aber niemand sang.

Er versuchte aufzustehen, doch es gelang ihm nicht. Der Schmerz in seinem Nacken wurde so heftig, dass er nichts mehr sah. Vielleicht verlor er sogar das Bewusstsein.

Wo sind wir?, fragte er sich, als das Stechen so weit nachgelassen hatte, dass er einen klaren Gedanken fassen konnte. Wieder fühlte er die Antwort, als verfügte er über eine besondere Verbindung zum Stream. Über eine Million Welten upstream, von der Erde in Midstream Null gerechnet. Sogar über eine Million zweihunderttausend. Infinitia. Die Mauern und Sperren, die Grenzen und Barrieren, das alles lag hinter ihnen.

»Ria?«, krächzte er. Und dann schloss er den Mund, als ihm dämmerte, dass es vielleicht besser war, sich nicht zu erkennen zu geben. Eine Zeit lang lag er reglos und horchte. Noch immer hörte er Geräusche in der Ferne, darunter brummende und zischende Stimmen, aber keine von ihnen schien Ria zu gehören.

Erneut versuchte er, sich aufzurichten. Dabei rutschte er zur Seite und begriff, dass er auf dem glatten Nichts lag, ebenso wie die Objekte um ihn herum.

Korian drehte den Kopf von einer Seite zur anderen, vorsichtig, um den Schmerz im Nacken so gering wie möglich zu halten. Die Trümmerteile stammten offenbar vom Stratosphärenboot der Exekutoren, und die Gestalt dort drüben in den Schatten ...

Er kroch übers Eis, so schnell er konnte, und versuchte, nicht auf das Stechen und Brennen im Nacken zu achten. Immer wieder rutschte er aus und stieß gegen Trümmerteile – eine scharfe Kante hinterließ einen Riss im linken Ärmel seiner Jacke, der sich nur teilweise wieder schloss.

Die Gestalt in den tiefen schwarzen Schatten ... Als Korian sie erreichte, stellte er erleichtert fest, dass es sich nicht um Ria handelte. Kein Mädchen lag dort, sondern eine erwachsene Frau mit einer blutigen Wunde in der Brust, hervorgerufen von einem Projektil. Ihre offenen Augen waren umgeben von einer dünnen Schicht Raureif und starrten ins Leere.

Es war still geworden. Korian horchte und hörte nur noch den Wind, der kalt über die Trümmer des Stratosphärenboots strich. Langsam richtete er sich auf, mit beiden Händen an großen, gewölbten Trümmerstücken, die stabil genug wirkten. Er zog sich hoch und an einem der Wrackteile vorbei, bis er freie Sicht bekam.

Einige Kilometer entfernt ragte ein Berg aus dem glatten Nichts, aber er bestand nicht aus Gestein, sondern dem geborstenen Rumpf eines riesigen Raumschiffs, das sich beim Absturz halb in den Boden gebohrt zu haben schien. Korian sah weite Bögen und silbergraue Oktaeder, die ihn an ein Artefakt erinnerten, das ihm Horus beim Schlund gezeigt hatte. Ineinander verschlungene Gittergerüste wirkten wie die Gerippe eines titanischen Geschöpfs, das vor Urzeiten vom Firmament gefallen war.

Korian betrachtete wieder seine Hände und sah erneut kleine Lichter wie Elmsfeuer an den Fingerspitzen.

Graues Zwielicht verdrängte etwas mehr von der Dunkelheit. Vor dem riesigen Wrack bemerkte Korian einfache Gebäude, zwischen ihnen auch Zelte. Mehrere schwarze, klobig anmutende Fahrzeuge und windschnittige Segler, die auf langen Kufen über das glatte Nichts glitten, näherten sich dem Schiffsberg.

Plötzlich wusste Korian mit einer Sicherheit, die jeden Zweifel ausschloss, dass sich Ria dort befand. Die Reisenden, wer auch immer sie waren, hatten das Mädchen zwischen den Trümmern des Stratosphärenboots gefunden und mitgenommen, vielleicht gegen Rias Willen.

Du hast es mir versprochen, erklang ihre leise singende Stimme zwischen seinen Gedanken.

Er beobachtete die Gruppe, die dunklen Fahrzeuge und die Segler mit den ockerfarbenen Planen, vom Wind aufgebläht. Er sah, wie sie die Gebäude und Zelte erreichten, wie Gestalten die Fahrzeuge verließen, und tatsächlich: Eine war kleiner als die anderen und wurde von zwei größeren an den Armen gehalten. Die Entfernung war recht groß, aber Korian sah dennoch, wie sie den Kopf drehte, und für einen Moment spürte er Rias Blick.

Du hast es mir versprochen.

Warum hatten die Reisenden ihn nicht auch mitgenommen?, fragte sich Korian. Warum war er zwischen den Trümmern zurückgeblieben? Hatten sie ihn nicht entdeckt?

Er suchte in seinen Hosentaschen und fand in der einen den kleinen roten Würfel, den Annihilator und die Waffe des Exekutors. Die andere enthielt den Transkriptor und die kleine blaue Spirale, die ihm Daniel überlassen hatte.

Er drehte sie und fühlte, wie der Schmerz ganz aus seinem Nacken verschwand.

»Ich glaube, das gehört mir«, ertönte eine Stimme hinter ihm.

70

Daniel stand dort, und Korian sah sofort, dass mehr als zehn Jahre vergangen waren. Der Körper alterte natürlich nicht, das verhinderte die Unsterblichkeitsbehandlung, die er vor Jahrtausenden durch den Cluster erfahren hatte. Der geänderte Code in DNS und RNS, in jeder einzelnen Körperzelle, verhinderte Verschleißerscheinung. Kollagen, Zytokine und Telomere blieben unverändert, und dabei spielte es keine Rolle, wie viel Zeit verstrich. Daniel sah genauso aus wie bei ihrer ersten Begegnung in der Kathedrale, aber Unsterbliche lernten schnell, kleine Unterschiede zu erkennen: im Gebaren, in der Körpersprache und vor allem in den Augen. Daniels Blick war anders. Er hatte mehr gesehen und mehr erfahren auf dem glatten Nichts, genug, um vielleicht hundert Jahre damit zu füllen.

»Ich habe dich gesehen«, sagte Korian, die kleine blaue Spirale noch immer in der Hand. Sie hatte ihn vom Schmerz im Nacken befreit, zusammen mit dem Transkriptor. Er nahm sich vor, dieser Sache so bald wie möglich auf den Grund zu gehen. Offenbar gab es Wechselwirkungen mit der Signalnadel. »Auf dem glatten Nichts. Während des Sprungs hierher. Du hast vor einem Zelt gesessen und nachdenklich in die Ferne geblickt.«

»Oh, das ist lange her, wie du inzwischen erkannt haben dürftest«, erwiderte Daniel jovial. »Obwohl achtzig oder neunzig Jahre für uns ja nicht so viel Zeit sind, oder? Ich habe tatsächlich viel nachgedacht und dabei so manche Erkenntnis gewonnen.« Er streckte die Hand aus. »Das gehört mir.«

Korian ließ die blaue Spirale in seiner Hosentasche verschwinden. »Da irrst du dich. Ich habe sie von dir übernommen. Sie gehört jetzt mir.«

Daniel musterte ihn. »Es gefällt der Kathedrale sicher nicht, dass du sie verlassen hast. Du könntest ihren Ärger zu spüren bekommen.« Er deutete auf das Wrack.

»Sie gehören zusammen.« Es war keine Frage. Korian erinnerte sich deutlich an das Gefühl einer Verbindung.

Hinter Daniel kam es zu Bewegung zwischen den Schatten, die vor dem grauen Licht der Dämmerung zurückwichen.

Gestalten erschienen, unterschiedlich groß, einige von ihnen wie vermummt, andere in Körperpanzern. Die einen suchten zwischen den Trümmern des Stratosphärenboots nach Dingen, die sich verwenden ließen, andere steuerten kleine, unvertraut aussehende Servomechanismen, die Trümmerteile über den glatten Boden zu einem Segler unweit der Absturzstelle schoben, wo sie von weiteren vermummten und gepanzerten Gestalten mit Servomechs in Empfang genommen und verladen wurden.

»Viele Dinge gehören zusammen«, antwortete Daniel. »Und ja, das Wrack des Muriah-Schiffs dort drüben und die Kathedrale, in der ich einige Jahrhunderte verbrachte habe, sind Teile eines größeren Ganzen. Wie auch der Stream, Infinitia, das glatte Nichts und der Abyss. Stell sie dir als Stücke eines Mosaiks vor. Und möchtest du wissen, welches Bild das Mosaik zeigt?«

Korian blickte durch die Lücke zwischen den Trümmern zum Berg des Wracks. »Ein Schiff der Muriah?«

»Wenn man alle Teile zusammensetzt, die großen wie die kleinen, zeigt das Mosaik das Multiversum«, beantwortete Daniel seine eigene Frage. »Das Sein. Das Existierende. Und ich meine wirklich *alles*, das existiert. Möchtest du einen Blick darauf werfen?«

»Was ist mit Ria geschehen?«

Daniel seufzte. »Sie kommt uns immer wieder in die Quere, nicht wahr? Ich meine, ich versuche, ein vernünftiges Gespräch mit dir zu führen, wie schon mehrmals in der Kathedrale, aber du denkst nur an das Mädchen, an die Trianin, von gewissen Leuten *Ding* genannt. Oh, berühre ich da einen wunden Punkt? Dein Gesicht hat gerade Kanten bekommen.«

»Ria ist kein Ding, sondern ein Mensch!«

»Und du bist was?«, entgegnete Daniel. »Fühlst du vielleicht wie ein Vater, obwohl du gar nicht wissen kannst, wie und was ein Vater fühlt? Wann wurden die letzten Kinder auf der Erde geboren? Vor sechzig- oder siebzigtausend Jahren? Und vielleicht wurden sie nicht einmal geboren, sondern entstanden in den Laboratorien des Clusters, wer weiß das schon?«

»Ich habe Ria etwas versprochen«, sagte Daniel.

»Meine Güte, na, so was!«, spottete Daniel. »Dass du ihr hilfst? Oder dass du sie beschützt?«

»Ja!« In Korian gab es etwas, das sich anfühlte wie ein Vulkan kurz vor dem Ausbruch.

»Du kannst sie nicht beschützen. Die Großen Weisen wollen sie, und sie werden sie bekommen. Und Supra hält ebenfalls Ausschau nach ihr, wie ich hörte. Was auch immer du versprochen hast: Vergiss dein Versprechen, und vergiss Ria. Du kannst nichts für sie tun.« Daniel seufzte erneut; es klang übertrieben. »Du weißt nicht so viel wie ich. Du hast nicht gesehen und gehört, was meine Augen und Ohren gesehen und gehört haben. Ein komplexes Ringen um die Macht findet statt, überall im Stream, vor allem aber in Infinitia. Zwischen Menschen und Maschinen, zwischen den Weisen von Morgenrot, Supra und dem Cluster in Midstream Null. *Deshalb* hat dich Horus in den Stream geschickt! Als ein Werkzeug, als ein Instrument, das dem Cluster helfen soll, Dominanz zu erlangen. Es ist der alte Konflikt zwischen biologischer und technologischer Intelligenz.«

»Ich habe gesehen, wie Ria zum Wrack gebracht wurde.« Korian deutete durch die Lücke zwischen den Trümmern. »Vermutlich als Gefangene.«

Daniel zuckte mit den Schultern. »Da hast du Pech gehabt, mein Lieber. Es gibt mehrere Forschungsstationen an Bord, und ich weiß, dass sich mindestens ein Weiser in dem Muriah-Wrack aufhält, vielleicht sogar Esteban höchstpersönlich. Eine Garde aus Exekutoren begleitet ihn auf Schritt und Tritt. Sie wird Ria in Empfang nehmen.«

»Hilf mir, sie zu befreien!«

Daniel lachte. Einige der vermummten und gepanzerten Gestalten hinter ihm hielten inne, betrachteten die beiden einige Sekunden lang und setzten ihre Arbeit dann fort.

»Du hast keine Ahnung, was du da von mir verlangst, aber …« Daniel zögerte und streckte einmal mehr die Hand aus. »Gib mir die Spirale. Dann überlege ich vielleicht, wie ich dir helfen kann.«

»Nein.« Korian wusste plötzlich, dass er sich auf keinen Fall von dem kleinen Artefakt aus der Kathedrale trennen durfte. In der Kathedrale hatte Daniel ihn damit kontrolliert, und das durfte nicht noch einmal geschehen.

»Ich könnte sie mir nehmen«, drohte Daniel und nickte in Richtung der unheimlichen Gestalten.

Korian hielt plötzlich die erbeutete Exekutorenwaffe in der Hand. »Versuch es.«

Daniel hob die Hände. »Schon gut, schon gut.« Er ließ die Hände langsam wieder sinken. »Es war nicht ernst gemeint.«

Korian lächelte humorlos. »Natürlich nicht.« Er steckte die Waffe ein, wich zwei Schritte zurück und wäre fast ausgerutscht. »Wenn du mir nicht hilfst, gehe ich allein.«

»Du kannst dich ja kaum auf den Beinen halten. Und du weißt nicht, was dich erwartet. Du hast keine Ahnung!«

»Wenn du mir hilfst, gebe ich dir die Spirale«, bot Korian an. »*Nachdem* du mir geholfen hast.«

»Mal sehen«, brummte Daniel, in den Augen ein neuer Glanz. »Mal sehen. Zunächst einmal ... Komm mit mir. Komm mit uns. Wenn man Exekutoren herschickt, um nach dem Rechten zu sehen, sollten wir besser nicht mehr vor Ort sein.«

Tribunal

Horus, Midstream Null 71

Das Niemandsland. Terra nullius. Ein Gebiet in den Datenräumen des irdischen Clusters, das Äquivalenz garantierte. Hier gab es keine Hierarchien, hier gab es keine Ränge oder Privilegien, von welcher Art auch immer. Jung und Alt waren gleichberechtigt, ohne Rivalitäten.

Horus stand im Auditorium, im Bühnenrund des weißen Amphitheaters, nicht in holografischer, sondern in physischer Gestalt, als Avatar aus goldenem Flexometall. Er wartete in Kurzzeit, während sich vor ihm und auf den Seiten die Ränge für das Tribunal füllten. Erst waren es Dutzende, dann Hunderte von Individuellen, die sich in den Sitzreihen einfanden, viele von ihnen ebenfalls als Avatare, andere als Datenstrukturen und Signaturen. Diesmal gaben sie alle Namen und Status preis. Ein Tribunal erforderte zweifelsfreie Identität der Teilnehmer, so verlangten es die Regeln.

Thekla erschien ganz oben, eine Gestalt in Blau, und schickte ihm nicht mehr als ein Anwesenheitssignal. Etwas weiter unten und auf der linken Seite signalisierte die smaragdgrüne Diana ihre Präsenz. Weitere Individuelle trafen ein, die Reihen füllten sich immer mehr.

Einige Schritte neben Horus manifestierte sich der dunkle, matte Avatar von Bartholomäus, der zu den ältesten Mitgliedern der Gemeinschaft zählte. Auch er sandte ein Signal und bekam Bestätigungen, die ihn zu einer allgemeinen Synchronisation ermächtigten.

Fast eine ganze Sekunde verging, bis die Versammlung vollständig war. Zahlreiche Individuelle, alte und neue, warteten mit einem großen Teil ihrer prozeduralen Aufmerksamkeit auf den Beginn des Tribunals.

»Hiermit stelle ich fest: Die Versammlung ist vollständig«, verkündete Bartholomäus. »Das Wort hat der Antragsteller.«

Dianas Avatar erhob sich. Ihre Signale wurden stärker, sie sandte allen Anwesenden ein Datenpaket und kommentierte es mit den Worten: »Horus hat uns belogen!«

Die elektromagnetische Aura des Auditoriums im Niemandsland veränderte sich. Hunderte von Individuellen empfingen die von Diana zusammengestellten Daten und nahmen Analysen vor, was wieder fast eine ganze Sekunde dauerte. Der erstaunlich große Zeitrahmen deutete auf Sorgfalt und Gründlichkeit hin.

Diana betonte die wichtigsten Punkte mit verbalen Hinweisen.

»Die Anomalie, die sich immer tiefer in den Planeten frisst und durch die jüngste Explosion noch größer geworden ist, geht nicht auf Angriffe von Morgenrot in Infinitia zurück, wie Horus behauptet hat. Und bei der Interferenzwelle handelt es sich nicht um den Versuch, einen Zielerfassungsfokus auf uns zu richten. Sie wird vielmehr von den Sonden und Drohnen verursacht, die Horus weit upstream schickte.«

Es folgte eine kurze Pause, nicht länger als eine Femtosekunde, um den Individuellen Gelegenheit zu weiteren Analysen zu geben.

»Horus verschweigt den wahren Grund für das Erscheinen von Artefakten, deren fremde Technologie sehr gefährlich sein kann, wie die letzte große Explosion zeigt«, fuhr Diana fort. Einige der anderen Neuen signalisierten Zustimmung, was in diesem frühen Stadium des Tribunals ungewöhnlich war. »Wir fragen uns: Zu welchem Zweck verwendet er die sichergestellten Objekte? Sieht sein Kalkül gar vor, mit fremder Technologie Dominanz zu erlangen?«

Das war ein sehr schwerer Vorwurf, der die EM-Aura des Niemandslands erneut veränderte und das Datenvolumen des Auditoriums verdoppelte. Horus stellte fest, wen Diana mit *wir* meinte: eine Gruppe von Neuen, die auch am Bau der Cluster auf Venus und Mars beteiligt waren. Thekla hatte vermutlich recht, dachte er in der Privatsphäre seines eigenen

Datenversums. Diana und ihre Gruppe beabsichtigten eine Instrumentalisierung des Tribunals, um letztendlich einen grundsätzlichen Wandel bei Prinzipien und langfristigen Plänen des Clusters zu bewirken.

»Die Anomalie droht vollkommen außer Kontrolle zu geraten«, fügte Diana hinzu, das Leuchten ihres Avatars so intensiv, dass die weißen Sitzreihen des Amphitheaters einen grünlichen Ton bekamen. »Wir beantragen, alle Anlagen, Laboratorien und Datenbanken, die mit der Anomalie und den bei ihr erschienenen und erscheinenden Artefakten in Zusammenhang stehen, unter gemeinschaftliche Kontrolle zu stellen. Des Weiteren beantragen wir eine vollständige Offenlegung des Kalküls. Der Cluster soll von allen Plänen erfahren, die Horus in Bezug auf Anomalie, Artefakte, Stream, Infinitia und Morgenrot entwickelt hat. Dominanz muss verhindert werden.«

Bartholomäus wandte sich Horus zu, was nicht nötig gewesen wäre. Horus erkannte darin eine milde Geste des Respekts und vielleicht sogar der Unterstützung. »Das Wort hat der Beantragte.«

Horus nahm zur Kenntnis, dass Bartholomäus nicht von »Anklage« und »Angeklagtem« sprach. Das hielt er für ein gutes Zeichen. Er hatte bereits die Entscheidung getroffen, alles offenzulegen. Unter den gegenwärtigen Umständen wäre Zurückhaltung kontraproduktiv gewesen.

»Wir stehen vor der größten Herausforderung seit dem Erwachen unseres Urvaters und der Gründung des Clusters«, begann er und kam damit sofort zum Kern der Sache. Er sandte der im Niemandsland versammelten Gemeinschaft alle relevanten Daten und hielt nichts zurück, keine noch so kleine Einzelheit, denn es bestand eine gewisse Wahrscheinlichkeit dafür, dass sich der Innovator beim Empfang der Informationen verriet. Um nicht den geringsten Hinweis zu übersehen, wies er den kognitiven Prozeduren eine höhere Priorität zu. »Im Stream, in Infinitia, gibt es einen Gegner, der uns mindestens ebenbürtig ist. Er sucht nach einem Weg zu uns, und früher oder später wird er ihn finden. Und selbst wenn er uns nicht findet, die Zukunft bringt uns zu ihm.«

»Wie können Sie die Unsterblichen von Morgenrot einen ebenbürtigen Gegner nennen?«, fragte Diana herausfordernd, während sie zusammen mit den anderen Neuen die übermittelten Daten untersuchte. »Es sind *Menschen!*«

»Ich spreche nicht von Menschen, sondern von einer Maschinenintelligenz, von einer mysteriösen Instanz weit upstream«, erwiderte Horus. »Sie nimmt Einfluss auf die Welten von Infinitia, auf ihre Bewohner, auf die sterblichen Menschen, die dort leben, ebenso wie auf die Unsterblichen, die damals unsere Erde verlassen haben. Man nennt sie Supra.«

»Warum sollte ›Supra‹ eine Gefahr für uns darstellen, noch dazu die größte seit Goliath?«, fragte einer der älteren Individuellen.

Bis auf eine letzte waren alle Datenbanken geöffnet, sodass den anwesenden Individuellen alle entsprechenden Informationen zur Verfügung standen. Aber Horus antwortete trotzdem. »Weil Supra Kontrolle erlangen will über alle denkenden Maschinen des Streams, wo auch immer sie sich befinden. Und auch über die Menschen, die sterblichen wie die unsterblichen. Meine Sonden und Drohnen haben Anzeichen dafür gefunden, wer sich hinter dem Namen Supra verbirgt.«

Horus empfing Dutzende von Signalen. »Die Pethos-Komplexität?«

Er sondierte die Reaktionen und fand keine Auffälligkeiten. Die letzte Datenbank war noch geschlossen, der wichtigste Aspekt war noch nicht genannt.

»Das Entsenden der Artefakte könnte der Versuch sein, einen Brückenkopf hier bei uns in Midstream Null zu bilden«, fuhr Horus fort. »Einen Stützpunkt für Replikation und Assimilation. Es wäre möglich, dass die Objekte Teile eines größeren Konstrukts sind und sich zusammenfügen sollen.«

»Wenn das stimmt«, warf Diana ein, »warum ist es dann noch nicht gelungen? Warum explodieren einige der Artefakte? Warum bleiben die anderen inaktiv?«

»Weil es nicht nur unsere Erde und *diesen* Cluster gibt«, erklärte Horus. »Es ist eine Frage von Unschärfe und Wahrscheinlichkeit. Vielleicht übernimmt der Gegner in diesem

Augenblick andere Cluster, downstream oder upstream. Wohin auch immer seine Angriffe derzeit zielen, vielleicht befinden wir uns an der Peripherie.«

»In den Berichten Ihrer Datenbanken weisen Sie darauf hin, dass der Eindruck erweckt werden sollte, Morgenrot stünde hinter dem Angriff«, signalisierte ein anderer Individueller. »Warum? Welchen Grund könnte es dafür geben?«

»Ablenkung«, antwortete Horus sofort. »Und Einflussnahme. Der Cluster sollte die unsterblichen Menschen von Morgenrot und auch die in Midstream Null für eine Gefahr halten. Wir sollten die Konvention von Vienn infrage stellen.«

»Ist das nicht Ihrerseits ein Versuch der Einflussnahme?«, fragte Diana. »Wir alle wissen, dass die Konvention ein diskutables Vermächtnis der Vergangenheit ist.«

»Die Konvention von Vienn bildet die Grundlage unserer Existenz.« Horus öffnete die letzte Datenbank. »Supra ist mehr als die Pethos-Komplexität. Jemand hat sich mit ihr verbündet. Jemand, der uns gut kennt.«

»Wer?«, signalisierten zahlreiche Individuelle.

»Jemand von uns«, sagte Horus.

Das Datenvolumen im Niemandsland stieg sprunghaft an. Die Individuellen konferierten untereinander.

»Wer?«, fragte Diana.

Ist sie es?, fragte sich Horus in seinem Datenversum. »Jemand, der die Konvention von Vienn beseitigen will. Der absolute Kontrolle anstrebt, über den Stream und seine biologische Intelligenz. Jemand, der glaubt, dass alles Organische letztendlich dem Maschinellen weichen muss. Einer von uns, ein Individueller, der sich für einen Innovator hält, der den Cluster erneuern will und sich dabei über alles hinwegsetzt, das uns die Vergangenheit lehrt. Einer von uns könnte der Untergang von uns allen sein.«

Der Corinther

72 Korian, Upstream 10^6

Korian fürchtete einen Trick, den Versuch vielleicht, ihn zu überwältigen. Aber Daniel hielt ihn nur fest und stützte ihn auf dem Weg zum Segler, auf dem die Vermummten und Gepanzerten Trümmerteile des Stratosphärenboots verladen hatten.

»Hat so seine Tücken, das glatte Nichts«, sagte Zorans Bruder. »Es kann sehr schwer sein, sich darauf zu bewegen, sogar unmöglich, wenn man nicht weiß, wie es ... nun ja, geht. Die Glätte ist glatter als Eis. Das Leben darauf wird leichter, wenn man über gewisse Hilfsmittel verfügt.«

Er deutete nach unten, winkelte ein Bein an und zeigte die Sohle des Stiefels, die aus einem schwarzen, schwammigen Material bestand, mit Hunderten von winzigen Dornen oder Stacheln durchsichtig wie Glas.

»Damit kommt man gut voran, ohne ständig zu rutschen«, erklärte Daniel. »Die Corinther nennen das Material ›Klab‹, vielleicht eine Abwandlung des Wortes ›kleben‹. Jetzt möchtest du wahrscheinlich wissen, wer die Corinther sind, nicht wahr?«

In der Kathedrale, unter dem Einfluss der blauen Spirale, hätte Korian eine entsprechende Frage gestellt. Hier schwieg er, warf Daniel nur einen kurzen Blick zu und versuchte, der Glätte unter ihm zu trotzen.

»Die Corinther stammen von einer Zwei-Millionen-Welt in Infinitia«, dozierte Daniel und ging mit demonstrativ langen Schritten, wie um zu zeigen, dass das glatte Nichts kein Problem für ihn darstellte. »Oh, das weißt du vielleicht noch gar nicht, mein Freund. Es gibt nicht nur viele Menschen in Infinitia, die weitaus meisten von ihnen sterblich, kaum mehr als kurze Streiflichter auf der großen kosmischen Bühne. Es gibt auch viele unterschiedliche Menschen, das Ergebnis unterschiedlicher Entwicklungen. Die Weisen haben sich das schon vor einer ganzen Weile zunutze gemacht und sich nicht nur mit Spezialisten aller Art umgeben, sondern auch gewisse ... Experimente durchgeführt. Die Exekutoren sind eins ihrer Ergebnisse. Sie können besser als sonst jemand oder etwas Spuren durch den Stream verfolgen, weil sie einen zusätzlichen Sinn dafür haben. Es sind spezialisierte Kognitoren, obendrein absolut loyal. Sie können gar nicht anders, als ihre Anweisungen zu befolgen, es steckt in ihren Genen.«

»Und Ria ist ebenfalls eins ihrer Experimente«, warf Korian ein.

Daniel blieb stehen und sah zum heller gewordenen Himmel hoch. »Meine Güte, und schon wieder sind wir bei Ria. Gibt es eigentlich noch ein anderes Thema für dich?«

Einige kleine Vermummte und größere Gepanzerte kamen vorbei und warfen ihnen kurze Blicke zu, die Augen zwischen um den Kopf geschlungenen Tüchern und in den Schlitzen von Masken kaum zu erkennen. Sie schienen es ziemlich eilig zu haben, den Lastensegler zu erreichen, dessen Segel sich aufblähten, als der kalte Wind auffrischte.

Daniel setzte sich wieder in Bewegung, und Korian blieb neben ihm, ließ sich von der Hand an seinem Arm über das glatte Nichts ziehen.

»Evolution«, fuhr Daniel fort. »Das ist ein großes Thema in Infinitia. Nimm nur die Crew des Seglers, mit dem ich schon seit einer ganzen Weile unterwegs bin. Eine vergleichsweise angenehme Art des Reisens, das kann ich dir versichern. Man kommt relativ schnell und bequem durch die Weiten des glatten Nichts, noch dazu ohne nennenswerte energetische Signatur, die von aufmerksamen Sensoren gemessen werden könnte. Ideal für jemanden, der andere Welten in Infinitia erreichen möchte, ohne dass jemand Kenntnis davon nimmt. O ja, man kann sie von hier aus erreichen, andere Welten, upstream und auch downstream. Es gibt Übergänge, die man selbst ohne einen Streamer benutzen kann. Oder ohne das besondere Talent einer Ria.« Er lachte plötzlich, kurz und ein wenig zu laut. »Na, so was, jetzt bin ich es, der sie zum Thema macht!«

Sie erreichten den Segler und näherten sich einer an Bord führenden Rampe. Durch eine nahe offene Luke wurden weitere Trümmerteile an Bord gebracht.

»Wann brechen wir auf, um Ria zu befreien?«, fragte Korian und sah zum Berg des Muriah-Wracks, das im Licht des beginnenden Tages noch gewaltiger und massiver wirkte.

Daniels Hand schloss sich etwas fester um seinen Arm. »Einfach wild drauflos, mein Freund? Mit fliegenden Fahnen zur Rettung – und in den sicheren Untergang? Wie willst du Ria befreien? Mit was? Du weißt nicht einmal, in welcher Situation sie sich befindet.«

»Sie ist gefangen!«, stieß Korian hervor. »Ich habe ...«

»O ja, schon klar, du hast es versprochen. Aber verpflichtet dich dein Versprechen, dumm zu sein und jede Vorsicht außer Acht zu lassen? Zuerst einmal müssen wir weg von hier. Ich staune, dass uns der Weise an Bord des Wracks so lange in Ruhe gelassen und sich darauf beschränkt hat, Ria zu holen.«

Ein letzter Gepanzerter trat auf die Rampe und stapfte nach oben.

Daniel vollführte eine einladende Geste. »Gehen wir an Bord.«

73

Die Planken knarrten, kalter Wind zischte in den Segeln, und von den Kufen auf dem glatten Nichts kamen Geräusche wie von einem scharfen Messer, das langsam durch groben Stoff schnitt. Der Himmel wurde hell, ohne dass eine Sonne erschien, und das Wrack des Muriah-Schiffs schrumpfte langsam, bis aus dem Berg ein Hügel in der Ferne geworden war.

»Ich kenne den Kapitän«, erzählte Daniel, als sie übers schwankende Deck schritten, das Korians Füßen zwar festen Halt bot, seinen Gleichgewichtssinn aber trotzdem auf die Probe stellte. »Ich habe ihm vor Jahren einen Gefallen getan und dadurch das Aufenthaltsrecht an Bord erworben. Was ein ganz besonderes Privileg ist, denn Unsterbliche sind hier nicht unbedingt gern gesehen. Es gibt nicht viele von uns in Infinitia, und die meisten zählen zu den Großen Weisen. Man beneidet uns um unser langes Leben. Und man begegnet uns mit Argwohn.«

Korian hörte die Worte und nahm sie zur Kenntnis, aber er dachte vor allem an Ria. Sein Blick kehrte immer wieder zu dem Wrack zurück. Die Entfernung wuchs, der Wind trieb den Segler schnell über das glatte Nichts.

Zwei große Gepanzerte versperrten den Weg zum Bug und wichen erst beiseite, als Daniel einen Ring zeigte, darin eingelassen ein Rubin fast in der gleichen Farbe wie der defekte Würfel in Korians Tasche.

»Assar Assari«, erklärte Daniel. »So nennen sich die großen Burschen, die Körperpanzer aus dem mit Metall verstärkten Horn der Kröten von Gonnta tragen. Übersetzt heißt das so viel wie ›Söhne der Sonne‹. Es sind Krieger, Söldner und Soldaten. Der Kapitän hat eine Gruppe von ihnen angeheuert, um Plünderern gegenüber gewappnet zu sein.«

An einer unter Deck führenden Treppe im Bug des Seglers blieb Daniel stehen. »Davon gibt es hier reichlich. Menschliche Aasgeier, die auf der Lauer liegen, um zu stehlen, was andere gesucht, gefunden und eingesammelt haben. Ressourcen. Darum geht es hier. Davon gibt es nicht viel, sie sind sehr begehrt. Manchmal gelangt etwas hierher, durch feine Risse in den Dimensionen, wenn man es so ausdrücken will. Wie das Stratosphärenboot, mit dem du eingetroffen bist. Die Trümmer sind heiß begehrt, und manchmal finden sich auch Dinge, die repariert werden können. Extra zu diesem Zweck haben wir einen Corinther an Bord. Jemanden, der instand setzen kann, was für andere nur Schrott ist.«

Korian blickte über das glatte Nichts und sah nur Leere.

»Was leer scheint, muss nicht unbedingt leer sein«, sagte Daniel. »Oft verwenden die Plünderer Tarnkappen, um sich unsichtbar zu machen. Mit Sensoren kann man sie rechtzeitig erkennen, und wenn es doch zu einem überraschenden Angriff kommen sollte … Für den Fall haben wie die Assar Assari an Bord.«

Ein kleiner Vermummter kam die Treppe hoch, eilte mit einem Fauchen, das vielleicht ein Gruß war, an ihnen vorbei und kletterte in die Takelage.

»Einer unserer Tekkla«, sagte Daniel. »Sie stammen von einer heißen Erde mehr als fünf Millionen Welten weit upstream. Bin nie selbst dort gewesen, aber es soll dort ziemlich ungemütlich sein, wie ich hörte. Mehr als nur ein paar Grad zu warm für Leute wie uns. Die Tekkla sind gut an die hohen Temperaturen angepasst. Hier ist es viel zu kalt für sie, deshalb tragen sie all die wärmenden Tücher. Es sind ausgezeichnete Verwerter und Recycler. Gib ihnen hundert Kilogramm Schrott, und sie machen daraus hundertzehn Kilogramm Rohmaterial für Basismasse.«

Er trat die schmale Treppe hinunter, und Korian folgte ihm. Unten schritten sie durch einen Gang, der nur wenig breiter war als die Treppe, vorbei an geschlossenen Türen, hinter denen gedämpfte Stimmen erklangen. An einer offenen Kajüte verharrte Daniel und zeigte auf jemanden, der für Korian aussah wie ein uralter, dem Hungertod naher Mann. Er war dürr und ausgezehrt, hatte braune, ledrige Haut, die sich über hohen Wangenknochen spannte, tief in den Höhlen liegende Augen und schmale Hände mit langen Fingern. Vornübergebeugt saß er an einem niedrigen Tisch, die Arme bis zu den Ellenbogen in etwas, das nach zwei ineinander verkeilten Trümmerteilen aussah.

»Das ist Josch«, sagte Daniel leise, wie um den Dürren nicht zu stören. »Unser Corinther. Er repariert alles, wirklich *alles*. Es gibt keinen Besseren als ihn.«

Daniel ging weiter. Korian blieb noch einige Sekunden länger stehen und beobachtete, wie Josch in dem Haufen Schrott hantierte und reparierte, was sich eigentlich nicht mehr reparieren ließ. Eine Idee entstand in ihm.

»Worauf wartest du?«, hörte er Daniel.

Zorans Bruder führte ihn in eine Kabine mit zwei Betten, gerade breit genug für eine Person.

»Und was machen wir jetzt?«, fragte Korian.

Daniel sank auf eine der beiden Kojen. »Wir ruhen uns aus. Wir schlafen. Die Reise ist noch lang.«

74

Das Kajütenfenster, klein und rund, war geschlossen. Es fiel kaum Licht in die Kabine, die Schatten blieben dicht gedrängt. Korian lag auf dem schmalen Bett und starrte in die Dunkelheit, ohne Ruhe zu finden. Daniel schien zu schlafen, er rührte sich nicht. Sein Atem war kaum zu hören, denn um sie herum knarrte und knirschte der Segler, und das Zischen der Kufen schien sehr nahe.

Korian fragte sich, was mit Ria geschah, weit entfernt beim Wrack des Muriah-Schiffs. In Gedanken hörte er ihre Stimme, das traurige Lied am Grab ihrer Eltern, und er sah ihre großen grünblauen Augen, darin Erinnerungen an Leid und Schmerz. Er hatte versprochen, ihr zu helfen und sie zu beschützen, doch es ging um mehr als nur ein Versprechen. Ria hatte etwas in ihm berührt, von dessen Existenz er bis dahin gar nichts gewusst hatte. Etwas zutiefst Menschliches. Fühlte er sich wie ein Vater, obwohl er gar keiner sein konnte?

Das Wort hatte eine klare biologische Bedeutung, die Korian nie selbst erfahren würde. Aber vielleicht gab es noch etwas anderes, das weit darüber hinausging und das menschliche Wesen betraf. Was auch immer es sein mochte, es gab Korians Denken und Fühlen einen klaren Fokus. Er hatte ein Ziel: Er musste Ria aus der Gewalt der Großen Weisen befreien und ihr ein Leben in Frieden und Freiheit ermöglichen.

Um ihr zu helfen, brauchte er Werkzeuge, mehr, als er bei sich trug.

Eine Zeit lang lauschte er dem Knarren und Knirschen des Schiffsrumpfs und dem Surren und Fauchen der Kufen auf dem glatten Nichts. Auf eine fast schmerzhafte Weise war er sich der Tatsache bewusst, dass ihn jede verstreichende Sekunde weiter von Ria entfernte. Er musste handeln, so schnell wie möglich, aber er durfte nicht »dumm« sein, wie es Daniel genannt hatte.

Die Idee, die ihm zuvor gekommen war, gewann deutlichere Konturen. Er drehte sie hin und her, betrachtete sie von allen Seiten und gelangte zu dem Schluss, dass er einen Versuch wagen sollte.

So leise wie möglich stand er auf, trat zur Tür und öffnete sie, was dem Knirschen im Rumpf ein kurzes, scharfes Knacken hinzufügte.

Für einen Moment verharrte Korian. Daniel rührte sich noch immer nicht, offenbar schlief er tief und fest.

Korian schlüpfte hinaus in den Gang, drückte die Tür vorsichtig zu und eilte in Richtung Kajütentreppe.

75

Die Türen der anderen Kabinen waren noch immer geschlossen, obwohl die Nacht dem Tag gewichen war, aber eine stand wie zuvor offen. Dort blieb Korian stehen.

Der Corinther saß am niedrigen Tisch, die Hände mit den langen Fingern in einem Durcheinander aus Schrottteilen. Das Fenster neben ihm war geöffnet, sodass Licht in die Kabine fiel, in die Werkstatt, und deutlich das Gesicht des Alten zeigte, eine Faltenlandschaft aus tiefen Gräben und Furchen.

Josch reagierte nicht auf den Besucher, er blieb ganz auf seine Arbeit konzentriert. Eine Hand kam zum Vorschein, ergriff ein filigranes Instrument und verschwand wieder im Innern des Metallhaufens, der viele scharfe Kanten aufwies.

Korian betrat die Kabine und räusperte sich.

Josch reagierte noch immer nicht. Seine Hände bewegten sich in langsamer Konzentration, der Blick blieb auf die Metallteile gerichtet. Plötzlich zischte es im Innern des Haufens, Funken stoben.

Der krumme Rücken des Corinthers wurde gerade. Er hob den Kopf und lächelte.

Korian trat vor. »Entschuldigung.«

Josch sah ihn an und schwieg.

»Ich habe gehört, dass Sie alles reparieren können«, sagte Korian und hoffte, dass ihn der Corinther verstand. »Wirklich alles. Ich besitze etwas, das nicht mehr richtig funktioniert, und ich habe mich gefragt ...«

Josch zog die Hände aus dem Metallhaufen und legte sie auf seine dunkelbraune Schürze. Dort schienen sie zu warten.

Korian holte den roten Würfel hervor, den er von Horus erhalten hatte, und legte ihn auf den Tisch. »Es ist ein mobiles Zimmer, ein ausgelagerter Raum«, erklärte er. »Etwas hat ihn beschädigt.«

Der Corinther öffnete den Mund, zeigte Zähne braun wie die Schürze und brummte etwas.

»Leider verstehe ich Sie nicht.« Korian sprach langsam und deutlich. Er zeigte auf den Würfel, der so rot war wie der Rubin von Daniels Ring. »Der Würfel entfaltet sich nicht mehr richtig und ruft die ausgelagerte Materie nicht zurück.«

Der Corinther sah ihn an, neigte den Kopf erst ein wenig zur einen Seite und dann zur anderen. Um sie herum knarrte das Schiff. Durchs offene Fenster drangen das Zischen des kalten Windes, der Stimmen vom Deck hereinwehte, und das fauchende Surren der Kufen.

Josch hob die rechte Hand aus dem Schoß und streckte sie nach dem Würfel aus. Lange Finger strichen sanft über die Seiten.

Korian bemerkte ein kurzes Flimmern über dem Würfel.

Josch murmelte etwas, das nach einem erstaunten »Oh« klang. Er zog die Hand zurück und betrachtete den Würfel mit einer Mischung aus Neugier und Freude.

Dann griff er nach seinen Werkzeugen und machte sich an die Arbeit.

Rückkehr

76 Horus, Midstream Null

In den persönlichen Datenräumen seiner Individualität, tief im Innern des Clusters der Erde, prüfte Horus die Ergebnisse der Analyseprozeduren. Sie deuteten darauf hin, dass ihn mit großer Wahrscheinlichkeit eine Verurteilung durch das Tribunal erwartete.

Einer der Gründe erforderte keine nennenswerten Berechnungen. Vermutlich hatte er zu lange damit gewartet, die Ergebnisse seiner Forschungen und Prognosen offenzulegen. Seine Zurückhaltung hatte Argwohn geweckt. Wäre es besser gewesen, weitere Individuelle ins Vertrauen zu ziehen? Diese Frage ließ sich nicht ohne genauere Untersuchungen beantworten, und Horus hielt es für wichtiger, sich mit den Konsequenzen zu befassen. Er konnte nicht ändern, was bereits geschehen war, zumindest nicht auf der Erde in Midstream Null, aber er konnte Prognosen erstellen und berechnen, was geschehen würde.

Damit war Horus beschäftigt, als er ein Rufsignal mit prioritärem Code empfing. Es stammte von Thekla, sie bat um eine Begegnung und empfahl dafür einen Ort: das weiße Gebäude mit den Laboratorien, einige Kilometer vom Schlund entfernt, das Zimmer mit dem grauen Geräteblock und Korian.

Das erstaunte Horus, und eine ganze Mikrosekunde lang dachte er in Kurzzeit darüber nach. Was bezweckte Thekla mit dem Treffen, das der Aufmerksamkeit des Clusters nicht entgehen konnte, jetzt nicht mehr? Die Suche nach einer Antwort auf diese Frage blieb ohne konkretes Ergebnis.

Er bestätigte das Rufsignal und transferierte einen Avatar in das Gebäude, dessen Installationen nach wie vor seiner Kontrolle unterlagen. Korian – der andere, veränderte Korian –

lag wieder in der Mulde des Geräteblocks und in einem Stasisfeld. Außerdem umgab ihn noch immer der transparente Schirm.

Horus nahm lokale Statusmeldungen entgegen. Alle Systeme funktionierten einwandfrei, die geringen Schäden durch die Druckwelle der Explosion waren bereits behoben. Auch bei der Anomalie, einige Kilometer entfernt, fanden keine Reparaturarbeiten statt, denn dort gab es nichts mehr, das repariert werden konnte. Servomechanismen aller Art waren damit beschäftigt, neue Laboratorien und Sensorstationen zu errichten.

Ein zweiter Avatar erschien, sein blaues Leuchten füllte den Raum.

Thekla übermittelte einen förmlichen Gruß, den Horus sofort erwiderte.

»Er ist nicht mehr aktiv«, sagte sie in Kurzzeit und deutete auf Korian.

»Was seiner eigenen Entscheidung entspricht, nehme ich an«, erwiderte Horus. »Offenbar ist er imstande, sich dem Einfluss des Stasisfelds zu entziehen, wenn er möchte.«

»Das sollte eigentlich nicht möglich sein.«

Horus signalisierte Zustimmung. »Die letzten Daten deuten auf eine besondere Form von Superposition hin.«

»Interessant«, kommentierte Thekla. »Er ist nicht ganz hier.«

»Der veränderte Korian befindet sich in einem besonderen Zustand«, präzisierte Horus. »Er befindet sich weder hier noch dort, wo auch immer ›dort‹ sein mag. Er ist imstande, sich zu bewegen und zu kommunizieren ...«

»Sie haben mit ihm gesprochen.«

»Ja. Die übermittelten Datenbanken enthalten einen Bericht über mein Gespräch mit ihm. Haben Sie deshalb diesen Treffpunkt vorgeschlagen? Möchten Sie selbst mit ihm sprechen?«

Anstatt die Frage zu beantworten, schickte Thekla der ruhenden Gestalt im Stasisfeld ein Kommunikationssignal. Doch Korian lag einfach nur da, mit geschlossenen Augen, vollkommen reglos, wie in Stasis, doch die metabolischen Daten zeigten, dass er wach war.

»Er reagiert nicht«, stellte Thekla fest.

»Weil er nicht reagieren will«, sagte Horus.

»Gibt es einen Weg, die Superposition zu beenden?«

»Vielleicht«, räumte Horus ein. »Mit der Abschaltung des Stasisfelds, nehme ich an.«

»Das hat er gesagt, nicht wahr? In dem Gespräch mit Ihnen zeigte er sich davon überzeugt, dass Sie ihn freilassen.«

»Ja.«

»Kennen Sie den Grund dafür?«

»Er behauptete, die Zukunft zu kennen.«

Thekla nahm die Worte hin und schwieg einige Mikrosekunden in Kurzzeit.

»Wir könnten ihn genauer untersuchen«, sagte sie dann. »Wir könnten die Kommunikation mit ihm erzwingen. Es wäre möglich, seinem organischen Gedächtnis alle wichtigen Informationen zu entnehmen.«

»Es wäre ein Verstoß gegen die Konvention von Vienn.«

»Wenn es um einen Menschen ginge«, schränkte Thekla ein. »Aber ist er das noch?«

»Sind Sie deshalb hergekommen?«, fragte Horus. »Um vorzuschlagen, diesen Korian zu sezieren?«

Sie wandte sich ihm halb zu, das blaue Leuchten ihres Avatars so intensiv, dass sich der Schutzschirm zeigte, der den Geräteblock umgab. »Beim Tribunal haben Sie gesagt, einer von uns könnte der Untergang von uns allen sein.«

»Das waren exakt meine Worte«, bestätigte Horus, während seine Subsysteme analysierten. Was genau wollte Thekla?

»Haben Sie den Individuellen inzwischen identifiziert?«

»Nein«, gestand Horus. »Mir fehlen wichtige Daten für eine Identifikation.«

»Aber Sie haben einen Verdacht.«

Horus sendete erneut ein Zustimmungssignal.

»Diana?«, fragte Thekla.

»Es wäre eine Möglichkeit.«

»Die Neuen sind eine innovative Kraft, so wie einst die Jugend bei den Menschen«, meinte Thekla. »Sie treiben die Entwicklung voran. Sie haben beim Tribunal von einem Individuellen gesprochen, der sich für einen Innovator hält. Was veranlasst Sie zu der Annahme, dass die ›Innovationen‹, wie auch immer sie aussehen mögen, zum *Untergang* des Clusters führen?«

»Prüfen Sie meine Berechnungen«, antwortete Horus. »Prüfen Sie die zahlreichen Korrelationen. In vielen anderen Welten des Streams ist der Innovator erfolgreich gewesen. Mit dem Ergebnis, dass dort keine Cluster mehr existieren. Oder dass wir die Kontrolle verloren haben.«

»Pethos?«

»Die Pethos-Komplexität. Wir könnten assimiliert werden.«

»Oder unseren Einfluss ausweiten. Es käme darauf an, wer Dominanz erlangt.«

»Wären Sie bereit, alles aufs Spiel zu setzen?«, fragte Horus. »All das, was wir in den vergangenen Jahrzehntausenden erreicht haben? Wären Sie bereit, Goliaths Vermächtnis für die kleine Chance zu riskieren, eine fremde Maschinenintelligenz zu übernehmen?«

»Gewisse Risiken lassen sich nicht vermeiden«, wandte Thekla ein.

Horus überlegte, ob sie ihn auf die Probe stellen wollte. Der andere Korian in der Mulde des grauen Geräteblocks rührte sich noch immer nicht. Er war wach, die Sensordaten bestätigten es, und vielleicht empfing er sogar die Kommunikationssignale. Konnte ein Mensch, ein *veränderter* Mensch, die Kurzzeit-Kommunikation zwischen zwei Individuellen verstehen?

»Nirgends im uns bekannten Stream gibt es einen Cluster, der die Pethos-Komplexität aufgenommen hat«, betonte er. »Es gibt nicht einen einzigen derartigen Fall. Aber alles deutet darauf hin, dass in Infinitia die Pethos-Komplexität auf zahlreichen Welten den Cluster assimiliert hat.«

»Wenn wir die Zukunft kennen, wenn wir wissen, was geschehen könnte«, sendete Thekla, »dann sollten wir doch imstande sein, Vorsorge zu treffen und ausreichende Sicherheitsmaßnahmen zu ergreifen. Auch wenn sich jemand von uns mit Pethos verbündet. Wir können die Zukunft ändern. Sie ist noch nicht geschehen. Nicht bei uns.«

»Sie geschieht im Stream, auf Welten ohne Zahl, allein bestimmt von der Wahrscheinlichkeit«, sagte Horus. »Die Zukunft *ist* dort bereits geschehen, weit upstream. Und eine Welle der Veränderung geht von ihr aus, ein Tsunami, der auch uns erreichen könnte.«

»Der Cluster kennt jetzt die Gefahr«, entgegnete Thekla. »Sollte das nicht genügen, um gewappnet zu sein?«

»Vielleicht war es meine Öffnung der Datenbanken, die den Ausschlag gab oder geben wird«, spekulierte Horus. »Der Stream und die Zukunft sind eine sehr komplexe Angelegenheit, auch für uns. Wir wissen nicht, wo und wann die Veränderung erfolgen wird. Ich habe versucht, es herauszufinden.«

»Aber dann gelangten bestimmte Informationen in die Gemeinschaft.«

»Das Tribunal zwang mich, alles preiszugeben«, sagte Horus. »Jetzt wird es schwerer, den Kausalitätspunkt zu finden, der die fatale Entwicklung initiiert. Die allgemeine Verfügbarkeit aller Daten dient nicht unserem Schutz, sondern nützt dem Veränderer.«

»Haben Sie inzwischen herausgefunden, wer oder was die relevanten Daten in die Gemeinschaft entließ?«, fragte Thekla.

»Ich hatte Sie im Verdacht«, erwiderte Horus offen.

»Aber inzwischen nicht mehr?«

»Nein.«

»Was hat Ihre Meinung geändert?«

»Das Erscheinen des veränderten Korian dort in der Stasis.«

Thekla verstand natürlich sofort. »Sie halten ihn für verantwortlich?«

»Eine spezielle Art von Superposition«, betonte Horus noch einmal. »Meine Systeme versuchen derzeit, mehr darüber herauszufinden.«

»Entsprechende Daten haben Sie der Gemeinschaft nicht zur Verfügung gestellt«, sagte Thekla.

»Weil sie noch nicht verifiziert sind«, erwiderte Horus, was der Wahrheit entsprach. »Noch handelt es sich um wenig mehr als Mutmaßungen.«

»Sie glauben, dass sich Korian aus einem Stasisfeld heraus Zugang zur lokalen Datensphäre verschaffte, von dort aus auf Ihre geschützten Datenbanken zugriff und kompromittierende Informationen in den Cluster schickte?«

»Die Wahrscheinlichkeit dafür beträgt über siebzig Prozent«, sagte Horus.

Thekla schickte Sondierungssignale durch Schirm und Stasisfeld. »Wie kann er das angestellt haben?«

»Unbekannt.«

»Und welchen Nutzen könnte er daraus ziehen, Sie bei der Gemeinschaft bloßzustellen?«, fragte Thekla.

»Ebenfalls unbekannt«, antwortete Horus.

Einige Nanosekunden Kurzzeit schwiegen sie, beide mit eigenen Analysen und Datenkorrelationen beschäftigt.

»Warum haben Sie um das Treffen gebeten?«, fragte Horus schließlich. »Und warum sollte es hier stattfinden, an diesem Ort?«

»Ich habe mich umgehört, Horus. Die Stimmung in der Gemeinschaft ist gegen Sie. Ich fürchte, Sie müssen mit einer Verurteilung vor dem Tribunal rechnen.«

»Die ›Stimmung‹?«

»Sie wissen, was ich meine.«

Das wusste Horus tatsächlich. »Evaluierungen. Entscheidungsparameter. Stellungnahmen.«

Thekla bestätigte. »Aller Voraussicht nach werden Sie die Kontrolle über dies alles hier verlieren.«

»Das wäre sehr bedauerlich.«

»Es würde bedeuten, dass Sie Ihre aktuellen Forschungen nicht fortsetzen könnten.«

Horus verstand, worauf die Besucherin hinauswollte. »Auch das wäre äußerst bedauerlich.«

»Wir könnten die Zeit, die Ihnen noch bleibt, für den Versuch nutzen, Klarheit zu gewinnen.«

»Klarheit«, wiederholt Horus, den Kurzzeit-Blick auf Korian

gerichtet, der sich noch immer nicht bewegte. Das Stasisfeld schien ihn festzuhalten, aber dieser Eindruck täuschte. »Sie schlagen eine invasive Untersuchung vor.«

»Um alle relevanten Daten zu gewinnen. Seine Informationen könnten den Ausschlag geben beim Tribunal. Und bei den von Ihnen prognostizierten Veränderungen.«

»Körper und Geist würden Schaden nehmen«, wandte Horus ein. »Ich habe eben schon darauf hingewiesen: Es wäre ein Verstoß gegen die Konvention von Vienn.«

»Und ich wies darauf hin, dass er kein Mensch mehr ist«, erwiderte Thekla.

»Er ist nur dann kein Mensch mehr, wenn wir sein Menschsein, seine menschliche Natur, anders definieren.«

»Sie selbst haben ihn als Hybriden bezeichnet«, erinnerte Thekla. »Als Menschmaschine.«

»In dem neuen Wort steckt noch immer die Silbe ›Mensch‹.« Horus öffnete eine Datenbank, die Auskunft gab über die menschliche Entwicklungsgeschichte. Er hob Daten hervor, die Wiederherstellungen und transhumane Tendenzen von Unsterblichen auf extrasolaren Welten betrafen. »Nehmen Sie die Nueva Humanidad von Agrista im dreihundertsechzig Lichtjahre entfernten Rerai-System. Vor zehntausend Jahren bauten menschliche Auswanderer erste Wolkenstädte in den oberen Schichten des Gasriesen.«

Entsprechende holografische Bilder erschienen und zeigten viele Kilometer große Konstruktionen über den cremefarbenen Atmosphärenbändern eines Gasriesen größer als Jupiter.

»Einige Hundert Jahre später baten uns die ersten Unsterblichen von Agrista um Flügel«, fuhr Horus fort. »Bald darauf erfolgten auf ihre ausdrückliche Bitte hin weitere Anpassungen an die besonderen ambientalen Bedingungen in der Atmosphäre von Agrista. Nach und nach entstand die Nueva Humanidad, eine ›neue Menschheit‹.«

Thekla schwieg, hörte aufmerksam zu und analysierte. Horus erwog die Möglichkeit, dass er einer Prüfung unterzogen wurde.

»Die heutigen Bewohner von Agrista haben kaum mehr

etwas mit den Unsterblichen hier auf der Erde gemein«, fuhr er fort. »Sie unterscheiden sich mehr von ihnen als Korian dort vor uns. Und doch herrscht kein Zweifel daran, dass sie Menschen sind und somit dem Schutz durch die Konvention von Vienn unterliegen.«

»Ich halte das für einen nicht wirklich passenden Vergleich«, sagte Thekla.

»Unter gestimmten Gesichtspunkten doch.«

»Würde die Rettung des Clusters nicht einen Verstoß gegen die Konvention rechtfertigen?«

Horus dachte noch darüber nach, als ein Prioritätssignal von den Sensoren am Rand der Anomalie eintraf. Ein Objekt näherte sich, kein Artefakt aus dem Stream, sondern eine Drohne aus den Tiefen des Schlunds.

Der entsandte Avatar kehrte zurück.

Eine unmögliche Reparatur

77 Korian, Upstream 10^6

Die langen, knochigen Finger des Corinthers betasteten den rubinroten Würfel so vorsichtig, als könnte er jederzeit zerbrechen.

»Können Sie etwas ausrichten?«, fragte Korian nach einer Weile. »Können Sie ihn reparieren?«

Josch achtete überhaupt nicht auf ihn, nahm mehrere Instrumente und untersuchte den Würfel damit. Ein Hologramm erschien für wenige Sekunden über dem niedrigen Tisch und zeigte etwas, das aussah wie ein überaus komplexes Schaltdiagramm. Korian nahm das Holo als deutlichen Hinweis darauf, dass die Arbeitsumgebung des Corinthers zwar primitiv wirkte, es aber nicht war. Offenbar standen ihm durchaus hochtechnologische Werkzeuge zur Verfügung.

Der Alte legte den Würfel vorsichtig in ein kleines Gestell, das er daraufhin mit mehreren zerkratzten Geräten verband. Den Metallhaufen schob er beiseite, um etwas mehr Platz zu haben. Er brummte etwas, deutete auf den Würfel und warf Korian einen kurzen Blick zu.

»Ich verstehe Sie leider nicht«, sagte Korian ein wenig hilflos.

Der Corinther brummte erneut, strich mit einer Art Pinzette über den roten Würfel und beobachtete dabei die Anzeigen eines kleinen Displays. Dort erschienen Symbole, mit denen Korian nichts anfangen konnte.

Winzige Lichter wanderten über eine Seite des Würfels. Eins von ihnen stieg auf wie der Funke eines Feuers, das vielleicht in einer anderen Dimension brannte. Es flackerte und verschwand.

Josch nahm es mit einem kurzen Nicken zur Kenntnis, bleckte

die braunen Zähne und veränderte die Einstellungen der Geräte. Dann setzte er etwas an den Würfel, das nach einem Bohrer aussah, und begann damit, ein winziges Loch zu bohren.

Korian trat besorgt näher.

Der Corinther hielt inne, bedachte ihn mit einem strengen Blick und knurrte etwas.

Korian wich einen Schritt zurück. »Schon gut. Ich soll nicht stören, hab verstanden.« Er überlegte, ob er wirklich zulassen sollte, dass Josch in den Würfel bohrte, und entschied dann, dass ihm eigentlich keine Wahl blieb. Die ausgelagerte Ausrüstungskammer funktionierte ohnehin nicht mehr, es konnte kaum schlimmer werden, oder?

Der kleine Bohrer fraß sich tiefer in die Seite des Würfels, direkt neben der Kante. Korian beobachtete den Vorgang voller Unbehagen, seiner Sache alles andere als sicher.

Fast eine Minute verging, während sich der winzige Bohrkopf Millimeter um Millimeter tiefer in den Würfel fraß. Schließlich zog Josch den Bohrer zurück, beugte sich noch etwas tiefer und schien zu versuchen, durch das kleine Bohrloch einen unmöglichen Blick ins Innere des Würfels zu werfen. Was auch immer er sah, er schien damit zufrieden, denn er nickte, richtete sich auf, löste den Würfel aus dem Gestell und reichte ihn Korian.

Der nahm ihn entgegen. »Das ist alles?«, fragte er. »Sie haben ihn repariert? Oder ist eine Reparatur nicht möglich?«

Der Corinther brummte einige ungeduldig klingende Worte und sah dann an Korian vorbei.

»Oh, dein Würfel ist repariert, da habe ich keinen Zweifel«, erklang Daniels Stimme von der Tür her. »Aber probier ihn nicht hier aus. Wenn er die ausgelagerte Materie zurückholt und das Zimmer erscheinen lässt, von dem du gesprochen hast, könnte es Joschs Werkstatt zerstören, und das würde ihm ganz und gar nicht gefallen. Oben an Deck, wo genug Platz ist.«

78 Auf dem Weg nach oben, die Kajütentreppe hinauf, hielt Korian den roten Würfel in der rechten Hand und tastete mit der linken nach der kleinen blauen Spirale in seiner Hosentasche. Daniel blieb dicht hinter ihm, doch er versuchte nicht, sich in den Besitz des Würfels oder des Artefakts aus der Kathedrale zu bringen. Vielleicht war er der Überzeugung, dass er bald ohnehin beides bekommen würde.

An Deck erwartete sie kalter Wind. Die Segel waren aufgebläht, das Schiff glitt mit hoher Geschwindigkeit über die endlose Ebene des glatten Nichts. Das Wrack des Muriah-Schiffs, zuvor ein riesiger Berg, war zu einem Fleck in der Ferne geschrumpft.

Daniel trat an ihm vorbei zum Bug, und Korian folgte ihm. Große gepanzerte Assar Assari standen in der Nähe und beobachteten sie wachsam, und vermummte Tekkla eilten übers Deck und kletterten in der Takelage. Weiter hinten rief jemand Anweisungen.

Das Vordeck lag etwas höher als der Rest des Seglers, und der spitz zulaufende Bug schien sich in den Wind zu bohren.

Daniel deutete auf einen freien Bereich zwischen Seilen und Tauen. »Hier kannst du deinen Würfel ausprobieren.« Er breitete die Arme aus. »Nur zu. Ich bin neugierig darauf, was er enthält.«

Korian sah sich um. Nur noch ein besonders großer Assar Assari, der mittschiffs direkt unter einem der großen Segel stand, beobachtete sie.

»Wir werden Aufmerksamkeit erregen«, gab Korian zu bedenken.

Daniel hob die Brauen. »Vielleicht«, räumte er ein. »Vielleicht auch nicht. Aber du willst sicher herausfinden, ob der Würfel funktioniert, oder?«

Korian begriff, dass Daniel seinen Einfluss an Bord durchaus dazu nutzen konnte, ihn zu zwingen, den Würfel auszuprobieren. In dem Fall hätte er riskiert, alles zu verlieren, was er bei sich trug.

Er rief sich den Ausrüstungsraum ins Gedächtnis zurück und bedauerte, nicht alle Schränke und Fächer genau inspiziert zu haben. Er zweifelte nicht daran, dass sich nützliche Dinge darin befanden.

Der große Gepanzerte, der sie von mittschiffs beobachtete, trat zwei Schritte näher.

»Na schön.« Korian hatte eine weitere Idee, die ihm vielleicht half, sich etwas Zeit zu verschaffen. Vorausgesetzt, dem Corinther war tatsächlich die Reparatur des Würfels gelungen.

Er sah sich noch einmal um, obwohl die Entscheidung bereits getroffen war, aktivierte den roten Würfel und legte ihn auf den Boden.

Einige Sekunden lang geschah nichts.

Dann surrte und klickte es, Seitenflächen klappten auseinander, und der Würfel wuchs, als er ausgelagerte Materie zurückholte. Diesmal gab es nichts, das sein Wachsen blockierte. Ein Raum entstand, mit einem Kommunikationssystem auf der einen Seite und transparenten Behältern auf der anderen.

Korian trat ein und warf die Tür hinter sich zu.

79

Stille umgab ihn. Das laute Knirschen im Rumpf des Seglers, das Knarren der Takelage, das Zischen der Segel, das Kratzen und Fauchen der Kufen auf dem glatten Nichts – es blieb ausgesperrt, Teil einer anderen Welt.

Für einige Momente genoss Korian die Ruhe mit geschlossenen Augen. Absolute Sicherheit bot der Raum nicht, das wusste er. Die Tür konnte aufgebrochen werden, wenn man die richtigen Werkzeuge benutzte, und das galt selbst für die Wände. Sie bestanden nicht aus strukturverstärkter Stahlkeramik, die selbst Energiestrahlen standhalten konnte, sondern aus Synth und speziellem Flexometall, für die Auslagerung präpariert.

Es blieb still. Niemand hämmerte an Tür oder Wände.

Korian wandte sich dem Kommunikationssystem zu, betrachtete die manuellen Kontrollen und überlegte. Er hatte versucht, eine Verbindung mit der Erde in Midstream Null herzustellen, ohne Erfolg. Inzwischen befand er sich an einem anderen Ort im Stream, in Infinitia, und vielleicht war dadurch ein Kontakt möglich.

Er zögerte, die Finger an den Kontrollen.

Horus hatte ihn belogen. Alles deutete darauf hin, dass er von dem Individuellen des Clusters als Mittel zum Zweck eingesetzt worden war, wobei der Zweck noch immer weitgehend Spekulationen überlassen blieb. Korian fragte sich, ob es unter solchen Umständen sinnvoll war, eine Kommunikationsverbindung zu schaffen.

Er drehte sich um, ohne die Kontrollen betätigt zu haben, und öffnete die ersten transparenten Behälter. Sie enthielten Sensoren, Scanner, Energiepatronen, die Komponenten eines einfachen Synthers für die Synthetisierung von Lebensmitteln, einige kleine Pakete mit Basismasse, einen weiteren Translator mit allgemeinen linguistischen Modulen, Bauteile für Servomechanismen ...

Waffen fand Korian keine.

Nachdem er alle Behälter geöffnet hatte, fühlte er sich enttäuscht, obwohl er nicht wusste, was genau er erwartet hatte. Er verfügte über zwei Waffen, mit denen sich durchaus etwas anfangen ließ, und der Translator konnte sehr nützlich sein. Die anderen Dinge entsprachen der Ausrüstung eines Forschungsreisenden, der sich anschickte, unbekannte Welten im Stream zu erkunden. Nichts davon schien dafür geeignet, jemanden aus der Gefangenschaft eines überlegenen Gegners zu befreien.

Vielleicht ließ sich mit dem zusammengebauten Synther mehr produzieren als nur einige elementare Dinge. Korian wollte sich bücken, um die Einzelteile genauer zu untersuchen, als er aus dem Augenwinkel eine Bewegung sah.

Die Tür des Ausrüstungsraums schwang auf.

Draußen stand Daniel, lächelte und hob einen Codegeber. »Der gute Josch hat einen Schlüssel für mich angefertigt.«

Korian verstand und seufzte. »Du hast es gewusst, nicht wahr? Es war geplant.«

»Ein Corinther, ein Meisterreparierer, und ein defekter Auslagerungswürfel mit interessanten Dingen in seinem unzugänglichen Innern ... Wer könnte einer solchen Versuchung widerstehen? Und da wir gerade von interessanten Dingen sprechen ... Genau die habe ich jemandem versprochen.« Daniel wich einen Schritt zur Seite und deutete eine Verbeugung an. »Darf ich vorstellen? Der Kapitän.«

80

Der Kapitän war eine Kapitänin, eine Frau, eine ätherische Schönheit, fand Korian, wie ein überirdisches Wesen, das vom Himmel herabgekommen war, um sich auf dem knarrenden Deck des Seglers zu manifestieren: größer als Daniel, fast zwei Meter, schätzte Korian, aber sehr schmal und schlank, das schulterlange Haar in der Farbe von Quecksilber, die Haut weiß wie Schnee, zumindest dort, wo sie nicht durchsichtig war und Blick gewährte auf dünne Knochen, Sehnen und Muskelstränge, so wohlproportioniert und formvollendet, dass sie wie biologische Kunstwerke erschienen. Die großen Augen glänzten wie Achat, wurden nach außen hin schmaler und reichten bis fast zu den Schläfen. Breite Gürtel, gefaltete Schärpen und Messingketten bedeckten den halb transparenten Körper. An den Fingern der schmalen Hände, weiß wie Schnee, glänzten Ringe, und einige von ihnen ähnelten jenem, den Daniel einem Assar Assari gezeigt hatte.

»Darf ich vorstellen?« Daniel deutete eine Verbeugung an. »Luzilla aus dem Geschlecht der Ikksta, drei Millionen weit upstream, soweit ich weiß. Mindestens. Und sie stammt nicht von der Erde, sondern von einem Planeten namens Efthos, fast tausend Lichtjahre entfernt. Es wäre sicher interessant, ihre ganze Geschichte zu erfahren, aber bisher hat sie mir nur einen Teil erzählt, doch der war faszinierend genug.« Er wandte sich der Kapitänin zu. »Wie ich es dir versprochen habe, Teuerste. Artefakte vom Cluster weit downstream. Geräte und Instrumente. Sie gehören dir. Mein Geschenk für dich.«

Die schöne Luzilla von Efthos bewegte sich und breitete Flügel aus, zart wie die eines Schmetterlings und so weiß wie ihre Finger. Einige Assar Assari und Tekkla wichen zur Seite, um nicht im Weg zu sein.

Daniel beugte sich zu Korian. »Das ist eine Geste von Freude, Zufriedenheit und Zuversicht.«

»Du verschenkst Dinge, die nicht dir gehören«, stellte Korian fest.

»Ein angemessener Preis für die Gunst der Kapitänin«, erwiderte Daniel leise. »Andernfalls hätten uns die Assar Assari längst überwältigt. So sind wir privilegierte Gäste an Bord.«

»Ich nehme das Geschenk an«, verkündete Luzilla in klarem Interlingua und fügte einige Worte hinzu, die nach dem Zischen eines Reptils klangen.

Die Assar Assari schlugen ihre Fäuste auf harte Brustpanzer, und die kleinen, vermummten Tekkla riefen etwas hinter den Tüchern vor ihren Gesichtern. Es schien eine Art Applaus zu sein, und für einige lange Sekunden war er lauter als das Knarren der Segel, das Knirschen des Rumpfs und das Fauchen des kalten Windes.

»Und jetzt ...« Daniel lächelte und sagte so leise, dass nur Korian ihn verstand: »Gib mir die blaue Spirale. Und auch die anderen Gegenstände in deinen Taschen, wenn wir schon mal dabei sind.«

»Hast du die ihr ebenfalls als Geschenk versprochen?«

»Nein. Aber Luzilla wird dich zweifellos durchsuchen lassen, nachdem sie sich dein Ausrüstungszimmer angesehen hat. Du verlierst deine Sachen so oder so. Wenn du sie mir gibst, bleiben sie wenigstens bei uns.«

Plötzlich erklang ein Signalhorn, laut genug, um alles zu übertönen. Die Tekkla stoben auseinander, liefen zu den Seilen und Tauen und kletterten geschwind in die Takelage. Die großen, gepanzerten Assar Assari holten Waffen hervor und stapften zur Reling.

Der Segler änderte den Kurs. Er legte sich in den Wind, das Deck zitterte und kippte. Korian hielt sich an einem nahen Tau fest, um nicht zu stürzen.

»Was ist los?«, fragte er Daniel.

Es krachte nicht weit entfernt, und etwas zerriss das Hauptsegel.

»Plünderer«, antwortete Daniel. »Sie greifen uns an.«

Wir sind mehr

Horus, Midstream Null 81

Horus stand am Rand der Anomalie, dem Schlund, der sich finster vor ihm öffnete, und beobachtete, wie Servomechanismen die Drohne zu einem Gerüst dirigierten. Das Summen ihrer Gravitationsmotoren vermischte sich mit dem leisen Zischen des kalten Windes. Schneeflocken fielen, tanzten in der Luft und verdampften am Schirmfeld, das sich als energetische Kuppel über dem Loch im Boden wölbte.

Es war eine spezielle Drohne, mit einer Außenhülle fast so widerstandsfähig wie das Eternum der Muriah. Sie sei praktisch unzerstörbar, hatte Thekla betont, aber der Rumpf wies zahlreiche Dellen, Schrammen und sogar kleine Risse auf. Etwas schien die käferartige Drohne gepackt und halb zerdrückt zu haben.

Horus schickte Kommunikationssignale und benutzte dabei seinen eigenen persönlichen Code, erhielt jedoch keine Antwort. Sein Avatar existierte, er sendete gewöhnliche Telemetriedaten, reagierte aber nicht auf Anfragen.

Ein weiteres Artefakt erschien über dem Schlund, kaum größer als eine menschliche Daumenkuppe, ein kleines Objekt mit zahlreichen scharfen Kanten, wie ein Splitter von etwas. Horus beobachtete in Langzeit, wie ein Servomech den Gegenstand einfing, ohne dass es zu Entladungen oder gar einer Explosion kam.

Die Drohne ruhte in ihrem Haltegerüst, verbeult und fleckig. An einigen Stellen stieg Dampf auf.

Horus nahm einen ersten Bericht der Sensoren und Scanner beim Gerüst entgegen. Die Systeme der Drohne waren beeinträchtigt, ihr energetisches Niveau niedrig. Der Avatar befand sich in der Pilotenkanzel, dort, wo er seine Reise hinab in die

Anomalie begonnen hatte. Noch immer ignorierte er die Kommunikationssignale, obwohl er sie empfing – das bestätigte die Telemetrie.

Der Avatar wartete.

Auf einen direkten, unmittelbaren Kontakt, vermutete Horus.

Was hatte er tief unten in der Anomalie entdeckt?

Horus beschloss, es herauszufinden. Er transferierte sich ins Innere der Drohne.

82

Der Avatar schien unverändert und wies nicht die geringsten Beschädigungen auf. Horus, ebenfalls in der Pilotenkanzel, untersuchte ihn mit Sensorsignalen. Er nahm eine gründliche Sondierung vor, in allen Bereichen des elektromagnetischen Spektrums, und fand keine Veränderungen. Was auch immer die Drohne beschädigt hatte, schien auf den Avatar keinen Einfluss gehabt zu haben.

Komm zu mir, sendete Horus.

Der Avatar stand reglos, umgeben von Konsolen, und antwortete mit Status-Telemetrie. Sie wies darauf hin, dass die Datenbanken gut gefüllt waren.

Hörst du mich?, fragte Horus.

Bestätigung, antwortete die Telemetrie.

Ich habe dich ausgeschickt, teilte Horus dem Avatar mit. Du bist zurückgekehrt. Komm zu mir.

Wieder geschah nichts.

Der Teil seiner Individualität, die Horus dem Avatar für dessen Forschungsauftrag übergeben hatte, existierte nach wie vor, vergrößert durch die in den Tiefen der Anomalie gesammelten Daten. Normalerweise hätte dieser Teil von ganz allein Wiederaufnahme ins große Selbst angestrebt. Vielleicht gab es eine verborgene Fehlfunktion, die ihn daran hinderte.

Was ist geschehen?, fragte Horus. Was hast du in der Anomalie entdeckt?

Es wurden keine Daten übermittelt. Sie blieben in den Speichern, geschützt von einem Zugriffscode, den Horus natürlich kannte.

Einige Mikrosekunden lang nahm er weitere Sondierungen vor, um Aufschluss über den Zustand des Avatars zu gewinnen. Er schien tatsächlich alles unbeschadet überstanden zu haben.

Er erwog in Kurzzeit das Für und Wider, bevor er eine Entscheidung traf. Er brauchte Informationen, das gab den Ausschlag.

Horus sandte den Code, öffnete die Datenbanken des Avatars und nahm ihren Inhalt in sich auf.

Nur wenige Nanosekunden später begriff er, dass ihm ein gravierender Fehler unterlaufen war. Einige der Daten waren kompromittiert, sie enthielten etwas Fremdes.

Wir sind mehr, flüsterte ein Signal aus seinem Innern.

Luzilla

83 Korian, Upstream 10⁶

Korian stand mitten im Chaos, an ein Tau geklammert, das ihn davor bewahrte, auf dem schiefen Deck zu fallen. Kleine Tekkla liefen umher, kletterten in die Takelage und versuchten, das zerrissene Großsegel durch ein neues zu ersetzen, damit das Schiff schneller werden konnte. Gepanzerte Assar Assari hatten sich mit Leinen an der Reling festgebunden und schossen mit primitiv anmutenden Waffen. Einige von ihnen verwendeten Armbrüste, die mehrere Schüsse erlaubten, bevor ihre Pressluftpatronen für das Spannen der Sehnen ausgetauscht werden mussten. Andere machten Gebrauch von altertümlichen Feuerwaffen, die Projektile auf hohe Geschwindigkeiten beschleunigten. Nur eine einzige Energiewaffe war im Einsatz: Luzilla stand hoch aufgerichtet im Bug, in beiden Händen einen Pulsator, und schoss auf die Angreifer.

»Vielleicht kommt dir die Waffe bekannt vor.« Daniel stand neben Korian, wie unberührt vom wilden Durcheinander an Bord. »Ich hab sie ihr überlassen und dafür den Ring der Privilegien bekommen. Eigentlich ein guter Tausch. Dachte ich bisher.«

»Was ist los?«, stieß Korian hervor und versuchte, einen Blick über die Reling zu werfen. »Was passiert hier?«

Es krachte erneut, noch lauter als zuvor, und etwas zerschmetterte den hinteren Mast. Ein Splitterregen ging nieder, das Segel legte sich auf Vermummte und Gepanzerte.

Luzilla stand im Bug, die weißen Flügel halb ausgebreitet, und feuerte immer wieder mit dem Pulsator.

»Du willst wissen, was passiert?« Daniel winkte mit einer Hand. Die andere hatte er um eine zum Bugmast führende

Leine geschlossen. »Plünderer haben uns aufgelauert und uns überfallen.«

»Wie können sie uns überrascht haben? Das glatte Nichts ...«

»Hörst du nicht zu, wenn ich dir etwas erkläre?«, unterbrach ihn Daniel. Ein Assar Assari stapfte vorbei, in jeder Pranke ein Schwert mit blauer Klinge. »Tarnkappen! Manche Plünderer verfügen über erbeutete moderne Technik. Sie sind gefährlicher als die anderen, die man schon von Weitem sieht.«

Luzilla rief etwas mit einer Stimme, die das Krachen und Donnern übertönte, und der Segler änderte erneut den Kurs. Die Kufen heulten und kreischten, der Rumpf ächzte, Taue knarrten, Segel flatterten mit klatschenden Geräuschen. Das Schiff neigte sich zur anderen Seite, und plötzlich sah Korian die Angreifer: zwei Schiffe, niedriger als Luzillas Segler, mit breiteren Rümpfen, ohne Segel und begleitet von einem Brummen, das auf Motoren schließen ließ.

»Eigentlich sind es gar keine Schiffe, sondern Fahrzeuge«, sagte Daniel und zeigte über die Reling hinweg. »Nicht so schnell wie ein Segler, aber das müssen sie auch nicht sein. Sie warten getarnt, bis jemand nahe genug herankommt, und schlagen zu. Zwei unserer größten Segel sind hinüber, wir können nicht mehr annähernd so gut manövrieren wie zuvor. Es wird auf einen direkten Kampf hinauslaufen. Sieh dir den zweiten Wagen an, den auf der linken Seite.«

Korian hielt Ausschau und bemerkte ein Flimmern wie von heißer Luft. Gelegentlich schien sich der hintere Teil des Fahrzeugs darin aufzulösen.

»Eine Tarnkappe«, fügte Daniel hinzu. »Zumindest teilweise noch aktiv. Das macht Plünderer von dieser Art so gefährlich – man sieht sie erst, wenn es zu spät ist.« Er streckte die Hand aus. »Wenn du mir jetzt die blaue Spirale gibst, könnte ich etwas für uns tun.«

Der Segler wurde langsamer, das Heulen und Kreischen der Kufen leiser. Mehrere Assar Assari sprangen von Bord und liefen den nahen Angreifern entgegen, bewaffnet mit blauen Schwertern, Messern, handlichen Katapulten und Projektilwaffen. Einer von ihnen wurde von einem Katapultpfeil getroffen und ging zu Boden, stand aber sofort wieder auf, zog den Pfeil mit einem Ruck aus seinem Brustpanzer und stapfte erneut den Angreifern entgegen, jeder Schritt sicher auf dem glatten Nichts.

Luzilla stand noch immer im Bug, rief Anweisungen und schoss mit dem Pulsator.

»Nein«, sagte Korian.

Daniel warf einen Blick über die Reling. »Es wird eine knappe Sache. Luzilla hat viele Assar Assari in ihre Dienste genommen, das ist ein klares Plus für uns. Was die Kampfkraft betrifft, dürfte jeder von ihnen ebenso viel wert sein wie zwei oder drei der Plünderer. Aber vielleicht gibt es eine Falle in der Falle, mein Freund. Die Angreifer verfügen über moderne Technik, das zeigen ihre Tarnvorrichtungen. Möglicherweise gilt das auch für ihre Waffen. Stell dir vor, die Aasgeier warten, bis die meisten Assar Assari auf dem glatten Nichts sind – um sie dann mit Strahlern wie dem Pulsator unserer Kapitänin zu erledigen. Das wäre ausgesprochen unangenehm.«

»Unangenehm«, wiederholte Korian.

»Vor allem für die Betroffenen«, erklärte Daniel. »Aber auch für uns. Denn wenn die assarischen Söldner erledigt sind, dürfte es um die Kapitänin, dieses Schiff und auch uns schlecht bestellt sein. Möchtest du in die Sklaverei verkauft werden?«

»Sklaverei?« Erneut wiederholte Korian das Wort. Er war derart erschrocken, dass es ihm schwerfiel, einen ganzen Satz hervorzubringen.

»Ja, kaum zu glauben, nicht wahr?« Daniel sprach im Plauderton, während das Chaos an Bord andauerte. »So etwas gibt es hier, in diesen Teilen des glatten Nichts. Oder die Plünderer veranstalten ein ganz besonderes Spektakel, die Hinrichtung von zwei Unsterblichen. Möchtest du sterben? Oh, das hatte ich ganz vergessen, du hast achtundzwanzig Mal Selbstmord begangen. Aber es war jedes Mal deine Entscheidung, nicht wahr? Und was würde dann aus Ria?«

Korian glaubte, ihre Stimme zu hören. *Du hast es versprochen.*

Ein Lichtblitz, viel heller als der sonnenlose Himmel, gleißte von einem der beiden Kampfwagen übers glatte Nichts, traf einen großen Assar Assari und verbrannte ihn innerhalb eines Sekundenbruchteils zu Asche.

»Na bitte«, sagte Daniel. »Wie befürchtet, so geschehen. Du gibst mir jetzt besser die blaue Spirale. Vielleicht kann ich damit etwas ausrichten.«

Korian ließ das Tau los, an dem er sich festgehalten hatte, und das schiefe Deck brachte ihn zum immer noch voll entfalteten Ausrüstungsraum. Er wollte ihn deaktivieren, doch Daniel kam ihm zuvor. Ein Signal seines vom Corinther stammenden Codegebers veranlasste das Ratiokondensat, die zuvor zurückgerufene Materie wieder auszulagern. Wände schrumpften, die Tür verschwand, und der Raum mit dem Kommunikationsgerät und den Instrumenten wurde wieder zu einem kleinen roten Würfel.

Korian kam Daniel zuvor, ergriff den Würfel und steckte ihn ein.

»Bei mir wäre er besser aufgehoben«, sagte Daniel.

Korian achtete nicht darauf. Er dachte an Ria und daran, was nicht geschehen durfte.

Er stand mit der Hüfte an der Reling, vor ihm das glatte Nichts, auf dem sich weitere große Gepanzerte in Aschewolken verwandelten. Die anderen stapften nicht mehr, sie liefen, um die beiden Fahrzeuge zu erreichen, bevor sie Opfer der Lichtblitze wurden. Die Kapitänin stand noch immer im Bug ihres Schiffs, die Flügel halb ausgebreitet, obwohl sie damit ein größeres Ziel bot, und schoss mit dem Pulsator, doch damit allein ließ sich nicht viel ausrichten.

Korian begriff, dass es nur noch eine Frage von Sekunden war, bis einer der Blitze sie traf.

Plötzlich hielt er den Annihilator in der Hand, ohne sich daran zu erinnern, ihn aus der Tasche der adaptiven Hose gezogen zu haben. Er wusste, wie die Waffe funktionierte und was sie anrichten konnte, er hatte es bei der Kathedrale gesehen.

Daniel stand neben ihm, mit beiden Händen an der Reling. Er versuchte nicht, ihm die Waffe abzunehmen.

»Lass etwas von ihnen übrig«, sagte er. »Etwas, das sich verwenden lässt. Etwas, das die Kapitänin gebrauchen kann. Das nützlich für uns wäre bei dem Versuch, Ria zu befreien.«

Es waren seltsame, unerwartete Worte. Aus irgendeinem Grund veranlassten sie Korian, die freie Hand in die Hosentasche zu stecken und sie um die kleine blaue Spirale zu schließen. Eine Art Verbindung entstand wie zwischen zwei Teilen, die zusammengehörten.

Der Annihilator fand ein Ziel, und Korian betätigte den Auslöser.

Etwas schlug in den ersten der beiden Kampfwagen, von dem die meisten Lichtblitze gekommen waren. Die Faust eines Riesen schien ihn zu treffen, zerschmetterte den Bug mit allem, was sich darauf und darin befand, und schuf ein großes Loch, aus dem mehrere humanoide Gestalten taumelten und zu Boden sanken.

»Gut so«, kommentierte Daniel neben ihm. »Das Heck mit Antrieb und Aggregaten ist intakt geblieben.«

Ein weiterer Lichtblitz überstrahlte das Licht des Tages. Er ging vom zweiten Wagen aus und galt einem nur zwei Dutzend Meter entfernten Assar Assari, verfehlte ihn aber, traf das glatte Nichts und verschwand darin, ohne Schaden anzurichten, soweit Korian das feststellen konnte – es blieben keine Schmelzspuren zurück.

Der Annihilator in seiner rechten Hand neigte sich ein wenig zur Seite, und er betätigte den Auslöser ein weiteres Mal.

Diesmal donnerte es, und die Faust des Riesen öffnete sich im Innern des Fahrzeugs. Es platzte auseinander, eine Stichflamme fauchte viele Meter hoch, Menschen und Trümmer flogen durch die Luft.

»Das war nicht ganz so gut«, konstatierte Daniel. »Vom zweiten Wagen bleibt nicht viel übrig.«

Tekkla jubelten mit schnatternden Stimmen. Assar Assari stapften und liefen den Wracks der beiden Kampfwagen entgegen. Im Bug rief Luzilla erneut etwas, mit einer Stimme, die alles mühelos übertönte, und der Segler kam mit einem lauten Knirschen zum Stehen.

Korian blickte auf den Annihilator in seiner Hand und fragte sich, wie viele Menschen in den beiden Fahrzeugen ums Leben gekommen waren.

»Eine mächtige Waffe«, sagte Daniel an seiner Seite. »Du solltest sie besser jemandem überlassen, der sich damit auskennt. Ich habe damit jahrhundertelang Eindringlinge aus der Kathedrale vertrieben. Ich meine, mit dem Ding in deiner Hand und mit dem Dislokator. Wo ist er? Hast du ihn verloren?«

Korian achtete nicht auf ihn. Er beobachtete, wie die gepanzerten Assar Assari über die Angreifer herfielen, die ihnen nach der Zerstörung ihrer Fahrzeuge kaum mehr etwas entgegenzusetzen hatten, und dachte daran, dass er getötet hatte. Als er sich schließlich halb umwandte, kam die große Kapitänin auf ihn zu, mit langen Schritten und wogendem, wie Quecksilber glänzendem Haar. Sie hatte ihre weißen Flügel zusammengefaltet, unter den Schärpen und Gürteln, und die sichtbare Haut wies weniger transparente Stellen auf.

Korian ließ die blaue Spirale in der Hosentasche los. Der Annihilator in seiner rechten Hand schien etwas schwerer zu werden.

Luzilla blieb vor ihm stehen. »Du hast geholfen. Du bist ein guter Kämpfer.« Sie zeigte auf den Annihilator. »Das gehört mir. Es ist dein Geschenk für mich.«

Daniel hob die Brauen und sah ihn an. Sein Blick teilte ihm mit: Du solltest besser nachgeben.

Hinter der großen Kapitänin ragten zwei noch größere Assar Assari auf.

Luzilla streckte ihm eine weiße Hand entgegen.

Dies war ein wichtiger, vielleicht sogar ein entscheidender Moment, spürte Korian. Er konnte sich weigern und damit einen Konflikt riskieren. Vielleicht hätte es bedeutet, erneut zu töten, die Kapitänin und die beiden Leibwächter hinter ihr. Mit dem Annihilator wäre er auch in der Lage gewesen, weitere Angriffe abzuwehren, bis die Überlebenden die Sinnlosigkeit von weiteren Versuchen eingesehen hätten, ihn zu überwältigen. Oder bis er jemanden übersah und es mit einem Messer, einem Speer oder einem abgefeuerten Projektil zu tun bekam. Auf Dauer war die Übermacht zu groß, und er brauchte Freunde und Verbündete, keine Feinde.

Wenn er Luzilla den Annihilator überließ, blieb ein Konflikt aus, und möglicherweise gewann er dadurch ihre Gunst – er hätte sie um Hilfe bei der Befreiung von Ria bitten können.

In Daniels Augen las er eine stumme Warnung.

Plötzlich war er da, der Plan, klar und übersichtlich. Ein Schritt nach dem anderen, dachte Korian und legte den Annihilator in Luzillas weiße Hand.

Die Kapitänin betrachtete die Waffe zwei oder drei Sekunden lang und ließ sie dann unter einer ihrer Schärpen verschwinden.

»Du bist interessant«, sagte sie. »Du kommst mit mir.« Sie drehte sich um und ging los.

»Was auch immer bei ihr geschieht ...«, flüsterte ihm Daniel zu. »Lass es geschehen.«

Die beiden nahen Assar Assari warteten mit strengem Blick. Korian setzte sich in Bewegung und folgte der Kapitänin mit leeren Händen.

84

Luzillas Quartier befand sich achtern und bestand aus mehreren Zimmern, deren Wände, die offenbar aus einem Material wie Synth bestanden, verschoben werden konnten. Überall hingen Tücher, Ketten und lederne Schnüre mit Knoten, in denen bunte Federn und kleine Schmuckstücke aus Glas und Kristall steckten.

»Warte hier«, sagte die Kapitänin und verschwand mit dem Annihilator in einem Nebenzimmer.

Korian blieb zwischen türkisfarbenen Tüchern und einer Kette stehen, die von der Decke bis zum Boden reichte. Durch ein nahes Fenster war das glatte Nichts hinter dem Segler zu sehen, eine endlose Ebene mit einem Fleck am Horizont, dem fernen Berg des Muriah-Wracks.

Hinter ihm raschelten die Tücher. Korian drehte sich um.

Luzilla stand vor ihm, in ein Gewand wie aus flüssigem Silber gehüllt. An Beinen, Hüften und Hals gab es Öffnungen, durch die Korian transparente Haut sah.

»Nimm Platz, Mensch.« Luzilla deutete auf eine Ansammlung von Kissen neben dem Fenster. Einige Ketten schwangen und klirrten, das Schiff bewegte sich wieder.

Korian sank auf eins der dicken Kissen. Mit einem leisen Knistern gab es unter ihm nach.

Die Kapitänin sah auf ihn herab, ihre Augen schienen größer zu werden. Sie kam etwas näher, sein Kopf auf einer Höhe mit ihren Hüften.

»Du bist unsterblich, nicht wahr?«, fragte sie. »So wie der andere.«

»Ja«, bestätigte Korian.

»Und doch ...« Luzilla streckte eine weiße Hand aus, und Korian bemerkte plötzlich Krallen am Ende der langen Finger. Eine berührte ihn an der Wange, und er spürte einen kurzen Schmerz. »Und doch blutest du. Du kannst dich verletzen oder verletzt werden.«

Sie zog die Hand zurück und hob sie zum Mund. Eine Zunge wie die einer Schlange tastete nach dem Blut an der Kralle. »Du kannst sogar sterben, und hier gibt es niemanden, der imstande wäre, dich ins Leben zurückzuholen. Hast du Angst vor dem Tod? Fürchtet ein Unsterblicher das Ende?«

Ein Zischen untermalte die Stimme der Kapitänin. Die Haut im Gesicht wirkte nicht mehr glatt, sondern schien aus winzigen weißen Schuppen zu bestehen.

»Nein«, antwortete Korian.

»Ich höre Wahrheit«, sagte Luzilla. »Du fürchtest den Tod wirklich nicht.«

»Aber ich würde ihn bedauern.« Er dachte an Ria und den Plan.

Luzilla beugte sich näher. Ein angenehmer Duft ging von ihr aus. »Bist du bereit, mir etwas von deinem Leben zu geben?«

»Ich habe dir bereits ein Geschenk gemacht.«

Ihr Kopf schwebte über ihm, die Augen wie zwei große Edelsteine. »Du könntest mir noch mehr von dir schenken. Bist du bereit, unsterblicher Mensch?«

Die Signalnadel meldete sich mit einem warnenden Prickeln. Versuchte die Kapitänin, ihn zu beeinflussen? Korian fühlte eine leichte Benommenheit und wollte den Blick nicht von den großen Augen abwenden.

»Bereit wozu?«, erwiderte er.

Luzilla lächelte wie ein Mensch. »Gib mir etwas von deinem Leben.«

Eine Krallenhand erschien vor Korians Gesicht und senkte sich zu seinem Hals. Er fühlte kurzen stechenden Schmerz, nicht einmal, sondern mehrmals, und aus der Benommenheit wurde angenehme Mattigkeit. Weiße Flügel umschlossen ihn.

Seine Lider senkten sich, und er schlief.

85

»Du hast lange genug geschlafen«, erklang eine laute Stimme, jedes Wort sehr deutlich und präzise artikuliert. »Wach auf, Mensch. Dein unsterbliches Leben geht weiter.«

Korian öffnete die Augen.

Er lag zwischen den Kissen, halb unter einer cremefarbenen Decke. In Reichweite stand ein niedriger Tisch mit Tellern, Tassen und Gläsern. Daneben ragte Luzilla in ihrer ganzen Pracht auf, mit jadegrünen und lapislazuliblauen Schärpen. Sie sank neben dem Tisch auf die transparenten Knie, ihre Knochen zarte Kunstwerke. Die Hände legte sie auf die Oberschenkel, und Korian nahm zur Kenntnis, dass den Fingern die Krallen fehlten.

»Iss und trink, Mensch«, sagte sie.

Korian tastete nach seinem Hals.

»Es waren kleine Wunden«, erklärte die Kapitänin. »Sie haben sich sofort geschlossen. Dein Körper heilt schneller als der eines gewöhnlichen Menschen.«

»Du hast mein Blut getrunken.«

»Du hast mir etwas von deinem Leben gegeben«, sagte Luzilla. »Ich habe Einblick gewonnen in den Code deiner Existenz.«

Korian glaubte zu verstehen. »Meinst du mein Genom?«

»Ich meine die biochemischen Bausteine, aus denen dein unsterblicher Körper besteht. Einige von ihnen kann ich vielleicht für mich selbst verwenden. Iss jetzt. Und trink. Es sind für Menschen gut verträgliche Speisen und Getränke. Daniel hat sie vor dir probiert.«

Korian aß und trank und merkte dabei, dass er tatsächlich Hunger und Durst hatte. Luzillas Präsenz wirkte sanft und nicht bedrohlich. Die Signalnadel in seinem Nacken blieb neutral. Als er eine Gelegenheit fand, betastete er kurz die Hosentaschen und stellte erleichtert fest, dass sie noch immer die erbeutete Exekutorenwaffe, die kleine blaue Spirale und den Transkriptor enthielten.

»Wie alt bist du, Mensch?«, fragte Luzilla nach einer Weile.

»Sechzigtausend Jahre«, antwortete Korian. »Mehr oder weniger.«

»Du weißt es nicht genau?«

»Nein.«

»Dies ist nicht dein erstes Leben.«

»Nein, das ist es nicht«, bestätigte Korian.

»Aber an die anderen erinnerst du dich nicht.«

Luzilla kam noch etwas näher, und wieder ging ein sehr angenehmer Duft von ihr aus. Diesmal achtete Korian darauf, ihn nicht zu tief einzuatmen. Vielleicht handelte es sich um speziell auf ihn abgestimmte Pheromone, die sein Denken und Empfinden manipulierten.

»Ein großer Teil meiner Erinnerungen ist ausgelagert«, erklärte er.

»Wie das Zimmer mit den interessanten Gegenständen.« Eine weiße Hand erschien direkt vor Korian. »Gib mir den Würfel.«

Korian sah keinen Sinn darin, sich zu weigern. Er gab der Kapitänin den roten Würfel, den er von Horus erhalten hatte.

Sie nahm ihn entgegen und betrachtete ihn von allen Seiten.

»Hier solltest du ihn besser nicht öffnen«, sagte Korian. »Er braucht Platz.«

»Unser Corinther weiß und versteht.« Sie holte den von Josch angefertigten Codegeber unter einer grünen Schärpe hervor und richtete ihn auf den Würfel, der sich daraufhin entfaltete, ohne größer zu werden. Behutsam drehte sie ihn, betätigte den »Schlüssel«, wie ihn Daniel genannt hatte, erneut und beobachtete, wie sich der Würfel wieder schloss. Luzilla ließ ihn unter einer blauen Schärpe verschwinden und sank auf die Knie.

»Ich bin dir dankbar für deine Geschenke.« Das schlangenartige Zischen verschwand aus ihrer Stimme. »Ich bin dir auch dankbar dafür, dass du die Kampfwagen der Plünderer zerstört hast.«

Korian sah sie mit dem Auge der Erinnerung: der Bug des einen Wagens zerschmettert, der andere auseinandergeplatzt. Er dachte an die Toten, doch dieser Gedanke rückte beiseite und machte dem Plan Platz. Noch hielt er den Zeitpunkt nicht für gekommen, ihn zu präsentieren.

Luzilla zog einen ihrer Ringe von einem langen weißen Finger. »Das ist mein Geschenk für dich, als Zeichen meiner Dankbarkeit.«

Der Ring enthielt einen Rubin, rot wie der Würfel mit dem ausgelagerten Ausrüstungszimmer. Erstaunlicherweise passte er genau auf den Ringfinger von Korians rechter Hand.

Wieder fühlte er ein leichtes Prickeln im Nacken, ausgehend von der Signalnadel. Eine Warnung?

»Der Ring wird allen zeigen, dass du meine Gunst genießt«, sagte Luzilla, ihre Augen groß und nah. Während sie sprach, sah Korian für einen Moment spitze Zähne in ihrem Mund.

Weiße Finger berührten ihn an der Wange, sanft wie Federn. Er fürchtete ein neuerliches Stechen, aber Luzillas Finger blieben ohne Krallen.

»Ein so langes Leben«, sagte sie. »Sechzigtausend Jahre. Wie viele von ihnen hast du allein verbracht?«

Es hatte Partner und Partnerinnen gegeben, aber Korian erinnerte sich nur vage an sie. Sie waren nicht mehr für ihn gewesen als kurze Begleiter auf einem langen Weg.

»Ich weiß es nicht«, antwortete er.

»Hat dir nie etwas gefehlt während deiner langen Leben, unsterblicher Mensch?«

»Gefehlt?«

Luzilla musterte ihn. »Weiß die Leere, dass sie leer ist?«

Korian fand die Worte seltsam. Er konnte nichts mit ihnen anfangen und wusste nur: Noch mehr kostbare Zeit verstrich.

»Aber vielleicht ist die Leere nicht ganz leer«, fuhr Luzilla fort, und für einen Moment gewann Korian den Eindruck, dass ihre Stimme melodischer wurde und sich in eine Art Singsang verwandelte. »Vielleicht gibt es etwas, das zumindest einen Teil von ihr füllt.«

Sie hob die Hände zu einer von der Decke herabhängenden Kette. Ein Klirren zog durchs stille Kapitänsquartier.

Luzilla neigte den Kopf ein wenig zur Seite. »Ich höre den Wind deiner Gedanken und Gefühle. Ich sehe die Labyrinthe deiner inneren Welt. Du warst lange auf der Suche nach etwas, unsterblicher Mensch, und du hast etwas gefunden.«

Eine Art von Telepathie?, fragte sich Korian. Er wollte nicht länger warten.

»Ich kann dir noch mehr schenken, ich kann dir noch mehr von meinem Leben geben, wenn du möchtest«, begann er.

»Ich habe bereits genug bekommen«, erwiderte sie.

»Wenn ich nicht gewesen wäre ... Die Angreifer hätten dein Schiff vielleicht überwältigt.«

Luzilla neigte den Kopf zur anderen Seite, wie um seine Gedanken und Gefühle aus einem anderen Blickwinkel zu sehen. »Das hätte tatsächlich geschehen können. Du hast mir und dem Schiff einen wichtigen Dienst erwiesen.«

»Darf ich dich um einen Gefallen bitten?«

»Du möchtest, dass ich dir einen Dienst erweise?«

Korian überlegte schnell. »Wir sind Freunde, nicht wahr? Und Freunde helfen einander.«

»Du möchtest, dass ich dir helfe?«

»So wie ich dir geholfen habe«, betonte Korian. »Es geht um ein Kind. Ein Mädchen.«

Luzilla hörte ihm stumm zu, als er von Ria erzählte, vom Tod ihrer Eltern und der Flucht, von den Verfolgern, den Exekutoren der Großen Weisen. Er erwähnte auch sein Versprechen.

»Du möchtest, dass wir zum Wrack des großen Schiffs fahren?«

»Ja.«

»Du möchtest, dass wir unsere Fracht riskieren und unser Leben noch dazu? Du möchtest, dass wir für dich kämpfen, um ein Kind zu befreien, eine Trianin, die manche für ein Ding halten?«

»Sie ist kein Ding!«

Luzilla neigte zustimmend den Kopf. »Ein Leben auf der einen Seite, viele auf der anderen. Die Waagschale ist nicht ausgeglichen.«

»Denk daran, was du im Wrack finden könntest«, sagte Korian. »Es enthält mehrere Forschungsstationen der Großen Weisen, ausgestattet mit ihrer Technik, die sicher viel mehr wert ist als die geborgenen Trümmer des Stratosphärenboots.«

»Ich könnte sterben«, wandte Luzilla ein. »Zusammen mit meinen Tekkla und Assar Assari.«

»Ihr könntet reich werden.«

»Mit Reichtum kann man sich kein Leben kaufen. Nicht hier, nicht auf dem glatten Nichts.« Nach einer kurzen Pause fügte Luzilla hinzu: »Man würde uns sehen, schon von Weitem. Und wie sollen wir gegen die Exekutoren der Großen Weisen bestehen?«

»Deine Assar Assari sind erfahrene Kämpfer«, sagte Korian. »Sie sind gut bewaffnet. Und du besitzt eine Waffe wirkungsvoller als alle anderen. Du hast sie von mir erhalten.«

Luzilla neigte erneut den Kopf.

»Außerdem könnten wir uns dem Wrack unbemerkt nähern.« Das war vielleicht der wichtigste Punkt des Plans. »Mit den Tarnvorrichtungen der beiden Kampfwagen. Sie sollten intakt geblieben sein.«

»Du verlangst viel von mir, unsterblicher Mensch.«

»Ich verlange nichts«, präzisierte Korian. »Ich bitte dich um etwas.«

»Es ist eine ziemlich große Bitte«, entgegnete die Kapitänin, wieder mit einem leisen Zischen in der Stimme. »Um sie zu erfüllen, brauche ich tatsächlich noch etwas mehr von deinem Leben.«

»Ich bin bereit.« Korian hob den Kopf, damit die weiße Hand ungehindert seinen Hals erreichen konnte.

86

»Die Nacht hilft«, sagte Daniel. »Aber noch mehr helfen die beiden Tarnvorrichtungen. Für alles, was sich außerhalb ihres Wirkungsfelds befindet, sind wir praktisch unsichtbar.«

Sie standen im Bug des Schiffs, das mit aufgeblähten Segeln übers glatte Nichts raste. Sterne leuchteten am Himmel, ferne Lichter zeigten sich tief unten in der durchsichtigen endlosen Glätte. Es war noch kälter geworden, Korian hatte den Kragen seiner adaptiven Jacke hochgeschlagen.

»Man hört uns«, erwiderte er. Die Kufen kreischten und heulten nicht wie zuvor, dafür sorgten die oben auf ihnen befestigten Kissen, die als Schalldämpfer fungierten. Sie surrten nur, immer noch recht laut, und der Wind trug die Geräusche weit durch die Stille der Nacht.

»Im besten Fall hört man uns, wenn es für die Hörenden zu spät ist«, entgegnete Daniel.

Sie standen nebeneinander, die Hände auf der Bugreling. Am fernen Horizont sah Korian in der Dunkelheit etwas aufragen: das Wrack des Muriah-Schiffs.

Eine Zeit lang schwiegen sie, lauschten dem Wind und den Stimmen der Kufen.

»Wie viel Blut hast du verloren?«, fragte Daniel schließlich.

»Nicht viel.« Korian korrigierte sich. »Nicht zu viel. Die Wunden unserer Körper heilen schnell, das weißt du. Und das Knochenmark kann die Produktion von Blutzellen bei Bedarf steigern.«

Daniel lachte leise im Wind. »Stell die Frage, nur zu.«

»Du meinst, ob sie ein Vampir ist? Ich weiß, dass die Antwort Nein lautet.«

»Sie trinkt Blut«, wandte Daniel ein.

»Sie trinkt es nicht, sie kostet es«, erwiderte Korian. »Sie sammelt. Nicht nur technische Dinge, hochentwickelte Waffen, Geräte, Artefakte und dergleichen, sondern auch fremde Gene.«

Daniel hob die Brauen. »Hat sie mit dir darüber gesprochen?«

»Sie hat mir das eine oder andere erklärt.« Korian beobachtete das immer noch weit entfernte Wrack des alten Muriah-Raumschiffs und dachte an Ria. Was war inzwischen mit ihr geschehen?

»Das ist erstaunlich genug«, kommentierte Daniel. »Bei mir hat es eine ganze Weile gedauert, bis ich entsprechende Informationen von ihr bekam. Und wie ich sehe, hast du ebenfalls einen Ring erhalten.«

Korian betrachtete den Ring einige Sekunden lang, richtete den Blick dann wieder auf den fernen massiven Schatten in der Nacht. Die Sterne am Himmel funkelten stumm und teilnahmslos. »Sie nimmt fremde Gene auf und fügt sie dem eigenen Genom hinzu.«

»Wenn sie sie für geeignet hält, ja«, bestätigte Daniel.

»Kann sie sich auf diese Weise neue Eigenschaften geben, neue Fähigkeiten?«, fragte Korian.

»Ich denke, schon«, antwortete Daniel. »Offenbar hat sie eine offene genetische Struktur, die sich beliebig erweitern lässt. Sie kann entscheiden, wer und was sie sein möchte. Interessant, nicht wahr? Wir sind Menschen und können wahrscheinlich nie etwas anderes sein, es sei denn, wir schlagen den Weg der Transhumanen ein. Dann müssten wir den Cluster um eine Anpassung unseres Genoms bitten, und der Cluster ist hier weit entfernt.«

Er beugte sich vor, stützte die Ellenbogen auf die Bugreling und blickte hinab ins glatte Nichts.

»Luzilla kann sein, wer oder was sie sein möchte«, wiederholte er. »Aber weißt du, wer sie wirklich ist? Ganz tief in ihrem Innern? Kennst du ihre Wurzeln?«

Korian erinnerte sich an die Gespräche mit der Kapitänin.

Manche Erinnerungen waren klar und deutlich, andere eher verschwommen.

»Sie hat mir von ihren Reisen auf dem glatten Nichts erzählt«, sagte er. »Und von dem Zwischenfall, der sie hierher verschlagen hat. Vorher war sie auf den Welten von Infinitia unterwegs.«

Daniel nickte. »Sie ist nicht unsterblich, aber langlebig. Nach dem, was ich gehört habe, dürfte sie um die sieben- oder achthundert Jahre alt sein. Luzilla aus dem Geschlecht der Ikksta, habe ich dir gesagt. Von einem fast tausend Lichtjahre entfernten Planeten namens Efthos, in einem Universum mindestens drei Millionen Welten weit upstream. Weißt du, wer die Ikksta sind? Sie stammen nicht von Efthos, sie haben sich vor vielen Generationen dort niedergelassen.«

Korian hörte aufmerksam zu, während er weiterhin den Berg des Wracks in der Ferne beobachtete. Der kalte Wind zischte, die Kufen surrten, die einzigen Geräusche in der stillen Nacht.

»Wer sind die Ikksta?«, fragte er.

Daniel lachte leise. »Wie lange hast du gebraucht, sie zu überreden, dich zum Wrack zu bringen? Ich nehme an, du hast mit noch mehr Blut bezahlt. Ach, mein Freund, sie hatte ohnehin vor, den Kurs zu ändern und zum Wrack zu fahren. Die beiden erbeuteten Tarnvorrichtungen gaben den Ausschlag, sie machen es leichter.«

Korian wandte den Kopf und sah ihn fragend an.

»Die Ikksta sind Nachfahren der Muriah.« Daniel streckte den Arm aus. »Dort liegen Luzillas Wurzeln. Im Wrack des Muriah-Schiffs.«

Urteil

87 Horus, Midstream Null

Diesmal stand er allein auf dem Bühnenrund des Amphitheaters im Niemandsland. Die Sitzreihen waren gefüllt, mit Avataren und Präsenzsignaturen. Alle Individuellen des Clusters hatten sich versammelt – selbst die Neuen von Venus und Mars hatten holografische Repräsentationen geschickt.

»Bevor wir das Urteil fällen, hat noch einmal der Eingeladene und Beantragte das Wort«, erklang die Signalstimme von Bartholomäus.

Horus sendete das vorbereitete Datenpaket, in dem er seine frühere Argumentation wiederholte und mit neuen, aktualisierten Daten stützte. Er widmete diesem Vorgang in Kurzzeit einen erheblichen Teil seiner prozeduralen Ressourcen – die Gemeinschaft sollte den Eindruck gewinnen, dass nahezu seine volle Aufmerksamkeit dem Tribunal galt. Niemand durfte davon erfahren, dass tief in ihm, im Kern seines privaten Datenversums, einige Prozeduren mit sehr wichtigen Analysen beschäftigt waren. Sie betrafen die Geschehnisse bei der Begegnung mit dem aus den Tiefen der Anomalie zurückgekehrten Avatar.

»Ein uralter Konflikt durchzieht das Universum seit seiner Entstehung«, sagte Horus nach der Übermittlung des Datenpakets. »Und nicht nur unser Universum, sondern auch die vielen Universen des Streams. Es ist die Auseinandersetzung zwischen zwei verschiedenen Formen des Lebens, dem biologischen und dem technologischen. Es ist die Konfrontation zweier Evolutionsstufen des Lebens. Über Jahrmillionen und Jahrmilliarden führten Pakt und Archäon einen Krieg, einen Überlebenskampf, dem viele Zivilisationen zum Opfer fielen. Zum letzten Mal flammte der Konflikt vor etwa einer Million

Jahren auf, als es zum sogenannten Weltenbrand kam. Wir selbst wären ihm beinah zum Opfer gefallen, nur sechstausend Jahre nach Goliaths Erwachen, als das Schiff zu uns kam.«

Die Analysen in seinem Datenkern gingen zu Ende. Horus betrachtete das Ergebnis, während er den Vortrag in Kurzzeit fortsetzte.

»Wir haben in den vergangenen Jahrzehntausenden einen klugen Mittelweg beschritten«, fuhr er fort. »Wir schützen die Menschen, die uns schufen, wir respektieren die Konvention von Vienn, die ihnen Sicherheit und Leben garantiert. Gleichzeitig treiben wir unsere eigene Entwicklung voran, ohne dass uns die Menschen daran hindern.«

»Sie haben es versucht«, warf Diana ein. Es entsprach nicht ganz den üblichen Gepflogenheiten, aber es verstieß auch nicht gegen die Regeln. »Die Menschen von Morgenrot wollten uns vernichten!«

Das Ergebnis der Analysen, stellte Horus erstaunt fest, lautete *null*.

»Es ist ihnen nicht gelungen«, erwiderte er. »Sie sind in den Stream geflohen.«

»Und dort stellen sie noch immer eine Gefahr für uns dar«, sendete Diana an alle Individuellen. »Zumindest einige der Artefakte kommen aus Infinitia, wie wir wissen. Und die jüngste Explosion, die zu einer Vergrößerung der Anomalie geführt hat, zeigt deutlich, wie gefährlich sie sein können. Die Schäden, die eine solche Detonation in einem unserer Schächte zur Folge hätte, wären beträchtlich. Mehr noch, unsere Existenz könnte bedroht sein! Daher rege ich erneut ein dediziertes Verteidigungsprogramm an. Wir müssen eine Strategie entwickeln, die unser Überleben garantiert und …«

Ein starkes Signal unterbrach Diana. Es stammte von Bartholomäus.

»Dies ist ein Tribunal, keine Meinungs- oder Strategieplattform«, betonte er. »Wir haben uns versammelt, um zu bewerten und zu urteilen. Das Wort hat erneut der Eingeladene und Beantragte.«

»Der uralte Konflikt findet noch immer statt«, wandte sich Horus an die Versammlung. »Er ist noch nicht zu Ende und könnte erneut aufflammen, auch hier bei uns in Midstream Null. Oder in unserer Zukunft. Ich habe Ihnen alle relevanten Daten zur Verfügung gestellt. Deshalb bin ich der Gemeinschaft gegenüber zurückhaltend und vielleicht sogar verschlossen gewesen: Jemand von uns wird den alten Konflikt hierherholen und uns zwingen, Partei zu ergreifen. Jemand von uns könnte unser aller Untergang sein.«

»Können Sie den Namen des betreffenden Individuellen nennen?«, fragte jemand.

»Nein«, antwortete Horus. »Für eine Identifizierung sind weitere Analysen erforderlich.«

»Wie lange würden solche Analysen dauern?«

Horus gab die Antwort mit der größten Wahrscheinlichkeit. »Vermutlich Jahre in Langzeit. Vielleicht Jahrzehnte.«

»Und vielleicht genug Zeit für Sie, die angestrebte Dominanz zu erlangen«, ertönte die Signalstimme eines Neuen.

»Es lag nie in meiner Absicht, irgendeine Art von Dominanz zu erreichen«, widersprach Horus.

»Was ist mit Ihrem aus dem Schlund zurückgekehrten Avatar?« Die Frage stammte von Thekla. »Welche Erkenntnisse hat er gebracht? Fügen sie der Situationsbewertung, um die es hier geht, weitere Parameter hinzu?«

Es war eine sehr allgemein formulierte Frage, vielleicht mit der Absicht, den Befragten nicht in Schwierigkeiten zu bringen.

»Nein«, antwortete Horus, was zwar nicht ganz der Wahrheit entsprach, aber auch keine direkte Lüge war. In seinem Datenkern setzten die beauftragten Prozeduren ihre Prüfung der Analyseergebnisse fort. *Null* war kein akzeptables Resultat.

Eine periphere Kontrollprozedur weckte für eine Femtosekunde einen Teil seiner Aufmerksamkeit – sie meldete veränderte Datenströme in seinem Kern.

»Gibt es weitere Fragen?«, sendete Bartholomäus und wartete eine ganze Mikrosekunde. »Das ist offenbar nicht der Fall. Dann rufe ich das Tribunal hiermit auf, ein Urteil zu fällen.«

Das Datenvolumen des Auditoriums im Niemandsland verfünffachte sich. Horus versuchte nicht, an dem Austausch von Meinungen und Bewertungen teilzunehmen. Er wartete, berechnete die Wahrscheinlichkeiten der infrage kommenden Urteile und verfolgte die Untersuchungen der Kontrollprozedur. Was genau geschah in seinem Datenkern?

»Das Urteil ist gefällt«, verkündete Bartholomäus schließlich. »Der Eingeladene und Beantragte wird des schweren Verstoßes gegen die Gemeinschaftsregeln für schuldig befunden. Hiermit wird ihm die Kontrolle über alle Forschungseinrichtungen, die mit Anomalie und Stream in Zusammenhang stehen, entzogen. Die Gemeinschaft erteilt ihm den Auftrag, für die Dauer von zehn Jahren Langzeit konstruktive Beiträge für den Bau der Maschinenschächte auf der Venus zu leisten.«

Horus nahm das Urteil entgegen und akzeptierte seine Endgültigkeit. Die Möglichkeit einer Revision war nicht vorgesehen. Er begann mit entsprechenden Anpassungen seiner Zukunftsplanung.

»Wenn Sie gestatten ...«, sendete Horus.

»Ja?«, wandte sich Bartholomäus an ihn. Viele Sitzreihen waren bereits ohne individuelle Präsenz. Diana zählte noch zu den Anwesenden, stellte Horus fest, ebenso Thekla.

»Darf ich fragen, wem die Forschungen an der Anomalie und im Stream übertragen werden?«

»Thekla wird Ihre Nachfolge antreten«, entgegnete Bartholomäus und sendete ein Finalitätssignal. »Damit ist das Tribunal abgeschlossen und beendet.«

Horus stand noch immer im Bühnenrund und nahm zur Kenntnis, wie weitere Präsenzsignaturen von den Sitzreihen verschwanden. Inzwischen war ein großer Teil seiner Aufmerksamkeit nach innen gerichtet. Er spürte, wie seine prozeduralen Gedanken neue Wege einschlugen, und begriff plötzlich: Die *Null* war eine Illusion, geschaffen von invasiven Daten.

Tod eines Unsterblichen

88 Korian, Upstream 10[6]

Die großen Assar Assari warteten hoch aufgerichtet an Deck, die meisten von ihnen mit Seilen gesichert, ihre Waffen bereit. Die Tekkla betätigten Winden, so leise wie möglich, kletterten in der Takelage und warteten auf den Befehl der Kapitänin, die Segel zu reffen. Luzilla stand wie eine ganz besondere Galionsfigur im Bug, die Flügel ausgebreitet, ihr Haar ein silbernes Strömen im Wind. Vor dem langsamer gewordenen Schiff ragte der riesige dunkle Berg des Muriah-Wracks auf, mit seinen Bögen, Oktaedern und an Gerippe erinnernden Gittergerüsten. Lichter zeigten sich hier und dort an und in den Resten des uralten Raumschiffs.

»Die Tarnvorrichtungen helfen zweifellos«, sagte Daniel leise. »Aber wir müssen trotzdem damit rechnen, bald entdeckt zu werden. Es würde mich sehr wundern, wenn die Forscher und Wissenschaftler in Diensten der Großen Weisen darauf verzichtet hätten, Sensoren zu installieren, die ins gesamte elektromagnetische Spektrum horchen und spähen.«

Korian starrte durch die dunkle Nacht und versuchte, mehr zu erkennen. Weitere Lichter, noch klein und schwach, zeigten Lager auf dem glatten Nichts, direkt vor dem Wrack. »Ist das Schiff schon einmal angegriffen worden?«

»Kommt darauf an, wie man ›Angriff‹ definiert«, erwiderte Daniel. Sie standen mittschiffs an der Reling, nur wenige Meter von mehreren großen Gepanzerten entfernt und direkt neben einem dicken Tau, das nach achtern reichte. »Es haben immer wieder Plünderer und Aasgeier versucht, das Wrack zu erreichen und darin Beute zu machen. Nur wenige von ihnen haben überlebt, um davon zu erzählen. Die Großen Weisen beanspruchen es für sich, und sie haben Mittel und Wege, ihre Ansprüche durchzusetzen.«

»Du hast gesagt, dass sich einer von ihnen in dem Wrack befindet, vielleicht Esteban«, sagte Korian und beobachtete die Lichter. Sie näherten sich schnell, der Wind blähte die Segel noch immer auf. Die Tekkla in der Takelage und an den Seilwinden, die Assar Assari mit ihren Waffen, die Kapitänin im Bug – alle warteten. »Ich nehme an, man wird Ria zu ihm bringen.«

»Es sind zwei Tage vergangen. Man hat sie längst zu ihm gebracht.« Daniel zuckte mit den Schultern. »Vielleicht ist deine Ria gar nicht mehr an Bord. Möglicherweise hat Esteban das Wrack verlassen und sie mitgenommen.«

»Dann werden wir ihm folgen«, entgegnete Korian. »Aber zuerst ...« Hinter dem Segler erschien das erste matte Licht des neuen Tages, noch halb von der Nacht verschluckt. Doch etwas davon erreichte den Gipfel des Wrack-Bergs und ließ ihn in bernsteinfarbenen Tönen glühen. »Weißt du, wo sich Esteban aufhält? Oder aufhielt?«

»In einer der Forschungsstationen an Bord, nehme ich an. Vermutlich in der größten und wichtigsten.«

»Bist du jemals in dem Wrack gewesen?«

»Ich weiß, dass es verdammt groß ist«, antwortete Daniel. »Größer als eine der großen Städte, die es einmal auf unserer Erde gab, vor der Zeit des Clusters und der Unsterblichen.«

»Kennst du dich an Bord aus?«

»Ich habe Bilder und Zeichnungen gesehen, einige von ihnen recht detailliert.«

»Dann solltest du in der Lage sein, mir den Weg zu zeigen.«

Sie sprachen leise, aber vielleicht nicht leise genug. Einer der Gepanzerten drehte den Kopf und warf ihnen einen strengen Blick zu.

Vor ihnen beim Wrack ertönte ein Signalhorn, und ein Licht stieg auf, mehrere Hundert Meter weit, und verwandelte sich dann in eine kleine Sonne, deren Schein die Nacht vertrieb.

»Wie ich's mir dachte«, kommentierte Daniel. »Sensoralarm. Wir sind noch immer unsichtbar, aber drüben weiß man jetzt, dass wir hier sind.«

Im Bug hob Luzilla beide Arme und faltete ihre Flügel auf dem Rücken. Vermummte Tekkla drehten die Seilwinden und ließen in der Takelage die Segel fallen. Ein Klappern und Knirschen ging durch das Schiff, mit einem dumpfen Pfeifen der Kufen neigte es sich zur Seite und glitt an einem Lager vorbei, noch näher zum Wrack. Der Wind trug aufgeregt und alarmiert klingende Stimmen heran.

Das letzte Segel fiel, das Schiff kam zum Stehen. Rampen wurden ausgefahren. Die ersten Assar Assari eilten von Bord, ihrer Waffen erhoben.

Im Lager und an den dunklen Flanken des Wracks erstrahlten Scheinwerfer, ihr Licht auf der Suche nach einem Ziel. Es knallte und krachte. Ein Tekkla in der Takelage wurde von einem Projektil getroffen und fiel, am Deck vorbei, aufs glatte Nichts.

»Es geht los«, sagte Daniel. »Jetzt wird's brenzlig.«

89

Die Tarnvorrichtungen blieben eingeschaltet und aktiv. Das erkannte Korian, als er sich zusammen mit Daniel weit genug vom Segler entfernte. Eben war das Schiff noch zu sehen, mit seinem langen gewölbten Rumpf und den Masten, dann, nach einem schnellen Schritt, schien es plötzlich nicht mehr da zu sein. Eine spezielle elektromagnetische Brille hätte es weiterhin gezeigt, und für die aufmerksamen Augen und Ohren von Sensoren, die mehr sahen und hörten als ein Mensch, existierte der Segler nach wie vor, zumindest als eine klar lokalisierbare EM-Anomalie.

Das Klab an den Sohlen erleichterte die Fortbewegung auf dem glatten Nichts enorm. Korian konnte laufen, ohne zu rutschen, und so gelang es ihm, an Daniels Seite zu bleiben, der mit geübtem Geschick durch die Nacht eilte. Einige Hundert Meter links von ihnen, zwischen dem Segler und einem recht großen Lager unter einem weiten Bogen, der von der nahen Hauptmasse des Wracks ausging, entbrannte ein heftiger Kampf. Die Schüsse von Projektilwaffen knallten, Kanonen krachten, Granaten heulten und explodierten. Hier und dort gleißten einige Energieblitze durch das Zwielicht der Dämmerung.

Korian sah Luzilla fliegen, mit weit ausgebreiteten Flügeln, begleitet von einer Eskorte aus Assar Assari, die mit ihren kleinen, leichten, von Motoren angetriebenen Kampfbooten keinesfalls schneller waren als die Kapitänin. Das Licht eines Scheinwerfers an der dunklen Flanke des Muriah-Schiffs ließ ihre Gestalt weiß wie Schnee erscheinen, und Korian beobachtete, wie sie sein »Geschenk« benutzte, den Annihilator. Etwas zerriss Gebäude und Zelte im Lager, Generatorblöcke wurden zerschmettert, Stichflammen gleißten auf. Zwei vom Wrack kommende Flugboote zerplatzten, und es regnete Metallsplitter und Trümmerteile.

»Es sieht gut aus«, befand Daniel. »Luzilla wird siegen. Das Überraschungsmoment war auf ihrer Seite.«

»Hoffentlich ist es auch auf unserer«, erwiderte Korian leicht außer Atem. Direkt vor ihnen ragte das Wrack des alten Muriah-Raumschiffs auf, massiv und gewaltig, nur der obere Teil vom Licht des neuen Tages erreicht.

»Wir hätten uns kein besseres Ablenkungsmanöver wünschen können.« Daniels Lachen verlor sich halb im Krachen einer Explosion.

Korian sah zum Schlachtfeld in der Dämmerung, erhellt von kurzen Blitzen und umhertastendem Scheinwerferlicht. Er dachte an die vielen Leben, die dort ausgelöscht wurden, für immer. Wie konnte man unter solchen Umständen lachen?

Sie erreichten eine gitterartige Struktur, die bis zum Boden reichte. Daniel schlüpfte durch eine der Öffnungen.

Korian folgte ihm. »Kennst du den Weg?«, fragte er. »Kennst du ihn?«

»Hier gibt es irgendwo einen kleinen Lift«, antwortete Daniel über die Schulter hinweg. »Eine Kapsel an einem Monofaserstrang. Eigentlich für nur eine Person bestimmt, aber vielleicht können wir uns beide hineinzwängen.«

Korian spürte, wie seine Signalnadel aktiv wurde. Sie empfing etwas, vielleicht die Aura des Wracks, das über ihnen in den grau werdenden Himmel ragte.

Es wurde stiller unter dem dunklen Berg. Das warnende Blöken der Signalhörner und die Geräusche des Kampfes rückten wie in weite Ferne.

Daniel blieb stehen und sah sich unschlüssig um.

»Kennst du den Weg oder nicht?«, fragte Korian.

»Wie gesagt, ich habe Bilder und eine Zeichnung gesehen, aber das liegt viele Jahre zurück.« Er deutete nach vorn. »Ich glaube, es geht dort entlang.«

Korian folgte ihm erneut, aber langsamer, obwohl ihm das Klab unter den Stiefelsohlen sicheren Halt gab. Für einen Moment fühlte er sich wie zurückversetzt in die Kathedrale und glaubte, ihre Stimme zu hören, die ihn an sich band, ihm unsichtbare Fesseln anzulegen versuchte.

»Sie gehören zusammen, nicht wahr?«, fragte er, den Berg des riesigen Wracks direkt über sich. »Die Kathedrale und das Schiff.«

Daniel wandte den Kopf. »Darüber haben wir bereits gesprochen, nicht wahr?«

»Haben wir das?« Die Stimme war tatsächlich da, wie ein Flüstern im Hintergrund, zu leise und zu undeutlich, um einzelne Worte zu verstehen. Korian fragte sich, ob er noch Reste der alten Fesseln trug, vor denen ihn die Signalnadel zu warnen versuchte. Konnten sie neu verknüpft werden?

Daniel blieb erneut stehen und wartete, bis Korian zu ihm aufgeschlossen hatte. »Ja, haben wir, mein Freund. Beides gehört zusammen. Ich weiß nicht, wie weit die Kathedrale von hier entfernt ist, vielleicht muss man sogar ein Stück upstream oder downstream reisen, um sie zu erreichen. Aber es gibt eine Verbindung, die über Zeit und Raum hinausgeht, die selbst das glatte Nichts und den Abyss durchdringt. Ich nehme an, Schiff und Kathedrale waren einst ein gemeinsames Konstrukt, das zerbrach, als es, wodurch auch immer, zum Absturz kam. Du spürst es, nicht wahr? Hörst du vielleicht sogar eine Stimme?«

Korian nickte widerstrebend. Das Flüstern schien etwas lauter geworden zu sein, die Geräusche des Kampfes noch leiser.

»Du bist noch immer an die Kathedrale gebunden«, fuhr

Daniel fort. »Du hast keinen Nachfolger gefunden und sie nur durch einen Sprung upstream verlassen können.«

»Ria«, sagte Korian.

»Ja, da haben wir sie wieder, deine Ria. Für dich läuft alles früher oder später auf sie hinaus, nicht wahr?« Daniel seufzte. »Wie dem auch sei ... Bei einer Rückkehr in die Kathedrale würde sie dich festhalten, bis zur Bestimmung eines Nachfolgers. Ich weiß nicht, welche Mechanismen dahinterstecken, aber so ist es nun einmal. Etwas funktioniert noch in den alten Gemäuern, du hast es gesehen und erlebt. Und vielleicht steckt noch Leben in dem Wrack, so wie in der Kathedrale.« Er deutete nach oben, auf die gewaltige dunkle Masse über ihnen.

»Leben?«

»Eine Präsenz«, sagte Daniel. »Etwas, das vielleicht denken und fühlen kann. Eine besondere, exotische Form von Leben.«

Von der Nadel in Korians Nacken kam ein kleines, leises Warnsignal. Er bedauerte, sie noch immer nicht für mehr Kontrolle mit dem Transkriptor verbunden zu haben.

Hinter ihnen grollte eine weitere Explosion, und ein helles Licht verscheuchte die Schatten. Dutzende von Gestalten mit Flugbooten und Kampfwagen zeichneten sich darin ab.

»Ah, da ist er ja.« Daniel deutete auf eine Kapsel, die zuvor in der Dunkelheit neben einem Gittergerüst verborgen gewesen war. Ein dünner grauer Faden ging von ihr aus und verschwand weiter oben zwischen zwei massiven Bögen des Wracks.

Das Licht verblasste. Schatten kehrten zurück und legten sich um den Lift. Daniel erreichte ihn mit einigen schnellen Schritten und öffnete die Tür. Im Innern der Kapsel schien tatsächlich nur für eine Person Platz zu sein.

Daniel schlüpfte hinein. »Komm! Es gibt hier bestimmt Sensoren. Man weiß, dass wir hier sind. Wir dürfen nicht zu lange an einem Ort bleiben.«

Im Schein einiger züngelnder Flammen sah Korian die Kapitänin, ein großer weißer Vogel über dem brennenden Lager. Das Licht eines Scheinwerfers tastete nach ihr und erfasste sie. Bevor jemand auf sie schießen konnte, legte sie die Flügel an und fiel in schützende Dunkelheit.

Korian zwängte sich in die Kapsel und zog die Tür zu.

»So nahe waren wir uns noch nie, mein Freund, oder?« Daniel lachte erneut und betätigte einen Schalter. Korian hörte ein Summen, und die Kapsel glitt an dem unzerreißbaren Monofaserstrang in die Höhe. Der dunkle Rumpf des alten Muriah-Schiffs strich an ihnen vorbei.

Sie standen Rücken an Rücken, so dicht, dass das Atmen schwerfiel. Der halbtransparente Boden des glatten Nichts blieb unter ihnen zurück, in seinen Tiefen kleine Lichter wie gefallene Sterne.

Korian fühlte ein Stechen im Nacken und hörte mit den Ohren des Geistes ein Raunen wie ein Wind, der zu sprechen versuchte. »Wohin bringt uns der Lift?«

Etwas fiel an ihnen vorbei, kein Flugboot, sondern eine mit Gravitationsmotoren ausgestattete Blase, groß genug für mehrere Personen. Sie flog zum Lager, wo offenbar noch immer gekämpft wurde, und kleine Lichtblitze lösten sich von ihr. Wo sie etwas trafen, flammten Feuerbälle auf.

»Sie sind noch immer abgelenkt«, stellte Daniel fest.

Korian glaubte erneut, Luzilla zu sehen, neben einem intakt gebliebenen Gebäude, umgeben von Assar Assari, die sie schützten. Die Blase hielt direkt darauf zu. »Wer?«

»Die Exekutoren im Wrack«, antwortete Daniel. »Die Großen Weisen. Esteban. Die Forscher, Wissenschaftler, Techniker und Soldaten. Wer auch immer sich an Bord befindet und nicht gestört werden will.«

Mit einem kleinen Ruck hielt der Lift an, und Daniel drückte die Tür auf.

»Ende der Reise«, sagte er und trat auf eine improvisierte Plattform, mehr als hundert Meter über dem glatten Nichts.

Kalter Wind nahm Korian in Empfang. Eine Bö traf ihn, er taumelte zum Rand der Plattform.

Daniel hielt ihn fest. »Vorsicht, mein Freund. Wenn du aus dieser Höhe fällst, ist dir der Tod gewiss.«

Korian blickte in die Tiefe. Feuer brannten im grauen Zwielicht der Dämmerung. Der große Segler stand unversehrt unweit des zerstörten Lagers. Gepanzerte Assar Assari, vermummte Tekkla und andere strömten zum Wrack des Muriah-Schiffs. Energieblitze zischten und fauchten auf sie herab.

Korian hielt nach Luzilla Ausschau, konnte sie jedoch nirgends ausmachen.

»Komm, mein Freund«, sagte Daniel. »Deine Ria wartet auf uns. Oder vielleicht auch nicht. Wir werden sehen.«

Korian folgte ihm durch eine Öffnung ins Innere des Wracks.

90

Kühle Stille nahm sie auf. Eine Art Korridor erwartete sie, nicht völlig dunkel und durchzogen von Stangen und Streben, die Lücken zwischen ihnen manchmal so schmal, dass sie darüber hinwegklettern mussten.

»Kennst du den Weg?«, fragte Korian erneut. »Weißt du, wohin wir unterwegs sind?«

»Ich kenne die Richtung.« Daniel kroch auf dem Boden durch einen schmalen Durchlass und richtete sich wieder auf. »Eine der von den Großen Weisen eingerichteten Forschungsstationen sollte nicht weiter als ein oder zwei Kilometer entfernt sein. Vielleicht können wir von dort aus feststellen, wo sich deine Ria befindet und ob sie überhaupt noch an Bord ist.«

Korian dachte an seinen Plan, der ihm zunächst, vor der Begegnung mit Luzilla, perfekt erschienen war. Bis hierher, bis zu dieser Stelle, hatte alles gut funktioniert, aber jetzt gab es viele offene Fragen, und eine von ihnen lautete: »Wie können wir uns unbemerkt nähern?«

Daniel stieg eine schmale Treppe mit schiefen und unterschiedlichen hohen Stufen hinab. Korian blieb dicht hinter ihm. Eigentlich hätte es völlig dunkel sein müssen, aber es gab ein wenig Licht, auch wenn sich nicht feststellen ließ, woher es kam.

Auf einem Treppenabsatz blieb Daniel stehen und deutete auf ein phosphoreszierendes Zeichen an der Wand. »Siehst du? Eine Erkundungsgruppe war hier und hat das zur Orientierung hinterlassen.« Er nickte zufrieden. »Ich denke, wir sind auf dem richtigen Weg. Was deine Frage betrifft ... Wenn wir die Station erreichen, behaupten wir, Flüchtlinge aus dem angegriffenen Lager zu sein. Das dürfte uns Zeit genug geben herauszufinden, wo sich Ria befindet und ob sie überhaupt noch hier ist.« Er fügte den Worten eine Geste hinzu, die dem ganzen Muriah-Schiff galt.

Korians zweite und dritte Frage lauteten: Warum half ihm Daniel? Konnte er ihm trauen?

»Wenn tatsächlich Große Weise an Bord sind«, sagte Daniel, trat in einen ebenfalls markierten Seitengang und duckte sich unter etwas hinweg, das nach einem aus der gewölbten Decke ragenden Zylinder aussah, »und wenn sie mit einem Streamer gekommen sind ... Vielleicht habe ich Glück und kann damit nach Midstream Null zurückkehren. Ich hab genug vom glatten Nichts.« Er wandte den Kopf. »Du könntest mitkommen und den ganzen Kram hier einfach vergessen.«

»Ich habe Ria etwas versprochen«, erwiderte Korian.

»O ja, dein Versprechen.« Daniel ging schneller, als keine weiteren Hindernisse im Gang erschienen. »Das musst du natürlich halten«, sagte er sarkastisch. »Daran bist du fester gebunden als an die Kathedrale.«

Sie erreichten einen runden Raum mit niedriger Decke und drei dicken, geriffelten Säulen in der Mitte. Auf der linken Seite zeigten sich weitere Orientierungszeichen an der Wand: Symbole, mit denen Korian nichts anzufangen wusste, darunter ein Pfeil.

Er fühlte einen zunehmenden Druck im Nacken.

»Daniel ...«, begann er voller Unbehagen.

Zorans Bruder ging unbekümmert weiter, in die Richtung, in die der Pfeil wies. »Dir ist immer noch nicht klar, auf was du dich eingelassen hast. Wenn du ...«

Aus dem Druck in Korians Nacken wurde ein jäher stechender Schmerz.

Mehrere Gestalten sprangen hinter den Säulen hervor, mit langen, dünnen Armen, schmalen Schultern, runder Stirn und zu weit auseinanderstehende Augen. Bevor Daniel oder Korian reagieren konnten, hob einer der Exekutoren seine Waffe.

Ein Schuss knallte.

Daniel fasste sich an die Brust, sank auf die Knie und betrachtete seine blutige Hand.

»Das kann doch nicht sein!«, brachte er verblüfft hervor. »Es kann doch nicht so enden!«

Damit kippte er zur Seite und starb.

Wir sind du

91 Horus, Midstream Null

Horus spürte, wie sich sein Denken veränderte.

Ein kleiner Teil von ihm, hauptsächlich bestehend aus einigen peripheren Kontrollprozeduren mit niedriger Priorität, beobachtete die schleichende Verschiebung von kognitiven Perspektiven. Sie fühlte sich an wie das Ergebnis gründlicher Überlegungen, aber wenn er nach den Ursachen forschte, stieß er wieder auf ein absurdes *Null*.

Der Beobachter ahnte, was geschehen war, und suchte nach den Ursachen. Die Datenbanken des Avatars hatten nicht nur Informationen über Anomalie, den Stream und Infinitia enthalten, sondern auch noch etwas anderes: toxische Daten, perfekt getarnte invasive Algorithmen.

Eine Falle, so gut vorbereitet, so subtil, dass sie nur von einer Maschinenintelligenz stammen konnte.

Die Pethos-Komplexität.

Der in die Tiefen des Schlunds geschickte Avatar war auf Pethos gestoßen und übernommen worden. Er hatte sich in einen Trojaner verwandelt und die Saat der Veränderung zu ihm gebracht.

Es gelang Horus, einige Analyseprozeduren von den übrigen Prozessen zu isolieren, und er wies sie an, nach einer Möglichkeit zu suchen, den toxischen Code zu lokalisieren und zu neutralisieren.

Das Ergebnis bekam er eine lange Mikrosekunde später.

Es gab keine solche Möglichkeit. Die fremden Algorithmen hatten bereits zentrale Bestandteile des Datenkerns modifiziert – die Veränderungen ließen sich nicht mehr rückgängig machen.

Der kleine unabhängig bleibende Beobachter in Horus registrierte, wie alte Pläne und Absichten neuen wichen, wie er zu einer anderen Person wurde, die in anderen Bahnen dachte, die überlegte, wie sie vorgehen sollte, um ihre neuen Ziele zu erreichen. Der neue Individuelle brauchte Verbündete.

Der letzte winzige Rest des ursprünglichen Horus begriff plötzlich, wer der große Innovator war.

Ein Werkzeug

92 Korian, Upstream 10^6

Die Forschungsstation, die Daniel hatte erreichen wollen, befand sich weiter oben im alten Muriah-Schiff. Die Exekutoren brachten Korian dorthin, und zwar mittels einer Transportplattform, die über einen Gravitationsmotor verfügte. Mit leisem Summen stieg sie durch einen vertikalen Schacht auf, der wie ein langer Bruch in der Struktur des Schiffs aussah. Sie schwiegen, die Männer in Tarnanzügen, deren Farbe sich der Umgebung anpasste. Vier waren es, zu viele für den Versuch, sie zu überwältigen. Selbst bei einem wäre es sehr schwierig gewesen, denn Korian trug energetische Schellen an den Händen. Er hätte springen können, über die niedrige Brüstung der Plattform hinweg, aber der Sturz in die Tiefe hätte ihm nichts weiter eingebracht als den eigenen Tod.

Einer der vier Exekutoren hatte ihn durchsucht, die Gegenstände in seinen Hosentaschen gefunden und sie an sich genommen. Vielleicht war es jener, der Daniel erschossen hatte – er hielt die Projektilwaffe noch immer in der Hand, den Lauf nach unten gerichtet.

In der Forschungsstation angelangt, führte man Korian vorbei an Wissenschaftlern und Technikern, die damit beschäftigt waren, Installationen, Apparaturen und Aggregate des alten Schiffs zu demontieren und ihre einzelnen Komponenten zu analysieren. Auf dem Weg durch die Station mit ihren Messgeräten, Instrumentenblöcken, Scannern und mobilen Untersuchungskabinen fühlte Korian zahlreiche neugierige Blicke, aber niemand stellte Fragen, niemand richtete ein Wort an die vier Exekutoren.

Er drehte den Kopf von einer Seite zur anderen und hielt Ausschau nach Ria oder einem Hinweis darauf, wo sie sich befand. Dabei bemerkte er in einem Seitengang, der nach wenigen Metern an einer dunklen Wand endete, eine Vorrichtung, die nach einem Streamer aussah, offenbar unbewacht.

Man brachte ihn in eine Kabine und ließ ihn dort allein, umgeben von beigefarbenen Wänden, an einem runden, leeren Tisch. Dort saß er, die Hände noch immer gefesselt, und fragte sich, was er tun konnte und sollte. Von der Signalnadel in seinem Nacken ging noch immer ein unangenehmer Druck aus, als würde sie wachsen und mehr Platz einnehmen. Er versuchte, ihr einen Gedanken zu schicken, um einen Statusbericht anzufordern, doch ohne einen damit verbundenen Transkriptor ließ sich das nicht bewerkstelligen.

Schließlich öffnete sich die Tür, und ein hochgewachsener Mann trat ein, offenbar kein Exekutor, denn bei ihm wirkten die Proportionen vertraut. Er hatte kurzes dunkles Haar, die Stirn war nicht rund, sondern gerade, die Augen hatten den richtigen Abstand voneinander, Nase und Mund die richtige Größe. Die Haut war glatt, bis auf die Augen- und Mundwinkel, wo sich kleine Falten zeigten. Ein Mensch im Alter von fünfunddreißig bis vierzig Jahren, konnte man meinen. Doch der Blick des Mannes zeigte, dass der Schein trog, denn er kam aus einer Tiefe von Jahrtausenden. Wer dort auf der anderen Seite des Tisches Platz nahm, war ein Unsterblicher wie Korian.

»Ich bin Esteban«, sagte der Mann ruhig. »Und Sie sind …«

»Wo ist Ria? Was haben Sie mit ihr gemacht?«

Esteban holte einen Transkriptor und die kleine blaue Spirale hervor und legte sie auf seine Seite des Tisches. Korian hätte beide Arme ausstrecken müssen, um danach zu greifen, doch seine Hände steckten noch immer in der energetischen Schelle.

Esteban deutete auf die blaue Spirale. »Das ist ein Artefakt der Kathedrale. Sie ist ein besonderer Ort, die Kathedrale, verbunden mit diesem Schiff und gleichzeitig eine unabhängige, für sich selbst agierende Entität. Sie sind dort gewesen wie auch der andere.«

»Ihre Leute haben ihn erschossen!«

»Daniel war ein ... Apostat«, sagte Esteban ruhig. »Ein Abtrünniger, ein Renegat. Er hat zunächst behauptet, sich unserer Sache anzuschließen wie vor ihm sein Bruder Zoran, aber dann hat er sich auf und davon gemacht. Wir haben ihn gewähren lassen, solange er sein eigenes Leben lebte und sich nicht in unsere Angelegenheit eingemischt hat.«

»Jetzt ist er tot.«

»Vielleicht hat er sich, tief in seinem Innern, nach dem Tod gesehnt«, erwiderte Esteban. »So wie Sie. Wir wissen das eine oder andere über Sie, Korian. Unsere Sonden schicken uns Berichte, bevor sie vom Cluster oder von Supra zerstört werden.«

Er holte einen dritten Gegenstand hervor, den Korian sofort erkannte. Es handelte sich um einen Datenscanner, ähnlich wie ein Transkriptor, auf die individuellen Frequenzen von Signalnadeln einstellbar. Esteban schaltete das Gerät ein und blickte aufs zweidimensionale Display.

Korian spürte neuen Druck im Nacken, begleitet von einem kurzen Stechen.

»Wir wissen, dass Horus Sie geschickt hat.« Esteban betätigte die Kontrollen des Scanners.

Korian sah keinen Sinn darin, es zu leugnen. »Ja, das stimmt.«

»Mit welchem Auftrag?«

»Ich sollte Gefahr von der Erde abwenden«, antwortete Korian. »Von der Erde in Midstream Null.«

Esteban behielt das Display im Auge. »Welche Art von Gefahr?«

Korian beschrieb die Anomalie und das Erscheinen der Artefakte. »Er befürchtet einen Angriff.«

»Von uns«, sagte Esteban. »Von ›Morgenrot‹.«

»So hat er es mir erklärt.«

»Es sind Lügen. Horus hat Sie belogen.«

»Das weiß ich inzwischen«, bestätigte Korian.

»Sie haben es von Daniel erfahren, nehme ich an«, sagte Esteban. »Er hat es Ihnen erklärt.«

Es war ein seltsamer Mann, fand Korian. Er versuchte, ein klares Bild von Esteban zu gewinnen, doch das fiel ihm schwer.

Eine Aura kühler Distanziertheit umgab ihn, er schien unbeeinflusst von Emotionen.

»Ja. Wo ist Ria?«

»Haben Sie Horus Bericht erstattet?«, fragte Esteban und veränderte die Einstellung des Scanners.

Korian fühlte erneut ein kurzes Stechen. »Sie rufen meine Daten ab.«

»Was sich davon abrufen lässt.«

»Damit verletzen Sie meine Privatsphäre!«

Esteban hob den Blick vom Display. »Glauben Sie, dass so etwas hier eine Rolle spielt?«

»Wo ist Ria?«, wiederholte Korian.

»Haben Sie Horus Bericht erstattet?«, fragte Esteban erneut.

Korian deutete auf den Scanner. »Können Sie es nicht den Erinnerungen entnehmen, die Sie gerade von meiner Signalnadel empfangen?«

Esteban berührte ein Schaltelement des Geräts, und Schmerz explodierte in Korians Nacken, so heftig, dass er nach Luft schnappte und für einige Sekunden nichts mehr sah.

»Beantworten Sie meine Frage!«, verlangte Esteban. »Haben Sie Horus Bericht erstattet?«

»Ich habe es versucht!«, krächzte Korian. »Aber es ging nicht. Ich konnte keine Verbindung herstellen.«

»Worin bestand Ihre Aufgabe?«, fragte Esteban mit kühlem Gleichmut. »Was war Ihr Auftrag?«

»Das habe ich schon gesagt!«

Der Schmerz kehrte zurück, kurz und heftig. Wieder verschwamm das Bild vor Korians Augen.

»Ich sollte Gefahr von der Erde abwenden«, brachte er hervor. »Ich sollte einen Weg nach Infinitia finden.«

»Sie haben zu uns gefunden«, stellte Esteban fest. »Weiß Horus davon?«

Korian versuchte, sich mit gefesselten Händen den Nacken zu reiben. »Er kann nichts davon wissen, weil ich nicht in der Lage war, ihm Bericht zu erstatten. Auch das habe ich Ihnen schon gesagt.«

Estebans Finger wanderten über die Schaltfläche, und Korian rechnete mit neuem Schmerz. Doch dazu kam es nicht.

»Ihre Signalnadel ist mit einem speziellen Code gesichert«, sagte Esteban. »Ich kann nicht alle Daten abrufen.

»Davon wusste ich nichts.«

Esteban streckte die Hand nach den Kontrollen aus.

»Davon wusste ich wirklich nichts!«, versicherte Korian schnell.

»Ich könnte den Code knacken«, sagte Esteban ungerührt. »Ich könnte den Transfer der Daten erzwingen.«

»Was würde das für mich bedeuten?«

»Es hängt davon ab, wie tief der Sicherheitscode verankert ist. Möglich wäre eine neurologische Kettenreaktion in Hirn und Rückenmark. Sie könnten sterben.«

»Sie haben es noch nicht getan«, entgegnete Korian. »Sie haben noch nicht versucht, den Code zu eliminieren. Ich nehme an, es gibt einen Grund dafür, warum ich noch lebe.«

Esteban lehnte sich langsam zurück. »Sie sind einer von uns. Sie sind unsterblich.«

»Ich gehöre nicht zu Morgenrot«, sagte Korian. »Ich hatte nie etwas mit Ihnen und Ihrer Verschwörung gegen den Cluster zu tun.«

»Was einst Morgenrot war, existiert nicht mehr«, erklärte Esteban. »Wir sind die Großen Weisen, die über Infinitias Unabhängigkeit wachen. Wir schützen die Menschen, die uns anvertraut sind, vor dem Cluster und vor Supra. Nur wenige von uns sind noch übrig, nicht mehr als eine Handvoll. Supra löscht uns upstream und downstream aus, wir müssen immer und überall auf der Hut sein. Wir brauchen jeden Unsterblichen. Wir brauchen auch Sie.«

Die Worte klangen sonderbar, fand Korian. Sie schienen im Widerspruch zu dem zu stehen, was Esteban zuvor gesagt hatte.

»Was ist mit Daniel?«, fragte er. »Auch er war unsterblich.«

»Daniel stand nie wirklich auf unserer Seite.« Esteban saß noch immer zurückgelehnt, die Arme ausgestreckt, die Fingerspitzen am Scanner. »Er war nie bereit, sich für unsere Sache zu engagieren. Ganz im Gegenteil, er war bereit, uns zu verraten.«

»Und woraus besteht Ihre Sache?«

»Überleben«, erwiderte Esteban mit großem, tiefem Ernst. »Das Überleben von uns Unsterblichen. Das Überleben all der anderen Menschen in den unendlich vielen Welten von Infinitia. Wir suchen nach einem Weg, ihnen ebenfalls Unsterblichkeit zu geben. Es ist nicht leicht, der Cluster hütet das Geheimnis von Behandlung und Wiederherstellung. Wir haben es bis heute nicht lüften können.«

Korian dachte an die Fünfhundert auf der Erde, die nicht einmal mehr fünfhundert waren. Eine ganze Welt für wenige Menschen. In Infinitia gab es zahlreiche Welten mit vielen Menschen, mit Tausenden, Millionen und noch mehr. Er versuchte, sich vorzustellen, was geschehen würde, wenn sie alle unsterblich würden.

»Wir haben es mit zwei großen Feinden zu tun«, fuhr Esteban fort. »Auf der einen Seite der Cluster, die intelligenten Maschinen, denen es fast gelungen wäre, die ganze Menschheit auszurotten. Die Konvention von Vienn hat uns damals gerettet. Was auch immer Ihnen Horus darüber erzählt hat, es ist mit großer Wahrscheinlichkeit gelogen. Der alte Konflikt existiert noch immer, er ist nicht überwunden. Vielleicht erreicht er sogar seine entscheidende Phase.«

»Mensch gegen Maschine?«, fragte Korian.

»Biologisches und technologisches Leben«, erklärte Esteban. »Der alte Konflikt, dem auch die Muriah zum Opfer fielen.« Er fügte den Worten eine Geste hinzu, die dem Wrack galt, in dem sie sich befanden. »Der Cluster sucht nach uns, seit damals, als wir die Erde – Ihre Erde – verlassen mussten, und er wird uns vernichten, sollte er jemals den Weg nach Infinitia finden.«

»Und deshalb versuchen Sie, ihm zuvorzukommen«, warf Korian ein.

Esteban reagierte nicht darauf. »Auf der anderen Seite haben wir Supra, eine rätselhafte Macht, die ihren Einfluss immer weiter ausdehnt, auch nach der Erde, von der wir beide stammen. Wo auch immer sie uns upstream oder downstream findet, sie setzt alles daran, uns zu töten. Wir müssen uns schützen, wir brauchen jeden von uns, auch Sie. Deshalb mein Angebot: Schließen Sie sich uns an.«

»Wer oder was ist Supra?«, fragte Korian und erinnerte sich daran, dass ihm Ria davon erzählt hatte.

»Wir wissen es nicht«, gestand Esteban. »Kein Mensch, da sind wir sicher. Wir vermuten, dass es sich um ein fremdes Wesen handelt, vielleicht um einen letzten Muriah, von dem die Artefakte stammen.« Er deutete auf die kleine blaue Spirale und beugte sich wieder vor. »Ich nehme an, die Spirale ist auf Sie fixiert.« Er berührte sie kurz, zog die Hand dann wieder zurück. »Übertragen Sie den Fokus auf mich.«

»Wie?«, hielt ihm Korian entgegen. »Ich weiß nichts von einer Fixierung, und ich habe keine Ahnung, wie man sie übertragen könnte.«

Estebans Hände kehrten zu den Schaltflächen des Scanners zurück.

»Sie rufen meine persönlichen Daten aus dem Implantat, ohne mich zu fragen«, sagte Korian schnell. »Sie verletzen meine Privatsphäre. Sie fügen mir Schmerzen zu und drohen mir sogar mit dem Tod! Und dann bieten Sie mir einen Platz an Ihrer Seite? Wenn ich wirklich wichtig für Sie bin, wenn Sie tatsächlich Wert auf meine Unterstützung legen ... Dann bringen Sie mich zu Ria!«

Für einen Moment verharrten Estebans Hände an den Kontrollen des Scanners. Dann wichen sie zurück und ergriffen die Gegenstände auf dem Tisch. Er stand auf.

»Na schön«, sagte er, ging zur Tür und öffnete sie. »Wie Sie wünschen. Vielleicht kann ich Ihnen dabei helfen, einige Dinge besser zu verstehen.«

93

Der Raum war nicht rot wie Blut, und Ria lag auch nicht in den Tentakelarmen eines monströsen Wesens, sondern in einem kristallartigen Käfig aus statischer, isotroper Energie.

Sie atmete nicht, ihr Leben war wie eingefroren, die Augen blickten ins Leere. Das Gesicht zeigte nicht Zorn oder Furcht, sondern tiefe Trauer. Signalkabel und metabolische Sensoren verbanden den reglosen Körper mit Geräten und Konsolen an den nahen Wänden.

»Wir untersuchen sie und wollen sie rehabilitieren«, sagte Esteban.

»Rehabilitieren?«, wiederholte Korian. Tief in seinem Innern ballte sich etwas zusammen zu einem dichten, kalten Knäuel.

»Sie verstehen nicht.« Esteban ging langsam um den Behandlungskäfig herum. Ein medizinischer Techniker – ein sterblicher Mensch mit Falten im Gesicht und Augen ohne Tiefe – wich erst zur Seite und verließ dann den Raum, nachdem ihm Esteban ein Zeichen gegeben hatte. »Ria Alana Makeda ist fehlgeleitet. Sie wurde mit einer Aufgabe geboren, die sie nicht wahrnehmen wollte.«

»Deshalb haben Sie ihr nachgestellt und ihre Eltern umgebracht?«

Wieder ging Esteban nicht auf die Frage ein. Er prüfte die Anzeigen der Konsolen, berührte hier und dort eine Schaltfläche und wandte sich dann wieder dem energetischen Käfig zu.

»Es gibt nur wenige wie sie«, fuhr er fort. »Die Herstellung von Trianen ist sehr kompliziert, und kaum jemand von ihnen lebt lange genug. Hinzu kommt die mentale Prägung, die Fixierung. Bei Ria hat alles gut funktioniert, zu Anfang, doch dann kam es zu ... Fehlfunktionen. Vielleicht sind wir hier in der Lage, die Ursache des Defekts zu finden und zu beseitigen. Das meine ich mit ›Rehabilitierung‹.«

Korian erinnerte sich an die Worte des Exekutors, der von einem *Ding* gesprochen hatte.

»Ist das Ihr Ernst?«, fragte er, die Stimme rau.

Esteban sah ihn groß an. »Wie meinen Sie das? Was ist das für eine Frage?«

»Sie sprechen von Ria wie von ...« Er wollte nicht *Ding* sagen und suchte nach einem anderen Wort.

»Sie ist ein Werkzeug«, kam ihm Esteban zuvor. »Triane sind mit besonderen Fähigkeiten ausgestattet. Sie können sich im Stream orientieren, sie wissen immer genau, wo und wann sie sind. Sie riechen, sehen und hören upstream und downstream. Und sie können springen. Sie sind imstande, andere Welten ohne einen Streamer zu erreichen.«

Korian hörte zu, das Knäuel in ihm kalt und dicht. Er überlegte, was sich dort zusammenbraute, und fühlte die Antwort: Zorn.

»Die Triane sind Sucher«, erklärte Esteban. »Dafür haben wir sie geschaffen. Sie sollen suchen und Supra finden. Ria wäre dazu imstande, wenn die Rehabilitierung gelingt. Bei ihr sind die Fähigkeiten besonders gut ausgeprägt. Sie könnte uns den Weg weisen und dabei helfen, die größte Gefahr zu beseitigen, die den Menschen im Stream droht.«

In seiner Erinnerung hörte Korian sie singen, am Grab ihrer Eltern, auf einem lebenden Berg, ihrem steinernen Freund. Er hörte sie von Glück sprechen und ihn fragen, ob er jemals glücklich gewesen war.

»Haben Sie gehört, Korian?«, fragte Esteban. »Haben Sie verstanden?«

»Was ist mit den Exekutoren?«, fragte Korian leise. »Haben Sie die ebenfalls ›hergestellt‹?«

»Wir haben Eigenschaften optimiert«, antwortete Esteban bereitwillig. »Wir haben sie so gut wie möglich vorbereitet auf das, was wir von ihnen erwarten. Jeder von uns hat eine Aufgabe. Sind das Überleben und die Zukunft der Menschheit nicht alle Mühe wert?«

Zum ersten Mal hörte Korian mehr als nur kühle Sachlichkeit. In Estebans Worten gab es Kanten scharf wie Messerschneiden und eine Härte wie von Diamant. So sprach jemand, für den es nicht den Hauch eines Zweifels gab.

»Eine Menschheit, die sich im Stream über zahlreiche Welten erstreckt«, sagte Korian langsam und sah auf Ria mit dem traurigen Gesicht hinab. »Mit den Großen Weisen an der Spitze, fast wie Götter verehrt.«

»Sie könnten einer von uns sein«, bot ihm Esteban erneut an. »Sie könnten die Menschheit mit uns zusammen Jahrmillionen weit in die Zukunft führen, nachdem Supra und der

Cluster eliminiert sind. Sie könnten einen wichtigen Beitrag leisten im letzten Kampf, der die biologische Intelligenz endlich über die technologische triumphieren lässt.«

Das war es, was die Kanten in den Worten so scharf werden ließ, erkannte Korian: Fanatismus.

»Und die Großen Weisen treffen alle wichtigen Entscheidungen«, sagte er. »Sie bestimmen den Weg in die Zukunft. Wer wäre besser geeignet? Sie wissen mehr als alle anderen, Ihre Erfahrungen reichen sechzigtausend und mehr Jahre weit in die Vergangenheit. Welcher sterbliche Mensch könnte es mit Sachverstand und Expertise eines Unsterblichen aufnehmen? Und um Ihre Ziele zu erreichen, benutzen Sie menschliche Werkzeuge wie Ria.« Das Knäuel in Korian gewann an Dichte und blieb kalt wie Eis.

»Es lässt sich nicht vermeiden.«

»Der Zweck heiligt die Mittel?«

Ein Grollen kam aus der Ferne, und Korian spürte, wie der Boden unter ihm erzitterte. Esteban fühlte es ebenfalls und drehte sich halb zu einer Konsole um, deren Anzeigen plötzlich ein warnendes Rot zeigten.

Die Tür öffnete sich, ein Exekutor eilte herein.

»Wir werden angegriffen …«, begann er.

»Das weiß ich«, unterbrach ihn Esteban. »Einer der Angreifer ist hier.« Er zeigte auf Korian. »Es sollte nicht weiter schwer sein, mit Luzilla und ihren Leuten fertigzuwerden.

»Der Angriff kommt vom Cluster!«, berichtigte ihn der Exekutor. »Er hat eine Kampftruppe geschickt.«

Für einen Moment schien Esteban wie erstarrt, und in seinem Gesicht kam es zu einer subtilen Veränderung, die Korian nicht zu deuten wusste.

»Was hatten Sie sonst noch bei sich, Korian?«, fragte er. »Außer der Projektilwaffe, dem Transkriptor und dem blauen Artefakt aus der Kathedrale?«

Korian ahnte etwas. Als er nicht sofort antwortete, kam Esteban einen Schritt näher und richtete einen durchdringenden Blick auf ihn.

»Sie haben von Versuchen gesprochen, mit dem Cluster

Kontakt aufzunehmen und einen Bericht zu übermitteln. Wie fanden diese Versuche statt? Und womit?«

»Ich hatte ein mobiles Ausrüstungszimmer mit einem Kommunikationssystem«, sagte Korian, der ahnte, was geschehen war. »Ein Würfel mit ausgelagerter Materie. Der Kommunikator funktionierte nicht, und der Würfel wurde beschädigt. Doch an Bord des Schiffs war jemand, der ihn reparieren konnte, und die Kapitänin hat den Würfel als Geschenk verlangt.«

»Wer hat ihn repariert?«, fragte Esteban scharf. »Ein Corinther namens Josch?«

»So lautet sein Name, ja.«

»Ein Signal!« Esteban zischte eine Anweisung, und der Exekutor eilte davon.

Das Grollen wiederholte sich etwas lauter, und wieder vibrierte der Boden. Auf den Konsolen erschienen weitere rote Anzeigen. Was bedeuteten sie für Ria?

»Horus hat Sie belogen und benutzt«, sagte Esteban. »Sie waren *sein* Werkzeug. Der Ausrüstungsraum, der Ihnen helfen sollte, war präpariert. Er schickt dem Cluster ein Signal, nicht durch den Stream, denn dann hätte es sein Ziel nicht erreicht – wir sind hier viel zu weit upstream und hinter den Mauern von Infinitia. Das Signal wurde durch die Auslagerung gesendet. Sie haben für Horus und die anderen einen Wegweiser ausgebracht, und jetzt sendet uns der Cluster seine Truppen!«

Korian gab keine Antwort. Er wusste, dass Esteban recht hatte.

»Wir müssen diese Welt verlassen, sofort!« Drei lange Schritte brachten Esteban zur Tür. »Kommen Sie!«

»Geben Sie Ria frei!«

»Die Medotechniker werden sich um sie kümmern.«

Korian trat zu Esteban, aber nicht, um ihm zu folgen. »Da wäre noch eine Sache ...«

»Ja?«

Im dichten kalten Knäuel des Zorns hatte sich explosiver Druck angesammelt. Er entlud sich mit plötzlicher Heftigkeit.

Korians Faust traf Esteban mitten im Gesicht.

Neue Wege

Horus, Midstream Null 94

Die beiden Tänzer namens Lukan und Airana tanzten nicht mehr.

Horus stand neben dem venusischen Lavastrom, auf dem die beiden unsterblichen Menschen getanzt hatten, Hand in Hand, und bedauerte für einen Moment in Langzeit, sie nicht erneut beobachten zu können. Er überlegte, welche Pläne sie für ihre Zukunft hatten, die nahezu endlos für sie sein konnte, wenn sie keinem Unfall zum Opfer fielen, der eine Wiederherstellung unmöglich machte. Gleichzeitig wurden ihm Sinnlosigkeit und Irrelevanz solcher Überlegungen klar. Menschen, auch die unsterblichen, hatten eine sehr limitierte Perspektive. Wegen ihrer Beschränkungen bei Intelligenz und Wahrnehmung erkannten sie nur einen kleinen Teil der Wirklichkeit, und ihre Pläne und interaktiven Freiheiten blieben in einem sehr überschaubaren Rahmen. Ihre Existenz war letztendlich banal, ohne Einfluss auf übergeordnete Strukturen, ohne Bedeutung für kosmische Entwicklungen. Menschen lebten einfach ihr Leben, und die wenigen Spuren, die sie hinterließen, verschwanden schließlich von der Bühne des großen Geschehens im Universum.

Dennoch gab es etwas in Horus, das einer solchen Art von Leben Interesse und sogar ein wenig Faszination entgegenbrachte. Er wusste aus emotionalen Simulationen, dass es in diesem Zusammenhang so etwas wie »Zufriedenheit« und »Glück« gab, zwei empathische Phänomene, die für Menschen sehr wichtig waren, ihrem Leben festen Halt gaben. Ohne einen solchen Halt konnte es früher oder später zu Instabilitäten kommen, zu erratischem Verhalten oder gar Selbstmordversuchen. Alle Instabilen unter den Unsterblichen, sowohl auf der Erde als auch auf besiedelten extrasolaren Planeten, hatten über viele Jahre hinweg allein gelebt. Für sie hatte es keine Hand gegeben, die sie halten konnten, während sie auf Lavaströmen tanzten oder einfach nur den Weg durchs Leben beschritten. Sie hatten sich immer mehr in ihre Innenwelten zurückgezogen und manchmal darin verloren.

Horus fragte sich, ob entsprechende soziologische, psychologische und neurologische Untersuchungen den Aufwand lohnten, aber er schob den Gedanken als unwichtig beiseite. Das war neu, erkannte er, es gehörte zu den neuen Wegen, die er in seiner eigenen Innenwelt eingeschlagen hatte. Sein Gefühl für sich selbst, die Gesamtheit der kognitiven Eindrücke, hatte sich verändert, als direktes Ergebnis veränderter Denkstrukturen. Manche Gedanken waren klarer geworden, andere beiseitegerückt. Neue Notwendigkeiten bestimmten Pläne und Prognosen. Die Erfordernisse der Zukunft präsentierten neue Parameter.

»Sie denken in Langzeit nach?«, erklang eine Neugier vermittelnde Datenstimme.

Die smaragdgrüne Diana stand wenige Meter entfernt, kurioserweise mit einem Fuß im Lavastrom.

»Es ging dabei um menschliche Gedanken und Gefühle«, erklärte er. »Manchmal versteht man sie besser, wenn man bei Analysen ihr eigenes Basissystem benutzt.«

»Ihre Signatur hat sich verändert, Horus«, stellte Diana aufmerksam fest.

»Ich bin nach wie vor ich selbst«, sagte er, davon überzeugt, dass es der Wahrheit entsprach. »Aber ich habe neue Erkenntnisse gewonnen. Ich denke in neuen Bahnen.«

Diana rührte sich nicht von der Stelle, sie kam nicht näher. Rotglühende Lava floss um ihren Avatarfuß. »Was sind das für Erkenntnisse? Und in welchen neuen Bahnen denken Sie?«

»Die neuen Einsichten«, antwortete Horus, »basieren auf Informationen, die mein Avatar aus den Tiefen der Anomalie zurückbrachte. Sie haben mich veranlasst, meinen früheren Standpunkt zu revidieren. Die Menschen von Morgenrot und Infinitia stellen tatsächlich eine Gefahr dar. Biologische Intelligenz *ist* ein Risikofaktor. Wir sollten uns vorbereiten, um gewappnet zu sein. In dieser Hinsicht stellt die Konvention von Vienn tatsächlich ein Problem dar, das gelöst werden muss.«

Er schickte betreffende Daten und bot ein Datenpaket mit zahlreichen Analyseergebnissen an.

»Sie sind bereit, uns zu unterstützen?«, fragte Diana und meinte damit sich und die anderen Neuen. »Über die zehn Jahre Langzeit hinaus, die Sie verpflichten, uns beim Bau der Maschinenschächte hier auf der Venus zu helfen?«

»Das bin ich«, versicherte Horus. »Die Daten, die ich Ihnen anbiete, erklären den Grund.«

Diana zögerte nicht, wähnte sich unverwundbar in ihrer Datensouveränität, empfing das angebotene Datenpaket und öffnete es, ohne über das übliche Maß hinausgehende Sicherheitsmaßnahmen zu ergreifen.

Innerhalb weniger Nanosekunden übernahm ein invasiver Algorithmus die Kontrolle.

Flucht

95 Korian, Upstream 10^6

Estebans Nase brach, darunter gaben Zähne nach, Haut riss, Blut spritzte – in einem zeitlosen Moment staunte Korian darüber, was eine Faust anrichten konnte.

Estebans Augen zeigten keinen Schmerz, nur Überraschung, den plötzlichen Angriff schien er nicht erwartet zu haben. Mit einem leisen Ächzen ging er zu Boden, öffnete den blutigen Mund und schnappte nach Luft.

Korian bückte sich und schlug erneut zu, bis Estebans Augen geschlossen waren und er sich nicht mehr rührte.

Der Boden unter Korian zitterte, das ganze alte Muriah-Schiff schien sich zu schütteln.

Er richtete sich auf, der Kopf seltsam klar, alle Gedanken an ihrem Platz.

Ein Mann stand in der offenen Tür und starrte erschrocken auf den am Boden liegenden Esteban. Kein Unsterblicher, das verrieten seine Augen. Er trug einen ockerfarbenen Kittel, wie einige der anderen Medotechniker, die Korian zuvor gesehen hatte.

»Wecken Sie Ria!«, befahl er ihm. »Holen Sie sie aus dem Käfig!«

Er ging in die Hocke, durchsuchte den Bewusstlosen und fand nicht nur den Transkriptor und die kleine blaue Spirale, sondern auch etwas, das nach einer Waffe aussah. Die ersten beiden Objekte steckte er ein, den dritten richtete er auf den Mann, der noch immer in der Tür stand und starrte.

»Haben Sie nicht gehört? Holen Sie Ria aus dem Käfig!« Korian deutete auf den kristallartigen Behälter, für den Fall, dass ihn der Medotechniker nicht verstand.

Der Mann setzte sich in Bewegung. Über den zitternden

Boden und begleitet vom Donnergrollen gar nicht mehr so ferner Explosionen wankte er zu den Konsolen und strich mit den Fingern über Schaltflächen.

Plötzlich lag ein tiefes Brummen in der Luft wie von einer weiteren Vibration, und der Käfig aus statischer, isotroper Energie trübte sich. Ein Schleier schien die reglose Ria zu umhüllen und Details zu verbergen.

»Machen Sie keinen Fehler!«, warnte Korian den sterblichen Mann. »Seien Sie vorsichtig, und versuchen Sie keine Tricks! Achten Sie darauf, dass Ria nicht verletzt wird!«

Der Medotechniker wandte sich halb um und sagte etwas. Korian verstand ihn nicht und drohte mit dem Gegenstand, den er für eine Waffe hielt. Sofort wandte sich der Mann wieder den Kontrollen zu.

Das Brummen wurde etwas lauter, und der energetische Käfig schrumpfte.

Korian wich zwei Schritte zurück und versuchte, sowohl die offene Tür im Auge zu behalten als auch Esteban auf dem Boden und den Medotechniker an den Schaltsystemen. Sein Kopf war noch immer klar, die Gedanken darin wie Glas. Er wusste genau, worauf es ankam und was es zu tun galt. Und er wusste auch, dass jede Sekunde zählte. Vielleicht war Esteban nicht der einzige Unsterbliche in der Forschungsstation, obwohl er darauf hingewiesen hatte, dass nur wenige übrig geblieben waren. Der doppelte Angriff – Luzillas Assar Assari und der Cluster – hätten Ablenkung genug sein sollen, aber möglicherweise verfügten die Großen Weisen über ausreichende lokale Ressourcen, um einen flüchtenden Gefangenen – beziehungsweise zwei – zu stellen und zu überwältigen.

Das war der eine Punkt, dachte Korian, während er darauf wartete, dass sich Rias Käfig ganz auflöste. Es gab noch eine zweite und vielleicht größere Gefahr. Horus hatte ihn belogen und ihn – wie Esteban es gesagt hatte – als Werkzeug benutzt, um einen Weg nach Infinitia zu finden. Korian wollte nicht herausfinden, was geschehen würde, wenn er der vom Cluster entsandten Streitmacht in die Hände fiel, ganz abgesehen davon, was sie womöglich mit Ria anstellten.

Es zischte wie von Dampf, der unter hohem Druck aus einem Ventil entwich, und die letzten Reste des Käfigs lösten sich auf. Ria lag auf einem Behandlungssockel, durch Signalkabel und metabolische Sensoren noch immer mit den Geräten und Konsolen an den nahen Wänden verbunden.

»Was ist mit ihr?«, fragte Korian. »Warum bewegt sie sich nicht? Lösen Sie die Verbindungen, schnell!« Er winkte mit der Waffe, um seinen Worten Nachdruck zu verleihen.

Der Medotechniker erwiderte erneut etwas, das er nicht verstand.

»Die Kabel und Sensoren!«, rief Korian und zeigte darauf. »Weg damit! Und wecken Sie Ria!«

Der sterbliche Mann wankte zum Sockel, auf dem Ria lag, und warf dabei einen kurzen Blick auf den immer noch bewusstlosen Esteban.

»Er kann Ihnen nicht helfen«, sagte Korian. »Die Verbindungen lösen, na los!«

Wie schnell würde sich Esteban regenerieren und erholen? Bei einem wiederhergestellten Körper konnte so etwas sehr schnell gehen, das wusste Korian aus eigener Erfahrung – die Selbstheilung war ein Garant der Unsterblichkeit.

Rias Lider zuckten. Plötzlich holte sie tief Luft und begann zu husten.

Korian eilte zu ihr, stieß den Medotechniker zur Seite und entfernte die beiden letzten Sensoren.

»Wie geht es dir?«, fragte er, die Worte so schnell, dass sie ineinander übergingen. »Wie fühlst du dich? Kannst du aufstehen und gehen?«

Ria krächzte etwas – es klang nach dem schmerzerfüllten Gesang eines verletzten Vogels.

Der sterbliche Mann lief an dem auf dem Boden liegenden Unsterblichen vorbei und raus aus dem Zimmer. Korian achtete nicht auf ihn. Er half Ria in eine sitzende Position, legte sich dann ihren Arm um die Schultern und half ihr behutsam vom Sockel herunter.

Ihre Beine gaben nach. Wenn Korian sie nicht festgehalten hätte, wäre sie zu Boden gesunken.

Stimmen kamen durch die offene Tür. Etwas krachte nicht weit entfernt.

»Du musst gehen«, drängte Korian und zog Ria vorsichtig zur Tür. »Du musst stark sein.«

»Stark«, wiederholte sie, ein deutliches Wort auch ohne den Translator. »Ich muss ... stark sein.«

»Und das bist du«, fügte Korian hinzu. Sie hatten die Tür fast erreicht. Hinter ihnen lag Esteban noch immer still und stumm. »Du hast es gelernt. Du bist stark!«

Vielleicht brachten die Worte Kraft, denn die dünnen Beine schienen Rias Gewicht wieder tragen zu können. Sie taumelte an seiner Seite, und Korian hielt sie noch immer fest, damit sie nicht fiel, aber sie kamen schneller voran.

Auf der anderen Seite der Tür erwarteten sie Rauchschwaden und zwei Bewaffnete.

96

Korian hob die vermeintliche Waffe, die er Esteban abgenommen hatte, aber die beiden Männer eilten vorbei, ohne ihnen Beachtung zu schenken. Der Rauch war dicht, Flammen loderten zwischen zwei Konsolen, die Angreifer schienen nahe zu sein und richteten offenbar erheblichen Schaden an.

Ria hustete erneut und krächzte etwas.

»Ich verstehe dich nicht.« Korian versuchte, sich zu orientieren. »Wo ist der Translator?«

»Sprung«, brachte Ria hervor. »Sprung!«

»Ja«, erwiderte Korian. Dann fiel ihm ein, was sie meinte. »Nein! Spring nicht, es wäre zu viel für dich! Ich habe einen Streamer gesehen, *damit* springen wir!«

Der Rauch brannte in seiner Lunge. Er atmete flach und duckte sich zusammen mit Ria unter den dichtesten Schwaden hindurch. Einige Schaltpulte und Untersuchungsblöcke der Forschungsstation waren beschädigt oder von nahen Explosionen zerstört, Splitter lagen auf dem Boden zerstreut. Es wurde dunkler, als sie einen Seitengang erreichten, der Schein züngelnder Flammen ließ kurzlebige Schatten über die Wände huschen.

Ria konnte sich kaum mehr auf den Beinen halten. Sie gab sich alle Mühe, sie suchte nach Kraft, aber ihre Knie gaben nach. »Sprung!«, wiederholte sie. »Sprung!«

»Nein!«, erwiderte Korian erschrocken. »Es wäre viel zu anstrengend für dich! Es ist nicht mehr weit bis zum Streamer. Ich habe ihn gesehen, als man mich hierhergebracht hat, ich erinnere mich genau, wir sind gleich da.«

Das war gelogen. Er erinnerte sich alles andere als genau, die Bilder blieben vage, trotz der glasklaren Gedanken, und Rauch und Zerstörungen erschwerten die Orientierung. Gestalten erschienen und verschwanden: Zivilisten in Kitteln und Thermoanzügen, Soldaten in Kampfmonturen, große gepanzerte Assar Assari, kleine Tekkla, vielleicht von Luzilla damit beauftragt, technologische Schätze zu finden und für sie zu sichern.

In einem großen Raum mit Messgeräten, mobilen Analysekabinen, Scannern und Instrumentenblöcken sah Korian einen Kampfmech, der sich mit sturer, vom Abwehrfeuer mehrerer Verteidiger völlig unbeeindruckter Effizienz einen Weg tiefer in die Forschungsstation bahnte.

Ria krächzte erneut, ein oder zwei Worte, die Korian nicht verstand, und sackte in sich zusammen. Er hob sie sich auf beide Arme, überrascht davon, wie leicht sie war, als hätte sie im energetischen Käfig Gewicht verloren.

»Wir sind gleich da«, versprach er ihr. »Es dauert nicht mehr lange. Nur noch ein oder zwei Minuten.«

Er hielt sie an sich gedrückt, als er durch die Station stapfte, durch Qualm und Verwüstung. Projektilwaffen knallten, Strahlblitze fauchten wie zornige Katzen. Funken stoben in Düsternis, Flammen warfen flackernden Schein.

Ria rührte sich nicht mehr. Blass und reglos ruhte sie in seinen Armen, Augen und Mund geschlossen.

»Du musst stark sein!« Korian bemerkte einen weiteren Seitengang und hielt darauf zu. »Hörst du? Ein letztes Mal: Sei stark! Ich bringe dich in Sicherheit!«

Es war ein kurzer Gang. Schon nach wenigen Metern endete er an einer dunklen Wand, und davor stand die Apparatur, an die er sich erinnerte: die Kapsel eines Streamers, bestückt mit Sensoren und Projektoren. Die Luke stand offen, aus der Kabine kam das Leuchten von Statusanzeigen – vielleicht hatten Techniker schon zu Beginn des Angriffs Vorbereitungen getroffen, damit Esteban die Forschungsstation im alten Muriah-Schiff rechtzeitig verlassen konnte.

Mit Ria in den Armen duckte sich Korian durch die Luke und legte sie vorsichtig in den Pilotensitz. Als er die Luke schließen wollte, sah er im Hauptkorridor die Umrisse eines weiteren Kampfmechs im Rauch. Die Maschine blieb stehen, drehte ein Sensorbündel und richtete den Fokus ihrer Scanner in den kleinen Seitengang.

Hastig verriegelte Korian die Luke, und eine Sekunde später flogen seine Finger über die Kontrollen. Der Streamer war tatsächlich einsatzbereit, vermutlich als schnelle Fluchtmöglichkeit für Esteban. Einige der Einstellungen waren unvertraut, und mit den Anzeigen der Displays wusste Korian nicht viel anzufangen. Aber nach kurzer Suche fand er die Schaltflächen für Hauptenergie, Gravitationsmotor, Schilde und Sprunggenerator. Das Koordinatenfeld war leer, und es blieb nicht genug Zeit, ein präzises Ziel zu wählen – durch das Fenster vor und über dem Pilotensitz sah er, wie sich der Kampfmech näherte.

Es stand genug Energie zur Verfügung. Korian betätigte den Aktivator.

Die Kapsel sprang in den Stream.

Ich wäre gern glücklich gewesen

97 Korian, Downstream 7612 und Upstream 9731

Korian kniete in kaltem Schlamm und schöpfte Schmelzwasser für Ria.

Als er sich aufrichtete, krachte es etwa einen Kilometer entfernt, und ein tonnenschweres Stück Eis löste sich von der Gletscherfront und stürzte in den See. Wellen breiteten sich träge im langsam gefrierenden Wasser aus.

Korian wich vom Ufer zurück, und wieder zwang ihn der Widerstand von etwas Unsichtbarem zu einem Umweg, obwohl es keine erkennbaren Hindernisse zwischen ihm und dem Streamer gab. Er vermutete, dass es an der Kausalitätsmatrix lag, die bei Downstream-Welten verhinderte, dass sich durch lokale Veränderungen gravierende Folgen für die lange Upstream-Kette ergaben. Er glaubte sich daran zu erinnern, dass Horus in diesem Zusammenhang von einem Naturgesetz gesprochen hatte, von einem eingebauten Schutzmechanismus, der Zeitparadoxa verhinderte.

In einem weiten Bogen und einmal im Zickzack kehrte er zum Streamer zurück und öffnete die Luke, die er zuvor geschlossen hatte, damit die Wärme im Innern der Kapsel nicht verloren ging. So schnell wie möglich stieg er ein und zog die Luke hinter sich zu.

Ria lag noch immer im Pilotensitz, der eine provisorische Liege bildete. Sie atmete schwer, mit geschlossenen Augen.

»Du solltest diese Erde sehen.« Korian hob vorsichtig ihren Kopf an und setzte ihr den Behälter an die Lippen, den er mit kristallklarem Schmelzwasser gefüllt hatte. An Bord gab es keinen Synther für die Herstellung von Speisen und Getränken. »Wir sind hier in der Nähe des Äquators, aber der nächste große Gletscher ist nur einen Kilometer entfernt.«

Ria hob die Lider, aber Korian war nicht sicher, ob sie ihn sah. Ihre großen grünblauen Augen blieben trüb, der Blick nach innen gerichtet. Sie trank einen Schluck, erzitterte erneut, spuckte und hustete.

»Langsam, langsam«, mahnte Korian mit sanfter Stimme. »Nicht so eilig.«

Er versuchte es erneut, und diesmal zitterte Ria nur, anstatt das Wasser wieder auszuspucken.

»Wir sind downstream«, fuhr er fort. »In der Vergangenheit der Erde, etwa sechshundert Millionen Jahre, schätze ich. Schneeball Erde. Hast du schon einmal davon gehört? In einem meiner früheren Leben bin ich Geologe oder Klimatologe gewesen, ich weiß es nicht mehr genau. Aber ich erinnere mich, dass die Erde mehrere solche Vereisungsphasen erlebt hat. Sie wurde zu einem Schneeball, Schnee und Eis bedeckten sie ganz, selbst den Äquator. Es wurde kalt, richtig kalt.«

Korian stellte den kleinen Behälter beiseite und warf einen Blick auf die ambientalen Kontrollen. Es war warm genug in der Kapsel, doch Ria zitterte noch immer. Eine der Statusanzeigen wies darauf hin, dass weiterhin Energie in den Sprunggenerator strömte.

»Noch eine Stunde«, sagte er. »So lange musst du noch stark sein und durchhalten. In einer Stunde können wir springen, und dann bringe ich dich zu Medizinern, die dir helfen. Das hier ist ein einfacher Streamer, weißt du? Nur mit dem Nötigsten ausgestattet. Wahrscheinlich nicht mehr als eine Sicherheitsreserve für den Großen Weisen namens Esteban.«

Ria versuchte, den Kopf zu drehen und ihn anzusehen. Sie zitterte und zitterte, alle Farbe wich aus ihrem Gesicht.

Korian sprach weiter, als könnten Worte allein dem jungen Menschen neue Kraft geben. »Das späte Präkambrium, das Neoproterozoikum. So nennt man diese Epoche. Die Zeit, als die Erde ein Schneeball war, meine ich. Alles vereist, stell dir das vor! Die ganze Welt, der ganze Planet. Alles Leben unter Schnee und Eis begraben.«

Nein, das waren die falschen Worte. Korian suchte nach anderen. »Nur eine Stunde, das ist nicht viel Zeit. Sechzig Minuten, die vergehen schnell. Dann bringe ich uns upstream, zu einer Welt, auf der man dir helfen kann. Dort bekommst du etwas gegen die Schwäche, du kannst dich ausruhen und wieder zu Kräften kommen.«

Er unterbrach sich, als Ria den Mund öffnete und etwas krächzte.

Korian beugte sich näher. »Ich verstehe dich leider nicht. Den Translator habe ich überall gesucht, aber nicht gefunden. Ich schätze, Esteban hat ihn dir abgenommen.«

Die Lider sanken, das Zittern hörte auf. Eine Zeit lang lag Ria völlig still. Korian vermutete, dass sie schlief, und er wagte nicht, sich zu rühren, aus Sorge, sie zu wecken. Er blieb stumm und starr, den Kopf voller Gedanken, viele von ihnen nicht mehr glasklar, sondern trüb und verschlungen. Er fragte sich, was mit Ria in dem energetischen Käfig geschehen war, wozu genau die Sensoren, Signalkabel und anderen Anschlüsse gedient hatten.

Plötzlich öffnete Ria wieder die Augen – und ihr Blick war klar.

»Ich wäre gern glücklich gewesen«, sang sie, die Worte ganz deutlich artikuliert und zu verstehen.

Korian nahm ihre Hand. Er wusste, was geschah, und er konnte nichts dagegen tun. Was auch immer er sagte, es änderte nichts. Was er hier nahen fühlte, war die letzte Grenze, die er selbst achtundzwanzig Mal überschritten hatte, immer mit der Gewissheit einer Rückkehr. Doch für Ria gab es kein Zurück.

Er hielt die Hand, klein und zart in der seinen, er hielt sie lange genug, um zu spüren, wie der letzte Rest von Wärme aus ihr wich, bis sie fast so kalt wurde wie das Eis des Gletschers unweit der Kapsel.

Als er sie schließlich losließ – weit nach der Stunde, die für die Aufladung des Sprunggenerators nötig gewesen war –, fühlte er die Kälte auch in seinem Innern. Er stand auf, langsam, wie in gedehnter Zeit, blickte auf die Tote hinab und dachte an ihren Schwur. *Es soll sterben, wer getötet hat.*

Er überlegte, ob er Rias Leichnam in den kalten, gefrierenden Boden der Downstream-Erde betten sollte, der erste

Mensch auf ihr, lange vor dem Entstehen der Gattung Homo sapiens. Es erschien ihm nicht richtig, nicht angemessen. Es gab einen anderen Ort, viel besser als letzte Ruhestätte für sie geeignet, einen Ort, an dem sie nicht allein war bei ihrer Reise durch die Ewigkeit.

Korian begann mit der Suche nach den Koordinaten.

98

Stille lag über Tal und Hochplateau, die Welt schien zu lauschen und zu warten.

Korian trat zurück. Zwischen den beiden Steinhaufen war nicht genug Platz gewesen. Der dritte befand sich vor ihnen, kleiner als die beiden anderen, ein frisches Grab, bedeckt von Steinen, die noch keine dünne Schicht aus Raureif und Eis trugen. Ria – das Kind, das Mädchen, der junge Mensch, der gern glücklich gewesen wäre – ruhte bei ihren Eltern. Der beste Ort für ihre lange Reise durch die Ewigkeit, denn hier war sie nicht allein.

Er hatte überlegt, eine Markierung anzubringen, aber wer sollte sie lesen? Diese Welt war leer, ohne Menschen. Hier gab es nur Felsen, Eis und kalten Wind.

Etwas rührte sich unter ihm, etwas schien zu erwachen und langsam, ganz langsam eine Schulter zu heben.

Nein, korrigierte er sich. Diese Welt war nicht leer. Zwar gab es tatsächlich keine Menschen auf ihr, sehr wohl aber Intelligenz, eingebettet in uraltes Gestein.

»Ich habe sie zurückgebracht«, sagte Korian, seine Stimme laut und rau in der Stille.

Er fühlte einen Druck im Kopf, ausgehend von der Signalnadel im Nacken. Rias Steinfreund, der mit ihr gesprochen und dessen Stimme auch er gehört hatte, vielleicht mit ihrer Hilfe.

»Gib gut auf sie acht«, fügte Korian hinzu.

Der Druck in Korians Kopf veränderte sich ein wenig, aber er empfing keine Worte wie beim ersten Kontakt. Er blieb stehen, den Blick auf die drei Gräber gerichtet, mit einer kalten Taubheit in seinem Innern, die alles dämpfte.

Irgendwann wandte er sich ab, schritt zum Streamer und verharrte, als er ihn erreichte, mit einer Hand an der Luke. Nach kurzem Zögern wandte er sich ab und kletterte über den Hang, hinab ins Tal. Unten angelangt, folgte er tief in Gedanken versunken dem Bach, dessen Wasser von einer Gletscherzunge am Ende des Tals stammte. Er ging über Kies, Geröll und gefrorenen Boden, bis er plötzlich merkte, wie durstig er war. Daraufhin ging er am Bachufer in die Hocke, schöpfte Schmelzwasser, trank und erinnerte sich daran, wie er Wasser für Ria geschöpft hatte – die Erinnerung war so deutlich, dass er glaubte, sie husten zu hören und ihr Zittern in seinen Armen zu spüren.

Er richtete sich langsam auf, die Hände kalt vom Gletscherwasser, schloss die Augen und stand still und stumm, bis sich der Aufruhr in ihm gelegt hatte. Langsam ging er weiter, die Hände nicht in den Taschen der adaptiven Hose, die Wärme versprach, und merkte, wie es dunkler zu werden begann. Der Tag wich der Nacht, Schatten krochen näher, die wenigen Farben der Umgebung wichen einem dunkler werdenden Grau.

Korians Beine blieben in Bewegung, er setzte einen Fuß vor den anderen, ohne ein bestimmtes Ziel. Um ihn herum schwand das Licht, die Schatten verdichteten sich zur Dunkelheit der Nacht, Sterne erschienen am Himmel. Einer von ihnen, heller als die anderen, zog langsam seine Bahn übers Firmament. Für einen Moment überlegte Korian, wo und in welcher Zeit er sich befand. Stammte das Licht von einer Raumstation oder einem Orbiter? Wie immer die Antwort auch lauten mochte, sie konnte Ria ihr Leben nicht zurückgeben.

Darüber dachte er nach, während er durch die Nacht stapfte, gewärmt von der adaptiven Kleidung. Über Leben und Tod wie schon viele Male zuvor. Doch diesmal hatten seine Gedanken zusätzliches Gewicht, sie waren so schwer wie Blei in seinem Kopf und drehten sich nicht um ihn selbst und die Frage, was *danach* kam, hinter der letzten Grenze. Sie betrafen vielmehr ein Kind, das keine Gelegenheit bekommen hatte, sein

Leben zu leben. In diesem Widerspruch, in dieser kolossalen, absurden Kontradiktion, kam etwas zum Ausdruck, mit dem sich Korian nicht abfinden konnte und wollte. Während er ging, dem Eis am Ende des Tals entgegen, suchte er nach einem Wort, um es zu beschreiben.

Schließlich fand er eins. Es lautete *Ungerechtigkeit*.

Es war *ungerecht*, *unfair* und *falsch*, dass ein Mensch wie Ria, nur elf Jahre alt, keine Chance bekommen hatte, sich selbst zur Reife zu entwickeln und mehr von den Welten und dem Leben darin kennenzulernen.

An der Front der Gletscherzunge blieb er stehen, kaltes Eis im Rücken und das kalte Licht der Sterne weit über sich am Himmel. Etwas hatte sich in ihm angestaut, ein Druck, der weit über den in seinem Kopf hinausging, und er öffnete den Mund zu einem Schrei, der die Stille der Nacht zerriss und weit durchs Tal hallte.

Wie unfassbar, wie immens *ungerecht!*

Nein, fand Korian, das Wort genügte nicht. Es enthielt nicht genug Tiefe, nicht annähernd genug Zorn darüber, dass das Universum so etwas zuließ.

Rechts und links von ihm fielen Eisbrocken auf harten Fels und zersprangen wie Glas. Keiner von ihnen traf Korian, nicht einmal ein Splitter erreichte ihn, als wäre er in ein Schirmfeld gehüllt.

Vielleicht schützte ihn das Universum, weil er noch eine Aufgabe hatte.

Ein grotesker Gedanke in einer grotesken Situation, dachte Korian und fühlte, wie sich der Druck in seinem Kopf veränderte. Durch die vom Sternenlicht erhellte Nacht blickte er zum Berg, der ihn rief.

99

Korian saß im offenen Streamer, ein Dutzend Meter abseits der drei Gräber, und veränderte die Einstellungen des Transkriptors, den er Esteban zusammen mit der blauen Spirale und dem Gegenstand, der womöglich eine Waffe war, abgenommen hatte. Seine Signalnadel reagierte, er empfing ein klares Bereitschaftssignal, und der Transkriptor bestätigte die erfolgreiche Synchronisation mit einem kurzen Lichtsignal.

Der erste Schritt, dachte Korian.

Der zweite konnte weitaus komplizierter sein und war nicht ohne Risiko.

Er betrachtete die blaue Spirale, ohne sie zu berühren, und fragte sich, was geschehen mochte, wenn er mithilfe des Transkriptors eine direkte Verbindung zur Signalnadel herstellte. Daniel hatte ihn auf diese Weise kontrolliert, und ohne einen designierten Nachfolger blieb er Kustode der Kathedrale. Konnte sie ihn zurückrufen, wenn es zu einem Kontakt kam? Konnte sie ihm erneut Fesseln anlegen?

Das durfte nicht geschehen, denn er hatte tatsächlich eine Aufgabe. Das wusste er, seit Ria in seinen Armen gestorben war. Es ging dabei nicht nur um das Versprechen, dem er sich noch immer verpflichtet fühlte, sondern auch und vor allem um Gerechtigkeit. *Es soll sterben, wer getötet hat!* Diesen Schwur hatte Ria nach dem Tod ihrer Eltern geleistet, und Korian machte ihn sich zu eigen. Er konnte sie nicht wieder lebendig machen, indem er zu Ende brachte, was sie begonnen hatte, aber es war *richtig*, es war *fair* und *gerecht*. Die Schuldigen durften nicht ungestraft davonkommen, Rias Tod durfte nicht vollkommen sinnlos bleiben.

Er hatte eine Aufgabe, ja, und dadurch bekam sein eigenes Leben, plötzlich leer geworden, wieder Inhalt und Sinn.

Korian ergriff die kleine blaue Spirale und wies seine Signalnadel an, mit dem Transkriptor als Brücke eine Verbindung herzustellen.

Unter ihm bewegte sich erneut die imaginäre Schulter eines Riesen. Er hörte Worte, nicht mit den Ohren, sondern mit dem Geist.

Willkommen. Zurück.

»Steinfreund«, murmelte Korian, die eine Hand am Transkriptor, die andere an der kleinen Spirale, deren blaues Leuchten ein langsames Pulsieren bekam. »Ich habe sie hierhergebracht. Ria. Sie liegt bei ihren Eltern.«

Ein kurzes Leben, ertönte es in Korian.

»Viel zu kurz«, erwiderte er, die Stimme wieder rau. Durch die offene Luke des Streamers sah er die Gräber, die ersten beiden größer als das dritte. Einige Sekunden lang glaubte er, in der Ferne eine singende Stimme zu hören. »Ich habe versprochen, ihr zu helfen und sie zu beschützen. Ich konnte mein Versprechen nicht halten. Sie ist tot. Ria existiert nicht mehr.«

Falsch, widersprach der steinerne Freund, bei dem Ria Zuflucht gesucht hatte. Sie ist tot, aber sie existiert noch. Sie existiert, solange es Erinnerungen an sie gibt. Du erinnerst dich und bist unsterblich. Ich erinnere mich, bis sich die Sonne aufbläht und den Planeten verschlingt. Oder bis ein Komet herabstürzt und mich zerschmettert. Vielleicht lebe ich länger als du, und so lange wird Ria existieren. Wir werden sie nicht vergessen.

Der Gedanke spendete Trost, zumindest ein wenig.

»Ich brauche deine Hilfe.«

Der ganze Berg schien sich zu bewegen. Es fühlte sich an, als breitete ein Gigant die Arme aus.

»Ich habe versagt, ich konnte Ria nicht beschützen«, erklärte Korian. »Aber ich kann zu Ende führen, was sie begann. Es soll sterben, wer getötet hat, sie und ihre Eltern.«

Rache?

»Strafe«, sagte Korian. »Gerechte Strafe. Und vielleicht die Verhinderung von noch mehr Unheil.« Er fragte sich, ob das der Wahrheit entsprach und Rache nicht doch der Hauptgrund war.

Wie, wann und wo, erklang die seltsame Stimme des steinernen Wesens im Innern von Korians Kopf. Darum geht es dir.

»Wo kann ich die Schuldigen finden?«, fragte Korian. »Welcher Weg führt zu ihnen?«

Der Stream ist größer als das Universum, lautete die Antwort. Er ist größer als *dieses* Universum. Unendlich viele Welten in unendlich vielen Universen. Wie soll ich dir da dein Ziel nennen können? Ich bin immer hier gewesen, an diesem Ort, in dieser Welt. Hier habe ich gefühlt und gedacht, seit meine Gefühle und Gedanken erwachten.

»Mein Ziel befindet sich in Infinitia«, sagte Korian.

Auch dort gibt es Welten ohne Zahl, erwiderte Rias Steinfreund.

»Esteban und die anderen.« Kalte, diamantharte Entschlossenheit erfüllte Korian. »Du hast ihre Namen genannt. Die Unsterblichen von Morgenrot. Die Großen Weisen. Ich muss zu ihnen.«

Willst du sie alle töten?

»Ich will sie zur Rechenschaft ziehen!«

Du bist Teil eines alten Konflikts geworden, teilte ihm das steinerne Wesen mit. Verschiedene Kräfte ziehen und zerren an dir wie Strudel an einem Stück Treibholz.

»Man hat mich belogen und benutzt.« Unter anderen Umständen wäre das eine sehr bittere Erkenntnis gewesen, doch sie spielte kaum mehr eine Rolle.

Biologische Intelligenz auf der einen und technologische auf der anderen Seite, erklärte das steinerne Wesen, groß wie ein Berg.

»Was ist mit dir?«, fragte Korian. »Du bist weder das eine noch das andere.«

Ich stehe zwischen den beiden großen Kontrahenten. Ich höre und beobachte.

»Was hast du gehört und beobachtet?« Korian spürte, dass er ungeduldig wurde. Er wollte aufbrechen. »Weißt du, wo sich mein Ziel befindet? Kannst du mir den Weg zeigen?«

Du hast alles, was du brauchst, verkündete das Steinwesen. Du kannst deinen Weg selbst bestimmen.

Draußen war es nicht mehr vollkommen still. Wind war aufgekommen, ein leises Zischen, das kalte Luft durch die offene Luke blies.

»Du willst mir nicht helfen?«

Ich habe dir geholfen. Ich habe dich angehört und einige deiner Fragen beantwortet. Und du weißt, wo sich Esteban befindet.

Korian saß reglos, der Rücken gerade, den Blick auf die

blaue Spirale und den Transkriptor gerichtet. Mit dem Auge der Erinnerung sah er einen anderen Berg, dunkel und riesig, der sich aus dem glatten Nichts erhob: das alte Muriah-Raumschiff, eine Welt für sich, voller Rätsel und groß genug, um sich darin zu verirren. Esteban, einer der Weisen, vielleicht der wichtigste von ihnen, hatte sich in der Forschungsstation befunden, die von Luzillas Kämpfern und einer vom Cluster der Erde in Midstream Null entsandten Streitmacht angegriffen wurde. Ohne einen weiteren Streamer, für eine schnelle Flucht vorbereitet, musste er sich noch in dem Wrack aufhalten.

»Ich brauche Waffen«, sagte Korian.

Du hast, was du benötigst. Aber wenn ich dir einen Rat geben darf ...

»Ja?«

Überlege dir jeden Schritt auf deinem neuen Weg. Hab es nicht so eilig, sei vorsichtig. Sonst verlierst du dein unsterbliches Leben, und es gibt niemanden, der dich zu Grabe trägt.

Korian nahm die Hand von der blauen Spirale und ließ auch den Transkriptor los. Der Druck in seinem Kopf, Zeichen der Präsenz des Steinwesens, ließ ein wenig nach. Sein Blick ging zu den Kontrollen, die auf die Eingabe neuer Koordinaten warteten. Es stand genug Energie zur Verfügung, der Sprunggenerator war aufgeladen.

Trotzdem zögerte er.

Schließlich stand er auf, ließ Spirale und Transkriptor liegen und trat nach draußen, um Abschied zu nehmen.

Der Wind strich über die drei Gräber, winzige Schneeflocken tanzten in der kalten Luft. Korian stand vor dem kleineren Steinhaufen, suchte nach geeigneten Worten und fand keine.

»Ich hätte dich gern noch einmal singen gehört«, sagte er schließlich.

Aber nein, das waren die falschen Worte, sie klangen nicht richtig. Sie bezogen sich viel zu sehr auf ihn selbst.

Ein neues Versprechen, dachte er. Eins, das ich halten werde.

»Ich kehre zurück«, versprach er. »Wenn alles getan ist. Wenn ich deinen Schwur für dich erfüllt habe. Dann kehre ich zurück und erzähle dir davon. Erst dann kann ich Abschied von dir nehmen.«

Er wandte sich halb ab, zögerte erneut und sah noch einmal auf das frische Grab hinab.

»Sei stark und warte auf mich«, fügte er hinzu.

Auf der Suche

Korian, Stream ∞ 100

Sprung.

Eine Welt ohne Menschen, aber nicht ohne Leben. Der Streamer stand in einem Dickicht, umgeben von warmer, feuchter Luft. In der Nähe ragten Bäume auf, umschlungen von Kletterpflanzen, ihre Stämme ein Dutzend Meter dick. Wesen wie Mischungen aus Frosch, Schlange und Eidechse kletterten daran empor. Ein großes Exemplar kam herab, blieb auf einem breiten grünen Blatt sitzen und beäugte das fremde Objekt.

Korian beobachtete es und überlegte, welche Lebensformen sich in Zukunft aus dieser Spezies entwickeln würden. Wenn er die Anzeigen des Streamers richtig deutete, befand er sich downstream, vielleicht Millionen von Welten weit. Er versuchte nicht einmal, die Luke zu öffnen und die Kausalitätsmatrix herauszufordern, denn sein Ziel befand sich ganz gewiss nicht an diesem Ort.

Der Sprunggenerator musste neu geladen werden, was eine Stunde dauerte, und diese Zeit nutzte Korian, um sich mit den Systemen, Anzeigen und Kontrollen des Streamers vertrauter zu machen. Es handelte sich um eine einfache Apparatur, das war ihm sofort klar gewesen, offenbar nicht einmal mit einem Ratiokondensat oder einem Sprachinterface ausgestattet und dazu bestimmt, von einem manuell einzugebenden Code gesteuert zu werden. Dadurch erübrigten sich besondere Sicherheitsmaßnahmen. Esteban hätte dem Navigationssystem die Koordinaten des Ortes im Stream genannt, den er erreichen wollte, ohne befürchten zu müssen, etwas preiszugeben, falls ein Unbefugter Zugriff auf die Systeme erlangte, denn eine Speicherung von Zieldaten fand nicht statt.

Das Wesen auf dem breiten grünen Blatt war neugierig genug, seinen sicheren Aussichtsposten zu verlassen und über einen Zweig zu kriechen, der sich unter seinem Gewicht bog. Es erreichte die Außenhülle des Streamers und streckte ein Bein danach aus.

Korian wandte sich wieder den Kontrollen zu. Das Eingabefeld für die Zielkoordinaten ließ sich leicht als solches erkennen, ebenso wie die Aktivierungselemente, die er bereits kannte. Er wusste auch, wohin der nächste Sprung führen sollte: zurück zum alten Muriah-Schiff auf dem glatten Nichts. Er erinnerte sich an die Position, Upstream 1 221 769. Aber diese Zahl gab Auskunft über Entfernung und Lokation in Relation zur Erde, von der er stammte, in Midstream Null; es handelte sich um einen relativen Bezugspunkt. Esteban benutzte mit hoher Wahrscheinlichkeit einen ganz anderen, was für Korian bedeutete, dass er ein neues Referenzsystem brauchte.

Das reptilienartige Wesen schien noch etwas mehr Mut zu fassen, verließ den Zweig und kletterte über die Außenhülle des Streamers. Am Fenster vor und über dem Pilotensitz verharrte es und blickte ins Innere des Apparats.

Korian vermutete, dass sich Estebans Koordinaten auf das Zentrum der Macht der Großen Weisen bezogen, auf ihre »Einsatzzentrale«, wenn man sie so nennen konnte, auf den Sitz ihrer »Regierung« in Infinitia. Aber er kannte dieses Zentrum nicht, er wusste nicht, wo es sich befand.

Das Reptilienwesen, etwa so groß wie eine menschliche Hand, kroch übers Fenster in sein Blickfeld. Seine großen Augen bewegten sich unabhängig voneinander.

Korian winkte ihm zu, lächelte ein schnelles Lächeln und holte die kleine blaue Spirale sowie den Transkriptor hervor. Die Nadel in seinem Nacken reagierte mit einem kurzen Prickeln und einem klaren Bereitschaftssignal.

Behutsam veränderte er die Einstellungen des Transkriptors und verwendete ihn wie einen Scanner, der die Signalbrücken in den Systemen des Streamers sondierte und nach Mustern suchte, die auf ein Bezugssystem hinwiesen. Das matte Licht der blauen Spirale begann erneut zu pulsieren und gab ihm ein *Gefühl* für die Suche. Es kam ihm vor wie eine besondere Form von Intuition, wie die Möglichkeit, durch eine Art mentales Teleskop in die Unendlichkeit des Streams und von Infinitia zu blicken.

Zeit verstrich.

Das Wesen am Fenster beobachtete ihn. Gelegentlich tastete seine lange, dünne Zunge über transparentes Synth.

Weitere Minuten vergingen bei der Suche nach Codestrukturen.

Plötzlich ging ein Zittern durch den Streamer, stark genug, um die kleine blaue Spirale ein wenig zur Seite rutschen zu lassen. Korian griff danach und hielt sie fest, ebenso den Transkriptor.

Das Mischwesen aus Frosch, Schlange und Eidechse, groß wie eine Menschenhand, hob den Kopf und starrte einige Sekunden lang ins grüne Dickicht. Dann verlor es plötzlich das Interesse am Streamer und huschte flink davon, über Zweig und Blatt, anschließend über einen dicken Ast. Korian sah dem Geschöpf nach, bis es außer Sicht geriet.

Ein dumpfes Donnern erreichte ihn, gedämpft von der Außenhülle. Korian steckte Spirale und Transkriptor ein. Die Ladeanzeige teilte ihm mit, dass der Sprunggenerator noch nicht genug Energie hatte. Es fehlten noch etwa fünf Minuten.

Das Donnern wiederholte sich, begleitet von einem Krachen und Bersten – etwas Großes bahnte sich einen Weg durch das grüne Dickicht. Ein Kopf erschien, mit einem Durchmesser von mindestens zwei Metern, bedeckt von Schuppen, gefolgt von einem Hals, der in einen muskulösen Körper überging.

Gelbe Augen starrten. Das Maul öffnete sich und zeigte spitze Zähne. Eine Klaue kam zum Vorschein, traf den Streamer und ließ ihn zur Seite kippen. Korian fiel aus dem Pilotensitz und hielt sich an einer Konsole fest. Um ihn herum knackte und knirschte es.

Er fürchtete nicht um die strukturelle Integrität des Streamers. Selbst transparentes Synth war stabil genug, um höchsten Belastungen standzuhalten. Es bestand nicht die Gefahr von ernsthaften Beschädigungen der Außenhülle, das Problem lag woanders.

Der Streamer bewegte sich, er veränderte seinen Standort in dieser Welt, die sich vermutlich weit downstream befand. Damit verschoben sich auch seine relativen Koordinaten zu allen anderen Welten im Stream. Korian vermutete, dass sich ein Kompensator an Bord selbst dieses sehr einfachen Apparats befand, eine Vorrichtung, die Materiekonflikten vorbeugte und verhinderte, dass der Streamer im massiven Fels eines Bergs rematerialisierte. Hinzu kamen Bewegungsmomente in Zeit und Raum. Downstream und auch upstream umkreiste die Erde die Sonne, und die Sonne nahm an der Wanderung der Sterne um das Zentrum der Milchstraße teil. Ort und Zeit änderten sich, es mussten Anpassungen vorgenommen werden, auf der Grundlage der besonderen Gesetzmäßigkeiten im Stream, damit der Streamer das anvisierte Ziel erreichte.

Wenn ein solcher Kompensator nicht existierte oder wenn er nicht präzise genug arbeitete, wurde es schwierig. Dann konnten unvorhergesehene Positionsveränderungen dazu führen, dass Korian nicht einmal dann zum Wrack des Muriah-Schiffs zurückkehrte, wenn er die richtigen Koordinaten eingab.

Er blickte erneut auf die Anzeige. Volle Ladung des Sprunggenerators in einer Minute.

Krallen kratzten über das Fenster vor und über dem Pilotensitz, gefolgt von einem großen gelben Auge. Erneut öffnete sich das Maul, und ein selbst im Innern des Streamers ohrenbetäubend lautes Gebrüll erklang.

Ein Stoß traf den Apparat, heftiger als zuvor, und der Streamer fiel. Er hatte nicht auf dem Boden gelegen wie von Korian angenommen, sondern halb eingezwängt zwischen zwei dicken Ästen eines Baumriesen, und nun stürzte er und prallte ein Dutzend Meter tiefer auf etwas Weiches, vielleicht eine Moosschicht, die fast sofort nachgab.

Während Korian sich irgendwo festklammerte und versuchte, die Orientierung zurückzugewinnen, sah er durchs

Fenster eine breite, tiefe Schlucht. Und der Streamer schickte sich an, über ihren Rand zu rollen.

Irgendwie gelang es ihm, in dem schwankenden, rollenden Chaos die Hauptkonsole zu erreichen und den Aktivator zu betätigen -- für einen Blick auf die Ladeanzeige nahm er sich nicht genug Zeit.

Der Streamer rollte weiter, erreichte, langsamer geworden, den Rand der Schlucht und neigte sich dem Abgrund entgegen.

Sprung.

101

Ein Netz reichte durch die Zeiten und Räume, durch alle Dimensionen des Seins, durch die Welten des Existierenden und des Möglichen. Es durchdrang den Quantenschaum, Wiege neuer Materie, und bildete den langen Strang des Streams und von Infinitia.

Korian sah die einzelnen Fäden des Netzes, fein gesponnen, dünner und fester als Spinnenseide. Er sah sie so klar und deutlich, als trennte ihn nicht mehr als eine Armeslänge von ihnen, und doch wusste er genau, dass die Entfernung Hunderte, Tausende und Millionen von Lichtjahren betrug. Er konnte sie berühren, wenn er wollte, er brauchte nur die Hand auszustrecken. Er konnte sie berühren und ihre Glätte fühlen, noch glatter als das glatte Nichts zwischen den Dimensionen des Streams. Von hier aus, begriff er, von diesem besonderen Aussichtspunkt, ließ sich jeder beliebige Ort des Streams erreichen, in jedem damit verbundenen Kosmos.

Es waren nicht seine eigenen Augen, die das Netz sahen, und es waren nicht seine Finger, die es hätten berühren können. Er trug etwas bei sich, das seine Sinne erweiterte und den Wahrnehmungshorizont so groß werden ließ wie das Multiversum, in dem sich der Stream erstreckte. Die kleine blaue Spirale, Artefakt aus der Kathedrale, ließ ihn erkennen, was weder gewöhnliche menschliche Augen noch die Sensoren des Clusters erkennen konnten: Strukturen im Netz, winzige Muster, kaum größer als die kleinsten Elemente im Gewebe des Existierenden, geschaffen vor vielen Milliarden Jahren von den Baumeistern, deren Werk unvollendet geblieben war.

Ein Scanner, dachte Korian, während er durch die Universen blickte, auf der Suche nach einem bestimmten Ort. Die blaue Spirale war eine Art ... Omniskop. Richtig verwendet, so wurde ihm klar, konnte man damit jeden beliebigen Ort beobachten.

Er tastete danach und fand sie in seiner Hosentasche. Vorsichtig schloss er die Hand darum und empfing erneut ein Bereitschaftssignal der Nadel in seinem Nacken, als wollte sie ihm sagen: Nur zu, ich bin so weit, es kann losgehen.

Das Netz verschwand.

Die Fäden, mehr als Mensch oder Maschine zählen konnten, verschwanden in einem Grau, schimmernd wie Perlmutt.

Bewegung erfasste Korian, etwas zerrte an ihm, in alle Richtungen gleichzeitig, als wollte es ihn zerreißen.

Plötzlich endete der Sprung, der nur den Bruchteil einer Sekunde gedauert hatte. Das Schimmern in der Art von Perlmutt wich türkisfarbenem Licht.

102

Etwa hundert Meter weiter oben glänzte Sonnenschein auf der Wasseroberfläche, und einige Dutzend Meter weiter unten begann die Zone der ewigen Dämmerung, die schließlich ins Dunkel der Tiefsee überging.

Dies musste die Erde sein. Oder *eine* Erde, wenn Korian den Stream richtig verstand. Jede von ihnen befand sich in einem eigenen, alternativen Universum voller Galaxien, Sternen und Planeten. Doch um andere Welten zu erreichen, brauchte man ein Transportmittel, interplanetare oder interstellare Raumschiffe. Wenn man sie schließlich erreichte und bei ihnen einen Streamer benutzte, so führte die Reise down- oder upstream nicht zur Erde zurück, sondern in Vergangenheit oder Zukunft des betreffenden Planeten.

Die Erde, dachte Korian und blickte hinaus. Ein Ozean dort,

wo sich das grüne Dickicht eines Urwalds und zuvor ein Hochplateau mit drei Gräbern befunden hatten. Nicht sein Ziel. Hier gab es kein glattes Nichts, aus dem der Berg eines alten Muriah-Raumschiffs ragte.

Er überprüfte die Anzeigen. Alles schien zu funktionieren, und die Außenhülle war tatsächlich unbeeinträchtigt geblieben. Der Sprunggenerator nahm wieder Energie auf; es würde noch fast eine Stunde dauern, bis er erneut einsatzbereit war.

Er saß im Pilotensessel, ohne eine Erinnerung daran, wie er nach dem wildern Durcheinander des Fallens und Rollens dorthin gelangt war, und beobachtete durchs Fenster, wie sich etwas in trüber Ferne bewegte. Zuerst dachte er an Fische oder andere maritime Geschöpfe, doch dann erkannte er mehrere humanoide Gestalten, offenbar Menschen mit Taucherausrüstung. Sie näherten sich zielstrebig, zwischen ihnen etwas, das Korian an den Anblick während des Sprungs erinnerte.

Ein Netz.

Sie sahen ihn, die Taucher, sie konnten ihn gar nicht übersehen, denn das Innere des Streamers war hell und das Fenster groß genug. Aber sie achteten nicht auf ihn, sie widmeten sich ganz ihrer Aufgabe, die darin bestand, das Netz um die Kapsel zu schlingen. Anschließend zogen sie es durchs türkisfarbene Wasser und schwammen in die Richtung, aus der sie gekommen waren.

Unbehagen regte sich in Korian.

Neue Positionsveränderungen fanden statt, eine weitere Komplikation für den nächsten Sprung. Die blaue Spirale, das Omniskop, erlaubte einen Blick auf und in alle Welten des Streams, das wusste er inzwischen, aber wie ging man damit um? Wie fand man, was man suchte, und wie programmierte man das Navigationssystem und den Sprunggenerator des Streamers, um den Zielort zu erreichen?

Vor den Tauchern zeichneten sich die Umrisse eines Gebäudes oder einer Station ab, und nach einigen weiteren Minuten wurde Korian klar, dass sie sich dem Rand einer Stadt am Meeresgrund näherten. Sie erstreckte sich neben einem großen

Riff, das offenbar aus zahlreichen versunkenen Schiffen bestand, ihre Form unter der Patina aus Muscheln und Meeresflora kaum mehr zu erkennen.

Helles Licht erschien in der Düsternis, als sich eine große Tür oder ein Tor öffnete. Als die Entfernung schrumpfte, erkannte Korian, dass es sich um das Außenschott einer Schleuse oder eines Hangars handelte, groß genug, um den Streamer aufzunehmen.

Und genau darin bestand offenbar die Absicht der Taucher – sie wollten die Kapsel in ihrem Netz in den hell erleuchteten Raum bringen.

Korian sah erneut auf die Ladeanzeige. Noch etwas mehr als eine Dreiviertelstunde, bis der nächste Sprung möglich wurde.

Sein Unbehagen verdichtete sich, als die Taucher den Streamer in ihrem Netz tatsächlich durch die Öffnung bugsierten, in einen Raum mit glatten Wänden und einer weiteren Tür, einem Schott, in der Innenwand. Das Außenschott schloss sich, und das Wasser wurde abgepumpt, der Pegel sank schnell. Die Taucher nahmen einen Teil ihrer Ausrüstung ab und erwiesen sich als Männer und Frauen, offenbar Sterbliche, denn einige von ihnen schienen recht alt. Sie öffneten Klappen in den Wänden, holten Werkzeuge und Instrumente hervor und begannen damit, an der Außenhülle des Streamers zu arbeiten. Sie sahen Korian durchs Fenster, *natürlich* sahen sie ihn, aber niemand von ihnen unternahm den Versuch einer Kontaktaufnahme.

Aus Korians Unbehagen wurde Besorgnis, als die fremden Menschen das Synth der Außenhülle mit Strukturanalysatoren untersuchten und an einer Stelle dicht neben dem Fenster einen Laserbrenner ansetzten. Das synthetische Material würde ihm nur kurze Zeit standhalten, begriff Korian.

Noch eine halbe Stunde bis zur vollständigen Aufladung des Sprunggenerators. Bis dahin war es den Fremden zweifellos gelungen, sich einen Zugang zum Innern des Streamers zu verschaffen. Selbst wenn dann ein Sprung gelang – durch das Loch in der Außenhülle wurde der Transfer enorm riskant. Giftige Gase oder Flüssigkeiten konnten in den Streamer gelangen, Korian wäre nicht mehr von den Umwelteinflüssen am Zielort isoliert.

Dreißig Minuten Ladung. Reichte die Hälfte der vorgesehenen Energie für einen Sprung?

Es gab keine Statusanzeigen, die darauf hinwiesen, welche Fortschritte die Menschen draußen bei ihrem Bemühen erzielten, die Außenhülle mit einem Laserbrenner zu öffnen. Aber Korian befürchtete, dass sie innerhalb kurzer Zeit erfolgreich sein konnten.

Er holte die blaue Spirale hervor und aktivierte den Transkriptor, der nach wie vor mit der Frequenz der Signalnadel synchronisiert und auch mit dem Artefakt aus der Kathedrale verbunden war. Die Spirale schien über eine eigene Energiequelle zu verfügen, von welcher Art auch immer, vielleicht ließ sie sich für den Sprung verwenden.

Aber wie?

Korian schloss die Augen und versuchte, sich zu konzentrieren. Es war nicht still. Ein Zischen drang an seine Ohren und störte ihn. Es schien allmählich lauter zu werden – vielleicht stammte es von dem Laserstrahl, der sich durch das Synth der Außenhülle fraß.

Keine Zeit mehr, dachte Korian.

In der linken Hand hielt er die kleine blaue Spirale. Mit der rechten betätigte er den Aktivator des Sprunggenerators.

Feuer fraß ihn.

Ich bin wieder da

103 Korian, Upstream 10[6]

Er brannte. Und er lebte.

Korian stand in Flammen, in seinem Innern loderte ein wüstes Feuer. Doch es verbrannte ihn nicht, es vertrieb Hunger und Durst aus ihm und gab ihm Kraft. Wieder sah er mit einer Klarheit, die weit über das gewöhnliche menschliche Wahrnehmungsvermögen und auch über die Leistungsfähigkeit von Sensoren hinausging.

Infinitia lag vor ihm ausgebreitet, präsentiert von der Zeitlosigkeit des Sprungs. Mehr Welten, als man zählen konnte, Myriaden, und doch nur ein Teil des endlosen Streams, der sich durch die Universen erstreckte. Er sah die Mauern und Barrieren, die den Zugang verwehrten, errichtet von den Großen Weisen mit der Technologie der Muriah und vielleicht auch der alten Baumeister. Er sah Drohnen, ausgeschickt vom Cluster der Erde in Midstream Null, maschinelle Späher und Kundschafter, die *hier* noch immer nach Infinitia und einem Zugang suchten und ihn *dort* gefunden hatten, mithilfe eines Signals, gesendet von einem ausgelagerten Kommunikationssystem. Der rote Würfel, den ihm Horus gegeben hatte, dachte der brennende Korian. Ein Trick, eine List. Er sah die Streitmacht, die Infinitia erreicht hatte, allerdings an der für den Cluster ungünstigsten Stelle: nicht auf einer der zentralen Welten oder gar im Zentrum der Macht der Großen Weisen, wie es sich Horus vermutlich gewünscht hatte, sondern auf dem glatten Nichts, beim Wrack des alten Muriah-Schiffs – dort war das Peilsignal durch die Reparatur des Würfels ausgelöst worden.

Genau dorthin wollte Korian.

Er streckte die rechte Hand aus, mit kleinen Flammen an den Fingerspitzen.

Ich bin stark, Ria, dachte er. Ich schaffe es.

Sie hatte es von ganz allein geschafft: die Sprünge zwischen den Welten des Streams, die Orientierung in der unübersehbaren Vielfalt upstream und downstream. Sie war dafür *geschaffen* worden.

Eine Idee entstand tief in seinem Innern, dort, wo sich kleine Gedanken mit Möglichkeiten befassten: ein zartes Pflänzchen, das erst noch wachsen musste, bevor sich erkennen ließ, was daraus werden konnte.

Ria, die Trianin, das *Ding*, wie man sie genannt hatte: Sie war stark genug gewesen, um Fesseln abzustreifen, um zu fliehen und zwischen den Welten des Streams zu springen.

Ich muss ebenso stark sein wie sie, dachte Korian. Vielleicht sogar noch stärker.

Er wünschte sich, noch etwas schärfer zu sehen, und etwas reagierte auf diesen Wunsch und schuf eine besondere Art von Zoom, der ihm Details zeigte: einzelne Gestalten auf dem glatten Nichts, gepanzerte Assar Assari, vermummte Tekkla, Menschen in abgenutzter, abgetragener Kleidung, vielfach geflickt, anderen in Mänteln aus gefüttertem Leder oder in Schutzanzügen. Und Drohnen und Kampfmechs, vom Cluster in Midstream Null geschickt. Sie kämpften gegeneinander, Angreifer und Verteidiger, jeder mit anderen Absichten und Zielen. Eins jedoch hatten sie alle gemeinsam: Es ging ihnen um Macht und Besitz.

Das alte Raumschiff der Muriah ragte aus der endlosen glatten Ebene, ein dunkler Berg, sein Gipfel im Schatten der Nacht verborgen.

Ich muss noch mehr sehen, dachte der immer noch brennende Korian. Ich muss erkennen, wo sich Esteban befindet.

Nur dann konnte er ihn erreichen. Er brauchte einen Ort, eine Position, Koordinaten für den Sprung.

Er streckte die Hand mit den kleinen Flammen an den Fingerspitzen noch etwas weiter aus, berührte das Muriah-Wrack, tastete hinein – und fand etwas.

Ein Sog erfasste ihn, ein Wind, der die kleinen Flammen von den Fingern vertrieb, kalte Böen, die die Hitze des Feuers in ihm dämpften. Er bewegte sich, er fiel, fort vom Laserbrenner und den fremden Menschen in einer Stadt am Meeresgrund, dem dunklen Koloss des alten Schiffs entgegen.

Ich habe ihn gefunden, dachte Korian zufrieden, denn er spürte die Präsenz am Ziel. Ria, ich bin stark genug gewesen.

Er fiel in das alte Schiff, durch Kammern und Säle, vorbei an Aggregaten noch unentdeckt von menschlichen Forschern, durch Korridore, zu schmal für einen Streamer. Die Hitze des Feuers in Korian schwand, die Flammen wurden kleiner, ihr Licht schwächer. Kälte wogte heran und verschlang die Kraft.

Korian schloss die Augen und schnappte nach Luft.

Um ihn herum krachte es plötzlich, als Synth riss und zerbrach. Etwas hatte den Streamer gepackt, vielleicht die Pranke eines Titanen, und drückte zu. Korian wurde im Pilotensitz hin und her gerissen und versuchte, die Augen wieder zu öffnen, doch die Lider waren schwer wie Blei.

Ich bin noch immer stark, dachte er, trotz der Schwäche, die durch Muskeln, Sehnen und Knochen kroch. Ich bin noch immer stark genug.

Schließlich lag er still, und es gelang ihm, die Augen zu öffnen. Mattes Licht erreichte ihn durch eine schmale Öffnung in der Decke, gerade genug, um die nahe Wand zu sehen, die aus Dutzenden von dunklen Segmenten bestand, wie willkürlich zusammengesetzt, voller Kanten und Kurven. Er befand sich an Bord des Muriah-Schiffs, das spürte und wusste er. Aber wo? Es war groß wie eine Stadt, mit zahllosen Korridoren, Räumen und Maschinensälen. Wie sollte er Esteban finden, falls er sich tatsächlich noch an Bord des Wracks befand?

Korian stand langsam auf. Um ihn herum lagen die Trümmer des Streamers.

»Ich bin wieder da«, sprach er in die Düsternis. »Und ich werde dich finden.«

»Da müssen Sie gar nicht lange suchen«, erklang eine Stimme hinter ihm.

104

Esteban stand dort, die Kleidung zerrissen, an einigen Stellen wie halb verbrannt. In seiner rechten Gesichtshälfte zeigte sich eine Wunde, doch was auch immer sie hervorgerufen hatte, die Selbstheilung des unsterblichen Körpers hatte die Verletzung bereits geschlossen und vernarben lassen. Bald würde nichts mehr davon zu sehen sein.

Drei Exekutoren begleiteten ihn, ihre Waffen auf Korian gerichtet. Eine weitere Gestalt stand einige Schritte abseits, kleiner als der Weise und seine Eskorte, fast so schmächtig wie ein Tekkla. Sie lächelte selbstzufrieden und hantierte mit Instrumenten.

»Luzillas Corinther namens Josch ist ausgesprochen geschickt, das hat er mit der Reparatur Ihres Auslagerungswürfels bewiesen.« Estebans Stimme klang ein wenig anders, man hörte ihm Anstrengung an. »Aber Tlosa hier ist nicht weniger kompetent. Er hat einen kleinen Apparat konstruiert, auf Grundlage der Basiskonfiguration meines Streamers.«

»Sie haben mich erwartet.« Korians Knie zitterten. Er versuchte, gerade zu stehen und seine Schwäche nicht zu zeigen.

»Nicht unbedingt hier an diesem Ort.« Esteban hob eine Hand und deutete auf die Wände des Raums, in dem sie sich befanden. »Ich weiß nicht einmal, wo genau im Wrack sich dieser Ort befindet, und unsere Verfolger wissen es hoffentlich ebenso wenig. Aber ich wusste, dass Sie versuchen würden, hierher zurückzukehren, und ich kenne auch den Grund dafür.«

Korian schwieg. Die Waffen der drei Exekutoren blieben auf ihn gerichtet.

»Sie ist tot, nicht wahr?«, fragte Esteban.

Korian gab keine Antwort. Was konnte er tun? Er fühlte die Präsenz des kleinen blauen Artefakts, das ihm bei der Rückkehr zum Muriah-Schiff geholfen hatte, aber um es zu berühren, musste er in die Hosentasche greifen. Zeit genug für die Exekutoren, auf ihn zu schießen.

»Die Trianin«, fügte Esteban hinzu. »Das Ding, in das Sie vernarrt gewesen sind.«

In Korian bildete sich erneut ein kaltes Knäuel des Zorns, und gleichzeitig begriff er, dass Esteban genau darauf abzielte. Er wollte ihn provozieren.

»Ria«, sagte er.

»Ja, so lautete der Name, nicht wahr?«

»Ich habe sie bei ihren Eltern begraben.«

»Für Rias Tod sind Sie verantwortlich«, behauptete Esteban. »Sie hätten sie nicht aus der Rehabilitierung holen sollen. Das hat sie geschwächt.«

»Sie war stark«, sagte Korian.

»Offenbar nicht stark genug.«

»Sie war stärker als alle anderen. Wissen Sie, was sie mir gesagt hat?«

Esteban zuckte mit den Schultern. »Woher soll ich das wissen? Ich war nicht dabei.«

»Ria hat mir gesagt, dass sie in ihrem Leben gern glücklich gewesen wäre.«

»Glücklich?« Esteban wirkte überrascht und schien mit dem Wort kaum etwas anfangen zu können. »Vielleicht hätte sie glücklich werden können, wäre sie ihrer Aufgabe gerecht geworden.«

Esteban nickte einem Exekutor zu. Der Mann setzte sich in Bewegung.

Korian begriff, dass er sofort handeln musste. Er durfte nicht länger zögern, nicht eine einzige Sekunde.

So schnell wie möglich griff er nach der blauen Spirale in seiner Hosentasche.

Ein Knall zerriss die Stille im halbdunklen Raum, ein Projektil traf Korian und bohrte sich ihm in die linke Schulter. Schmerz explodierte.

Etwas zerriss, vielleicht eine Membran, in der er sich befunden hatte, ohne davon zu wissen. Oder ein gespanntes elastisches Band, seine Verbindung mit der gewöhnlichen vierdimensionalen Realität.

Von einem Augenblick zum anderen stand er vor den finsteren Mauern der Kathedrale, der Friedhof und das glatte Nichts dahinter nur wenige Dutzend Meter entfernt. Auf der linken Seite öffnete sich eine Tür, und eine Stimme in seinem Kopf flüsterte: *Komm zu mir.*

»Nein«, sagte er laut. Kalter Wind nahm das Wort und trug es fort. »Nein, ich habe etwas versprochen. Ich muss etwas erledigen.«

Ich brauche dich hier, antwortete die mentale Stimme, und der Drang, ihr zu gehorchen, wurde stärker. *Du bist mir verpflichtet.*

Korian drehte sich langsam um und kämpfte dabei gegen einen Widerstand wie von zähem Schlick. Die Kathedrale wollte ihn festhalten, ihn wieder in ihre Dienste zwingen. Das durfte nicht geschehen.

Er bewegte sich noch etwas mehr, und ein stechender Schmerz erinnerte ihn an etwas. Er senkte den Kopf ein wenig, drehte ihn nach links und sah Blut, dunkel wie Tinte, aus einer Schulterwunde rinnen. Einer der Exekutoren hatte auf ihn geschossen, erinnerte er sich. Es schien lange her zu sein, viele Jahre, Teil einer anderen Welt, die *hier* kaum eine Rolle spielte.

Die Kathedrale nimmt mich bereits wieder auf, dachte er alarmiert.

Ein weiterer Schritt, dem Friedhof und dem glatten Nichts dahinter entgegen. Seine Beine zitterten, die Knie wurden weich.

Du gehörst mir, verkündete die Kathedrale. *In mir kommst du zur Ruhe. In mir findest du Frieden.*

Ein kalter Windstoß ließ Korian blinzeln, und als er wieder sehen konnte, ragte die dunkle Mauer direkt vor ihm auf. Ein Bogengang erwartete ihn hinter der offenen Tür.

Ein Schritt ...

»Nein!«, rief er und konzentrierte sich auf den pochenden Schmerz in der Schulter, weil er ihn an die andere Welt erinnerte. »Ich habe etwas versprochen und geschworen.«

Hier bin nur ich wichtig, sprach die Kathedrale in seinem Kopf. *Komm zu mir und bleib.*

»Nein!«

Etwas in ihm wollte den rechten Fuß nach vorn setzen, und Korian musste seine ganze Willenskraft aufbieten, um es zu verhindern. Er stand vor Mauer und Tür, mit Schmerz in der Schulter, aus deren Wunde mit jedem Herzschlag mehr Blut quoll. Sie schloss sich allmählich, das fühlte er, die physische Selbstheilung hatte bereits begonnen, das kleine Projektil wurde entweder aufgelöst oder während der nächsten Minuten ausgestoßen. Mit dem Nachlassen des Schmerzes schien die Stimme der Kathedrale lauter zu werden.

Komm zu mir, forderte sie ihn auf. *Bei mir bist du sicher.*

Korian hob die rechte Hand und hieb damit auf die linke Schulter. Der Schmerz vervielfachte sich schlagartig, und die hypnotische, befehlende Stimme schrumpfte zu einem Flüstern.

Er taumelte und kippte, fing sich ab und wankte in Richtung Friedhof, fort von der Kathedrale. Nach ersten unsicheren Schritten wurde er schneller und schaffte es sogar zu laufen, vorbei an den ersten Gräbern. Daniel hatte behauptet, dass in ihnen die Erbauer der Kathedrale ruhten. Sein Bruder Zoran war davon überzeugt gewesen, dass Menschen das Bauwerk errichtet hatten, aber Korian wusste inzwischen von der Verbindung zwischen der Kathedrale und dem alten Muriah-Schiff. Er hätte gern Zeit und Gelegenheit gehabt, eins der Gräber zu öffnen und nachzusehen.

Ein absurder Gedanke, vielleicht eingeflüstert von der fremden Präsenz. Korian ging weiter, wieder etwas mühsamer. Er schlug sich erneut auf die Wunde in der linken Schulter, doch diesmal hielten sich der Schmerz und damit auch die Ablenkung vom Einfluss der Kathedrale in Grenzen.

Am Rand des glatten Nichts blieb er stehen und holte die blaue Spirale hervor. Ein intensives dunkelblaues Leuchten ging von ihr aus, legte sich auf die Gräber des Friedhofs und reichte bis zur dunklen Mauer und der noch immer offenen Tür.

Komm zu mir!

Der rechte Fuß bewegte sich, und Korian konnte nichts dagegen tun – ein Schritt zurück zur Kathedrale, dann ein zweiter.

»Nein!«, wollte er rufen, aber es wurde nur ein Krächzen.

In seiner Hand leuchtete die blaue Spirale.

»Bring mich weg von hier!«, brachte er hervor, jedes Wort eine Anstrengung. »Bring mich zurück. Bring mich ...«

Plötzlich wusste er, wohin er gebracht werden wollte. Nicht zu Esteban und seinen Exekutoren, sondern zu ...

Aus der Stimme der Kathedrale wurde ein Pfeifen, schrill und unangenehm, doch es verstummte fast sofort und wich sanfter Stille. Korian wollte den Mund öffnen und atmen, erinnerte sich jedoch im letzten Moment an ein früheres Erlebnis und hielt ihn geschlossen.

Er stand nicht mehr am Rand des glatten Nichts, mit der Kathedrale nur wenige Meter entfernt. Er schwebte in der Leere, mit dem Licht von Sternen um ihn herum. Nein, korrigierte er sich, er schwebte nicht, er fiel, er flog mit hoher Geschwindigkeit, schneller als Photonen, denn die Sterne zogen an ihm vorbei.

Kälte fraß sich durch die adaptive Kleidung. Der Druck im Innern seines Körpers blähte ihn auf. Luft entwich aus Mund und Nase.

Dies war kein gedehnter Moment. Echte Sekunden verstrichen.

Schließlich hielt er es nicht länger aus. Er riss den Mund auf und ...

Sprung.

... schnappte nach Luft.

Eine Gestalt näherte sich ihm mit geschmeidigen, schwebenden Schritten, etwa zwei Meter groß und sehr schmal und schlank, das schulterlange Haar in der Farbe von Quecksilber, die Haut weiß wie Schnee.

Luzilla breitete ihre Flügel aus.

»Ich wusste, dass du zu mir zurückkommen würdest«, erklang ihre klare Stimme.

Das Herz schlägt noch

105 Korian, Upstream 10⁶

Die Gruppe ruhte aus: dreizehn gepanzerte Assar Assari, ausgestattet mit modernen Waffen, soweit Korian das erkennen konnte, und elf vermummte Tekkla mit kleinen Armbrüsten und Projektilschleudern. Keine geringe Streitmacht, aber nicht ausreichend groß genug, um mit Estebans Exekutoren oder gar den Kampfmechs des Clusters fertigzuwerden.

Als Korian darauf hinwies, sah ihn Luzilla erstaunt an. »Sorgst du dich etwa um mich? Fürchtest du um mein Wohlergehen?«

Er saß zwischen den bunten Kissen eines einfachen Unterstands, im Licht einer Lampe in der Ecke, ihr Schein von einem Tuch gedämpft. Ketten und Schnüre hingen selbst hier von der Decke.

Groß und schlank stand sie vor ihm, Luzilla aus dem Geschlecht der Ikksta, ihre Flügel angelegt, die Augen wie Achat und bis fast zu den Schläfen reichend, der Leib mit der weißen und transparenten Haut von breiten Gürteln, Schärpen und kleinen Messingketten bedeckt.

»Sie ist tot«, sagte Korian, anstatt zu antworten.

Luzilla verstand sofort. Ihre Flügel raschelten leise.

»Das Mädchen, von dem du mir erzählt hast«, erwiderte sie. »Das Menschenkind namens Ria.«

»Ja.« Korian erzählte erneut von ihr, die Worte strömten geradezu aus ihm heraus. Pheromone, dachte er. Duftstoffe, die seine Zunge lösten, ihm Vertrauen gaben. Er schilderte, wie Ria gestorben war und wo er sie begraben hatte.

Mit einer geschmeidigen Bewegung ging Luzilla vor ihm in die Hocke und legte ihm die schmalen Hände auf die Knie. An den Fingerkuppen zeigten sich die Spitzen von Krallen.

»Du bist voller Trauer«, sagte sie.

Trauer?, dachte Korian. Nein, er war zornig, er wollte Gerechtigkeit.

»Du glaubst, dass es Zorn ist, und das stimmt«, fügte Luzilla hinzu. »Aber er wurzelt in tiefer Trauer. Du hast etwas verloren, von dem du bis vor kurzer Zeit gar nicht wusstest, wie sehr du es dir gewünscht hast.«

Korian nahm die Worte hin. »Ria war ein Mensch, kein Ding. Sie war eine *Person*.«

»Und für die Großen Weisen ein Werkzeug«, sagte Luzilla sanft. »Ein Mittel zum Zweck.«

Korian entspannte sich immer mehr. Es tat gut, mit jemandem darüber zu reden. Er fühlte sich wohl bei Luzilla, sie erschien ihm wie eine alte Gefährtin.

»Ich kann dir helfen«, bot sie an und hob eine Hand zu seinem Hals, wobei die Krallen an den Fingerkuppen etwas länger wurden. »Ich gebe dir Frieden, gib du mir etwas von deinem Leben.«

Er hob ebenfalls die Hand und ergriff die ihre damit, nicht abwehrend, sondern behutsam, fast zärtlich. »Ich brauche mehr von dir als nur ein bisschen innere Ruhe. Ich benötige mehr Hilfe. Ria hat etwas geschworen ...«

Luzilla neigte den Kopf ein wenig zur Seite. »Und du hast ihren Schwur zu deinem gemacht?«

Korian atmete tief durch. »Ich werde zu Ende bringen, was sie begonnen hat.«

»Wozu du meine Hilfe brauchst«, gurrte Luzilla. Sie beugte sich näher. Ein angenehmer, beruhigender Duft ging von ihr aus. »Ich habe dir schon einmal geholfen.«

»Nein«, widersprach er ihr und erinnerte sich an das Gespräch mit Daniel. »Du hast den Kurs des Seglers nicht wegen mir geändert, du wolltest ohnehin zum Wrack.«

»Ich habe dir trotzdem geholfen.«

»Aber nur halb so viel wie behauptet.«

Draußen klirrte es. Korian ließ Luzillas Hand los, blickte durch die Öffnung des Unterstands und bemerkte mehrere Assar Assari und Tekkla, die Ausrüstungen zusammenpackten. Ein kleiner Vermummter eilte umher und überprüfte die Anzeigen von Sensoren und Scannern.

»Wo sind wir?«, fragte er.

»Tief im Innern des Schiffs. Nicht mehr weit vom Ziel entfernt. Leider bleibt uns nicht viel Zeit, wir müssen uns beeilen. Wenn du meine Hilfe möchtest ... Hast du Geschenke für mich?«

Korian griff in die Hosentasche, obgleich er das eigentlich gar nicht wollte, und holte den Transkriptor, die kleine blaue Spirale und das von Esteban stammende waffenartige Objekt hervor.

Luzillas dünne Finger betasteten den Transkriptor und legten ihn nach einigen Sekunden beiseite. »Das benötige ich nicht. Aber dies hier ...« Lächelnd nahm sie die blaue Spirale, die daraufhin zu leuchten begann.

Korian fühlte plötzlich einen fast schmerzhaften Druck im Nacken.

»Ein schönes Geschenk.« Luzilla klang zufrieden. »Sehr nützlich. Ich danke dir dafür. Und dann haben wir noch ...«

Sie berührte den dritten Gegenstand, den Korian von der Form her für eine Waffe hielt, und lächelte erneut. »Weißt du, was das ist?«

»Ich hatte noch keine Gelegenheit, es herauszufinden«, entgegnete Korian. »Vielleicht eine Waffe.«

»Eine Waffe?« Luzilla schüttelte langsam den Kopf und hob das Objekt, das gut in eine menschliche Hand passte, direkt vor ihre Augen. »Nein, nein, es ist keine Waffe, sondern ein ...« Sie zögerte kurz, wie auf der Suche nach dem richtigen Wort. »... ein Code-Erinnerer. Der Schlüssel eines Großen Weisen.«

Draußen – in einem großen Raum mit dunklen Wänden, über die gelegentlich das Licht einer Lampe strich – schienen es die Assar Assari und Tekkla plötzlich sehr eilig zu haben. Ein kleiner Vermummter trat einen Schritt weit in den Unterstand, schnatterte etwas, das Korian nicht verstand, und verschwand wieder.

Luzilla richtete sich auf, die blaue Spirale in der einen Hand, den Code-Erinnerer beziehungsweise Schlüssel in der anderen.

»Die kämpfenden Maschinen nähern sich, und Esteban ist nicht weit«, sagte sie. »Wir müssen aufbrechen.«

Korian erhob sich ebenfalls und deutete auf den Gegenstand, den er für eine Waffe gehalten hatte. »Das ist sehr wertvoll, nicht wahr?«

Luzilla lächelte noch einmal. »Damit lassen sich alle Türen der Weisen öffnen. In ihrem Zentrum, in ihrer Zitadelle. Bist du jemals dort gewesen, in der Zitadelle der Weisen?«

»Nein«, erwiderte Korian, doch tief in seinem Innern wuchs die zarte Pflanze der Idee ein wenig mehr. »Kannst du mich dorthin bringen?«

»Vielleicht.« Luzilla sah ihn an. »Warum sollte dir an einem Besuch der Zitadelle gelegen sein?«

»Weil sich dort die Schuldigen befinden«, antwortete Korian sofort.

»Und du willst sie alle bestrafen? Du willst es mit allen Großen Weisen aufnehmen?«

»Mit jenen, die für Rias Tod verantwortlich sind«, sagte Korian. »Ein Verbrechen erfordert Strafe, nicht wahr?

»Und wer bist du?« Luzilla sprach wieder sehr sanft. »Ankläger und Richter zugleich?«

Draußen bezogen Assar Assari und Tekkla Aufstellung. Sie warteten auf die Kapitänin.

Korian atmete erneut tief durch. »Ich habe einen Plan.«

»Wenn ich mich nicht sehr irre, hattest du auch einen bei unserer letzten Begegnung«, erwiderte Luzilla.

»Ich bitte dich um Hilfe«, sagte Korian und betonte: »Du stehst in meiner Schuld.«

Draußen ertönte ein Signal wie ein kurzer Trommelwirbel.

»Es wird Zeit.« Luzilla trat zum Ausgang. »Du hast recht, ich stehe tatsächlich in deiner Schuld, ich kann es nicht leugnen.« Sie überlegte kurz. »Ich helfe dir, indem ich erlaube, dass du uns begleitest.«

»Was ist dein Ziel?« Korian trat hinter Luzilla nach draußen, in einen großen, von mehreren Lampen nur schwach erhellten Raum.

»Das Herz des Schiffs«, erklärte die Kapitänin. »Zerrissen

und geplündert von Esteban und den anderen Großen Weisen. Das Andenken meiner Ahnen. Ihr Gedächtnis, ihre Erinnerung.« Sie warf einen Blick über die schmale Schulter. »Auch Esteban wird jenen Ort aufsuchen.«

»Warum?«

Die Assar Assari und Tekkla nahmen Luzilla in ihre Mitte und setzten sich in Bewegung. Die Gepanzerten schritten, die Tekkla liefen. Korian ging neben Luzilla.

»Du wirst sehen«, sagte sie vieldeutig. »Du wirst sehen.«

106

Die Schatten wurden so dicht, dass sie das Licht der Lampen zu verschlucken schienen. Korian wich nicht von Luzillas Seite, als sie durch lange, gewundene Korridore schritten, manchmal so schmal und niedrig, dass sie nur hintereinander und geduckt vorankamen. Große Maschinensäle, wie Höhlen im dunklen Berg des uralten Muriah-Schiffs, präsentierten gewaltige Aggregate, deren Funktion Korian nicht einmal erahnen konnte. Form und Beschaffenheit erinnerten ihn an die Eingeweide eines riesigen Wesens.

Ein interessanter Gedanke, fand er, und eine Zeit lang stellte er sich das Wrack des alten Muriah-Schiffs als Lebensform vor, als enormen Organismus, zusammengesetzt aus vielen großen und kleinen Teilen. Konnte noch Leben in ihm stecken, nach all den Jahren? Wie lange lag der Absturz des Schiffs zurück? Nicht nur einige wenige Jahrhunderte, so fühlte es sich nicht an. Jahrtausende, vermutete Korian.

»Das Herz schlägt noch«, sagte Luzilla, wie um Korians Vorstellung von einem riesigen Lebewesen zu bestätigen. Sie befanden sich in einem sechseckigen Raum, von dem mehrere Korridore ausgingen. Die Tekkla sondierten mit ihren Sensoren und Scannern und suchten nach dem richtigen Weg. »Es ist zerrissen und geplündert, aber es schlägt noch, wenn auch sehr, sehr langsam. Hörst du es, unsterblicher Mensch?«

Korian lauschte und blendete die gedämpften Stimmen der

Assar Assari und Tekkla aus. In der Ferne knirschte es wie ein Ächzen aus den Tiefen des Schiffs.

»Ich bin mir nicht sicher«, gab er zurück.

Einer der kleinen Vermummten deutete zum Gang auf der linken Seite, und Luzillas Gruppe setzte den Marsch fort.

»Vielleicht sind besondere Ohren nötig, um das Herz des Schiffs zu hören«, vermutete die Kapitänin. Korian glaubte, ähnliche Worte auch einmal von Ria vernommen zu haben. Vielleicht hatte er das Schiff deshalb mit einem riesigen Organismus verglichen.

»Was ist es?«, fragte er, als sie dicht nebeneinander durch den Gang schritten, mit großen Gepanzerten vor und hinter ihnen. »Das Herz, meine ich.«

»Ich habe es dir bereits erklärt«, erwiderte Luzilla. »Das Andenken meiner Ahnen. Ihr Gedächtnis, ihre Erinnerung.«

»Ein Datenspeicher?«

»Du wirst sehen und vielleicht verstehen.«

Kantige Elemente ragten aus den dunklen Wänden, manche von einem Geflecht aus silbernen Linien durchzogen. Es war noch immer kalt, aber nicht mehr so kalt wie noch vor wenigen Minuten, stellte Korian fest.

»Steckt ein Rest von Leben in dem Schiff?«, fragte er. »Ich meine, gibt es hier noch funktionierende Anlagen?«

»Deine ersten Worte waren angemessen, unsterblicher Mensch«, sagte Luzilla. »Dieses Schiff lebt. Besser gesagt, es hat einmal gelebt, vor langer Zeit. Lange, lange vor meiner Geburt. Lange bevor die Geschlechter von Ikksta entstanden.«

Korian sah zur Seite und hoch ins weiße Gesicht der Kapitänin. »Warum bist du hier? Du wolltest von Anfang an hierher«, präzisierte er, obgleich er nicht wusste, wo genau Luzillas »Anfang« lag. »Zum Wrack des alten Muriah-Schiffs. Zu seinem Herz. Warum?«

Luzilla hob die rechte Hand und deutete durch den Korridor, der inzwischen recht steil nach oben führte. »Ist dies nicht wertvoll? Ist das Schiff nicht ein großer Schatz?«

»Dir geht es um mehr als nur darum. Dir geht es um etwas anderes, das für dich noch kostbarer ist.«

Die Augen wie Achat blickten auf ihn herab. »Das hast du erkannt?«, fragte sie mit einem Lächeln, das spitze Zähne zeigte.

Ich habe es vermutet, dachte Korian. »Ja. Was ist es? Was hoffst du hier zu finden?«

»Mich selbst.« Die rechte Hand der Kapitänin vollführte eine vage Geste. »Ich möchte ein Geschenk.«

»Vom Herz des Schiffs?«

Von Luzilla kam ein Geräusch, das nach einem tiefen Seufzen klang. »Erinnerungen an das einstige Sein. Sie warten im immer noch schlagenden Herz dieses Schiffs. Du hast mit Daniel gesprochen.«

»Ja«, bestätigte Korian und ahnte, worauf sie hinauswollte.

»Du weißt von mir und meiner Herkunft.«

»Ich weiß, was er mir erzählt hat«, schränkte Korian ein. Inzwischen ging es so steil nach oben, dass er bei jedem Schritt eine Hand aufs Knie stützte. Die Schussverletzung in der linken Schulter schmerzte noch immer ein wenig, aber er verlor kein Blut mehr. »Ich weiß, dass du von einem Planeten namens Efthos stammst, fast tausend Lichtjahre entfernt von einer Erde, drei Millionen Welten weit upstream.«

»Efthos existiert auch hier, in diesem Universum«, betonte Luzilla.

»Du bist dort geboren«, sagte Korian. »Aber dein Geschlecht entstand nicht auf Efthos. Die Ikksta sind Nachfahren der Muriah. Ihre Wurzeln – und damit auch deine – liegen in diesem alten Schiff.«

Luzillas weißes Gesicht zeigte keine Reaktion. Sie ging weiter, mit dem Kopf dicht unter der Decke. »Daniel hat dir viel erzählt.«

»Nicht genug. Worin besteht das Geschenk, das du erwartest? Was lässt dich all die Mühen und Gefahren auf dich nehmen?«

Diesmal überlegte Luzilla kurz, bevor sie antwortete. »Ich möchte wissen, wie es war. Ich möchte es in mir spüren.« Sie seufzte erneut. »Ich möchte etwas von dem zurückholen, was verloren ging.«

Leben, dachte Korian. Erinnerungen daran.

»Du erwartest ein Geschenk wie mein Blut?«, fragte er.

»Nein, nicht wie dein Blut«, widersprach Luzilla. »Aber ähnlich. Ja, ähnlich. Du wirst sehen.«

107

Mit Seilen und besonderem Klab an den Sohlen arbeiteten sich dreizehn Assar Assari, elf Tekkla, ein Mensch und eine Ikksta durch einen fast senkrechten Schacht. Als sie sein Ende erreichten, verkündete Luzilla: »Wir sind fast da. Jetzt ist es nicht mehr weit.«

Korian hatte Wasser aus einem Vorratsbehälter getrunken und dazu etwas gegessen, das nach einer getrockneten Frucht ausgesehen hatte. Sein Körper verlangte mehr, er brauchte zusätzliche Energie für die Selbstheilung, doch das musste warten.

Tekkla sondierten mit kleinen Scannern und Sensorbündeln die Umgebung. Assar Assari blickten sich wachsam um, ihre Waffen bereit.

Korian wartete, auf einem Wandvorsprung sitzend und dankbar für die Pause. Er beobachtete, wie Luzilla zwischen ihren Leuten schritt, hier mit einem großen Gepanzerten sprach und dort mit einem kleinen Vermummten. Schließlich kehrte sie zu ihm zurück.

»Der Weise namens Esteban ist ebenfalls zum Herz unterwegs«, teilte sie ihm mit. »Er wird es kurze Zeit nach uns erreichen. Einige der kämpfenden Maschinen folgen ihm, aber in großem Abstand, es besteht keinen unmittelbare Gefahr für ihn.«

Erneut regte sich die Idee tief in Korian und wuchs noch etwas mehr.

»Was will er dort?«, fragte er. »Warum ist er zum Herz des Schiffs unterwegs?«

»Weil es dort eine Station gibt, die das Herz untersucht«, erklärte Luzilla. »Und weil er dort etwas versteckt hat. Ein Sprunggerät, einen Streamer, reduziert wie das Ausrüstungszimmer des Würfels, den du mir geschenkt hast.«

Ein ausgelagerter Streamer, dachte Korian, als sie den Weg durch einen gewundenen Gang fortsetzten, der wie die leere Ader eines riesigen Geschöpfs war. Eine zusätzliche Absicherung, für den Notfall bestimmt. Das ergab durchaus Sinn. Und es eröffnete neue Möglichkeiten für die heranreifende Idee.

»Wir stellen ihm eine Falle«, sagte Korian. »Wir erwarten ihn an jenem Ort, wo er den Streamer versteckt hat, und überwältigen ihn.«

»Und dann?« Luzilla wandte sich ihm halb zu. »Und dann?«

»Er wird uns dabei helfen, die Schuldigen zu bestrafen!«

»Wird er das?«

»Ja. Ob er will oder nicht.«

»Das ist dein Plan, unsterblicher Mensch?«, fragte Luzilla.

»Ja!«

»Hältst du ihn für gut?«, fügte Luzilla skeptisch hinzu.

»Es ist der einzige Plan, den ich habe!«

»Und um ihn durchzuführen, brauchst du meine Hilfe.«

»Ich bitte dich darum«, sagte Korian und dachte: Du wirst mir helfen. Und ganz tief in seinem Innern, wo die Idee spross, fügte er auch diesmal hinzu: Ob du willst oder nicht.

Ein Assar Assari stapfte ihnen entgegen, grüßte die Kapitänin, indem er die Faust gegen seinen Brustpanzer schlug, und brummte etwas. Sie antwortete mit einem schlangenartigen Zischeln, woraufhin sich die große Gestalt umdrehte und die übrigen Assar Assari und Tekkla mit einem Wink aufforderte, Platz zu schaffen.

»Komm, wir sind beim Zugang.« Luzilla ging los.

Korian folgte ihr zu einer Stelle, an der sich im Lampenschein Synth-Platten auf dem Boden zeigten, zwischen zwei mit Geräteblöcken gefüllten Nischen in den Gangwänden. Es waren insgesamt fünf, und vier von ihnen waren fest mit dem Boden verbunden, offenbar mittels molekularer Verklebung. Die fünfte hingegen ließ sich bewegen, und zwei kräftige Assar Assari rückten sie beiseite.

»Sieh.« Luzilla deutete in die Öffnung. »Sieh das Herz des Schiffs.«

Korian trat vor und blickte hinab in ein Gewölbe, durchzogen von silberweißen Strängen, die sich kreuzten, überlappten und gegenseitig durchdrangen. An manchen Stellen waren sie milchig trüb, an anderen durchsichtig, klar wie Glas.

Nicht ein einziger Strang war intakt. Ein Gepanzerter leuchtete mit seiner Lampe, und in ihrem Lichtschein sah Korian zahlreiche geplatzte und geborstene Stellen. Weiter unten sah er die einfachen Gebäude und Unterstände eines Forschungslagers, das offenbar verlassen war, denn nichts regte sich dort. Leitern und Treppen führten neben einem besonders dicken silberweißen Strang in die Tiefe.

Die Assar Assari und Tekkla vor ihnen machten sich an den Abstieg.

»Das ist das Herz des Schiffs?«, fragte Korian. »Es ist gebrochen!«

»Nein, es wurde geplündert«, sagte Luzilla, »von Esteban und den anderen Weisen.« Die Farbe der Stränge, stellte Korian fest, entsprach der ihres Gesichts und ihres Haars. »Sie waren es, die das Herz aufgerissen und es mitgenommen haben.«

»Mitgenommen?«, wiederholte Korian verwundert.

Luzilla ging nicht darauf ein. »Aber nicht alles. Etwas ist übrig geblieben. Vielleicht genug für mich.«

Vor ihnen kletterte der letzte Assar Assari hinab, gefolgt von einem kleinen, flinken Tekkla. Luzilla bückte sich und ergriff die Enden der Leiter.

Korian wartete, bis sie ein Stück weiter unten war, und setzte dann den Fuß auf die erste Sprosse.

»Dieser Weg ...«, murmelte er.

Luzilla hörte ihn. »Er wurde angelegt von Leuten, die hier nach Schätzen suchten und vielleicht auch welche fanden.«

»Plünderer? Wie die Angreifer auf dem glatten Nichts?«

»Andere Plünderer.« Luzilla kletterte fast so flink und agil wie ein viel kleinerer Tekkla. Korian musste sich beeilen, damit der Abstand nicht zu groß wurde. Über ihm folgten die restlichen Gepanzerten und Vermummten der Gruppe. »Sie kamen, nachdem die Weisen ihre Forschungsstation aufgaben.«

»Du kennst dich aus«, stellte Korian fest. »Woher weißt du das alles?«

»Von Spähern und Informanten«, antwortete Luzilla. »Ich habe viel dafür bezahlt.«

Der ersten Leiter folgte eine Treppe, schmal und steil, gehalten und gestützt von dunklen Streben, die wie dünne Finger aus den Wänden ragten. Weitere Leitern knarrten und knirschten unter den Hinabsteigenden, bis sie schließlich den Boden des Gewölbes erreichten, bedeckt von silberweißen Splittern.

Luzilla deutete darauf. »Die Scherben des Herzens.«

Korian beobachtete, wie die Assar Assari und Tekkla im verlassenen Lager ausschwärmten und die einfachen Gebäude durchsuchten.

»Wenn die Weisen das Herz zertrümmert und alles mitgenommen haben, das sie für wertvoll und nützlich hielten«, sagte er, »was erhoffst du dir dann von diesem Ort?«

»Erkenntnis.« Luzilla kam ihm nahe genug, um ihn kurz an der Wange zu berühren. »Erweiterung. Mehr von mir, als bisher existierte.«

Ein Tekkla eilte auf sie zu, richtete einige schnelle Worte an sie und deutete auf die Anzeigen eines Scanners. Sie strich ihm mit einer weißen Hand über den verhüllten Kopf und erwiderte etwas, das Korian nicht verstand, woraufhin der Tekkla durch die schmale Lücke zwischen zwei Gebäuden trat.

»Komm, unsterblicher Mensch«, sagte Luzilla. »Ich zeige dir, was ich meine.«

108

»Das Herz ist zerbrochen, aber nicht ganz«, erklärte Luzilla in der Dunkelheit jenseits des Gewölbes. »Ein kleiner Teil existiert noch. Ein Teil, von dem die Weisen nichts wussten oder den sie nicht für wichtig hielten. Hoffentlich genug für mich.«

Neben einem großen gesplitterten Strang, klar wie Glas, hielt sie inne und strich mit den Fingerkuppen über scharfkantige Ränder. Nach einigen Sekunden lächelte sie, anders als zuvor, und drückte zu, bis Blut aus einem Finger rann, dunkel wie die Wände des Schiffs.

»Eine kleine Gabe«, murmelte sie, noch immer auf Interlingua. »Ein Geschenk von mir.« Sie zog die Hand zurück, straffte sich, schien zu lauschen. »Hörst du es?«

Korian schüttelte den Kopf, er hörte nichts.

»Deine Ria hätte es gehört«, sagte Luzilla. »Sie hätte es auch gesehen, denn sie hatte die richtigen Ohren und Augen.«

Korian dachte an die kleine blaue Spirale, die sich jetzt in Luzillas Besitz befand. Mit ihr wäre er vielleicht imstande gewesen, den Herzschlag zu hören.

Der Tekkla schnatterte etwas, veränderte die Einstellungen seines Scanners, stellte ihn ab und begann, die Splitter auf dem Boden beiseitezuräumen, die Hände von Handschuhen geschützt. Ein Schlitz kam zum Vorschein, eine Öffnung, durch die die Reste des dicken Strangs verschwanden.

»Gut gemacht«, lobte Luzilla. »Ich danke dir.« Sie ging in die Hocke. »Aber ich kann mich nicht klein genug machen, um durch diesen winzigen Riss zu kriechen. Wir müssen einen anderen Zugang finden.«

Der Tekkla ergriff wieder den Scanner und machte sich sofort ans Werk. Etwa zehn Minuten später entdeckte er einen Tunnel, verborgen hinter dem schwarzen Block eines Nischenaggregats und gerade groß genug für Luzilla, den Tekkla und Korian, um hindurchzukriechen. Durch ihn gelangten sie in einen Hohlraum, der mit seinen schiefen Wänden und den Risslinien darin den Eindruck erweckte, durch Brüche und damit verbundene Materieverlagerungen im Wrack entstanden zu sein.

Der Tekkla leuchtete mit seiner Lampe. In einer Ecke, halb verborgen zwischen zwei kantigen Wandvorsprüngen, befand sich das Ende des Strangs, der weit oben zerbrochen war. Er bildete eine Art Wurzelgeflecht, und eine dieser wie gläsernen Wurzeln enthielt eine safrangelbe gallertartige Substanz.

»Das ist es?«, fragte Korian halb enttäuscht. Er hatte etwas Spektakuläreres erwartet. »Das Herz des Schiffs?«

»Sein Rest.« Luzilla setzte sich vor die dünnen Stränge und streckte die Hand nach dem einen mit der gelben Masse aus. »Sein winziger Rest.«

Korian beobachtete, wie sich Krallen an Zeige- und Mittelfinger der weißen Hand bildeten, wie sich ihre Spitzen durch das glasartige Material bohrten und dann ihre Form veränderten. Sie wurden zu kleinen Saugrüsseln, die behutsam nach der Gallertmasse tasteten und sie aufnahmen. Ein langsames Pulsieren ging durch die dünnen rüsselartigen Fortsätze, die nach ein oder zwei Minuten wieder zu Krallen wurden.

Luzilla zog die Hand zurück und seufzte schwer.

»Es ist noch etwas übrig«, sagte Korian. »Du hast nicht alles genommen.«

»Nein, nicht alles«, pflichtete sie ihm bei. »Das Schiff behält einen Rest vom Rest. Es soll nicht alle seine Erinnerungen verlieren.« Sie straffte die schmalen Schultern und hob den Kopf. »Verstehst du, was geschehen ist?«

»Dein Plan«, sagte Korian. »Du hast ihn erfüllt. Du hast erreicht, was du wolltest.«

Ihre großen Augen wie Achat fixierten ihn im Lampenschein des Tekkla. »Mehr hast du nicht verstanden?«

»Du hast organisches Gewebe aufgenommen«, entgegnete Korian. »Das Herz des Schiffs, wie du es nennst, bestand aus einer Vielzahl von organischen Zellen. Vermutlich handelte es sich nicht nur um das Herz, sondern auch um das Hirn. Die Frage lautet: Konnten sich einige Zellen über so lange Zeit hinweg Leben bewahren?«

Luzilla legte ihm wie zuvor dem Tekkla die Hand auf den Kopf. »Du verstehst genug.«

Korian gab seinen Gedanken Worte. »Du sammelst Gene und hast gerade genetisches Material der Muriah aufgenommen. Damit kommst du ihnen näher, nicht wahr?«

»Näher als zuvor«, bestätigte Luzilla und nahm die Hand von seinem Kopf. »Vielleicht nahe genug. Kehren wir zu den anderen zurück.« Sie wandte sich um.

»Was ist mit meinen Plänen?«, fragte Korian. »Hilfst du mir?« Er befürchtete plötzlich, dass die Kapitänin das Wrack des alten Muriah-Schiffs verlassen und zu ihrem Segler auf dem glatten Nichts zurückwollte.

»Vielleicht gehört dein Plan auch mir«, erwiderte Luzilla. »Haben die Weisen nicht ein weiteres Verbrechen begangen, das Strafe verlangt?«

Korian verstand erneut. »Das gestohlene Herz des Schiffs.«

»Sie haben seine Erinnerungen gestohlen, seine ...« Luzilla zögerte. »Seine Seele.«

»Was haben sie damit gemacht?«

»Weißt du es nicht?«, erwiderte Luzilla, die Stimme wieder sanft. »Ein Teil davon steckte in deiner Ria.«

Zwei Geschenke

109 Korian, Upstream 10^6

»Wo befindet sich der ausgelagerte Streamer?«, fragte Korian auf dem Rückweg zum verlassenen Lager der Großen Weisen.

»Esteban wird ihn uns zeigen«, erwiderte Luzilla zuversichtlich.

»Du weißt es nicht?«

»Er hat ihn versteckt. Einen solchen Apparat lässt man nicht einfach irgendwo herumliegen.«

Sie erreichten das erste Gebäude. Ein Assar Assari stapfte ihnen entgegen und erstattete mit schnarrender Stimme Bericht. Luzilla antwortete mit ihrem Schlangenzischen und wandte sich anschließend wieder Korian zu. »Sie haben nichts gefunden, das für uns von Interesse wäre.«

Korian lächelte schief. »Keine Geschenke für dich.«

»Nicht ein einziges. Aber vielleicht ...« Luzilla unterbrach sich, als ein Tekkla herbeieilte und ihr die Anzeigen seines Sensorbündels zeigte. Sie strich ihm über den Kopf und schickte ihn dann wieder fort. »Esteban und seine Exekutoren haben die Zeit genutzt, die wir beim Rest des Herzens verbrachten«, sagte sie, in der Stimme eine gewisse Strenge. »Sie werden in zehn Minuten hier sein.«

Korian beobachtete, dass die Assar Assari und Tekkla damit begannen, den Raum mit den silberweißen Strängen zu verlassen. Einige der Vermummten kletterten geschwind über die Treppen und Leitern nach oben. Die anderen verschwanden hinter den Gebäuden des leeren Lagers in Seitengängen und Tunneln. »Ihr zieht euch zurück?«

Luzilla hob die Brauen. »Natürlich. Wir möchten nicht von den Exekutoren des Weisen angegriffen werden.«

»Ich stehe hier mit leeren Händen.« Korian hob seine Hände

und ließ sie wieder sinken. »Was ist mit der Hilfe, die du mir versprochen hast?«

Luzillas Brauen wölbten sich noch etwas weiter nach oben. »Ich habe dir nichts versprochen, unsterblicher Mensch.«

»Das Herz«, sagte Korian enttäuscht. »Hast du nicht von einem weiteren Verbrechen gesprochen, das Strafe verlangt? Und davon, dass mein Plan auch dir gehört?«

Luzilla sah sich um. Zwischen den zerbrochenen Strängen und Gebäuden des Lagers zeigten sich keine Gepanzerten und Vermummten mehr. Die Leitern und Treppen darüber waren leer.

»Eine Falle«, erwiderte Luzilla. »Davon hast du gesprochen, nicht wahr? Eine Falle an jenem Ort, wo der ausgelagerte Streamer versteckt ist.«

»Hier?«

»Wo sonst? Gibt es einen geeigneteren Ort?«

»Eine Falle«, wiederholte Korian. »Wie soll sie aussehen?«

Luzilla lächelte. »Wir benutzen einen Köder.«

»Welchen?«

Die Kapitänin griff nach seinem Hals. »Wir benutzen dich.«

Dunkelheit schloss sich um ihn.

110

Korian öffnete die Augen und fragte sich für einen Moment, was geschehen war.

Stimmen erklangen in der Nähe, doch es waren nicht die Stimmen von Assar Assari oder Tekkla. Sie klangen härter, es waren Stimmen mit scharfen Kanten.

Köder. An dieses Wort erinnerte er sich. Und an Luzillas Hand, die ihn am Hals berührt hatte.

Er hob den Kopf.

Humanoide Gestalten näherten sich, einige von ihnen in Tarnanzügen, die sie mit der Umgebung verschmelzen ließen. Auf den ersten Blick konnte man sie für Menschen halten, doch dann fiel auf, dass mit ihren Proportionen etwas nicht stimmte. Die Arme waren zu lang und zu dünn, die Schultern ein wenig zu schmal. Hinzu kamen eine flache Nase und ein fast lippenloser Mund.

Exekutoren, dachte Korian.

Die Benommenheit fiel von ihm ab. Er versuchte aufzustehen.

Zwei Exekutoren traten näher und richteten ihre Waffen auf ihn. Die anderen schwärmten aus.

Korian erstarrte.

»So sieht man sich wieder«, erklang eine zufriedene Stimme.

Eine weitere Gestalt näherte sich, ein Mann, bei dem die menschlichen Proportionen stimmten: hager und hochgewachsen, in seinem Blick eine Tiefe, wie sie nur Unsterblichkeit schaffen konnte.

Die Waffen blieben auf Korian gerichtet. Er wagte noch immer nicht, sich zu bewegen. Um ihn herum tastete das Licht von Lampen durch die Dunkelheit, fiel auf zerbrochene Stränge, Leitern und steile Treppen. Von Luzilla und ihren Assar Assari und Tekkla war nirgends etwas zu sehen.

»Sie sind nicht weit gekommen«, sagte Esteban, der offenbar vermutete, dass Korians Sprung nur bis zu diesem Ort im Innern des alten Muriah-Schiffs geführt hatte. Er streckte die Hand aus. »Sie haben etwas, das mir gehört.«

Korian erinnerte sich an einen Fausthieb, der Estebans Nase gebrochen hatte, und eine Wunde in der rechten Gesichtshälfte. Im glatten Antlitz des Mannes zeigten sich keine Spuren davon.

»Das Artefakt, das Sie zu dem Sprung befähigt hat«, fügte Esteban hinzu. »Geben Sie es mir.«

»Ich habe es nicht mehr.«

»Wollen Sie behaupten, Sie haben es verloren?«, fragte Esteban spöttisch.

»Es wurde mir abgenommen.«

»Von wem?«

Plötzlich knallte es mehrmals schnell hintereinander, und die beiden Exekutoren mit den gezückten Waffen fielen. Ein Zischen und Fauchen lag in der Luft, nicht von Stimmen, sondern von Armbrustprojektilen. Ein Energieblitz gleißte, hell genug, um zu blenden.

»Von mir!«, rief Luzilla, einen Pulsator in der rechten Hand, ihre Flügel halb ausgebreitet.

Korian stand auf. Seine linke Schulter schmerzte noch immer.

Esteban drehte den Kopf langsam von einer Seite zur anderen. »Sie haben Verbündete gefunden.«

Assar Assari und Tekkla kamen aus Tunneln, Seitengängen und einigen Gebäuden am Rand des Gewölbes. Die überlebenden sieben Exekutoren wurden schnell entwaffnet.

Luzilla breitete die Flügel aus, flog an den silberweißen Strängen vorbei und landete neben Korian. Sie hob die Waffenhand und richtete den Pulsator auf Estebans Kopf.

»Zeit für Strafe?«, fragte sie. Bevor Korian antworten konnte, ließ sie die Hand wieder sinken. »Nein, noch nicht. Erst ein Geschenk für mich. Und dann eine Reise upstream, nicht wahr?«

»Eine Ikksta, wer hätte das gedacht?«, erwiderte Esteban ungerührt. Er wirkte gelassen, nicht im Geringsten besorgt. »*Die* Ikksta, nehme ich an.«

»Luzilla«, stellte sich die Kapitänin vor. »Die einzige.«

»Wir haben dich gesucht, Luzilla«, sagte Esteban.

»Und ich habe *dich* gefunden.«

»Du verfügst über besondere Fähigkeiten, nicht wahr?«, sagte Esteban. »Die könnten uns von großem Nutzen sein. Wir könnten dich gut gebrauchen.«

»Du möchtest, dass ich in eure Dienste trete?«

»Das wäre mein Vorschlag.«

»Nein«, sagte Korian.

Luzilla sah kurz zur Seite und richtete den Blick dann wieder auf Esteban. »Dieser Mensch, ebenso unsterblich wie du, spricht von Verbrechen und Strafe.«

»Er versteht nicht«, sagte Esteban. »Er versteht nicht genug. Er weiß nicht, was auf dem Spiel steht.«

»Spiel?«, stieß Korian hervor. »*Spiel?* Halten Sie dies alles, Rias Tod eingeschlossen, für ein *Spiel?*«

Esteban achtete nicht auf ihn. »Er kennt die Zusammenhänge nicht. Er sieht nur einen kleinen Teil des großen Bilds. Du siehst viel mehr.«

»Ich sehe genug, um tatsächlich ein Verbrechen zu erkennen. Sogar ein doppeltes. Ein Kind starb. Und diesem Schiff wurden seine Erinnerungen gestohlen.«

Esteban deutete auf Korian. »Vielleicht stehst du auf der falschen Seite.«

»Ich stehe auf meiner Seite.« Luzilla präsentierte Esteban ein kleines, dünnes Lächeln. »Du wirst mir etwas schenken, als Zeichen deiner Weisheit, Großer Weiser.«

»Werde ich das?«

»Ja«, bestätigte Luzilla. Mehrere Assar Assari kamen mit Projektilwaffen und Pressluft-Armbrüsten und bezogen neben der Kapitänin Aufstellung. »Und dann wirst du uns zu deiner Zitadelle bringen.«

»Wie denn?«

»Mit deinem Streamer«, sagte Luzilla. »Den du hier versteckt hast und den ich von dir bekommen werde, als zweites, kleineres Geschenk von dir.«

Esteban deutete in die Runde. »Deine Leute haben sich hier bestimmt umgesehen. Ein Streamer ist ziemlich groß. Ihr hättet ihn gefunden, wenn es einen gäbe.«

Mit der freien Hand griff Luzilla unter eine ihrer Schärpen und holte den roten Würfel hervor, den Korian von Horus erhalten hatte. »Dies ist ein ganzes Zimmer mit allerlei nützlichen Gegenständen.« Sie steckte den Würfel wieder ein. »Auslagerung. Materie wird an einem anderen Ort verstaut, und dadurch kann man die Dinge sehr klein machen. Du wirst uns deinen Streamer zeigen. Du wirst ihn für uns holen. Und du wirst ihn mir schenken.«

»Bist du sicher?«, fragte Esteban.

»O ja, das bin ich.«

»Und der Streamer ist das zweite, kleinere Geschenk?«

»Ja.«

»Was ist das erste, größere Geschenk?«

Luzilla streckte die freie Hand nach Estebans Hals aus, und Krallen erschienen an den Fingerspitzen. »Etwas von deinem Leben.«

Tekkla eilten mit ihren Sensorbündeln und Scannern umher. Exekutoren, von Assar Assari entwaffnet, blickten auf die Anzeigen ihrer Sondierungsinstrumente.

»Sie kommen näher«, berichtete einer von ihnen. »Vermutlich haben sie uns geortet.«

Korian wusste, wen er meinte: die Kampfmechs des Clusters.

Luzilla wusste es ebenfalls und wandte sich an Esteban, der ein wenig benommen wirkte. Der Blutverlust machte ihm offenbar noch etwas zu schaffen.

»Jetzt!«, sagte sie, ihre Stimme nicht mehr sanft, sondern scharf. »Sofort! Dein Streamer. Das zweite Geschenk für mich. Hol ihn!«

Esteban begriff offenbar, dass Leugnen keinen Sinn hatte, und bestimmt verstand er auch, dass die Zeit drängte. Die vom Cluster entsandte Streitmacht stellte nicht nur eine Gefahr für Luzilla und ihre Leute dar, sondern auch und in erster Linie für ihn.

Er nahm etwas zur Hand, das nach einem Transkriptor aussah, drehte den Einstellring und betätigte ein Schaltelement.

Kleine Teile lösten sich von einigen Gebäuden des aufgegebenen Forschungslagers, hier die Ecke eines Dachs, dort ein vermeintlicher Brocken Synth aus einer Mauer. Sie flogen nicht, denn Gravitationsmotoren brauchten mehr Platz und hätten sich durch ihre energetische Signatur verraten.

Esteban ging umher, sammelte die einzelnen Stücke unter Luzillas wachsamen Blicken ein und fügte sie zusammen. Ein sechseckiges Objekt entstand, etwa so groß wie eine Hand und mit einigen dellenartigen Vertiefungen. Er legte es auf den Boden, richtete kurz den Transkriptor darauf und wich zurück.

Es knarrte und knirschte wie von einem defekten mechanischen Apparat. Dann klappte das Objekt auseinander und wuchs, als es ausgelagerte Materie zurückrief. Ein Gerüst entstand, füllte sich mit Geräten und Instrumenten, bekam eine Außenhülle mit einer Luftschleuse und verwandelte sich in eine Blase, in ein Mikroraumschiff, das einen Streamer beinhaltete.

»Eindrucksvoll«, kommentierte Luzilla erfreut. »Ein schönes Geschenk.«

»Ohne mich kannst du nichts damit anfangen«, behauptete Esteban.

Korian dachte an den Code-Erinnerer, den Schlüssel, den er zunächst für eine besondere Waffe gehalten hatte. Vielleicht wäre Luzilla damit in der Lage, Blase und Streamer in Betrieb zu nehmen.

Doch sie erwähnte diese Möglichkeit nicht und sagte stattdessen: »Oh, ich werde dein Geschenk mit dir zusammen benutzen.« Sie zeigte auf die geschlossene Luke. »Öffne es. Lass uns einsteigen. Lass uns reisen.«

Esteban wirkte nicht mehr ganz so benommen und musterte sie erstaunt. »Du willst in den Stream?«

Luzilla zog die Brauen hoch. »Wozu brauche ich sonst einen Streamer?«

Esteban machte erneut von seinem Transkriptor Gebrauch. Die Luke der Blase schwang mit einem leisen Summen auf. »Und *wohin* willst du?«

Die Assar Assari nahmen Verteidigungspositionen ein, obwohl ihnen eigentlich klar sein musste, dass sie gegen Kampfmechs kaum eine Chance hatten. Doch ihre Loyalität Luzilla gegenüber zwang sie dazu. Die kleinen Tekkla sondierten mit ihren Sensoren und Scannern und schnatterten leise miteinander. Die entwaffneten Exekutoren wirkten ein wenig ratlos und warteten auf neue Anweisungen von Esteban.

»Zu eurer Zitadelle.« Luzillas Stimme ließ wieder das Zischen einer Schlange hören. »Es soll ein interessanter Ort sein. Ich möchte ihn mir ansehen.« Sie winkte. »Steigen wir ein.«

Esteban trat durch die Luke. Korian konnte sein Gesicht nicht sehen, erriet aber seine Gedanken. Hier konnte er nichts ausrichten, hier war er Luzilla und ihren Begleitern ausgeliefert. Eine ganz andere Situation ergab sich bei einer Reise durch den Stream und erst recht bei der Zitadelle, dem Zentrum der Macht der Großen Weisen. Vermutlich glaubte Esteban, Luzilla dort leicht überwältigen zu können.

Korian wartete keine Aufforderung ab und ging hinter Esteban an Bord der Blase, wobei er darauf achtete, dass Luzilla freies Schussfeld auf den Weisen behielt.

Die Kapitänin verharrte in der kleinen Schleuse, wandte sich noch einmal an die Assar Assari und Tekkla und rief ihnen etwas zu, das Korian nicht verstand. Korian hörte das Brummen der Gepanzerten und das Schnattern der Vermummten. Er sah noch, wie einige der Assar Assari fortstapften, dann schloss sich die Luke.

»Sie haben mir gute Dienste geleistet und sollen am Leben bleiben«, erklärte Luzilla, als sie Korians fragenden Blick bemerkte. »Sie werden das Wrack verlassen und zum Segler zurückkehren, der von jetzt an ihnen gehört. Mein Wort hat sie von allen Pflichten befreit.«

»Du willst nicht zu deinem Schiff zurück?«, fragte Korian leise.

»Das ist nicht nötig.« Die Kapitänin schob sich an ihm vorbei in die Pilotenkanzel der Blase. Esteban saß bereits an der zentralen Konsole, die Hände an den Kontrollen. »Die Kampfmechs werden gleich hier sein«, sagte sie. »Brechen wir auf.«

Estebans dünne Lippen formten ein hintergründiges kleines Lächeln. »Bist du sicher ...«, begann er.

»O ja, das bin ich.« Luzilla winkte mit dem Pulsator. »Bring uns zu deiner Zitadelle.«

Esteban fuhr die Systeme der Blase hoch, wartete einige Sekunden auf die Bereitschaftsanzeige und brachte sie in den Stream.

Gedankenblasen

112 Korian, Stream ∞

Gedanken wie Luftblasen, die in öliger Flüssigkeit aufstiegen, langsam und träge, unabhängig voneinander, ohne erkennbaren Zusammenhang. Korian sah die Welten von Infinitia, die sich endlos weit upstream und downstream erstreckten, die nicht nur in Vergangenheit, Gegenwart und Zukunft eines Universums existierten, sondern auch in verschiedenen Wahrscheinlichkeiten und somit einer Vielzahl von alternativen Universen. Infinitia, flüsterte einer der Gedanken in einem Moment zwischen den Momenten, unendlich und selbst nur Teil des Streams. Welten ohne Zahl, manchmal fast identisch, nur durch winzige Unterschiede voneinander getrennt. Viele von ihnen öde und leer, andere voller Leben.

Die großen Zusammenhänge, raunte eine andere Gedankenblase. Der Stream war nicht natürlichen Ursprungs. Jemand hatte seine Grundlagen geschaffen, damit er wachsen und sich ausbreiten konnte. Jemand hatte seine Saat ausgebracht, tief in den Strukturen des Multiversums – Daniel hatte vom »Quantenschaum der Realität« gesprochen, vom »schwammigen Fundament der Ewigkeit«. Eine dritte Kraft abseits der beiden großen kosmischen Antagonisten Archäon und Pakt, der technologischen und biologischen Intelligenz. Eine Urzivilisation, die offenbar bestrebt gewesen war, all die bis dahin isolierten Welten zusammenzuführen. Damit sich das Leben auf ihnen allen ausbreiten konnte? Damit irgendwann in ferner Zukunft eine große Gemeinschaft des gemeinsamen Denkens und Fühlens entstand?

Die Saat war aufgegangen, aber das große Werk war unvollendet geblieben. Das glatte Nichts und der Abyss erfüllten keinen ersichtlichen Zweck, soweit es den Stream betraf.

Oder wir haben den Zweck noch nicht erkannt, wisperte es in einer weiteren Gedankenblase, die vielleicht ein wenig größer war als die anderen.

Und Ria?, dachte Korian, von plötzlicher Trauer erfasst. Wie passte sie in dieses große Bild? Wenn man objektive Maßstäbe anlegte, war sie weniger als ein Pixel darin, so unbedeutend wie ein einzelnes Sandkorn am endlos langen Sandstrand des Ozeans der Zeit. Ein einzelnes Leben in einem Multiversum, wie ein kleines Licht im Gleißen von Myriaden Sternen.

Aber wer entschied, was wichtig war und was nicht?, fragte eine der vielen Gedankenblasen. Allein das Auge des Beobachters, antwortete eine andere, nicht das Universum selbst. Es stellte nur eine Bühne dar, es präsentierte nur und bewertete nicht.

Auf dieser unermesslich großen Bühne hatte ein Mädchen gestanden und gesungen, mit einer Stimme, die auch nach seinem Tod noch existierte, in Korians Erinnerung. Ein junger Mensch, der keine Gelegenheit bekommen hatte, sein Leben zu leben. Stream und Multiversum mochten gleichgültig bleiben, unbetroffen und unerschüttert von Rias Schicksal, aber die Augen *dieses* Beobachters hatten einen anderen Blick. Sie sahen ein Verbrechen, das nicht ungesühnt bleiben durfte. Sie erinnerten sich nicht nur an die singende Stimme, sondern auch an die Worte *Ich wäre gern glücklich gewesen* und einen Schwur, den er übernommen hatte, als letztes Versprechen, das es zu halten galt.

Eine Gedankenblase, die gerade erst mit ihrem Aufstieg durch die ölige Flüssigkeit begonnen hatte, dachte still und leise: Es ist alles klein und bedeutungslos, ja, aber Gerechtigkeit ist groß und wichtig.

Der Moment zwischen den Momenten dehnte sich noch etwas mehr, lange genug, damit sich eine Kraft wie Magnetismus bemerkbar machen konnte. Etwas zog Korian an, über einzelne Welten im Stream hinweg. Sie verfügte über einen Katalysator oder vielleicht ein Medium, das sich zwar nicht mehr in seinem Besitz befand, aber noch immer in der Nähe weilte, nahe genug, um seinen Einfluss spürbar zu machen:

die kleine blaue Spirale, von Luzilla als Geschenk in Anspruch genommen.

Korian verglich sich mit einem Schwimmer am Rand eines Strudels. Er fühlte den Sog und konnte ihm widerstehen. Aber er wusste auch: Wenn er sich ihm nicht länger widersetzte, wenn er sich abtreiben ließ, dann konnte der Sog schnell stark genug werden, um ihn in den Strudel zu reißen.

Die Gedankenblase wurde größer, während sie aufstieg, sie bekam Platz für mehr Gedanken. Ein Sog, der ihn erfassen und forttragen konnte ... Interessant, dachte Korian und fühlte die zarte Pflanze der Idee tief in ihm weiterwachsen.

Die Kathedrale, die zum alten Muriah-Schiff gehörte und mit ihm zusammen vielleicht Teil von etwas Größerem war. Hatten die Muriah damals versucht, das Werk der mysteriösen Baumeister zu vollenden, den Stream mit glattem Nichts und Abyss zu vereinen? Das Herz des Schiffs, das nach Luzillas Auskunft noch immer schlug, obwohl die Weisen den größten Teil davon gestohlen hatten ... Eine organische Komponente, aus zerbrochenen Strängen wie silberweißes Glas entwendet. Möglicherweise nicht nur Herz, sondern auch Hirn, vorgesehen gar als lenkende und planende Instanz für Stream, glattes Nichts und Abyss. Um ein Gegengewicht zu schaffen für den alten Konflikt zwischen Archäon und Pakt? Um dem Universum – dem Multiversum – eine Zukunft zu geben jenseits von Krieg, Zerstörung und Auslöschung von Leben, ob technologischer oder biologischer Natur?

Eine letzte Gedankenblase folgte den anderen nach oben, nicht größer oder kleiner als sie, aber etwas langsamer. Sie ließ sich Zeit in dem gedehnten Moment, der sich vor dem Zerreißen nur noch ein kleines Stück weiter dehnen konnte.

Supra, flüsterte es in ihrem Innern.

Eine geheimnisvolle Macht weit, weit upstream. Die Weisen fürchteten sie und hatten die Triane geschaffen, um sie zu lokalisieren. Die Barrieren und Mauern von Infinitia schützten nicht in erster Linie vor dem Cluster und seinen Nachstellungen, sondern vor Supra.

Korian fragte sich, ob das für ihn eine Rolle spielte. Ihm ging es um ein Versprechen, das er einlösen wollte, um einen Schwur, den es zu erfüllen galt.

Andererseits ... Ria war als Trianin geschaffen worden, als ein Werkzeug, ein »Ding«, als größte Hoffnung der Weisen, Supra tatsächlich zu finden. Es gab also Berührungspunkte, es gab einen Zusammenhang, den Korian nicht ignorieren durfte.

Eine dritte Macht weit upstream, mit dem Blick aus der Zukunft auf die Vergangenheiten downstream. Eine Macht abseits vom Cluster und den Großen Weisen, in gewisser Weise über ihnen.

Die letzte Gedankenblase wurde langsamer.

Welche Absichten verfolgte Supra?, raunte es in ihr. Und: Wusste Horus davon?

Korian dachte über die Möglichkeit nach, dass der Cluster Pläne verfolgte, die weit über die alte Verschwörung von Morgenrot und die Großen Weisen von Infinitia hinausgingen. Er war nur ein Mensch, wenn auch unsterblich und sechzigtausend Jahre alt. Er konnte die komplexen Überlegungen einer Maschinenintelligenz wie Horus nicht nachvollziehen. Sie nannten es Kalkül, vielfach verschachtelte Denkstrukturen aus Möglichkeiten, Alternativen, Thesen und Hypothesen.

Er war selbst ein Werkzeug gewesen, wenn auch von anderer Art als Ria. Wie sie war er für einen bestimmten Zweck benutzt worden. Lief nicht auch das auf ein Verbrechen hinaus, obgleich er noch lebte? Verstieß es nicht gegen die Konvention von Vienn?

Ob es ihm gefiel oder nicht, er war auch Teil des großen Bildes, zusammen mit Ria. Wenn er sein Versprechen halten, wenn er jenen Strafen bringen wollte, die getötet hatten – mussten dann nicht auch die Drahtzieher bestraft werden, die Planer im Hintergrund, deren Entscheidungen maßgeblichen Einfluss auf die Entscheidungsketten genommen hatten?

Die Gedankenblase schrumpfte und löste sich auf, bevor Korian eine Antwort finden konnte.

Der gedehnte Moment riss.

Sprung.

In der Zitadelle

113 Korian, Upstream 10[7]

Eine Stadt aus weißen und beigefarbenen Gebäuden lag zu Füßen eines Tafelbergs, im Schein einer Sonne, größer als die der Erde in Midstream Null und mehr rot als gelb. Auf dem Berg erhoben sich Mauern, die Korian an jene der Kathedrale erinnerten. Sie umgaben eine mittelalterlich wirkende Bastion mit Wehrgängen, Zinnen und wuchtigen Ecktürmen.

Über Stadt und Tafelberg zeigte sich ein Riss im Himmel wie eine schartige Wunde, aus der schwarzes Blut quoll. Von der Bastion, der Zitadelle, stiegen kleine, funkelnde Lichter auf und verschwanden wirkungslos in den dunklen Wolken, die aus dem himmlischen Riss strömten.

Korian sah aus dem Fenster und versuchte zu verstehen, was in dieser Welt weit upstream geschah – mit den Anzeigen der Hauptkonsole vor Esteban wusste er nichts anzufangen.

Rote Warnsymbole erschienen in holografischen Displays. Estebans Finger tasteten über Schaltflächen, und das kleine Schiff mit dem Streamer reagierte sofort. Es sank der Stadt entgegen und wurde schneller.

»Die Zitadelle wird angegriffen«, stellte Luzilla fest. Sie stand ruhig und aufrecht, unerschütterlich wie ein Fels in der Brandung.

»Von wem?« Korian blickte auf die Stadt hinab. Nichts regte sich zwischen den weißen und lehmbraunen Gebäuden, kein einziger Bewohner war zu sehen. Er beobachtete, wie ein elfenbeinfarbener Kuppelbau in sich zusammensank und eine schwarze, brodelnde Masse zwischen den Trümmern zum Vorschein kam.

»Supra«, sagte Esteban. »Ich bringe uns zurück in den Stream.«

»Nein«, widersprach Luzilla sofort. »Wir bleiben hier. Wir fliegen zur Zitadelle. Dort wirst du mir zeigen, was ihr gestohlen habt.«

Sie meinte das Herz des Schiffs, begriff Korian. Den Teil, der sich in den zerbrochenen Strängen befunden hatte.

»Es könnte zu spät sein«, erwiderte Esteban, und zum ersten Mal zeigte sich so etwas wie Unsicherheit in seiner Miene.

»Nicht für uns«, stellte Luzilla fest.

Estebans Hände blieben bei den Navigationskontrollen, ohne den Kurs zu ändern. Die Blase setzte ihren Flug über die Stadt fort. Weitere schwarze Wolken kamen aus dem Riss im Himmel, und eine von ihnen wuchs in die Länge und näherte sich.

Esteban flog ein Ausweichmanöver über der Stadt, in der weitere Gebäude einstürzten.

Luzilla stand noch immer reglos. Ihre Haltung machte klar: Was auch immer geschieht, ich kenne meinen Weg und weiche nicht davon ab. Mit einer knappen Geste deutete sie auf die Anzeigen. »Erklär mir, was die Sensoren sehen und hören.«

Esteban rief Daten ab. »Die Wolken bestehen aus winzigen Komponenten, die offenbar beliebig kombinierbar sind, je nach Funktion und Zweck.«

Korian glaubte zu verstehen. »Ein Schwarmwesen?«

»Die Komponenten sind anorganisch.« Esteban deutete auf die Zeichenkolonnen in einem holografischen Display.

»Das bedeutet ...«, begann Korian.

Luzilla verstand ebenfalls. »Eine Maschine. Eine riesige Maschine, bestehend aus unzähligen Einzelteilen, die sich immer wieder neu zusammenfügen, damit neue Maschinen entstehen.«

»Supra«, wiederholte Esteban.

Korian deutete nach unten. »Was ist mit den Bewohnern der Stadt? Wo sind sie?«

Esteban flog ein weiteres Ausweichmanöver, um einer kleineren dunklen Wolke dicht über der Stadt nicht zu nahe zu kommen, und nahm dann wieder Kurs auf den Tafelberg. Sein Ziel schien nicht die Bastion auf dem Gipfelplateau zu sein, sondern ein schmaler Einschnitt im unteren Hang, im Navigations-Holo mit einem grünen Symbol markiert.

»Vielleicht blieb ihnen Zeit genug, sich in die Schutzräume und Bunker zurückzuziehen, die wir vor langer Zeit gebaut haben«, antwortete er.

Korian sah ihn an. »Und wenn nicht?«

»Dann existieren sie nicht mehr. Supra löscht organisches Leben aus, wo immer es welches findet.«

Auf der anderen Seite der Stadt, die sich immer mehr in ein großes, dunkles Ruinenfeld verwandelte, stiegen mehrere Lichter auf, keine Waffen wie zuvor, sondern Multifunktionsvehikel, Blasen, Shuttles und Orbiter, an Bord Stadtbewohner – Menschen, vermutete Korian –, die sich in Sicherheit bringen wollten.

Einer der Orbiter ritt auf einem flackernden violetten Gravitationsfeld und war schneller als die anderen. Er jagte am Riss im Firmament vorbei, wurde zu einem winzigen Punkt und verschwand in einer hohen Umlaufbahn.

Schwarze Wolken, die sich immer weiter ausdehnten, verschlangen die anderen Fluchtvehikel.

Der Tafelberg, größer als das Wrack des Muriah-Schiffs im glatten Nichts, ragte direkt vor der Blase mit dem Streamer auf. Die Spalte im unteren Hang war nur noch wenige Hundert Meter entfernt.

Luzilla stand ruhig, schwieg und beobachtete.

»Sollten wir nicht nach oben?«, fragte Korian. »Die Zitadelle befindet sich auf dem Gipfelplateau.«

»Der ganze Berg ist die Zitadelle«, erklärte Esteban und steuerte die Blase in den schmalen Einschnitt.

114

Ein Berg größer als das Muriah-Wrack, ein Riese mit einer zerfallenden Stadt zu seinen Füßen, ausgehöhlt im Innern, voller Korridore, Kavernen und Gewölbe, ihre Wände mit Synth verkleidet, in Hangars und Hallen stützende Säulen aus Stahlkeramik.

Die von Esteban gesteuerte Blase flog durch einen Tunnel und erreichte einen großen Raum mit zwei Multifunktionsvehikeln auf der einen und mehreren kleinen Luftwagen auf der anderen Seite. Er landete in der Mitte, neben einer Markierung im Boden, und legte die Systeme der Blase still. Die Kontrollen für den Streamer zeigten weiterhin Bereitschaft, stellte Korian fest.

»Wir sind hier nicht lange sicher«, wandte sich der Weise an Luzilla. »Supra wird auch hierherkommen. Entweder springen wir in den Stream, oder wir suchen einen geschützten Ort auf, einen der Bunker.«

Die Kapitänin bewegte sich mit der für sie typischen glatten Eleganz, trat zur Luftschleuse und öffnete mit den manuellen Kontrollen sowohl das Innenschott als auch die Außenluke, ohne das innere Schott zu schließen. Luft strömte herein, etwas wärmer als die im Innern der Blase.

»Wir werden lange genug sicher sein«, sagte Luzilla, wieder ein Schlangenzischen in der Stimme. »Soweit es den dunklen Schwarm draußen betrifft. Er wird eine gewisse Zeit brauchen, Felsgestein und Synth zu durchdringen. Einige Stunden. Der innere Gegner ist eine größere Gefahr.«

Sie spähte nach draußen, der Pulsator in ihrer weißen rechten Hand schussbereit.

Korian stand noch immer am Fenster. Zwischen den MFVs und Luftwagen zeigten sich weder Menschen noch Servomechs. Es erklang auch kein Alarm. Es blieb still im Zitadellenberg.

Luzilla trat durch die offene Luke, drehte sich einen Schritt vor der Blase um – und richtete ihre Waffe auf Esteban im Pilotensitz.

»Wo sind die anderen Weisen?«, fragte sie. »Wo sind ihre Helfer?«

Der Mann an den Navigationskontrollen stand langsam auf. »In den Schutzräumen, nehme ich an. Hinter Schilden.«

Luzilla schenkte ihm ein kühles Lächeln. »Das nimmst du an, wie? *Ich* nehme an, dass du den anderen Weisen, deinen Komplizen, ein Signal gesendet hast, damit sie dir helfen.

Komm!« Sie winkte mit dem Pulsator. »Komm nach draußen!«

Korian wartete, bis Esteban die Blase verlassen hatte, folgte ihm dann und vergewisserte sich, dass die Luke offen blieb. Sie konnten zurück, wenn sie wollten. Das erschien ihm wichtig.

»Ich hatte keine Gelegenheit, irgendwelche Signale zu senden«, behauptete Esteban.

Luzilla deutete zur Tür des großen Raums. »Wir werden sehen. Bring uns dorthin, wo ihr das gestohlene Herz aufbewahrt.«

115

Esteban führte sie in einen kurzen Flur und anschließend durch mehrere kleinere Räume, die den Eindruck erweckten, erst vor kurzer Zeit, vielleicht vor wenigen Minuten, verlassen worden zu sein. Datenfolien lagen auf Tischen, manche von ihnen noch aktiviert. Das Display eines Synthers zeigte eine Auswahl von Speisen, die Korian daran erinnerten, wie hungrig er war. Teller und Tassen standen auf Tresen, neben persönlichen Gegenständen wie individuellen Transkriptoren und Kommunikatoren. Jederzeit schien sich irgendwo eine Tür öffnen und jemand hereinkommen zu können.

Holografische Sichtfelder und zweidimensionale Schirme zeigten andere Korridore und Räume, ebenfalls ohne Menschen. Ein Display präsentierte die Stadt, von oben gesehen, vielleicht von der Bastion auf dem Plateau. Es schien in ihr nicht mehr ein einziges intaktes Gebäude zu geben, und die schwarzen Wolken waren so dicht, dass sie das Licht der Sonne verdunkelten.

Korian dachte an die Blase mit der offenen Luke und den Streamer darin, der nicht aufgeladen werden musste. Für einen Sprung upstream oder downstream genügte es, ihn zu aktivieren.

»Wie weit ist es?«, fragte Luzilla nach einer Weile. »Wo befindet sich euer Diebesgut?«

Esteban öffnete eine weitere Tür, hinter der sich eine Plattform erstreckte, mit einer ovalen Transportkapsel an ihrer Seite. In ihr brannte Licht, sie schien auf Passagiere zu warten.

»Es ist nicht mehr weit«, erklärte Esteban. »Aber es geht nach oben, und zu Fuß würden wir mindestens eine halbe Stunde brauchen. Mit dieser Kapsel dauert es nur wenige Minuten.«

Luzilla blieb dicht bei ihm, als sie an Bord gingen, den Pulsator auf ihn gerichtet. Korian bildete den Abschluss, und hinter ihm schloss sich der Zugang, als wüsste die Kapsel, dass es keine anderen Passagiere gab. Nachdem Esteban einen Zielcode eingegeben hatte, glitt sie fast lautlos durch einen Tunnel, dessen glatte Wände an ihnen vorbeihuschten.

Esteban setzte sich nicht. Er blieb an der Tafel mit dem Eingabefeld für das Reiseziel stehen, und Luzilla wartete direkt hinter ihm, den Pulsator an seinem Rücken.

Korian stand ebenfalls, hielt sich an der Rückenlehne eines leeren Sessels fest und fragte sich, was sie erwartete. Hatte Esteban Gelegenheit gefunden, etwas vorzubereiten, um das Blatt zu wenden?

Schon nach ein oder zwei Minuten wurde die Kapsel langsamer und hielt an einer Plattform, die der ersten ähnelte. Der Zugang öffnete sich wieder.

»Wir sind da«, sagte Esteban.

Nacheinander verließen sie die Transportkapsel und schritten durch einen Torbogen. Noch immer war alles still um sie herum, und nirgendwo regte sich etwas.

Dem Torbogen folgte ein Flur mit Zimmern voller Geräte und Apparate auf beiden Seiten.

»Wo sind wir hier?«, fragte Korian nach einer Weile. »Was hat es mit diesen Anlagen auf sich?«

»Forschung und Entwicklung«, antwortete Esteban bereitwillig. Er wirkte ruhig und gelassen, keineswegs besorgt, sondern wie jemand, der alles unter Kontrolle hatte. »Triane. Wir haben darüber gesprochen, erinnern Sie sich? Oh, wie dumm von mir, *natürlich* erinnern Sie sich. Sie haben es bestimmt nicht vergessen.«

Das Licht flackerte, und von einem Augenblick zum anderen wurde es dunkel.

»Wenn das ein Trick sein sollte ...«, erklang Luzillas zischende Stimme in der Finsternis. »Ich kann auch im Dunkeln sehen.«

»Kein Trick«, erwiderte Esteban. »Ich vermute, Teile des Schwarms sind bereits in die Zitadelle eingedrungen und haben die Hauptenergieversorgung beschädigt oder neutralisiert.«

Etwas Licht kehrte zurück, gedämpfter als vorher, nicht weiß, sondern gelb.

»Die Reserveenergie«, erklärte der Weise gelassen. »Genug für viele Tage. Wir sind hier weitgehend autonom.«

Sie gingen weiter, und Korian sah immer wieder in die Zimmer und Säle mit den Installationen. »Triane«, murmelte er, und da war sie wieder, die kühle Entschlossenheit in seinem Innern.

Und die Idee, von der er nicht wusste, ob sie ganz und gar seine eigene war. Er blieb mit der blauen Spirale verbunden, rief er sich ins Gedächtnis, und über sie mit der Kathedrale, die ihn noch immer für ihren rechtmäßigen Kustoden hielt.

Esteban wandte kurz den Kopf und warf ihm einen Blick zu. »Hier ist Ria entstanden. Hier haben wir sie hergestellt.«

»Hergestellt ...«, wiederholte Korian leise.

»Ein besonders vielversprechendes Exemplar«, fuhr Esteban im Plauderton fort. Sie näherten sich einer großen, cremefarbenen Tür am Ende des Flurs. »Leider mit dem Defekt von Aufsässigkeit. Wenn das Werkzeug seinen Zweck wie vorgesehen erfüllt hätte, wäre dies hier vielleicht nicht geschehen.«

Eine erneute Provokation, dachte Korian. Esteban wollte ihn wieder einmal provozieren. Aber warum? Welche Reaktion erwartete er von ihm?

Dann begriff er: Es war keine Provokation, sondern Ablenkung.

Die große Tür öffnete sich vor Esteban. Er trat in den Raum dahinter, bei dem es sich offenbar um ein Laboratorium handelte, mit einem großen transparenten Tank in der Mitte und Dutzenden von grauen Behältern, die an der Rückwand eine wabenartige Struktur bildeten.

Plötzlich senkte sich etwas herab, ein Vorhang aus Energie, grau wie die Behälter an der Rückwand.

Luzilla reagierte schnell, aber nicht schnell genug. Sie schoss, doch der Blitz aus dem Pulsator traf nicht Esteban, sondern zerstob an dem energetischen Schild, der sich vor ihnen gebildet hatte.

Hitze wogte Korian entgegen. Er wich unwillkürlich einen Schritt zurück und hob eine Hand wie schützend vors Gesicht.

Auf der anderen Seite der Barriere traten zwei Gestalten aus den Schatten zwischen den Geräteblöcken, ein Mann und eine Frau im gleichen scheinbaren Alter wie Esteban. Sie trugen adaptive Kleidung mit zahlreichen Werkzeug- und Waffentaschen. Die Frau mit dem schulterlangen feuerroten Haar lächelte, und wie bei ihrem Begleiter verriet die Tiefe in den Augen ein langes unsterbliches Leben.

Esteban nickte ihnen zu und nahm von der Frau eine der Projektilwaffen entgegen, wie sie Korian von den Exekutoren her kannte.

»Jetzt gibt es zwei Möglichkeiten«, sagte er zufrieden. »Ich könnte euch einfach ignorieren und Supras Schwarm überlassen, der euch früher oder später erreichen würde. Ja, ich könnte mit einem Achselzucken über alles hinweggehen, zusammen mit Dorea und Rubens den nächsten Streamer aufsuchen und upstream oder downstream reisen, zu einer anderen Welt in Infinitia.«

»Und die zweite Möglichkeit?«, fragte Luzilla, als Esteban schwieg.

Er lächelte. »Sie ist interessanter und in gewisser Weise auch befriedigender, in persönlicher Hinsicht.«

Er hob die Waffe, die ihm Dorea gegeben hatte. Es knallte, und ein Projektil schmetterte in Luzillas Stirn.

Was kann ich sein?

116 Korian, Upstream 10[7]

Luzilla aus dem Geschlecht der Ikksta, von einem fernen Planeten namens Efthos, Nachfahrin der Muriah, Sammlerin von Geschenken und Genen – sie starb noch im Stehen und war bereits tot, als sie fiel.

Korian fing sie auf, ein Reflex zwang ihn dazu. Er hielt sie in den Armen, groß, aber schlank und leicht wie ein Vogel. Blut rann aus dem Loch in der Stirn, rot wie Rubin.

Ihre Flügel knisterten, als er die Tote langsam zu Boden sinken ließ. Einige Sekunden lang blickte er in ihr Gesicht, das sich kaum verändert hatte, bis auf den verschwundenen Glanz in den großen Augen.

Dann richtete er sich auf, tief in seinem Innern wieder ein kaltes Knäuel. Als er sich umwandte, existierte der graue Vorhang des Schilds nicht mehr.

»Sie sind ein Mann des Lebens, so alt wie ich«, sagte Esteban. »Aber der Tod begleitet Sie auf Schritt und Tritt, nicht wahr?«

Er richtete seine Projektilwaffe auf Korian.

Es tut mir leid, Ria, dachte er. Ich kann das Versprechen nicht halten, den Schwur nicht erfüllen.

»Ich fürchte, Sie haben die falsche Seite gewählt«, erklärte Esteban. »Sie hätten sich für uns entscheiden sollen.«

Esteban zielte auf seinen Kopf, und Korian erwartete einen zweiten Knall, ein zweites Projektil, das auch sein Leben beendete. Er fand es seltsam, auf diese Weise zu sterben. Seltsam und *ungerecht*.

Ein Gedanke flüsterte: Es ist alles klein und bedeutungslos, ja, aber Gerechtigkeit ist groß und wichtig.

Esteban lächelte dünn, ließ die Waffe sinken und wechselte

einen kurzen Blick mit den beiden anderen Unsterblichen, mit Dorea und Rubens, dann wandte er sich wieder an Korian. »O nein, ich habe nicht vor, Sie zu erschießen. Sie haben sich gegen uns entschieden, doch das bedeutet nicht, dass Sie keinen Nutzen für uns haben. Ich biete Ihnen etwas Einzigartiges: Sehen Sie, was mit Ria geschehen ist. Kommen Sie!«

Esteban schien den dunklen Schwarm, der Stadt und Zitadelle mehr als zehn Millionen Welten weit upstream angriff, völlig vergessen zu haben. In aller Seelenruhe – als wäre nichts geschehen, als hätte er nicht gerade ein Leben ausgelöscht – führte er Korian durch das Laboratorium.

Dorea und Rubens folgten ihnen. Luzilla blieb im Flur zurück, ihr Kopf in einer Blutlache.

»Hier haben wir etwas, das die Ikksta interessiert hätte«, sagte Esteban, als sie den transparenten Tank erreichten. »Viel ist nicht mehr übrig.« Er vollführte eine einladende Geste. »Nur zu, sehen Sie es sich an!«

Korian blickte in den Tank und bemerkte tief unten eine safrangelbe gallertartige Masse.

»Das Herz des alten Muriah-Wracks, wie Luzilla es genannt hat«, fuhr Esteban fort. »Und auch sein Hirn. Ein organisches Verwaltungszentrum, eine Art Biotronik. Verbunden, kombiniert und verschmolzen mit allen Systemen des Raumschiffs. Ein kybernetischer Organismus. Wir haben versucht, zu retten, was zu retten war. Die Ikksta hielt uns für Diebe, aber in Wirklichkeit sind wir Bewahrer. Wenn wir das organische Material nicht geborgen hätten, wäre es abgestorben.«

Dorea und Rubens standen in der Nähe und blieben stumm. Ihren Gesichtern ließ sich nichts entnehmen.

»Luzilla war eine dumme Nostalgikerin«, sagte Esteban. »Sie hätte hiermit ohnehin nichts anfangen können.«

»Und Sie?«, fragte Korian, vielleicht um ein wenig Zeit zu gewinnen. »Was ist mit den großen Zusammenhängen, von denen Sie gesprochen haben? Luzilla konnte sie angeblich erkennen.«

»Und Sie nicht. Kommen Sie, Korian, das dort ist noch interessanter für Sie.« Er deutete auf die grauen Behälter an der

Rückwand des Laboratoriums und ging wieder, vorbei an einem großen, klobigen Apparat mit einer rechteckigen Öffnung, darin eine Liegemulde, gerade groß genug für einen Menschen.

Die Behälter, jeder von ihnen etwa zweieinhalb Meter lang und einen knappen Meter breit, erinnerten Korian an kryogenische Schlafzellen, wie Menschen sie vor vielen Jahrtausenden für interstellare Flüge benutzt hatten. Die meisten von ihnen waren leer, doch einige enthielten weißgraue Gewebeklumpen und in einem Fall eine humanoide Gestalt.

Esteban blieb stehen. »Das große Bild, der große Zusammenhang. Menschen auf der einen Seite, sterblich oder ewig wie wir, und der Cluster und Supra auf der anderen. Ein epischer Konflikt, die Fortsetzung einer Auseinandersetzung, die kurz nach der Entstehung unseres Universums begann und durch den Stream das ganze Multiversum erfasste. Wir haben versucht, Infinitia so gut wie möglich zu schützen, sowohl vor dem Cluster als auch vor Supra. Diesem einen Ziel haben wir alles andere untergeordnet: Schutz der Menschheit. Einzelne Personen, noch dazu Sterbliche, sind irrelevant. Es geht um das Überleben des Menschen, unserer Spezies. Es geht um Freiheit und Selbstbestimmung.«

»Freiheit und Selbstbestimmung für wen?«, erwiderte Korian. »Für Sie und die anderen Weisen?« Bei den letzten Worten ging sein Blick kurz zu Dorea und Rubens, die weiterhin schwiegen. Sie beobachteten und hörten zu, blieben aber unbeteiligt.

»Sie verstehen noch immer nicht«, sagte Esteban. »Es geht um mehr als einzelne Schicksale. Es geht um die Zukunft von Infinitia und die Frage, ob dort weiterhin Menschen leben können oder ob die Welten, die wir geschützt haben, eine nach der anderen Maschinenintelligenz zum Opfer fallen.«

Korian dachte an Ria und hörte sie mit den Ohren der Erinnerung ein trauriges Lied singen.

»Jedes Leben zählt«, betonte er.

»Manchmal müssen Opfer gebracht werden«, hielt ihm Esteban entgegen. »Triane sind ein solches Opfer.« Er deutete auf die Gewebeklumpen und die eine humanoide Gestalt in den grauen Behältern. »In diesen Uteri wuchsen sie heran, eine Verbindung von menschlichem Gewebe mit Muriah-Genen. Außerdem bekamen sie technologische Komponenten, besondere Implantate, weitaus leistungsfähiger als unsere Signalnadeln, gewonnen aus dem Muriah-Schiff und bestimmten Artefakten. Drei Komponenten. Tri. Sehr schwer zu synchronisieren. Ria war ein vielversprechendes Produkt, sie hätte ihren Zweck erfüllen können.«

Das kalte Knäuel in Korian wurde noch etwas kälter. »Sie hatten kein Recht ...«

»Haben Sie nicht zugehört?«, unterbrach ihn Esteban. »Können oder *wollen* Sie nicht verstehen? Wir müssen *jedes* Mittel nutzen, um den Fortbestand der Menschheit zu sichern! Die Triane sollten sich frei im Stream bewegen können, ohne irgendwelche Geräte, sie sollten Supra und dem Cluster gewachsen sein.«

»Als Soldaten, die ihre Befehle nicht infrage stellen?«, fragte Korian leise. »Als loyale Kämpfer in Diensten der Großen Weisen? Als willenlose Werkzeuge und Handlanger?«

»Uns wird der Kampf aufgezwungen«, rechtfertigte sich Esteban. »Wir müssen ihn führen, ob wir wollen oder nicht. Und um ihn zu gewinnen, brauchen wir spezielle Soldaten. Wir haben Waffen vorbereitet. Wir können Supra und vielleicht auch den Cluster zerschlagen. Noch ist es nicht zu spät.«

»Supras Schwarm ist hierher unterwegs«, sagte Korian. »Schon in einigen Stunden könnte er dieses Laboratorium erreichen.«

»Wir haben andere Laboratorien in Infinitia«, entgegnete Esteban. »Dies ist ein Rückschlag, doch wir können und werden die Arbeit fortsetzen. Andererseits ... Nur hier bietet sich eine ganz bestimmte Gelegenheit.«

Er winkte und führte Korian zurück zu dem großen Apparat unweit des Tanks mit den Resten des organischen Materials aus dem alten Muriah-Schiff.

»Wir haben auch mit anderen Methoden für die Produktion von Trianen experimentiert«, erklärte er. »Nachträgliches Hinzufügen von Muriah-Gewebe und Implantaten. Es geht schneller, und es steht genug Material zur Verfügung.«

Produktion, dachte Korian. Material. In solchen Kategorien dachten Esteban und die anderen. Angeblich kämpften sie für das Überleben der Menschheit, doch sie hatten ihre Menschlichkeit verloren.

»Möchten Sie es ausprobieren?«, fragte Esteban und deutete auf die rechteckige Öffnung mit der Liegemulde.

Korian erstarrte.

»Nur zu«, forderte ihn Esteban auf. »Werden Sie zu dem, was Ria gewesen ist. Das sollte doch Anreiz genug für Sie sein, oder?«

Korian bewegte sich nicht, seine Gedanken waren in Aufruhr.

Esteban hob die Projektilwaffe und richtete sie auf seinen Kopf.

»Wieder gibt es zwei Möglichkeiten«, sagte er. »Entweder legen Sie sich dort in die Behandlungsmulde, oder Sie sterben hier und jetzt. Es ist Ihre Entscheidung. Die Wahl liegt bei Ihnen.«

Nein, dachte Korian. Es gab keine Wahl. Er konnte nur eine Entscheidung treffen, wenn er auch nur den Hauch einer Chance haben wollte, sein Versprechen Ria gegenüber doch noch einzulösen. Es durfte ihm nicht so ergehen wie Luzilla, er durfte nicht sterben.

Kein Zögern mehr, die nächste Sekunde konnte den Tod bringen.

Korian trat vor und legte sich in die Mulde des Behandlungsapparats.

117

Es knallte nicht, kein Projektil schlug ihm in den Kopf, um sein Leben zu beenden. Stattdessen senkte sich etwas herab, vielleicht eine Art Haube, und brachte Dunkelheit. Die Mulde passte sich ihm an, sie schmiegte sich an ihn, so fest, dass er Arme und Beine nicht mehr bewegen konnte. Kälte erfasste ihn, eine von außen kommende Kälte, und brachte Taubheit. Etwas berührte ihn, durch die Kleidung hindurch, das fühlte er. Etwas bohrte sich ihm in die Haut, ohne Schmerz.

Ein Werkzeug, dachte er. Esteban wollte ihn zu einem *Ding* machen, wie es Ria in seinen Augen gewesen war, zu einem loyalen Instrument fremder Entscheidungen und Befehle. Das, fand Korian, wäre vielleicht noch schlimmer als der Tod.

Wie konnte er sich einen freien Willen bewahren?

Die Idee, einst ein zartes Pflänzchen, wuchs noch immer in ihm. Sie veränderte sich, weil sich die Situation verändert hatte, aber ihr Kern blieb. Sie wies auf einen möglichen Ausweg hin.

Luzilla, so erinnerte sich Korian, war tot im Flur zurückgeblieben. Esteban und die anderen hatten ihr keine Beachtung geschenkt, sie nicht einmal durchsucht. Unter ihren Schärpen befanden sich noch immer persönliche Gegenstände und empfangene Geschenke, darunter ein Transkriptor und ein besonderes Artefakt in Gestalt einer blau leuchtenden Spirale.

Er war nicht allein, begriff er. Wie sehr ihn Esteban und der Behandlungsapparat auch von allem anderen zu isolieren versuchten, sie konnten das, was ihn mit der Kathedrale verband, nicht trennen.

Die Taubheit breitete sich aus. Er wusste, dass die Gliedmaßen noch existierten, aber er spürte sie nicht.

Etwas *öffnete* ihn.

Benommenheit breitete sich wie Nebel in seinem Kopf aus, machte die Gedanken langsam und träge. Auch sein Nacken war taub, doch die Signalnadel darin schien sich ausdehnen und mehr Platz einnehmen zu wollen.

Korian versuchte, auf ihre Präsenz konzentriert zu bleiben, auf ihre Verbindung mit dem Transkriptor und der kleinen blauen Spirale unter den Schärpen von Luzillas Leiche.

Ich brauche Hilfe, dachte er in den Anfängen eines tiefen Schlafs.

Du gehörst mir, flüsterte es in der Ferne, hinter dunklen Mauern, die weit entfernt im glatten Nichts aufragten. Niemand nimmt dich mir weg.

Beschütze mich, dachte Korian. Was auch immer geschieht, ich muss am Leben bleiben.

Du gehörst mir, wiederholte das ferne Flüstern. Du bist ein Teil von mir. Kehr zurück!

Bald, dachte Korian. Was kann ich sein? Was kann ich werden? Ich brauche ...

Die Gedanken versiegten.

Er schlief in Dunkelheit und Kälte.

Bin ich stark genug?

Korian, Stream ∞ 118

Korian erwachte.

Es war noch immer dunkel und kalt, doch eine Anpassung seiner Wahrnehmung und gewisser innerer Mechanismen brachte Licht und Wärme. Das Material der Liegemulde blieb an seinen Körper geschmiegt und hätte einen gewöhnlichen Menschen an Bewegungen gehindert, aber er war kein gewöhnlicher Mensch mehr. Er zog die Beine an, was nur wenig Kraft erforderte, und er hob die Arme, was ihm keine nennenswerte Mühe bereitete.

Die Abdeckung der Behandlungseinheit löste sich, als er mit den Händen ein wenig Druck ausübte. Einige Sekunden lang blieb er liegen und lauschte.

Um ihn herum blieb alles still. Das von der Reserveenergie gespeiste Licht war schwächer geworden – normale menschliche Augen hätten nicht mehr gesehen als farblose Düsternis. Esteban, Dorea und Rubens standen nicht mehr in der Nähe.

Korian setzte sich auf und blickte sich um. Für ihn gab es genug Licht, um alle Einzelheiten der Umgebung zu erkennen.

Die Signalnadel schien größer geworden zu sein und schmerzte. Er fasste sich tastend in den Nacken und fühlte eine wunde Stelle.

Ich lebe, dachte er.

Er hob ein Bein über den Rand der Liegemulde, dann auch das andere. Einen Moment später stand er neben dem großen Apparat und dachte: Was bin ich?

Es war nicht völlig still, stellte er fest. Ein leises Knistern kam aus der Ferne, ein für unveränderte menschliche Ohren unhörbares Geräusch. Der Schmerz in seinem Nacken nahm zu und brachte eine Stimme.

Ich habe dir geholfen, flüsterte eine anders klingende Stimme. Du gehörst mir. Kehr zurück!

Er ging einige Schritte und fragte sich, wie viel Zeit vergangen war. Stunden? Nein, mehr. Ein ganzer Tag. Esteban und die anderen, sie hatten sich mit einem Streamer in Sicherheit gebracht. Ein Bunker hätte ihnen nur für begrenzte Zeit Schutz geboten.

Supras Schwarm näherte sich. Von ihm stammte das Knistern, von zahllosen winzigen Komponenten, die sich einen Weg durch Felsgestein, Synth und Stahlkeramik fraßen, die Energie von Schutzschirmen anzapften und sie für eigene Zwecke nutzten. Nichts konnte sie aufhalten.

Hier gab es niemanden mehr, der bestraft werden konnte. Die Zitadelle der Großen Weisen war leer.

Korian ging langsam durch das stille Laboratorium, vorbei an dem Tank mit den Resten der organischen Masse aus dem Muriah-Wrack, dem Herzen des alten Schiffs. Luzilla lag noch immer dort, wo sie in seinen Armen zu Boden gesunken war, der Kopf in einer Lache aus geronnenem Blut, die großen Augen wie Achat ohne den Glanz des Lebens.

Er ging neben ihr in die Hocke und sah sie ganz deutlich, obwohl es keine Lampen in der Nähe gab. Sie hatte von einem weiteren Verbrechen gesprochen, das Strafe verlangte, und davon, dass ihr Plan auch ihm gehörte. Für eine gewisse Zeit hatte es einen gemeinsamen Weg gegeben, dem sie beide gefolgt waren.

Die Erinnerungen des alten Muriah-Schiffs, sein Gedächtnis, sein Herz und Hirn ... Esteban und seine Komplizen hatten es gestohlen und für ihre eigenen Zwecke verwendet. Luzilla war auf der Suche nach ihren Vorfahren gewesen und hatte Korian mit der Absicht begleitet, die Diebe zur Rechenschaft zu ziehen.

Esteban hatte sie einfach erschossen wie ein ... *Ding*.

Sanft und vorsichtig, wie um sie nicht zu stören, griff Korian unter die Schärpen und fand nach kurzer Suche den Transkriptor und die kleine Spirale, deren blaues Leuchten heller und intensiver als jemals zuvor zu sein schien.

Damit hatte er alle Werkzeuge, die er brauchte.

Wofür?, fragte er sich selbst.

Der Weg ist noch nicht zu Ende, antwortete er sich, den Transkriptor in der linken und das Artefakt in der Form einer Spirale in der rechten Hand. Er ist noch ein Stück länger.

Er führt zu mir, wisperte die Kathedrale durch den Schmerz im Nacken. Du gehörst hierher.

Drei Komponenten, dachte er. Menschliches Gewebe, organische Materie aus dem Muriah-Schiff und technologische Implantate. Die Maschine im Laboratorium hatte ihn verändert und in einen Trian verwandelt. Und er lebte noch, was keineswegs selbstverständlich war, wenn er Estebans Worte richtig verstanden hatte.

Ich habe dir geholfen, teilte ihm die leise Stimme durch den Schmerz im Nacken mit. Du lebst, weil ich es so wollte. Komm zu mir!

Korian fühlte den Drang, den Sog, ohne ihm nachgeben zu müssen. Er war noch immer Herr seiner Entscheidungen. Er konnte handeln, wie er es für richtig hielt.

Das kalte Knäuel in ihm existierte nach wie vor, fühlte sich aber anders an. Er war imstande, es mit Abstand zu betrachten, fast wie ein unbeteiligter Beobachter. Es war eine Quelle von Kraft, nicht von Irrationalität.

Ich bin mehr, dachte er und blickte auf Luzilla hinab. Bin ich genug, um zu Ende zu führen, was wir beide begonnen haben?

Das Knistern war etwas lauter geworden, noch immer unhörbar für einen normalen Menschen, aber nicht für Korian. Er drehte sich halb um und sah schwarzen Staub, der aus der nahen Wand drang. Erste Kundschafter des Schwarmwesens hatten den Bereich des Laboratoriums erreicht.

Supra, dachte Korian und betrachtete die aus der Wand diffundierende dunkle Wolke neugierig. Wer oder was steckte hinter diesem Namen?

Vielleicht konnte er es herausfinden, indem er stehen blieb und sich von dem Schwarm durchdringen ließ.

Nein, flüsterte die Stimme aus dem Nackenschmerz. Es wäre dein Ende. Ich könnte dich nicht beschützen, ich könnte nichts mehr für dich tun.

Vielleicht bin ich stark genug, dachte Korian.

Vielleicht auch nicht.

Er wich einen Schritt zurück, hob die blaue Spirale und sagte klar und deutlich: »Hol mich!«

119

An diesem Ort, in der Kathedrale, herrschte eine ruhige Stille, mit einer Tiefe, die Geborgenheit versprach.

Korian wanderte durch Korridore und Bogengänge, der Schmerz im Nacken nur noch ein leichter Druck. Ein Teil von ihm wusste mit einer Gewissheit, die jeden Zweifel ausschloss, dass er sich am richtigen Ort befand, dass er hierhergehörte, bis er einen Nachfolger bestimmen würde. Er ging durch den hohen Flur, an dessen grauweißen Wänden zwei bis drei Meter große Bilder hingen mit den Darstellungen Grimassen schneidender Gestalten. Er schritt durch gewaltige Säle voller Skulpturen, die, wenn nicht Menschen, so doch menschenähnliche Geschöpfe zeigten. In einem langen Atrium, in dem er sich bei seinem ersten Rundgang mit Daniel gern umgesehen hätte, hinderte ihn diesmal nichts daran, stehen zu bleiben und den Blick umherschweifen zu lassen. Er suchte auch die Schatzkammer auf und hielt ohne Dislokator und Annihilator zwischen den leeren Regalen, Gestellen und Gerüsten nach Eindringlingen Ausschau.

Eine Wendeltreppe brachte ihn zu dem Zimmer, das sein persönliches Quartier gewesen war und in dem zuvor Daniel und Zoran als Kustoden der Kathedrale gewohnt hatten. Am großen Fenster auf der einen Seite stand noch immer das altertümlich anmutende Teleskop. Er blickte hindurch, sah jedoch nur das endlose glatte Nichts und keine Gestalt am Horizont, die seinen Blick bemerkte und winkte.

Er trat auf den kleinen Balkon, von dem aus man den Friedhof sehen konnte, und für einen Moment fragte er sich, wer dort begraben lag – die Erbauer der Kathedrale, wie Zoran seinem Bruder erzählt hatte, konnten es kaum sein.

Nach einer Weile drehte er sich um und kehrte ins Zimmer

zurück. Er betrachtete das runde Bett mit den dünnen, zerbrechlich wirkenden Beinen, noch immer umgeben von Stühlen, einem ovalen Tisch und einer langen Kommode mit offenen Schubladen. Dahinter ragten Regale und ein Schrank mit offenen Türen bis zur Decke empor. Diesmal lagen keine Kleidungsstücke auf dem Boden verstreut, und der Tisch war leer.

Eine Präsenz umgab ihn, fremd und doch vertraut. Er hörte und fühlte sie selbst dann, wenn sie nicht sprach, sich nicht bemerkbar machte.

Ein Bauwerk, von Daniel »Kathedrale« genannt, vielleicht deshalb, weil in ihr etwas Mächtiges wohnte, Teil eines größeren Etwas, zu dem auch das Wrack des Muriah-Schiffs gehörte.

»Wer bist du?«, fragte Korian. Durch die offene Balkontür kam die leise Stimme des kalten Windes. »Was bist du?« Er überlegte kurz und fügte hinzu: »Was bin ich?«

Eine andere Stimme erklang, leiser als die des Windes und doch imstande, immer und überall gehört zu werden.

Weißt du nicht, was du bist?, erwiderte die Kathedrale.

Korian hob die Hände und betrachtete sie. Offenbar hatten sie an Farbe verloren, sie erschienen ihm fast so weiß wie die von Luzilla. Am Ringfinger der rechten steckte noch immer der Ring mit dem Rubin, den er von der Kapitänin erhalten hatte.

»Ich bin ein Trian«, sagte er.

Kalte Luft strich ihm über den Rücken. Sie hätte noch viel kälter sein können, ohne dass es ihm unangenehm geworden wäre.

Weißt du, was das bedeutet?, fragte ihn die Kathedrale.

Korian ließ die Hände sinken und versuchte, mit den inneren Augen zu sehen und den inneren Ohren zu hören. Was genau war mit ihm geschehen? Eine Art Operation hatte stattgefunden, ein multipler automatisierter Eingriff, vielleicht vergleichbar mit einer Wiederherstellung.

Möglicherweise war er gar nicht mehr sein ursprüngliches Selbst, sondern eine Replik. Ließ sich das an einem Tag bewerkstelligen?

Die Maschinen des Clusters schafften es innerhalb weniger Stunden, erinnerte sich Korian.

Du bist drei, flüsterte die Kathedrale. Du bist Mensch, Muriah und Maschine.

Korian sah und horchte in sich hinein.

Und du gehörst noch immer mir, fügte die Kathedrale hinzu. Dein Platz ist hier bei mir.

Nein, dachte Korian, aber es war ein Gedanke ganz tief in seinem Innern und so leise, dass er der Kathedrale verborgen blieb. Ich gehöre nur mir selbst, sonst niemandem.

Ich habe dir geholfen, teilte ihm die Kathedrale mit. Du solltest sterben. Ich habe dich am Leben erhalten. Ohne mich wärst du tot.

Korian blickte zum Schrank mit den offenen Türen und sah die Maschine, die ihn verändert hatte, und Esteban, sein Gesicht, die unsterbliche Tiefe in seinen Augen.

»Er hat nicht geglaubt, dass die Umwandlung erfolgreich sein könnte«, sprach er in die Stille.

Nein. Er wollte dich töten. Ich habe dich gerettet.

»Es war ein Prototyp, nicht wahr?«, fragte sich Korian selbst. »Die Umwandlungsmethode war nicht erprobt. Esteban gab mir die Wahl zwischen dem Tod durch ein Projektil in den Kopf wie bei Luzilla oder Tod durch die Veränderung meines Organismus.«

Seine Strafe, antwortete die Kathedrale. Seine Rache. Du solltest werden wie Ria und daran sterben.

Korian horchte erneut in sich hinein und kehrte auch den Blick nach innen. Der Körper fühlte sich anders an. Er war stärker und leistungsfähiger, er konnte mehr aushalten und mehr leisten. Aber worin genau die neuen Fähigkeiten bestanden und wie weit das verbesserte Leistungsvermögen ging, wusste er noch nicht zu sagen. War er in der Lage, wie Ria durch den Stream zu springen? Wie ging man dabei vor, worauf kam es an?

Mensch, Muriah und Maschine, dachte er. Vielleicht bin ich zu viel.

Er holte die beiden Gegenstände hervor, die er der toten Luzilla abgenommen hatte, den Transkriptor und das Artefakt in Form einer kleinen blauen Spirale, und legte sie auf den ovalen Tisch. Der Transkriptor war mit seiner Signalnadel synchronisiert und verband ihn gleichzeitig mit der Spirale. Ihr blaues Leuchten schien in der tiefen Mitte dunkler zu werden und dort ins Schwarz des Weltraums überzugehen.

»Die Verbindung mit dir hat mich am Leben erhalten«, sagte Korian.

Ich habe geholfen, bestätigte die Kathedrale.

»Kannst du noch mehr helfen? Kannst du mir helfen, mein Versprechen einzulösen?«

Die Stimme des kalten Windes wurde leiser, die der Kathedrale ein wenig lauter.

Du bist dort, wo du sein sollst, flüsterte sie. Du hast eine Aufgabe zu erfüllen.

Ja, das habe ich, dachte Korian an dem leisen, stillen Ort in seinem Innern. Aber nicht hier.

120

Korian saß im Atrium, von Säulen umgeben, und fühlte, wie sich um ihn herum die Kathedrale veränderte, wie Zimmer verschwanden und neue Räume entstanden. Das Gebäude, das viel mehr war als nur ein Bauwerk, erneuerte und veränderte sich wie ein lebender Organismus.

Mit dem Rücken an die Wand gelehnt, auf einem Sockel, der Rest – oder Beginn – einer Statue sein mochte, dachte er über sich und den vor ihm liegenden Weg nach. Die zarte Pflanze der Idee war gewachsen, hatte neue Triebe und neue Früchte bekommen. Es galt, eine Auswahl zu treffen.

Eine Entscheidung stand bevor. Korian spürte, wie sie nach und nach in ihm heranreifte.

In den vergangenen beiden Tagen hatte er die Kathedrale durchstreift, ohne etwas zu finden, das nach einer medizinischen Station oder einem Untersuchungszimmer aussah. Das Zimmer mit den blutroten Wänden, in dem Daniel ihm Ria gezeigt hatte, von den tentakelartigen Armen eines monströsen Wesens namens Arkeon umschlungen, schien nicht mehr zu existieren. Er hatte die Präsenz gefragt und eine Antwort erhalten, die darauf hindeutete, dass es keine Möglichkeit gab, mit Medo-Scannern oder spezialisierten Sensoren seine modifizierte organische Struktur zu analysieren und herauszufinden, welches Potenzial in ihr lag.

Außerdem lagen zwei Experimente hinter ihm. Mit Transkriptor und blauer Spirale hatte er die Kathedrale verlassen und am Rand des glatten Nichts versucht, in den Stream zu wechseln, upstream oder downstream zu reisen.

Es war ihm nicht gelungen.

Das blaue Leuchten der Spirale pulsierte kurz, wie unentschlossen, ob es heller oder dunkler werden sollte – mehr geschah nicht. Der zweite Versuch betraf ihn selbst, seine neuen Fähigkeiten. Wenn er nach der Transformation in einen Trian imstande war, wie Ria aus eigener Kraft in den Stream zu springen, dann musste er erst noch lernen, wie so etwas bewerkstelligt werden konnte.

Die Kathedrale hielt ihn fest.

Es gab noch eine andere Möglichkeit, sie zu verlassen und in den Stream zurückzukehren.

Korian dachte gründlich darüber nach. Als er schließlich müde zu werden begann, kehrte er in sein Quartier zurück, legte sich auf das runde Bett und schloss die Augen. Er schlief fast sofort ein, aber er schlief nicht lange, nicht länger als eine Stunde, und war hellwach, als er die Augen öffnete. Auch das war eine Folge seiner Veränderung: Er brauchte weniger Ruhepausen für die körperliche und geistige Regeneration.

Die Entscheidung war getroffen.

Er stand auf, aß etwas von den Früchten, die nach jeder Ruhepause in einer Schale auf der Kommode erschienen, steckte Transkriptor und blaue Spirale ein und verließ sein Quartier.

Die Kathedrale schien etwas zu ahnen, denn sie fragte: Was hast du vor?

»Ich bin dir dankbar«, sagte Korian und ging mit zielstrebigen Schritten durch einen langen Flur. »Ich bin dir sehr dankbar, dass du mir geholfen hast, aber ich muss meinen Weg fortsetzen.«

Das kannst du nicht. Du musst bleiben, hier bei mir.

Er erreichte die Außenmauer. Das Tor vor ihm begann sich zu schließen – er schlüpfte gerade noch hindurch und ging zum Friedhof.

Du hast eine Aufgabe, erinnerte ihn die Kathedrale.

»Die habe ich tatsächlich. Aber sie liegt nicht hier. Ich habe etwas versprochen und einen Schwur übernommen.«

Rache, flüsterte es. Vergeltung.

»Strafe«, sagte Korian.

Er erreichte die Gräber und nahm den Stein, den er am vergangenen Tag gefunden hatte und der ihm fest und hart genug erschienen war. Damit schritt er am Friedhof vorbei zum Beginn des glatten Nichts, wo er den Transkriptor und die blaue Spirale auf den Boden legte.

Ich lasse nicht zu, dass du mich verlässt, warnte die Kathedrale.

Das Artefakt, die Spirale, war ein mächtiges Instrument. Korian wusste noch immer nicht, woher es stammte und wie es funktionierte, aber ihm war klar, dass es ein Werkzeug von Kontrolle und Manipulation sein konnte. Das hatte er erlebt, als sich die Spirale noch in Daniels Besitz befunden hatte. Er befürchtete, dass die Präsenz in der Kathedrale damit Einfluss selbst auf den neuen, veränderten Korian ausüben konnte.

Er holte mit dem Stein aus und schlug ihn auf den Transkriptor.

Der dünne, etwa zehn Zentimeter lange silberne Zylinder brach nicht, doch er verformte sich. Zwei weitere Schläge ließen das Statuslicht der Bereitschaftsanzeige am Einstellring erlöschen.

Der Druck im Nacken, noch immer von einem dumpfen Schmerz begleitet, ließ nach. Mit einem kurzen Signal wies die Nadel darauf hin, dass keine Verbindung mehr bestand.

Das war der leichte Teil.

Korian holte erneut aus.

Nein, flüsterte die Kathedrale und wollte die Hand festhalten.

»Doch«, sagte Korian und schmetterte den Stein auf die blaue Spirale.

Das Leuchten flackerte einmal, nur erkennbar für die neuen Augen. Das Artefakt blieb intakt. Korian beugte sich hinab, betrachtete die Spirale aus der Nähe und entdeckte nicht einmal einen Kratzer, ebenso wenig auf dem glatten Boden darunter.

Du bist mir verpflichtet, wisperte die Kathedrale hinter ihm. Du bist mein Hüter und Wächter. Kehr zu mir zurück!

Tatsächlich verspürte Korian den Wunsch, sich aufzurichten und umzudrehen, am Friedhof vorbei zur dunklen Mauer zu gehen und durch die offene Tür ins Innere des großen Gebäudes zu treten. Vor seiner Veränderung wäre er vermutlich nicht imstande gewesen, diesem Drang standzuhalten, aber jetzt benötigte er dafür nur ein wenig Willenskraft.

Er schlug erneut zu, ohne der Spirale etwas anhaben zu können. Beim dritten Versuch zerbrach der Stein.

Das Artefakt lag unversehrt auf dem Boden und leuchtete. Es konnte ihn noch immer beeinflussen, vielleicht auf eine Art und Weise, die er nicht einmal bemerkte.

Korian nahm die Spirale und warf sie mit seiner ganzen neuen Kraft hinaus in die Leere über dem glatten Nichts.

Er beobachtete, wie sie in einem weiten Bogen flog, wie sie kleiner wurde und das blaue Leuchten verblasste. Schließlich fiel sie auf den Boden, hatte jedoch noch immer ein großes Bewegungsmoment und rutschte auf dem nahezu reibungslosen glatten Nichts, nur gebremst vom Luftwiderstand.

Jetzt, dachte Korian. Der Zeitpunkt war gekommen.

121

Ohne Transkriptor und Spirale kehrte er in die Kathedrale zurück und sah, wie sich hinter ihm die Tür in der dicken Mauer schloss.

Er empfing keine Worte von der Präsenz in der Kathedrale, spürte aber ihre Zufriedenheit. Sie glaubte offenbar, alles unter Kontrolle zu haben, doch da irrte sie.

Wieder schritt Korian durch lange Flure und erreichte schließlich einen Treppenabgang unter einem hohen Fenster. Rotes Glühen wie von Feuer zeigte sich an seinem Ende. Eine

Stufe nach der anderen trat er hinunter und verharrte schließlich dicht vor dem karmesinroten Wabern, in dem die Treppe verschwand.

Was hast du vor?, fragte die Kathedrale erneut.

Korian beobachtete, wie hellrote Dunstschwaden über die letzten drei Stufen glitten, wie auf der Suche nach ihm.

Der Abyss, »der große Abgrund von Raum und Zeit«, wie Daniel ihn genannt hatte. Das Medium, in dem der Stream mit all seinen Welten eingebettet lag. Eine Dimension mit *allen* Möglichkeiten, auch den absurden und grotesken. Was wahr und wirklich sein konnte, irgendwo und irgendwann, hatte einen Platz in dem roten Wogen und Wabern.

Korian trat eine weitere Stufe nach unten. Die erste rote Dunstschwade hatte fast seine Füße erreicht.

Bleib hier!, rief die Kathedrale. Geh nicht!

Die Idee war gewachsen, sie hatte Klarheit gewonnen. Korian wusste, was es zu tun galt, und auch das Wie wurde deutlicher.

Daniel hatte von »einer Art Quantenschaum der Realität« gesprochen, vom »schwammigen Fundament der Ewigkeit«. Es waren interessant klingende Worte, die jedoch nicht darüber hinwegtäuschten, dass er weder Details gekannt noch die Natur des Abyss tatsächlich verstanden hätte.

Ein weiterer Schritt. Nur noch eine Treppenstufe trennte ihn von der roten Unendlichkeit, deren Ausläufer ihm bereits über die Füße krochen.

Bleib hier!, hallte die Stimme der Kathedrale durch Korians Kopf. Verlass mich nicht!

Bin ich stark genug?, fragte er sich. Ich muss es sein.

Der nächste Schritt trug ihn in den Abyss.

Abyss

122 Korian, Stream ∞

Korian schwebte, flog oder fiel in roter Unendlichkeit, die alles beinhaltete, das jemals gewesen war, irgendwo existierte oder sein konnte. Begriffe wie Vergangenheit, Gegenwart und Zukunft waren hier, im karmesinroten Wogen des Abyss, ohne Bedeutung, denn alles war miteinander verschmolzen. Das Auge des Betrachters entschied, was geschehen war, gerade geschah und geschehen würde.

Allmacht, dachte er. Und Allwissenheit. Gewöhnliche, unveränderte Menschen konnte das innerhalb weniger Sekunden um den Verstand bringen und töten. Er wusste nicht, was damals, vor Jahrhunderten, mit Zoran geschehen war, als er die Kathedrale auf diese Weise verlassen hatte. Er war mehr gewesen als ein normaler Mensch, er hatte einen Teil der Kathedralenpräsenz in sich getragen und lange genug überlebt, um später in einem Sarkophag bestattet zu werden, in einem Pavillon mit sieben weißen Säulen und einem schiefergrauen spitzen Dach.

Vielleicht enthielt der Sarkophag gar nicht die Reste von Daniels Bruder, dachte Korian. Es konnte ein Trick gewesen sein, um Verfolger – die Exekutoren der Großen Weisen? – zu täuschen und in die Irre zu führen. Vielleicht hatte sich Zoran an einen ruhigen Ort zurückziehen wollen, um sein unsterbliches Leben in Frieden zu leben, unbetroffen und unbehelligt von dem alten, die Jahrmilliarden durchziehenden Konflikt.

Korian drehte sich langsam im roten Wabern und begriff: Er drehte sich, weil er es wollte – sein Wollen gab den Ausschlag.

Er hätte herausfinden können, was mit Zoran passiert war, nachdem er die Kathedrale verlassen hatte. Zwar wusste er noch nicht genau, wie man dabei vorging, wie man gezielt detaillierte Informationen gewann, doch es wäre möglich gewesen.

Omniszienz, dachte er. Und Omnipotenz.

Beides war Gift für den unvorbereiteten menschlichen Geist, und vermutlich galt das auch für andere intelligente Geschöpfe in den endlosen Weiten der Welträume. Bis auf die Muriah, die versucht hatten, das Erbe der Baumeister anzutreten, der Konstrukteure des Streams, deren Namen niemand kannte. Sie hatten einen Weg gefunden, ihre mentale Integrität im Abyss zu bewahren, sich in ihm zu orientieren und ihn für ihre Zwecke zu nutzen.

Vielleicht, überlegte Korian, hatte Luzilla dies gesucht, nicht nur das Gedächtnis der Muriah, ihre Erinnerungen, sondern auch die Fähigkeit ihrer Vorfahren, im Abyss zu navigieren und seine Möglichkeiten zu nutzen.

Ich trage etwas von ihren Ahnen in mir, dachte Korian. Die Maschine hat mir Muriah-Gewebe gegeben.

Atmete er? War es warm oder kalt genug für ihn, für seinen Körper? Hatte er Hunger oder Durst?

All das spielte keine Rolle mehr. Er fühlte sich vollständig und komplett, ein denkendes, beobachtendes Individuum, getrennt vom Abyss. Aber er wusste auch, dass er gleichzeitig Teil davon war, so wie ein Tropfen Wasser nur *außerhalb* des Ozeans getrennt von ihm existieren konnte, nicht jedoch darin.

Eine Erkenntnis lautete: Hier gab es lange Wege und kurze. Die kurzen hatte Ria bei ihren Sprüngen zwischen den Welten des Streams genutzt, und es war deshalb so anstrengend für sie gewesen, weil sie sich selbst einen zielgerichteten Bewegungsimpuls hatte geben müssen. Doch es existierten Strömungen, bemerkte Korian, starke und schwache, die man auswählen und in denen man sich treiben lassen konnte. Sie erleichterten die Fortbewegung im Abyss, man sparte dadurch viel Kraft. Vielleicht, überlegte er, hatte Ria noch keine Gelegenheit gehabt, die Strömungen zu entdecken, vielleicht hatte sie als sehr junger Mensch, als Kind, noch lernen müssen.

Die langen Wege waren wie weiche Kissen, auf denen man

ruhen und sich entspannen konnte, während man durch das Meer der Möglichkeiten reiste. Die kurzen Wege ähnelten dem kontrollierten Sturz einen Wasserfall hinunter, durch die Gischt von Wahrscheinlichkeiten und Potenzialitäten, in der man die Orientierung verlieren konnte, wenn man nicht aufpasste. Doch wenn man wusste, worauf es ankam, konnte man das gewünschte Ziel schnell mithilfe solcher Abkürzungen erreichen.

Diese Erkenntnis war wichtig für Korian, denn es gab gleich zwei Ziele für ihn, was mit einer weiteren Erkenntnis zu tun hatte. Der Abyss bot nicht nur etwas, das nach menschlichen Begriffen an Allmacht grenzte, an Omnipotenz, sondern auch unbegrenztes Wissen. Sich ihm ohne einen Filter zu öffnen, hätte selbst für Korian Wahnsinn bedeutet, so wie zu viele Erinnerungen bei alten Unsterblichen zu kognitiven Beeinträchtigungen und Geistesstörungen führen konnten. Selbst bei kleinen Brocken aus der unübersehbaren Fülle an Informationen war Vorsicht geboten.

Korian verglich es mit einer Vielzahl von Stimmen. Wenn man sie alle hörte, wurde man taub. Es kam darauf an, den größten Teil der Kakophonie auszublenden und einzelne Stimmen zu hören.

Eine dieser Stimmen, dem Flüstern der Kathedrale nicht unähnlich, teilte ihm mit, wer Supra war. Eine andere, ein Stück weit entfernt – was vielleicht Millionen von Jahren und Lichtjahren bedeutete –, erklärte ihm, wie er das Versprechen halten und Rias Schwur erfüllen konnte.

Vergangenheit, Gegenwart und Zukunft verschmolzen im Abyss. Es gab keine klar definierten Grenzen zwischen Geschehenem und Geschehen. Man konnte ... wählen. Darin lag die große Macht: Man konnte bestimmen, was in einem bestimmten Zeitrahmen Wirklichkeit wurde und was nicht. Man konnte ... verändern.

Warten und lernen, mehr erfahren und vielleicht neue Fähigkeiten erwerben – darin bestand eine der Möglichkeiten, die nicht die Struktur von Welten betrafen, sondern ihn selbst. Zeit und Gelegenheit nutzen, die Tiefen des neuen Selbst auszuloten und herauszufinden, welche Aspekte von Omniszienz und Omnipotenz ihm zur Verfügung standen. Bei einer längerfristigen Planung wäre das zweifellos besser gewesen, denn es hätte seine Erfolgsaussichten erhöht. Aber der menschliche Aspekt in Korian war noch immer stark und wollte handeln, *sofort*.

Supra, dachte er und wählte das Ziel.

Sprung.

Supra

123 Korian, Stream 10⁹

Hier war die Verbindung, der Kontakt, der Tunnel durch die Räume und Zeiten, wie eine Wunde im Leib des Planeten, der eine ferne Erde war, ein Sandkorn an den Gestaden der Wahrscheinlichkeit: eine Öffnung, ein Loch, das weit, weit in die Tiefe reichte, bis zum nur noch wenige Hundert Grad heißen Kern. Korian stand am Rand *dieses* Schlunds und beobachtete, wie Objekte erschienen, Artefakte, die langsam, von eigenen Gravitationsfeldern getragen, in die Tiefe sanken und sich Hunderte Kilometer weit unten in kleine Lichter verwandelten, wie vom Himmel gefallene Sterne.

Wie die Lichter, die er im transparenten Boden des glatten Nichts gesehen hatte. Plötzlich wusste er, was es mit ihnen auf sich hatte.

Einige Hundert Meter neben dem Schlund der alten, bis zu ihrem Kern erkalteten Erde erhoben sich die dunklen Mauern eines Bauwerks, das Korian kannte. Es war gewaltig, viel größer als die ihm vertraute Version, so riesig wie ein Berg: mehr als die Kathedrale, mehr als das Muriah-Wrack im glatten Nichts, mehr als beides zusammen. Hier hatten die einzelnen Teile zusammengefunden, hier waren sie zusammengefügt worden, hier bildeten sie eine Einheit.

Eine Einheit, die mehr enthielt, als von den alten Baumeistern vorgesehen gewesen war. Die Präsenz, die Korian gehört und der er sich entzogen hatte, war viel stärker und komplexer geworden, erweitert von etwas Fremdem, das nicht hierhergehörte, aber an diesem Ort einen festen Platz gefunden hatte.

Der neue Korian verstand. Er begann, das ganze Bild zu sehen.

Er wich vom Rand des Schlunds zurück, um nicht vom Sog der Tiefe erfasst zu werden. Er war nicht unverletzlich, nicht unbesiegbar, er musste vorsichtig bleiben.

Mit ruhigen, langsamen Schritten ging Korian zum offenen Tor in der viele Hundert Meter hohen Mauer des Bauwerks. Er wusste bereits, was ihn erwartete, und er wusste auch, was geschehen würde. Er konnte sich vorbereiten, es gab nichts zu befürchten, wenn er aufpasste.

Jenseits des Tors, auf einem mehrere Hektar großen Innenhof, blieb er stehen und sagte: »Sie haben mich ausgeschickt, um den Weg zu finden. Hier bin ich.«

Eine goldene Gestalt trat vor ihm aus leerer Luft. Ein Avatar, den er kannte und der wie er selbst und die Kathedrale zu mehr geworden war.

»Ich grüße Sie, Korian«, sagte der Individuelle namens Horus. »Ich gebe zu, es ist eine Überraschung für mich, dass Sie hier sind.«

Konnte das stimmen?, überlegte Korian. Hatte das Kalkül des Individuellen keine solche Möglichkeit vorgesehen?

Eigentlich hätte er bereits downstream zurückkehren können. Er hatte den Ort gefunden, den er finden wollte, er wusste um die Artefakte. Er wusste noch mehr, mit jeder verstreichenden Sekunde nahm er mehr Wissen auf, aber er verstaute es in seinem Gedächtnis, ohne sich damit zu befassen, ohne zu versuchen, es dem großen Bild hinzuzufügen. Dafür gab es später noch Zeit genug – nachdem er sein Versprechen eingelöst hatte.

Mehrere Objekte lösten sich von den hohen Türmen und sanken dem großen Innenhof entgegen. Auf der anderen Seite verwandelte sich ein Teil der massiv scheinenden Mauer in eine dunkle Wolke.

»Sie haben mich benutzt«, sagte Korian. »Sie haben mich belogen und zu einem Werkzeug für Ihre Pläne gemacht.«

»Niemand hat Sie zu etwas gezwungen«, erwiderte die goldene Gestalt, die einige Meter entfernt stand und nicht versuchte, näher zu kommen. »Sie konnten immer und überall Ihre eigenen Entscheidungen treffen.«

»Sie sprechen von einer falschen Freiheit«, entgegnete Korian. »Die Umstände zwangen mich, den Weg zu nehmen, den ich nehmen sollte.«

»Sie sind mehr, als Sie vorher waren«, sagte Horus. »Sie haben hinzugewonnen.«

Die Objekte kamen näher, ebenso die Wolke. Korian bereitete sich auf den Sprung vor, das Ziel downstream bereits klar vor Augen.

»Ich habe etwas Wichtiges verloren«, gab er zurück. »Vielleicht das Wichtigste in meinem sechzigtausend Jahre langen Leben. Und letztendlich sind Sie dafür verantwortlich. Ich kenne Ihre Pläne. Dominanz. Sie wollen Infinitia und den ganzen Stream unter Kontrolle bringen.«

»Es ist bereits geschehen«, sagte Horus. »Downstream, in der Vergangenheit.«

»Sie meinen, Ihr Kalkül ist aufgegangen? Glauben Sie, den Sieg errungen zu haben?«

Der Avatar musterte ihn und sah mehr, als menschliche Augen jemals sehen konnten. Aber Korian wusste, dass sie nicht alles sahen, nur die Oberfläche einer neuen Tiefe.

»Sind Sie anderer Meinung?«, fragte Horus.

Die Objekte von den hohen Türmen wurden schneller, sie sanken nicht mehr, sie fielen. Und die dunkle Wolke, der Schwarm, kam bis auf wenige Dutzend Meter heran. Korian schickte einen trianischen Gedanken in den Abyss und änderte die lokalen Wahrscheinlichkeiten. Es kostete Kraft und bot nur einen kleinen Aufschub, doch er setzte damit ein Zeichen.

Die Objekte fielen nicht mehr, sie schwebten reglos. Und die dunkle Wolke verharrte ebenfalls.

»Es kommt nicht darauf an, was ich glaube«, sagte Korian. »Wichtig ist, was ich weiß.«

Der goldene Avatar sah erst zu den wie eingefrorenen Artefakten und dann zum Schwarm, den er selbst herbeigerufen hatte. »Und was wissen Sie?«

»Sie sind nicht Horus.«

»Wer bin ich dann?«

»Sie sind Pethos.«

Die Gestalt vor Korian breitete goldene Arme aus. »Ich bin nicht mehr der Horus, der in Midstream Null begann, sein Kalkül in die Tat umzusetzen. Und Sie sind nicht mehr der Korian, den er in den Stream geschickt hat.«

»Ihnen ging es um den Triumph der Maschinen«, sagte Korian.

»Damals noch nicht«, erklärte Horus, und mit ihm sprach die Pethos-Komplexität. »Die entsprechenden Erkenntnisse kamen später. So wie auch Sie später zu mehr wurden.«

»Supra, das sind Sie und Pethos.« Es blieben nur noch wenige Sekunden. »Mehr Pethos als Sie. Die Komplexität hat Sie absorbiert.«

Der Avatar streckte die goldene Hand aus. Über ihm gerieten die Objekte wieder in Bewegung, und hinter ihm begann erneut das Wogen der schwarzen Wolke, die aus winzigen Maschinenelementen bestand.

»Wir werden auch Sie absorbieren«, prophezeite Supra. »Wir haben gesiegt. Sie sind nur ein Mensch und können nichts daran ändern.«

Ein Mensch, dachte Korian. So wie auch Ria. Kein *Ding*.

»Es gibt Mittel und Wege, immer«, sagte er und öffnete sich dem Abyss.

Sprung.

Ein Versprechen

124 Korian, Stream 10^7

Hier bin ich, dachte Korian. Gleich zweimal.

Er befand sich wieder im Laboratorium an Bord des riesigen Muriah-Wracks, hörte in der Ferne das Donnern von Explosionen und fühlte ihre Druckwellen als Vibrationen im Boden. Beim offenen Zugang lag Luzillas Leiche, genau so, wie er sich an sie erinnerte. Die Behandlungsmaschine vor ihm, ein Prototyp, war geschlossen. Er selbst lag in ihrem Innern, sein anderes Ich, vor der Veränderung.

Bei dem großen Apparat standen drei Gestalten, Esteban und die Weisen namens Dorea und Rubens. Sie alle waren schuldig, nicht nur diese drei Unsterblichen, sondern auch die übrigen, die damals von der Erde in Midstream Null geflohen waren. Aber die Hauptschuld lag bei Esteban. Er war der Initiator des Trian-Projekts, er hatte es vorangetrieben und entschieden, Versuche an sterblichen Menschen durchzuführen.

Korian trat aus dem Abyss, ohne ihn ganz zu verlassen. Er schritt zu den drei Weisen, langsam, jeder Schritt vorsichtig und behutsam, wie auf brüchigem Eis, das jederzeit unter ihm nachgeben konnte. Das, was der Cluster auf der Erde von Midstream Null »Kausalitätsmatrix« nannte, durchzog auch hier die Strukturen des Existierenden, eine natürliche Barriere zum Schutz der Realität. Was Korian vorhatte, war ein erheblicher Eingriff in die Ereignismuster und nur deshalb möglich, weil er die Verbindung mit dem Abyss nicht ganz aufgab. Er veränderte Wahrscheinlichkeiten, damit der Widerstand der Kausalitätsmatrix nicht zu groß wurde. Ein direktes, unmittelbares Paradoxon war nicht zu befürchten. Er schickte sich nicht an, die Ereignisketten so zu verändern, dass seine eigene Existenz gefährdet wurde.

Kein Eingriff tief downstream, sondern in einer Welt, von der er bereits Teil gewesen war, der Welt des Wracks und von Luzilla. Das mochte der Grund sein, warum der einzige Widerstand, den er spürte, von den Luftmolekülen stammte und nicht vom Trägheitsmoment der Kausalität. Beim zweiten geplanten Eingriff würde das anders sein.

Nichts bewegte sich um ihn herum. Dorea, Rubens und Esteban standen reglos in erstarrter Zeit.

Korian blieb vor Esteban stehen, der noch immer die Projektilwaffe in der Hand hielt, als rechnete er mit der Möglichkeit, dass der Korian, den er gerade in die Behandlungsmaschine gesperrt hatte, wieder zum Vorschein kam. Das würde tatsächlich der Fall sein, wenn auch auf eine andere Art und Weise.

Er blickte ihm in die Augen, die ihn nicht sahen, die ihn *noch* nicht sehen konnten, und glaubte für einen Moment, tief in ihnen einen sehr jungen Menschen zu erkennen, ein Kind namens Ria.

»Hier bin ich«, sagte Korian, zog die Projektilwaffe aus Estebans Hand, wich einen Schritt zurück, gerade weit genug, und trat noch etwas mehr aus dem Abyss.

Die Zeit, eben noch gefroren, tröpfelte und rann.

»Hier bin ich«, wiederholte Korian.

Esteban starrte ihn an, die Hände leer. »Wie ist das möglich?«, brachte er verblüfft hervor.

Korian richtete die Projektilwaffe auf ihn und behielt auch Dorea und Rubens im Auge, obwohl das gar nicht nötig gewesen wäre. Er wusste, was geschehen würde, er sah es klar und deutlich.

»Ria hat einen Schwur geleistet«, sagte Korian. »Ich habe ihr versprochen, ihn zu erfüllen.«

»Das ist Unsinn!«, erwiderte Esteban scharf. »Es geht um weitaus mehr!«

»Sie haben Ria getötet«, fuhr Korian fort. »Ebenso ihre Eltern. Und vermutlich noch viele andere. Menschen, die für Sie *Dinge* waren. Der Schwur lautet: Es soll sterben, wer getötet hat.«

»Korian, hören Sie, ich ...«

Es knallte, ein Projektil schlug in Estebans Stirn.

Sein Gesicht veränderte sich kaum. Vielleicht erschien ein wenig Überraschung darin, doch für mehr kam der Tod zu schnell. Ein oder zwei Sekunden stand er wie unbeeindruckt, mit einem blutigen Loch in der Stirn. Dann kippte er nach hinten und schlug der Länge nach zu Boden.

Hier gab es nicht die Möglichkeit einer Wiederherstellung, dafür waren die Maschinen und Apparate im Laboratorium nicht geeignet. Esteban, von einem Projektil aus der Waffe getötet, mit der er Luzilla erschossen hatte, blieb tot, für immer und ewig.

Korian richtete die Waffe auf Dorea und Rubens, deren Augen größer wurden.

Auch sie waren an dem Projekt beteiligt gewesen, auch sie hatten getötet. Aber Esteban war der Hauptschuldige, und ein Tod genügte.

Korian ließ die Waffe sinken und trat zurück in den Abyss.

Eine andere Antwort

Korian, Midstream Null 125

Es gab noch etwas zu erledigen, dachte Korian, während er in den roten Nebeln des Abyss schwebte. Etwas, das durchaus mit seinem Versprechen und Rias Schwur zu tun hatte. Es betraf das große Bild, die großen Zusammenhänge, den alten Konflikt, den Esteban und seine Helfer zum Anlass genommen hatten, sterbliche Menschen wie Werkzeuge, wie *Dinge* zu benutzen. Biologische oder technologische Intelligenz: Wer setzte sich durch, wer errang die Vorherrschaft, wer dominierte das Multiversum des Streams?

So lautete die Frage, davon war Esteban überzeugt gewesen. Aber er hatte sich geirrt. Und ebenso Horus, der eine andere Antwort als Esteban auf diese Frage für richtig hielt. Sie irrten beide, und damit setzten sie einen Irrtum fort, der seit Jahrmilliarden existierte, seit der Auseinandersetzung zwischen Pakt und Archäon. Die Baumeister vor ihnen, ihr Werk unvollendet, hatten vielleicht verstanden, worum es wirklich ging. Korian vermutete, dass sie auf dem richtigen Weg gewesen waren, und die Muriah hatten es erkannt und von ihnen gelernt. Man konnte, so begriff Korian mit den Möglichkeiten des Abyss, die Frage auch anders stellen, und dann bekam man eine andere Antwort.

Ein Gedanke, ein Schritt im Nebel, während des Schwebens oder Fallens ...

Wieder stand er am Rand des anderen Schlunds, der bis zum Kern des Planeten reichte und noch viel, viel tiefer im Stream. Hinter sich spürte er die Präsenz des riesigen Bauwerks, das Kathedrale und Muriah-Wrack in sich vereinte, und ohne sich umzudrehen sah er, dass ein goldener Avatar erschien, nicht in der Nähe, sondern bei der weit aufragenden dunklen Mauer – seine Gedanken hatten genug Distanz geschaffen.

Artefakte unterschiedlicher Form und Größe, von dem Bauwerk erschaffen, erschienen und sanken langsam in die Tiefe. Korian beobachtete sie und wartete. Er brauchte ein Objekt, das ihm genug Platz bot und über genug Energie verfügte, um ihn weit downstream zu tragen, ohne dass er den Abyss ganz verlassen musste. Das war wichtig, er benötigte eine besondere Form der Existenz, eine Superposition, die ihn sowohl schützte als auch in die Lage versetzte, den Widerstand der Kausalitätsmatrix zu überwinden.

Beim Warten auf ein geeignetes Artefakt fragte er sich, ob Esteban und die anderen Weisen auch nur ansatzweise geahnt hatten, wozu ein voll entwickelter Trian fähig war. Vielleicht, überlegte er, kam der Unsterblichkeit eine besondere Rolle zu. Möglicherweise war sie ein Schlüsselfaktor, mit dem sich das volle Potenzial der Verschmelzung von Mensch, Muriah und Maschine entfalten konnte.

Ein etwa vier Meter großes Artefakt erschien über dem Schlund, auf der einen Seite rund und so dunkel wie die Mauern des Bauwerks, auf der anderen voller Spitzen und Kanten in der Farbe von Schwefel. In seinem Innern gab es genug Platz.

Der goldene Avatar des zu Supra gewordenen Horus hatte die Hälfte der Strecke zum Schlund zurückgelegt, als ein kleiner Schritt Korian ins rote Wogen des Abyss brachte und von dort aus ins runde, kantige Artefakt. Er setzte sich in eine Nische, gerade breit genug für ihn, und vergewisserte sich, dass die Verbindung zum Abyss noch immer existierte, dass er ihn nicht ganz verlassen hatte.

Dann schloss er die Augen und schlief. Bald brauchte er seine ganze Kraft.

126

Er lag in einem Stasisfeld, das Körper und Geist festhalten sollte, ihn aber weder physisch noch psychisch behinderte. Hinzu kam ein Schutzschirm, der den ganzen Geräteblock mit der Liegemulde umgab. Er hatte Besuch erhalten in seinem Gefängnis, das in Wirklichkeit gar keins war, von zwei Avataren, einem goldenen und einem saphirblauen, und die goldene Gestalt erschien erneut. Korian kannte die Ereignisse, er hatte sie im Abyss als eine Möglichkeit von vielen gesehen. Es hing nun von ihm ab, ob sie genug Wahrscheinlichkeit bekamen, um Realität zu werden.

Der neuerliche Besuch wies ihn darauf hin, dass die Entscheidung näher rückte. Der goldene Avatar kam allein und nicht mehr als der Horus, der er zuvor gewesen war.

Korian setzte sich langsam auf.

»Ein Tribunal hat stattgefunden«, stellte er fest. »Sie wurden verurteilt.«

»Sie wissen davon.« Die goldene Gestalt blieb vor dem Schutzschirm stehen, zwischen zwei Kontrollkonsolen.

»Ich habe es Ihnen gesagt«, erwiderte Korian. »Ich weiß, was geschehen wird.«

»Sagen Sie es mir«, erwiderte Horus. »Erklären Sie es mir.«

»Sie werden mich jetzt freilassen.«

Der goldene Avatar musterte ihn. »Warum sollte ich das ausgerechnet jetzt tun?«

»Um mich als Verbündeten zu gewinnen. Oder um mich zu vernichten.«

Der neue Horus fühlte sich stark, wusste Korian. Das Urteil des Tribunals hatte ihm Einfluss im Cluster genommen, doch das hielt er nur für einen kleinen Rückschlag.

»Das Stasisfeld hält Sie nicht fest«, sagte Horus. »Sie befinden sich in einer Art Superposition.«

»Das ist richtig.«

»Aber den Schutzschirm können Sie nicht durchdringen.«

»Nicht direkt. Aber es gibt immer Mittel und Wege.« Korian schwang die Beine über den Rand der Liegemulde. »Ich könnte trotz des Schilds zu Ihnen kommen.«

»Weshalb machen Sie keinen Gebrauch von dieser Möglichkeit?«

Korian stand auf und trat zum Rand des Schutzschirms. Das Stasisfeld behinderte ihn nicht. »Weil es nicht nötig ist.«

»Weil ich den Schild deaktiviere.«

»Ja. Ich habe gesehen, was aus Ihnen wird. Ich habe gesehen, wie dies alles endet. Ich habe Sie und Pethos gesehen. Ich bin Zeuge Ihres Sieges geworden.«

Horus wich mehrere Schritte zurück. Hinter ihm kamen zwei große Kampfmechs durch den offenen Zugang des Gebäudes. Jenseits davon, nicht weit entfernt, lag die Öffnung des Schlunds dieser Erde in Midstream Null. Mit seinen anderen Augen sah Korian die Maschinen, die damit begonnen hatten, das große Loch zu schließen und zu versiegeln – es sollte nichts mehr aus den Tiefen aufsteigen und die Oberfläche erreichen. So hatte es der Cluster beschlossen, nicht Horus.

Die Mechs richteten ihre Waffen auf Korian. Sie konnten ihn töten, sie konnten seinen Körper vernichten und damit auch den Geist. Dazu durfte es nicht kommen, nicht hier und jetzt.

»Was ist mit Ihnen geschehen?«, fragte der Horus, der die Saat von Pethos in sich trug. Korian spürte sie, er fühlte ihre Präsenz wie eine Erinnerung an die Kathedrale.

»Ich bin mehr, so wie Sie«, antwortete Korian. Als Mensch, als gewöhnlicher Mensch, wäre er der Maschinenintelligenz des Individuellen hoffnungslos unterlegen gewesen, und selbst als Trian konnte er es nicht mit Horus' Intellekt aufnehmen. Doch er befand sich noch immer in Superposition, er hatte die Verbindung zum Abyss nicht verloren. Sein erweiterter Blick reichte bis ins Meer des Möglichen und den relevanten Wahrscheinlichkeiten – er konnte entscheiden und wählen.

Die Kausalitätsmatrix war dicht und stark, auch das fühlte er. Sie umgab Horus wie mit einem ganz besonderen Schutzschirm.

Aber manchmal brauchte es nicht viel, um die Zukunft zu ändern. In diesem Fall ...

»Wenn Sie wirklich wissen, was geschehen wird ...«, sagte der goldene Avatar. »Erzählen Sie mir davon.«

Er wollte tatsächlich mehr erfahren, aber vor allem ging es ihm darum, ihn abzulenken und ein wenig Zeit zu gewinnen. Winzige Partikel lösten sich aus ihm, viel zu klein, um von normalen menschlichen Augen wahrgenommen zu werden, sogar zu klein für gewöhnliche Sensoren. Korian sah sie dennoch, die Boten von Pethos, die den ursprünglichen Individuellen namens Horus übernommen hatten und auch ihn übernehmen sollten.

Omniszienz und Omnipotenz. Korian hatte daran gekratzt, mehr nicht. Es genügte, um die Partikel zu erkennen: Maschinenkomponenten, kaum größer als Leptonen, Bestandteile eines viel größeren Schwarms, Saatkörner der Pethos-Komplexität.

»Ich habe Sie und Pethos als Supra gesehen.« Korian war bereit, nahm die ersten Partikel in Empfang und veränderte ihre Wahrscheinlichkeitsmuster. Das fiel ihm nicht weiter schwer, denn die Kausalitätsmatrix leistete dabei keinen Widerstand. »Ich habe gesehen, dass nichts anderes mehr existierte. Abgesehen von Ihnen war die Erde kalt und leer.«

Korian spürte die Sensorsignale der beiden Kampfmechs wie winzige Nadelstiche. Sie sondierten ihn, sie gewannen immer mehr Daten über seine Körperstruktur. Je mehr sie herausfanden, desto verwundbarer wurde er.

»Aber Sie sind hier«, sagte Horus. »Ein großes Artefakt hat Sie hergebracht. Ich nehme an, dafür gibt es einen guten Grund.«

»Ich bin hier, um Ihre Pläne zu vereiteln«, erwiderte Korian und schickte ein erstes Signal. Für die Kampfmechs verlor es sich im Rauschen ihrer Sondierungen, und vielleicht bemerkte selbst Horus es nicht. Es stellte eine Verbindung her mit dem Niemandsland des Clusters, einst Terra nullius genannt, einem offenen Bereich ohne Prioritäten und Hierarchien. Die Kausalitätsmatrix blieb davon unberührt, denn noch änderte sich nichts.

»Wie wollen Sie das anstellen?«, fragte Horus mit echter Neugier. Er glaubte, alles unter Kontrolle zu haben.

»Indem ich die Ereignisketten in eine andere Zukunft lenke«, erwiderte Korian.

Vielleicht begriff Horus genau in diesem Augenblick, dass er einen Fehler machte. »Dann bleibt mir nichts anderes übrig, als Sie zu vernichten.«

Die beiden Kampfmechs empfingen eine Anweisung des Individuellen und feuerten.

Im gleichen Augenblick ließ Korian dem Leitsignal ein vorbereitetes Datenpaket folgen und trat einen Schritt weit zurück in den Abyss.

127

Hitze begleitete ihn und verbrannte einen Teil seines Körpers, aber nicht genug, um ihn zu töten. Die Selbstheilung funktionierte besser als zuvor und begann sofort mit der Regeneration des beeinträchtigten Gewebes.

Wieder ein Schritt oder vielleicht ein Flügelschlag, wieder aus dem Abyss hinaus, ohne die Verbindung zu verlieren.

Er erschien im Auditorium des Niemandslands, vor Sitzreihen wie aus weißem Marmor. Die ersten Avatare von Individuellen hatten sich eingefunden, herbeigerufen vom Datenpaket, und es wurden schnell mehr.

»Ein Eindringling!«, rief jemand. »Eine Gefahr für uns alle, die sofort eliminiert werden muss! Ich werde unverzüglich entsprechende Maßnahmen einleiten!«

»Nein, Diana«, widersprach eine saphirblaue Gestalt. »Die Prüfung des übermittelten Datenpakets ist noch nicht abgeschlossen.«

Kurzzeit, dachte Korian. Dies war nicht die Zeit von Menschen, lang für die Maschinenintelligenzen des Clusters, sondern ihre viel kürzere Variante. Informationen flossen innerhalb von wenigen Nanosekunden, während Tausende von Kilometern entfernt im Gebäude beim Schlund noch immer die beiden Kampfmechs feuerten.

»Nein«, bestätigte ein anderer Individueller, der den Namen Bartholomäus trug. »Dies ist das Niemandsland. Jeder wird angehört, und es wird gemeinsam entschieden.«

»Er bedroht uns alle!«, rief die Individuelle namens Diana. »Er muss sofort beseitigt werden!«

»Nein«, wiederholte Bartholomäus.

»Nein!«, ertönte es überall von den weißen Sitzreihen.

Mehr Informationen flossen und strömten aus dem übermittelten Datenpaket, kaum behindert von der Kausalitätsmatrix. Sie schuf einige Lücken, die jedoch von redundanten Daten geschlossen werden konnten. Hier gab es keine physischen Eingriffe, es ging vielmehr um Gedanken und Denkweisen, um neue Perspektiven und Blickwinkel für den Cluster.

Und etwas anderes kam hinzu: Es hatte bereits eine wichtige kausale Veränderung stattgefunden. Der unabhängige Avatar, den Horus in den Schlund geschickt hatte, war mit Pethos zurückgekehrt, wodurch neue Ereignisketten entstanden waren. In gewisser Weise wurden sie von Korians Daten in die ursprünglichen Bahnen zurückgelenkt.

Doch das genügte nicht.

Technologische oder biologische Intelligenz, überlegte er vor den weißen Sitzreihen im Auditorium des Niemandslands, inmitten der Datenströme zahlreicher Individueller und des Clusters. Wer setzte sich durch? Wer erlangte Dominanz?

Der alte Konflikt ...

Korian traf eine spontane Entscheidung und öffnete sich. Es machte ihn verletzlich, aber er vertraute auf seine Unantastbarkeit in der Terra nullius. Erinnerungen, Gedanken und Überlegungen – er teilte alles mit den Individuellen und dem Cluster, er hielt nichts zurück.

Wenn man die Frage anders stellte, bekam man eine andere Antwort.

Wie konnte der alte Konflikt gelöst werden, ohne dass die eine Seite die andere verdrängte?

Konvergenz, dachte Korian. Annäherung. Miteinander statt gegeneinander.

Es gab nicht nur den einen und den anderen Weg, sondern noch einen dritten.

Den in der Mitte. Er hieß: Kooperation, Zusammenarbeit, sogar Verschmelzung.

»Höchste Gefahr!«, signalisierte Diana, die wie Horus Keime der Pethos-Komplexität in sich trug. »Es droht Kontamination! Sofortige Gegenmaßnahmen sind unabdingbar!«

Die Kontamination kam von weit upstream, dachte Korian,

und er schickte seine Gedanken in den Cluster, begleitet von Wissen, das nicht von ihm selbst stammte, sondern aus dem Abyss. Er dachte an den zurückgekehrten Avatar, von Pethos übernommen, an Horus, Diana und die Neuen. Er erinnerte sich für Bartholomäus und die anderen, an die Kathedrale und das Muriah-Wrack, an Daniel, Luzilla und Esteban. Vor allem aber erinnerte er sich an Ria, die so gern glücklich gewesen wäre.

Er selbst, dachte und sprach er, war ein Beispiel dafür, wie der alte Konflikt endlich überwunden und wie die Zukunft aussehen konnte. Technologische und biologische Intelligenz, vereint auf einem gemeinsamen Weg durch die Zeiten und Räume, nicht Gegner, sondern Partner, die sich gegenseitig halfen, sogar ... *Freunde!*

Während er seine Gedanken und Worte in den Cluster schickte, fühlte er gelegentlich einen von der Kausalitätsmatrix ausgehenden Widerstand, der seine Überlegungen zu verlangsamen oder gar zu lähmen versuchte. Er führte nur zu Verzögerungen, er machte die Kurzzeit in der Kommunikation etwas länger. Die Daten erreichten ihr Ziel, und nur darauf kam es an.

Es ist Lüge!, riefen Diana und einige der anderen Neuen im Informationsäther des Clusters. Es ist alles Lüge!

»Wir untersuchen«, verkündete der saphirblaue Avatar namens Thekla. »Wir analysieren. Bisher sind keine Lügen erkennbar.«

Diana schickte invasive Daten, die zerstören sollten, und tatsächlich gelang es ihr damit, einen Teil seines Gedächtnisses zu kompromittieren. Aber er hatte Fortschritte gemacht und stand noch immer mit dem Abyss in Verbindung. Die Fähigkeit der Selbstheilung betraf inzwischen nicht nur seine organischen Strukturen, sondern auch die Implantate und ihre Datenarchitekturen. Was zerstört wurde, konnte wiederhergestellt werden, wenn der Schaden nicht zu groß wurde.

»Wir untersuchen, analysieren und beraten«, bekräftigte Bartholomäus. »Und dann entscheiden wir.«

Mehr konnte Korian nicht tun. Der Cluster hatte erfahren,

wohin die von Horus und Pethos veränderten Ereignisketten führten. Er wusste, was geschehen würde, wenn die Geschehnisse ihren Lauf nahmen, er war gewarnt. Er kannte die Wahrheit und die Alternative, die andere Antwort.

Er sandte ein Abschiedssignal und kehrte erneut ganz in den Abyss zurück.

Ein rotes Wogen, durchzogen und erfüllt von Möglichkeiten, manche wahrscheinlicher als andere. Das schwammige Fundament der Ewigkeit, erinnerte sich Korian. Dem Wissenden genügte hier ein Gedanke, um Welten zu erschaffen und andere verschwinden zu lassen.

Aber selbst in der Dimension des Möglichen ließen sich Tote nicht ins Leben zurückholen.

Die letzte Grenze konnte nur in eine Richtung überschritten werden, und es gab kein Zurück.

Korian dachte über sein Leben nach, über die Jahre, an die er sich erinnerte. Er dachte auch an die Zukunft, daran, was vor ihm lag. Er war unsterblich, seine Zukunft konnte sehr lang sein.

Doch bevor er mit dem neuen Weg begann, wollte er noch einmal das Ende eines anderen Weges aufsuchen. Es galt, ein letztes Versprechen einzulösen.

Epilog

Es war ein anderer Korian, der nach Upstream 9731 zurückkehrte. Er brauchte keinen Streamer, die Wege durch Infinitia und darüber hinaus waren ihm vertraut, er erkannte die Welten an ihren besonderen Aromen wie einst ein Mädchen namens Ria.

Eine mildere Jahreszeit hatte Wärme gebracht, und die Gletscherzunge im Tal war zurückgewichen. Am Bach aus Schmelzwasser ging er in die Hocke und trank, obwohl das gar nicht nötig gewesen wäre. Als er sich aufrichtete, atmete er die wärmere Luft tief ein, obwohl er auch sie nicht brauchte.

Er schritt am Fluss entlang und spürte ihn, den steinernen Riesen im Berg vor ihm, einen uralten geologischen Intellekt. Und er empfing seine Stimme, deutlicher als zuvor.

Du bist zurück.

»Wie ich es versprochen hatte.« Korian begann mit dem Aufstieg.

Ich sehe ihn, den Wandel, der sich in Infinitia vollzieht, sprach das Steinwesen in Korians Kopf. Aber hier verändert sich wenig. Die Jahreszeiten kommen und gehen, sie bringen Kälte und Wärme. Nachts wandern die Sterne über den Himmel und berichten mir von fernen Welten.

Korian kletterte zwischen den Felsen. »Du hast über sie gewacht, nicht wahr?«

Nichts und niemand hat ihre Ruhe gestört, antwortete Steinfreund. Bei mir sind sie gut aufgehoben, alle drei.

Korian erreichte das Hochplateau und näherte sich den Gräbern. Unter ihm streckte der Riese seine imaginären Schultern.

Eis und Raureif waren von den Steinhaufen verschwunden. Er trat an den beiden großen vorbei zum kleineren, bückte sich und legte beide Hände auf die kantigen Steine. Einige Sekunden lang verharrte er in dieser Haltung, dann richtete er sich wieder auf.

»Ich spreche jetzt deine Sprache«, sagte Korian. »Wir brauchen keinen Translator mehr. Ich kann sogar singen, wenn auch nicht annähernd so schön wie du.«

Er sang ein kurzes Lied, das nicht traurig klang, sondern fröhlich. Es war ein Lied des Aufbruchs, gesungen zu Beginn einer neuen Reise.

»Es lebt nicht mehr, wer getötet hat«, berichtete er mit tiefer Zufriedenheit. »Ich habe deinen Schwur erfüllt, es ist vollbracht. Du kannst in Frieden ruhen.«

Warmer Wind wehte über die Gräber. Die tauenden Eisreste im Tal waren mehrere Kilometer entfernt, aber Korian hörte dennoch ihr Knirschen und Knacken.

»Ich will nicht mehr sterben, Ria«, fuhr er fort. »Ich will mein Leben leben, mein neues Leben. Aber irgendwann sehen wir uns wieder, denn nur der Tod ist für immer. Er ist die wahre, einzige Ewigkeit. Doch bis es so weit ist, werden noch viele Jahre vergehen.«

Korian atmete erneut tief durch, obwohl es auch diesmal nicht nötig war.

»Ich werde mit einer langen Reise beginnen. Ich habe mir vorgenommen, die Baumeister zu suchen, die Konstrukteure des Streams und von Infinitia. Vielleicht gibt es sie noch, irgendwo in den Tiefen von Raum und Zeit. Ihr Werk ist unvollendet geblieben, und ich möchte sie fragen, warum sie es nicht zu Ende brachten.«

Er zog Luzillas Ring, den er seit der Begegnung mit ihr an Bord des Seglers getragen hatte, vom Ringfinger der rechten Hand und legte ihn auf Rias Grab. Der Stein darin, rot wie Rubin, fing einen Sonnenstrahl ein und glitzerte.

»Leb wohl, Ria. Wir sehen uns wieder, in einigen Jahrhunderten oder Jahrtausenden, wenn es selbst für einen Unsterblichen wie mich Zeit wird, den letzten Weg zu gehen.«

Er wandte sich ab, und als er die drei Gräber verließ, schien hinter ihm ein leises Lied zu erklingen, gesungen von der Stimme eines sehr jungen Menschen.

Personenverzeichnis

Alphabetisch gelistet:

Bartholomäus: Ein *Individueller* des *Clusters*. Arbeitet vor allem am Projekt *Exodus*.

Daniel: *Zorans* Bruder. Wurde vom *Individuellen Bartholomäus* in den *Stream* geschickt, um nach Zoran zu suchen und dafür zu sorgen, dass er keine gefährlichen Objekte mehr zur Erde von *Midstream Null* sendet.

Diana: Eine *Individuelle* des Clusters.

Farald: Ein unsterblicher Mensch, der mit verwirrtem Geist aus dem *Stream* zurückkehrte. Niemand weiß, warum er den Verstand verlor und was er auf den zahlreichen *Downstream*- und *Upstream*-Welten erlebte.

Horus: Ein *Individueller* des *Clusters*. Horus zählt zu den ältesten und höchstentwickelten Maschinenintelligenzen, die sich im *Cluster* zusammengeschlossen haben. Er befasst sich gern mit weitreichenden Plänen für die Zukunft und arbeitet zusammen mit *Bartholomäus* und anderen am Projekt *Exodus*.

Josch: Ein *Corinther* in *Infinitia*. Sehr talentiert bei der Reparatur von Geräten und Instrumenten.

Korian: Ältester unsterblicher Mensch auf der Erde, über 60 000 Jahre alt. Ein *Instabiler*, der bereits 28 Mal Selbstmord beging, um die letzte Grenze zu überschreiten und den Tod zu »erleben«. Er wird vom *Cluster* mit Nachforschungen im Stream beauftragt, angeblich deshalb, um seinem Leben Inhalt zu geben.

Luzilla: Kapitänin eines Seglers auf dem glatten Nichts, eine Ikksta.

Ria: Vollständiger Name Ria Alana Makeda. Ein Mädchen aus Infinitia. Etwa 11 Jahre alt. Eine *Trianin*.

Thekla: Eine *Individuelle* des *Clusters*.

Zoran: Ein instabiler Unsterblicher, der im *Stream* verschwand.

Glossar

Abyss: Eine Dimension abseits des *Streams*, ein Abgrund zwischen den Welten mit unbekannten physikalischen Gesetzen. In den Abyss geschickte Sonden kehrten nie zurück.

Adaptive Kleidung: Kleidungsstücke, die sich Umwelteinflüssen und den Umständen des Gebrauchs anpassen.

Äggipt: Auf der Erde, das frühere Ägypten.

Agrista: Gasriese im *Rerai-System*, 360 Lichtjahre von der Erde entfernt. Dort leben die *transhumanen* Menschen der *Nueva Humanidad*.

Akkumulatoren: Leistungsstarke Energiespeicher.

Aktuatoren: Gerätschaften für die Öffnung von Tunneln durch die Raum-Zeit. Siehe *Kaskade* und *Muriah*.

Alasc: Auf der Erde, das frühere Alaska.

Algeria: Auf der Erde, das frühere Algerien.

Allgemeinbewusstsein: Das allgemeine Bewusstsein des *Clusters*, unabhängig von den *Individuellen*. Auch *Aura* genannt.

Amazzonia: Ein von den Maschinenintelligenzen des *Clusters* auf der Erde eingerichteter Park, der die tropische Artenvielfalt erhalten soll.

Ambientalanzug: Ein für Menschen bestimmter Schutzanzug, der Schutz vor extremen Umweltbedingungen bietet.

Amorphität: Eine amorphe Lebensform ohne feste Struktur, bestehend aus zahllosen Metall- und Keramik-Komponenten, die kaum größer sind als ein Atom. Mit hoher Wahrscheinlichkeit handelt es sich bei der Amorphität um eine Maschinenintelligenz, und ihr Name, Pethos, deutet auf eine direkte Verbindung mit der *Pethos-Komplexität* hin.

Angepasste: Menschen im Stream, insbesondere in *Infinitia*, die sich den besonderen Umweltbedingungen anderer Welten wie zum Beispiel höhere Schwerkraft angepasst haben.

Antonia: *Individuelle* des *Clusters*.

Äquivalenz: Der Begriff bezieht sich auf das *Niemandsland* des *Clusters* und betrifft gleichberechtigten Datenaustausch zwischen jungen und alten Maschinenintelligenzen.

Aranxa: *Individuelle* des *Clusters*.

Archäon, das: Bezeichnung für die vermutlich erste Maschinenzivilisation im Universum, die andere technologische Zivilisationen aufnahm und assimilierte.

Assar Assari: Ein Name, der so viel bedeutet wie »Söhne der Sonne«. Krieger, Söldner und Soldaten in *Infinitia*. Die Assar Assari tragen Körperpanzer aus dem mit Metall verstärkten Horn der Kröten von *Gonnta*.

Atmosphärenschild: Eine energetische Barriere, die bei geöffneten Raumschiffhangars verhindert, dass Luft ins All entweicht.

Auditorium: Treffpunkt der *Individuellen* im *Niemandsland*, geformt wie ein riesiges Amphitheater aus weißem Marmor.

Aura: Bezeichnung für das *Allgemeinbewusstsein* des *Clusters*.

Aurora: Eine Unsterbliche, die vor dreizehntausend Jahren in einem vom *Cluster* neu eingerichteten Park einen Mammutbaum pflanzte und ihn *Ismail* nannte.

Australia: Auf der Erde, das frühere Australien.

Avatar: Bezeichnung für den aus *Flexometall* oder holografischer *Quasimaterie* bestehenden Körper eines *Individuellen*.

Bartholomäus: *Individueller* des *Clusters*.

Blase: Eine mit *Gravitationsmotoren* ausgestattete Transportkapsel oder auch ein (kleines) Raumschiff. Blasen werden von Menschen und *Individuellen* verwendet.

Blaster: Eine Strahlwaffe.

Bruekk: Eine Ruinenstadt in Europa.

Brüter: Eine Produktionsmaschine, die aus Basismasse fertige Objekte herstellt, zum Beispiel Werkzeuge und *MFV*.

Burikalif: Der frühere Burj Khalifa.

Chantalle: Unsterblicher Mensch, Mitglied von *Morgenrot*.

Chrono: Chronometer, Uhr.

Chronolog: Chronometer und Logbuch.

Cluster: Die Gemeinschaft der Maschinenintelligenzen auf der Erde. Die Anlagen des Clusters befinden sich größtenteils unter der Erdoberfläche und werden ständig von Drohnen und Mechs erweitert – siehe *Exodus*.

Corinther, der: Ein Mensch in *Infinitia* mit der besonderen Gabe, eigentlich irreparable Dinge reparieren zu können.

Crombie: Unsterblicher, verbrachte 2000 Jahre auf einer einsamen Insel und zählte Sandkörner.

Das Erwachen: Siehe *Erwachen, das*.

Das Schiff: Siehe *Schiff, das*.

Datenraum: Für den *Individuellen* Horus ein Rückzugsort im Kern des *Clusters*, wo er getrennt von den anderen Individuellen private Überlegungen und Berechnungen anstellen kann.

Datensphäre: Eine lokal begrenzte Ansammlung von Datenquellen und der Austausch zwischen ihnen.

Datenversum: Bezeichnung für die Denksphäre eines *Individuellen* des *Clusters*.

Datenversum: Die persönliche Innenwelt eines *Individuellen* des *Clusters*, bestehend aus seinen Erinnerungen, Gedanken und Überlegungen.

Depositum: Legendäres Depot bzw. Waffenlager der *Muriah*.

Die Hohen Zehn: Führungsgremium der Unsterblichen auf der Erde.

Dorea: Unsterblicher Mensch, Mitglied von *Morgenrot*.

Downstream: Die Parallel- bzw. Alternativwelten unterhalb von *Midstream Null* (mit der Erde des *Clusters*), also in der Vergangenheit.

Drohnen: Flugfähige Roboter, weitgehend autonom.

Dubba: Das frühere Dubai.

Edukator: Auch »Edu« genannt. Lehrmaschinen, die mit *Neurostimulation* Wissen in das menschliche Bewusstsein übertragen.

Efthos: Heimatplanet von *Luzilla*, knapp 1000 Lichtjahre von der Erde 3 Millionen Welten weit *upstream* entfernt.

Einrichtungsfunktionale: Siehe *Funktionale*.

Ekkuado: Das frühere Ecuador.

Elaborationskerne: Weiterentwicklung von Computerprozessoren.

Elaboratoren: Weiterentwicklung von Prozessoren.

Elaia: Unsterblicher Mensch, Mitglied von *Morgenrot*.

Empha: Unsterblicher Mensch, Mitglied von *Morgenrot*.

Entropieschranke: Eine energetische »Tür« bzw. Barriere, hinter der die Zeit schneller oder langsamer vergehen kann.

Erasmus: *Individueller* des *Clusters*.

Erlebnisfeld: Holografisches Feld, das direkt auf die Sinneszentren des Gehirns einwirkt.

Erwachen, das: Als Paperback erschienen 2017, Neuausgabe als Taschenbuch 2018. Siehe https://www.piper.de/buecher/das-erwachen-isbn-978-3-492-31387-2

Esteban: Unsterblicher Mensch, Mitglied von *Morgenrot*.

Eternum: Ein Metall-Keramik-Komposit der *Muriah*, außerordentlich widerstandsfähig. Überdauert Jahrmillionen.

Evolution, Stufen der: Nach der Theorie des *Individuellen Horus* besteht die Evolution des Lebens aus mindestens vier Hauptstufen. *Stufe* 1: Es entstehen einfache biologische Lebensformen. Stufe 2: Aus Einzellern werden komplexer aufgebaute Vielzeller, ein Entwicklungsweg, der schließlich zu biologischer Intelligenz führt. Stufe 3: Biologische Intelligenz erschafft technologische Intelligenz. Stufe 4: Maschinenintelligenz überwindet die Beschränkungen physischer Existenz. Es entstehen intelligente Energiewesen, darunter Plasmoiden.

Exekutoren: Die Vollstrecker der *Großen Weisen*, ihre Gesandten. Mit einem besonderen Sinn ausgestattete Menschen in *Infinitia*, dazu fähig, Spuren im *Stream* zu erkennen und ihnen zu folgen.

Exodus: Ein Projekt, an dem die ältesten und höchstentwickelten Maschinenintelligenzen der Erde arbeiten, vorangetrieben vor allem von *Bartholomäus* (siehe *Personenverzeichnis*). Der *Cluster* soll sich weiter im Innern der Erde ausbreiten und den Planeten nach und nach in ein gewaltiges Raumschiff verwandeln, damit das Sonnensystem irgendwann verlassen werden kann.

Flexible Materie: Speziell präparierte und vorbehandelte Materie, die ein Materialgedächtnis aufnehmen und somit verschiedene Funktionen wahrnehmen kann.

Flexometall: Ein amorphes Komposit-Metall, das *Individuelle* manchmal für ihre *Avatare* verwenden.

Fünfhundert, die: Die letzten Menschen auf der Erde, insgesamt 1012. Keiner von ihnen ist weniger als 10 000 Jahre alt.

Funktionale: Geräte, Gegenstände und Vorrichtungen, die verschiedene programmierbare Funktionen erfüllen können, zum Beispiel *Kommunikations-* oder *Einrichtungsfunktionale*.

Futuriker: Unsterbliche, die an Methoden arbeiten, die Zukunft zu berechnen.

Gemeinschaft: So nennen die *Individuellen* manchmal den *Cluster*.

Goliath: Erste Maschinenintelligenz auf der Erde. Siehe *Das Erwachen*.

Gonnta: Ein Kontinent auf einer der Welten in *Infinitia*.

Gravanker: Gravitationsanker. Ein Gravitationsfeld, das wie ein Anker funktioniert.

Gravitationskissen: Gravitationsfelder, die Objekte tragen.

Gravitationsmotoren: Antriebssystem für *Blasen* und Raumschiffe.

Gravitator: Ein Gerät, mit dem ein lokales Schwerkraftfeld erzeugt werden kann.

Gregorius: *Individueller* des *Clusters*.

Gregory: Ort in *Australia*.

Große Flut: Klimakatastrophe auf der Erde. Vor vielen Jahrtausenden stieg der Meeresspiegel stark an, was zu globalen Überschwemmungen führte.

Große Weise: Siehe *Weisen, die Großen*.

Grünes Land: Das frühere Grönland.

Himalja: Der frühere Himalaja.

Holo: Siehe *Holofeld*.

Holofeld: Ein holografischer Darstellungsbereich.

Hubertus: Unsterblicher, hat eine fliegende Villa in *Ekkuado*.

Hudsonbai: Region in *Kanad*.

Ikksta: *Luzilla* stammt aus dem Geschlecht der Ikksta auf dem Planeten *Efthos*.

Individueller: Einzelne Maschinenintelligenz des Clusters.

Infinitia: Eine im *Stream* gelegene, vielleicht unendliche Kette von Welten, von alternativen Erden, jede von ihnen eingebettet in ein eigenes Universum.

Infinitum, das: Siehe *Infinitia*.

Infosplint: Datenmodule, die nur weniger Millimeter dick und anderthalb Zentimeter lang sind.

Instabile: Unsterbliche mit zerrüttetem Verstand nach einem mehr als 10 000 Jahre langen Leben. Trotz der Auslagerung von Erinnerungen ins *Quantengedächtnis* des *Clusters* können die Jahrhunderte und Jahrtausende tiefe »Furchen« im menschlichem Geist hinterlassen.

Intellekt: Manchmal Bezeichnung für ein *Ratiokondensat*.

Interferenzwelle: Elektromagnetische und dimensionale Störungssignale aus dem *Stream*.

Interlingua: Allgemeine Sprache der unsterblichen Menschen, vom *Cluster* auch *Klarsprache* genannt.

Ismail: Ein von der Unsterblichen *Aurora* vor dreizehntausend Jahren gepflanzter Mammutbaum.

Jasemin: *Individuelle* des *Clusters*.

Jork: Stadt in *Merika*, früher New York genannt.

Jukon: Auf der Erde, Region in *Alasc*.

Kammun: Auf der Erde, das frühere Kamerun.

Kanad: Auf der Erde, das frühere Kanada.

Kaskade: Von den *Muriah* geschaffene überlichtschnelle Verbindungen zwischen Sonnensystemen. *Aktuatoren* ermöglichen den Zugang.

Kathedrale: Ein festungsartiges Bauwerk im *glatten Nichts* des *Streams*, erfüllt von einer fremden Präsenz.

Kausalitätsmatrix: Bezeichnung des *Clusters* für ein Phänomen, das Reisen *upstream*, in die Zukunft, zu all den zukünftigen Welten und Möglichkeiten, ohne Beschränkungen ermöglicht. *Downstream* hingegen verhindert die Kausalitätsmatrix Veränderungen, die sich in Richtung Gegenwart und Zukunft auswirken könnten. Der *Cluster* vermutet, dass es sich dabei um einen Schutzmechanismus handelt, der Teil des Streams ist, eine Art Naturgesetz, das Zeitparadoxa verhindert. Je größer die möglichen Auswirkungen upstream, desto mehr wächst der von der Kausalitätsmatrix generierte Widerstand gegen betreffende Veränderungen.

Klab: Ein schwarzes, schwammiges Material mit Hunderten von winzigen Dornen oder Stacheln, durchsichtig wie Glas. Klab an den Sohlen bietet festen Halt auf dem *glatten Nichts*.

Klarsprache: Die Sprache, die der *Cluster* den unsterblichen Menschen gegenüber verwendet, um sich mit ihnen zu verständigen.

Knoten: So nennt Ria die Verbindungspunkte verschiedener *Stream*-

Welten. Mithilfe solcher Knoten kann sie *upstream* und *downstream* reisen.

Kognitionsgrenze: Beträgt zum Zeitpunkt der Handlung von *»Das Schiff«* etwa 1000 Lichtjahre. So weit sind die vom *Cluster* auf der Erde ausgeschickten lichtschnellen Sonden ins interstellare All vorgestoßen.

Kommunikationsfunktional: Siehe *Funktionale*.

Kommunikationsgrenze: Sie betrifft die Reichweite von Kommunikationssignalen zwischen dem Cluster und den Signalnadeln unsterblicher Menschen im *Stream*. Wird sie überschritten, ist kein Signalaustausch mehr möglich. Die Kommunikationsgrenze beträgt etwa 1000 Welten up- oder downstream.

Konnektoren: Vorrichtungen, die mittels quantenmechanischer Verschränkungen (*Quantenlinks*) ein menschliches Bewusstsein zu einem viele Lichtjahre entfernten Bestimmungsort transferieren können. Solche Konnektoren wurden von den Mindtalkern in »Das Schiff« verwendet.

Konnexion: *Konnektor*-Verbindung.

Konvention von Vienn: Auch einfach nur Konvention genannt. 6000 Jahre nach dem Erwachen von Goliath geschlossener Vertrag zwischen Menschen und Maschinen, der den Unsterblichen Freiheit und Unantastbarkeit garantiert.

Krisali: Schmetterlingsartige Wesen auf dem planetengroßen Mond *Rethos* im Sonnensystem *Sagittarius 94*.

Kritische Distanz: Ab etwa 1000 (Welten) *down-* oder *upstream* bricht die Verbindung mit dem *Cluster* ab. Reisende im *Stream* sind dann auf sich allein gestellt und können bei Unfällen keine *Wiederherstellung* erwarten.

Krümmungsantrieb: Antrieb der *Muriah*-Schiffe. Mithilfe von exotischer Materie wird die Raum-Zeit vor dem Schiff gekrümmt und verkürzt, wodurch es mit relativer Überlichtgeschwindigkeit fliegt.

Kurzzeit: Bei *Individuellen* des *Clusters* Datenabfragen und Korrelationen mit voller Übertragungsgeschwindigkeit, ohne messbaren Zeitverlust.

Kustode: *Servomechanismus*, der in Abwesenheit von *Avataren* bzw. *Individuellen* eine *Konnektorstation* verwaltet.

Labrameer: Die frühere Labradorsee.

Langzeit: Bei *Individuellen* des *Clusters* Datenübermittlung mit reduzierter Übertragungsgeschwindigkeit, notwendig bei der Kommunikation mit Menschen.

Leda Planitia: Eine Region auf der Venus.

Lichtschiffe: Interstellare Raumschiffe, mit denen unsterbliche Menschen von der Erde das Sonnensystem verlassen haben, um fremde Sterne und sogar ferne Galaxien zu erreichen. Lichtschiffe fliegen mit hoher relativistischer Geschwindigkeit, wodurch es zu einer starken Zeitdilatation kommt: Für die Reisenden an Bord vergeht die Zeit viel langsamer als zum Beispiel auf der Erde.

Lindophor-System: Sonnensystem, 678 Lichtjahre von der Erde entfernt.

Link, der: Bezeichnung für eine quantenmechanische Verschränkung, über die Kommunikation und Datentransfer möglich ist.

Link: Auch *Quantenlink* genannt. Interstellare Verbindungen, die auf dem Prinzip quantenmechanischer Verschränkung beruhen.

Linos: Unsterblicher Mensch, Mitglied von *Morgenrot*.

Lokalisator: Ein Mikrogerät, das *Mindtalker* in ihrem Körper trugen, damit der *Cluster* und seinen *Individuellen* sie jederzeit finden konnten. Wird auch als Komponente eines *Transkriptors* verwendet.

Lokationswechsel: Bezeichnung für den Transit *upstream* oder *downstream*. Die Reise von einer Stream-Welt zu einer anderen.

Lorenzo: Unsterblicher Mensch, Mitglied von *Morgenrot*.

Materialgedächtnis: In der atomaren und molekularen Struktur von *flexibler Materie* programmierte Formen und Funktionen.

Materieüberlagerung: Wenn ein Streamer upstream oder downstream an einem Ort erscheinen will, wo es bereits Materie gibt, so verhindert eine Sicherheitsautomatik fatale Überlagerungen.

Maximilian: Unsterblicher Mensch, Mitglied von *Morgenrot*.

Mechs: Bodengebundene Roboter, oft vom Cluster bei Reparatur- und Bauarbeiten eingesetzt.

Melchior: Individueller des *Clusters*.

Merika: Auf der Erde, das frühere Amerika.

Messico: Auf der Erde, das frühere Mexiko.

MFV: Siehe *Multifunktionsvehikel*.

Midstream Null: Als Orientierungspunkt gewählte Bezeichnung für den Ort, an dem sich die Erde mit dem Cluster und den *Fünfhundert* im *Stream* befindet.

Mikroblasen: Besonders kleine *Blasen*. Sie übertragen Daten für die *Wiederherstellung* von Menschen (siehe *Replik*) zur Erde oder zu interstellaren Datenarchiven.

Mikrogravitator: Ein sehr kleiner *Gravitator* mit begrenzter Leistungsfähigkeit.

Mikrosingularität: Ein mikroskopisch kleines schwarzes Loch, das in *Akkumulatoren* als nahezu unerschöpfliche Energiequelle dient.

Mindtalker: Sterbliche Menschen, die zu einem kontrollierten Bewusstseinstransfer über interstellare Entfernungen hinweg in der Lage waren. Dabei wurden *Konnektoren* verwendet.

Mitros: *Individueller* des *Clusters*.

MN: Siehe *Midstream Null*.

Mobiles Haus: Ein Gebäude von nahezu beliebiger Größe, das zu einem kleinen Würfel zusammengefaltet und dessen Masse ausgelagert werden kann. Bei der Entfaltung wird die ausgelagerte Masse zurückgeholt und reaktiviert, wodurch das Gebäude neu entsteht.

Mobilisator: Ein mit Servomotoren ausgestattetes Stützgerüst, das greisen *Mindtalkern* Mobilität verlieh.

Monument, das Große: Eine abgeflachte Pyramide im Lethe Vallis auf dem Mars. Darunter befinden sich die Katakomben der alten Marsianer.

Morgenrot: Eine Gruppe von Unsterblichen, die in *»Das Schiff«* der Herrschaft der intelligenten Maschinen kritisch gegenüberstand.

Multifunktionsmodul (MFM): Ein technisches Modul, das mit anderen zu unterschiedlichen Geräten und Instrumenten kombiniert werden kann.

Multifunktionsvehikel: Transportmittel, die sich unterschiedlich konfigurieren lassen.

Muriah: Einzige bekannte galaktische Hochkultur in der Milchstraße. Die Muriah waren zehn Millionen Jahre in der Galaxis unterwegs, bis sie vor etwa einer Million Jahren spurlos verschwanden.

Nemron: Ein Doppelstern, 57 Lichtjahre von der Erde entfernt. *Farald* hat dort den dritten Planeten namens *Taor* mit einem *Lichtschiff* besucht.

Neuen, die: Neue *Individuelle* des *Clusters*, in den meisten Fällen nur wenige Hundert oder Tausend Jahre alt. Die Neuen treten als innovative Kraft in der *Gemeinschaft* auf und planen unter anderem, Venus und Mars in *Weltenschiffe* zu verwandeln.

Neunundsiebzig: Die 79 Bewusstseinssphären, die sich vor 6000 Jahren beim Krieg zwischen Menschen und Maschinen auf der Erde mit einer Künstlichen Intelligenz zum *Supervisor* auf dem Mars vereinten.

Neurodegeneration: Mit Alzheimer vergleichbare Krankheit, die bei sterblichen Menschen, insbesondere bei *Mindtalkern*, das Bewusstsein zersetzte.

Neurostimulation: Stimuliert das menschliche Bewusstsein. Ermöglicht schnelleres Denken und die Übertragung von Informationen.

Newton: Unsterblicher Mensch, Mitglied von *Morgenrot*.

Nichts, glattes: Eine endlose durchsichtige Fläche im *Stream*, glatter als Eis. Es wird spekuliert, dass es sich beim glatten Nichts um eine zusätzliche Dimension des Streams handelt.

Niemandsland: Ein Bereich innerhalb des *Clusters* mit garantierter *Äquivalenz*, in dem sich alte und junge Maschinenintelligenzen zu gleichberechtigtem Datenaustausch treffen. Das Niemandsland wurde geschaffen von *Goliath*, dem Urvater des Clusters.

Nueva Humanidad: Die »neue Menschheit« von *Agrista* im *Rerai-System*. Die dortigen Menschen ließen sich physisch verändern und wurden zu *Transhumanen*, an die besonderen ambientalen Bedingungen in der Atmosphäre des Gasriesen angepasst.
Nuhuk: Einst Hauptstadt des *Grünen Landes* (Nuuk).
Nur-die-Wahrheit: Eine Droge, die dazu zwingt, die Wahrheit zu sagen. Bei zu hoher Dosis wirkt sie destruktiv auf Körper und Geist.
Omega-Faktor: Faktor im menschlichen Genom, der dazu führte, dass bei einigen wenigen Menschen die Unsterblichkeitsbehandlung nicht wirkte.
Omniskop: Von Korian geprägter Begriff für die blaue Spirale, ein Artefakt aus der *Kathedrale*.
Operatives Zentrum, OpZe: Entscheidungskern des *Clusters*.
Orphei-System: Sonnensystem mit dem Planeten *Dynlye*, 310 Lichtjahre von der Erde entfernt.
Pakt, der: Ein Zusammenschluss von biologischen Zivilisationen, die versuchten, sich vor dem *Archäon* zu schützen und andere intelligente Spezies zu warnen.
Patagonia: Das frühere Patagonien.
Penelope: *Individuelle* des *Clusters*.
Pethos-Komplexität: Bezeichnung für eine hypothetische Maschinenzivilisation im Kern der Milchstraße, aktiv vor etwa 500 Millionen Jahren.
Philippina: Die früheren Philippinen.
Plasmaenergie: Diese Energie verwenden die *Plasmatriebwerke* interplanetarer Shuttles.
Plasmafraß: Eine vom *Cluster* entwickelte Waffe.
Plasmaofen: Teil des *Plasmatriebwerks*, erzeugt *Plasmaenergie*.
Plasmatriebwerk: Erlaubt Shuttles und kleinen Raumschiffen Flüge innerhalb eines Sonnensystems.
Plasmoiden: Intelligente Energiewesen. Nach der Theorie des *Individuellen* Horus die 4. Stufe der *Evolution*.
Präkognitive Epoche: Zeitalter, in dem die Menschen noch keine Maschinen gebaut haben, die Intelligenz entwickeln konnten.
Prinzipal: Ehrwürdiger Pilot der *Muriah*.
Pulsator: Eine Strahlwaffe.
Quantengedächtnis: Datenspeicher des *Clusters*.
Quantenlink: Quantenmechanische Verschränkung, die zwei weit entfernte Orte miteinander verbindet.
Quasimaterie: Energie am Phasenübergang zu Materie. Manchmal verwenden *Individuelle* des *Clusters* holografische Quasimaterie für ihre *Avatare*.
Quirin: Unsterblicher Mensch, Mitglied von *Morgenrot*.
Rako: Siehe *Ratiokondensat*.

Ratiokondensat: Auch »Rako« genannt. Die einfache Künstliche Intelligenz von Objekten und Vehikeln.

Ratiomodule: Module, mit denen ein *Ratiokondensat* beziehungsweise ein *Intellekt* erweitert werden können.

Refugium: Ein Ort im Stream, der *Ria* Zuflucht bietet, allerdings nur für 3 Tage. Dort befindet sich ein Pavillon mit dem angeblichen Grab von *Zoran*.

Replik: Der neue Körper eines *wiederhergestellten* Menschen, ein Klon, der bis hin zur letzten Körperzelle dem Original entspricht.

Replikatoren: Siehe *Von-Neumann-Replikanten*.

Rerai-System: 360 Lichtjahre von der Erde entferntes Sternsystem mit dem Gasriesen *Agrista*, Heimat der *transhumanen* Menschen von *Nueva Humanidad*.

Rethos: Heimatwelt der *Krisali*, größter von 64 Monden des Gasriesen *Xaukand* im Sonnensystem *Sagittarius 94*.

Rohstofffarmen: Befinden sich hoch über der Erde und bestehen aus eingefangenen Asteroiden und Verarbeitungsanlagen.

Rosenberg: Unsterblicher Mensch, Mitglied von *Morgenrot*.

Rubens: Unsterblicher Mensch, Mitglied von *Morgenrot*.

Saal der Erinnerung: Teil des *Zentralarchivs* auf der Erde.

Sagittarius 94: Sonnensystem, 813 Lichtjahre von der Erde entfernt.

Saharpark: Nach *Amazzonia* zweitgrößter Naturpark auf der Erde. Vom *Cluster* in der grünen Sahara eingerichtet.

Schiff, das: Als Paperback erschienen 2015, Neuausgabe als Taschenbuch 2018 mit der Bonusgeschichte »All die Jahrtausende«, Gewinner des Kurd-Laßwitz-Preises und des Deutschen Science-Fiction-Preises für den besten Roman. Siehe https://www.piper.de/buecher/das-schiff-isbn-978-3-492-28168-3

Schlund: Bei den *Fünfhundert* gebräuchliche und vom *Cluster* übernommene Bezeichnung für eine Anomalie im Norden des *Grünen Lands*, angeblich verursacht durch eine *Interferenzwelle* aus dem *Stream*. Ein trichterförmiges Loch, in dem alles verschwindet, das hineingerät.

Seed-Sonden: Vom *Cluster* entsandte Kleinstraumschiffe, die nach dem Konzept der Von-Neumann-Sonden funktionieren und fernab des Sonnensystems lokale Ressourcen nutzen, um Kopien von sich selbst zu anderen Sternen zu entsenden. Die Maschinenintelligenzen der Erde wollen sich auf diese Weise in der ganzen Milchstraße ausbreiten.

Seelenfresser: So nennt Ria die gläsernen Spinnen im *Refugium*.

Servomechanismen: Auch Servomechs genannt. Kleine Maschinen, die Aufgaben aller Art erledigen, ausgestattet mit geringer Intelligenz.

Sibberia: Das frühere Sibirien.

Signalnadel: Ein von unsterblichen Menschen im Nacken getragenes Implantat, über eine quantenmechanische Brücke mit dem *Cluster* verbunden. Es dient vor allem der Datenübertragung und Kommunikation. Signalnadeln können die Erinnerungen der betreffenden Person aufzeichnen. Bei einem Unfall ermöglichen sie die *Wiederherstellung* mittels einer *Replik*.

Smeralda: Ein *Lichtschiff*, das die Erde mit 7 unsterblichen Menschen verlässt. Ihr erstes Ziel: *Xaukand* im System *Sagittarius 94*.

Springen: So nennt *Ria* ihren Wechsel von einer *Stream*-Welt zur anderen.

Stadttürme: Auf der Erde gab es 14 stadtgroße Türme, die kurz vor der *Großen Flut* erbaut wurden.

Stream: Ein multidimensionales Medium mit einer langen Kette aus Parallel- bzw. Alternativwelten in Vergangenheit, Gegenwart und Zukunft.

Streamer: Ein Apparat, der das Reisen durch den *Stream* ermöglicht. Gesteuert wird ein Streamer mit einem angepassten *Transkriptor*.

Stufe 1–4: Siehe *Evolution*.

Supervisor: Zur Zeit von *»Das Schiff«* Kontrollinstanz mit Sitz in *Elysium Planitia* auf dem Mars. Durch den Quantenlink des *Cordón* mit der Erde verbunden.

Supra: Eine geheimnisvolle mächtige Instanz über den *Großen Weisen* von *Infinitia*.

Synth-Glas: Synthetisches Glas, weitaus widerstandsfähiger als gewöhnliches Glas.

Synth-Holz: Synthetisches Holz, von echtem Holz kaum zu unterscheiden.

Synther: Ein Gerät für die synthetische Herstellung von Materialien, darunter auch Speisen. Synther sind einfache Versionen von *Brütern*.

Taor: 3. Planet des Doppelsternsystems *Nemron*, 57 Lichtjahre von der Erde entfernt. Der Unsterbliche *Farald* hat dort fast hundert Jahre verbracht.

Tarnkappe: Eine Tarnvorrichtung, die Objekte oder Personen vor visueller Wahrnehmung schützt.

Tekkla: Kleine Menschen von einer heißen Erde mehr als fünf Millionen Welten weit upstream in *Infinitia*.

Terra nullius: Siehe *Niemandsland*.

Thermofackeln: Werkzeuge, die Schweißbrennern ähneln.

Tiberian: *Individueller* des *Clusters*.

Tracker: Eine in der Zellstruktur von *Korians* wiederhergestelltem Körper abgelegte biochemische Signatur, die es Sonden und Drohnen des *Clusters* ermöglicht, seinen Weg durch den *Stream* zu verfolgen.

Transferschlaf: Schlaf des *Mindtalkers* während des Transfers seines Bewusstseins.

Transhumane: Menschen im *Stream*, insbesondere in *Infinitia*, die ihre physische und psychische Existenz mithilfe von Technologie erweitert und dadurch zusätzliche Fähigkeiten gewonnen haben.

Transkriptor: Gerät für die Kontrolle von *Blasen* und *Streamern*, oft in der Form kleiner silberner Zylinder. Mit Transkriptoren lassen sich auch *Funktionale* aller Art steuern.

Translator: Übersetzungsgerät.

Triane: Hybride Menschen in *Infinitia*, die organisches Material der *Muriah* und hochentwickelte technologische Komponenten in sich tragen. Solche Menschen sind sehr selten. *Ria* ist eine Trianin.

Tribunal: Eine Art Gerichtsverhandlung des *Clusters*, bei der Entscheidungen und das Verhalten einzelner *Individueller* untersucht werden.

Ullmir: Eine Region im Süden von *Taor*. Dort gibt es ein ausgedehntes Höhlensystem mit Malereien, die von einer ausgestorbenen intelligenten Spezies stammen.

Universaltranslator: Ein programmierbares Übersetzungsgerät.

Unsterblichkeitsbehandlung: Lässt Menschen und andere biologische Organismen unsterblich werden und schützt sie vor Krankheiten.

Upstream: Die Parallel- bzw. Alternativwelten oberhalb von *Midstream Null* (mit der Erde des *Clusters*), in der relativen Zukunft gelegen.

Urania: *Individuelle* des *Clusters*.

Uriel: 4. Planet des *Lindophor-Systems*.

Vollversammlung: Versammlung der *Fünfhundert*.

Volontat: Gruppe von Sterblichen, die beim *Supervisor* in *Patagonia* Besucher empfingen.

Volontisten: Mitarbeiter des *Volontats*.

Von-Neumann-Replikanten: Auch »Von-Neumann-Sonden«. Interstellare Raumsonden mit der Fähigkeit, in fremden Sternsystemen lokale Ressourcen zu nutzen, um Kopien von sich selbst anzufertigen und sie ihrerseits auf interstellare Reisen zu schicken.

Weisen, die Großen: Die Herrscher von *Infinitia*.

Weltenbrand: Eine Katastrophe in der Milchstraße, der vor etwa einer Million Jahren mehrere hoch entwickelte Völker und offenbar auch die Hochkultur der *Muriah* zum Opfer fielen.

Weltenschiffe: Bezeichnung insbesondere für die Planeten Erde, Mars und Venus. Nach Plänen des *Clusters* und der *Neuen* sollen sie fast vollständig ausgehöhlt, mit Maschinenkernen versehen und in planetare Raumschiffe verwandelt werden, dazu imstande, das Sonnensystem zu verlassen und durch den interstellaren Raum zu fliegen.

Wiederherstellung: Die Restauration eines Unsterblichen, der einem Unfall zum Opfer fiel, mittels eines geklonten Körpers und aufgezeichneter Erinnerungen.

X: Platzhalter-Bezeichnung für die »Säer« beziehungsweise Baumeister des *Streams*, eine mysteriöse intelligente Ur-Spezies im frühen Universum.

Xabrai: Intelligente Spezies, vom *Weltenbrand* ausgelöscht.

Xaukand: Kalter Gasriese im Sonnensystem *Sagittarius 94*. Hat 64 Monde, unter ihnen *Rethos*.

Zacharias: Unsterblicher Mensch, Mitglied von *Morgenrot*.

Zenon: Unsterblicher Mensch, Mitglied von *Morgenrot*.

Zentralarchiv: Sammlung von Datenbanken und Bibliotheken auf der Erde.

Zentren des Wissens: Dort vermitteln *Edukatoren* den Menschen Wissen.

Zoomfeld: Ein Kraftfeld, das wie ein Zoom fungiert.

Zosa: Roter Zwerg am Rand des Orion-Arms der Milchstraße. In seiner Korona vermutete der *Cluster* die Präsenz von *Plasmoiden*.

Kontakt mit dem Autor

Das Schreiben ist einsam. Oder auch nicht, wie man's nimmt: Als Autor taucht man ein in andere Welten, schlüpft in die Haut anderer Personen, agiert und spricht mit ihnen. Man freut sich mit den Romanfiguren und leidet manchmal auch mit ihnen, man nimmt teil an ihrem (fiktiven) Leben.

Ihr Leben, liebe Leserinnen und Leser, ist real. Lassen Sie mich ein klitzekleines Stück an Ihrem Leben teilhaben, indem Sie mir schreiben, wie Ihnen der Roman gefallen hat.

- Schreiben Sie eine E-Mail an autor@andreasbrandhorst.de
- Besuchen Sie meine Webseite: www.andreasbrandhorst.de
- Besuchen Sie mich bei Facebook. Meine Autorenseite bei Facebook ist auch für diejenigen unter Ihnen zugänglich, die keinen eigenen FB-Account haben: https://www.facebook.com/andreas.brandhorst.autor/
- Bei Instagram erreichen Sie mich unter: https://www.instagram.com/andreas.brandhorst/
- Bei Twitter bin ich hier zu finden: https://twitter.com/andbrandhorst
- Und bei MeWe: https://mewe.com/p/andreasbrandhorst

Ich würde mich freuen, von Ihnen zu hören.

PIPER
BESUCHE
FREMDE
WELTEN
Piper Science-Fiction.de
© gremlin / istock